LA GUÍA SECRETA DE LA HERMANDAD DE LA DAGA NEGRA

J. R. Ward es una autora de novela romántica que está cosechando espléndidas críticas y ha sido nominada a varios de los más prestigiosos premios del género. Sus libros han ocupado los puestos más altos en las listas de best-sellers del *New York Times* y *USA Today*.

Bajo el pseudónimo de J. R. Ward sumerge a los lectores en un mundo de vampiros, romanticismo y fuerzas sobrenaturales. Con su verdadero nombre, Jessica Bird, escribe novela romántica contemporánea.

www.jrward.com

LAS NOVELAS DE LA HERMANDAD
DE LA DAGA NEGRA EN PUNTO DE LECTURA

J. R. WARD

LA GUÍA SECRETA DE LA HERMANDAD DE LA DAGA NEGRA

Traducción de Patricia Torres Londoño

punto de lectura

Título original: *The Black Dagger Brotherhood: An Insider's Guide*
© 2007, Jessica Bird
Esta edición se publica por acuerdo con NAL Signet, miembro de Penguin Group
(USA) Inc. Todos los derechos reservados
© Traducción: 2009, Patricia Torres Londoño
© De esta edición:
2011, Santillana Ediciones Generales, S.L.
Torrelaguna, 60. 28043 Madrid (España)
Teléfono 91 744 90 60
www.puntodelectura.com

ISBN: 978-84-663-1916-4
Depósito legal: B-27.606-2011
Impreso en España – Printed in Spain

Imagen de cubierta: © Getty Images

Primera edición: septiembre 2011

Impreso por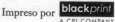

A los hermanos

AGRADECIMIENTOS

MI GRATITUD PARA:

Kara Cesare, sin quien todo este asunto de la Hermandad de la
Daga Negra no habría podido llegar tan lejos como ha llegado.
Tú eres la campeona y la animadora y el cerebro
de todo lo que hago… y suspendo los elogios aquí porque si no
este libro sería más largo que el de Phury.

Todo el personal de New American Library, en especial para:
Claire Zion, Kara Welsh y Leslie Gelbman, Craig Burke y Jodi
Rosoff, Lindsay Nouis, el gran Anthony y la maravillosa
Rachel Granfield, que maneja con
tanta elegancia mis manuscritos de diez kilos.

Steve Axelrod, que es el capitán de mi barco.

Inmensos agradecimientos para la Incomparable
Suzanne Brockmann (le estoy mandando hacer una banda con
esa leyenda y una corona llena de brillantes), Christine Feehan
(cuyo obelisco estoy construyendo mientras hablamos) y su
maravillosa familia (Domini, Manda, Denise y Brian),
Sue Grafton, alias Mamá Sue, Linda Francis Lee, Lisa Gardner
y *todos* mis otros amigos escritores.

Una vez más, un inmenso agradecimiento para los mejores
equipos dentales del mundo: Scott A.
Norton, DMD, MSD y Kelly Eichler, junto con Kim y Rebecca
y Crystal; y David B. Fox, DMD y Vickie Stein.

D. L. B., que es el mejor chico corrector dental del mundo, y también el más apuesto, te quiere, Mamá.

N. T. M., de quien fue toda la idea de esta *Guía secreta* y que trabajó tanto en ella y cuya gentileza sólo es superada por su paciencia y su sentido del humor.

Dr. Jessica Andersen, mi socia crítica y mi confidente y compañera de lucha.

LeElla Scott, a esta altura ya tienes demasiados sobrenombres para enumerarlos. Así que sólo mencionaré el más importante: la Mejor.

Y la mamá de Kaylie, que sigue siendo mi ídolo.

Como siempre, gracias a Mamá, Boat y *Boo*.

CONTENIDO

Padre mío

UNO

Entonces, Bella tiene buen aspecto.

En la gran mesa de la cocina de la Hermandad, Zsadist agarró un cuchillo, sostuvo con la otra mano una lechuga romana y comenzó a cortar trozos pequeños, de dos o tres centímetros.

—Sí, así es.

Le caía bien la doctora Jane. Demonios, estaba en deuda con ella. Pero de todas formas tuvo que hacer un esfuerzo para mantener los buenos modales: sería muy feo arrancar la cabeza a una hembra que no sólo era la shellan de su hermano, sino que había salvado al amor de su vida cuando estaba en trance de desangrarse en la mesa de partos.

—Se ha recuperado muy bien en los últimos dos meses. —La doctora Jane observaba a Zsadist desde la mesa que estaba enfrente, con el maletín de *Marcus Welby, doctor en medicina* al lado de su fantasmagórica mano—. Y Nalla está progresando mucho. Joder, los bebés vampiros se crían mucho más rápido que los humanos. Desde el punto de vista cognitivo, es como si tuviera nueve meses.

—Las dos están muy bien, sí. —Zsadist seguía cortando, moviendo la mano arriba y abajo, abajo y arriba. Al otro lado del filo del cuchillo, las hojas de lechuga saltaban y parecían entorchados verdes.

—Y, ¿cómo te va a ti con la novedad de ser padre?

—¡Mierda!

Al tiempo que soltaba el cuchillo, Zsadist lanzó una maldición y levantó la mano que tenía sobre la lechuga. El corte era profundo, hasta el hueso, y la sangre, intensamente roja, manaba profusamente y se escurría por la piel.

La doctora Jane se le acercó.

—Espera, acércate al fregadero.

Lo notable fue que ella no lo tocó ni trató de empujarlo hacia el fregadero; sólo se quedó allí y apuntó con el dedo hacia la llave del agua.

A pesar de que había hecho algunos progresos, a Zsadist seguía sin gustarle que la gente le pusiera las manos encima, excepto Bella. Ahora, si el contacto era inesperado, al menos ya no reaccionaba llevándose la mano al arma que tenía escondida y matando a quien se hubiese atrevido a tocarlo.

Cuando estuvieron frente al fregadero, la doctora Jane abrió toda la llave y la empujó hacia atrás, de manera que empezó a salir un chorro de agua caliente.

—Mételo debajo —dijo.

Zsadist estiró el brazo y metió el pulgar debajo del agua caliente. La herida le dolía horriblemente, pero ni siquiera hizo una mueca de dolor.

—Déjame adivinar lo que ha ocurrido. Bella te pidió que vinieras a hablar conmigo.

—No. —Al ver que él le clavaba los ojos, la buena doctora negó con la cabeza—. Sólo las examiné a ella y a la recién nacida. Nada más.

—Perfecto. Porque yo estoy bien.

—Tenía el presentimiento de que ibas a decir eso. —La doctora Jane cruzó los brazos sobre el pecho y lo miró con unos ojos que lo hicieron desear que hubiese un muro de ladrillo entre los dos. Ya estuviera en estado sólido o fuera transparente, como ocurría ahora, cuando aquella hembra te miraba así, tú te sentías como si estuvieras en medio de una tormenta de arena. No era de extrañar que ella y V se entendieran tan bien.

—Bella sí mencionó que hace tiempo que no te alimentas como es debido, es decir, de su vena.

Z se encogió de hombros.

—Nalla necesita más que yo lo que el cuerpo de Bella puede producir.

—Pero no tiene por qué haber exclusividad. Bella es joven, está muy bien de salud y tiene muy buenos hábitos alimentarios. Tiene para los dos. Y, además, te lo debe, tú sí la has dejado alimentarte de ti.

—Por supuesto. Y lo volvería a hacer. Haré por ella cualquier cosa. Por ella y la pequeña.

Hubo un largo silencio, luego la doctora Jane lo rompió.

—¿No te gustaría hablar con Mary?

—¿Sobre qué? —Zsadist cerró la llave del agua y se sacudió la mano sobre el lavaplatos—. Sólo porque respeto las exigencias de mi shellan, ¿crees que necesito un loquero? ¿Qué demonios te pasa?

Arrancó una toalla de papel del rollo que colgaba de un soporte incrustado en la pared, debajo de los armarios, y se secó la mano.

—¿Para quién es la ensalada, Z? —preguntó la doctora.

—¿Qué?

—La ensalada. ¿Para quién es?

Zsadist sacó el cubo de la basura y arrojó la toalla.

—Para Bella. Es para Bella. Mira, no te ofendas, pero...

—¿Y cuándo fue la última vez que comiste?

Zsadist levantó las manos como queriendo decir «ya está bien, no más, ¡por el ámor de Dios!».

—Suficiente. Ya sé que tus intenciones son buenas, pero yo me exalto con facilidad y lo último que necesitamos es que Vishous se enfurezca conmigo porque te he dado una bofetada. Entiendo tu punto...

—Mira tu mano.

Zsadist bajó la mirada. La sangre seguía chorreando desde la yema del pulgar hacia la muñeca y el antebrazo. Si no hubiese tenido puesta una camiseta de manga corta, la sangre se habría almacenado en la parte anterior del codo. Pero en lugar de eso estaba goteando sobre las baldosas de terracota.

La voz de la doctora Jane resonó con irritante neutralidad y su lógica resultó ofensivamente acertada:

—Tú tienes un oficio peligroso, en el cual dependes de que tu cuerpo haga cosas que te mantengan a salvo. ¿No quieres hablar con Mary? Bien, allá tú. Pero tienes que hacer ciertas concesiones físicas. Ese corte ya debería haberse cerrado. Pero no lo ha hecho y te apuesto lo que quieras a que va a seguir sangrando durante una o dos horas más, porque no estás en forma. —La doctora Jane sacudió la cabeza—. La cosa es así: Wrath me nombró médica particular de la Hermandad. Si sigues saltándote las comidas y sin alimentarte ni dormir como es debido, y de esa forma perjudicas tu rendimiento laboral, te sacaré del juego, te daré de baja.

Z se quedó mirando las gotas de líquido rojo brillante que brotaban de la herida. La hemorragia pasaba por encima de la banda negra de esclavo, de dos centímetros de anchura, que le habían tatuado en la muñeca hacía casi doscientos años. Tenía otra en el otro brazo y otra más alrededor del cuello.

Entonces alargó el brazo y arrancó otra toalla de papel. La sangre se limpiaba con facilidad, pero no había manera de borrar la marca que su maldita Ama le había hecho. La tinta había impregnado el tejido y había sido puesta allí para mostrar que él era una propiedad, un objeto que se podía usar, y no un individuo que mereciera vivir su vida libremente.

Sin tener ninguna razón en particular, Zsadist pensó en la piel de bebé de Nalla, tan increíblemente suave e inmaculada. Todo el mundo había notado lo suave que era. Bella. Todos sus hermanos. Todas las shellans de la casa. Era una de las primeras cosas que comentaban cuando la alzaban en brazos. Eso y el hecho de que era como una almohadilla, algo que invitaba a darle abrazos.

—¿Alguna vez has pensado en pedir que te quiten esos tatuajes? —preguntó la doctora Jane con voz suave.

—No se pueden quitar —respondió Zsadist con brusquedad, al tiempo que dejaba caer la mano—. La tinta es permanente.

—Pero, ¿alguna vez lo has intentado? Hoy en día hay láseres que...

—Será mejor que vaya a ponerme algo en esta herida, para poder terminar aquí. —Zsadist agarró otra toalla de papel—. Necesito un poco de gasa y esparadrapo...

—Tengo de eso en mi maletín. —Jane dio media vuelta para dirigirse a la mesa—. Tengo todo lo que...

—No, gracias. Yo me ocuparé del asunto.

La doctora Jane se quedó mirándolo fijamente.

—No me importa que seas independiente. Pero la estupidez sí me parece abominable. ¿Te queda claro? Puedo retirarte de la circulación en cualquier momento.

Si ella fuera uno de sus hermanos, seguro que Zsadist habría enseñado los colmillos y le habría gruñido. Pero no podía hacerle eso a la doctora Jane, y no sólo porque fuera una hembra. El problema era que no había manera de discutir con ella, pues sus palabras sólo eran la expresión de una opinión médica objetiva.

—¿Está claro? —repitió la doctora Jane, sin dejarse intimidar por la ferocidad de la expresión de Zsadist.

—Sí. Está claro.

—Bien.

—Tiene esas pesadillas… Dios, las pesadillas.

Bella se inclinó y metió el pañal sucio dentro del cubo de la basura. Al levantarse, agarró otro pañal del compartimento correspondiente del cambiador y sacó el talco y las toallitas húmedas. Luego agarró los tobillos de Nalla, tiró hacia arriba hasta levantar el diminuto trasero de su hija, la limpió rápidamente con una de las toallitas húmedas, le echó un poco de talco y por último deslizó el pañal limpio por debajo y lo acomodó en el centro.

Desde el otro extremo del cuarto, Phury le habló en voz baja.

—¿Pesadillas de sus días de esclavo de sangre?

—Me imagino. —Bella dejó caer suavemente el trasero limpio de Nalla sobre el pañal y fijó las cintas en su lugar—. Pero la verdad es que nunca ha querido hablarme del asunto.

—¿Ha estado comiendo bien últimamente? ¿Toma sangre de las venas?

Bella negó con la cabeza, mientras cerraba los botones del vestidito de Nalla. La prenda era rosa y tenía una calavera blanca y unos huesos cruzados bordados encima.

—Come mal y ha dejado de alimentarse de la vena. Es como si… No lo sé, el día que Nalla nació, Zsadist parecía tan maravillado y feliz… Pero luego fue como si hubiesen pulsado en él una especie de interruptor y se cerró por completo. Está casi tan mal como al principio. —Bella se quedó mirando a Nalla, que le estaba dando golpecitos al bordado que tenía en el pecho—. Siento haberte pedido que vinieras hasta aquí, pero no sé qué hacer.

—Me alegra que me hayas llamado. Siempre acudiré a la llamada de vosotros dos, tú lo sabes.

Mientras apoyaba a Nalla sobre su hombro, Bella dio media vuelta. Phury estaba recostado contra la pared color crema del cuarto y su cuerpo enorme interrumpía la visión del diseño de conejitos, ardillas y ciervos pintados a mano.

—No quisiera ponerte en una situación difícil, ni alejarte de Cormia innecesariamente.

—Está bien, de verdad. —Phury sacudió la cabeza y su melena multicolor brilló con la luz—. Si no he dicho nada es porque estoy tratando de pensar qué es lo mejor que podemos hacer. Hablar con él no siempre es la mejor solución.

—Cierto. Pero ya se me están agotando las ideas y la paciencia. —Bella dio unos pasos y se sentó en la mecedora, mientras acomodaba a Nalla entre sus brazos.

Los hermosos ojos amarillos de Nalla miraron fijamente desde su carita de ángel y había una expresión de reconocimiento en su mirada. Sabía exactamente quién estaba con ella… y quién no. Desde hacía más o menos una semana ya reconocía a la gente. Y eso lo había cambiado todo.

—Zsadist nunca la abraza, Phury. Ni siquiera la tiene en brazos un minuto.

—¿De verdad?

Las lágrimas que inundaron sus ojos hicieron que la cara de la pequeña se volviera borrosa.

—Maldición, ¿cuándo se me pasará esta maldita depresión posparto? Me paso el día llorando.

—Espera, ¿nunca la ha tenido en sus brazos? ¿No la saca de la cuna ni…?

—No la toca. Mierda, ¿me pasas un pañuelo? —Cuando la caja de pañuelos de papel entró en su campo de visión, Bella sacó uno y se secó los ojos—. Estoy hecha un desastre. En lo único en lo que pienso es en que Nalla se va a pasar la vida preguntándose por qué su papá no la quiere. —Lanzó una maldición, mientras las lágrimas seguían brotando—. Ya lo sé, es ridículo.

—No, no es ridículo —dijo Phury—. En verdad, no lo es.

Phury se arrodilló, mientras mantenía la caja de pañuelos frente a Bella. Curiosamente, Bella notó que la caja tenía la imagen de un sendero bordeado por frondosos árboles, que se extendían hacia lo lejos. A cada lado, unos arbustos de flores color magenta daban la impresión de que los arces llevaban tutús de ballet.

Bella se imaginó caminando por ese sendero… hacia un lugar que era mucho mejor que el sitio donde estaba en ese momento.

Entonces sacó otro pañuelo de papel.

—La cosa es que yo crecí sin padre, pero al menos tenía a Rehvenge. No me puedo imaginar lo que es tener un papá vivo, pero que está como muerto para ti. —Haciendo un gorjeo, Nalla bostezó y resopló, mientras se restregaba la cara con el dorso de la mano—. Mírala. Es tan inocente. Y responde tan bien al amor que se le da... Quiero decir que... Ay, por Dios, voy a comprar acciones en Kleenex.

Con un resoplido de impaciencia, Bella sacó otro pañuelo de papel. Para evitar mirar a Phury mientras se secaba los ojos, dejó que su mirada deambulara por la alegre habitación, que había sido un vestidor antes del nacimiento de Nalla. Ahora se había transformado en una habitación infantil, a cuyo alrededor giraba la familia, con la mecedora de pino que Fritz había fabricado con sus propias manos y el cambiador que le hacía juego, y la cuna, que aún estaba adornada con ramos de cintas de colores.

Cuando su mirada aterrizó en la biblioteca a ras del suelo, con todos aquellos libros grandes y gruesos, Bella se sintió todavía peor. Los hermanos y ella eran los que le leían a Nalla, quienes sentaban a la niñita en el regazo y abrían esos libros llenos de colores brillantes, y le recitaban rimas y poemas.

Su padre nunca lo hacía, aunque Z había aprendido a leer hacía ya casi un año.

—No habla de ella como su hija. Es mi hija. Para él, ella es mía, no nuestra.

Phury bufó con irritación.

—Te juro que estoy tratando de contenerme para no ir a darle una paliza ahora mismo.

—No es culpa de él. Quiero decir que después de todo lo que tuvo que pasar... yo tenía que esperar algo así, supongo. —Bella se aclaró la garganta—. Me refiero a que todo esto del embarazo no fue planeado y me pregunto... si tal vez él me guarda algún rencor y se arrepiente de que Nalla haya nacido.

—Tú eres su milagro. Y lo sabes.

Bella sacó más pañuelos y sacudió la cabeza.

—Pero ya no se trata sólo de mí. Y no voy a criarla aquí si él no puede hacer las paces con nosotras dos... Lo voy a abandonar.

—Vamos, creo que eso es un poco prematuro...

—Nalla está comenzando a reconocer a las personas, Phury. Está empezando a entender que él la ignora, la margina. Y Z ya ha tenido tres meses para hacerse a la idea. Con el tiempo ha ido a peor, no a mejor.

Mientras Phury lanzaba una maldición, Bella levantó la mirada hacia los brillantes ojos amarillos del gemelo de su hellren. Dios, aquel color era el mismo que brillaba en el rostro de su hija, así que no había manera de mirar a Nalla sin pensar en su padre. Y aun así…

—De verdad —dijo Bella–, ¿cómo van a ser las cosas de aquí a un año? No hay nada más triste, no hay mayor sensación de soledad que la que provoca dormir al lado de alguien a quien extrañas, como si se hubiese marchado. O tener a alguien así por padre.

Nalla estiró sus gordas manitas y agarró uno de los pañuelos de papel.

—No sabía que estabas aquí.

Bella miró enseguida hacia la puerta. Zsadist estaba en el umbral, con una bandeja en las manos, en la que llevaba un plato de ensalada y una jarra de refresco de limón. Tenía una venda blanca en la mano izquierda y cara de «no-me-preguntes-qué-pasó».

De pie en el umbral, en el extremo del cuarto, se veía exactamente igual al hombre del que ella se había enamorado y con el que se había apareado: un gigante con la cabeza rapada y una cicatriz que le partía en dos la cara, bandas de esclavo en las muñecas y el cuello y un par de aros en los pezones, que se adivinaban debajo de la ceñida camiseta negra.

Bella recordó la primera vez que lo vio, cuando golpeaba un saco de arena en el gimnasio del centro de entrenamiento. Movía vertiginosamente los pies, sus puños golpeaban a más velocidad de la que los ojos podían percibir y la bolsa se sacudía a causa de los golpes. Y entonces, sin detenerse ni un instante, había desenfundado una daga negra que llevaba en el arnés del pecho y había apuñalado la bolsa que estaba golpeando, cortando el cuero y haciendo que el relleno se desparramara por todas partes, como si fueran los órganos vitales de un restrictor.

Bella había llegado a descubrir en él algo más que un guerrero feroz. Esas manos también eran capaces de transmitir una gran ternura. Y aquella cara marcada, con el labio superior partido en dos, le había sonreído y la había mirado con amor.

—Vine a ver a Wrath —dijo Phury, al tiempo que se ponía de pie.

Los ojos de Z se clavaron entonces en la caja de pañuelos que su gemelo tenía en las manos y luego en el revoltijo de papeles sucios que Bella tenía en la mano.

—¿De veras?

Mientras entraba y ponía la bandeja sobre la cómoda en la que guardaban la ropa de Nalla, no miró a su hija. Ella, sin embargo, se dio cuenta de que él estaba en la habitación. Volvió la diminuta cara en su dirección, con sus tiernos ojos desenfocados, en actitud de súplica, y los bracitos regordetes tendidos hacia él.

Z dio un paso atrás y salió de nuevo al pasillo.

—Que te vaya bien en tu reunión. Yo me voy de cacería.

—Te acompaño a la puerta —dijo Phury.

—No tengo tiempo. Nos vemos después. —Los ojos de Z se clavaron en los de Bella por un momento—. Te amo.

Bella abrazó a Nalla con más fuerza.

—Yo también te amo. Cuídate.

Z asintió una vez con la cabeza y se marchó.

DOS

Al despertar en medio de un ataque de pánico, Zsadist trató de controlar su respiración y descubrir dónde se encontraba, pero sus ojos no eran de mucha ayuda. Todo estaba oscuro... se hallaba envuelto en una oscuridad densa y fría que, forzara lo que forzara los ojos, no podía atravesar. Podía estar en cualquier sitio, en una habitación, en medio del campo... en un calabozo.

Le había ocurrido lo mismo muchas, muchas veces. Durante los cien años que fue esclavo de sangre se había despertado en medio de una oscuridad aterradora, preguntándose qué le irían a hacer y quién se lo haría. ¿Y después de ser liberado? Las pesadillas lo hacían despertarse con la misma sensación.

En ambas circunstancias era horrible, y el pánico que se apoderaba de él no le aportaba nada. Cuando era una propiedad más de su Ama, el hecho de preocuparse por el quién, el qué y el cuándo resultaba inútil. El abuso siempre era inevitable, ya estuviera boca arriba o boca abajo sobre la plataforma que constituía su cama: siempre se servían de él hasta que ella y sus sementales quedaban satisfechos; luego era abandonado a su suerte, degradado, y, chorreando fluidos por todas partes, solo en su prisión.

¿Y ahora, con las pesadillas? El hecho de despertarse con el mismo terror que sentía cuando era esclavo sólo servía para revivir los horrores pasados que su subconsciente insistía en guardar.

Al menos... pensaba que estaba soñando.

El verdadero pánico se apoderó de él cuando se preguntó qué oscuridad era la que lo envolvía. ¿Acaso era la oscuridad del calabozo? ¿O se trataba de la oscuridad de la habitación que compartía con Bella? Zsadist no lo sabía. Las dos parecían iguales cuando no había referentes visuales que pudiera identificar y sólo se oían los latidos de su propio corazón retumbándole en los oídos.

¿La solución? Zsadist trató de mover los brazos y las piernas. Si no estaba encadenado, si no tenía grilletes en las extremidades, lo único que estaba ocurriendo era que su mente seguía atrapada en sus obsesiones, que el pasado seguía proyectando las garras a través del sucio barro de los recuerdos y se aferraba a él con fiereza. Pero mientras pudiera mover los brazos y las piernas entre sábanas limpias, todo estaba bien.

Correcto. Era hora de mover brazos y piernas.

Los brazos. Las piernas. Tenía que moverse.

Vamos, muévete.

Ay, Dios... maldición, muévete.

Pero sus extremidades no se movieron ni un milímetro, y en medio de la parálisis de su cuerpo, las garras de la verdad lo destrozaron. Se encontraba en medio de la húmeda oscuridad del calabozo de su Ama, con gruesos grilletes de acero que lo encadenaban de espaldas a la plataforma. Ella y sus amantes llegarían en cualquier momento y le harían todo lo que quisieran, ensuciando su piel y contaminando sus entrañas.

Zsadist dejó escapar un gemido. El patético sonido vibró desde el fondo de su pecho y se abrió paso hasta la boca; lo emitió como si se sintiera aliviado de liberarse de él. El verdadero sueño era Bella y él vivía sumido en la pesadilla.

Bella era el sueño...

Los pasos se aproximaban desde las escaleras ocultas que bajaban desde los aposentos de su Ama, y el eco se volvía cada vez más fuerte. Y por la escalera de piedra resonaban los pasos de varios individuos.

Con un terror animal, sus músculos se apretaron contra el esqueleto, luchando con desesperación por liberarse de los mancillados límites de esa carne que estaba a punto de ser acariciada, invadida y usada. La cara se le llenó de sudor, el estómago se apretó y la bilis preparó una vez más el asalto por el esófago hasta la base de la lengua...

Alguien estaba llorando.

No... mejor, aullando.

Se oía el llanto de un bebé que provenía del rincón del calabozo.

Zsadist suspendió la lucha un momento, mientras se preguntaba qué estaría haciendo un bebé en ese lugar. Su Ama no tenía hijos, ni él la había visto nunca embarazada en los años que llevaba en su poder...

No... espera... él era el que había traído al bebé allí. La que lloraba era su pequeña... y el Ama iba a encontrarla en cualquier momento. Iba encontrar al bebé y... Ay, Dios.

Él tenía la culpa. Él había llevado a la criatura allí.

Saca a la niña. Saca a la niña...

Z cerró los puños y enterró los codos en la cama-plataforma para incorporarse, recurriendo a cada gramo de energía que le quedada. Y entonces la fuerza surgió también de otros lugares, además del cuerpo; nació de la voluntad. Con un esfuerzo gigantesco...

No pudo hacer absolutamente nada. Los grilletes cortaron la piel de las muñecas y los tobillos hasta clavarse en los huesos, de manera que la sangre se mezcló con el sudor frío que cubría su cuerpo.

Cuando la puerta se abrió, la pequeñita estaba llorando y él no podía salvarla. El Ama iba a...

De repente sintió una luz que lo envolvió y lo arrancó del sueño hasta despertarlo del todo.

Zsadist se encontró junto a su cama matrimonial, después de salir expulsado de ella como si alguien le hubiese dado una patada, y estaba en posición de combate, con los puños a la altura del pecho, los hombros convertidos en corazas de acero y los muslos listos para saltar.

Bella se alejó lentamente de la lámpara que acababa de encender, como si no quisiera asustarlo.

Zsadist miró a su alrededor, abarcando toda la habitación. Como siempre, no había nadie con quien pelear, pero de todas maneras había despertado a todo el mundo. En la esquina, Nalla estaba en la cuna llorando y su amada *shellan* se había despertado muerta de miedo gracias a él. Otra vez.

Allí no había ningún Ama. Tampoco estaba ninguno de sus consortes. No había celda ni cadenas que lo ataran a una plataforma.

El bebé no estaba en el calabozo. Él tampoco.

Bella se levantó de la cama y se acercó a la cuna, de donde sacó a Nalla, que tenía la carita roja y estaba dando alaridos. La niña, sin embargo, no quería aceptar los mimos que le ofrecía su madre. Tendía sus bracitos hacia Zsadist, mientras reclamaba a gritos a su padre.

Bella esperó un momento, como si tuviera la esperanza de que esta vez fuera diferente y Zsadist se acercara para tomar a su hija entre sus brazos y ofrecerle el consuelo que la niña le reclamaba con tanta claridad.

Pero Z retrocedió hasta que sus hombros tocaron la pared. Llevaba los brazos cruzados sobre el pecho.

Bella dio media vuelta y le susurró algo a su hija, mientras pasaba con ella al cuarto contiguo. La puerta, al cerrarse, acalló los gritos de la niña.

Z se deslizó por la pared, hasta que su trasero tocó el suelo.

—Mierda.

Se restregó la cabeza rapada varias veces y luego dejó que sus manos colgaran de las rodillas. Después de un momento se dio cuenta de que estaba sentado como solía hacerlo en aquel calabozo, años atrás, con la espalda contra la pared que miraba hacia la puerta, las rodillas dobladas y el cuerpo desnudo y tembloroso.

Zsadist clavó la mirada en las bandas de esclavo que tenía en las muñecas. Tenían un color negro tan intenso que parecían sólidas, como los grilletes de acero que solían ponerle.

Después de quién sabe cuánto tiempo, se abrió la puerta que daba a la habitación de Nalla, y Bella regresó con la niña. La pequeña se había vuelto a dormir, pero de todas maneras Bella la acostó en la cuna con mucho cuidado, como si fuera una bomba que pudiera estallar en cualquier momento.

—Lo siento —dijo Zsadist en voz baja, mientras se frotaba las muñecas.

Bella se puso una bata y se dirigió a la puerta que salía al pasillo. Cuando puso la mano sobre el picaporte, se volvió y lo miró con ojos distantes.

—Ya no puedo seguir tolerando esto.

—Siento mucho que tenga estas pesadillas...

—Estoy hablando de Nalla. Ya no puedo tolerar que sigas rechazándola... ya no puedo seguir diciendo que lo entiendo, que las cosas van a mejorar y que voy a tener paciencia. El hecho es que ella es tan hija tuya como mía y me destroza verte alejándote de ella. Ya sé que pasaste por muchas cosas y no quiero ser cruel, pero... para mí ahora todo es diferente. Tengo que pensar en lo que sea mejor para ella. Tener un padre que no la toca, ciertamente no es bueno.

Z abrió las dos manos y se quedó mirándose las palmas, como si estuviera tratando de imaginarse la sensación de abrazar a su hija.

Las bandas de esclavo le parecían inmensas. Enormes... y contagiosas.

No era que no quisiera tocar a su hija, pensó. Era que *no podía* hacerlo.

La cuestión era que si abrazaba a Nalla y la consolaba y jugaba con ella y le leía cuentos, eso querría decir que aceptaba ser su padre... y no tenía nada agradable que legar a su hija. La hija de Bella merecía algo mejor que eso.

—Necesito que decidas qué quieres hacer —dijo Bella—. Si no puedes ser su padre, te voy a abandonar. Ya sé que parece muy cruel, pero... tengo que pensar en lo mejor para ella. Yo te amo y siempre te amaré, pero ya no se trata sólo de mí.

Por un momento Zsadist pensó que no había oído bien. ¿Abandonarlo?

Bella salió al corredor de las estatuas.

—Voy a por algo de comer. No te preocupes por ella... enseguida vuelvo.

Salió rápido y cerró la puerta sin hacer ruido.

Cuando se hizo de noche, cerca de dos horas después, la forma silenciosa en que esa puerta se había cerrado, con tanto sigilo, seguía resonando en la cabeza de Z.

De pie frente a su armario lleno de camisas negras, pantalones de cuero y botas de combate, trató de descubrir sus intenciones más íntimas, rebuscando en el laberinto de sus emociones.

Claro que quería superar el bloqueo anímico que tenía en la relación con su hija. Claro que quería hacerlo.

Sólo que era imposible: lo que le habían hecho sucedió hacía ya mucho tiempo, es cierto, pero lo único que tenía que hacer era mirarse las muñecas para ver que todavía estaba manchado por todo aquello... y no quería que toda aquella mierda estuviera cerca de Nalla. Al comienzo de su relación con Bella, se había sentido más o menos igual, pero había logrado superar el bloqueo con su shellan; el problema era que con la pequeña las implicaciones eran todavía más serias: Z era la encarnación de la horrible crueldad que existía en el mundo y él no quería que su hija supiera que existían semejantes abismos de depravación, y mucho menos deseaba exponerla a sus efectos posteriores.

Mierda. ¿Qué demonios iba a hacer cuando ella tuviera edad suficiente para mirarlo a la cara y preguntarle por qué tenía esas cicatrices y cómo se las había hecho? ¿Qué iba a hacer cuando su hija quisiera saber por qué tenía bandas negras tatuadas en la piel? ¿Qué iba a responder su tío Phury cuando ella le preguntara por qué le faltaba una pierna?

Z agarró una camisa y unos pantalones de cuero y luego se puso el arnés del pecho en que llevaba las dagas y abrió el armero. Escogió un par de SIG Sauer cuarenta, las revisó rápidamente. Solía usar pistolas de nueve milímetros... mierda, solía pelear a puñetazo limpio. Pero desde que Bella había entrado en su vida, se había vuelto más precavido.

Y eso, claro, era la otra parte de su obsesión. Vivía de matar, su trabajo era matar. Nalla iba a tener que crecer preocupándose por él cada noche. ¿Cómo podría no preocuparse? Bella lo hacía.

Z cerró el mueble de las armas y dio dos vueltas a la llave. Luego enfundó las armas en la pistolera que llevaba a la cintura, revisó las dagas y se puso su chaqueta de cuero.

Después echó un vistazo en dirección a la cuna donde Nalla todavía estaba durmiendo.

Armas. Dagas. Estrellas ninja. Por Dios, el bebé necesitaba estar rodeado de sonajeros y ositos de peluche.

La conclusión era que él no había nacido para ser padre. Nunca había tenido madera de padrazo. La biología, sin embargo, lo había empujado a representar ese papel y ahora todos estaban encadenados a su pasado: a pesar de que no podía imaginarse la vida sin Bella, tampoco podía imaginarse cómo podría ser el padre que Nalla merecía.

Mientras fruncía el ceño, se imaginó la fiesta de presentación en sociedad de Nalla, algo que todas las hembras de la glymera celebraban un año después de pasar por su transición. La hija siempre bailaba primero con su padre, de modo que vio a Nalla ataviada con un hermoso vestido rojo, con ese pelo multicolor recogido en un moño sobre la cabeza, con un collar de rubíes en la garganta... y él con aquella cara repleta de cicatrices y las bandas de esclavo asomándose bajo los puños de su ropa de gala.

Genial. Vaya espectáculo.

Maldiciendo, Z se dirigió al baño, donde Bella se estaba preparando para la noche. Le diría que iba a salir para terminar algo que había comenzado la noche anterior y que, en cuanto acabara, regresaría a casa para hablar. Pero al llegar al baño se quedó paralizado.

En medio del vapor que salía de la ducha, Bella se estaba secando. Tenía el pelo envuelto en una toalla y el cuello largo totalmente expuesto, los hombros blancos moviéndose de un lado a otro mientras se pasaba la toalla por la espalda. Sus senos también se mecían de un lado a otro, atrapando la mirada de Z y excitándolo.

Era un desgraciado, pero en lo único en lo que podía pensar mientras la miraba era en el sexo. Dios, Bella era hermosa. Le había gustado ver sus formas redondeadas durante el embarazo y también le gustaba su aspecto ahora. Había adelgazado muy rápidamente después del nacimiento de Nalla, su vientre estaba tan firme como antes y las caderas habían vuelto a recuperar sus maravillosas curvas. Tenía los senos más grandes, eso sí, los pezones de un rosa profundo, y todo parecía más voluptuoso.

Z sintió que el miembro viril se le apretaba contra el cuero de los pantalones, como un preso que quisiera salir de la cárcel.

Mientras se arreglaba los pantalones, se dio cuenta de que la última vez que Bella y él habían estado juntos había sido mucho antes del nacimiento de Nalla. El embarazo había sido difícil y después Bella había necesitado tiempo para recuperarse físicamente y había estado totalmente absorta en la labor de cuidar a su hijita.

Z la extrañaba. La deseaba. Todavía pensaba que era la hembra más espectacularmente sensual que había en el planeta.

Bella dejó caer su bata, se situó frente al espejo y se quedó mirando fijamente su reflejo. Con una mueca, se inclinó hacia delante y se hizo presión sobre los pómulos, la mandíbula y debajo de ésta. Luego se enderezó, frunció el ceño, giró hasta quedar de lado y se esforzó en meter la tripa.

Z carraspeó para llamar la atención de Bella.

—Me voy.

Al oír su voz, Bella se apresuró a recoger la bata. Se la puso rápidamente, se ató el cinturón y se cerró las solapas sobre el cuello.

—No sabía que estuvieras ahí.

—Bueno... —La erección cedió—. Ya ves.

—¿Te vas? —dijo ella, al tiempo que se quitaba la toalla del pelo.

Ni siquiera había escuchado sus palabras, pensó Z.

—Sí, tengo que salir, me toca servicio fuera. Sin embargo, si me necesitas, puedes llamarme, como siempre...

—Estaremos bien. —Bella se agachó y comenzó a secarse el pelo con la toalla, y el enérgico movimiento resonaba en los oídos de Z.

Aunque estaba sólo a un par de metros de él, Z no podía alcanzarla. No podía preguntarle por qué se quería esconder de él. Le tenía demasiado miedo a esa respuesta.

—Que pases una buena noche —dijo él secamente y luego esperó un momento, deseando que ella lo mirara, le sonriera y le diera un beso antes de marcharse a la guerra.

—Tú también. —Bella se enderezó y agarró el secador de pelo—. Ten cuidado.

—Lo haré.

Bella encendió el secador de pelo y agarró el cepillo para parecer ocupada mientras Z daba media vuelta y se iba. Cuando estuvo segura de que se había marchado, la hembra dejó de fingir, apagó el secador y lo dejó caer sobre la encimera de mármol.

Tenía el corazón destrozado, se sentía mareada y, al mirar su imagen en el espejo, sintió irrefrenables deseos de arrojar algo contra el cristal.

Z y ella no habían tenido relaciones íntimas desde... Por Dios, tal vez desde hacía cuatro o cinco meses, antes de que ella comenzara a sangrar.

Él ya no pensaba en ella en términos sexuales. Era así desde la llegada de Nalla. Era como si, para Z, el nacimiento de su hija

31

hubiese apagado esa parte de la relación. Hoy día, cuando la tocaba, lo hacía con delicadeza, con cariño respetuoso, como lo haría un hermano.

Nunca con pasión.

Al principio ella pensó que tal vez se debía a que no estaba tan delgada como de costumbre, pero en las últimas cuatro semanas su cuerpo había recuperado la forma anterior.

Al menos eso era lo que ella pensaba. ¿O tal vez se estaba engañando?

Bella se desató el cinturón de la bata, la abrió y se giró hasta quedar de lado, para calibrar el perfil de su abdomen. Años atrás, cuando su padre aún vivía y ella estaba en plena etapa de crecimiento, le habían metido en la cabeza la importancia de que las hembras de la glymera se mantuvieran delgadas, e incluso tantos años después de la muerte de su padre, esas severas advertencias sobre los peligros de la gordura seguían acompañándola.

Bella se volvió a envolver en la bata y ató el cinturón con fuerza.

Sí, quería que Nalla tuviera un padre, y era su preocupación principal. Pero también echaba de menos a su hellren. El embarazo se produjo tan rápido que ellos no habían tenido la oportunidad de disfrutar de un periodo de puro romance, en el cual se regocijaran el uno con la compañía del otro.

Mientras agarraba de nuevo el secador y lo encendía, Bella trató de no contar el número de días transcurridos desde la última vez que Z la había buscado como macho. Había pasado una eternidad desde la última vez que él la había tanteado con sus enormes y tibias manos por debajo de las sábanas y la había despertado con un beso en la nuca y una erección haciendo presión contra su cadera.

Ella tampoco lo había buscado, es cierto. Pero es que no estaba segura del recibimiento que iba a encontrar y lo último que necesitaba ahora era que él la rechazara porque ya no le resultaba atractiva. Ya estaba metida en un gran torbellino emocional por el hecho de ser madre, y un fracaso en el frente de su feminidad sería demasiado.

Cuando terminó de secarse el pelo, se lo cepilló rápidamente y salió para mirar a Nalla. Mientras observaba a su hija, allí en la cuna, no podía creer que las cosas hubieran llegado hasta aquel punto. Siempre había sabido que Z tendría frecuentes problemas por todo lo que le había sucedido, pero nunca se le había ocurrido que no pudieran superar su pasado.

Antes parecía como si su amor fuera suficiente para vencer cualquier cosa.

Pero tal vez no fuera así.

TRES

La casa estaba alejada del camino y rodeada de arbustos y árboles raquíticos con hojas de color café. El diseño era una mezcolanza de estilos arquitectónicos, cuyo único elemento en común era que todos habían sido reproducidos con terrible torpeza: tenía un techo de estilo colonial, pero sólo un piso, como un rancho; tenía columnas en el porche, como si fuera una casa de la época gloriosa, pero estaba rodeada de plástico como si fuera un tráiler; se levantaba en medio de la finca como si fuera un castillo, pero tenía la nobleza de un vertedero.

Ah, y estaba pintada de verde. Como si fuera el Gran Gigante Verde que anuncia los guisantes.

Probablemente, había sido construida hacía unos veinte años, por un tipo de ciudad de mal gusto que deseaba empezar una nueva vida como granjero. Pero ahora todo parecía en ruinas, excepto por una cosa: la puerta era de un acero reluciente y nuevo, reforzada con elementos de seguridad como los que se ven en un hospital psiquiátrico o una cárcel.

Y las ventanas estaban tapadas con tablas clavadas de arriba abajo.

Z se acurrucó detrás de la carrocería oxidada de lo que debió ser un Trans Am modelo 92, en espera de que las nubes se volvieran a unir para cubrir la luna, de manera que él pudiera acercarse con menos riesgo de ser visto. Rhage estaba detrás de un roble, al otro lado del patio lleno de maleza y la entrada de gravilla.

Ese roble era, en realidad, el único árbol suficientemente grande para esconder a aquel desgraciado.

La Hermandad había encontrado este sitio la noche anterior por puro azar. Z estaba en el centro patrullando la zona verde que se extendía por debajo de los puentes de Caldwell, cuando vio a un par de matones que arrojaban un cuerpo al río Hudson. Se deshicieron del cadáver con rapidez y profesionalidad: llegaron en un coche normal y corriente, se bajaron dos tipos encapuchados que fueron hasta el maletero, el cuerpo estaba atado de pies y manos y fue arrojado al agua con eficiencia.

¡Splash!, como quien toma un baño.

Z estaba como a unos diez metros de distancia, corriente abajo, de modo que cuando el cadáver comenzó a flotar, pudo ver por el gesto de su boca que se trataba de un ser humano. Normalmente esto no habría provocado ninguna reacción ser por su parte. Si alguien era asesinado por la mafia, no era su problema.

Pero en ese momento el viento cambió de dirección y le trajo un olor parecido al del algodón de azúcar.

Z sólo conocía dos cosas que olieran así y caminaran erguidas: las viejecitas y los enemigos de su raza. Considerando que no era muy probable que las que estuvieran debajo de esas capuchas fueran un par de abuelitas dando rienda suelta a su Tony Soprano interior, eso significaba que se encontraba frente a dos restrictores. Así que la situación sí era de su incumbencia.

En el momento más oportuno, el par de asesinos comenzaron a discutir. Mientras se empujaban el uno al otro y se lanzaban un par de golpes, Z se desmaterializó para dirigirse hasta la torre que estaba más cerca del coche. Era un Impala de placas 818 NPA y no parecía haber ningún otro pasajero, ya fuera vivo o muerto.

En una fracción de segundo, Z se desmaterializó de nuevo, esta vez para ir hasta el techo de la fábrica que flanqueaba el puente. Desde esta posición privilegiada, esperó con el teléfono en el oído, mientras marcaba el número de Qhuinn y soportaba la ráfaga de viento que se levantaba en el puente.

Los restrictores no solían matar humanos. Era una pérdida de tiempo, para empezar, porque eso no les daba puntos con el Omega, y además era un lío si los atrapaban. Habiendo dicho esto, si algún tío llegaba a ver algo que no debía ver, los asesinos no dudaban en mandarlo con su Creador.

Cuando el Impala salió finalmente de debajo del puente, dobló a la derecha y se dirigió al centro. Z le dijo algo a Qhuinn y un momento después una Hummer negra apareció exactamente donde el Impala había girado.

Qhuinn y John Matthew tenían la noche libre y se hallaban con Blay en el ZeroSum, pero aquellos chicos siempre estaban listos para la acción. Tan pronto como Z los llamó, los tres corrieron al nuevo coche de Qhuinn, que se encontraba estacionado a manzana y media de distancia.

Bajo la dirección de Z, los chicos aceleraron para alcanzar el Impala. Mientras lo tenían en el punto de mira, Z siguió vigilando a los restrictores, desmaterializándose del techo de un edificio al otro, a medida que los desgraciados avanzaban a lo largo del río. Gracias a Dios los asesinos no tomaron la autopista, pues en ese caso los habrían perdido.

Qhuinn era muy habilidoso al volante y una vez que su Hummer comenzara a seguir al Impala, Z ya no brincó más de edificio en edificio como el Hombre Araña y dejó que los chicos hicieran el trabajo. Unos quince kilómetros más adelante, Rhage los reemplazó en su GTO, con el fin de reducir las posibilidades de que los asesinos se dieran cuenta de que los estaban siguiendo.

Justo antes del amanecer, Rhage los siguió hasta aquel lugar, pero el día ya estaba demasiado cerca para poder hacer algo más.

Así que esa noche habían ido a investigar ese descubrimiento. Con todos los medios.

Mire usted por dónde, el Impala estaba aparcado a la entrada.

Cuando las nubes finalmente hicieron su trabajo, Z le hizo una seña a Hollywood y los dos se desmaterializaron hasta quedar a cada lado de la puerta principal. Aguzaron el oído y captaron una fuerte discusión. Las voces eran las mismas que Z había oído en el Hudson la noche anterior. Evidentemente, los dos asesinos seguían peleando como el perro y el gato.

Tres, dos… uno.

Rhage le dio una patada a la puerta de la casa para abrirla, con tanta fuerza que su bota dejó una abolladura en el panel de metal.

Los dos asesinos que estaban dentro se volvieron a mirar, sorprendidos, pero Z no les dio tiempo de reaccionar. Con el cañón de su SIG por delante, les disparó a los dos en el pecho y las balas hicieron rodar a los asesinos hacia atrás.

Rhage empezó entonces a trabajar con la daga, apuñalando primero a uno y después al otro. Cuando los destellos de luz blanca y los estallidos se desvanecieron, el hermano se puso de pie y se quedó inmóvil.

Ni Z ni Rhage se movieron. Usando sus aguzados sentidos, escrutaron el silencio de la casa en busca de algo que sugiriera que había más habitantes.

El gemido que brotó en medio del silencio provenía del fondo y Z caminó rápidamente al lugar de donde llegaba el sonido, precedido por el cañón de su arma. La puerta que bajaba al sótano desde la cocina estaba abierta y Z se desmaterializó hasta allí. Con un rápido movimiento de cabeza echó un vistazo escaleras abajo. Una sola bombilla desnuda colgaba de un cable rojo y negro, al final de las escaleras, pero el haz de luz no mostraba más que un sucio suelo de tablas.

Z apagó la bombilla mentalmente y Rhage lo cubrió desde arriba, mientras evitaba las desvencijadas escaleras y se desmaterializaba camino de la oscuridad.

Abajo, Z percibió olor a sangre fresca y oyó el golpeteo de unos dientes que castañeteaban en algún lugar a la izquierda.

Volvió a encender la luz del sótano con el pensamiento… y se quedó sin aliento.

Había un vampiro civil atado de pies y manos a una mesa. Estaba desnudo y lleno de magulladuras y, en lugar de mirar a Z, cerró los ojos con fuerza, como si no fuera capaz de ver lo que le esperaba.

Por un momento, Z no pudo moverse. Era como estar viendo su propia pesadilla en vivo y en directo, y la realidad se volvió tan borrosa que no estaba seguro de si el que estaba amarrado era él o el tío a quien iba a rescatar.

—¿Qué ocurre? —preguntó Rhage desde arriba—. ¿Qué encontraste?

Z salió de su confusión y se aclaró la garganta.

—Estoy en ello.

Mientras se acercaba al civil, dijo con voz suave en Lengua Antigua:

—*No temas.*

Los ojos del vampiro se abrieron de repente y volvió rápidamente la cabeza. Primero lo miró con incredulidad y luego con asombro.

—*No temas*. —Z revisó nuevamente los rincones del sótano y sus ojos penetraron en las sombras en busca de indicios de un sistema de seguridad. Lo único que vio fue una habitación de paredes de cemento y suelo de madera, cuyo techo estaba lleno de tuberías viejas e instalaciones eléctricas igualmente antiguas. Pero no se veía ningún ojo electrónico ni luces que indicaran alarmas.

Estaban solos y sin vigilancia, pero quién sabía durante cuánto tiempo.

—Rhage, ¿todavía sin moros en la costa? —gritó hacia arriba por la escalera.

—¡Todo despejado!

—Un civil. —Z inspeccionó el cuerpo del macho. Lo habían golpeado y, aunque no parecía tener ninguna herida abierta, no había manera de saber si podría desmaterializarse—. Llama a los chicos, por si necesitáramos transporte.

—Ya lo hice.

Z dio un paso hacia delante…

El suelo se abrió bajo sus pies, resquebrajándose completamente justo debajo de él.

Cuando la gravedad se apoderó de él con sus manos codiciosas y comenzó a bajar en caída libre, en lo único en lo que pudo pensar fue en Bella. Dependiendo de lo que hubiese en el fondo, esto podría ser…

Aterrizó en algo que se hizo añicos por el impacto y que causó una lluvia de fragmentos de cristal que cortaron sus pantalones y sus manos antes de rebotar y herirle en la cara y el cuello. Mantuvo el arma en la mano porque estaba entrenado para hacerlo, a pesar de que la punzada de dolor lo paralizó de la cabeza a los pies.

Necesitó respirar varias veces profundamente antes de poder activar de nuevo su cerebro para tratar de evaluar la magnitud de los daños.

Mientras se sentaba lentamente, el tintineo de los fragmentos de cristal cayendo sobre el suelo de piedra pareció resonar aún a su alrededor. En el círculo que formaba la luz que llegaba del sótano, vio que estaba sentado en medio de un resplandor de cristales…

Había caído sobre una araña de cristal del tamaño de una cama.

Y su bota izquierda estaba apuntando hacia abajo.

—Mierda.

La parte inferior de la pierna que se había dislocado comenzó a palpitar de dolor, lo cual le hizo pensar que, si no se hubiese fijado en eso, tal vez habría seguido haciendo caso omiso del dolor.

La cara de Rhage apareció en el borde del hueco que se había formado en el techo.

—¿Estás bien?

—Libera al civil.

—¿Estás bien?

—La pierna está muerta.

—¿Cómo que muerta?

—Pues me estoy viendo el talón de la bota y la parte delantera de la rodilla al mismo tiempo. Y hay una buena probabilidad de que vomite. —Z tragó saliva, tratando de convencer a las arcadas de que, sintiéndolo mucho, tenían que esfumarse—. Suelta al civil y luego veremos cómo sacarme de aquí. Ah, y pisa con mucho cuidado. Es evidente que las tablas están podridas.

Rhage asintió con la cabeza y desapareció. Mientras que las pisadas en el suelo de arriba generaban una lluvia de polvo sobre su cabeza, Z buscó en su chaqueta y sacó una linterna pequeña. Sólo tenía el tamaño de un dedo, pero arrojaba un rayo tan fuerte como los faros de un coche.

Cuando recorrió el lugar con la luz, el problema de su pierna dejó de molestarlo tanto.

—¿Qué... demonios es esto?

Era como estar en una tumba egipcia. La habitación, de doce por doce metros, estaba abarrotada de objetos que brillaban, desde pinturas al óleo con marcos dorados hasta candelabros de plata, pasando por estatuas llenas de joyas y montañas enteras de objetos de plata. Y en el otro extremo había una pila de cajas que probablemente esconderían joyas, así como una fila de quince o más maletines metálicos que debían contener dinero.

Aquello era un almacén de objetos robados y estaba lleno de todas las cosas que habían sido saqueadas de las casas durante el verano anterior. Todas esas mierdas debían de haber pertenecido a la glymera... Z incluso reconoció las caras en algunos de los retratos.

Muchas cosas de valor escondidas allí. Y, qué casualidad, a mano derecha, cerca del suelo de tierra pisada, una lucecilla roja comenzó a titilar. Su caída había activado el sistema de alarma.

La cabeza de Rhage volvió a aparecer en su campo de visión.

—Ya liberé al civil, pero no se puede desmaterializar. Qhuinn estará aquí en un minuto. ¿Sobre qué estás sentado?

—Una araña de cristal, y eso no es todo. Mira, pronto vamos a tener compañía. Este lugar está vigilado y yo activé la alarma.

—¿Ves alguna escalera?

Z se limpió el sudor de la frente y sintió el líquido frío y grasiento que parecía producir el dolor sobre el dorso de la mano. Mientras movía la linterna a su alrededor, negó con la cabeza.

—No veo ninguna, pero tienen que haber metido todo esto aquí de alguna manera y estoy seguro de que no fue a través de ese suelo.

Rhage volvió repentinamente la cabeza y frunció el ceño. El sonido metálico de su daga saliendo de la funda fue como una exclamación de ansiedad.

—Debe ser Qhuinn… o un asesino. Arrástrate hasta salir de la luz mientras me encargo de esto.

Hollywood desapareció del agujero del suelo y sus pasos se volvieron sigilosos.

Z guardó el arma porque no le quedaba otro remedio y retiró algunos de los fragmentos de cristal del camino. Se apoyó en las manos para levantar el trasero del suelo, apoyó el pie bueno y se arrastró hacia las sombras, en dirección a la lucecita de la alarma. Después de sentarse justo encima de la maldita luz, como si fuera el único espacio que pudiera encontrar en medio de los montones de arte y platería, se recostó contra la pared.

Cuando la situación de arriba se volvió demasiado silenciosa, supo que no debía de tratarse de Qhuinn y los chicos. Y sin embargo no se oía ningún combate.

Y luego las cosas empeoraron.

La «pared» contra la que se había apoyado se deslizó y Z cayó de espaldas… a los pies de un par de restrictores de pelo blanco y cara de pocos amigos.

CUATRO

Ser madre implicaba muchas cosas maravillosas.

Abrazar a tu bebé y mecerte con él para dormirlo era definitivamente una de ellas. Al igual que doblar la ropa diminuta. Y alimentarlo. Y ver cómo te mira con alegría y asombro cuando se despierta.

Bella se acomodó en la mecedora del cuarto de Nalla, arregló el borde de la manta debajo de la barbilla de su hija y le acarició la mejilla.

Un resultado no tan agradable de la maternidad, sin embargo, era que todo ese asunto de la intuición femenina se alborotaba.

Mientras se encontraba allí sentada, rodeada por la seguridad de la mansión de la Hermandad, Bella sintió que había algo malo en el ambiente. Aunque ella estaba perfectamente segura, rodeada por un entorno que parecía salido de un artículo titulado «Así vive la familia perfecta», de pronto sintió como si entrara una brisa que olía a muerte. Y Nalla percibió esa misma energía. La criatura estaba curiosamente tensa y silenciosa, con esos ojos amarillos fijos en el centro de la habitación, como si estuviese esperando que se oyera una gran explosión.

Desde luego, el problema con la intuición, ya sea aquella relacionada con el sexto sentido materno o cualquier otra, era que se trataba de una sensación sin palabras ni sentido claro. Aunque te preparaba para las malas noticias, no había sustantivos ni verbos que concretaran la sensación de angustia, ni ofrecía tampoco ningún parámetro de tiempo. De manera que mientras uno convivía con la sensación de pánico que le oprimía la nuca como una toalla fría y húmeda, la mente se ponía a razonar, porque eso era lo mejor que se podía hacer. Tal vez sólo era que la primera comida no le había caído bien. O quizás era una angustia que flotaba en el aire.

Tal vez...

Demonios, a lo mejor lo que le estaba dando vueltas en el estómago no era una intuición. Tal vez se debía a que había llegado a una conclusión que no la hacía muy feliz.

Sí, más bien se trataba de eso. Después de haber pasado un tiempo esperando y soñando y preocupándose y tratando de encontrar una salida a sus problemas con Z, Bella tenía que ser realista. Le había planteado el asunto abiertamente... y no había obtenido una respuesta de parte de él.

Un «quiero que te quedes». O incluso un «voy a hacer un esfuerzo».

Lo único que había conseguido era que le dijera que iba a salir a luchar.

Lo cual, en cierta forma, era una respuesta, ¿verdad?

Mientras observaba a su alrededor, Bella pensó en lo que tendría que empacar... no mucho, sólo una maleta pequeña para Nalla y otra para ella. Podría conseguir otro cubo para tirar los pañales y otra cuna y otro cambiador con facilidad...

¿Adónde iría?

La solución más fácil era mudarse a una de las casas de su hermano. Rehvenge tenía muchas y lo único que tendría que hacer sería pedírsela. Joder, era toda una ironía, ¿no? Después de haber luchado tanto para alejarse de él, ahora estaba contemplando la posibilidad de regresar.

Y en realidad no la estaba contemplando. Ya lo había decidido.

Bella se inclinó hacia un lado, sacó su teléfono móvil del bolsillo de los pantalones y marcó el número de Rehv.

Después de dos timbrazos, una voz profunda y familiar contestó.

—¿Bella?

En el fondo se oía un estruendo de música y gente conversando, como si los distintos ruidos estuvieran compitiendo por prevalecer uno sobre el otro.

—Hola.

—¿Aló? ¿Bella? Espera, espera, que entro a la oficina. —Después de una larga pausa, el estruendo se desvaneció—. Hola, ¿cómo estáis tú y tu pequeño milagro?

—Necesito un lugar donde quedarme.

Silencio. Luego habló su hermano.

—¿Y ese alojamiento sería para tres o para dos?

—Para dos.

Otra larga pausa.

—¿Voy a tener que matar a ese maldito desgraciado?

El tono frío y perverso de su hermano asustó un poco a Bella y le recordó que su amado hermanito no era un macho que se anduviera con bromas.

—Dios, no.

—Habla, hermana mía. Dime qué está sucediendo.

La muerte era un paquete negro que se presentaba de muchas formas y con pesos y tamaños distintos. Y además era el tipo de regalo que, una vez llegado a tu puerta, tú sabías quién era el remitente sin necesidad de mirar la dirección ni abrir siquiera el paquete.

Simplemente lo sabías.

Cuando Z cayó de espaldas al pie de aquellos dos restrictores, supo que le había llegado su entrega especial y lo único que le cruzó por la mente fue que no estaba listo para recibirla.

Desde luego, no era un paquete que se pudiera rechazar así como así.

Encima de él, bañados por un resplandor proyectado por algún tipo de luz, los restrictores se quedaron paralizados, como si él fuera la última cosa en el mundo que esperaran encontrarse. Y debía ser así. Luego sacaron sus armas.

Z no tuvo una última palabra, tuvo una última visión, una imagen que eclipsó por completo los cañones que le apuntaron directamente a la cabeza. En su mente apareció la estampa de Bella y Nalla juntas, sentadas en la mecedora del cuarto de la pequeña. No era la imagen de la noche anterior, cuando había un montón de pañuelos de papel, ojos enrojecidos por las lágrimas y su hermano gemelo mostraba un gesto tan serio. Era una imagen que había visto hacía un par de semanas, en un momento en que Bella estaba mirando a su hija con una ternura y un amor infinitos, y luego, como si hubiese sentido su presencia en la puerta, había levantado los ojos y por un instante el amor que expresaba su rostro lo había envuelto también a él.

Se oyó el estallido de dos tiros, pero lo más extraño fue que el único dolor que Z sintió fue el producido por la reverberación en los oídos.

Luego sintió dos golpes secos, que resonaron contra la pared cubierta de riquezas robadas.

Z levantó la cabeza. Qhuinn y Rhage se hallaban de pie, justo detrás de donde se encontraban los dos restrictores, y estaban bajando sus armas. Blay y John Matthew se encontraban con ellos y también apuntaban a los enemigos.

—¿Estás bien? —preguntó Rhage.

No. Decir que lo estaba sería una gran mentira. Pero lo dijo.

—Sí. Sí, estoy bien.

—Blay, regresa al túnel conmigo —dijo Rhage—. John y Qhuinn, vosotros quedaos con él.

Z dejó caer de nuevo la cabeza y oyó cómo se alejaban dos pares de botas. En medio del espeluznante silencio que siguió, sintió una intensa oleada de náuseas y luego comenzó a temblar. Sin poder controlarse, cuando se las llevó a la cara, las manos se le sacudían como banderas libradas al viento.

John le tocó el brazo con una mano y Z dio un brinco.

—Estoy bien… estoy bien…

John habló por señas.

—*Vamos a sacarte de aquí.*

—¿Cómo…? —Z se aclaró la garganta—. ¿Cómo puedo estar seguro de que esto está sucediendo de verdad?

—*¿A qué te refieres? ¿Qué quieres decir con eso?*

Zsadist se pasó los dedos por la frente, mientras, para aliviarse, trataba de hacer presión en el lugar donde los asesinos le habían apuntado a quemarropa.

—¿Cómo puedo saber que esto es real, que no es una…? ¿Cómo sé que no estoy muerto?

John miró por encima del hombro a Qhuinn, como si no tuviera ni idea de cómo responder a semejantes palabras y estuviera buscando respaldo. Luego se dio un golpe en el pecho con el puño.

—*Yo sé que estoy aquí.*

Qhuinn se inclinó e hizo lo mismo y de su pecho salió un sonido profundo.

—Yo también.

Zsadist volvió a dejar caer la cabeza y su cuerpo temblaba tanto que los pies golpeaban el suelo de tierra pisada como si estuviera bailando un zapateado.

—No sé… si esto es real… Ay, mierda…

John se quedó mirándolo como si estuviera evaluando el creciente estado de agitación y tratara de decidir qué demonios se podía hacer.

De improviso, se inclinó sobre la pierna rota de Z y le dio un tirón al pie que tenía dislocado.

Z se enderezó de inmediato y gritó.

—¡Hijo de puta!

Pero enseguida notó que su amigo sabía lo que hacía, pues el dolor actuó como una escoba que barrió su mente y se deshizo de toda la polvareda de alucinaciones, reemplazándolas por una claridad localizada y palpitante. El dolor. Claro que estaba vivo. Por supuesto que sí.

Enseguida pensó en Bella. Y en Nalla.

Tenía que llamarlas.

Z se volvió hacia un lado para sacar su teléfono móvil, pero su visión se tornó borrosa por el dolor de la pierna.

—Mierda. ¿Puedes sacar mi móvil? Está en el bolsillo trasero.

John le dio la vuelta con cuidado, sacó el teléfono y se lo entregó.

—Entonces, ¿no crees que haya manera de arreglar las cosas? —preguntó Rehv.

Bella negó con la cabeza para responder a la pregunta de su hermano, hasta que se dio cuenta de que él no podía verla.

—No, no lo creo. Al menos, no veo forma a corto plazo.

—Mierda. Bueno, siempre voy a estar aquí para lo que quieras, tú lo sabes. ¿Quieres quedarte con mahmen?

—No. Bueno, me refiero a que me encantaría, pero necesito mi propio espacio.

—Porque tienes la esperanza de que él vaya a buscarte.

—No lo hará. Esta vez es diferente. Nalla… ha hecho que todo sea distinto.

La niña suspiró y se apretó más contra su madre, en aquel su rincón favorito, entre el brazo y el seno. Bella apoyó el teléfono contra el hombro y acarició el pelo sedoso que ya estaba brotando de la cabecita de la niña. Cuando Nalla fuera mayor, tendría el pelo ondulado y hermoso, con tonos rubios, rojizos y marrones, tal como sería el pelo de su padre si no se lo cortara al rape.

Rehv soltó una extraña carcajada.

—¿Qué pasa? —dijo Bella.

—Después de todos los años que llevo luchando para que vivas en mi casa, ahora no quiero que abandones la mansión de la Hermandad. De verdad, nada es más seguro que ese complejo... pero tengo una casa sobre el río Hudson que también es muy segura. Está al lado de la de una amiga. No es nada lujosa, pero hay un túnel que comunica las dos propiedades. Ella te mantendrá a salvo.

Bella aceptó, agradecida.

—Gracias. Voy a empacar unas pocas cosas y le pediré a Fritz que me lleve en una hora.

—Ahora mismo haré que te llenen el refrigerador.

El teléfono sonó con el aviso de que acababa de entrar un mensaje.

—Gracias.

—¿Ya se lo dijiste?

—Z sabe que eso va a suceder. Y no, no voy a impedir que vea a Nalla si quiere, pero va a tener que decidir si quiere ir a verla.

—¿Y qué pasa contigo?

—Yo lo amo... pero esto ha sido realmente difícil para mí.

Poco después terminaron la llamada y, cuando Bella se alejó el teléfono de la oreja, vio que le había llegado un mensaje de Zsadist:

LO SIENTO MUCHO. TE AMO. POR FAVOR, PERDÓNAME...
NO PUEDO VIVIR SIN TI.

Bella se mordió los labios y cerró los ojos. Luego respondió al mensaje.

CINCO

Z se quedó mirando la pantalla de su teléfono, mientras rezaba para que Bella le contestara. La habría llamado, pero tenía la voz tan temblorosa que no quería alarmarla. Además, no era tan buena idea someterse en ese momento a semejante torbellino emocional, considerando que tenía una pierna rota y estaban en territorio de los restrictores.

Rhage y Blay regresaron a través del túnel.

—He aquí la razón por la que no entraron a la casa —estaba diciendo Rhage—. A este almacén se llega a través del cobertizo de la parte de atrás. Y ellos estaban revisando primero el sistema de seguridad, pues evidentemente les preocupaba menos lo que pasara con la casa.

Z se aclaró la garganta y habló con un hilillo de voz.

—La alarma todavía está titilando. Si no la desconectamos, vendrán más…

Rhage levantó su arma y apuntó hacia la luz roja, apretó el gatillo y acabó con la alarma de una vez por todas.

—Tal vez eso funcione.

—¡Qué habilidad técnica, Hollywood! —murmuró Z—. Estás hecho todo un Bill Gates.

—Ya te digo. En fin, necesitamos sacaros a ti y al civil…

El teléfono de Z vibró en ese momento, así que abrió el mensaje de Bella mientras contenía el aliento. Después de leerlo dos veces, entornó los ojos y cerró el teléfono. Ay, Dios… *no*.

Enseguida levantó el tronco del suelo e hizo un esfuerzo para ponerse de pie. La punzada de dolor que le corrió pierna arriba hizo que no se fijara en el charco de sangre que se había acumulado debajo de él.

—¿Qué demonios estás haciendo? —dijeron todos al tiempo, mientras que John repetía las mismas palabras por señas.

—¿*Qué demonios estás haciendo?*

—Tengo que ir a casa. —Desmaterializarse era imposible debido al estado de la pierna, que casi bailaba como una rueda suelta, provocándole un dolor y unas náuseas terribles—. Tengo que ir…

Hollywood situó su perfecto y apuesto rostro justo en el cuadro de visión de Z.

—¿Quieres relajarte un poco? Estás en estado de shock…

Z lo agarró del brazo y apretó para hacerlo callar. Luego le dijo algo en voz baja y, cuando terminó, Rhage sólo pudo parpadear.

Después de un momento, Hollywood habló con voz suave.

—El problema es que tienes una fractura múltiple, hermano. Te prometo llevarte a casa, pero antes tenemos que ir al médico. Porque morirte no es lo que necesitas ahora, ¿verdad?

Mientras le asaltaba una oleada de malestar que parecía salir de la nada, Z tuvo la sensación de que su hermano tenía razón. Pero, mierda, no podía esperar.

—A casa. Quiero ir…

En ese momento su organismo se vino abajo. Simplemente se derrumbó como un castillo de naipes.

Rhage alcanzó a sujetarlo y se volvió hacia los chicos.

—Vosotros dos, sacadlo del túnel. Vamos. Yo os cubriré.

Zsadist soltó un bufido mientras le levantaban como si fuera el cadáver de un venado atravesado en la carretera. El dolor era intenso y hacía que su corazón palpitara como loco y que se estremeciera todo él, pero le hacía sentirse vivo. En ese momento necesitaba asegurarse de que seguía en este mundo, para sentir la emoción que tenía atrapada en el centro del pecho.

El túnel tenía unos cuarenta y cinco metros de largo y apenas un metro de alto, de manera que sólo un enano habría tenido espacio para caminar erguido. El viaje hasta el exterior fue casi tan difícil como un parto. Qhuinn y John iban a cuatro patas, luchando por empujarlo hacia fuera. Eran dos adultos en una construcción a escala infantil. Mientras su cuerpo se sacudía y el pie dislocado sonaba como si fuera una campana, lo único que mantenía consciente a Z era el recuerdo del mensaje de Bella:

LO SIENTO. TE AMO, PERO ELLA Y YO TENEMOS QUE IRNOS.
TE DARÉ LA DIRECCIÓN MÁS TARDE, CUANDO ESTEMOS INSTALADAS.

Fuera el aire estaba frío y Z aspiró con fuerza, con la esperanza de tranquilizar su estómago. Lo llevaron directamente a la Hummer y lo instalaron atrás, junto al civil, que se había desmayado. John, Blay y Qhuinn se montaron en la camioneta y luego hubo unos minutos de impaciente espera.

Finalmente Rhage salió de la casa, les hizo una seña mostrándoles tres dedos y un puño y se subió en el puesto del copiloto. Mientras el hermano comenzaba a enviar un mensaje de texto desde su teléfono móvil, Qhuinn apretó el acelerador y nuevamente demostró que no era ningún tonto: el chico había tenido la audacia de aparcar a la inversa, de manera que tenía la salida libre, de cara, y pudieron marcharse rápidamente, sin maniobra alguna… y dejando una pequeña sorpresa.

Rhage miró su reloj mientras arrancaban.

—Cuatro… tres… dos…

La casa que estaba detrás de ellos estalló en llamas, llenando el aire de oleadas de energía…

Justo cuando una Minivan llena enemigos aparecía al fondo de la entrada que llevaba hasta la casa, bloqueando la salida hacia la Ruta 9.

Bella volvió a revisar lo que había empacado en dos pequeños maletines y se aseguró de tener todo lo que necesitaría al principio. En el maletín de asas verdes había guardado un poco de ropa para ella, junto con el cargador del móvil, su cepillo de dientes y dos mil dólares en efectivo. En el maletín de asas azules iba la ropa de Nalla, los biberones y una provisión de pañales, junto con las toallitas húmedas, la crema para las escoceduras, mantas, un osito de peluche y *Ah, los lugares a los que irás*, del doctor Seuss.

El título del libro favorito de Nalla resultaba bastante apropiado en una noche como aquélla, ciertamente.

Se oyó un golpecito en la puerta.

—Pase.

Mary, la *shellan* de Rhage, asomó la cabeza por la puerta. Tenía una expresión seria y sus ojos grises parecían sombríos, aun antes de ver las maletas.

—Rhage me acaba de enviar un mensaje. Z está herido. Sé que estás a punto de irte y las razones de tu decisión no me incumben, pero tal vez quieras esperar un poco. Por lo que Rhage dijo, Z va a necesitar alimentación de vena con urgencia.

Bella se enderezó lentamente.

—¿Qué ha pasado…? ¿Tan grave es? ¿Qué…?

—No sé más detalles, aparte de que vendrán a casa en cuanto puedan.

Ay… Dios. Allí estaba la noticia que ella siempre había temido. Que Z resultara herido en el campo de batalla.

—¿No dijeron cuándo vendrán?

—Rhage no me lo dijo. Sé que tienen que dejar a un civil herido en la nueva clínica de Havers, pero eso les pilla de camino. No estoy segura de si a Z lo van a atender allí o aquí.

Bella cerró los ojos. Zsadist le había enviado el mensaje cuando ya estaba herido. Había tratado de buscarla cuando se encontraba en medio del dolor… y ella le había respondido con una bofetada, diciéndole que lo estaba abandonando, dejándolo a merced de sus demonios.

—¿Qué he hecho? —dijo en voz baja.

—¿Qué dices? —preguntó Mary.

Bella negó con la cabeza tanto para reprenderse a sí misma como para responder a Mary.

Entonces se dirigió a la cuna y miró a su hija. Nalla estaba durmiendo con el cansancio pesado y denso de los niños, y su pecho subía y bajaba con fuerza. Tenía las manitas cerradas y el ceño fruncido, como si estuviera concentrada en el proceso de crecimiento, su única preocupación.

—¿Te quedarías con ella? —preguntó Bella.

—Por supuesto.

—Hay leche en el refrigerador.

—No me moveré de aquí.

De regreso a la entrada hacia la casa del Gigante Verde, Z sintió la sacudida que sufrió la camioneta cuando Qhuinn frenó en seco. La

Hummer se mantuvo firme, mientras las leyes de la física actuaban sobre su inmensa carrocería poniendo fin a su movimiento antes de que se estrellara de frente contra la Minivan que apareció en el camino.

De las ventanas del coche familiar de la Sociedad Restrictiva brotaron enseguida varios cañones y las balas comenzaron a zumbar, abollando el acero reforzado de la Hummer y rebotando contra sus ventanillas de plexiglass de una pulgada de grosor.

—Es la segunda noche que saco mi coche nuevo —espetó Qhuinn—, ¿y estos malditos lo quieren dejar como un colador? Joder, no. Un momento.

Qhuinn dio marcha atrás, se alejó unos cinco metros y luego cambió a primera y aceleró hasta el fondo. Mientras giraba el volante hacia la izquierda, esquivó la Town & Country de los asesinos, al tiempo que volaban terrones de tierra y matojos que se estrellaban contra los dos coches.

Mientras los pasajeros de la Hummer se mecían como si fueran en un barco en medio de una tormenta, Rhage metió la mano en el interior de su chaqueta y sacó una granada de mano. Entonces abrió la ventanilla sólo lo suficiente para lanzarla, quitó el seguro con los dientes y arrojó el explosivo. Quizás por la gracia divina, la granada rebotó contra el techo de la Minivan y rodó debajo del vehículo.

Los tres restrictores saltaron del coche como si estuviera en llamas.

Y tres segundos después eso fue lo que sucedió, explotó y el cielo se iluminó con el estallido.

Mierda, si Z había pensado que el viaje de salida del túnel había sido malo para su pierna, no fue nada comparado con las sacudidas que sufrió para alejarse de aquellos asesinos. Cuando la Hummer salió a la Carretera 9, después de haber atropellado al menos a uno de los restrictores, Zsadist estaba a punto de desmayarse.

—Dios, está entrando otra vez en shock.

Z apenas se dio cuenta de que Rhage se había vuelto totalmente y lo estaba mirando a él, no al civil.

—No es cierto —musitó mientras entornaba los ojos—. Estoy bien. Sólo estaba descansando un poco.

Rhage entrecerró sus espectaculares ojos azules.

—Fractura. Y múltiple. Demonios. Te estás desangrando mientras hablamos.

Z levantó los ojos para mirar la imagen de Qhuinn reflejada en el espejo retrovisor.

—Disculpa el desastre.

El chico sacudió la cabeza.

—No te preocupes. Por ti, soy capaz de acabar con el coche.

Rhage puso la mano sobre el cuello de Z.

—Mierda, estás tan blanco como la nieve e igual de caliente. Vamos a tener que atenderte en la clínica.

—En casa.

Rhage habló en voz baja.

—Le envié un mensaje a Mary para que no la dejara marcharse, ¿vale? Bella todavía va a estar allí, independientemente de lo que tardemos en volver a la mansión. Ella no se marchará antes de que llegues.

Un silencio lleno de tensión se instaló en la Hummer, como si todos hubiesen decidido fingir que no habían oído nada de lo que dijo Rhage.

Z abrió la boca para protestar.

Pero se desmayó antes de que pudiera decir nada.

SEIS

Aunque le temblaban las piernas, Bella daba vueltas y más vueltas alrededor de la sala de terapia del centro de entrenamiento, trazando una especie de órbita alrededor de la camilla de reconocimiento. Se detenía a cada momento para mirar el reloj.

¿Dónde estaban? ¿Qué otra cosa podía haber salido mal? Ya había pasado más de una hora...

«Ay, Dios, permite que Zsadist viva. Por favor, permite que lo traigan vivo».

Después de dar varias vueltas más, se detuvo junto a la cabecera de la camilla y la miró de arriba abajo. Luego puso la mano sobre la parte acolchada y se sorprendió pensando en la ocasión en que ella había estado sobre esa camilla como paciente. Hacía tres meses. El día del nacimiento de Nalla.

Dios, vaya pesadilla.

Y menuda pesadilla la que estaban viviendo ahora... esperando a que trajeran a su hellren herido, sangrando y muerto de dolor. Y eso en el mejor de los casos. El peor era ver entrar una camilla con un cuerpo cubierto del todo por una sábana, algo que ni siquiera podía considerar.

Para no volverse loca, comenzó a pensar en el nacimiento de Nalla, en el momento en que la vida de ella y la de Z habían cambiado para siempre. Al igual que muchas cosas dramáticas, ese gran evento era algo que estaban esperando, pero cuando llegó significó de todas maneras un choque. Bella estaba en el noveno mes de los dieciocho que duraba normalmente el embarazo y era un lunes por la noche.

Buena manera de empezar la semana.

Tenía muchos deseos de comerse un chili con carne y Fritz le había concedido el capricho, preparando un chili que estaba tan picante como el fuego. Cuando el querido mayordomo le llevó un plato humeante, sin embargo, ella se sintió de pronto incapaz de soportar su olor o mirar siquiera el plato. Con náuseas y sudorosa, decidió darse una ducha fría, y cuando entró al baño se preguntó cómo demonios iba a ser capaz de soportar otros nueve meses a un bebé creciendo en su barriga.

Evidentemente, la pequeña Nalla captó ese pensamiento, porque por primera vez en semanas se movió con fuerza y, al dar una patada, rompió aguas.

Bella se levantó la bata y observó lo que pasaba. Al principio se preguntó si habría perdido el control de su vejiga, pero luego cayó en la cuenta de lo que en realidad ocurría. Aunque había seguido el consejo de la doctora Jane y evitó leer la versión vampírica de *Qué esperar cuando se está esperando*, tenía suficiente información sobre el asunto como para saber que, una vez que se rompen aguas, el autobús ya ha salido de la estación y no hay quien lo pare.

Diez minutos después estaba de espaldas en esa misma camilla y la doctora Jane se movía con rapidez y precisión, mientras la examinaba. La conclusión era que el cuerpo de Bella no parecía dispuesto a seguir el programa habitual y había que sacar a Nalla. Le administraron Pitocín, un medicamento que se usaba con frecuencia para inducir las contracciones del parto en las hembras humanas, y poco después Bella supo cuál era la diferencia entre el dolor y el trabajo de parto.

El dolor atrae parte de tu atención, pero el trabajo de parto no te deja pensar en nada más.

Zsadist estaba en el campo de batalla y cuando llegó se puso tan frenético que se le erizó el poco pelo que se dejaba en la cabeza. Tan pronto como atravesó la puerta, se quitó las armas, que formaron una montaña del tamaño de una silla, y se apresuró a ponerse a su lado.

Bella nunca lo había visto tan asustado. Ni siquiera cuando se despertaba después de soñar con su perversa Ama. Tenía los ojos negros, pero no de rabia sino de miedo, y los labios tan apretados que parecían apenas un par de rayas blancas.

El hecho de tenerlo a su lado la había ayudado a soportar el dolor. Y eso era algo que ciertamente necesitaba. La doctora Jane se había opuesto a ponerle anestesia epidural, porque los vampiros podían sufrir alarmantes cambios en la presión sanguínea. Así que no había recibido ningún calmante.

Y tampoco había tiempo de llevarla a la clínica de Havers, pues después de que el Pitocín desencadenara el proceso, el trabajo de parto había progresado demasiado rápido para llevarla a cualquier lugar, y además el amanecer estaba cerca. Lo cual significaba que tampoco había manera de traer al médico de su raza hasta el centro de entrenamiento.

Bella regresó al presente, mientras acariciaba la delgada almohada que yacía en la camilla. Todavía podía recordar cómo se había aferrado a la mano de Z hasta casi romperle los huesos, mientras ella apretaba los dientes y sentía como si la cortaran en dos.

Y luego sus signos vitales se vinieron abajo.

—¿Bella?

Bella dio media vuelta. Wrath estaba en el umbral de la sala de terapia y el inmenso cuerpo del rey llenaba todo el espacio. Con su pelo negro hasta la cintura, las gafas oscuras y los pantalones de cuero negro, parecía una versión moderna de la Muerte.

—Ay, por favor, no —dijo Bella, al tiempo que se agarraba a la camilla—. Por favor...

—No, tranquila, todo está bien. Z está bien. —Wrath se acercó y la agarró del brazo para ayudarla a recuperar el equilibrio—. Ya está estable.

—¿Estable?

—Tiene una fractura múltiple en una pierna y eso desató una pequeña hemorragia.

Más bien una hemorragia enorme, sin duda.

—¿Dónde está?

—En este momento se dirigen hacia aquí desde la casa de Havers. Me imaginé que estarías preocupada, así que quise avisarte.

—Gracias. Gracias... —A pesar de los problemas que habían tenido últimamente, la idea de perder a su hellren le resultaba impensable.

—Vamos, tranquila. —El rey la tomó entre sus brazos enormes y la apretó con suavidad—. No te contengas. Si dejas de controlar los temblores, podrás respirar mejor, te lo aseguro.

Bella hizo lo que él decía y renunció a controlar sus músculos. Su cuerpo comenzó a temblar desde los hombros hasta las piernas, mientras se apoyaba en el cuerpo del rey para mantenerse erguida. Wrath tenía razón. A pesar de los temblores, así pudo respirar mejor.

Cuando se sintió mejor, se echó hacia atrás. Y en cuanto vio la camilla, frunció el ceño y tuvo que comenzar a pasearse otra vez.

—Wrath, ¿puedo preguntarte algo?

—Por supuesto.

Bella tuvo que pasear un poco más hasta que pudo formular su pregunta de manera adecuada.

—Si Beth tuviera un hijo, ¿querrías al niño tanto como la amas a ella?

El rey pareció sorprendido.

—Yo...

—Lo siento —dijo Bella y sacudió la cabeza—. Eso no es de mi incumbencia...

—No, no es eso. Es que estoy tratando de articular una respuesta. —Wrath se levantó las gafas ahumadas y dejó expuestos los ojos verde pálido que, aunque no podían enfocar muy bien, tenían una expresión absolutamente impactante—. Esto es lo que pienso... y creo que es cierto para todos los machos emparejados. Tu shellan es como el corazón que late en tu pecho. Incluso más que eso. Es tu cuerpo y tu piel y tu mente... todo lo que has sido y lo que serás. Así que un macho no puede sentir por nadie lo que siente por su pareja. Sencillamente, no es posible... y creo que ahí hay una evolución. Cuanto más profundo es tu amor, mayor es tu deseo de proteger y mantener a tu hembra viva y a salvo, cueste lo que cueste; eso significa protegerla incluso de sus hijos. Pero habiendo dicho esto, es evidente que también amas a tus hijos. Pienso en Darius con Beth... Me refiero a que él estaba desesperado por asegurarse de que ella estuviera bien. Y Tohr con John... y... sí, quiero decir que el amor por ellos también es muy profundo, claro.

Era una respuesta lógica, pero no representaba un gran alivio, considerando que Zsadist ni siquiera tomaba a Nalla entre sus brazos...

La puerta doble de la sala de terapia se abrió en ese momento y Z entró en una camilla. Llevaba puesta una bata de hospital, probablemente porque habían tenido que cortarle la ropa en la clínica de Havers, y estaba blanco como la leche. Tenía las dos manos vendadas y una escayola en la pierna.

Estaba helado.

Bella corrió a su lado y le agarró la mano.

—¡Zsadist! *¿Zsadist?*

Algunas veces, los sueros intravenosos y las píldoras no son el mejor tratamiento para las dolencias. En ciertas ocasiones lo único que necesitas es sentir el contacto de tu ser amado y oír el sonido de su voz y saber que estás en casa; eso es suficiente para traerte de regreso a la vida.

Z abrió los ojos y la mirada azul zafiro con que se encontró hizo que los ojos se le llenaran de lágrimas. Bella estaba inclinada sobre él, con su melena de color caoba sobre un hombro y su rostro clásico surcado por las marcas de la preocupación.

—Hola —dijo él, porque era lo mejor que podía decir.

Había rechazado todos los calmantes que le habían ofrecido en la clínica, porque el desaliento que le producían siempre le recordaba la forma en que solían drogarlo cuando estaba en poder de su Ama, así que permaneció del todo consciente mientras la doctora Jane le abría la pierna y se la recomponía. Bueno, la verdad es que había estado consciente sólo parte del tiempo. Se había desmayado durante un rato. Pero la cuestión era que se sentía como muerto. Y, sin duda, también se veía así. Y ahora había tanto que decir.

—Hola. —Bella le acarició la cabeza—. Hola…

—Hola… —Antes de perder el control y quedarse como un imbécil, Z miró a su alrededor para ver quién más había en la sala de terapia. En ese momento Wrath hablaba con Rhage en la esquina que estaba al lado del jacuzzi, y Qhuinn, John y Blay se encontraban frente a las taquillas y los armarios de acero y vidrio.

Testigos. Mierda. Tenía que sobreponerse un poco.

Mientras pestañeaba, los detalles de la habitación se fueron volviendo más nítidos, al igual que el recuerdo de la última vez que había estado allí.

El nacimiento.

—Tranquilo, no hables, no te esfuerces... —murmuró Bella, que evidentemente había malinterpretado la razón de la mueca que Z acababa de hacer—. Sólo cierra los ojos y relájate.

Z hizo lo que le decían, porque se sentía otra vez al borde de la muerte, pero no por lo mucho que le dolían la pierna y las manos.

Dios, aquella noche, cuando Nalla nació... cuando casi perdió a su shellan...

Z cerró los ojos con fuerza porque no quería revivir el pasado... ni mirar muy de cerca el presente. Estaba a punto de perder a Bella. Otra vez.

—Te amo... —susurró él—. Por favor, no te vayas.

—Aquí estoy.

Sí, pero ¿por cuánto tiempo?

El pánico que sentía en ese momento lo transportó de nuevo a la noche del nacimiento... Él estaba en el centro de la ciudad con Vishous, investigando el secuestro de un civil. Cuando entró la llamada de la doctora Jane, abandonó a V como si fuera un mal hábito y se desmaterializó hasta el patio de la mansión. Luego entró a la casa como una tromba y se dirigió de inmediato al túnel. Todo el mundo, las shellans y los doggens de la casa, al igual que Wrath, se quitaron de su camino para no ser aplastados a su paso.

Al llegar al centro de entrenamiento, en esa misma sala, había encontrado a Bella acostada en la misma camilla en la que él se hallaba ahora. Había entrado en medio de una contracción y había visto el cuerpo de Bella doblándose como si la mano de un gigante la estuviese apretando por la mitad. Cuando el dolor cedió, ella tomó aire profundamente, lo miró y le ofreció una débil sonrisa. Luego tendió los brazos hacia él y Z se despojó de sus armas y las dejó caer sobre el suelo de linóleo.

—¡Las manos! —gritó la doctora Jane—. ¡Lávate las manos antes de acercarte aquí!

Z había asentido con la cabeza y se había dirigido a los lavabos. Se había lavado las manos y los brazos hasta que la piel se le quedó de un rosa brillante, como si fuera una Barbie. Luego se había secado con una tela quirúrgica azul y había corrido otra vez al lado de Bella.

Justo cuando se agarraron de las manos, llegó la siguiente contracción, con su rugido. Bella le apretó la mano hasta estrujársela, pero a él no le importó. Mientras él le sostenía la mirada y ella pujaba, Z pensaba que quisiera hacer cualquier cosa para ahorrarle aquel dolor… y en ese momento se habría cortado con gusto los testículos, si eso hubiese servido de algo. No podía creer que Bella estuviera sufriendo esa clase de dolor.

Y la cosa se fue poniendo peor. El trabajo de parto era como una locomotora que fuese ganando velocidad… y los raíles se extendían por todo el cuerpo de su amada. Las contracciones eran cada vez más fuertes, más largas y más seguidas. Z no entendía cómo Bella era capaz de soportarlo. Hasta que de repente ya no pudo más.

La hembra perdió el conocimiento y sus signos vitales comenzaron a caer dramáticamente: el ritmo cardíaco, la presión sanguínea, todo se estaba yendo por el desagüe. Z se dio cuenta de lo grave que era la situación cuando vio la rapidez con la que se movió la doctora Jane. Recordaba la manera en que empezó a inyectarle medicamentos a través del catéter del brazo, y cómo Vishous se acercó con… Mierda, instrumentos quirúrgicos y una incubadora.

La doctora Jane se puso un par de guantes de látex nuevos y miró primero a Bella y después lo miró a él.

—Voy a tener que entrar y sacar al bebé, ¿de acuerdo? El bebé también está sufriendo.

Una señal de asentimiento. Z recordaba haber asentido tanto por él como en representación de Bella. El Betadine iba cubriendo el abdomen inflado de Bella con un color naranja oxidado, mientras V lo aplicaba con diligencia.

—¿El bebé nacerá bien? —preguntó Bella con tono de desesperación—. ¿Nuestro bebé va a estar…?

La doctora Jane se inclinó hacia delante.

—Mírame.

Las dos hembras se miraron a los ojos.

—Voy a hacer todo lo que esté a mi alcance para que las dos salgáis bien de esto. Quiero que te calmes, eso es lo que tienes que hacer ahora. Tranquilízate y déjame hacer lo que sé hacer mejor. Ahora, respira hondo.

Zsadist había respirado al alimón con su shellan… y luego había visto cómo los párpados de Bella se abrían de repente y su mirada se clavaba en el techo con una extraña fijación. Antes de que pudiera preguntarle qué estaba mirando, ella cerró los ojos.

Y Z experimentó un momento de terror, mientras pensaba que nunca más volvería a verlos abiertos.

Pero luego Bella había hablado.

—Sólo asegúrate de que el bebé esté bien.

En ese momento Z se quedó paralizado, totalmente inmóvil, porque era evidente que Bella no pensaba que iba a salir viva de allí. Y lo único que le importaba era el bebé.

—Por favor, no te vayas —había susurrado Z, en el mismo instante en que comenzaban a hacer la incisión.

Pero Bella no alcanzó a oírlo. Había entrado en un estado de inconsciencia, como quien va en un barco que suelta las amarras y comienza a flotar en un mar tranquilo.

Nalla había nacido a las seis y veinticuatro de la mañana.

—¿El bebé está vivo? —preguntó Z.

Aunque ahora le avergonzaba admitirlo, la única razón por la cual quería saberlo era porque no quería que Bella se despertara y descubriera que su hija había nacido muerta.

Mientras que la doctora Jane suturaba la incisión, Vishous se había apresurado a succionar los pulmones del bebé a través de la boca y la nariz y luego le había puesto un catéter diminuto y había hecho algo con sus manos y sus pies. Todo rápidamente. Se había movido con la misma rapidez de su shellan en ese momento.

—¿Está vivo?

—¿Zsadist?

Z abrió los ojos y volvió al presente.

—¿Necesitas más analgésicos? —preguntó Bella—. Parece que tuvieras mucho dolor.

—No puedo creer que haya sobrevivido. Era tan pequeña.

Al oír las palabras que salían de la boca de Zsadist, Bella se sintió confundida, pero sólo durante una fracción de segundo. El nacimiento... Z debía de estar pensando en el nacimiento.

Bella acarició la fina pelusa que cubría la cabeza de Z, tratando de consolarlo de alguna manera.

—Sí... sí, era muy pequeña.

Z miró de reojo a los que estaban en la habitación y dijo en voz baja:

—¿Puedo ser sincero contigo?

«Ay, mierda», pensó Bella.

—Sí, por favor.

—La única razón por la cual me importaba que ella estuviera viva era porque no quería que te dijeran que había nacido muerta. Ella era lo único que te importaba... y yo no podía soportar la idea de que tú la perdieras.

Bella frunció el ceño.

—¿Te refieres al final?

—Sí... dijiste que sólo querías asegurarte de que ella estuviera bien. Ésas fueron tus últimas palabras.

Bella alargó la mano y puso la palma sobre la mejilla de Z.

—Pensé que me estaba muriendo y no quería que te quedaras solo. Yo... vi la luz del Ocaso. Estaba a mi alrededor y me bañaba por completo. Y estaba preocupada por ti... por lo que sucedería si me moría.

El rostro de Z palideció todavía más, demostrando así que había un color más pálido que el blanco.

—Eso pensé. Ay... Dios, no puedo creer lo cerca que estuvimos.

La doctora Jane se acercó a la camilla en ese momento.

—Siento interrumpir. Sólo quería comprobar rápidamente sus signos vitales.

—Claro.

Mientras Bella observaba a la doctora, que estaba haciendo un examen rápido, pensó en la forma en que esas manos fantasmagóricas habían ayudado a su hija a venir al mundo.

—Bien —dijo la doctora Jane y se puso el estetoscopio alrededor del cuello—. Esto está muy bien. Se ha estabilizado y en una hora o poco más ya podrá levantarse y moverse.

—Gracias —murmuró Bella y Z hizo lo mismo.

—Es un placer. Ya lo creo. Ahora, ¿qué tal si los demás salimos de aquí y los dejamos tranquilos un rato?

Todos los presentes se dispersaron en medio de ofrecimientos de ayuda y comida y cualquier otra cosa que pudieran necesitar. Cuando Wrath llegó a la puerta, se detuvo y miró a Bella.

Bella apretó el hombro de Z cuando vio que el rey le hacía una pequeña inclinación con la cabeza y luego cerraba la puerta.

—¿Puedo traerte algo de...? —preguntó ella, carraspeando.

—Necesitamos hablar.

—Eso puede esperar...

—¿Hasta que te marches? —Z sacudió la cabeza—. No. Tiene que ser ahora.

Bella alcanzó una banqueta con ruedas y se sentó, mientras le acariciaba el antebrazo, porque no podía agarrarlo de las manos.

—Estoy asustada. Si no... podemos solucionar este problema...

—Yo también tengo miedo.

Mientras sus palabras flotaban en el silencio de la estancia embaldosada, Bella recordó el momento en que se despertó después de la cesárea, el día del nacimiento. Los ojos de Zsadist fueron la primera cosa que vio. Él estaba muy angustiado y en ese momento la miraba fijamente, pero luego su dolor pareció desvanecerse poco a poco y fue sustituido por una expresión de incredulidad y luego de esperanza.

—¡Mostradle el bebé! —gritó Z con voz aguda—. ¡Rápido!

Vishous había empujado la incubadora hasta el pie de la camilla y Bella pudo ver a su hija por primera vez. Dándole un tirón al catéter que tenía en el brazo, puso los dedos contra la cubierta de plexiglás. Y en cuanto tocó ese escudo transparente, la pequeña volvió la cabeza.

Entonces Bella se volteó a mirar a Zsadist.

—¿Podemos llamarla Nalla?

Los ojos de Z se llenaron de lágrimas.

—Sí. Claro. Lo que quieras.

Z la había besado y le había dado su sangre y había sido el compañero más atento y amoroso que se pudiera desear.

Mientras volvía al presente, Bella sacudió la cabeza.

—Parecías tan feliz después del nacimiento. Te regocijabas con los demás. Estuviste ahí durante la ceremonia de las cintas de la cuna... Fuiste a buscar a Phury y le cantaste...

—Porque tú estabas viva y no habías tenido que sufrir la pérdida de tu bebé. Mis peores temores se habían disipado. —Zsadist levantó una mano, como si quisiera frotarse los ojos, pero frunció el ceño, pues evidentemente no recordaba que tenía las manos vendadas—. Estaba feliz por ti.

—Pero cuando me diste de beber de tu vena, te sentaste junto a la incubadora y la tocaste. Incluso sonreíste cuando ella te miró. Había amor en tu rostro, no sólo alivio. ¿Qué fue lo que cambió? —Al ver que él vacilaba, Bella agregó—: Estoy dispuesta a darte más tiempo, si crees que eso quizá sea la solución, pero no me puedes aislar de este proceso. ¿Qué sucedió?

Z se quedó mirando las lámparas de cirugía que colgaban del techo por encima de él y hubo un largo silencio, tan largo que Bella pensó que tal vez se había estrellado contra un muro infranqueable.

Pero luego se fue formando una gran lágrima que anegó su ojo izquierdo.

—Ella está en la pesadilla conmigo.

Z habló en voz tan baja que Bella tuvo que asegurarse de que lo había oído bien.

—¿Qué quieres decir?

—La pesadilla en la que todavía soy un esclavo. Nalla… está en el calabozo conmigo. Puedo oírla llorando, mientras esa mujer se acerca a mí. Lucho por zafarme de los grilletes… para poder protegerla… para poder sacarla de allí… para que no pase lo que está a punto de ocurrir. Pero no me puedo mover. Esa mujer va a encontrar a la pequeña. —Z desvió sus ojos aterrorizados—. Esa mujer la va a encontrar y es mi culpa que Nalla esté en ese calabozo.

—Ay… mi amor… Ay, Z. —Bella se puso de pie y lo abrazó con cuidado—. Ay… Dios… y ¿tú temes que esa mujer la mate?

—No. —Z se aclaró la garganta una vez. Y otra. Y otra. Y su pecho comenzó a palpitar—. Esa mujer va a… hacer que Nalla vea… lo que me hacen. Nalla tendrá que ver…

Zsadist estaba haciendo un enorme esfuerzo para dominarse, pero llegó un momento en que no pudo más y comenzó a sollozar con el llanto fuerte y espasmódico de los machos.

—Ella va a tener… que ver a su… padre cuando…

Lo único que Bella pudo hacer fue abrazarlo con fuerza, mientras empapaba con sus propias lágrimas la bata de hospital que Z llevaba puesta. Se había imaginado que lo que estaba pasando debía de ser espantoso. Pero no tenía idea de lo terrible que era.

—Ay, mi amor —dijo Bella, mientras él la abrazaba y levantaba la cabeza hasta hundirla entre el pelo de ella—. Ay, mi corazón…

SIETE

Eran cerca de las cinco de la tarde del día siguiente cuando Zsadist por fin se despertó completamente. Era bueno estar en su propia cama. Pero no era tan bueno tener escayolada la pierna.

Después de darse la vuelta, abrió los ojos y miró a Bella. Estaba despierta y le devolvió la mirada.

—¿Cómo te sientes? —preguntó ella.

—Bien. —Al menos, desde el punto de vista físico. El resto de su ser, su mente y sus emociones, estaban todavía en crisis.

—¿Quieres algo de comer?

—Sí. Dentro de un rato. —Lo que de verdad quería era quedarse allí y mirar durante un rato a los ojos de su shellan.

Bella se echó a su lado, de espaldas, y clavó la mirada en el techo.

—Me alegra que hayamos hablado. —A pesar de lo mucho que odiaba el pasado, estaba dispuesto a hacer cualquier cosa para evitar que ella se fuera y, si eso requería hablar mucho, no le importaría conversar hasta quedarse sin voz.

—A mí también —dijo la hembra.

Z frunció el ceño, pues la sintió lejana.

—¿En qué estás pensando?

Al cabo de un instante, ella respondió con voz suave.

—¿Todavía me deseas?

Z tuvo que sacudirse para cerciorarse de que había oído bien. No era posible que ella estuviese preguntando...

—Por Dios, claro que te deseo como mi shellan. La idea de que me dejaras era simplemente…

—Me refiero a si me deseas sexualmente.

Z parpadeó, mientras pensaba en la erección que había tenido justamente la noche anterior, sólo por verla secándose.

—¿Cómo podría no desearte?

Bella volvió la cabeza para mirarlo.

—Ya no te alimentas de mi vena y no has tratado de buscarme… Bueno, yo tampoco lo he hecho, pero quiero decir que…

—En este momento Nalla te necesita más.

—Pero tú también… Al menos para alimentarte —dijo Bella y luego hizo un gesto hacia abajo con la cabeza—. ¿Crees que te habrías roto la pierna si hubieses estado alimentándote debidamente? Es probable que no.

—No lo sé. Me caí porque se rompió el suelo… se hundió y caí sobre unos cristales.

—¿Cristales?

—Una araña de cristal.

—Por Dios…

Hubo un largo silencio y el vampiro se preguntó qué querría Bella de él. ¿Acaso le estaba abriendo la puerta a…?

Sólo de pensar en el sexo, su cuerpo se puso alerta, como si respondiera a un gong que alguien hubiese golpeado con todas sus fuerzas.

Pero Bella se quedó donde estaba. Y él hizo lo propio.

Mientras el silencio se instalaba entre ellos, Z pensó en lo cerca del abismo que estaban. Si no hacían algo para volver a establecer contacto…

Entonces extendió los brazos por debajo de las sábanas, le agarró la mano y la acercó a su cuerpo.

—Te deseo —dijo, mientras ponía la mano de Bella sobre su erección. Al sentir la mano de ella, dejó escapar un gruñido y sacudió las caderas, para hacer presión contra la palma de Bella—. Ay, Dios… cuánto te he echado de menos.

El hecho de que Bella pareciera sorprendida lo avergonzó y le hizo recordar la imagen de su shellan en el baño, con la toalla. Ahora se daba cuenta de que cuando ella dejó caer la toalla y se miró al espejo, estaba inspeccionando su cuerpo en busca de defectos inexistentes. Y se había cubierto rápidamente con la toalla cuando lo vio, no porque no quisiera atraer su atención, sino porque estaba segura de que ya la había perdido por completo.

Z movió la mano de Bella sobre su pene.

—Estoy desesperado por tocarte otra vez. Por todas partes.

Ella se acercó por debajo de las sábanas.

—¿De verdad?

—¿Cómo podría no estarlo? Tú eres la hembra más perfecta que he visto en la vida.

—Incluso después de…

Z se abalanzó sobre ella y le estampó un beso.

—Especialmente después de. —Luego se echó hacia atrás para que ella pudiera mirarlo a los ojos—. Eres tan hermosa como la primera vez que te vi en el gimnasio, hace tanto tiempo. En ese momento mi corazón se detuvo… simplemente dejó de latir dentro del pecho. Y eso me sigue sucediendo.

Bella parpadeó rápidamente para ahuyentar las lágrimas y él le besó los ojos.

—Bella… si hubiese sabido que… habría dicho algo… habría hecho algo. Sólo que supuse que sabías que para mí todo seguía igual.

—Desde que llegó Nalla, todo es diferente. El ritmo de mis noches y de mis días. Mi cuerpo. Tú y yo. Así que supuse que…

—Tócame —gruñó Z, al tiempo que arqueaba la espalda—. Tócame y lo sabrás… *Ay, Dios.*

Entonces Bella lo tocó y luego puso sus dos manos alrededor del miembro del macho y comenzó a acariciarlo hacia arriba y hacia abajo.

—¿Esto te gusta? —Ahora la hembra susurraba.

Pero Z no podía hablar, sólo pudo asentir con la cabeza y gemir. Con ella acariciándolo de esa manera, su cerebro prácticamente se había apagado.

—Bella… —Z extendió sus manos para hacer lo mismo y luego se detuvo—. Malditas vendas…

—Yo te las quitaré. —Bella le dio un beso en la boca—. Y luego podrás poner tus manos donde quieras…

—*Mierda.*

Justo en ese momento, Z eyaculó. Pero en lugar de sentirse decepcionada, Bella sólo soltó una de esas carcajadas guturales típicas de las hembras cuando saben que están a punto de aparearse con sus machos.

Z reconoció el sonido. Y le encantó. Lo extrañaba. Necesitaba oír…

Desde el otro extremo de la habitación, Nalla hizo un ruidito que rápidamente fue creciendo hasta convertirse en un desconsolado llanto que decía «necesito-a-mi-mamá-YA».

Bella sintió que la erección de Z desaparecía y fue muy consciente de que la única causa no era que acababa de eyacular. Z era capaz de tener cuatro o cinco orgasmos seguidos, y eso en una noche normal, no después de un periodo de abstinencia de meses y meses.

—Lo siento —dijo ella, mientras miraba hacia la cuna por encima del hombro y se sentía angustiosamente indecisa entre las dos personas que reclamaban su atención.

Zsadist le agarró la cara con sus manos vendadas y la forzó a mirarlo.

—Ve a atenderla. Yo estaré bien.

No había ningún rastro de censura en su tono. Pero, claro, nunca lo había habido. Él nunca había rechazado la presencia de Nalla. Por el contrario, se había sacrificado por ella.

—Sólo tardaré un momento.

—Tómate tu tiempo.

Bella se levantó de la cama y fue hasta la cuna. Nalla le extendió sus manitas y se calmó un poco, en especial cuando ella la sacó y la abrazó.

Bien. Tenía el pañal mojado y hambre.

—No tardaré.

—No te preocupes. —Z se recostó contra las sábanas de satén negro y su cara llena de cicatrices y su cuerpo ya no parecían tan tensos.

Bella esperaba que eso se debiera a que el orgasmo lo había relajado. Pero temía que fuese porque no creía que ella fuese a regresar pronto.

Bella pasó a la habitación contigua, hizo un cambio rápido de pañal y luego se sentó en la mecedora y le dio a Nalla lo que necesitaba. Mientras abrazaba a su hijita y se mecía, se dio cuenta de lo cierto que era aquello de que tener un hijo lo cambia todo.

Entre otros, el concepto de tiempo.

Lo que ella pretendía que fuera una sesión de quince minutos se convirtió en una maratón de dos horas, llena de regurgitaciones, llantos, cambios de pañal y agitación.

Cuando Nalla por fin se calmó, Bella dejó caer la cabeza contra el respaldo de la mecedora, en un estado mezcla de cansancio y satisfacción que había llegado a conocer muy bien.

Eso de la maternidad era asombroso, y un poco adictivo, y ahora podía entender por qué las hembras tendían a centrarse tanto en sus hijos. Una se alimenta, por así decirlo, del placer de cuidarlos y atenderlos. Y también se sentía todopoderosa, pues, cuando se trataba de Nalla, se hacía todo lo que ella decía.

Sin embargo, el problema era que echaba de menos la condición de shellan de Z. Añoraba el placer de despertarse con él encima, excitado y ardiendo en deseos. Extrañaba el pinchazo de los colmillos en su cuello. Echaba de menos la expresión de su cara llena de cicatrices después de hacer el amor, totalmente ruborizada y cubierta por un velo de reverencia y amor.

El hecho de que él fuera tan duro con todos los demás, incluso con sus hermanos, hacía que su dulzura con ella fuese todavía más especial. Siempre había sido así.

Pero, Dios, también estaba aquella pesadilla. Bella sabía que haber hablado no era la solución de todos los problemas que existían entre ellos, aunque sí había sido suficiente para que ella ya no estuviera pensando en abandonarlo. Lo que no sabía, ni podía imaginar, era qué ocurriría a continuación. Z necesitaba más ayuda de la que ella podía brindarle. Necesitaba ayuda profesional y no sólo el amoroso apoyo de su compañera.

Tal vez ahí era donde Mary podía intervenir. Ella tenía experiencia en terapia y había sido la que había enseñado a leer y a escribir a Z. Era imposible que él hablara con un desconocido, pero con Mary...

Ah, demonios, no había manera de que Z hablara con la shellan de Rhage acerca de los detalles de su pasado. Se trataba de experiencias demasiado horribles, y el dolor de su macho era muy profundo. Además, Z detestaba mostrar sus emociones delante de la gente.

Bella se levantó y puso a Nalla en la cuna pequeña que le tenían preparada en ese cuarto, con la esperanza de que Zsadist todavía estuviera en la cama, desnudo y con ganas de estar con ella.

Pero no. Se encontraba en el baño y, a juzgar por el zumbido de una máquina y el ruido del agua, se estaba cortando el pelo en la ducha. En la mesita de noche había unas tijeras y trozos de las vendas que tenía en las manos, así que Bella pensó en lo mucho que le habría gustado quitárselas ella misma. Sin duda la había esperado un buen rato, hasta que se dio por vencido. No sólo dio por perdido el sexo, sino también su ayuda para quitarse las vendas. Debía de haber sido bien difícil manejar las tijeras teniendo libres sólo las yemas de los dedos… pero teniendo en cuenta la hora que era, tenía que quitarse las vendas o no podría ducharse antes de salir a combatir.

Bella se sentó en la cama y se sorprendió arreglándose la bata de manera que cuando cruzara las piernas no se viera nada. Entonces se dio cuenta de que aquello se había convertido en un ritual familiar: esperar a que Z saliera del baño. Cuando él terminaba de bañarse, salía envuelto en una toalla y hablaban un poco de todo mientras se vestía. Luego Z bajaba a la primera comida y ella se bañaba y se vestía con la misma discreción.

Dios, qué pequeña se sentía ante los problemas que tenían, las exigencias de su hija y su tremendo deseo de tener como hellren a un amante, y no a un amable compañero de cuarto.

Un golpecito en la puerta la sobresaltó.

—¿Sí?

—Soy Jane.

—Entra.

La doctora asomó la cabeza por la puerta.

—Hola. ¿Está Z por ahí? Pensé que querría que le quitara las vendas… Bueno, es evidente que ya lo habéis hecho.

A pesar de que la doctora llegó a una conclusión errada, Bella guardó silencio.

—Está a punto de salir del baño. ¿También se puede quitar la escayola?

—Creo que sí. ¿Por qué no le dices que me busque abajo, en la sala de terapia física, cuando esté listo? Estoy trabajando en la ampliación de las instalaciones médicas, así que estaré dando vueltas por aquí y por allá con mis herramientas.

—De acuerdo, se lo diré.

Hubo un largo momento en el que sólo se escuchó el zumbido mezclado de la maquinilla de afeitar y del agua de la ducha.

La doctora Jane frunció el ceño.

—¿Estás bien, Bella?

Mientras se obligaba a sonreír, Bella levantó las dos manos como para protegerse.

—Estoy perfectamente bien, gracias. No necesito ningún examen. Nunca más.

—Entiendo que digas eso. —Jane sonrió y luego miró hacia la puerta del baño—. Oye… tal vez deberías ir a ayudarle a lavarse la espalda, ¿no crees?

—Prefiero esperar.

Otro silencio.

—¿Puedo hacer una sugerencia absolutamente entrometida?

—Es difícil imaginar que puedas entrometerte en mi vida más de lo que ya lo hiciste —dijo Bella con picardía.

—Estoy hablando en serio.

—Te escucho.

—Mantén la cuna principal de Nalla en su cuarto y deja la puerta entornada cuando ella duerma allí. Puedes conseguir unos intercomunicadores para oírla si llora. —La doctora Jane recorrió la habitación con los ojos—. Ésta es la habitación que tú y tu esposo compartís… tú tienes que ser algo más que una mamá y él te necesita para él un ratito cada día. Nalla estará bien y es importante que se acostumbre a dormir en su propio cuarto.

Bella miró la cuna. La idea de sacarla era extraña e irracionalmente aterradora. Como si estuviese arrojando a su hija a los lobos. Sólo que si quería tener algo más que un compañero de cuarto, necesitaban un espacio que no tenía nada que ver con la cantidad de metros cuadrados.

—Eso podría ser buena idea.

—He trabajado con mucha gente que ha tenido hijos. A los médicos les gusta traer bebés al mundo, qué te voy a contar. Cuando llega el primero, para toda pareja siempre hay un periodo de adaptación. Eso no significa que haya problemas en el matrimonio, sólo significa que hay que establecer nuevos límites.

—Gracias… De verdad te agradezco el consejo.

La doctora Jane asintió con la cabeza.

—Estoy a tu disposición si me necesitas.

Cuando la puerta se cerró, Bella se acercó a la cuna y acarició las cintas de colores que colgaban de las barandillas. Mientras la tela sedosa y fría se deslizaba por sus dedos, pensó en la ceremonia de las ofrendas y en todo el amor que habían compartido ese día. Nalla siempre sería adorada en esa casa y todo el mundo la cuidaría y la protegería.

Tuvo un momento de pánico mientras quitaba los frenos de las ruedas y comenzaba a empujar la cuna hacia la habitación contigua, pero se dominó y se dijo que pronto se repondría. Tenía que hacerlo. Y saldría a comprar un intercomunicador hoy mismo.

Colocó la cuna principal al lado de la que ya había allí, aquélla en la que Nalla nunca dormía bien. En ese momento, la niña tenía la frente arrugada y agitaba los brazos y las piernas. Señal de que iba a despertarse.

—Ssshhh, aquí está mahmen. —Bella levantó a la niña y la puso en su sitio preferido. La pequeña suspiró y emitió un gorjeo mientras se acomodaba y metía una mano entre los barrotes, para agarrar las cintas rojas y negras de Wrath y Beth.

Aquello parecía muy prometedor. Una respiración profunda y una barriga llena auguraban un buen rato de sueño.

Al menos, Nalla no parecía sentirse como si la hubiesen abandonado en la calle.

Bella regresó a la habitación. El baño estaba en silencio y, cuando asomó la cabeza por la puerta, vio el vapor que flotaba en el aire proveniente de la ducha y percibió el olor a champú de cedro.

Z ya se había ido.

—¿Has cambiado la cuna?

Bella dio media vuelta. Z estaba frente a la puerta de su armario, con los pantalones de cuero puestos y una camisa negra en la mano. Su pecho brillaba gracias a la luz que le caía sobre los hombros, y causaba reflejos en la marca de la Hermandad y los aros que tenía en los pezones.

Bella miró de reojo hacia el sitio donde Nalla solía estar.

—Bueno, éste es… ya sabes, nuestro espacio. Y ella estará muy bien en la otra habitación.

—¿Estás segura de que vas a sentirte cómoda con este nuevo arreglo?

Si eso significaba que podía volver a estar con él como su shellan…

—Nalla no tendrá problemas. Está en la habitación de al lado si me necesita, y ya ha empezado a dormir ratos cada vez más largos, así que… sí, me siento bien y muy cómoda con el asunto.

—¿Estás… segura?

Bella levantó la mirada hacia Z.

—Sí. Absolutamente segura…

Z dejó caer la camisa, se desmaterializó hasta donde ella estaba y la tumbó sobre la cama. El olor que expiden los machos al aparearse se hizo más fuerte cuando la besó en la boca y dejó caer su peso sobre el colchón. Sus manos rasgaron con brusquedad el camisón, abriéndolo por la mitad. Cuando los senos de Bella quedaron al descubierto, Z soltó un gruñido profundo y lento.

—Sí, sí… —gimió ella, con el mismo frenesí.

Bella bajó las manos con tanta pasión que se partió una uña tratando de abrir la bragueta de los pantalones de Z…

Él dejó escapar otro gemido animal cuando su erección saltó a la mano de Bella y, dando un paso hacia atrás, casi destrozó los pantalones al tratar de sacárselos por encima de la pierna escayolada. Finalmente, después de forcejear un poco, los dejó alrededor de las rodillas con un sonoro «a la mierda».

Entonces volvió a saltar sobre ella, terminó de rasgarle el camisón y le abrió las piernas. Pero en ese momento se detuvo y una expresión de preocupación amenazó con reemplazar la pasión que irradiaba su cara. Abrió la boca, evidentemente para preguntar una vez más si ella estaba bien…

—Cállate y sigue —le ordenó Bella, al tiempo que lo agarraba de la nuca y lo empujaba hacia sus labios.

Z rugió y la embistió con fuerza. La penetración fue como una bomba que estallara dentro del cuerpo de Bella, encendiéndole la sangre. Ella le clavó las manos en el trasero, mientras Z bombeaba con las caderas hasta que los dos llegaron al orgasmo juntos, con una intensa contracción del torso.

En ese instante, Z echó la cabeza hacia atrás, descubrió sus colmillos y siseó como un felino, mientras ella se arqueaba sobre la almohada y volvía la cabeza hacia un lado para darle acceso a su garganta…

Tan pronto como Zsadist la mordió con ferocidad, ella volvió a tener un orgasmo y, mientras él bebía su sangre, el sexo siguió palpitando entre los dos. Entonces Bella pensó que Z se estaba desenvolviendo incluso mejor de lo que ella recordaba, al tiempo que sus músculos y sus huesos se retorcían sobre ella, con aquella piel tan suave y aquel aroma que la envolvía en una nube de especias negras.

Cuando Z terminó de alimentarse y después de… Dios sabe cuántos orgasmos, su cuerpo se quedó inmóvil y le lamió la garganta para cerrar los dos pinchazos de la mordedura. Aquellas sensuales caricias de su lengua despertaron de nuevo el deseo de Bella y, como si le hubiese leído la mente, Z se tumbó de espaldas y la arrastró con él, mientras se mantenían unidos.

—Ahora móntame —le exigió él, al tiempo que sus brillantes ojos amarillos se clavaban en el pecho de Bella.

Ella comenzó a acariciarse los senos y se pellizcó los pezones, mientras cabalgaba sobre él lenta y elegantemente. Los gemidos de Z y la manera en que sus manos se aferraron a las rodillas de Bella la hicieron sentirse más hermosa de lo que hubiera conseguido cualquier palabra que él hubiese podido decirle.

—Dios… Cuánto te echaba de menos —dijo Z.

—Yo también —contestó ella, mientras ponía las manos sobre los hombros de Z y se apoyaba sobre él para mover las caderas con mayor libertad.

—Ay, mierda, Bella… Bebe mi sangre…

La invitación fue aceptada aun antes de que él terminara de decir las palabras. Y ella no fue mucho más suave que su macho. El sabor de la sangre de Z le resultó más espectacular e intenso que antes. Desde el nacimiento de Nalla, cada vez que se había alimentado de la vena todo había sido… una formalidad. Pero esto era un verdadero cóctel de poder y sexo, y no sólo un acto rutinario de nutrición.

—Te amo —murmuró Bella, mientras bebía de él.

Hicieron el amor cuatro veces más.

Una en la cama.

Dos veces en el suelo, a medio camino del baño.

Y otra vez en la ducha.

Después se envolvieron en toallas blancas y se metieron en la cama.

Después Zsadist la abrazó con fuerza y la besó en la frente.

—Entonces —dijo—, ¿ha quedado claro que todavía me siento atraído por ti?

Bella se rio, mientras le acariciaba los pectorales y el abdomen. Juraba que podía sentir cómo los músculos de Z se fortalecían bajo la palma de su mano, mientras que el cuerpo de él se llenaba de energía después de alimentarse. El hecho de que la sangre de ella lo volviera más fuerte la hacía sentirse orgullosa... pero más que eso, la conectaba íntimamente con él.

La Virgen Escribana había sido muy inteligente al crear una raza cuyos miembros necesitaban alimentarse unos de otros.

—¿Y bien? ¿Quedó aclarado? —Z giró hasta quedar sobre ella, con una sonrisa de oreja a oreja—. ¿O tal vez tengo que demostrártelo otra vez?

Bella le acarició los brazos.

—No, creo que ya... ¡Z!

—¿Qué? —El macho arrastraba las palabras, al tiempo que volvía a abrirse camino entre las piernas de ella—. Lo siento. No puedo evitarlo. Todavía tengo hambre. —Luego rozó sus labios con los de ella, con la suavidad del aire—. Mmmm...

Entonces bajó por el cuello de Bella y le acarició las marcas del mordisco con la nariz, como si estuviera dando las gracias.

—Mmmm... eres mía —gruñó.

Con gran lentitud y suavidad, su boca siguió bajando hasta el pecho y se detuvo en un pezón.

—¿Están muy sensibles? —preguntó, mientras lo acariciaba con la punta de la nariz y lo lamía.

—Sí... —Bella se estremeció cuando él sopló suavemente sobre el lugar por el que acababa de pasar la lengua.

—Eso parece. Están rojos, y duros y hermosos. —Al decirlo le acariciaba los senos y se los besaba con la mayor suavidad posible.

Cuando Z siguió bajando hasta el estómago, Bella comenzó a sentirse otra vez caliente, excitada e inquieta y él sonrió.

—¿Has extrañado mis besos, querida, estos besos que me gusta darte entre las piernas?

—Sí —respondió Bella con voz ahogada, mientras la expectativa de esa caricia íntima la hacía estremecerse. Al ver la sonrisa sensual que tenía en la cara y la expresión de picardía de aquellos ojos amarillos, era evidente que Z tenía nuevos planes y mucho tiempo libre.

Así que se puso de rodillas y dijo:

—Abre las piernas para mí. Me gusta mirarte... Ah... Dios... sí —dijo Z, y se pasó la mano por la boca como si se la estuviera calentando—. A eso es a lo que me refiero.

Z apretó los hombros mientras se inclinaba con la expresión de un gato frente a un plato de leche, al tiempo que Bella se portaba como una ehros y se entregaba a él y a su boca tibia y húmeda.

—Quiero hacerlo con calma —murmuró Z desde allá abajo, al tiempo que ella gemía pronunciando su nombre—. Quiero saborear este manjar despacio.

Eso no iba a ser problema, pensó Bella. Para él, ella era como un pozo sin fondo…

La lengua de Z se deslizó dentro de ella, penetrándola con ardor, y luego retomó sus caricias dulces y lentas. Mientras bajaba la vista hacia su cuerpo, Bella se cruzó con la mirada de los brillantes ojos amarillos… y, como si eso fuera lo que él estuviera esperando, en ese momento comenzó a juguetear con la parte superior de su sexo.

Y mientras observaba la manera en que la lengua rosada de Z acariciaba su vagina, Bella tuvo otro orgasmo.

—Zsadist… —gimió, sujetándole la cabeza y levantando las caderas.

No había nada más delicioso que estar entre las piernas de tu shellan.

No era sólo su sabor; eran los ruidos húmedos, y los olores y la forma en que ella le miraba, con la cabeza hacia un lado y los labios rosados abiertos para poder respirar. Era ese centro suave y húmedo que la hacía más mujer contra su boca y era la fe que ella le demostraba al dejarle llegar hasta allí. Todo era privado y sensual y especial…

Era algo que podría hacer eternamente.

Mientras su shellan dejaba escapar el más increíble gemido y comenzaba a tener un orgasmo más, Zsadist subió por el cuerpo de Bella y se introdujo en ella para poder sentir las contracciones contra su sexo.

Luego le acercó la boca al oído, mientras eyaculaba…

—Tú lo eres todo para mí.

Minutos después, cuando descansaban juntos, Z se quedó contemplándola, desde los senos hasta el abdomen, y pensó en lo maravilloso que era el cuerpo de Bella comparado con el suyo. Esas curvas y esa energía femenina habían creado a una persona completa, habían suministrado un lugar seguro para que se produjera la alquimia de su fusión y la gestación de una nueva vida.

Una vida creada por ellos dos.

—Nalla… —susurró Z—. Nalla tiene…

Entonces sintió que Bella se ponía tensa.

—¿Qué tiene?

—Nalla tiene mis ojos, ¿verdad?

Bella le contestó con una voz suave y sigilosa, como si no quisiera asustarlo.

—Sí, así es.

Z puso una mano sobre el vientre de la hembra y comenzó a trazar círculos sobre la piel firme, tal como ella solía hacer cuando estaba embarazada. Ahora se sentía avergonzado… avergonzado de no haberle tocado el vientre ni una sola vez. Estaba tan preocupado por el alumbramiento que esa barriga que crecía le parecía una verdadera amenaza contra su vida, y no un motivo de alegría.

—Lo siento —dijo Z de repente.

—¿Por qué dices eso?

—Tuviste que pasar por todo esto sola, ¿verdad? No sólo estos últimos tres meses, sino desde antes. Cuando estabas embarazada.

—Siempre estuviste conmigo…

—Pero no estuve con Nalla y ella era parte de ti. Es una parte de ti.

Bella levantó la cabeza.

—También es una parte tuya.

Z pensó en los ojos grandes y amarillos de la niña.

—A veces me digo que ella se va a parecer también un poco a mí.

—Es casi idéntica a ti. Tiene tu mandíbula y tus cejas. Y el pelo… —La voz de Bella comenzó a entusiasmarse, como si llevara un tiempo deseando conversar con él sobre todas las cosas del bebé—. Su pelo va a ser exactamente igual al tuyo y al de Phury. ¿Y has visto sus manos? Sus índices son más largos que sus anulares, como los tuyos.

—¿De verdad? —Joder, ¿qué clase de padre era, que a esas alturas no sabía todas esas cosas?

Bueno, eso era fácil de responder. En realidad no había sido ningún tipo de padre.

Bella tendió la mano.

—Vamos a bañarnos y luego vendrás conmigo. Déjame presentarte a tu hija.

Z respiró hondo y luego asintió con la cabeza.

—Me gusta esa idea —dijo.

OCHO

Cuando Zsadist cruzó el umbral hacia el cuarto de Nalla, comprobó nuevamente que llevaba la camisa bien metida entre los pantalones.

Joder, le encantaba el olor de la habitación. Inocencia con aroma a limón, era como lo llamaba mentalmente. Un aroma dulce, como de flores, pero sin que llegara a ser empalagoso. Un olor limpio.

Bella le apretó la mano y lo condujo a la cuna. Rodeada por adornos de cintas de satén que eran más grandes que ella, Nalla estaba acostada de lado, con los brazos y las piernas doblados y los ojos cerrados, con el diminuto ceño algo fruncido, como si se estuviera esforzando por mantenerse dormida.

En cuanto Z asomó por encima de la barandilla de la cuna, la niña empezó a moverse. Emitió un ruidito y en medio del sueño estiró la mano, pero no en dirección a su madre, sino hacia su padre.

—¿Qué quiere? —preguntó Z, que de inmediato se sintió como si fuera un idiota.

—Quiere que la toques. —Al ver que él no se movía, Bella murmuró—: Hace eso cuando está dormida... parece saber quién está cerca y le gusta que le den una palmadita.

Bella no lo forzó a hacer absolutamente nada.

Pero Nalla no estaba contenta. Su mano y su brazo se estiraban con impaciencia hacia él.

Z se limpió la palma de la mano contra la camisa y luego se la pasó un par de veces por la cadera. Cuando alargó la mano, le temblaban los dedos.

Nalla conectó enseguida. Su hija lo agarró del pulgar y lo apretó con tanta fuerza que él sintió un acceso de puro orgullo que le atravesó el corazón.

—Es muy fuerte —dijo, con un tono rebosante de orgullo paternal.

Bella gimió a su lado.

—¿Nalla? —murmuró Z mientras se inclinaba. Su hija apretó los labios y le apretó todavía más el dedo.

—Es increíble la fuerza que tiene. —Z dejó que su índice acariciase ligeramente la muñeca de su hija—. Suave... Ay, por Dios, qué piel tan suave...

Nalla abrió los ojos de repente. Y, al ver esos ojos que tenían el mismo color dorado de los suyos, Z sintió que su corazón dejaba de latir.

—Hola...

Nalla pestañeó, le sacudió el dedo y con ese simple gesto lo transformó: todo se detuvo, mientras ella le movía, no sólo la mano, sino también, y sobre todo, el corazón.

—Eres como tu mahmen —susurró Z—. Mueves el mundo a mi alrededor...

Nalla siguió jugando con la mano de su padre y dejó escapar un gorjeo.

—No puedo creer lo fuerte que es... —Z miró de reojo a Bella—. Es tan...

Bella estaba llorando y tenía los brazos cruzados con fuerza sobre el pecho, como si estuviera tratando de sujetarse, de evitar desmoronarse allí mismo.

El corazón de Z se volvió a mover, pero esta vez por otra razón.

—Ven aquí —dijo, al tiempo que extendía los brazos hacia su shellan y la atraía hacia él con la mano que tenía libre—. Ven aquí con tu macho.

Bella hundió la cara en el pecho de Z y le apretó la mano.

Abrazado a su hija y a su hembra, Z se sintió como un gigante, más rápido que cualquiera y más fuerte que todo un ejército.

Y su pecho se hinchó con nuevos propósitos. Aquellas dos hembras eran suyas. Suyas y de nadie más, y él tenía que cuidarlas. Una era su corazón y la otra era una parte de su ser, y ambas lo completaban al colmar vacíos que hasta entonces no había sabido que tenía.

De repente Nalla levantó la vista hacia sus padres y de su boquita brotó el sonido más adorable del mundo, que parecía decir algo así como «bueno, todo se ha resuelto maravillosamente».

Pero luego su hija estiró la otra mano... y tocó la banda de esclavo que marcaba la muñeca de Z.

Él se tensó hasta quedarse completamente rígido. No podía evitarlo.

—Ella no sabe lo que es —dijo Bella en voz baja.

Z respiró hondo.

—Pero lo sabrá. Algún día sabrá exactamente qué es eso.

Antes de bajar a ver a la doctora Jane, Z pasó un rato con sus damas. Pidió algo de comer para Bella y mientras se lo subían observó por primera vez el momento en que su hija se alimentaba. Nalla se quedó profundamente dormida después, lo cual fue perfecto, pues en ese momento llegó Fritz con la comida. Z le dio la comida a su shellan en la boca y se alegró de poder elegir los mejores bocados de la pechuga de pollo, de los bollos hechos en casa y de los mejores brotes de brócoli.

Cuando el plato quedó limpio y la copa de vino llegó al final, le limpió la boca a Bella con una servilleta de damasco y vio cómo se le cerraban los ojos. Entonces la acostó, le dio un beso, levantó la bandeja y salió de la habitación.

Cerró la puerta sigilosamente, oyó el clic de la cerradura y se sintió bañado por un resplandor, ebrio de alegría. Sus hembras estaban bien alimentadas y dormían a salvo. Su trabajo estaba hecho.

¿Trabajo? Mejor, su misión en la vida.

Z miró de reojo la puerta de la habitación de Nalla y se preguntó si, como macho, podías establecer un vínculo especial con tus hijos o no. Siempre había oído que eso sólo sucedía con las shellans... pero estaba comenzando a sentir hacia Nalla un fuerte instinto protector, y eso que todavía no la había tenido entre sus brazos. ¿Qué pasaría en dos semanas, cuando se hubiese familiarizado con ella? Sería capaz de convertirse en una bomba de hidrógeno si algo la amenazaba.

¿Eso era lo que significaba ser padre? Z no lo sabía. Ninguno de sus hermanos tenía hijos y no se le ocurría a quién podría preguntarle.

Camino a las escaleras, se fue cojeando por el corredor de las estatuas, bota, escayola, bota, escayola, bota, escayola… mientras se observaba fijamente las muñecas.

Una vez abajo, llevó los platos sucios a la cocina, le dio las gracias a Fritz y luego tomó el túnel que llevaba al centro de entrenamiento. Si la doctora Jane se había cansado de esperarlo, se quitaría la escayola él mismo.

Al salir a través del armario de la oficina, oyó el zumbido de una sierra y siguió el estruendo hasta el gimnasio. Mientras avanzaba, se preguntaba cómo iría la nueva clínica de Jane. Las tres cabinas de tratamiento, que estaban construyendo en el espacio que ocupaba uno de los auditorios del centro de entrenamiento, estaban diseñadas para funcionar como salas de cirugía o de observación e iban a estar equipadas con la última tecnología. La doctora Jane estaba invirtiendo en un tomógrafo computerizado, un aparato de rayos X digital y tecnología de ultrasonidos, junto con un sistema electrónico para llevar historias clínicas, y una cantidad de instrumentos de cirugía de alta tecnología. Con un depósito de suministros digno del servicio de emergencias de un hospital, la meta era que la Hermandad no tuviera que volver a usar la clínica de Havers.

Lo cual era más seguro para todo el mundo. El complejo de la Hermandad estaba rodeado por un campo de mhis, gracias a V, pero no se podía decir lo mismo del lugar donde Havers atendía, tal como lo había demostrado el ataque sufrido por la clínica el verano anterior. Considerando que podían seguir a los hermanos en cualquier momento, lo mejor era hacer en la casa todo lo que se pudiera.

Z abrió una de las puertas metálicas del gimnasio y se quedó boquiabierto. Vaya. Evidentemente, la doctora Jane tenía talento suficiente para participar en uno de esos programas-concurso tipo *Cambio extremo*.

La noche anterior, cuando Z había entrado en la camilla, todo estaba como siempre. Menos de veinticuatro horas después, había un hueco de dieciocho metros por veinte en la pared de ladrillo que estaba enfrente. El hueco dejaba a la vista el auditorio que iba a ser convertido en cabinas y, justo frente al agujero, la compañera de V estaba metiendo una tabla en la sierra eléctrica y sus manos ahora parecían sólidas, a pesar de que el resto del cuerpo tenía su habitual apariencia fantasmagórica.

Cuando Jane vio a Z, terminó de serrar la tabla y apagó la máquina.

—Hola —saludó, al tiempo que el estruendo de la sierra se desvanecía—. ¿Estás listo para que te quite la escayola?

—Sí. Y evidentemente lo harás muy bien, eres muy buena con la sierra.

—Más te vale que así sea —dijo sonriendo y señalando el agujero en la pared—. Entonces, ¿te gusta mi nueva decoración?

—Parece que no te andas por las ramas, ¿no?

—Qué puedo decir, me encantan las almádenas. Los mazazos me enloquecen.

—Estoy listo para la siguiente tabla —dijo una fuerte voz desde el auditorio.

V, que era quien había dado esa voz, salió a través del hueco. Llevaba puesto un cinturón de herramientas del que colgaban un martillo y varios formones. Mientras se dirigía a su compañera, dijo:

—Qué tal, Z, ¿cómo va tu pierna?

—Estará mejor después de que la doctora Jane me quite esta cosa. —Z señaló con la cabeza hacia el agujero—. Joder, parece que habéis estado trabajando duro.

—Sí, la idea es tener lista la estructura esta noche.

La doctora Jane le entregó a su compañero la tabla y le dio un beso rápido, durante el cual su cara se volvió completamente sólida.

—Enseguida vuelvo. Sólo voy a quitarle la escayola.

—No hay prisa. —V hizo un gesto con la cabeza dirigiéndose a Zsadist—. Tienes buen aspecto. Me alegra.

—Tu hembra hace milagros.

—Así es.

—Bueno, chicos, ya está bien de elogios —dijo Jane en ese momento con una sonrisa y volvió a besar a V—. Vamos, Z. Quitemos ese yeso.

Cuando dio media vuelta, V la siguió con los ojos… lo cual significaba, sin duda, que tan pronto como Z saliera de allí, iban a dedicarse a algo distinto de la carpintería.

Cuando la doctora Jane y Z entraron a la sala de terapia, Z fue directo a la camilla y se subió.

—Pensé que tal vez querrías usar esa sierra eléctrica en mi pierna.

—No, no. En tu familia ya hay una persona sin una pierna. Dos serían demasiadas. —Sonrió con picardía—. ¿Dolor?

—No.

Jane acercó una máquina de rayos X portátil.

—Levanta la pierna… Perfecto. Gracias.

Salió y regresó enseguida con una plancha de plomo, Z la cogió y se la echó encima.

—¿Puedo preguntarte algo? —dijo.

—Sí, pero déjame terminar con esto. —Jane ajustó la lente de la máquina y tomó una imagen, mientras que se oía un leve zumbido que resonó por todo el cuarto. Después de revisar la pantalla de ordenador que tenía enfrente, la doctora dijo—: De lado, por favor.

Z se dio la vuelta y ella le movió la pierna. Después de una rápida exclamación de aprobación y una segunda mirada al monitor, habló.

—Muy bien, ahora puedes sentarte. La pierna está muy bien, así que voy a deshacerme de este maravilloso trabajo que hice con el yeso.

Jane le alcanzó a Z una manta y le dio la espalda mientras él se quitaba los pantalones de cuero. Luego trajo un serrucho de acero inoxidable y comenzó a retirar la escayola con cuidado.

—Y… ¿qué querías preguntarme? —dijo, por encima del zumbido que producía el serrucho.

Z se frotó la banda de esclavo que tenía en la muñeca izquierda y luego extendió el brazo hacia ella.

—¿Realmente crees que podría quitarme estas bandas?

Jane se detuvo un momento, mientras organizaba sus ideas, no sólo desde el punto de vista médico, sino también desde el personal. Luego soltó una leve exclamación, un pequeño «ah», y terminó de quitarle la escayola.

—¿Quieres limpiarte un poco la pierna? —Le alcanzó una toalla húmeda.

—Sí. Gracias.

Después de asearse rápidamente, ella le dio una toalla para que se secara.

—¿Te molesta si miro más de cerca la piel? —Hizo una seña con la cabeza hacia la muñeca. Al ver que él negaba con la cabeza, se inclinó sobre el brazo de Z.

—En los humanos es bastante común quitar los tatuajes con láser. No tengo aquí la tecnología que necesitamos, pero, con tu ayuda, tengo una idea de cómo podemos intentarlo. Y quién podría hacerlo.

Z se quedó mirando la banda negra y se representó la manita de su hija sobre esa densa tinta negra.

—Creo que… sí, creo que quiero intentarlo.

Cuando Bella se despertó y se estiró en su cama matrimonial, se sintió como si llevara un mes de vacaciones. Su cuerpo estaba relajado y fuerte… aunque tenía unos cuantos dolores en ciertos lugares. A pesar de haberse bañado, el olor de Z todavía la cubría por completo, y eso era perfecto.

Al ver la hora en el reloj que había sobre la mesita de noche, calculó que debía de haber dormido cerca de dos horas, así que se levantó, se puso la bata y se cepilló los dientes, mientras pensaba que sería bueno ir a echar un vistazo a Nalla y tal vez buscar algo de comer. Iba camino del cuarto de Nalla cuando Z entró por la otra puerta.

Bella no pudo evitar emocionarse cuando lo vio.

—Ya no tienes escayola.

—No… Ven aquí, mujer. —Z se acercó a ella, la rodeó con los brazos y la echó hacia atrás de manera que ella tuvo que agarrarse a él para no caerse. Luego la besó lenta y apasionadamente, mientras restregaba su cuerpo y su inmensa erección contra las caderas de Bella.

—Te he echado tanto de menos —le dijo con un ronroneo con la boca apretada contra el cuello.

—Pero si hemos hecho el amor hace sólo dos…

Bella tuvo que callarse al notar que la lengua de Z invadía su boca y que sus manos la agarraban por el trasero. Z la llevó hasta una de las ventanas, la depositó sobre el marco, se bajó los pantalones y…

—Ay… Dios —gimió ella con una sonrisa.

Éste… éste era el macho que ella conocía, del que se había enamorado y al que amaba. Siempre deseándola. Siempre queriendo estar cerca de ella. Mientras que Z empezaba a moverse lentamente dentro de ella, Bella recordó cómo era al principio, cuando finalmente le abrió las puertas de su corazón. Bella se había sorprendido al ver lo cariñoso que se mostraba con ella, ya fuera durante las comidas, cuando estaban con los otros hermanos, o durante el día, cuando dormían. Era como si estuviera compensando todos los siglos que pasó carente de ternura.

Bella rodeó con los brazos la nuca de Z y puso la mejilla contra su oreja, para sentir la caricia suave de su cabeza rapada mientras él se movía.

—Voy a… necesitar tu ayuda —dijo él, penetrándola rítmica, suave y lentamente.

—Lo que quieras… pero no te detengas…

—Ni… lo… sueñes… —Bella no pudo oír el final de las palabras de Z, pues el sexo lo invadió todo en ese momento—. Ay, Dios… ¡Bella!

Cuando terminaron, Z se echó un poco hacia atrás y sus ojos amarillos brillaban como el champán.

—A propósito… hola. Creo que olvidé saludarte cuando entré.

—Ah, yo creo que tu saludo ha estado muy bien, gracias. —Bella le dio un beso en la boca—. Pero dime, ¿en qué quieres que te ayude?

—Primero vamos a asearnos un poco —dijo él arrastrando las palabras y la chispa que brillaba en su mirada sugería que el proceso de limpieza, en lugar de limpiar, tal vez iba a generar más bendita suciedad.

Lo cual sucedió, por supuesto.

Cuando los dos quedaron satisfechos y ella se duchó por tercera vez, se envolvió en la bata y comenzó a secarse el pelo.

—Ahora sí, ¿en qué necesitas que te ayude?

Z se recostó contra la encimera de mármol que estaba al lado de los lavabos, se pasó la palma de la mano por la cabeza rapada y se puso muy serio.

Bella dejó de hacer lo que estaba haciendo. Al ver que él se quedaba en silencio, retrocedió un poco y se sentó en el borde del jacuzzi para dejarle un poco de espacio. Luego se quedó esperando, mientras apretaba y relajaba las manos sobre el regazo.

Por alguna razón, mientras observaba a Z, que meditaba organizando sus ideas, Bella cayó en la cuenta de todas las cosas que les habían sucedido en ese baño. Allí fue donde lo encontró vomitando después de sentirse atraída hacia él por primera vez en una fiesta. Y luego… después de que él la rescatara de las manos de los restrictores, Z la había lavado en esa misma bañera. Y en la ducha que había enfrente era donde ella había tomado sangre de su vena por primera vez.

Bella pensó en ese difícil periodo de su vida juntos, cuando ella acababa de salir del secuestro y él se negaba a aceptar la atracción que sentía por ella. Al mirar hacia la derecha, recordó cómo lo había encontrado sentado en el suelo de baldosas, debajo de una ducha helada, restregándose las muñecas porque pensaba que estaba contaminado y no podía alimentarla.

Él había sido muy valiente. Superar lo que le habían hecho para poder confiar en ella había requerido mucho valor.

Los ojos de Bella volvieron a clavarse en Z y, cuando se dio cuenta de que él se estaba mirando las muñecas, habló.

—Vas a tratar de quitártelas, ¿verdad?

Z torció la boca en una especie de sonrisa.

—Me conoces muy bien.

—¿Y cómo vas a hacerlo? —Cuando él terminó de contarle lo planeado, ella asintió con la cabeza—. Excelente plan. Y cuenta conmigo.

Z la miró.

—Perfecto. Gracias. No creo que pueda hacerlo sin ti.

Bella se puso de pie y se le acercó.

—Nunca vas a tener que preocuparte por eso.

NUEVE

E l doctor Thomas Wolcott Franklin III tenía la segunda mejor oficina de todo el complejo que componía el Hospital St. Francis.

En lo referente al tamaño y la elegancia de las oficinas administrativas, el orden de importancia estaba determinado por los ingresos de cada servicio y, como jefe de dermatología, T. W. sólo era superado por otro departamento.

Desde luego, el hecho de que su servicio ganara tanto dinero se debía a que él se había «vendido», como decían algunos de los académicos más estrictos. Bajo su dirección, el servicio de dermatología no sólo trataba lesiones y cánceres de piel y quemaduras, además de enfermedades crónicas de la dermis como psoriasis, eczemas y acné, sino que tenía una subdivisión, un departamento que sólo abordaba tratamientos estéticos.

Lifting facial. *Lifting* de cejas. Aumento de senos. Liposucciones. Aplicación de bótox. Aplicación de Restylane. Y cientos de cirugías e intervenciones estéticas. El modelo del servicio seguía los patrones de la práctica privada, pero en un ambiente académico; y a los clientes millonarios les encantaba ese concepto. La mayoría llegaba de la Gran Manzana y al comienzo hacían el viaje sólo para disfrutar del anonimato y recibir un tratamiento de primera clase lejos de la cerrada comunidad de cirujanos plásticos de Manhattan; pero luego, paradójicamente, el asunto se convirtió en una cuestión de estatus. Hacerse una cirugía plástica en Caldwell se volvió *chic* y, gracias a esa tendencia, sólo el jefe de cirugía, Manny Manello, tenía la mejor vista panorámica cn su oficina.

Bueno, el baño privado de Manello tenía mármol en la ducha y no sólo en las encimeras y las paredes, pero en realidad eso sólo eran detalles.

A T. W. le gustaba la vista de su oficina. Le gustaba su oficina. Y amaba su trabajo.

Lo cual era bueno, pues sus días comenzaban a las siete de la mañana y terminaban a las... —T. W. miró su reloj: casi a las siete.

No era demasiado tarde y, sin embargo, ya debería haberse marchado, pues todos los lunes al atardecer T. W. jugaba al *squash* a las siete en punto en el Club Campestre de Caldwell. Así que estaba un poco confundido con respecto a la razón por la cual había aceptado ver a un paciente a esa hora. Sin ahora saber muy bien por qué, había dicho que sí y había hecho que su secretaria le buscara un sustituto en la cancha. A pesar de que trataba de recordar la razón que lo impulsó a realizar ese cambio tan inesperado, no conseguía acordarse del motivo.

Se sacó del bolsillo de la bata el horario de citas que le habían entregado por la mañana y sacudió la cabeza. Justo en la casilla de las siete de la tarde aparecía el nombre «B. Nalla» y las palabras «cirugía estética con láser». Caramba, no tenía ningún recuerdo relacionado con esa cita, ni sabía de quién se trataba o quién le había recomendado ese paciente... aunque todo lo que le programaban a esas horas tenía que contar con su permiso expreso.

Así que debía tratarse de alguien importante. O del paciente de alguien importante.

Evidentemente, había estado trabajando demasiado.

T. W. entró en el sistema informático de historias clínicas e hizo una pequeña búsqueda, nuevamente, con el nombre de B. Nalla. Lo más cercano que encontró fue Belinda Nalda. ¿Podría ser un error tipográfico? Tal vez. Pero su asistente se había marchado a las seis y le parecía fuera de lugar interrumpirla mientras cenaba con su familia, sólo para que le contara lo relacionado con la misteriosa cita.

Así que T. W. se levantó, se ajustó la corbata y se abotonó la bata, y luego recogió algunos papeles que podría revisar mirar esperaba abajo a que apareciera B. Nalla o Nalda.

Cuando salía de la zona donde estaban las oficinas y los consultorios del departamento, pensó en lo distinto que era todo allí arriba, comparado con la clínica privada de abajo. Eran como la noche y el día. La decoración de arriba era en realidad la típica falta de decoración de los hospitales: alfombras de mucho uso y color oscuro, paredes y puertas color crema, sin ningún adorno. Los pocos cuadros que había tenían marcos de acero inoxidable sin adornos y las plantas eran escasas y estaban ubicadas en lugares distantes.

¿Abajo? La clínica privada era un spa de última generación, con lujosos servicios hoteleros, como los que esperan los ricos: las habitaciones tenían televisores de pantalla plana de alta definición, DVD, sofás, sillas, refrigeradores pequeños con zumos de frutas exóticas, comida de restaurante y conexión a Internet inalámbrica. La clínica incluso había llegado a un acuerdo con el hotel Stillwell de Caldwell, el alojamiento de cinco estrellas más lujoso de todo el norte del estado de Nueva York. Según ese acuerdo, los pacientes podían pasar allí la noche después de su tratamiento.

¿Acaso era una exageración? Sí. ¿Y había un recargo a los clientes por eso? Por supuesto. Pero la realidad era que los reintegros del gobierno federal eran escasos, las compañías de seguros negaban tratamientos necesarios a diestra y siniestra y T. W. necesitaba fondos para cumplir con su misión.

Y trabajar para los ricos era la manera de obtenerlos.

La cosa era que T. W. tenía dos reglas que debían cumplir todos sus médicos y enfermeras. Una, ofrecer el mejor tratamiento del mundo, con espíritu compasivo. Y dos, no rechazar nunca a un paciente. Jamás. En especial, no rechazar a ningún quemado.

Sin importar cuán costoso o largo fuera el tratamiento de una quemadura, él nunca se negaba a tratar a nadie. En especial a los niños.

No le importaba que consideraran que se había vendido a las demandas comerciales. No le gustaba presumir de su trabajo gratuito y si sus colegas de otras ciudades querían presentarlo como un codicioso, estaba dispuesto a sobrellevar la acusación.

Cuando llegó a los ascensores, alargó la mano izquierda, a la que le faltaba el dedo meñique y estaba llena de cicatrices y manchas, y oprimió el botón de bajada.

Estaba dispuesto a hacer lo que fuera necesario para asegurarse de que la gente recibiera la ayuda que necesitaba. Alguien lo había hecho por él y eso había marcado una gran diferencia en su vida.

Al llegar al primer piso, dobló a la derecha y avanzó por un corredor hasta llegar a una zona con paneles de madera de caoba que marcaba la entrada a la clínica de cirugía estética. En el vidrio se podían leer su nombre y los de siete de sus colegas, en un tamaño discreto. No había ninguna indicación de la clase de medicina que se practicaba allí dentro.

Los pacientes solían decirle que les encantaba el ambiente de club exclusivo que tenía el lugar.

Después de pasar por el control su tarjeta de identificación, T. W. entró a la clínica. La recepción estaba casi en penumbra, pero no porque hubiesen apagado las luces al hacerse de noche, sino porque las luces muy brillantes no favorecían a la gente de cierta edad, que venía a operarse o a pasar revisión, y, además, la atmósfera tranquilizadora y relajada era parte del ambiente de spa que estaban tratando de crear. El suelo era de baldosas de color arena, las paredes tenían un acogedor color rojo profundo y en el centro de la recepción había una fuente de piedra que proporcionaba un sonido relajante.

—¡Marcia! —llamó T. W., pronunciando el nombre a la manera europea.

—¿Qué tal, doctor Franklin? —le contestó una voz suave desde la oficina del fondo.

Cuando Marcia salió, T. W. se metió la mano izquierda en el bolsillo. Como siempre, Marcia parecía salida de la revista *Vogue*, con el pelo negro perfectamente peinado y un traje sastre negro de corte perfecto.

—Su paciente no ha llegado todavía —dijo ella con una sonrisa serena—. Pero le tengo preparada la cabina número dos.

Marcia era una cuarentona que se encontraba en muy buena forma, estaba casada con uno de los cirujanos plásticos y, hasta donde T. W. sabía, era la única mujer en el planeta, aparte de Ava Gardner, que podía usar lápiz de labios de color rojo sangre y seguir teniendo mucha clase. Se vestía con ropa elegante y había sido contratada con un buen salario para que funcionara como un testimonio ambulante del maravilloso trabajo que se realizaba allí.

Y el hecho de que tuviera un aristocrático acento francés era un valor añadido. En particular con los nuevos ricos.

—Gracias —dijo T. W. —. Ojalá el paciente llegue pronto para que puedas irte.

—¿Entonces no necesita ayudante?

Ésa era la otra cosa maravillosa que tenía Marcia. No era una simple figura decorativa, sino alguien útil, pues tenía preparación como enfermera y siempre se mostraba feliz de poder ayudar.

—Gracias por tu ofrecimiento, pero sólo has de seguir al paciente y yo me encargaré del resto.

—¿Le va a hacer el registro usted mismo?

Él sonrió.

—Estoy seguro de que quieres llegar a casa para encontrarte con Philippe.

—Ah, *oui*. Estamos de aniversario.

T. W. le hizo una mueca pícara.

—Ya me he enterado.

Ella se puso un poco roja, lo cual era uno de sus encantos. Aunque se la tenía por muy elegante, también era una mujer de carne y hueso.

—Mi esposo dice que me va a esperar en la puerta, y que me tiene preparada una sorpresa.

—Yo sé lo que es. Te va a encantar. —¿A qué mujer no le gustarían un par de aretes de diamantes de Harry Winston?

Marcia se llevó la mano a la boca para ocultar una sonrisa y el rubor que le subía por la cara.

—Es muy bueno conmigo.

T. W. se sintió culpable por un momento y se preguntó cuándo había sido la última vez que le había regalado algo frívolo y bonito a su esposa. Había sido… bueno, el año pasado le había comprado un Volvo.

Caramba.

—Tú te lo mereces —dijo él rápidamente, mientras pensaba por alguna razón en la cantidad de noches que su esposa pasaba sola en la casa—. Así que, por favor, vete a casa y pásalo bien.

—Eso haré, doctor. *Merci mille fois*. —Marcia hizo una especie de inclinación y se dirigió al mostrador de recepción, que en realidad no era más que una mesa antigua, con un teléfono escondido en el cajón y un ordenador que se encendía al abrir un panel de madera—. Voy a apagar el sistema y esperaré a su paciente para recibirlo.

—Que tengas una buena noche.

Cuando T. W. dio media vuelta, sacó del bolsillo la mano de las cicatrices. Siempre que estaba con ella la escondía, un gesto que le quedaba de sus tiempos de adolescente acomplejado. Era ridículo. Él estaba felizmente casado y ni siquiera se sentía atraído por Marcia, así que no debería preocuparle. Pero las cicatrices dejaban huellas más profundas que las visibles y, así como la piel a veces no sanaba bien, la psique de la gente que tenía defectos físicos solía sentirse mal en ciertas situaciones.

Los tres láseres que había en la clínica se utilizaban para tratar venas varicosas en las piernas, marcas de nacimiento e imperfecciones dermatológicas, así como para hacer tratamientos de exfoliación profunda de la piel de la cara y quitar las marcas con las que quedaban los pacientes de cáncer que recibían radiación.

B. Nalla debía necesitar que le hicieran alguna de esas cosas, pero si T. W. fuera jugador, apostaría por un tratamiento de exfoliación profunda. Parecía lo más probable… una cita de noche, en la clínica cosmética, con un nombre misterioso. No cabía duda de que debía de ser algún millonario con una imperiosa necesidad de privacidad.

En fin, había que respetar los gustos de los clientes.

T. W. entró en la cabina número dos, que era su preferida aunque no tenía ninguna razón especial para ello, se sentó detrás del escritorio de caoba y entró al sistema para revisar la historia de los pacientes que acudirían al día siguiente. Luego se concentró en los informes de los residentes de dermatología, pues tales eran los papeles que había bajado para revisar.

A medida que pasaban los minutos, comenzó a sentirse molesto con la gente rica y sus exigencias, y con esos aires de importancia que se daban. Claro, algunos eran educados, y todos contribuían a mantener a flote sus proyectos, pero, vamos, algunas veces le daban ganas de estrangularlos…

Una mujer de uno ochenta de estatura apareció en la puerta del cubículo y él se quedó rígido. Iba vestida de manera sencilla, llevaba una camisa blanca de botones, metida en unos vaqueros ajustados, pero tenía unos zapatos rojos de tacón alto de Christian Louboutin y una cartera Prada colgando del hombro que desde luego llamaban la atención.

Se ajustaba perfectamente al patrón de su clientela privada, y no sólo porque llevara cerca de tres mil dólares en accesorios. La mujer era... increíblemente hermosa, con pelo color caoba, ojos azul zafiro y un rostro como el que todas las mujeres querían tener después de la cirugía plástica.

T. W. se levantó de la silla lentamente y enseguida metió la mano izquierda en el bolsillo.

—¿Belinda? ¿Belinda Nalda?

A diferencia de la mayor parte de las mujeres de su clase social, que era claramente extraterrestre, la mujer no entró caminando como si se sintiera dueña del mundo. Sólo dio un paso hacia delante.

—En realidad me llamo Bella. —La voz de la mujer le produjo un estremecimiento. Profunda, ronca... pero amable.

—Yo, oh... —T. W. carraspeó—. Soy el doctor Franklin.

El médico extendió la mano buena y ella se la estrechó. Mientras se daban la mano, T. W. se dio cuenta de que no podía quitar los ojos de encima a la mujer, pero no podía evitarlo. Había visto muchas mujeres hermosas en su vida, pero ninguna como ésta. Era casi como si fuera de otro planeta.

—Por favor... siga y tome asiento —dijo T. W., y señaló un sillón forrado en seda que había cerca del escritorio—. Buscaremos su historia y...

—El tratamiento no es para mí. Es para mi hell... para mi marido. —La mujer respiró profundamente y miró por encima del hombro—. ¡Querido!

T. W. retrocedió y se estrelló contra la pared con tanta fuerza que la acuarela que colgaba a su lado se movió. La primera idea que le cruzó por la cabeza al ver lo que acababa de entrar por la puerta fue que tal vez debería mantenerse cerca del teléfono para llamar a seguridad.

El hombre tenía una cicatriz enorme en la cara y ojos de asesino en serie y, cuando entró, pareció llenar todo el espacio: era lo suficientemente grande y ancho como para clasificarlo como un peso pesado, o tal vez dos boxeadores juntos, pero, por Dios, eso era lo de menos cuando te miraba. El hombre parecía muerto por dentro. Carecía por completo de cualquier atisbo de bondad. Lo cual lo hacía capaz de cualquier cosa.

Y T. W. podría haber jurado que la temperatura de la habitación cayó dramáticamente cuando el hombre entró y se situó junto a su esposa.

La mujer habló con voz tranquila y suave.

—Estamos aquí para ver si usted puede quitarle unos tatuajes.

T. W. tragó saliva e hizo un esfuerzo para sobreponerse. Vamos, tal vez este matón sea una estrella de rock. Sus gustos musicales se inclinaban más por el jazz, así que no tenía razón para reconocer a este tío de pantalones de cuero y suéter negro de cuello alto, pero eso explicaría algunas cosas. Entre otras, por qué la esposa parecía una modelo. La mayoría de los cantantes tienen mujeres hermosas, ¿verdad?

Sí... el único problema de esa teoría era aquella mirada maligna. No parecía una fachada comercial. En esa mirada había una violencia real. Absoluta depravación.

—¿Doctor? —La mujer parecía inquieta—. ¿Hay algún problema?

T. W. volvió a tragar saliva, mientras esperaba no haberle dicho a Marcia que se marchara. Pero luego pensó en la seguridad de las mujeres y los niños y que tal vez lo mejor era que ella no estuviera allí.

—¿Doctor?

El médico seguía mirando fijamente al tipo, que no se movía más que para respirar.

Demonios, si ese maldito quisiera destrozar el lugar, ya lo habría hecho doce veces. Pero en lugar de eso estaba allí, inmóvil.

Y seguía así.

Sin moverse.

Después de un rato, T. W. se aclaró la garganta y decidió que si el hombre tuviera intención de armar jaleo, ya lo habría hecho.

—No, no hay ningún problema. Disculpen, he tenido un día agotador.

El médico se sentó en la silla del escritorio y se inclinó hacia un lado para abrir un cajón refrigerado que contenía una gran variedad de aguas minerales.

—¿Puedo ofrecerles algo de beber?

Cuando los dos dijeron que no, abrió una Perrier con limón y se tomó la mitad como si fuera un trago de whisky.

—Muy bien. Tengo que hacer la historia clínica.

La mujer se sentó y el marido se quedó de pie, con los ojos fijos en T. W. Curioso. Estaban agarrados de la mano y T. W. tuvo la sensación de que la esposa era como la muleta del hombre.

Entonces T. W. apeló a toda su preparación y experiencia, sacó su bolígrafo de lujo e hizo las preguntas de rigor. La mujer respondió: ninguna alergia conocida, ninguna operación quirúrgica, ningún problema de salud.

—Ah... ¿dónde tiene los tatuajes? —Por favor, Dios, que no sea debajo de la cintura.

—En las muñecas y el cuello. —La mujer miró al marido con ojos radiantes—. Muéstraselos, querido.

El hombre extendió un brazo y se levantó una manga. T. W. frunció el ceño, al tiempo que la curiosidad médica parecía predominar al fin. La banda negra era increíblemente densa, y aunque no era un experto en tatuajes, ni mucho menos, podía afirmar sin duda que nunca antes había visto una coloración tan profunda.

—Son muy oscuros —observó, al tiempo que se inclinaba hacia delante. Algo le dijo que no debía tocar al hombre a menos que fuera indispensable, así que siguió su instinto y no lo tocó—. Muy, muy oscuros.

Parecían casi grilletes, pensó.

T. W. se recostó en el asiento.

—No estoy seguro de que usted sea un buen candidato para el láser. La tinta parece tan densa que para poder hacer mella en la pigmentación se requerirían como mínimo varias sesiones.

—Pero ¿podría usted intentarlo? —preguntó la esposa—. Por favor.

T. W. levantó las cejas. «Por favor» no era una palabra que figurara en el vocabulario de la mayoría de los pacientes que llegaban allí. Y el tono también era extraño, esa discreta desesperación era lo que solía percibirse en las palabras de los familiares de los pacientes que trataban arriba, aquellos que tenían problemas médicos que afectaban su vida, no sólo patas de gallo y arrugas.

—Puedo intentarlo —dijo T. W., consciente de que si ella volvía a usar ese tono, podría lograr cualquier cosa de él.

T. W. miró al marido.

—¿Sería tan amable de quitarse la camisa y subirse a la camilla?

La mujer le apretó la mano.

—Está bien.

El inquietante marido se volvió a mirarla con su rostro anguloso y de rasgos duros y pareció sacar la fuerza de los ojos de ella.

Después de un momento, se dirigió a la camilla, se subió en ella y se quitó el suéter.

T. W. se levantó de la silla y caminó alrededor del escritorio…

Pero se quedó paralizado. El hombre tenía la espalda llena de cicatrices. Cicatrices… que parecían marcas de látigo.

En toda su carrera como médico nunca había visto nada parecido y sabía que debían ser rastros de algún tipo de tortura.

—Mis tatuajes, doctor —dijo el marido con tono de irritación—. Se supone que usted debería estar mirando mis tatuajes, muchas gracias.

Al ver que T. W. parpadeaba, el marido negó con la cabeza.

—Esto no va a funcionar…

La mujer se acercó apresuradamente.

—Sí, sí va a funcionar. Sólo…

—Busquemos otra solución...

T. W. caminó hasta quedar frente al hombre, bloqueando la salida. Y luego deliberadamente sacó la mano izquierda del bolsillo. La mirada sombría del hombre se clavó en la piel moteada y en el meñique inexistente.

El paciente levantó la mirada con expresión de sorpresa y luego entornó los ojos como si estuviera preguntándose hasta dónde subiría la cicatriz de la quemadura.

—Me llega hasta el hombro y baja por la espalda —dijo T. W.—. La casa se incendió cuando yo tenía diez años. Quedé atrapado en mi habitación. Y estuve consciente todo el tiempo. Después pasé ocho semanas en el hospital. Me han hecho diecisiete operaciones.

Hubo un momento de silencio, como si el marido estuviera analizando mentalmente las implicaciones de esa declaración: «Si estaba consciente, debió sentir el olor a carne quemada y un dolor infinito. Y ese tiempo en el hospital… las cirugías…».

De forma súbita, el cuerpo del gigante pareció relajarse y la tensión lo abandonó como si hubiesen abierto una válvula.

T. W. había visto esa misma reacción muchas veces con sus pacientes quemados. Si tu médico sabía lo que era estar donde tú estabas, y no porque se lo hubiesen enseñado en la facultad de medicina, sino porque lo había vivido, tú te sentías más seguro con él: los dos pertenecían al mismo club exclusivo de gente maltratada por la vida.

—Entonces, ¿puede hacer algo con esto, doctor? —preguntó el hombre, al tiempo que, más calmado, apoyaba los antebrazos en los muslos.

—¿Me permite que le toque?

El hombre levantó ligeramente el labio superior que tenía cortado por la cicatriz, sorprendido por la pregunta.

—Sí.

T. W. usó deliberadamente las dos manos para examinar las muñecas del paciente, de manera que éste pudiera mirar las cicatrices de su médico y relajarse todavía más.

Cuando terminó, dio un paso atrás.

—Bueno, no estoy seguro de cómo vaya a resultar, pero podemos intentarlo... —T. W. levantó la vista y se quedó quieto. Los ojos de aquel hombre... se habían vuelto amarillos. Ya no eran negros.

—No se preocupe por mis ojos, doctor.

Repentinamente, la idea de que todo lo que había visto era normal penetró en su mente. Correcto. Allí no había nada raro.

—¿Dónde estaba?... Ah, sí. Bueno, intentemos tratarlo con láser —dijo, y se volvió hacia la esposa—. Tal vez usted quiera acercar una silla y sostenerle la mano. Creo que él se sentirá más cómodo así. Voy a comenzar con una muñeca y veremos cómo funciona.

—¿Tengo que tumbarme? —preguntó el paciente con voz tensa—. Porque no creo... no me sentiría cómodo acostado.

—En absoluto. Puede permanecer sentado, incluso cuando estemos trabajando en el cuello. Le daré un espejo para que pueda observar lo que estamos haciendo. Yo le iré comentando cada paso que demos, lo que puede sentir y siempre podemos parar si no se siente bien. Usted sólo tiene que decirme que me detenga. Es su cuerpo. Usted es quien tiene el control. ¿De acuerdo?

Hubo un momento de silencio, mientras que los dos desconocidos lo miraban fijamente. Y luego la esposa habló con voz entrecortada.

—Usted es la persona que necesitábamos, doctor Franklin.

El paciente tenía una increíble tolerancia al dolor, pensó T. W. una hora después, mientras empujaba el pedal del suelo y el láser lanzaba otro acerado rayo rojo sobre la piel pigmentada de aquella gruesa muñeca. Una *increíble* tolerancia al dolor. Cada aplicación del rayo era como recibir un golpe con una tira de goma, lo cual no era ni mucho menos insoportable si pasaba sólo una o dos veces. Pero después de un par de minutos de recibir esos pinchazos, la mayoría de los pacientes necesitaba descansar. Pero aquel hombre no se alteró, ni siquiera una vez. Así que T. W. siguió dándole y dándole...

Desde luego, alguien que tenía los pezones perforados y todas esas cicatrices debía de estar íntimamente familiarizado con el sufrimiento, tanto por decisión propia como ajena.

Pero por desgracia sus tatuajes eran completamente resistentes al láser.

T. W. soltó una maldición y sacudió la mano derecha, que ya se estaba cansando.

—Está bien, doctor —dijo el paciente con voz suave—. Ya hizo todo lo que podía.

—Pero no lo entiendo. —El médico se quitó las gafas protectoras y miró de reojo la máquina. Por un momento se había preguntado si el aparato estaría funcionando bien. Pero podía ver el rayo—. No hay ningún cambio en la coloración.

—Doctor, de verdad que está bien. —El paciente se quitó las gafas protectoras y sonrió un poco—. Le agradezco que se lo haya tomado con tanta seriedad.

—Maldición. —T. W. se recostó en la butaca y se quedó mirando la tinta.

Sin pensarlo, de repente comentó algo que normalmente no habría dicho, pues era muy poco profesional.

—Usted no se hizo esos tatuajes voluntariamente, ¿verdad?

La esposa tuvo un movimiento nervioso, como si le preocupara la respuesta. Pero el marido sólo negó con la cabeza.

—No, doctor. No fueron tatuajes voluntarios.

—Maldición. —El médico cruzó los brazos y rebuscó una respuesta entre todo el conocimiento enciclopédico que tenía sobre la piel humana—. Sencillamente no lo entiendo... y estoy tratando de pensar en otras opciones. No creo que intentar quitarlos con un procedimiento químico tuviera mejores resultados. Me refiero a que ya recibió todo lo que el láser podía darle.

El marido se pasó sus dedos curiosamente elegantes por encima de la muñeca.

—¿Podríamos quitarlos mediante una cirugía?

La esposa negó con la cabeza.

—No creo que sea buena idea.

—Ella tiene razón —murmuró T. W. Luego se inclinó e hizo presión sobre la dermis—. Su piel tiene buena elasticidad, pero, claro, eso es de esperar teniendo en cuenta su juventud. Me refiero a que habría que hacerlo retirando tiras y luego habría que coser la piel muy bien. Le quedarían cicatrices. Y no me parece un procedimiento recomendable para la zona del cuello. Se correrían demasiados riesgos con las arterias.

—¿Y qué pasa si las cicatrices no son un problema?

El doctor ni siquiera iba a considerar esa pregunta. Las cicatrices obviamente eran un tema importante, teniendo en cuenta la cantidad que el hombre tenía en la espalda.

—No me parece recomendable.

Hubo un largo silencio, durante el cual el médico siguió pensando en distintas posibilidades, y ellos le dieron tiempo para que reflexionara. Cuando abordó mentalmente la última de todas las opciones, se quedó mirándolos. La esposa estaba sentada junto a su marido de apariencia aterradora, con una mano sobre el brazo que él tenía libre y acariciándole la espalda con la otra.

Era evidente que las cicatrices no afectaban a la forma en que ella lo veía. Para ella, él era hermoso, a pesar de la apariencia de su piel.

T. W. pensó en su propia esposa, que era igual.

—¿Se le agotaron las ideas, doctor? —preguntó el marido.

—Lo siento —dijo el médico, mientras desviaba la mirada, pues detestaba sentirse tan impotente. Como médico, había sido entrenado para hacer algo. Y como hombre de gran corazón, *necesitaba* hacer algo—. Lo siento mucho.

El marido sonrió discretamente.

—Usted trata a muchas personas que sufren quemaduras, ¿verdad?

—Es mi especialidad. Sobre todo niños. Ya sabe, debido a…

—Sí, lo sé. Apuesto a que es bueno con ellos.

—¿Cómo podría no serlo?

El paciente se inclinó hacia delante y puso su mano inmensa sobre el hombro de T. W.

—Es hora de irnos, doctor. Pero mi shellan le dejará el pago sobre el escritorio.

T. W. miró de reojo a la esposa, que estaba inclinada sobre una chequera y luego negó con la cabeza.

—No, no es necesario. En realidad no pude ayudarlo.

—Bah, usted nos dedicó mucho tiempo. Le pagaremos.

T. W. maldijo entre dientes un par de veces y luego simplemente dijo:

—Maldición.

—¿Doctor? Míreme, por favor.

T. W. levantó la mirada hacia el hombre. Por Dios, esos ojos amarillos eran completamente hipnóticos.

—Caramba. Usted tiene unos ojos increíbles.

El paciente sonrió de manera más abierta y el médico vio que sus dientes… no eran normales.

—Gracias, doctor. Ahora, escúcheme. Es probable que usted sueñe con esto y quiero que recuerde que yo me fui de aquí satisfecho, ¿vale?

T. W. frunció el ceño.

—¿Y por qué habría de soñar?…

—Sólo recuerde eso, estoy satisfecho con lo que sucedió. Conociéndolo, sé que eso es lo que más lo va a mortificar.

—Todavía no entiendo por qué habría de…

T. W. parpadeó y miró a su alrededor. Estaba sentado en la butaca con ruedas que usaba para tratar a sus pacientes. Había una silla al lado de la camilla y él tenía las gafas protectoras en la mano… pero no había nadie más allí.

Extraño. Podría haber jurado que estaba hablando con el más asombroso…

Al notar un pinchazo en la cabeza se frotó las sienes y de repente se sintió exhausto… exhausto y curiosamente deprimido, como si hubiese fracasado al tratar de hacer algo que era importante para él.

Y también se sintió preocupado. Preocupado por un…

El dolor de cabeza empeoró, así que resopló, se levantó y se dirigió al escritorio. Encima había un sobre de color crema sin ningún membrete, escrito con una letra cursiva que decía: «Con gratitud, para T. W. Franklin, M. D., para que sea usado según sus instrucciones, en beneficio del magnífico trabajo de su departamento».

T. W. le dio la vuelta al sobre, lo abrió rasgando el papel y sacó un cheque.

Entonces se quedó estupefacto.

Cien mil dólares. A favor del Departamento de Dermatología, Hospital St. Francis.

El nombre del donante era Fritz Perlmutter y no había ninguna dirección, sólo una nota que decía: «Banco Nacional de Caldwell, cliente empresarial privado».

Cien mil dólares.

La imagen de un hombre con la cara marcada por una cicatriz terrible y una mujer hermosísima cruzó fugazmente por su mente y luego quedó sepultada por el dolor de cabeza.

T. W. sacó el cheque y se lo metió en el bolsillo de la camisa. Luego apagó la máquina de rayos láser y el ordenador y se dirigió a la puerta trasera de la clínica, a medida que iba apagando luces.

Camino a casa se sorprendió pensando en su esposa, en la forma en que se había comportado cuando lo vio por primera vez después del incendio, tantos años atrás. Ella tenía once años y había ido a visitarlo con sus padres. Él se había sentido terriblemente mortificado cuando ella entró por la puerta, porque en ese momento ya estaba enamorado, y ahí estaba, atado a la cama de un hospital, con un lado del cuerpo totalmente cubierto de vendajes.

Ella le sonrió, le cogió la mano sana y le dijo que no importaba cómo quedara su brazo, porque ella todavía quería ser su amiga.

Y lo había dicho en serio. Y, desde entonces, lo había demostrado una y otra vez.

Incluso quería que fuese más que un amigo.

Algunas veces, pensó T. W., el hecho de que a tu ser querido no le importe tu apariencia es la mejor cura que existe.

Mientras conducía, pasó frente a una joyería que estaba cerrada y luego frente a una floristería y un anticuario en el que a su esposa le gustaba curiosear.

Ella le había dado tres hijos. Llevaban casi veinte años de matrimonio. Y le había ayudado y dado la suficiente libertad para trabajar en su profesión.

Él, en cambio, le había dado muchas noches solitarias. Muchas cenas sola con los niños. Vacaciones limitadas a un día o dos, entre dos congresos de dermatología.

Y un Volvo.

Necesitó conducir durante veinte minutos más para encontrar un Hannaford que estuviera abierto toda la noche y entró corriendo al supermercado, aunque no había prisa.

La floristería estaba a la izquierda de las puertas automáticas. Cuando vio las rosas, los crisantemos y los lirios, pensó en acercar su Lexus para llenar el maletero de ramos de flores. Y también el asiento trasero.

Pero al final se decidió por una sola flor y la sostuvo con mucho cuidado entre el pulgar y el índice durante todo el camino a casa.

Aparcó en el garaje, pero no entró por la cocina. En lugar de eso fue hasta la puerta principal y tocó el timbre.

El hermoso rostro de su esposa se asomó por las ventanas que enmarcaban la puerta de su casa de estilo colonial. Parecía desconcertada cuando abrió la puerta.

—¿Acaso olvidaste tus…?

T. W. le ofreció la flor con la mano quemada.

Era una sencilla margarita. Exactamente la misma flor que ella le había llevado semanalmente al hospital. Durante dos meses seguidos.

—No te doy las gracias con suficiente frecuencia —murmuró T. W.—. Ni te digo que te amo. Ni que pienso que todavía sigues tan hermosa como cuando nos casamos.

La mano de su esposa tembló al recibir la flor.

—T. W… ¿Te encuentras bien?

—Dios… que tengas que preguntar eso sólo porque te traje una flor… —El médico sacudió la cabeza y la abrazó con fuerza—. Lo siento.

Su hija adolescente pasó junto a ellos y entornó los ojos antes de seguir hacia las escaleras y gritarles:

—Buscaos una habitación.

T. W. se echó hacia atrás y con un gesto lleno de ternura le metió a su esposa el pelo por detrás de las orejas.

—Creo que deberíamos seguir su consejo, ¿no te parece? Y, a propósito, vamos a ir a algún lado para celebrar nuestro aniversario… y sin que haya ningún congreso.

Su esposa sonrió y parecía radiante de felicidad.

—¿Y ahora qué mosca te ha picado?

—Esta noche vi a un paciente que fue con su esposa... —Se frotó las sienes al sentir un agudo pinchazo—. Sí... ¿qué estaba diciendo?

—¿Qué tal si cenamos —respondió su esposa, mientras le pasaba la mano por la espalda— y luego vemos qué se puede hacer con respecto a lo del cuarto?

T. W. se recostó contra su esposa y cerró la puerta. Y mientras avanzaban hacia la cocina, la besó.

—Eso suena muy bien. Perfecto.

DIEZ

De regreso en la mansión de la Hermandad, Z estaba frente a una de las ventanas de la habitación que compartía con Bella y miraba hacia la terraza y los jardines de atrás. La muñeca le ardía en la zona de aplicación del láser, pero no era un dolor intenso.

—No me sorprende lo que pasó —dijo—. Lo único que me sorprende es que me haya caído bien el doctor.

Bella llegó por detrás y lo abrazó a la altura de la cintura.

—Buen tipo, ¿verdad?

Mientras se abrazaban, en el aire parecía flotar la pregunta «¿Y ahora qué?». Pero desgraciadamente Z no tenía respuesta para eso. Había puesto sus esperanzas en la posibilidad de borrar las bandas tatuadas, como si eso mejorara de alguna manera toda la situación.

Aunque todavía tenía las cicatrices de la cara.

Desde el otro cuarto, Nalla dejó escapar un gorjeo y un hipo. Luego siguió el llanto.

—Acabo de alimentarla y cambiarla —dijo Bella, al tiempo que se apartaba—. No sé qué pasa ahora…

—Déjame ir a mí —dijo Z con voz tensa—. Déjame ver si puedo…

Bella alzó las cejas y luego asintió con la cabeza.

—Está bien. Yo me quedaré aquí.

—No se me caerá. Lo prometo.

—Ya sé que no la vas a dejar caer. Sólo asegúrate de sostenerle bien la cabeza.

—Correcto. Lo tendré en cuenta.

Cuando entró al cuarto de Nalla, Z se sintió como si estuviera desarmado en un campo de batalla lleno de restrictores.

Como si hubiese sentido su presencia, Nalla dejó escapar un silbido.

—Soy tu padre. Papá. Papi… —¿Cómo le llamaría Nalla?

Z se acercó a la cuna y miró a su hija. Estaba vestida con un peto de los Medias Rojas, seguramente regalo de V y/o Butch, y le estaba temblando el labio inferior, como si quisiera romper a llorar del todo, pero no acabara de atreverse.

—¿Por qué estás llorando, pequeña? —preguntó Z con voz suave.

Cuando la pequeña levantó los brazos hacia él, Z miró hacia la puerta de reojo. Bella no estaba asomada y Z se alegró. No quería que nadie viera su torpeza al agacharse sobre la cuna y…

Nalla cabía perfectamente entre sus manos, el trasero en una y la cabeza en la otra. Cuando se enderezó, Z pensó que la niña era sorprendentemente sólida, tibia y…

El bebé se agarró al cuello del suéter de Z y le dio un tirón, exigiendo mayor cercanía… y Z se sorprendió al ver lo fácil que era hacerle caso. Cuando la recostó contra su pecho, la niña se acomodó de inmediato y se volvió hacia él.

Tenerla entre sus brazos resultaba tan natural… Le resultaba tan fácil como ir a relajarse a la mecedora.

Al mirar las pestañas de la pequeña, sus mejillitas rosadas y la manera como lo había agarrado del jersey, Z se dio cuenta de lo mucho que ella lo necesitaba… y no sólo para que la protegiera. También necesitaba que la amara.

—Parece que os lleváis muy bien —dijo Bella con voz suave desde la puerta.

Z levantó la vista.

—Creo que le gusto.

—¿Cómo podría ser de otra manera?

Z Miró otra vez a su hija y habló al cabo de un rato.

—Habría sido genial que me quitaran los tatuajes. Pero de todas maneras haría preguntas sobre mi cara.

—Ella te adorará en cualquier caso. Mejor dicho, ya te adora.

Z deslizó el índice sobre el brazo de Nalla, acariciándola mientras la niña se apretaba contra su corazón y le daba palmadas a la otra mano.

De forma inesperada, Z cambió de conversación.

—No me has contado mucho sobre el secuestro.

—Yo… Ah, no quería angustiarte.

—¿Sueles protegerme así, ocultarme las cosas que crees que me causarán angustia?

—No.

—¿Estás segura?

—Zsadist, si lo hago es porque…

—No soy suficientemente macho si no puedo estar donde me necesitas.

—Tú siempre estás donde te necesito. Y sí que hablamos un poco del asunto.

—Sólo un poco.

Dios, se sentía como un gusano por todo lo que ella había tenido que hacer sola, simplemente porque él vivía tan atormentado.

La voz de Bella resonó con firmeza y seguridad.

—En lo que se refiere al secuestro, no quiero que tú sepas cada detalle de lo que sucedió. Y no porque crea que no vas a poder soportarlo, sino porque no quiero dar a ese desgraciado más influencia sobre mi vida de la que ya tiene. —Bella sacudió la cabeza—. No voy a darle el poder de perturbarte si puedo evitarlo. Eso no va a suceder y eso sería cierto aunque no hubieses pasado por ninguna circunstancia traumática.

Z emitió algo parecido a un gruñido para mostrar que la había oído, pero no estaba de acuerdo con ella. Quería darle todo lo que ella necesitara. Era lo mínimo que se merecía. Y su pasado los había afectado a los dos. Todavía los afectaba. Por Dios, la manera en que se había comportado con Nalla había sido…

—¿Puedo contarte algo estrictamente confidencial? —preguntó Bella.

—Por supuesto.

—Mary quiere tener un hijo.

Z abrió los ojos.

—¿De verdad? Eso es genial…

—Un hijo biológico.

—Ah.

—Sí. Ella no puede tener un hijo con Rhage, así que él tendría que copular con una Elegida.

Z negó con la cabeza.

—Él nunca lo haría. Nunca estará con nadie distinto de Mary.

—Eso es lo que ella dice. Pero, si no lo hace, entonces ella nunca podrá tener una parte de él entre sus brazos.

Tenía razón, porque la fertilización artificial no funcionaba con los vampiros.

—Mierda.

—Todavía no ha hablado con Rhage, porque antes quiere tener claros sus propios sentimientos. Por eso habla conmigo, para poder aclarar sus emociones sin tener que someterlo a él a esa tortura. Algunos días quiere tener un hijo con tanta desesperación que cree que podrá afrontar la situación. Pero otros días sencillamente no puede tolerar la idea y piensa en la posibilidad de adoptar. Mi opinión es que no siempre puedes ventilar todas tus preocupaciones con tu pareja. Y tampoco debes hacerlo. Tú estuviste conmigo después de lo que pasó. Y estás conmigo ahora. Nunca he cuestionado eso. Pero eso no significa que tenga que arrastrarte a todas mis elucubraciones. La recuperación es un proceso con múltiples facetas.

Z trató de imaginarse contándole a Bella todos los detalles de los abusos a los cuales fue sometido... No... No, de ninguna manera querría romperle el corazón con esa pesadilla por la que había pasado.

—¿Tú hablaste con alguien? —preguntó Z.

—Sí, en la clínica de Havers. Y también hablé con Mary. —Hubo una pausa—. Y luego regresé... al lugar donde me tuvieron cautiva.

Z clavó sus ojos en los de Bella.

—¿De verdad?

Ella asintió con la cabeza.

—Tenía que hacerlo.

—Nunca me lo contaste. —Mierda, ¿Bella había estado en ese lugar? ¿Sin él?

—Tenía que ir. Por mí. Y necesitaba ir sola y no quería discutir. Me aseguré de que Wrath supiera cuándo iba a ir y lo avisé en cuanto regresé.

—Maldición... Quisiera haberlo sabido. Me siento como un hellren de mierda.

—Tú eres cualquier cosa menos eso. En especial ahora que estás abrazando a nuestra hija de esa manera.

Hubo un largo silencio.

—Mira —dijo Bella—, si te ayuda en algo, nunca he sentido que exista algo que no te pueda decir. Nunca he dudado de que vayas a ser capaz de apoyarme. Pero el hecho de que seamos pareja no significa que yo no sea una persona independiente.

—Lo sé... —Z pensó por un minuto—. Yo no quería regresar al lugar donde me... A ese castillo. Y si no fuera por el hecho de que esa mujer tenía a otro macho encerrado en ese calabozo... Nunca habría vuelto.

Y ya no podía hacerlo. El lugar donde lo habían tenido en el Viejo Continente había sido vendido a los humanos hacía ya mucho, y con el tiempo había terminado en manos del England's National Trust.

—¿Te sentiste mejor —preguntó Z de repente— después de ver el lugar donde estuviste?

—Sí, porque Vishous lo había quemado. Y yo pude cerrar ese episodio de un modo más definitivo.

Z acarició distraídamente la barriga de Nalla, mientras miraba a su shellan.

—Me pregunto por qué no habíamos hablado de eso hasta ahora.

Bella sonrió e hizo un gesto con la cabeza hacia la pequeña.

—Porque estábamos pensando en otra cosa.

—¿Puedo ser sincero? El imbécil que llevo dentro necesita creer que, si tú hubieses querido que yo fuera contigo a ese lugar, sabes que lo habría hecho enseguida y habría estado allí contigo.

—Por supuesto que lo sé. Pero de todas maneras quería ir sola. No lo puedo explicar... sencillamente era algo que tenía que hacer. Una cuestión de valor, de coraje.

Nalla miró en dirección a su madre y le tendió los brazos, al tiempo que emitía un gruñido de exigencia.

—Creo que quiere algo que sólo tú le puedes dar —dijo Z con una sonrisa, levantándose de la mecedora.

Z y Bella se encontraron en el centro de la habitación y cuando le entregó la niña, Z besó a su shellan y se quedaron así un momento, abrazando juntos a su hija.

—Voy a salir un rato, ¿de acuerdo? —dijo Z—. No tardo.

—Cuídate.

—Lo prometo. Tengo que cuidar a mis chicas.

Zsadist se puso sus armas y se desmaterializó en dirección al oeste de la ciudad, hacia un terreno baldío en medio del bosque.

El claro estaba a unos veinte metros, justo al lado de un arroyuelo, pero en lugar de ver un terreno baldío entre los pinos, Z se imaginó una construcción sencilla, con fachada de tablas y techo de hojalata.

Esa imagen era tan clara como los árboles que lo rodeaban y las estrellas que brillaban en el cielo: el cobertizo había sido construido rápidamente por la Sociedad Restrictiva y sólo pretendían usarlo temporalmente. Pero lo que hicieron dentro, en cambio, había sido permanente.

Z se acercó al claro y las ramitas que cubrían el suelo crujieron bajo sus botas, recordándole el ruido que hace la leña en la chimenea en una noche tranquila.

Pero sus pensamientos no tenían nada de tranquilo ni de hogareño.

Según recordaba, cuando uno entraba por la puerta del cobertizo lo primero que veía era una ducha y un balde de yeso con un asiento de inodoro encima. Durante seis semanas Bella se había bañado en ese cubículo y Z sabía que no había estado sola. El maldito restrictor la observaba. Y probablemente también había pretendido ayudarla.

Mierda, la sola idea de que eso sucediera le provocó ganas de volver a perseguirlo de nuevo. Pero Bella se había encargado de matar al desgraciado, ¿no? Ella había sido la que le había disparado en la cabeza, cuando el asesino la observaba, cautivado por el enfermizo amor que le profesaba…

Mierda.

Z se sacudió y se imaginó otra vez en la habitación de aquel lugar. A la izquierda había una pared con estanterías llenas de instrumentos de tortura, colocados y ordenados sobre repisas fuertemente sujetas. Formones, cuchillos, serruchos… todavía recordaba cómo brillaban.

También había un cuarto a prueba de balas, del cual arrancó las puertas.

Y una mesa de autopsias de acero inoxidable, con manchas de sangre recientes.

Mesa que él había lanzado contra el rincón como si fuese un mero desperdicio.

Todavía recordaba con claridad su irrupción en aquel siniestro sitio. Llevaba semanas buscando a Bella, después de que aquel asesino asaltara su casa y se la llevara. Todo el mundo pensaba que estaba muerta, pero él se había negado a creerlo. Lo torturaba la necesidad de encontrarla... una necesidad que en ese momento todavía no entendía, pero que no podía negar.

El momento clave de la búsqueda llegó cuando un vampiro civil se escapó de ese «centro de persuasión», como lo llamaban en la Sociedad Restrictiva, y pudo darles la localización exacta del lugar, pues se fue desmaterializando por etapas de cien metros a través del bosque. Después de estudiar el mapa que le había dibujado a la Hermandad, Z había ido a buscar a su hembra.

Lo primero que encontró fue un círculo de tierra quemada ante la puerta y entonces pensó que tal vez habían dejado a Bella al sol. Se había arrodillado y había puesto la mano sobre las cenizas, y cuando su visión se volvió borrosa no pudo explicar qué le había sucedido.

Lágrimas. Sus ojos se habían llenado de lágrimas. Hacía tanto tiempo que no lloraba que no había reconocido la sensación.

Z regresó al presente, logró dominarse y dio un paso adelante, pisando con sus botas el suelo lleno de maleza. Por lo general, después de que Vishous pusiera la mano en un lugar, no quedaban sino cenizas y pequeños trozos de metal, y eso también había sucedido allí. Y con el bosque creciendo a su alrededor, pronto ya no quedarían rastros de lo que hubo en el claro.

Sin embargo, los tres tubos que había enterrados en el suelo habían sobrevivido. Y seguirían existiendo, por muchos pinos que les crecieran encima.

Z se arrodilló, sacó su linterna y enfocó el rayo sobre el agujero en el que había hallado a Bella. Ahora estaba cubierto de agujas de pino y el agua lo llenaba hasta la mitad.

Era diciembre cuando la había encontrado allí enterrada y Z pensó en el frío que debía de haber pasado metida allí abajo... Pensó en el frío y la oscuridad, y en la sensación de opresión que produce el metal.

Entonces recordó que casi había pasado por alto aquellas prisiones subterráneas. Después de arrojar la mesa de autopsias al otro extremo de la habitación, había oído un gemido y eso fue lo que lo llevó hasta allí, hasta esos tres tubos. Cuando quitó la reja que cubría el tubo del que había salido el ruido, supo que la había encontrado.

Sólo que no fue así. Cuando tiró de las cuerdas que se hundían en el agujero, salió un macho civil, que temblaba como un chiquillo.

Bella estaba inconsciente en otro agujero.

Z acabó con una bala en la pierna mientras luchaba por liberarla, debido a un sistema de seguridad que Rhage sólo había descubierto en parte. Pero a pesar de tener la pierna herida, no sintió nada cuando se agachó y agarró las sogas y comenzó a tirar lentamente. Lo primero que avistó fue el pelo color caoba de su amada. Sintió un enorme alivio.

Pero luego vio su cara.

Bella tenía los ojos cerrados.

Z se puso de pie. Su cuerpo parecía enfermo por culpa de aquel terrible recuerdo. Sintió que se le cerraba la garganta… Después él la había cuidado. La había bañado. Había permitido que ella bebiera sangre de sus venas. Aunque ofrecerle la mierda que corría por sus venas lo puso muy nervioso.

Y también la había servido durante su periodo de necesidad. Que era cuando habían engendrado a Nalla.

¿Y, a cambio de eso, que recibió?

Bella le devolvió el mundo.

Zsadist echó un último vistazo al lugar, y no sólo vio el paisaje, sino también la verdad. Bella podía ser más pequeña que él, tal vez pesaba cincuenta kilos menos y no tenía entrenamiento en artes marciales, y quizá no sabía nada de armas… pero era más fuerte que él.

Ella había superado lo que le habían hecho.

¿Acaso el pasado podía ser así?, se preguntó Z mientras miraba a su alrededor: ¿es una estructura mental que uno puede destruir a su gusto para liberarse de ella?

Z se movió ligeramente sobre la hierba. Había nueva vegetación en las zonas más soleadas.

De las cenizas brotaba la vida.

Z sacó su teléfono móvil y escribió un mensaje que nunca se imaginó que enviaría.

Necesitó hacer tres intentos hasta redactarlo apropiadamente. Y cuando pulsó la tecla de enviar, se dio cuenta de alguna manera de que acababa de cambiar el curso de su vida.

Y eso era algo que uno podía hacer, pensó, mientras se guardaba el teléfono en el bolsillo. Uno podía elegir unos caminos y no otros. No siempre, claro. A veces el destino te empujaba hacia un destino y te dejaba caer sin más.

Pero en ocasiones uno podía elegir su rumbo. Y, si tenía un poco de inteligencia, sin importar lo difícil que fuera o lo sobrenatural que pareciera, volvería a casa.

Y así se encontraría a sí mismo.

ONCE

Una hora después, Zsadist estaba en el sótano de la mansión de la Hermandad, sentado frente al viejo horno de carbón. El horno era una reliquia de finales del siglo XIX, pero funcionaba tan bien que no había razón para cambiarlo.

Además, había que alimentarlo permanentemente y a los doggen les encantaba ese tipo de tareas rutinarias. Cuantos más trabajos hubiese que hacer, mejor.

La panza del enorme horno de hierro tenía una ventanita en la parte frontal, hecha de grueso vidrio templado, y al otro lado se veían las llamas bailando, lentas y ardientes.

—¿Zsadist?

Zsadist se restregó la cara con las manos y no se volvió al oír esa voz femenina que conocía tan bien. En cierta forma todavía no podía creer lo que estaba a punto de hacer y el deseo de salir huyendo lo acosaba.

Entonces se aclaró la garganta y pudo hablar.

—Hola.

—Hola. —Hubo una pausa y luego Mary dijo—: ¿Esa silla vacía que está a tu lado es para mí?

En ese momento, Zsadist se volvió al fin. Mary estaba al pie de las escaleras que bajaban al sótano, vestida como siempre, con pantalones de dril y un suéter estilo polo. En la mano izquierda llevaba un descomunal Rolex de oro. Llevaba pequeños aretes de perlas en las orejas.

112

—Sí —dijo Z—. Sí, así es… Gracias por venir.

Mary se acercó y sus mocasines produjeron un ligero roce sobre el suelo de cemento. Cuando se sentó en una de las sillas del jardín, se acomodó de manera que quedara mirándolo a él y no al horno.

Zsadist se pasó la mano por la cabeza.

Mientras el silencio se instalaba entre los dos, se oyó un secador de pelo que se encendía a lo lejos… y arriba alguien conectó el lavavajillas… y el timbre de un teléfono sonó en el fondo de la cocina.

Se sentía como un idiota por no decir nada. Al cabo de un rato Zsadist levantó una de sus muñecas y rompió el silencio.

—Necesito saber qué le voy a decir a Nalla cuando pregunte qué es esto. Yo sólo… sólo necesito tener algo que contestarle. Algo que… sea apropiado, ya sabes.

Mary asintió lentamente con la cabeza.

—Sí, lo entiendo.

Zsadist se volvió hacia el horno y recordó cómo había quemado en él la calavera de su Ama. De repente se dio cuenta de que eso era el equivalente de lo que V había hecho al incendiar el lugar en el que Bella había sido retenida, ¿o no? No se puede quemar un castillo… pero de todas maneras hubo una especie de purificación a través del fuego.

Lo que él no había logrado hacer era la otra parte de la recuperación.

Después de un rato, fue Mary la que habló.

—Zsadist, una pregunta…

—¿Sí?

—¿Qué son esas marcas?

Z frunció el ceño y la miró con irritación, pensando «como si no lo supieras». Pero luego recordó que Mary era humana. Y tal vez no lo sabía.

—Son bandas de esclavo. Yo fui… esclavo.

—¿Te dolió cuando te las hicieron?

—Sí.

—¿La misma persona que te cortó la cara te hizo esas bandas?

—No, eso lo hizo el hellren de mi dueña. Mi dueña… ella fue la que me puso las bandas. Y él fue quien me cortó la cara.

—¿Cuánto tiempo fuiste esclavo?

—Cien años.

—¿Y cómo te liberaste?

—Phury. Phury me rescató. Así fue como perdió la pierna.

—¿Te lastimaron cuando fuiste esclavo?

Z tragó saliva con fuerza.

—Sí.

—¿Todavía piensas en eso?

—Sí. —Z bajó la vista hacia sus manos, que le comenzaron a doler de repente. Ah, claro. Había cerrado los puños y los estaba apretando tanto que estaba a punto de romperse los dedos.

—¿Todavía se practica la esclavitud?

—No. Wrath la prohibió. Una especie de regalo de matrimonio para Bella y para mí.

—¿Qué clase de esclavo eras?

Zsadist cerró los ojos. Ah, claro, allí estaba la pregunta que no quería responder.

Durante un rato, lo único que pudo hacer fue controlarse para quedarse en la silla. Pero, luego, con voz forzada respondió.

—Era un esclavo de sangre. Una hembra me utilizaba para alimentarse de mí.

Cuando terminó de hablar, el silencio cayó sobre él como un peso tangible.

—Zsadist, ¿puedo ponerte una mano en la espalda?

Z debió de hacer un gesto que parecía claramente una señal de asentimiento, porque la mano de Mary descendió suavemente sobre su hombro y comenzó a darle una especie de masaje con movimientos lentos y circulares.

—Las que me has dado son las respuestas correctas —dijo—. Todas ellas.

Zsadist tuvo que parpadear muchas veces, pues el fuego que se veía a través de la ventana del horno se volvió borroso.

—¿De verdad crees eso? —dijo con voz ronca.

—No lo creo. Lo sé.

Epílogo

Seis meses después...

—¿Y qué es lo que está pasando aquí? ¿Qué es todo ese ruido, preciosa?

Bella entró a la habitación de Nalla y la encontró de pie en la cuna, agarrada de la barandilla, con la carita roja y apretada por el llanto. Todo estaba en el suelo: la almohada, los muñecos de peluche, la manta.

—Otra vez parece como si el mundo se estuviera acabando —dijo Bella, sacándola de la cuna y mirando el desastre—. ¿Fue por algo que ellos dijeron?

La atención que estaba recibiendo sólo sirvió para que la pequeña comenzase a llorar con más ganas.

—Vamos, vamos, trata de respirar... eso te permitirá gritar más fuerte... Está bien, acabas de comer, así que sé que no tienes hambre. Y el pañal está seco. —Más alaridos—. Tengo el presentimiento de que sé de qué va todo esto...

Bella miró su reloj.

—Mira, podemos intentarlo, pero no sé si aún es pronto.

Entonces se agachó, recogió del suelo la manta favorita de Nalla, envolvió a la criatura en ella y se dirigió a la puerta. Nalla se calmó un poco mientras salían de la habitación y atravesaban el corredor de las estatuas hasta la escalera, y el viaje a lo largo del túnel que llevaba hasta el centro de entrenamiento también fue relativamente tranquilo, pero cuando salieron a la oficina y vieron que estaba vacía, el llanto volvió a empezar.

—Espera, veremos si…

Fuera, en el pasillo, varios chicos en plena fase de pretransformación estaban saliendo de los vestidores y se dirigían hacia el aparcamiento. Era bueno verlos y no sólo porque eso significaba que Nalla probablemente iba a conseguir lo que quería. Después de los ataques a la glymera, las clases para los futuros soldados habían sido suspendidas. Pero ahora la Hermandad estaba otra vez entrenando a la nueva generación. Con una diferencia: en esta ocasión no todos eran aristócratas.

Bella entró al gimnasio a través de la puerta trasera y se sintió feliz con lo que vio. Zsadist estaba al fondo, entrenando con un saco de arena. Sus poderosos puños sacudían el saco de un lado a otro. Su torso desnudo era espectacular, con músculos perfectamente labrados, los aros de los pezones brillando bajo la luz y una postura de combate perfecta, asombrosa aun para ojos profanos.

A un lado había un chico que estaba absolutamente hipnotizado y llevaba una chaqueta en la mano. Mientras miraba a Zsadist, boquiabierto y con los ojos desorbitados, la expresión del muchacho era una combinación de terror y reverencia.

En cuanto se oyeron los ecos del llanto de Nalla, Z dio media vuelta.

—Siento interrumpirte —dijo Bella por encima de los gritos de su hija—. Pero la nena quiere ver a su papá.

La cara de Z se fundió en una expresión de amor absoluto y la feroz concentración se desvaneció de sus ojos y fue reemplazada de inmediato por lo que a Bella le gustaba llamar la «mirada Nalla». Z se dirigió enseguida hacia ellas y besó a Bella en la boca, al tiempo que acunaba a la niña entre sus brazos.

Nalla se acomodó de inmediato en brazos de su padre, pasándole sus manitas por el cuello y apretándose contra su pecho descomunal.

Cuando Z miró hacia atrás y vio al chico al otro lado de las colchonetas, le dijo con voz profunda:

—El autobús llegará pronto, hijo. Será mejor que te apresures.

Luego se volvió a sus chicas y Bella sintió que el brazo de su hellren la rodeaba por la cintura y la arrastraba hacia él. Después la besó en la boca una vez más y murmuró:

—Necesito una ducha. ¿Te gustaría ayudarme?

—Ah, claro.

Entonces los tres salieron del gimnasio y regresaron a la mansión. A medio camino, Nalla se quedó profundamente dormida, así que cuando llegaron a su habitación, fueron directamente al cuarto de Nalla, la pusieron en la cuna y disfrutaron de una ducha muy ardiente… y no sólo por la temperatura del agua.

Cuando terminaron, Nalla ya estaba despierta otra vez, justo a tiempo para oír su cuento.

Mientras Bella se secaba el pelo con una toalla, Z fue a la habitación de Nalla, la sacó de la cuna y padre e hija se instalaron en la cama grande. Cuando Bella salió un momento después, se quedó unos instantes recostada contra la puerta, mirando fijamente a Z y Nalla. Estaban tan juntos que parecían una sola persona. Z tenía unos pantalones de pijama negros y una camiseta de tirantes y Nalla llevaba una de mangas de color rosa pálido que tenía un letrero en blanco que decía: «La niña de papá».

—*Ah, los lugares a los que irás* —leyó Zsadist—, escrito por el doctor Seuss.

Mientras Z leía el libro que tenía en el regazo, Nalla daba golpecitos a las páginas con la palma de la mano.

Era la nueva rutina. Al final de cada noche, cuando Z regresaba a casa de patrullar o de sus clases por lo general tomaba una ducha mientras Bella alimentaba a Nalla y luego él y su hija se metían juntos entre la cama y él le leía hasta que la pequeña se dormía.

Luego él la llevaba con cuidado hasta su cuarto… y regresaba para disfrutar del tiempo de mahmen y papá, como él decía.

Tanto la lectura como la forma en que él se había acostumbrado a abrazar a Nalla eran verdaderos milagros y Mary había tenido que ver en ambos. Z y Mary seguían reuniéndose una vez por semana en el sótano, frente al horno. Los dos le habían contado a Bella algo de lo que ocurría en las sesiones y algunas veces Z hablaba sobre lo que habían discutido, pero en general lo que allí se decía se quedaba en el sótano, aunque Bella era consciente de que algunas de las cosas que allí se desvelaban eran terribles: lo sabía porque, después, Mary solía irse directamente a la habitación que compartía con Rhage y no salía en un buen rato. Pero estaba funcionando. Z se estaba relajando. Otras veces ya se había calmado, pero ahora lo hacía de una manera diferente y novedosa.

Eso se notaba con Nalla. Cuando la niña lo agarraba de las muñecas, ya no se zafaba de inmediato, sino que dejaba que ella le diera palmaditas o lo besara encima de las bandas. También la dejaba gatear sobre su espalda llena de cicatrices y restregarse contra su cara, igualmente marcada. Y había hecho que tatuaran el nombre de su hija en su piel, debajo del de Bella, bellamente caligrafiado por sus hermanos.

También se notaba el cambio en que las pesadillas cesaron. De hecho, hacía meses desde la última vez que se había levantado de un salto, bañado en sudor.

Y también se percibía en su sonrisa, más generosa y frecuente que nunca.

Súbitamente, la imagen de Z abrazando a su hija se volvió un poco borrosa y, como si hubiese sentido las lágrimas que se asomaron a los ojos de Bella, Z levantó la vista enseguida. Siguió leyendo, pero frunció el ceño con gesto de preocupación.

Bella le mandó un beso y, en respuesta, él le dio unos golpecitos al colchón, justo a su lado.

—«Así que… ¡ponte en camino!» —terminó de leer, cuando Bella se acostó junto a él.

Nalla hizo un ruidito de felicidad y luego le dio una palmadita a la cubierta del libro que él acababa de cerrar.

—¿Estás bien? —susurró Z al oído de Bella.

Ella le puso una mano en la mejilla y le empujó la cara hasta acercarla a sus labios.

—Sí. Estoy muy bien.

Mientras se besaban, Nalla volvió a golpear el libro.

—¿Estás segura de que estás bien? —preguntó Z.

—Sí, sí.

Nalla agarró el libro y Z sonrió y se lo quitó con suavidad.

—Oye, ¿qué estás haciendo, pequeña? ¿Quieres más? Tú sí que eres demasiado… Ah, no… No me pongas otra vez esa carita con el labio tembloroso… No. —Nalla soltó una carcajada—. ¡No puede ser! Quieres más y sabes que lo vas a conseguir si mueves ese labio, ¿verdad? Caramba, tú sí que manejas a tu papá con el meñique, ¿no?

Nalla hizo un ruidito de felicidad cuando su padre volvió a abrir el libro y a leer la historia una vez más, con su voz resonante.

—«¡Felicidades! Hoy es tu día».

Bella cerró los ojos, puso la cabeza sobre el hombro de su hellren y prestó atención a la historia.

De todos los lugares en los que había estado, éste era el mejor. Justo allí. Con ellos dos.

Y Bella sabía que Zsadist sentía lo mismo. Se notaba en todas las horas que pasaba con Nalla y en todos los días que buscaba a Bella por debajo de las sábanas cuando estaban solos. Se notaba en el hecho de que había vuelto a cantar y pelearse con sus hermanos, pero no para entrenarse con ellos sino para divertirse bromeando. Se notaba en su nueva sonrisa, esa que ella nunca antes había visto y que se moría por ver otra vez.

Se notaba en la luz de sus ojos y de su corazón.

Z estaba… feliz con su vida. Y cada día se sentía más feliz.

Como si le hubiese leído la mente, Z le agarró la mano y le dio un apretón.

Sí, él sentía exactamente lo mismo. Ése también era su lugar favorito.

Bella escuchó la historia y se dejó llevar, tal como hacía su hija, a sabiendas de que todo estaba donde debía estar.

Su compañero había regresado a donde estaban ellas… y había vuelto para quedarse.

Los expedientes
de la Hermandad

Su Alteza Real Wrath, hijo de Wrath

Bienvenido al maravilloso mundo de los celos —pensó—.
Por el precio de su entrada, se lleva un maldito dolor de cabeza,
un deseo casi irresistible de cometer un homicidio y un complejo
de inferioridad. ¡Fantástico!

Amante oscuro, p. 132

Edad:	343 años.
Fecha de ingreso en la Hermandad:	Es una larga historia…
Estatura:	1,95 m.
Peso:	123 kg.
Color del pelo:	Negro, liso, le llega hasta la parte baja de la espalda.
Color de los ojos:	Verde pálido.
Señales físicas particulares:	Tatuajes en los dos antebrazos con los escudos de su linaje real; cicatriz de la Hermandad en el pectoral izquierdo; el nombre «Elizabeth» grabado en la piel de la parte superior de la espalda y los hombros, en escritura antigua.
Nota:	Su vista no es muy buena; hipersensibilidad a la luz, probablemente debido a la pureza de su linaje. Usa siempre gafas oscuras.
Arma preferida:	Hira shuriken (estrellas voladoras de las artes marciales).

Descripción:	Wrath medía un metro noventa y cinco de puro terror vestido de cuero. Su cabello, largo y negro, caía directamente desde un mechón en forma de uve sobre la frente. Unas grandes gafas de sol ocultaban sus ojos, que nadie había visto jamás. Sus hombros medían el doble que los de la mayoría de los machos. Con un rostro tan aristocrático como brutal, parecía el rey que en realidad era por derecho propio y el guerrero en que el destino lo había convertido.

Amante oscuro, p. 18

Compañera:	Elizabeth Anne Randall.

Preguntas personales (respondidas por Wrath)

Última película que viste:	*Los incorregibles albóndigas* (por culpa de Rhage).
Último libro que leíste:	*Buenas noches, luna*, de Margaret Wise Brown (se lo leí a Nalla).
Programa de televisión favorito:	Las noticias de la noche de NBC, con Brian Williams.
Último programa de televisión que viste:	*The Office* (otro de mis programas favoritos).
Último juego que jugaste:	Monopoli.
Mayor temor:	La muerte.
Amor más grande:	Beth.
Cita favorita:	«Gobierna con el corazón y la fuerza».
Bóxer o calzoncillos:	Bóxer, negro.
Reloj de pulsera:	Braille.
Coche:	Beth me lleva en su Audi, o salgo con Fritz.

¿Qué hora es en estos momentos?:	2 p. m.
¿Dónde te encuentras?:	En mi estudio.
¿Qué llevas puesto?:	Pantalones de cuero negros, camiseta Hanes negra, botas de combate.
¿Qué clase de ropa hay en tu armario?:	Más de lo mismo, además de un traje negro de Brooks Brothers y ropa blanca para las audiencias con la Virgen Escribana.
¿Qué fue lo último que comiste?:	Un emparedado de cordero que me preparó Beth.
Describe tu último sueño:	No es de tu incumbencia.
¿Coca-Cola o Pepsi-Cola?:	Coca.
¿Audrey Hepburn o Marilyn Monroe?:	Beth Randall.
¿Kirk o Picard?:	Kirk.
¿Fútbol o béisbol?:	Rugby.
La parte más sexy de una hembra:	La garganta de mi shellan.
¿Qué es lo que más te gusta de Beth?:	Todo. Sí, eso es.
Las primeras palabras que le dijiste a Beth:	«Pensé que deberíamos intentarlo de nuevo».
Su respuesta fue:	«¿Quién eres tú?».
Último regalo que le hiciste:	Pendientes de diamantes de Graff, para hacer juego con el anillo que le regalé.
Lo más romántico que has hecho por Beth:	Tendrías que preguntárselo a ella.
Lo más romántico que ella ha hecho por ti:	Cómo me ha despertado hace una hora.

¿Cambiarías algo de Beth?:	Sólo haber podido conocerla un par de siglos antes.
Mejor amigo (aparte de tu shellan):	Lo perdí hace cerca de tres años. Con eso basta.
Última vez que lloraste:	No es de tu incumbencia.
Última vez que te reíste:	Hace cerca de veinte minutos, porque tuve la oportunidad de ver cómo Nalla se descubría los dedos de los pies.

Entrevista de J. R. con Wrath

El problema con el rey es que él permite que lo entrevisten, pero bajo sus condiciones. Lo cual lo describe perfectamente. Wrath siempre insiste en poner sus condiciones, pero, claro, cuando eres el último vampiro completamente puro sobre la faz de la tierra y el rey de tu raza y… Bueno, cuando eres tan grande como él y tienes una mirada que puede perforar el vidrio como si fuera un diamante, el mundo es un lugar que tú gobiernas, no en el que te escondes.

¿He dicho que llevo puestas unas botas de pescar, que estoy metida en un helado río de los Adirondacks y el agua me llega hasta la mitad de los muslos?

Sí, últimamente al rey le ha dado por practicar la pesca con mosca.

Y en esta helada noche de noviembre, Wrath y yo estamos en medio de una perezosa corriente de agua fría. Yo llevo puesta ropa interior de abrigo y estoy segura de que él no, pero Wrath no es la clase de persona a la que le moleste el frío. La única concesión que hizo fue ponerse un par de botas de pescar enormes que Fritz mandó hacer especialmente para un par de piernas que son, cada una, del tamaño de mi torso. Yo estoy al lado del rey; supuse que si me ponía en frente o detrás de él, quedaría en el área de maniobra del anzuelo y, teniendo en cuenta que tuve que perseguirlo durante semanas para conseguir esta audiencia, no quiero arriesgarme a tener que salir corriendo a urgencias para que me quiten un anzuelo.

Como comentario al margen, Wrath parece agotado. Sin embargo, todavía supera al 99,9 por ciento de los hombres que he visto en la escala de «¿Quién es el más sexy?», pero, claro, sinceramente, ¿se puede ser más sexy que un tío de melena negra hasta la cintura, con la línea de pelo terminada en pico de viuda y gafas oscuras? Por no mencionar los tatuajes de los antebrazos y esos ojos verdes y sus...

Escuchen, nunca le he medido la espalda. Nunca. Ni siquiera una sola vez. Ni esos hombros descomunales. Ni sus abdominales.

Ah, no me miren así.

En todo caso, ¿dónde estábamos? Sí, eso es, en el río. Pescando.

El rey y yo nos encontramos a poco menos de un kilómetro de la casa de seguridad de Rehvenge, en los Adirondacks, cerca del Parque Estatal Black Snake. Wrath está a unos cinco metros de donde me encuentro yo, moviendo el brazo derecho hacia delante y hacia atrás con ritmo suave, mientras manipula la caña de pescar, soltando y recogiendo un sedal tan fino como una telaraña, a lo largo de la corriente. El agua parece cantar como un carillón al golpear suavemente contra las rocas grises y marrones, y los pinos que hay a ambas márgenes del río silban cuando el viento atraviesa por entre sus ramas. El aire es frío y cortante, lo cual me hace pensar que afortunadamente tengo una manzana en la mochila, pues el otoño va muy bien con el sabor ácido y jugoso de las manzanas.

Ah, y una última cosa digna de mencionar. Wrath lleva un arma calibre cuarenta debajo de cada brazo, enfundadas en un arnés de pecho, y estrellas ninja en los bolsillos. Las pistolas las puedo ver con mis propios ojos. Las estrellas, no. Él me dijo que las llevaba.

J. R.: ¿Puedo ser sincera contigo?

Wrath: Espero que sí. Porque, si no lo fueras, lo sabría por el olor.

J. R.: Es cierto. Ah... Me sorprende que tengas paciencia para hacer esto. Me refiero a la pesca.

Wrath: [Se encoge de hombros]: No es un asunto de paciencia. Es una actividad relajante. Y no, no voy a ponerme a hacer yoga. Eso es para Rhage.

J. R.: ¿Todavía hace yoga?

Wrath: Sí, todavía se pasa horas haciendo miles de contorsiones. Juro que parece que el maldito fuera de goma.

J. R.: Hablando de Rhage y Mary, ¿es cierto lo que he oído?

Wrath: ¿Lo de la adopción? Sí. Cuando nació Nalla, los dos dijeron: «Nosotros también queremos una de ésas».

J. R.: ¿Cuánto tiempo les llevará? ¿Y de dónde van a sacar al bebé?

Wrath: Lo sabrás cuando ocurra. Pero va a tardar algún tiempo.

J. R.: Bueno, me alegro por ellos. [Hay un rato de silencio, durante el cual Wrath recoge el sedal y luego lo lanza hacia otra parte del arroyo]. ¿Quieres...?

Wrath: No. Todavía no quiero pensar en el tema de los niños. Después de todo lo que pasó Bella... [Sacude la cabeza]. No. Y antes de que lo preguntes, Beth está de acuerdo. Aunque creo que querrá tener un hijo en el futuro. Esperemos que sea más tarde que temprano. Aunque, sinceramente, ella ni siquiera ha pasado por su primer periodo de necesidad, así que no es un tema urgente.

J. R.: Supongo que quieres que cambie de tema, ¿no?

Wrath: Depende de ti. Puedes preguntar lo que quieras, porque eso no significa que yo vaya a responderte. [Me lanza una mirada por encima del hombro y sonríe]. Pero ya sabes cómo soy.

J. R.: [Risas]. Sí, estoy familiarizada con cómo son las cosas. Así que déjame preguntarte por todo el tema de las Elegidas y Phury. ¿Qué opinas de los cambios que ha hecho?

Wrath: Joder... eso me impresionó muchísimo. Realmente, admiro a Phury. Y no sólo por lo que hizo con la Virgen Escribana. Durante un tiempo pensé que lo íbamos a perder.

J. R.: [Mientras, pienso en Phury y en el asunto de la heroína]. Y casi lo perdéis.

Wrath: Sí. [Hay otro rato de silencio, que yo paso observando cómo se mueve su brazo hacia delante y hacia atrás, hacia delante y hacia atrás. El sedal produce un sonido precioso en medio del aire del bosque, como si respirara]. Sí. En todo caso, ésa es la razón de que estemos aquí, en la casa de Rehv. Vengo aquí con Beth cada dos semanas y nos reunimos con Phury y la Directrix para ver cómo van las cosas con las Elegidas. Por Dios, ¿te puedes imaginar lo que ha significado la transición para esas muchachas? ¿Pasar de un encierro total a tener la posibilidad de explorar un mundo sobre el que apenas habían leído?

J. R.: No, no me lo puedo imaginar.

Wrath: Phury es fantástico con ellas. Es como si todas se hubiesen convertido en sus hijas de la noche a la mañana. Y ellas lo adoran. Phury es el Gran Padre perfecto y ahora Cormia es la mamá gallina. Como ella ha tenido más tiempo para asimilar el cambio, sabe cómo ayudarlas. Realmente, me alegra mucho que las cosas hayan salido así.

J. R.: Hablando de paternidad, ¿cómo es la vida en la mansión ahora que Nalla anda por ahí?

Wrath: [Risas]. Bueno, ¿quieres la verdad? Esa chiquilla es una estrella. Nos tiene embobados a todos. El otro día estaba trabajando en mi escritorio y Bella estaba paseándola. [La tiene que pasear porque últimamente Nalla sólo se duerme si la arrullan así]. En todo caso, Bella la trajo al estudio y las dos comenzaron a pasearse. Nalla tenía la cabeza sobre el hombro de Bella y estaba profundamente dormida. Por cierto, la niña tiene unas pestañas más largas que tu brazo. Y ¿sabes qué? Cuando Bella por fin decidió sentarse en el sofá para tomarse un respiro, dos segundos después, no te miento, Nalla abrió los ojos y comenzó a llorar otra vez.

J. R.: ¡Pobrecilla!

Wrath: Te refieres a Bella, ¿cierto?

J. R.: Claro.

Wrath: [Risas]. Así que tuve que mecerla yo. Bella me dejó tomarla entre mis brazos. [Dice esto con evidente orgullo]. Y la paseé un rato. No la dejé caer.

J. R.:   [Escondo una sonrisa]. Claro que no la dejaste caer.

Wrath: Nalla se volvió a dormir. [Me lanza una mirada seria por encima del hombro]. Ya sabes, los bebés sólo se duermen si confían en que tú los vas a proteger.

J. R.:   [En voz baja]. Cualquiera se sentiría seguro contigo.

Wrath: [Desvía rápidamente la mirada]. Así que, sí, la chiquilla es una joya. Z todavía se siente un poco nervioso con ella, pero yo creo que se debe a que le da miedo hacerle daño, y no porque no la quiera. Rhage la maneja como un saco de patatas, lanzándola para donde le da la gana, y a Nalla le encanta. Phury se comporta con una naturalidad maravillosa. Al igual que Butch.

J. R.:   ¿Y qué hay de Vishous?

Wrath: Mmm. Creo que Nalla lo pone nervioso. Sin embargo, le hizo una daga. [Risas]. Es un maldito idiota. ¿Qué clase de imbécil le hace una daga a un bebé?

J. R.:   Pero me imagino que la daga es preciosa.

Wrath: Mierda, sí. V le puso una cantidad de… [El rey se detiene y le da un tirón al sedal pues piensa que ha pescado algo]. Le puso una cantidad de diamantes en la empuñadura. Pasó tres días trabajando en ella. Dice que es para cuando empiece a salir con chicos.

J. R.:   [Risas]. Claro.

Wrath: Es posible que nunca la use. Zsadist dice que Nalla nunca va a salir con chicos. Jamás.

J. R.:   Vaya.

Wrath: Sí. ¿Con la hija de Z? ¿Te gustaría ser el chico que la invite a salir? Mieeeerda.

J. R.:   Yo paso.

Wrath: Yo estoy seguro de que también pasaría. Me gusta tener las pelotas donde las tengo, muchas gracias.

J. R.:   [Después de otro rato de silencio]. ¿Puedo preguntarte sobre Tohr?

Wrath: Me imaginé que lo harías.

J. R.:   [Espero un momento a que él diga algo]. ¿Sí? Bueno, pues te estoy preguntando por él.

Wrath: [Con cara de irritación]. Mira, ¿qué quieres que te diga? Tohr se fue al bosque para morirse. Lassiter lo trajo de vuelta para dejarlo con unas personas que le recuerdan a su shellan muerta. Necesita alimentarse y desde luego se niega a hacerlo, y yo no lo culpo. Está débil y furioso y sólo quisiera estar muerto. Eso es lo que pasa.

J. R.: [A sabiendas de que no debo presionar más]. ¿Es extraño tener a Lassiter por ahí?

Wrath: [Se ríe un poco]. Ese ángel es una cosa especial. No le presto mucha atención y creo que él lo sabe. Una vez recibió una bala por mí.

J. R.: Eso me han dicho. ¿Sientes que le debes una?

Wrath: Sí.

J. R.: Lassiter y V no se llevan muy bien.

Wrath: No, no se llevan bien. [Una carcajada]. Eso va a ser divertido. Cada vez que están en la misma habitación, parecen dos pitbulls en una jaula. Y, antes de que lo preguntes, no, no conozco todos los detalles y tampoco voy a preguntar.

J. R.: Hablando de detalles… acerca de la glymera…

Wrath: Mierda, ¿por qué quieres estropear una velada perfectamente agradable?

J. R.: Bueno, iba a preguntarte qué opinas de que Rehvenge haya sido elegido como leahdyre del Consejo de Princeps.

Wrath: [Suelta una carcajada que estalla como un rugido]. Está bien, estás perdonada. Joder, eso sí que es un giro del destino. ¿Quién demonios habría pensado que eso podría suceder? Un symphath. Dirigiendo a ese grupo de desgraciados elitistas llenos de prejuicios. Y ellos no tienen ni idea. Además, vamos, Rehv está de mi lado en toda esta agitación civil que están tratando de promover después de los ataques de la Sociedad Restrictiva. Acaban de nombrar a alguien que piensa que los aristócratas están tan locos y son tan destructivos como yo creo que lo son.

J. R.: Pero ¿tú confías en Rehv?

Wrath: Tanto como confío en alguien distinto de mis hermanos y de Beth.

J. R.: Entonces, el hecho de que sea mitad symphath…

Wrath: Espera. Él es symphath. El hecho de que su sangre esté mezclada es irrelevante. Si tienes aunque sea una gota de esa mierda en ti, eres un symphath. Por eso se construyó esa colonia allá en el norte. Esa gente es peligrosa.

131

J. R.:	Precisamente por eso te estoy preguntando si confías en él. Pensé que todos eran sociópatas.
Wrath:	Lo son y él también lo es. Pero con los symphaths sólo puedes estar seguro de una cosa, de que se preocupan por sus intereses. Rehv ama a su hermana. Bella está casada con un hermano. Por lo tanto, Rehv no va a hacer nada para perjudicarles a ellos o a mí. Y eso vale para todas las situaciones.
J. R.:	¿Crees que la glymera representa una amenaza para ti como rey?
Wrath:	Mira, ¿la verdad? Esa gente no me gusta y nunca me han gustado, pero Dios sabe que no los quiero ver muertos. Ahora están divididos y son débiles. Cuanto más tiempo dure esa situación, mejor para mí, porque eso me da tiempo para tomar las riendas lo mejor que pueda y tratar de ofrecerle a la gente una salida. Mientras yo tenga una buena base de apoyo entre el grupo más amplio de vampiros civiles, estaré bien. Y, seamos sinceros, la glymera se opone a la inclusión, así que no es posible que un vampiro cualquiera sienta lealtad hacia ellos.
J. R.:	¿Cuál es tu visión del futuro?
Wrath:	El cambio. Phury tiene toda la razón: si queremos sobrevivir, tenemos que adaptarnos y las viejas reglas nos están matando. Ya prohibí la esclavitud. Estoy cambiando las reglas para los soldados y la Hermandad. Las Elegidas ya están en libertad. Y hay cientos de cosas más que tengo de replantearme, volver a pensar y modificar.
J. R.:	Sobre la Hermandad, ¿eso significa que Blay y Qhuinn podrían ser hermanos?
Wrath:	Siempre y cuando reúnan suficiente experiencia a sus espaldas y puedan dar la talla. Los criterios para ser hermano van a ser muy altos en términos de habilidades. La sangre ya no será obstáculo, pero sí la forma de pelear. Y voy a suprimir otras restricciones también. Ya sabes, Qhuinn es el guardaespaldas de John y en el pasado eso lo habría descalificado, pero ya no.
J. R.:	Me sorprende que hayas permitido que él y Blay vivan en la casa. En realidad, me alegra.
Wrath:	[Después de un momento]. Bueno… Darius construyó ese lugar y a él le encantaba tenerlo lleno de gente. Esos

dos chicos son buenos y Dios sabe que Qhuinn ayudó mucho a John. Eso es bueno. El problema es que el programa de entrenamiento está suspendido temporalmente, durante quién sabe cuánto tiempo. La glymera se llevó a todos los muchachos que quedaban y, además, tenemos mucho que hacer con esta guerra. Necesito soldados y Blay y Qhuinn son buenos combatientes. Excelentes, en realidad. Así que vamos a necesitarlos.

J. R.: [Después de otro largo silencio]. ¿Eres feliz? Me refiero a que sé que las cosas están difíciles en este momento, pero ¿eres más feliz ahora que hace un par de años?

El sedal se templa de repente y Wrath se concentra en sacar lo que resulta ser una trucha. El pez resplandece en las inmensas manos del rey; es resbaladizo y Wrath casi lo deja caer mientras le saca el anzuelo de la boca que no cesa de moverse.

J. R.: Es preciosa.

Wrath: Sí y luchadora. [Se inclina y mete el pez entre el agua, sosteniéndolo con cuidado]. ¿Me preguntas si soy feliz? Bueno… después de esto, regresaremos a una casa calentita y mi shellan me estará esperando allí. Vamos a comer, suponiendo que Layla no haya quemado la cocina, y más tarde me meteré en la cama con Beth. Voy a hacer el amor con ella durante una hora, o tal vez más, y luego me quedaré dormido con ella sobre mi pecho. [Wrath libera a la trucha y la observa alejarse por la corriente]. ¿Estás lista para irte?

J. R.: Sí. Y agradezco que me hayas concedido esta entrevista.

Wrath: No hay de qué. Sólo que ¿piensas ir ahora a Caldwell para entrevistar a los demás?

J. R.: Ése es el plan, sí.

Wrath: [Sacude la cabeza]. No, esta noche te vas a quedar aquí. Te irás mañana por la tarde. Es un trayecto largo y hay muchos ciervos en la carretera.

J. R.: [Como sé que no se discute con el rey]. Está bien. Eso haré.

Wrath: Bien.

Los dos caminamos trabajosamente hasta la orilla. Wrath sale del agua primero y me ofrece la mano. Yo me agarro de él y me ayuda a salir. Luego recoge la mochila, la abre y me la ofrece.

Wrath: ¿Quieres tu manzana?

J. R.:   Me encantaría.

Alargo la mano y agarro la manzana. Tiene la piel roja y verde, y brilla a la luz de la luna; y, cuando le doy un mordisco, cruje como si fuera leña. El jugo se escurre sobre mi mano mientras los dos cruzamos el bosque y oímos el ruido de las botas contra nuestras piernas.

[Cuando salimos del bosque y vemos las luces de la casa de campo de Rehv].

J. R.:   ¿Wrath?

Wrath: ¿Sí?

J. R.:   Gracias.

Wrath: Es tu manzana.

J. R.:   No estoy hablando de la manzana.

Wrath: [Después de un momento]. Lo sé. Lo sé, *challa*.

Wrath me da un abrazo que dura dos pasos y luego nos separamos, pero seguimos caminando uno al lado del otro, hacia la casa, un hogar cálido y acogedor.

Amante oscuro

Personajes

Wrath, heredero al trono de los vampiros
Beth Randall, periodista de un diario
Darius, hijo de Marklon, hijo de Horusman
Tohrment, hijo de Hharm
Wellasandra, hija de sangre de Relix, compañera del guerrero
    de la Hermandad la Daga Negra Tohrment
Rhage, hijo de Tohrture

Zsadist, hijo de Ahgony

Phury, hijo de Ahgony

La Virgen Escribana

Marissa, hija de sangre de Wallen

Havers, hijo de sangre de Wallen

Fritz (Perlmutter), maravilloso mayordomo

Señor X(avier), jefe de los restrictores

Billy Riddle, hijo del senador William Riddle

Cherry Pie, alias, Mary Mulcahy

Butch O'Neal. Detective del Departamento de Policía de Caldwell, División de Homicidios

José de la Cruz. Detective del Departamento de Policía de Caldwell, división de homicidios

Dick, editor de Beth en el *Caldwell Courier Journal*

Doug, auxiliar del hospital

Hombre rubio desconocido, compañero de Billy Riddle en el intento de violación de Beth

Perdedor (joven desconocido a quien el señor X saca junto con Billy)

Abby, camarero del bar McGrider's

Boo, el gato negro

Lugares de interés (todos en Caldwell, NY, a menos de que se indique otra cosa)

Bar Screamer's en la calle Trade

Oficinas del *Caldwell Courier Journal (CCJ)* en la calle Trade

Apartamento de Beth, avenida Redd, 1188, 1B

Comisaría de Policía de Caldwell en la calle Trade (a seis calles de las oficinas del *CCJ*)

Casa de Darius, avenida Wallace, 816

Academia de Artes Marciales de Caldwell (frente a Dunkin' Donuts)

Rancho del señor X, en la carretera 22

Clínica de Havers, ubicación desconocida

Bar McGrider's en la calle Trade

Bar ZeroSum (calle Trade esquina con la calle Décima)

Resumen

En este primer libro de la serie, Wrath, el próximo rey de los vampiros, a quien todavía no han coronado, y el último vampiro de pura sangre sobre la faz de la Tierra, asume de mala gana la responsabilidad de cuidar a una hembra mitad vampiro mitad humana que está a punto de pasar por su transición. Beth Randall no es consciente de su herencia vampira y lucha contra su propia verdad y su atracción hacia ese sombrío desconocido que viene a buscarla.

Primera línea: *Darius miró a su alrededor en el club, y se dio cuenta, por primera vez, de la multitud de personas semidesnudas que se contorsionaban en la pista de baile.*

Última línea: *«Por favor, tengan la amabilidad», dijo el mayordomo, «no empiecen a arrojarse la mantelería. ¿Alguien desea melocotones?».*

Publicado en: abril de 2007
Número de páginas: 440
Número de palabras: 127.430
Primer borrador
escrito en: septiembre-noviembre de 2004

Comentarios sobre el proceso de escritura

Amante oscuro sigue siendo el libro del que me siento más orgullosa. En mi opinión, es el que tiene el mejor ritmo y fue el lugar donde encontré mi propia voz. Desde luego, fue un reto muy grande porque representaba un salto descomunal para mí como escritora. Inmenso. Nunca antes había tratado de escribir desde diferentes perspectivas ni de contar distintas historias, ni había tratado de hacer una serie, o de construir un universo. No tenía idea de qué hacer cuando se trataba de... Bueno, de hacer cualquier cosa en la historia. Aunque *Amante oscuro* era el quinto libro que escribía y publicaba, representó un cambio tan grande con respecto a los que lo antecedieron que fue como si estuviera empezando otra vez desde el principio.

Y antes tampoco es que me considerara ninguna experta, ni mucho menos.

Mis primeros cuatro libros fueron novelas románticas contemporáneas individuales. Publicadas bajo el seudónimo de Jessica Bird, eran en su mayoría el producto de años de leer y adorar los libros de Harlequin Presents y Silhouette Special Editions. Bueno, de eso y del hecho de que nací escritora. Eso es parte de mi naturaleza, algo que tengo que hacer si quiero ser feliz... y mantener la cordura. Pero ésa es otra historia.

Me encantó escribir los libros de Jessica Bird, pero no me renovaron el contrato... lo cual significaba que ya no tenía editorial. Sabía que debía cambiar de dirección si quería seguir trabajando e intenté con un par de subgéneros distintos. Logré armar una propuesta de una novela romántica de suspense, pero el material no tenía suficiente fuerza. Pensé en escribir ficción para mujeres o algo del estilo de la llamada *chick lit,*[*] sólo que eso no era lo que yo leía, probablemente porque el tema no formaba parte de mi historia. También consideré la posibilidad de mantenerme dentro de la línea del romance contemporáneo y tratar de encontrar otro editor, pero sabía que era poco probable que alguien me eligiera.

Y en el momento más oscuro, cuando no tenía en la cabeza nada particularmente fresco ni interesante, aparte de la penetrante conciencia de que si no me reinventaba a mí misma estaba perdida... apareció Wrath. Aunque siempre había sido amante del terror, nunca se me había ocurrido intentar escribir romances paranormales.[**] Sin embargo, de pronto, tenía casi mil kilos de vampiros en la

---

[*] La llamada *chick lit* es un género de la novela romántica contemporánea dirigido a mujeres jóvenes, que cuenta las aventuras de las mujeres modernas, independientes, trabajadoras y solitarias, en busca del príncipe azul. El término fue acuñado en 1995 por Cris Mazza y Jeffrey DeShell, para titular una antología de ficción que llamaron posfeminista y trataba temas como el amor, los problemas de género y el sexo. Inspirado en varias obras de mediados de los noventa, el género ganó notoriedad a partir de la aparición del *Diario de Bridget Jones,* de Helen Fielding, en el año 2000. Muchos títulos han sido llevados al cine y la televisión, como el famoso *Sexo en Nueva York,* de Candance Bushell, y *El diablo viste de Prada,* de Lauren Weisberger. Aunque sus detractores lo acusan de ser elitista, pues por lo general trata sobre mujeres americanas o europeas de cierta clase social, es un género que se caracteriza por su frescura y la forma desinhibida de tratar temas que atañen a la mujer de hoy. (*N. de la T.*)

[**] El romance paranormal es otro subgénero de la novela romántica, que combina la temática romántica con elementos ficticios tomados de la fantasía, la ciencia

cabeza y los hermanos se morían por salir de allí, como si estuvieran encerrados en una casa en llamas.

Bueno, claro. Consiga una mezcla de terror con romance, con erotismo, con fantasía y hip hop. Añada un poco de ropa de cuero y unos cuantos elementos de *Miami Ink*,[*] remueva con un bate de béisbol, añádale un poco de talco de bebé y sírvalo sobre una cama caliente de Santa-María-Madre-de-Dios-esto-tiene-que-funcionar-o-voy-a-ser-abogada-por-el-resto-de-mi-vida.

Perfecto.

Recuerdo haber pensado: «Maldición, ¿por qué no bebo? O al menos, ¿por qué no soy adicta al chocolate?».

Lo cual me lleva a mi primera regla para escritores:

Persiste y *Reinventa (P&R)*. Es una estrategia crítica para sobrevivir.

Si lo que escribes no se vende, o si no estás obteniendo una buena respuesta a tu material por parte de agentes y editores, intenta algo distinto, ya sea una voz nueva o un subgénero diferente o incluso un género totalmente nuevo. Persiste. Sigue intentando. Busca nuevos temas que te interesen. Encuentra un camino distinto.

Eso fue lo único que me salvó.

Eso no significa que *P&R* sea divertido. Cuando me senté a poner en el papel la propuesta de la novela sobre Wrath y los capítulos de prueba, me sentía al mismo tiempo especialmente inspirada y totalmente estancada. Lo único que tenía era una mezcolanza de imágenes en mi cabeza, un pánico lacerante de que a nadie le gustara la serie, y menos aún que la compraran, y la casi total convicción de que no iba a ser capaz de armar algo tan complicado e interconectado como el universo de la Hermandad.

Nada como tratar de pilotar un avión cuando apenas puedes guiar una bicicleta.

Después de horas frente a una pantalla en blanco, me di cuenta de que tenía que controlar mi ansiedad y, considerando el hecho de que no podía abrirme la cabeza para sacar de ese modo lo

---

ficción o el terror. Los temas más recurrentes son los vampiros, los fantasmas y los hombres lobo, pero también puede haber personajes con poderes sobrenaturales. Inspirado en la novela gótica del siglo XVIII, el romance paranormal ha tomado mucha fuerza, especialmente desde el año 2000. (*N. de la T.*)

[*] *Miami Ink* es un reality norteamericano sobre el tatuaje, que se realiza en un estudio de tatuaje real de Miami, Florida, que lleva ese nombre. (*N. de la T.*)

que allí había, hice un trato conmigo misma: escribiría la historia que tenía en la cabeza exactamente como la veía y lo haría sólo por mí y para mí. No iba a permitir que ningún no-puedes-hacer-eso, ni ningún eso-va-contra-las-reglas, ni ningún mejor-haz-esto se interpusiera en mi camino. Todo lo que pasara por mi cabeza quedaría registrado en la página.

¿Mi regla número dos? *Escribe sin contenerte.*

Desarrolla la historia que imaginas sin cortarte y ejecútala plenamente, empleando el máximo de tus capacidades. Siempre es más fácil retroceder que ir más lejos cuando se está revisando el manuscrito, y creo que cuanto más osado eres en el primer borrador, más honesto serás con tu idea inicial.

Así que, sí, ése era el plan y me sentí bastante bien con mi resolución. Sólo que desde el comienzo mismo tenía un problema.

¿Cómo iba a llevar a cabo ese plan?

Con todo lo que estaba viendo y la cantidad de puntos de vista y de historias secundarias, estaba totalmente perdida cuando llegué al momento de hacer el borrador de la historia. Después de pasearme muerta de miedo durante un buen rato, terminé apoyándome en mi experiencia como estudiante de derecho. En la facultad, el método de estudio consiste en organizar todo el material de que uno dispone y después ordenarlo y pulirlo.

Hacer un esbozo exhaustivo fue, y continúa siendo, la estrategia más importante que empleo en el proceso de escritura.

Antes de comenzar con los hermanos no tenía más que un bosquejo bastante amplio de mi historia, cuyo único objetivo era darle a mi editor una idea de hacia dónde me dirigía. La mayor parte de las ideas se me fueron ocurriendo cuando estaba haciendo el borrador, lo cual fue totalmente ineficiente y un poco peligroso. Por ejemplo, llevaba al héroe y a la heroína a lugares emocionales que no funcionaban, o confundía sus motivaciones y conflictos, o perdía la noción del suspense del libro... o algunas veces cometía todos esos errores a la vez. Claro, con el tiempo encontraba el camino, pero terminé escribiendo millones de páginas y siendo una verdadera carga para mi editor durante el proceso de revisión. Además, debido a todo ese esfuerzo, las decisiones que tomaba no siempre eran las mejores porque estaba saturada con tanta confusión y falta de claridad.

Mi tercera regla fundamental es un corolario de la regla número dos y el lema primordial de todo lo que hago como escritora:

Sé la dueña de tu propia mierda (u *obra*, si queremos que suene más sofisticado).

No confíes en que tu editor o tu agente o tu socio identifiquen y resuelvan tu argumento, ni tus personajes, ni el ritmo, ni el contexto, ni la paginación, ni ninguno de los miles de problemas que tienes que solucionar cuando escribes un libro. Aprende el oficio criticando los libros que lees, tanto los buenos como los malos. Pregúntate: ¿qué funciona aquí? Y ¿qué no funciona? Estudia los manuales sobre escritura, como *El Guión*, de Robert McKee,[*] y *Writing the Breakout Novel*, de Donald Maass, y *El viaje del escritor,*[**] de Christopher Vogler. Habla con otros escritores sobre sus libros y cómo los escribieron.

Luego, cuando revises tu propio trabajo, aproxímate a él como si fueras un sargento frente a un grupo de vagos indisciplinados y perezosos. Para mí, ser amable con mi artista interior y regocijarme en la leche materna del elogio es una manera segura de estancarme en la imbecilidad. La disciplina y una valoración clara de mis fortalezas y debilidades como escritora son las únicas cosas que funcionan para mí. El ego no es muy amigo mío y nunca lo ha sido.

Pero volvamos a *Amante oscuro* y a la propuesta. Las imágenes que tenía en la cabeza eran tan claras y exigentes que sólo tardé dos semanas en redactar el bosquejo y las reglas del universo de la Hermandad (así como las primeras sesenta y nueve páginas del libro). Por supuesto, apenas dormí en ese tiempo y casi nunca descansaba. Estaba totalmente absorta en ese frenesí innegable y no tenía interés alguno en disminuir el ritmo.

Y sigue sin interesarme.

Cuando terminé de sacar todo lo que veía en mi cabeza… el esbozo tenía cuarenta y cuatro páginas. Estaba asombrada. ¿Antes? Apenas había logrado completar diez páginas.

Mi gran preocupación era que cuando mi agente ofreciera la propuesta en el mercado, los editores no leyeran todo el paquete. Cuando uno ya ha publicado, por lo general vende los proyectos a partir de la opinión sacada de tres capítulos de muestra y una propuesta; pero yo sentía como si estuviera entregando… bueno, el li-

---

[*] Alba Editorial, S. L., Barcelona, 2004.
[**] Ma Non Troppo, Barcelona, 2003.

bro entero. Desde luego, eso también era bueno. De verdad sabía para dónde iba y cómo iba a ser la evolución de cada personaje. A lo largo del camino había reunido todas mis ideas y había reorganizado el material... y también había aprendido que mover un párrafo o dos en una propuesta es mucho más fácil que borrar capítulos enteros e incluir nuevos capítulos durante la redacción.

Por fortuna, la propuesta para la serie fue comprada (por el editor más espectacular con el que he trabajado) y yo sabía que iba a tener la oportunidad de escribir al menos tres libros. Joder, estaba excitada, pero también aterrorizada, pues no estaba segura de poder seguir adelante. Desde luego, me tranquilicé diciéndome que mi salvación era esa voluminosa y fantástica propuesta que había hecho. Me imaginé que mientras me apoyara en la propuesta, todo estaría bien y estaba lista para comenzar a trabajar sobre el teclado.

Bueeeeno.

La realización resultó ser mucho más difícil de lo que habría podido imaginarme, por una cantidad de razones.

Para mí, uno de los grandes desafíos de *Amante oscuro* era aprender a manejar múltiples historias y múltiples puntos de vista. Tal como lo veo, hay tres historias principales en el libro: la de Wrath y Beth; la del señor X y Billy Riddle, y la de Butch. En cada una de ellas se introducen diferentes aspectos del universo de la serie, dándole al lector una visión sobre la raza vampira, su guerra secreta contra la Sociedad Restrictiva y su existencia clandestina al lado de los humanos. Lo cual es bastante. Y para complicar las cosas todavía más, estas líneas narrativas eran presentadas al lector en las voces de por lo menos ocho personas.

Eran muchos los hilos a manejar. Muchas las tramas de las que estar pendiente.

Muchas las cosas que tenían que pasar en cada capítulo.

¿Cuál es la regla número cuatro para mí como escritora? *Las líneas narrativas son como tiburones:* o se están moviendo continuamente o se mueren.

Con tantas cosas moviéndose al mismo tiempo, el ritmo iba a ser crítico: para tener éxito debía asegurarme de que todo estuviera avanzando todo el tiempo, de modo que mi nueva realidad como escritora era que mientras pretendía mostrar a Wrath y a Beth acercándose gradualmente tanto a nivel emocional como físico, tenía que estar pendiente de la investigación por homicidio que adelantaban Butch y José de la Cruz, lo cual llevaba simultáneamente a Butch a la realidad de la Hermandad, y asimismo tenía que mantener informado al lector sobre las terribles intenciones del señor X. Entretanto, había que presentar a los otros hermanos, tenía que dar una visión general sobre la guerra y también había que preparar el terreno para presentar a la Virgen Escribana y a ese mundo no temporal que conlleva.

Y tenía que hacer todo eso sin perder la cohesión entre las escenas y mantener las emociones realistas y vívidas, sin caer en el melodrama.

Por ejemplo, Butch iba a terminar en la Hermandad y su camino de entrada era la conexión de Beth con Wrath. A su vez, Butch también iba a terminar con Marissa. Perfecto. Fantástico. La cosa era cómo intercalar sus escenas con las del romance de Beth y Wrath, y asimismo con todo el tema del señor X y la Sociedad Restrictiva... sin que el libro terminara siendo una suma de fragmentos incomprensible.

Al mismo tiempo, las historias tenían que tener un clímax emocional que progresara en el orden correcto. Beth y Wrath tenían que tener el final más dinámico, y según las imágenes que había en mi cabeza así era. Pero las historias de Butch, y la del señor X y Billy Riddle, tenían que resolverse... pero de una manera que no menoscabara el drama de Beth y Wrath.

Maldición.

¿La solución? Regla número cinco, que es el corolario de la regla número tres (Sé la dueña de tu propia obra): *Esfuérzate por alcanzar el equilibrio.*

Cuando terminé el primer borrador, revisé el libro una y otra vez, y otra y otra más. Y luego me tomé una semana de descanso y volví sobre él nuevamente. Pasé horas y horas repasando las pausas y los capítulos, recortando cosas, afinando el diálogo y asegurándome de que se decían muchas cosas sin necesidad de expresarlas.

Incluso cuando revisé las galeradas, que es la última fase de producción, todavía quería hacer cambios. El libro tiene cosas buenas y cosas malas, como todos, pero aprendí mucho escribiendo *Amante oscuro*. Y necesitaba esas lecciones para lo que venía en la serie tal como la conocen.

Pero basta ya de hablar sobre el proceso de escritura, hablemos sobre el Rey y Beth...

Wrath fue el primero de los hermanos que apareció en mi cabeza y fue el que me mostró el universo de la Hermandad de la Daga Negra. Lo que más me gusta de él está resumido al comienzo de *Amante oscuro*:

> Con un rostro tan aristocrático como brutal, parecía el rey que en realidad era por derecho propio y el guerrero en que el destino lo había convertido.
>
> *Amante oscuro,* p. 18

Adoro esa combinación: un personaje de sangre azul que también es un guerrero, y creo que Wrath es el líder perfecto para los vampiros: fuerte, brutal cuando es necesario, dueño de una gran lógica y una gran pasión. Wrath sólo necesitaba tomar conciencia de que podía ser líder.

Y Beth fue la que lo ayudó a llegar a hacerlo.

Beth era y es la compañera perfecta para Wrath. Ella tiene mucho carácter, es tierna y está dispuesta a defenderlo. La dinámica de su relación está perfectamente descrita en una de mis escenas favoritas de los dos. Están hablando sobre lo que sintió Wrath cuando sus padres fueron asesinados delante de él. Se culpa por no haberlos salvado, pero en ese momento era un pretrans debilucho, así que en realidad no habría podido hacer nada. Beth pierde el control y lo censura por ser demasiado duro consigo mismo, lo cual es algo que él necesitaba oír, aunque evidentemente no era muy receptivo a lo que ella estaba diciendo. Lo que me gusta es que ella no se sintió intimidada para decir lo que pensaba, a pesar de la imponente presencia de Wrath. Y él, aunque no está de acuerdo con lo que le dice, se siente todavía más atraído hacia ella. Cuando Beth termina de expresar su irritación, hay un momento de tensión:

> Ah, diablos. Ahora sí lo había arruinado. Aquel hombre le había abierto su corazón, y ella había despreciado su vergüenza. Qué manera de lograr intimidad.
>
> —Wrath, lo lamento, no he debido...
>
> Él la interrumpió. Su voz y su rostro parecían de piedra.
>
> —Nadie me había hablado como acabas de hacerlo.
>
> *Mierda.*

—Lo lamento mucho. Es sólo que no puedo entender por qué...

Wrath la atrajo hacia sus brazos y la abrazó fuertemente, hablando en su idioma otra vez. Cuando aflojó el abrazo, terminó su monólogo con la palabra *leelan.*

—¿Eso quiere decir «perra» en vampiro? —preguntó.

Amante oscuro, pp. 278-279

La cuestión es que Wrath es todo fuerza y el hecho de que Beth pueda defenderse sola y reivindicar sus convicciones los pone en igualdad de condiciones. El hecho de que él la respete es tan significativo como el que le brinde su amor; y ella es digna de los dos.

Otra de mis escenas favoritas del libro es cuando Beth sube desde la habitación de Wrath en el sótano de la casa de Darius, recién salida de la transición. Ella se está preguntando cómo se irá a portar Wrath con ella frente a sus hermanos y está preparada para hacerse la indiferente cuando llega al comedor donde están los guerreros. Pero resulta que Wrath no tiene ningún problema con las demostraciones públicas de afecto y la abraza delante de toda la Hermandad, que queda boquiabierta, pues nunca habían visto a Wrath con una hembra. Después de explicarles en Lengua Antigua lo que ella significa para él, se va a buscar los dos manjares que ella desea con locura: chocolate y tocino, y entonces los hermanos la saludan de una manera especial:

Las sillas fueron arrastradas hacia atrás, los cinco hombres se levantaron al unísono y empezaron a acercársele.

Ella miró hacia los dos que conocía, pero las severas expresiones de sus caras no la tranquilizaron.

Y, de repente, aparecieron los cuchillos.

Con un silbido metálico, cinco dagas negras fueron desenfundadas.

Ella retrocedió frenéticamente tratando de protegerse con las manos. Se golpeó contra la pared, y estaba a punto de gritar llamando a Wrath, cuando los hombres se dejaron caer de rodillas formando un círculo a su alrededor. Con un solo movimiento, como si hubieran ensayado aquella coreografía, hundieron las dagas en el suelo a sus pies e inclinaron la cabeza. El fuerte sonido del acero al chocar contra la madera parecía tanto una promesa como un grito de guerra.

Los mangos de los cuchillos vibraron.

La música rap continuó sonando.

Parecían esperar de ella alguna respuesta.

—Hmm. Gracias —dijo.

Los hombres alzaron la cabeza. Grabada en las duras facciones de sus rostros había una total reverencia, e incluso el de la cicatriz mostraba una expresión respetuosa. Y entonces entró Wrath con una botella de chocolate Hershey.

—Ya viene el tocino. —Sonrió—. Oye, les gustas.

—Gracias a Dios —murmuró ella, mirando las dagas.

Amante oscuro, p. 318

Ahí los hermanos están saludando a su nueva reina y, aunque Beth todavía no es consciente del papel que va a representar en el futuro, en realidad es como si pasara por dos transiciones esa noche: la primera es la de convertirse en vampira y la segunda es su entrada al mundo privado de Wrath y la Hermandad como su leelan, su amada.

¿Una de las escenas más eróticas del libro? Aparte de la primera vez que tienen relaciones sexuales, creo que es cuando están en una cita en la casa de Darius. La noche comienza mal (gracias, entre otras cosas, a que Wrath tiene una discusión con Tohr, después de la cual Tohr le dice aquello de: «Bonito. Traje. De mierda»). Sin embargo, el momento privado de la pareja termina con… Bueno, Wrath está hablando sobre lo mucho que le gustan los melocotones. El ambiente va pasando del mal humor y la tensión a la sensualidad con esto:

Beth se inclinó hacia delante en su silla, abrió la boca, poniendo los labios alrededor de la fresa, tomándola entera. Los labios de Wrath temblaron al verla morder, y cuando un poco del dulce jugo escapó y goteó hacia su barbilla, soltó un silbido ahogado.

—Quiero lamer eso —murmuró por lo bajo. Se estiró hacia delante, pero consiguió dominarse. Levantó su servilleta.

Ella puso su mano en la de él.

—Usa tu boca.

Un sonido grave, surgido de lo más profundo de su pecho, retumbó en la habitación.

Wrath se inclinó hacia ella, ladeando la cabeza. Ella captó un destello de sus colmillos mientras sus labios se abrían y su lengua salía. Lamió el jugo y luego se apartó.

La miró fijamente. Ella le devolvió la mirada. Las velas parpadearon.

—Ven conmigo —dijo él, ofreciendo su mano.

Amante oscuro, p. 232

¿La escena más conmovedora? Para mí, tiene que ser la escena en la clínica de Havers, al final. Wrath todavía está bastante grave, después de haber recibido un tiro en el estómago, y acaba de salir del coma. Beth está tratando de comunicarse con él, porque parece agitado y nervioso, pero le cuesta trabajo hablar. Ella le pregunta si necesita que llame al médico o quiere algo de comer, o de beber, o si necesita sangre, pero nada de eso es lo que él está buscando:

Los ojos del vampiro se fijaron en sus manos entrelazadas. Luego su mirada se dirigió al rostro de ella.

—¿A mí? —susurró ella—. ¿Me necesitas a mí?

Él apretó su mano.

—Oh, Wrath... A mí ya me tienes. Estamos juntos, mi amor. Las lágrimas le caían como un torrente embravecido, el pecho le temblaba debido a los sollozos, la respiración era entrecortada y ronca. Ella cogió su cara entre las manos, tratando de sosegarlo.

—Todo va bien. No voy a ninguna parte. No te dejaré. Te lo prometo. Oh, mi amor...

Finalmente las lágrimas disminuyeron, y recobró un poco la calma.

Un graznido salió de su boca.

—¿Qué? —Beth se inclinó.

—Quería... salvarte.

—Lo hiciste, Wrath, me salvaste.

Los labios de Wrath temblaron.

—Te... amo.

Ella lo besó suavemente en la boca.

—Yo también te amo.

—Tú. Vete a… dormir. Ahora.

Y luego cerró los ojos a causa del esfuerzo.

A ella se le nubló la visión cuando él le puso la mano en la boca y empezó a sonreír. Su hermoso guerrero estaba de vuelta. Y trataba de darle órdenes desde su cama de enfermo.

Amante oscuro, pp. 413-414

Creo que eso dice todo lo que hay que decir sobre ellos. Así que lo dejaré ahí.

Amante oscuro fue la plataforma de lanzamiento de todos los hermanos y no sólo de Wrath y Beth. Tenía muy claro, incluso en esa época, hacia dónde se dirigían los siete hermanos originales y quién más se iba a unir a sus filas. Y, como con todos los libros, allí comenzaron las líneas narrativas de tramas que tardarían varios años en ver la luz. Pero eso no se debe a que yo sea brillante, sino a que las escenas fueron aterrizando en mi cabeza, a pesar de que sólo tendrían lugar mucho después.

Como ya he dicho, la historia de Wrath es el libro del que me siento más orgullosa; fue un comienzo totalmente nuevo, que fue, por primera vez, absolutamente fiel a lo que había en mi cabeza. Me sorprendería que alguna vez vuelva a hacer algo como eso y llegue hasta donde llegué. Wrath representó un cambio de 180 grados en lo que se refiere a tema, tono y voz, unido a un increíble esfuerzo de mi parte en términos del oficio, escrito en un momento en que básicamente no tenía trabajo.

Estoy realmente agradecida por el hecho de que Wrath haya aterrizado y haya traído a los hermanos con él. Su libro está dedicado a él, por una buena razón.

Rhage, hijo de Tohrture

Alias Hal E. Wood

Quería sugerirle otra palabra que decir, algo como «exquisito»,
o «susurro», o «lujuria».
¡No!, «esternocleidomastoideo» sería ideal.

Amante eterno, p. 78

Edad:	165 años.
Fecha de ingreso en la Hermandad:	1898.
Estatura:	2,2 m.
Peso:	127 kg.
Color de pelo:	Rubio.
Color de los ojos:	Azul verdoso como la luz de neón.
Señales físicas particulares:	Tatuaje de un dragón multicolor de inmensas garras que le cubre toda la espalda; cicatriz de la Hermandad en el pectoral izquierdo; el nombre «Mary Madonna» tallado en la piel a lo largo de la parte superior de la espalda y los hombros, en escritura antigua.
Nota:	Posee un dragón interior que sale cuando está bajo presión, debido a un castigo impuesto por la Virgen Escribana (que ha mantenido con el fin de salvar a Mary). Ahora es capaz de ejercer un poco de control sobre su

	álter ego, que ha sido domesticado por su shellan.
Arma preferida:	Su bestia.
Descripción:	«[...] se movía como un depredador, sus anchos hombros se balanceaban siguiendo los vaivenes de su andar y la cabeza giraba de un lado a otro, explorando. Ella tuvo la incómoda sensación de que si él quisiera, podía matar a todos los presentes sin usar más arma que sus manos».

Amante eterno, p. 97

Compañera:	Mary Madonna Luce.

Preguntas personales (respondidas por Rhage)

Última película que viste:	*La vie en rose.* (Por culpa de Mary, dijo que era necesario compensarla por mi festival de Bill Murray).
Último libro que leíste:	*La oruga hambrienta,* de Eric Carle (leído a Nalla).
Programa de televisión favorito:	*Flavor of Love, Rock of Love,* o cualquier cosa del canal de cocina. P. S. Quiero que *Sexo en Nueva York* regrese otra temporada.
Último programa de televisión que viste:	*Talk Soup.*
Último juego que jugaste:	No quieres saberlo.
Mayor temor:	Perder a Mary.
Amor más grande:	Mary.
Cita favorita:	«Mangia bene!».
Bóxer o calzoncillos:	¡Lo que sea que a Mary le guste quitarme!

Reloj de pulsera:	Rolex Presidencial de oro.
Coche:	GTO morado.
¿Qué hora es en estos momentos?:	6 p. m.
¿Dónde te encuentras?:	En la cama, desnudo.
¿Qué llevas puesto?	Ver respuesta anterior.

¿Qué clase de ropa hay en tu armario?:

Ropa negra, pantalones de cuero para pelear, ropa blanca para ir a ver a la Virgen Escribana. Y una solitaria camisa hawaiana que Mary está tratando de que me ponga. Bueno, no es una camisa hawaiana, pero es como azul y, sinceramente, el color me causa sarpullido cuando se trata de la ropa. Sin embargo, ella quiere sobornarme para que la use, ¡lo cual siempre es divertido!

¿Qué fue lo último que comiste?

Tortitas con mantequilla y jarabe de maíz; una enorme taza de café; seis salchichas; patatas al horno; una caja de fresas; un pan de canela con crema de queso; una naranja partida por la mitad (me comí las dos mitades) y tres pasteles de cereza. Y ya tengo un poco de hambre.

Describe tu último sueño:

Digamos para abreviar que me di la vuelta y lo representé en vivo hará una media hora. (Soy un chico muy malo).

¿Coca-Cola o Pepsi-Cola?: Coca.

¿Audrey Hepburn o Marilyn Monroe?: Supongo que Marilyn Monroe. Pero es totalmente irrelevante, y no porque las dos ya se hayan muerto. Mi hembra es Mary.

¿Kirk o Picard?: Kirk. Él era el donjuán del espacio, joder, aplausos por eso.

¿Fútbol o béisbol?: Fútbol, porque es un deporte de contacto.

La parte más sexy de una hembra:	Depende de mi estado de ánimo… supongo que soy omnívoro. Lo cual significa que me gusta mordisquear… cualquier cosa.
¿Qué es lo que más te gusta de Mary?:	El sonido de su voz. La manera como se puede acostar a mi lado en la cama y hablarme en medio de la oscuridad del día, y yo sé que estoy a salvo.
Las primeras palabras que le dijiste a Mary:	«¿Quién eres tú?».
Su respuesta fue:	«Me llamo… me llamo Mary. Estoy aquí con un amigo».
Último regalo que le hiciste:	Una rosa blanca anoche. Ella estaba encantada. Verás, no es una hembra a la que le guste la ostentación, mi Mary Madonna. Sí, bueno, le compré un anillo de compromiso antes de nuestra ceremonia de apareamiento, porque ella es humana y eso es lo que hacen los humanos. Es un diamante, porque, ya sabes, sólo lo mejor para mi Mary. Tiene siete quilates. Perfecto. Fritz me lo compró en Manhattan, en el Distrito de los Diamantes. Cuando se lo di, Mary lo agradeció con cortesía, pero lo tiene guardado en un cajón. ¿Qué lleva en el dedo? Un sencillo anillo de oro. V nos hizo uno a cada uno porque, como ya dije, Mary es humana y quería que lleváramos anillos después de la ceremonia de apareamiento. Curioso, no entendía todo el asunto del anillo antes de tener uno. Me refiero a que, nosotros, los vampiros machos, nos grabamos el nombre en la piel para indicar que tenemos compañera. Pero lo genial del anillo es que la gente lo puede ver incluso cuando estás totalmente vestido. Yo siempre llevo el mío, a menos que esté en el campo combatiendo.

Lo más romántico que has hecho por ella:	Parece que realmente le gustó la rosa. Te juro que, al ver cómo me sonrió, me sentí como si midiera más de tres metros.
Lo más romántico que ella ha hecho por ti:	Su forma de agradecerme la rosa.
¿Cambiarías algo de Mary?:	Nada, excepto sus gustos en cuestión de películas. ¡Por Dios! De verdad, esa hembra es capaz de ver cualquier cosa con subtítulos en otro idioma. Y trata de ver las películas que le gustan… yo lo hago… pero es difícil. Sin embargo, entiendo sus intenciones. Después de ver una película de las que le gustan a Mary, tengo que limpiarme el paladar con una pequeña dosis de Bruce Willis o tal vez una repetición de *Superbad*.
Mejor amigo (aparte de tu shellan):	Butch y V.
Última vez que lloraste:	Esta tarde. Pensé que *La vie en rose* nunca se iba a terminar.
Última vez que te reíste:	Mientras estaba comiendo. Butch fue el que preparó las tortitas y deberías haber visto la cara de Fritz cuando vio cómo había dejado la cocina. Butch cocina bien, aunque no tanto como V, pero, joder, mi amigo no entiende eso de ir lavando a medida que ensucias. El lugar no sólo quedó hecho un desastre, era como si hubiese sido… contaminado por algún tipo de plaga. Nosotros ayudamos a ordenar un poco, V, Butch y yo, junto con un grupo de doggen que, después de que Fritz se recuperara de la impresión, estaban encantados de limpiar. A los doggen les gusta limpiar tanto como a mí me gusta comer.

Entrevista de J. R. con Rhage

El día después de mi entrevista con Wrath en aquel río, salí de la casa de seguridad de Rehvenge alrededor de las cinco de la tarde. Me alegro de haberme quedado a pasar la noche. Wrath, Beth, Phury y Cormia, junto con las Elegidas, son una gente estupenda y, después de varias horas de charla, me quedé dormida como un tronco. Lo cual demostró que, como siempre, el rey tenía razón: mis entrevistas con los otros hermanos van a ser mejores porque no estaré exhausta por el viaje.

El recorrido a lo largo de los Adirondacks hasta Caldwell es precioso. La carretera del Norte es una de mis rutas favoritas, pues recorre las montañas en las que pasaba el verano cuando era niña. Hace poco que terminó el otoño, y las escarpadas laderas que se alzan a los dos lados de la carretera todavía están llenas de hojas rojas, doradas y verdes, y los colores brillan como gemas con la luz del ocaso.

Mientras viajo en mi coche alquilado, pienso en lo distintos que son los hermanos ahora, en comparación con las historias de todos cuando empezaron. Me refiero a... todas esas pérdidas y ganancias. Tantos éxitos y fracasos. Recuerdo esa primera reunión en *Amante oscuro*, cuando están en el salón de la casa de Darius, justo después de su muerte... y luego los veo saliendo del bosque para recuperar a Phury como uno de los suyos, al final de *Amante consagrado*. Muchos cambios, tanto buenos como malos.

Luego me encuentro con Fritz en el aparcamiento de un Marriott* en Albany, donde él me está esperando con el Mercedes, y, después de cerrar con llave mi Ford Escape alquilado, me subo al asiento trasero del S 550 y el mayordomo me lleva hacia el sur durante al menos una hora. Es muy conversador y me encanta el sonido de su voz: con un ligero acento, como el de Marissa, y la cadencia alegre de un concierto de Mozart.

Me doy cuenta de que nos estamos acercando cuando Fritz sube el panel divisorio y seguimos conversando por el intercomunicador del coche.

Cuando llegamos frente a la mansión después de un rato, la noche está comenzando a caer y me alegro de que el jardín esté

---

* Una cadena de hoteles.

iluminado, pues así puedo ver todo cuando Fritz baja el panel divisorio. El mayordomo aparca entre el Audi de Beth y el 911 Carrera 4S gris acero de Z. Al otro lado del Porsche hay una Hummer negra que no reconozco y que no tiene nada de cromo, hasta los pernos son negros. Sin que Fritz me diga nada, deduzco que tiene que ser de Qhuinn. Es un coche totalmente despampanante y sin duda debe ser bueno para los combates; pero, vamos, es una pena que todo el conjunto parezca una copia al carbón de un tiranosaurus rex.

Fritz confirma la conclusión a la que he llegado sobre el dueño y, cuando paso a su lado, veo que la camioneta tiene una abolladura en el techo recién salido de la fábrica... un golpe del tamaño de un cuerpo. Al respirar rápidamente, percibo un olor dulzón a talco de bebé. Eso me recuerda que los «chicos» ahora son soldados y me pongo un poco nostálgica sin razón alguna.

Fritz me conduce a la mansión, me pide el abrigo para colgarlo y me dice dónde está todo el mundo, o al menos dónde estaban cuando salió a recogerme: Mary se encuentra en la Guarida con V y Marissa, trabajando en una base de datos para Safe Place. Butch, Qhuinn y Blay están en el campo de tiro en el centro de entrenamiento. John, en la habitación de Tohr, acompañando al hermano. Rhage está arriba, en cama, junto a una montaña de comprimidos de Alka-Seltze.

Ah, la bestia.

El mayordomo desea saber a quién quiero ver primero y yo le pregunto si cree que Rhage estará en condiciones de conversar. Fritz hace un gesto de asentimiento con la cabeza y me informa de que Hollywood lleva un rato deseando tener alguna distracción, así que subo las escaleras.

Cuando llego a la puerta de Rhage, Fritz se retira y yo llamo.

Rhage: ¿Sí? [pregunta con voz atenuada].
 J. R.:   Soy yo.
Rhage: Ay, gracias a Dios. Entra.

Abro la puerta y la habitación está tan negra que el chorro de luz que se proyecta desde el pasillo es absorbido por la penumbra que lo devora todo. Sin embargo, antes de que dé un paso adelante, se encienden velas en el escritorio y en una mesa que hay junto a la cama.

Rhage: No puedo permitir que tropieces.

J. R.:   Gracias…

Caramba, Rhage no tiene buen aspecto. En efecto, está acostado en la cama y hay un montón de comprimidos de Alka-Seltzer a su lado. Está desnudo, pero tiene una sábana encima que le tapa de la cintura para abajo y, cuando lo miro, recuerdo que Rhage es el más grande de los hermanos. Es absolutamente inmenso, incluso acostado sobre una cama que parece tan grande como una piscina olímpica. Pero no está bien. Tiene los párpados cerrados sobre esos ojos azules como el mar de las Bahamas, la boca ligeramente abierta y el vientre distendido, como si se hubiese tragado un globo.

J. R.:   Así que has tenido una visita de la bestia, ¿no?

Rhage: Sí… Anoche, antes del amanecer. [Gime ligeramente cuando trata de darse la vuelta].

J. R.:   ¿Estás seguro de que quieres hacer esto ahora?

Rhage: Sí. Me muero por tener alguna distracción y no puedo ver la tele. Oye, ¿podrías servirme otros Alka-Seltzer? Mary me dio seis antes de salir hace cerca de media hora, pero el efecto no parece durar mucho.

J. R.:   Claro.

Me alegra poder hacer algo por ayudarlo y me dirijo al lugar en el que veo cuatro cajas de Alka-Seltzer alineadas junto a una jarra de agua y un vaso. Lleno el vaso, abro tres sobres y dejo caer los discos blancos en el agua.

J. R.:   [Mientras observo cómo caen las pastillas y comienzan a deshacerse]. Tal vez deberías tomar algo más fuerte.

Rhage: La doctora Jane me dio Prilosec. Pero no me fue tan bien.

Cuando lo miro, Rhage levanta la cabeza y yo le acerco el vaso a los labios. Mientras bebe lentamente, me siento culpable por estar contemplando lo apuesto que es. Realmente es el macho más hermoso de cualquier raza que he visto en la vida… Casi te dan ganas de tocarle la cara para ver si es real y no una pintura hecha por algún maestro en representación del ideal de belleza masculina. Tiene los pómulos salientes y la mandíbula cuadrada como una viga, y unos labios llenos y suaves. Su pelo es rubio, con rizos que caen desordenadamente sobre la almohada, y su olor es asombroso.

Cuando retiro el vaso vacío, Rhage abre los ojos. Y yo recuerdo que sus ojos azul verdoso son todavía más impresionantes que su estructura ósea.

Rhage: [Riéndose un poco]. Te estás poniendo colorada.

J. R.:   No, no es cierto.

Rhage: Te estás poniendo colorada, te estás poniendo colorada [cantando con un sonsonete infantil].

J. R.:   ¿Cómo es posible que quiera darte un puñetazo aunque estés en la cama?

Rhage: [Sonríe]. Ay, qué cosas más dulces dices.

J. R.:   [Riéndome, porque él es absolutamente adorable]. Vaya, yo creí que no veías bien cuando te ponías enfermo...

Rhage: No veo bien, pero tienes las mejillas tan rojas que hasta yo puedo verlas. Pero, bueno, ya está bien de hablar de ti, hablemos de mí. [Agita sus largas pestañas]. Vamos, ¿qué es lo que quieres saber? ¿Cuáles son esas preguntas apremiantes que quieres que te responda?

J. R.:   [Riéndome otra vez]. Tú eres el único hermano al que le gustan las entrevistas.

Rhage: Me alegra saber que me distingo de esa manada de idiotas.

J. R.:   ¿Qué sucedió? [Me siento en el borde de la cama].

Rhage: Estaba siguiendo la pista de otra casa de «persuasión» de los restrictores y digamos que encontré lo que estaba buscando y un poco más.

J. R.:   [Trago saliva]. ¿Había muchos asesinos?

Rhage: Bueno, los suficientes. Hubo un intercambio de plomo y una de las balas aterrizó en un lugar que no me gustó.

J. R.:   ¿Dónde te dio?

Rhage: [Se levanta la sábana y me muestra una venda alrededor del muslo]. La bestia y yo nos entendemos mucho mejor ahora y a él no le gusta que me disparen. [Risas]. Pero Qhuinn, John Matthew y Blay llegaron a apoyarme, igual que lo hicieron la semana pasada cuando estábamos con Z. Joder... [risas], esos tres se quedaron muy sorprendidos cuando vieron mi álter ego.

J. R.:   Y ¿qué pensaron los chicos de la bestia?

Rhage: Cuando volví a mi estado normal, desperté y ellos tres estaban a mi alrededor, con los ojos desorbitados como si les hubiesen dado un golpe. Estaban blancos como el papel. [Risas]. Supongo que la bestia se hizo cargo del escuadrón de asesinos que llegó como refuerzo. [Se soba la barriga]. Debieron de ser bastantes.

J. R.:   Entonces todavía necesitas tiempo para recuperarte. [Rhage me lanza una mirada de ¿acaso-no-es-evidente? y se vuelve a sobar el estómago]. Bueno, perdona, es una pregunta estúpida. Pero ¿es más fácil para ti ahora? Me refiero a lidiar con la bestia.

Rhage: Bueno… sí y no. Ya no opongo resistencia cuando él sale a flote y eso parece disminuir las molestias posteriores. Pero todavía tengo que pasar por un tiempo de recuperación, en especial si ha habido, ¿cómo decirlo?, algo de comer. Lo bueno es que ya no me preocupa tanto que esa maldita cosa ataque a mis hermanos, o a los chicos. Es curioso… desde que Mary llegó a mi vida, la bestia parece que está más en armonía con la gente. No sé si me entiendes. Es como si el hecho de aparearse con ella lo hubiera vuelto capaz de ver a la gente como amiga o enemiga, en lugar de pensar que todo el mundo es comida, ¿entiendes?

J. R.:   Eso es un alivio.

Rhage: Joder, antes eso me preocupaba mucho. Así que, sí, las cosas han mejorado bastante. Me refiero a que si todavía estuviera en malos términos con la bestia, ahora mismo me sentiría fatal. Pero no estoy tan mal, y me habré recuperado completamente dentro de unas tres horas. Todavía tendré indigestión, pero esos horribles dolores corporales ya no duran tanto. [Sacude la cabeza]. Sin embargo, tengo que decir que aunque siguiera siendo tan duro como al principio, lo soportaría agradecido, porque gracias a eso tengo a mi Mary. Así que aunque la bestia me parta en dos para salir a flote, siempre y cuando yo pueda volver a mi estado normal para estar con ella, estoy conforme. ¿No?

J. R.:   Eso es muy hermoso.

Rhage: Al igual que ella.

J. R.:   Hablando del tema de pareja… He oído que tú y ella…

Rhage: ¿Estamos pensando en un bebé? [Risas]. Sí, así es. Ima-
            gínate. La cosa es que todavía no tengo claro cómo ha-
            cerlo. Puede haber una oportunidad, ya veremos. Por
            ahora sólo estamos hablando del asunto.

J. R.:   [Como no quiero presionar…]. Bueno, creo que seríais
            unos padres estupendos.

Rhage: ¿Sabes? Yo también. Hay ciertos temas que tenemos que
            resolver. Entre ella y yo… Mary es…

J. R.:   ¿Qué?

Rhage: [Sacude la cabeza]. No, es un asunto privado. En todo
            caso, si ocurre, sería genial y, si no ocurre, no voy a echar
            en falta nada porque la tengo a ella. Quiero decir, mierda,
            mira a Tohr.

J. R.:   Tohr no está muy bien, ¿verdad?

Rhage: No, no lo está. Y, para serte sincero, es terrible para todos
            nosotros. La cosa es que es imposible no ponerse en su lu-
            gar, porque él es nuestro hermano y sentimos lo que está
            sufriendo, y no quisiéramos verlo sufrir así. Y es inevitable
            pensar en uno mismo. Yo sin Mary… [Cierra los ojos y
            aprieta la boca]. Sí, ¿qué más me ibas a preguntar?

En medio del silencio que sigue, pienso en lo que deben pasar las
shellans cada noche cuando sus machos salen a pelear. Es triste
pensar que ese sufrimiento tiene cara inversa. Sin sus compañeras,
los hermanos son como muertos vivientes y eso debe de ser igual
de aterrador para estos fuertes guerreros. Hasta cierto punto, Rhage
no tiene que preocuparse por perder a Mary, pero debe de ser difícil
vivir entre tipos que no son tan afortunados como uno.

   Antes de que pueda hacer alguna pregunta insulsa, como si
todavía sigue en pie la guerra de bromas con V, se oye un golpecito
en la puerta. Antes de abrir, Rhage deja escapar una especie de rugido suave, así que no me sorprendo cuando veo entrar a Mary. Como
siempre, Mary va vestida con unos pantalones de dril y una camiseta, pero su llegada le hace revivir a Rhage como si fuera Miss América vestida con un despampanante traje de gala. Mary también parece accionar algún tipo de interruptor dentro de Rhage. Él la mira
de verdad y se concentra en ella completamente. Y aunque suele

coquetear con todo el mundo, con ella se comporta con mucha seriedad, dándome a entender que ella es la verdadera excepción y el resto sólo somos la regla.

Ah, y ese olor de macho enamorado parece rugir de verdad. ¿He dicho que el olor de Rhage es magnífico?

Mary y yo nos saludamos y, cuando Rhage se levanta del colchón y tiende los brazos hacia ella, me doy cuenta de que ya somos demasiados en ese cuarto. Así que cuando él la envuelve entre sus enormes brazos, yo intercambio unas palabras con Mary y doy media vuelta para salir.

Rhage pronuncia mi nombre con voz suave y yo miro por encima del hombro. Mientras me mira por encima de la cabeza de Mary, Rhage me dedica una sonrisa triste. Como si pensara que le ha tocado la lotería al encontrar a esa compañera y no pudiera entender por qué precisamente él ha tenido tanta suerte. Yo hago un gesto de asentimiento... y los dejo solos.

Amante eterno

Personajes

Rhage
Mary Madonna Luce
John Matthew, alias Tehrror (la reencarnación de Darius)
Zsadist
Phury
Bella
Wrath y Beth
La Virgen Escribana
Señor X, el jefe de los restrictores
Señor O(rmond)
Señor E, que termina colgado de un árbol
Caith, vampira que tiene sexo oral con Vishous en One Eye
Doctora Susan Della Croce, oncóloga de Mary
Rhonda Knute, directora ejecutiva de la Línea directa de Prevención de Suicidios.
Nan, Stuart, Lola y Bill, empleados de la Línea
Amber, la camarera de T.G.I. Friday's

Lugares de interés (todos en Caldwell, NY, a menos de que se indique otra cosa)

Oficinas de la Línea directa de Prevención de Suicidios, en la calle Décima

One Eye, bar a las afueras de Caldwell, saliendo por la carretera 22

T.G.I. Friday's, en la plaza Lucas

Casa de Mary, que es un granero adaptado, ubicado en un extremo de la propiedad de Bella

Granja de Bella, localizada en una calle privada que sale de la carretera 22

Casa de Tohr y Wellsie

Apartamento de John

Centro de entrenamiento de la Hermandad, bajo la mansión de Darius (que ahora es de Beth), ubicación desconocida

Cabaña del señor X, a las afueras de Caldwell

Centro de persuasión de la Sociedad Restrictiva, al este de la Montaña Big Notch, a treinta minutos en coche del centro

Resumen

Rhage, el miembro más peligroso de la Hermandad, se enamora de una humana que se está muriendo y que es la única que puede dominar a la bestia que lleva dentro y domar su corazón.

Primera línea: *Ah, diablos, V, me estás matando.*
Última línea: *Y deleitándose en el inmenso amor.*
Publicado en: septiembre de 2007
Número de páginas: 448
Número de palabras: 125.574
Primer borrador
escrito en: diciembre 2004-agosto 2005

Comentarios sobre el proceso de escritura

Los hombres (machos) perfectos no me resultan tan interesantes. Ya saben de cuáles estoy hablando, de los que parecen pavos reales y se pasean por todas partes exhibiendo sus atributos y sus talentos. Los tíos superapuestos, de dientes blancos y sonrisas amplias, que exudan confianza sexual (como si tuvieran entre los bóxers un verdadero cohete). Bueno, esos tipos siempre me han dejado indiferente.

Mientras estaba escribiendo *Amante oscuro*, Rhage me pareció uno de esos machos perfectos por los cuales yo no daría ni un centavo. Era tan fanfarrón y suficiente, y tenía tanto éxito con las mujeres, que realmente no lo sentía como un héroe. Después de todo, ¿qué tipo de desarrollo podría tener alguien así? *Un tipo fabuloso conoce a una chica. Un tipo fabuloso consigue a la chica. Un tipo fabuloso se queda con la chica y sigue con ella y luego ella se queda más tiempo porque, vamos, él es el Hombre Perfecto y a ella le gusta tener relaciones con las luces encendidas.*

El argumento habría llegado a su fin en el segundo capítulo. Principalmente por ser un aburrimiento. Me refiero a que ¿cuál es el final feliz para una pareja así? Ella instala espejos encima de la cama matrimonial y él… Bueno, demonios, él ya es feliz porque es perfecto.

La verdad era que estaba descontenta con la idea de que el segundo libro de la serie fuera el de Rhage.

Descubrí que, después de Wrath, él sería el siguiente cuando llevaba escrito un poco más de la mitad de *Amante oscuro*. Lo tuve totalmente claro durante aquella escena en las habitaciones subterráneas de la casa de Darius, en la que Beth le sirve a Rhage unos Alka-Seltzer y lo consuela, mientras él trata de recuperarse de una aparición de la bestia. Cuando estaba escribiendo esas páginas, comencé a tener visiones de lo que sería el libro de Hollywood: vi a Rhage y a la bestia y supe lo difícil que era para él vivir con esa maldición. Vi que, para él, el sexo resultaba vacío, y sólo tenía una manera de mantenerse a flote. Lo vi enamorarse de Mary y sacrificarse por ella.

Rhage no era perfecto. Sufría. Luchaba.

Cuando terminé de hacer el esbozo de su historia, Rhage no sólo me interesaba sino que lo adoraba. Era mucho más atractivo por el hecho de que él y su vida no eran el paraíso de un playboy.

Lo cual me lleva a la regla número seis: *El conflicto es el rey*.

Una de las cosas que creo que funciona bien en *Amante eterno* es el conflicto. Mary y Rhage deben superar una gran cantidad de obstáculos para estar juntos: tienen que enfrentarse a la enfermedad de Mary; lidiar con el hecho de que ella es humana y él no; hacer las paces con la bestia de Rhage y descubrir qué es lo que él debe hacer para controlarla, y superar la transición de Mary al mundo de la Hermandad. Cada vez que logran salvar uno de esos obstáculos, se vuelven más fuertes.

Miremos, por ejemplo, la recurrencia a la leucemia de Mary. Al final del libro, cuando ya está claro que a ella no le queda mucho tiempo, Rhage recurre a la Virgen Escribana y le ruega que salve a la mujer que ama. La Virgen Escribana considera la solicitud y le presenta una solución terriblemente dolorosa. Le dice a Rhage que rescatará a Mary de su destino y, por lo tanto, de las garras de la muerte, pero, a cambio, para preservar el equilibrio del universo, Rhage debe conservar la maldición de su bestia por el resto de su vida y no volver a ver a Mary. Además, Mary no lo recordará a él ni el amor que han compartido:

> —Me estás quitando la vida.
> —De eso se trata —dijo ella suavemente—. La cara y la cruz, guerrero. Tu vida, simbólicamente, por la de ella, físicamente. Debe conservarse el equilibrio, hay que hacer sacrificios a cambio de los dones. Si voy a salvar a una humana por ti, debe haber un profundo compromiso por tu parte. Cara y cruz.

Amante eterno, pp. 430-431

Es un conflicto interno muy serio. Rhage tiene el poder de salvar la vida de Mary, pero sólo si paga un alto precio.

El conflicto es como el microscopio de un libro. Cuando se aplica a un personaje se puede ver lo que está debajo de las narrativas de la descripción física. Se ve si alguien es fuerte o débil, si tiene principios o es indiferente, si es un héroe o un villano.

En el intercambio entre la Virgen Escribana y Rhage acerca de la enfermedad de Mary, el conflicto de Rhage es externo, porque es algo que una tercera persona le está imponiendo —en este caso la Virgen Escribana, a través de su propuesta—, y al mismo tiempo es interno, porque él debe poner en la balanza el inmenso deseo que tiene de deshacerse de la bestia y el amor que siente por Mary. Rhage demuestra ser un héroe porque sacrifica su propia felicidad en beneficio de su amada y, a un nivel más amplio, es la culminación de su transformación del macho egocéntrico que es en el tipo generoso y compasivo en que se convierte.

¿Ven por qué terminé adorándolo?

El conflicto es absolutamente crítico en toda historia. Y la forma como se desarrolla es, para mí, el tablero de ajedrez sobre el cual se mueven los personajes del libro: lo que hacen y los lugares a donde van para buscar la solución es tan significativo como lo que los pone entre la espada y la pared.

Regla número siete: *La sorpresa verosímil es la reina que acompaña al rey conflicto.*

Para un autor, la sorpresa verosímil es el movimiento decisivo del juego. Muchas cosas son sorprendentes, pero si no cuentan con un contexto que les dé peso, no resultan verosímiles. Para que una solución funcione se necesitan las dos partes: un conflicto verdaderamente fuerte y un resultado impredecible pero verosímil.

Tomemos, por ejemplo, el resultado final de *Amante eterno*. Cuando Rhage acepta el trato que le ofrece la Virgen Escribana para salvar la vida de Mary, él y su shellan están acabados. Para siempre. Y, sin embargo, su amada regresa a él (gracias a una jugada espléndida de Fritz, pues ¿quién iba a saber que el doggen había recibido una inyección Jeff Gordon?), curada de su enfermedad y con todos sus recuerdos intactos, tanto de él como de lo que compartieron en el pasado. ¡Genial! ¡Fabuloso! Sólo que, según el acuerdo al que llegó Rhage con la Virgen Escribana, eso no es posible.

Sorpresa verosímil, ¿recuerdan? Resulta que el sacrificio por la salvación de Mary ya ha tenido lugar. Cuando la Virgen Escribana visita a Mary para rescatarla de su destino, descubre que la mujer se ha vuelto estéril debido a los tratamientos contra la leucemia. En opinión de la Virgen Escribana, eso es suficiente pérdida para equilibrar el regalo de la vida eterna. Tal como lo afirma en este pasaje:

> La dicha de mi facultad de creación me sustenta
> siempre, y siento gran pena de que nunca llegues a sostener

carne de tu carne en los brazos, de que nunca veas tus propios ojos en la cara de otro ser, de que nunca mezcles tu naturaleza esencial con el macho que amas. Lo que has perdido es suficiente sacrificio.

Amante eterno, p. 441

¿Quién habría adivinado que la infertilidad de Mary sería la clave para que el héroe y la heroína quedaran juntos al final? Yo no... pero, bueno, ¡sorpresa! Y ésta es la razón por la cual es verosímil. La infertilidad de Mary había sido mencionada antes (ver pp. 230 y 440) y la Virgen Escribana siempre ha hablado de equilibrio. Sus regalos no pueden tener lugar si no hay un precio (piensen, por ejemplo, en el intercambio de Darius al final de *Amante oscuro*), así que el lector entiende que siempre debe haber un pago, porque hay precedentes de eso.

Como dije, la solución me sorprendió... y fue un gran alivio. Cuando estaba haciendo el esbozo del libro y llegué a la escena entre Rhage y la Virgen Escribana, cuando todo parecía perdido, me quería romper la cabeza contra la pantalla. Me refiero a que estaba escribiendo un ROMANCE paranormal. Y un romance sólo puede acabar con una separación si uno de los dos mata a su horrible suegra. Estaba aterrorizada, porque no sabía qué podía hacer para que esos dos tuvieran un final feliz.

Al final lo lograron, gracias a la sorpresa verosímil.

Lo fundamental es que haya un conflicto fuerte y que las soluciones sean satisfactorias. El problema, al menos para mí, es que hasta que termino de esbozar las escenas que tengo en la cabeza, nunca estoy segura de poder tener las dos mitades. Para ser sincera, no tengo idea de dónde salen mis ideas y siento como si completara cada historia en el último minuto. Para mí, los finales siempre son una sorpresa de última hora, porque nunca estoy segura de que se vaya a dar el milagro. Me siento afortunada y agradecida cuando sucede, pero no creo que eso se pueda repetir indefinidamente.

Un par de cosas más sobre el libro de Rhage. Cuando terminé el bosquejo y comencé a escribir, sentía como si algo no funcionara. El tono me parecía distinto del de la historia de Wrath. La energía era... bueno, se parecía más a Rhage que a Wrath.

Para mí eso fue un poco alarmante. Supongo que pensé que todos los libros producirían la misma sensación cuando los fuera escribiendo, pero no fue así, y a lo largo del camino he aprendido que una serie no debe ser idéntica. Debe tener un contexto similar, claro. Los mismos personajes, desde luego. Pero cada historia debe tener su propio ritmo y su propio tiempo y espíritu. La historia de Wrath tenía un suspense real, con un ritmo rápido y ágil, y poco diálogo. La de Rhage me parecía más suave y romántica, también más divertida, y con más sexo. El libro de Z resultaba totalmente sombrío. El tono del libro de Butch era más parecido al de Wrath, con su propio suspense, e incluía muchas cosas del mundo. La energía de V era elegante y austera, y un poco peligrosa. La de Phury, romántica, evocativa y cálida.

Lo cual me lleva a la regla número ocho: *Escucha tus propias ideas.*

No sé de dónde salen mis ideas. Las imágenes que tengo en la cabeza siempre han estado ahí y son las que mandan. No quería que Rhage fuera el segundo libro, pero así fue. Quería que el tono de Rhage quedara como el de Wrath. Y no fue así. No sabía cómo Rhage y Mary iban a terminar juntos para siempre, considerando que él era un vampiro y ella no. Pero lo hicieron. (Y, postdata, quería que el proceso de *Amante eterno* fuera más fácil, porque acababa de pasar nueve meses ordenándolo todo. Pero fue igual de difícil, sólo que de otra manera. Después hablaremos más sobre eso).

No obstante, todo salió bien y sigue saliendo bien porque dejo el volante en manos de lo que tengo en la cabeza. Incluso cuando me pierdo, confío en las historias… principalmente porque no tengo elección. Lo que veo mentalmente siempre es infinitamente mejor que lo que trato de construir de manera deliberada.

He aquí un ejemplo menor de cómo me animé a seguir los consejos de mis ideas cuando estaba escribiendo el libro de Rhage. Cuando comencé a escribir *Amante eterno*, Vishous, el hermano capaz de ver el futuro, apareció un día y le dijo a Rhage que iba a terminar con una virgen. Cuando vi eso, pensé: «Mmm… eso va a ser un poco difícil, teniendo en cuenta que Mary había estado con alguien antes de conocer a Hollywood». Sin embargo, dije: «Bueno, si V lo ha dicho, tendré que ponerlo». Y luego, a lo largo del libro, V siguió haciendo comentarios sobre cómo el nombre de Mary tenía un significado especial. Yo no tenía idea de qué estaba hablando V, pero seguía viéndolo en mi cabeza, siempre pensando en el nombre. Entonces pensé: «Bueno… escribámoslo y, si al final veo que eso no conduce a ninguna parte, lo quito».

Pero al final del libro todo se aclaró. Mary y Rhage están abrazados en su habitación, después de haberse reencontrado:

> Ella levantó la cabeza.
>
> —Mi madre siempre me dijo que me salvaría, creyera en Dios o no. Estaba convencida de que yo no podría escapar de la Gracia Divina a causa del nombre que me puso. Solía decir que cada vez que alguien me llamara, o escribiera mi nombre, o pensara en mí, yo estaría protegida.
>
> —¿Tu nombre?
>
> —Mary. Me llamó así en honor de la Virgen María.
>
> *Amante eterno,* pp. 442-443

Recuerdo que cuando terminé de escribir eso, solté una carcajada. ¡Vishous nunca se equivoca!

Ahora, sin embargo, voy a ponerles un ejemplo de una ocasión en que no me fue tan fácil mantenerme fiel a lo que tenía en la cabeza.

Mientras escribía el esbozo de Rhage, que alcanzó las cincuenta y ocho páginas, vi una escena que contradecía una de las grandes reglas tácitas de la novela romántica. En la gran mayoría de los romances, el héroe nunca está con otra mujer después de que conoce a la heroína y se involucra físicamente con ella. Eso tiene sentido. Después de todo, ¿quién en su sano juicio podría enamorarse de alguien que está saltando de cama en cama?

Sólo que Rhage estuvo con otra mujer después de que él y Mary ya hubieran estado juntos. Todavía no habían hecho el amor, pero la atracción ya era evidente y ya se había creado el vínculo entre los dos, al menos por parte de Rhage. El problema era su bestia. Con el fin de mantener su maldición bajo control, Rhage se veía obligado a quemar su exceso de energía mediante el combate y el sexo, y usaba esas dos cosas como válvulas reguladoras. La noche del «adulterio», Rhage estaba en un momento difícil. Estar cerca de Mary lo dejaba exhausto debido a la atracción que sentía por ella y había tratado de buscar una pelea pero no había podido, así que estaba llegando a un punto crítico y peligroso. Pero luego desprecia lo que hace y se odia por su maldición, y es obvio que lo que sucedió fue forzado por las circunstancias y no algo que había elegido hacer. Lo que sucedió definitivamente no fue un ejemplo del desliz de un jugador con una moral flexible.

Escribir la escena en que Rhage regresa a su habitación fue muy conmovedor. Todavía puedo verlo después de ducharse sentado en el borde de la cama. Tiene una toalla envuelta alrededor de la cintura y la cabeza gacha, y se siente absolutamente derrotado, atrapado por la realidad de su maldición y su amor por Mary. La situación era angustiosa y creaba un conflicto increíblemente difícil entre los dos. Yo sabía que juntos iban a poder superarla, pero también sabía que ese momento de la historia no era algo que les fuera a gustar a todos los lectores. Y podía entender por qué. En consecuencia, cuando escribí el libro procuré manejar el asunto con el mayor tacto posible.

Cuando comencé a trabajar en la saga de la Hermandad, no me propuse hacer innovaciones ni romper convenciones, ése no es mi objetivo en absoluto. Sin embargo, como ya he dicho, sí me juré ser fiel a lo que veía en mi mente, y ése sigue siendo mi principio operativo. La dificultad, para mí, siempre es: ¿qué puedo hacer para plasmar en el papel lo que tengo en mi cabeza sin transgredir las reglas de un género al que respeto tanto? Siempre es un problema equilibrar las cargas, y es a eso a lo que más tiempo le dedicamos mi editora y yo en el proceso de revisión. Algunas veces, con Rhage, creo que logro mantenerme dentro del límite. En otras ocasiones… quisiera haberlo hecho mejor. Pero después hablaremos más sobre eso.

Hablando de la revisión… quisiera hablar un poco sobre Butch. Originalmente se suponía que la historia del policía y Marissa sería parte de *Amante eterno*. Los dos se iban a enamorar y él se convertiría en hermano después de que su transición comenzara intempestivamente; y eso era todo. Cuando empecé a hacer el borrador de Rhage, me entusiasmaba escribir sobre Butch y Marissa porque pensaba que había mucha química y tenía en la cabeza muchas escenas buenas entre los dos.

Pero después de escribir doscientas páginas del manuscrito, me di cuenta de que tenía un problema. Butch y Marissa estaban compitiendo por el espacio contra Rhage y Mary, hasta el punto de que, básicamente, estaba escribiendo dos libros distintos.

El policía no era un argumento secundario.

Sin embargo, me aterrorizaba sacar del manuscrito esas ideas, porque temía que eso fuera a comprometer la profundidad del universo del libro. También me preocupaba perder esas escenas para siempre porque eran geniales; en ese momento yo no sabía cuántos libros de la Hermandad iba a poder hacer y deseaba contar la historia de Marissa y Butch. Finalmente me gustaba lo que había escrito. Y me gustaba de verdad. Así que sacar esas páginas me parecía como firmar la partida de defunción del material.

Pero el libro no estaba funcionando. Independientemente de lo mucho que yo dudara y tratara de inventar excusas, sencillamente el asunto no estaba bien.

Recordemos la regla número tres: *Sé la dueña de tu propio trabajo*.

Si sabes que algo no está funcionando, independientemente de lo mucho que te guste, deshazte de ese material. No esperes a que tu editor te diga lo que tú ya sabes en el fondo de tu corazón; hay que tomar esas decisiones difíciles porque es lo correcto para el libro en el que estás trabajando.

Por supuesto, no estoy diciendo que sea fácil.

Aunque sabía que la historia de Rhage estaba en peligro de perder el foco de atención, sencillamente no lograba obligarme a hacer los cortes y los no-quiero-arriesgarme-a siguieron impidiéndolo durante varias semanas. Lo que finalmente inclinó la balanza fue que esa persistente convicción de que estaba arriesgando el libro se negaba a desaparecer y, de hecho, se hacía cada vez más fuerte e intensa. Cuando por fin reuní el valor y decidí hacer lo que tenía que hacer, me puse el traje de faena y agarré el manuscrito. Corté una cantidad, lo fragmenté en pedazos y en el proceso me llevé un gran susto porque, como siempre, tenía que cumplir una fecha de entrega: sabía que si le quitaba la textura al libro, no iba a ser capaz de arreglarlo y tenerlo a tiempo (lo cual conllevaría toda clase de complicaciones de reprogramación para mi editora).

Sin embargo, cuando reuní el material de Rhage otra vez y lo leí, supe que había hecho lo correcto. El foco estaba donde debía estar y el libro funcionaba mejor.

Es fundamental escuchar a tu editor interno, así como escuchas tus ideas. Sólo porque piensas que algo es brillante, no puedes comprometer la historia que estás escribiendo. Siempre trato de seguir esa regla porque hay muchas partes conmovedoras en los libros de la Hermandad y muy a menudo estoy en peligro de alejarme de la historia o las historias principales. Y el equilibrio de las líneas narrativas es difícil.

Veamos, ¿mi escena favorita de *Amante eterno*? Difícil decirlo, pero si tuviera que escoger... creo que elegiría la de la luna, la segunda, después de que Mary termina con Rhage, abandona la mansión de la Hermandad y se va a vivir con Bella. Sucede justo después de que Rhage va a ver a Mary en la granja y tienen la conversación en que terminan formalmente. Rhage la deja en la habitación del segundo piso y sale por la puerta principal. Está completamente acabado, absolutamente perdido. Arriba, en el cielo, hay una luna enorme y, al mirarla, Rhage piensa en lo que Mary hizo cuando estaban en el parque, en su segunda cita, y hace lo mismo:

Se detuvo y miró la luna, que se alzaba justo por encima de la silueta de los árboles. Había plenilunio. El astro era un disco redondo y luminiscente en la fría noche sin nubes. Extendió el brazo hacia ella y cerró un ojo. Orientando su línea de visión, situó el brillo lunar en el cuenco de su mano, y sostuvo la aparición con cuidado.

Vagamente, escuchó el sonido de unos golpes procedentes del interior de la casa de Bella. Una especie de golpeteo rítmico.

Volvió la cabeza cuando el sonido se hizo más fuerte.

La puerta principal se abrió de golpe y Mary salió por ella precipitadamente, llegando al pórtico de un salto, sin siquiera molestarse en usar los escalones para llegar hasta el césped. Corrió descalza sobre la hierba escarchada y se arrojó a sus brazos, aferrándose a su cuello con ambos brazos. Lo abrazó con tal fuerza que su columna vertebral crujió.

Sollozaba. Vociferaba. Lloraba tan fuerte que todo el cuerpo le temblaba. Él no hizo ninguna pregunta, sólo la abrazó con toda el alma.

—No estoy bien —dijo ella con voz ronca, tratando de recuperar el aliento—. Rhage... no estoy bien.

Él cerró los ojos y la estrechó todavía más entre sus brazos.

Amante eterno, p. 319

169

Creo que es una escena genial porque es muy conmovedor verlo repitiendo algo que ella hizo en una época más feliz. Y luego, cuando ella sale de la casa y se aferra a él, ese gesto marca un momento decisivo para ambos. Mary sale a buscar a Rhage, por fin está permitiendo que alguien entre en su vida y su enfermedad.

¿La escena más erótica? Ehh… la escena en la cama. Ya saben, aquella… ¿con las cadenas? Sólo pondré este pasaje para recordársela. Esto sucede justo antes de esa escena y Rhage está en la Guarida, buscando algo que lo mantenga en la cama:

> Rhage asintió.
>
> —Sólo quiero a Mary.
>
> —Ah, mierda, hermano —dijo Vishous en voz baja.
>
> —¿Por qué es mala la monogamia? —preguntó Butch mientras se sentaba y abría la lata de cerveza—. Tienes una mujer excelente. Mary es una persona maravillosa.
>
> V meneó la cabeza.
>
> —¿Recuerdas lo que viste en ese claro, policía? ¿Te gustaría tener esa cosa cerca de la hembra que amas?
>
> Butch puso la cerveza sobre la mesa. Sus ojos recorrieron el cuerpo de Rhage.
>
> —Vamos a necesitar un cargamento de acero —murmuró el humano.

Amante eterno, p. 391

Y esto me recuerda una de mis frases favoritas del libro. Sucede casi al principio, cuando V y Butch se refugian en el Escalade, mientras que la bestia de Rhage va tras algunos asesinos en el campo de batalla:

> En poco tiempo, el claro quedó libre de restrictores. Con otro ensordecedor rugido, la bestia giró sobre sus talones, buscando algo más que destruir. Al no encontrar más cazavampiros, sus ojos se centraron en el Escalade.
>
> —¿Puede entrar en el coche? —preguntó Butch.
>
> —Claro, si es que quiere hacerlo. Por fortuna, ya no puede estar muy hambriento.

—Sí, seguro... ¿Y si aún le queda sitio para el postre? —murmuró Butch.

Amante eterno, p. 55

Otra escena que adoro es cuando queda claro que la bestia es un peligro para todo el mundo, excepto para Mary. El espectáculo final con los asesinos acaba de tener lugar en la casa de ella y la bestia ha hecho su trabajo con los restrictores. Después de la carnicería, la bestia se acerca a Mary:

> Sin previo aviso, la bestia giró vertiginosamente y, sin querer, la derribó con la cola. Se lanzó al aire en dirección a la casa y entró por una ventana, destrozándola con la parte superior del cuerpo.
>
> Un restrictor fue arrastrado enseguida al exterior. El rugido de indignación de la bestia sólo cesó en el momento en que aprisionó al cazavampiros entre las mandíbulas.
>
> Mary se encogió, protegiéndose de los peligrosos movimientos de la cola del monstruo. Se tapó los oídos y cerró los ojos para no escuchar el ruido de la masticación ni ver la horrible carnicería.
>
> Momentos después sintió que la tocaban. La bestia estaba empujándola con la nariz.
>
> Ella se dio la vuelta y la miró a los blancos ojos.
>
> —Yo estoy bien. Pero vamos a tener que hacer algo con tus modales.
>
> La bestia ronroneó y se echó en el suelo, junto a ella, descansando la cabeza sobre sus patas delanteras.

Amante eterno, pp. 412-413

Mary ha robado el corazón de Rhage y de la bestia, y los dos la veneran. Y, como ella dice, Mary ama a la bestia, porque es muy guapo en su estilo Godzilla.

En las escenas de Rhage, Mary y la bestia que he visto desde el final de *Amante eterno*, ha sido maravilloso descubrir cómo Rhage y su álter ego están cada vez más compenetrados. La bestia nunca va a ser un buen edecán para un baile de presentación en sociedad (sus modales en la mesa no han mejorado mucho, que digamos), pero ya no es tan incontrolable como antes. Rhage está más feliz y más tranquilo. Mary se siente satisfecha y viviendo su vida. Todo está bien.

Lo cual me lleva a una idea final. Después de terminar cada uno de los libros de los hermanos, ellos y sus shellans siguen viviendo su vida y cambiando y evolucionando, tal como hace la gente con el paso del tiempo. Quisiera poder mostrarles cómo están y a qué nuevos desafíos se van enfrentando y cómo sus relaciones se han vuelto más profundas. Los fragmentos de vida que pongo de vez en cuando en el muro de mensajes me dan la oportunidad de publicar esas nuevas escenas y, para mí, es un consuelo ver que todo el mundo sigue adelante. Al igual que los demás.

Así que ése es Rhage… y, ahora, algunos pensamientos sobre mi hermano favorito: Z.

Zsadist, hijo de Ahgony

«Hasta que tú me encontraste, estaba muerto, aunque respiraba.
Estaba ciego, aunque podía ver. Y luego llegaste tú... y desperté».

Amante despierto, p. 459

Edad:	230.
Fecha de ingreso a la Hermandad:	1932.
Estatura:	1,97 m.
Peso:	122 a 127 kg.
Color del pelo:	Multicolor, se corta el pelo al rape.
Color de los ojos:	Amarillo cuando está tranquilo/negro cuando está irritado.
Señales físicas particulares:	Bandas de esclavo tatuadas en negro alrededor del cuello y las muñecas; cicatriz en la cara que le baja desde la frente hasta la boca y le deforma el labio superior; múltiples cicatrices en la espalda; pezones perforados (por él mismo); piercing en oreja izquierda; cicatriz de la Hermandad en el pectoral izquierdo; nombres «Bella» y «Nalla» grabados en la piel de la parte superior de la espalda y los hombros, en escritura antigua.
Nota:	Ahora sabe leer y escribir, después de años de analfabetismo. Tiene un gemelo idéntico: Phury.

Arma preferida:	Dos pistolas SIG gemelas calibre cuarenta. Sus armas preferidas solían ser las manos.
Descripción:	*Zsadist* se arrodilló al lado de uno de los restrictores. Con su cara llena de cicatrices, distorsionada por el odio, el labio superior deforme abierto, los colmillos largos, como los de un tigre, el pelo cortado al rape y las mejillas hundidas, parecía la personificación misma de la muerte y, al igual que la muerte, daba la impresión de sentirse cómodo trabajando en el frío. Iba muy poco abrigado, sólo llevaba un jersey de cuello tortuga negro y unos pantalones anchos, también de color negro; evidentemente, iba más armado que vestido: terciada sobre el pecho lucía la funda característica de la Hermandad de la Daga Negra, y llevaba además dos cuchillos, sujetos a los muslos con correas. También tenía una pistolera con dos SIG Sauer.

Sin embargo, nunca usaba las pistolas de nueve milímetros. Le gustaba disfrutar de cierta intimidad cuando mataba. De hecho, era la única ocasión en que se acercaba a alguien.

Amante despierto, pp. 18-19

Compañera:	Bella.

Preguntas personales (respondidas por Z)

Última película que viste:	*Los incorregibles albóndigas* (gracias, Rhage).
Último libro que leíste:	*Ah, los lugares a los que irás,* del Dr. Seuss, a mi hija.
Programa de televisión favorito:	En realidad no tengo ninguno.
Último programa de televisión que viste:	*Los Simpson*, que me gustan.

Último juego que jugaste:	Monopoli con Wrath.
Mayor temor:	Despertar y descubrir que todo esto ha sido un sueño.
Amor más grande:	Bella.
Bóxer o calzoncillos:	(En blanco).
Reloj de pulsera:	Timex, me gusta la funcionalidad.
Coche:	Porsche 911 Carrera 4S, gris acero, como ya he dicho, me gusta la funcionalidad.
¿Qué hora es en estos momentos?:	Medianoche (hoy estoy de descanso).
¿Dónde te encuentras?:	En la oficina del centro de entrenamiento.
¿Qué llevas puesto?:	(En blanco).
¿Qué clase de ropa hay en tu armario?:	(En blanco).
¿Qué fue lo último que comiste?:	Una manzana.
Describe tu último sueño:	(En blanco).
¿Coca-Cola o Pepsi-Cola?:	Coca.
¿Audrey Hepburn o Marilyn Monroe?:	Ay, por favor, eso es ridículo.
¿Kirk o Picard?:	¿Qué?
¿Fútbol o béisbol?:	Los deportes me aburren.
La parte más sexy de una hembra:	Sólo le incumbe a Bella.
Las primeras palabras que le dijiste a Bella:	«No sé qué estás haciendo aquí, aparte de cagarte en mis ejercicios».
Su respuesta fue:	«Lo siento. No lo sabía».
Último regalo que le hiciste:	Una parte de mí quisiera mentir y decir que fue un objeto o alguna cosa. Pero creo que el último y mejor regalo que le he dado en la vida

	fue asumir mi responsabilidad y comenzar a portarme como un padre de verdad con Nalla.
¿Qué es lo que más te gusta de Bella?:	Todo. Cada centímetro de su piel, cada hilo de su pelo, cada esperanza y sueño de sus ojos y todo el amor que hay en su hermoso corazón.
Última vez que te reíste:	Cuando Bella me hizo cosquillas hace cerca de diez minutos.
Última vez que lloraste:	Sólo le incumbe a Bella.

Entrevista con Zsadist

Después de salir de la habitación de Rhage, me quedo un momento en el pasillo, escuchando los sonidos de la mansión. Abajo oigo música de T-Pain saliendo de la sala de billar y el ruido de las bolas de pool chocando unas contra otras. En el otro extremo del vestíbulo, en el comedor, un grupo de doggen están recogiendo la mesa después del desayuno mientras charlan alegremente en voz baja, lo cual interpreto como señal de felicidad por la cantidad de platos y cubiertos que hay que lavar. Detrás de mí, al otro lado de las puertas cerradas del estudio de Wrath, el rey y Beth están discutiendo…

Zsadist: Hola.
 J. R.: (Doy media vuelta) Hola…
     Z: No era mi intención asustarte.

Zsadist produce una impresión tremenda en persona. Ha engordado mucho, a diferencia de cómo era antes de conocer a Bella. Si le pusiera la mano sobre el pecho, tal vez podría cubrir uno de sus pectorales, pero tendría que abrirla mucho. Así como su cuerpo ha engordado, su cara también se ha llenado y esa cicatriz, aunque sigue siendo muy visible, como siempre, no parece tan terrible porque las mejillas ya no están chupadas. Hoy va vestido con unos vaqueros de cintura caída (Sevens, según creo) y una camisa negra de Team Punishment. Lleva botas de combate y una pistolera con un par de SIG, una debajo de cada brazo.

J. R.:   Perdona, me he sobresaltado.

Z: ¿Quieres entrevistarme?

J. R.:   Si no te molesta.

Z: [Se encoge de hombros]. Mmm, en realidad no me importa, siempre y cuando pueda decidir qué contesto.

J. R.:   Por supuesto que puedes hacerlo. [Miro por encima del balcón]. Podríamos hacerlo en la bibli...

Z: Vamos.

Cuando un hombre como Z dice «Vamos», tú lo sigues por dos razones: una, porque él no te va a hacer daño, y dos, porque no va a permitir que nadie te haga daño. Así que no hay razón para no ir. Tampoco hay razón para preguntar *dónde* vamos. Claro, él no te va a hacer daño, pero ¿de verdad quieres importunarlo con preguntas? No.

Bajamos por las imponentes escaleras a paso rápido y, cuando llegamos al vestíbulo, atravesamos por encima del mosaico que representa un árbol de manzanas y nos dirigimos a la puerta. Los doggen que están en el comedor levantan la cabeza y aunque van vestidos con uniformes negros y blancos formales, su sonrisa es tan relajada como un día de verano. Z y yo los saludamos con un gesto de la mano al pasar.

Z me abre las dos hojas de la puerta principal.

Fuera, en el patio, respiro profundamente. El aire del otoño al norte del estado de Nueva York es como una soda helada. Se te mete por la nariz hasta los pulmones, al tiempo que chisporrotea en tu interior. Me encanta.

Z: [Se saca la llave de un coche del bolsillo]. Pensé que podíamos dar un paseo.

J. R.:   Estupenda idea. [Lo sigo hasta un Porsche 911 Carrera 4S gris acero]. Este coche es...

Z: Mi única posesión, en realidad. [Me abre la puerta y espera a que yo me suba al asiento del copiloto].

Cuando él da la vuelta hasta el lado del conductor y se sube al coche, entro en un estado de ansiedad. Los Porsche son coches deportivos de lujo, pero sus raíces están en las carreras de coches y eso se puede ver con claridad cuando te subes a uno. El tablero no está

177

lleno de artilugios sofisticados. Los asientos no son blandos. No hay ninguna decoración superflua. Es un coche preparado para el funcionamiento de alto nivel y la potencia.

Realmente es el coche perfecto para Z.

Cuando Z arranca, la vibración indica el número de caballos de potencia. Mientras retrocede, rodeando suavemente la fuente que está seca por el invierno, Z maneja el embrague y la palanca de cambios con soltura.

Luego atravesamos la entrada del complejo y, desde cualquiera que sea la montaña en la que nos encontremos, iniciamos el camino de bajada, que se me va haciendo algo borroso por el mhis. Cuando llegamos abajo, el paisaje finalmente vuelve a verse con nitidez, estamos en una de las innumerables intersecciones de la carretera 22. Z gira hacia la izquierda y acelera. El Porsche enloquece y se pega al pavimento como si las ruedas tuvieran púas metálicas y el motor estuviera funcionando con combustible de avión. A medida que avanzamos, casi volando, mi estómago parece hundirse en la cavidad de mis caderas y me agarro al asiento, pero no por miedo a que choquemos con algo, aunque Z no lleva las luces encendidas. No, en medio de la noche sin luna, no hay nada más que el Porsche y la carretera y me siento como si fuéramos volando. Por eso me agarro al asiento, para contrarrestar la sensación de ingravidez.

Pero enseguida me doy cuenta de que no quiero sentirme atada y me suelto.

J. R.:   Esto me recuerda a Rhage y a Mary.

Z: [Sin despegar los ojos de la carretera]. ¿Por qué?

J. R.:   Él la llevó a dar un paseo en su GTO una noche, cuando se estaban enamorando.

Z: ¿De verdad?

J. R.:   Sí.

Z: Maldito romántico.

Avanzamos por la carretera, o podría haber sido a través de la galaxia, y aunque no puedo ver las curvas ni las colinas, sé que él sí puede. La metáfora de la vida es inevitable: cada uno de nosotros va sentado en el coche de su destino, avanzando por una carretera que no podemos ver, llevados por alguien que sí puede ver.

J. R.:	Vamos a un sitio concreto.
Z:	[Se ríe suavemente]. ¿En serio?
J. R.:	No eres de los que les gusta salir sólo a dar vueltas.
Z:	Tal vez he superado ese problema.
J. R.:	No. No es tu naturaleza y tampoco es algo que necesite arreglo.
Z:	[Mientras me mira]. Y ¿adónde crees que voy?
J. R.:	No me importa. Sé que vamos a algún sitio, que regresaremos sanos y salvos y que el viaje valdrá la pena.
Z:	Esperemos que así sea.

Avanzamos en silencio y no me sorprende. Uno no entrevista a Z. Uno se sienta y abre un espacio que tal vez él quiera llenar, o tal vez no.

La siguiente ciudad más o menos importante después de Caldwell está a unos buenos treinta minutos de los puentes del centro, pero a sólo doce minutos del complejo de la Hermandad. Al llegar a las afueras, Z enciende las luces del coche para cumplir la ley. Pasamos frente a una gasolinera Exxon y una heladería Stewart's y un McDonald's y una cantidad de tiendas independientes, como la peluquería The Choppe Shoppe, la imprenta Browning's Printing and Graphics y la pizzería Luigi's. La luz de los aparcamientos parece sacada de un cuadro de Edward Hopper: se ven pozos de luz densa alrededor de los coches, las máquinas de hielo y los contenedores de basura. Me impresiona la cantidad de cables que cuelgan de los postes de teléfono y la manera como los semáforos se balancean sobre las intersecciones. Ésas son las vías neuronales del cerebro de la ciudad, pienso para mis adentros.

El silencio no es incómodo. Terminamos en Target.

Z entra en el estacionamiento y se dirige a un lugar apartado, lejos de los seis coches aparcados junto a las puertas de entrada. Cuando nos acercamos al lugar elegido, la luz inmensa que hay sobre nosotros se apaga, probablemente porque él la apaga con el pensamiento.

Nos bajamos y, mientras caminamos hacia el edificio color caramelo adornado con un inmenso blanco de tiro color rojo, Z se acerca a mí como nunca antes. Está unos sesenta centímetros detrás de mí, a la derecha, y, debido a su tamaño, siento como si estuviera encima de mí. Está protegiéndome y lo interpreto como un gesto de amabilidad y no de agresión. Mientras avanzamos, nuestras pisadas sobre el pavimento frío son como dos voces distintas. La mía parece Shirley Temple. Y la de Z es la de James Earl Jones.

Cuando entramos a la tienda, el guardia de seguridad parece molesto al vernos. El vigilante se endereza, pues estaba recostado contra el panel que divide la sección de alimentos, y acerca la mano al espray de pimienta. Z hace caso omiso de él. O, al menos, eso es lo que yo pienso. El hermano todavía está caminando detrás de mí, así que no le puedo ver la cara.

J. R.:   ¿Qué sección?
Z: A la izquierda. Espera, voy a sacar un carro.

Después de que Z haya sacado el carro, nos dirigimos... a la sección de bebés. Cuando llegamos a la zona de camisetas y medias diminutas, Z se me adelanta. Manipula la ropa de las estanterías con la mayor suavidad, como si ya estuviera envolviendo el sólido cuerpecillo de Nalla. Z llena el carro de cosas. No me pregunta qué opino sobre lo que está comprando, pero no porque no respete mi opinión. Él sabe lo que quiere. Compra camisillas y pantaloncitos de todos los colores. Zapatos diminutos. Un par de mitones que parece que fueran de una muñeca. Luego nos dirigimos a la sección de juguetería. Libros. Animales de peluche.

Z: Después iremos a la sección de coches, luego a la de música y películas. También a los libros.

Z lleva el carro. Yo lo sigo. Compra productos de limpieza para coches y gamuzas. Luego compra el nuevo CD de Flo-rida. Un libro de cocina de Ina Garten. Cuando pasamos por la sección de alimentos, se lleva una bolsa de caramelos. Nos detenemos un momento en la sección de ropa para hombre y escoge un par de gorras de Miami Ink. En la sección de artículos de papelería, elige un paquete de papel blanco precioso y una caja de lápices de colores. De la sección de accesorios para señoras se lleva una bufanda roja; luego se detiene frente a un expositor de cadenas de plata con dijes. Elige una que tiene un pequeño corazón de cuarzo y la pone con mucho cuidado sobre el montón de camisetas.

Pensé que tocaba la ropa de bebé con tanto cuidado por tratarse precisamente de ropa para bebé, pero, en realidad, trata toda la mercancía con el mismo respeto. Parece un asesino y su expresión es tan sombría como el negro de sus ojos, pero sus manos nunca se mueven con brusquedad. Si toma algo de una estantería o una percha y luego decide que no lo quiere llevar, lo devuelve a su sitio con cuidado. Y si encuentra un suéter que otro cliente ha dejado tirado en una estantería, o un libro que alguien ha puesto en otro lugar, o una camisa que cuelga torcida de una percha, lo va arreglando sobre la marcha.

Z tiene un espíritu amable. En el fondo es igual que Phury.

Cuando nos dirigimos a pagar, el chico de veintitantos años que está en la caja registradora lo mira como si fuera un dios. Mientras observo todos los artículos a medida que van pasando por el escáner, me doy cuenta de que el propósito de ese viaje no sólo era hacer unas compras sino enviar un mensaje. Estos artículos son la entrevista. Z me está diciendo cuánto ama a Nalla, a Bella y a sus hermanos. Lo agradecido que está.

J. R.: [Con voz suave] La bufanda roja es para Beth, ¿cierto?
Z: [Se encoge de hombros y saca una cartera negra]. Sí.

Ah… porque un regalo para Beth es un regalo para Wrath. Y estoy segura de que los productos de limpieza para coches son para los tres chicos, para que le den un buen masaje a la Hummer de Qhuinn. Pero no hay nada para…

Z: No existe nada que se le pueda comprar. No hay nada que quiera y un regalo haría que se sintiera peor.

Tohr. Por Dios, Tohr…

Después de que Z pagara con una American Express negra, pasamos frente al guardia de seguridad, que mira las bolsas rojas y blancas como si tuviera visión de rayos X y pudiera detectar armas en ellas, aunque en esa tienda no se venden armas de fuego.

Fuera, ayudo a Z a meter las compras en el minúsculo asiento trasero del Porsche. Son demasiadas y termino con algunos paquetes a los pies y sobre las piernas.

Guardamos silencio durante todo el viaje a casa, hasta que llegamos a la nube de mhis que rodea el complejo. Cuando el paisaje se vuelve borroso de nuevo, miro a Z.

J. R.:   Gracias por llevarme.

Hay una pausa, una pausa tan larga que me imagino que no va a haber ninguna respuesta. Pero luego frena, al llegar a las puertas de la mansión.

Z: [Mientras me mira de reojo y hace un gesto de asentimiento con la cabeza]. Gracias por acompañarme.

Amante despierto

Personajes

Zsadist
Bella
Phury
John Matthew
Rehvenge
Señor O
Señor X
Señor U(stead)
Wellsie
Tohr
Sarelle, prima de Wellsie
Lash, hijo de Ibex
Qhuinn, hijo de Lohstrong
Blaylock, hijo de Rocke
Catronia (dueña de Z cuando era esclavo de sangre)

Sitios de interés (todos en Caldwell, NY, a menos que se indique otra cosa)

Mansión de la Hermandad, ubicación desconocida
Granja de Bella, calle privada que sale de la carretera 22
Centro de persuasión de la Sociedad Restrictiva, al este de la
    Montaña Big Notch, a media hora en coche del centro
Casa de Tohr y Wellsie
Casa familiar de Rehvenge
ZeroSum (calle Trade esquina con la calle Décima)

Resumen

Zsadist, un antiguo esclavo de sangre y el miembro más temido de la Hermandad de la Daga Negra, encuentra el amor cuando rescata a una hermosa hembra de la aristocracia de las manos de un restrictor violento y obsesivo.

Primera línea: *¡Maldición, Zsadist! ¡No saltes!*
Última línea: *Bella... y Nalla.*
Publicado en: febrero de 2008
Número de páginas: 472
Número de palabras: 136.807
Primer borrador
escrito en: noviembre 2005-marzo 2006

Comentarios sobre el proceso de escritura

Creo que con Z comenzaré con algo tomado de *Amante oscuro*. Esto está al principio del libro, cuando Wrath reúne a la Hermandad después del asesinato de Darius a manos del señor X, el jefe de los restrictores. Zsadist hace su entrada, por decirlo así, de esta manera:

La puerta principal se abrió de golpe, y Zsadist entró en la casa.
Wrath lo miró sardónico.

—Gracias por venir, Z. ¿Has estado muy ocupado con las hembras?

—¿Qué tal si me dejaras en paz?

Zsadist se dirigió a un rincón y permaneció alejado del resto.

Amante oscuro, p. 47

La primera vez que vi a Zsadist entrar a esa casa de esa manera, supuse que era un antagonista. Tenía que serlo. Su energía era demasiado negativa y agresiva para ser un héroe. Y luego la impresión empeoró, con esta escena en la que Beth se despierta y descubre que él está con ella:

El hombre impresionante que estaba ante ella tenía los ojos negros, inanimados, y un rostro de duras facciones surcado por una cicatriz dentada. Su cabello era tan corto que prácticamente parecía rasurado. Y sus colmillos, largos y blancos, estaban al descubierto.

Ella gritó.

Él sonrió.

—Mi sonido favorito.

Beth se puso una mano sobre la boca.

Dios, esa cicatriz. Le atravesaba la frente, pasaba sobre la nariz y la mejilla, y giraba alrededor de la boca. Un extremo de aquella espeluznante herida serpenteante torcía su labio superior, arrastrándolo hacia un lado en una permanente sonrisa de desprecio.

—¿Admirando mi obra de arte? —pronunció él con lentitud—. Deberías ver el resto de mi cuerpo.

Los ojos de ella se fijaron en su amplio pecho. Llevaba una camisa negra, de manga larga, pegada a la piel. En ambos pectorales eran evidentes unos anillos pequeños bajo la tela, como si tuviera piercings en las tetillas. Cuando volvió a mirarlo a la cara, vio que tenía una banda negra tatuada alrededor del cuello y un pendiente en el lóbulo izquierdo.

—Hermoso, ¿no crees? —Su fría mirada era una pesadilla de lugares oscuros sin esperanza, del mismo infierno.

Sus ojos eran lo más aterrador de él.

Y estaban fijos en ella como si estuviera tomándole las medidas para una mortaja. O seleccionándola para el sexo.

Ella movió el cuerpo lejos de él, y empezó a mirar a su alrededor buscando algo que pudiera usar como arma.

—¿Qué pasa, no te gusto?

Beth miró hacia la puerta, y él se rió.

—¿Piensas que puedes correr con suficiente rapidez? —dijo él, sacándose los faldones de la camisa de los pantalones de cuero que llevaba puestos. Sus manos se posaron sobre la bragueta—. Estoy seguro de que no puedes.

Amante oscuro, p. 257

Sí, muy bien, definitivamente no era un héroe. Pero las voces de mi cabeza estaban gritando que él iba a tener su propio libro e iba a terminar con un final feliz.

Ah, genial. Fantástico. Y no fue la última vez en el proceso de escribir esta serie en que me descubrí pensando: «Esto tiene que ser una broma, eso es imposible de lograr».

Al final de *Amante oscuro*, sin embargo, ya estaba seducida… y totalmente inclinada a escribir la historia de Z. Para mí, los momentos claves para tomar esa decisión fueron dos escenas de ese libro. Una es cuando Beth se encuentra con Zsadist en la despensa, mientras están preparando la comida para su ceremonia de apareamiento (p. 353). En esa conversación, Z revela que no tiene intención de hacerle daño a Beth y que no le gusta que lo toquen. La otra escena sucede inmediatamente después de la ceremonia. Cuando la pareja pronuncia sus votos y terminan de grabarle el nombre, la Hermandad les ofrece una serenata:

Entonces, una voz fuerte comenzó a sobresalir entre las demás, entonando las notas cada vez más altas. El sonido del tenor resultaba tan claro, tan puro, que erizaba la piel, era como un cálido anhelo en el pecho. Las dulces notas volaron hasta el techo con toda su gloria, convirtiendo la estancia en una catedral y a los hermanos en su altar.

Haciendo descender el cielo tan cerca como para rozarlo.

Era Zsadist.

Cantaba con los ojos cerrados, la cabeza hacia atrás y la boca completamente abierta.

Aquel hombre cubierto de cicatrices, y sin alma, tenía la voz de un ángel.

Amante oscuro, p. 372

Al terminar *Amante oscuro*, estaba tan desesperada por escribir la historia de Z que, por primera y única vez hasta ahora, decidí el orden de los libros en contra de lo que tenía pensado. Se suponía que Z sería el último de ellos, el que cerraría la serie de diez (que incluía a Wrath, Rhage, Butch, V, Phury, Rehvenge, Payne, John Matthew y Tohrment). Pero el problema era que, cuando vendí la serie de la Hermandad, el primer contrato que firmé fue por tres libros. En el momento en que se cerró el trato, los relatos de romances paranormales estaban de moda, pero ya se estaba empezando a especular sobre el momento en que el mercado llegaría al límite y comenzaría a caer en términos de popularidad. Así que no estaba segura de poder llegar a escribirlos todos.

Optimista, ¿verdad?

Cuando terminé *Amante oscuro* y comencé a hacer el esbozo de *Amante eterno*, sabía que, si no ponía a Zsadist sobre el papel entonces, quizás no lo haría nunca. Así que decidí adelantarlo.

Escribir la historia de Z fue desgarrador y hubo momentos en los que tuve que levantarme y alejarme del ordenador. Pero salió tal y como lo había concebido y lo quiero más que a cualquier otro héroe sobre el que haya escrito. Pero fue difícil. Z era un verdadero sociópata. La dificultad estribaba en cómo presentarlo de una manera que fuera congruente con su patología y, al mismo tiempo, hacerlo lo suficientemente atractivo para que los lectores vieran lo que yo veía en él y entendieran la razón por la cual Bella se enamora de él.

Había dos elementos claves. Uno era la forma de reaccionar de Z ante el secuestro de Bella y el otro era su pasado como esclavo de sangre, con todas sus repercusiones, sobre todo en el aspecto sexual. Cómo hacer que los lectores sintieran simpatía por Z fue un ejemplo típico de lo que significa *mostrar-sin-decir*. El libro comienza con Z obsesionado con la misión de recuperar a Bella, una tarea muy heroica. Y a pesar de que el altruismo es contrario a su naturaleza, está justificado porque es obvio que él ve la situación de Bella a través del cristal de su propio cautiverio y los abusos de los que fue víctima: Z no puede hacer nada por él mismo, pero está seguro de poder ayudar a Bella. Y después de que la rescata, la trata con la mayor gentileza. Bella se vuelve el catalizador mediante el cual él expresa sentimientos de ternura y protección y sus relaciones con ella son el contrapunto de sus escenas más sádicas y masoquistas.

Y luego está el aspecto sexual. Al mostrar a Z cuando todavía está en poder de su dueña, mediante una serie de flashbacks, los lectores pueden ver por sí mismos que no es un monstruo por naturaleza sino que fue convertido en uno. Los problemas sexuales de Z con Bella, que aparecen inicialmente en *Amante eterno*, son evidencia de que los traumas que él sufrió no sólo lo acompañan siempre, sino que lo controlan y lo definen como macho. Al menos hasta que Bella llega a su vida.

Había muchas razones para que Z no llegara a dar la talla de héroe y, cuando mi editora leyó la historia por primera vez, yo estaba muy nerviosa porque no estaba segura de haberlo logrado. Pero a ella le encantó, y lo mismo sucedió con los lectores. Yo también lo adoro, aunque tengo que confesar que, desde que revisé las galeradas del libro, no he vuelto a leer la historia de Z y es el único libro que he escrito y no he abierto nunca desde que lo recibí impreso y encuadernado.

Creo que va a pasar todavía mucho tiempo antes de que vuelva a leerlo. Y tal vez nunca lo haga.

Hablemos un poco sobre el proceso editorial y de producción. Mucha gente, tanto lectores como escritores que ya han publicado libros, me preguntan cómo funcionan exactamente las distintas etapas de la producción y cuánto tiempo dura cada una. El proceso entero me lleva cerca de nueve meses.

Cuando termino el bosquejo, cosa que requiere al menos un mes, se lo envío a mi editora para que lo lea. Después de haberlo discutido, me pongo a trabajar y voy tomando lo que está en el bosquejo y lo voy llenando con descripciones, diálogos y narraciones. Cuando he escrito más o menos la mitad del libro, vuelvo sobre ese material, lo leo y lo edito. Esa relectura es fundamental para mí. En los libros de la Hermandad pasan tantas cosas que no quiero arriesgarme a perderle la pista a ninguna historia secundaria ni a ningún personaje. Cuando llego otra vez al final de esa primera mitad, termino el resto del libro. En el proceso de ese primer borrador invierto, pues, unos cuatro meses, escribiendo siete días a la semana.

Por lo general me tomo una semana de descanso y dejo el manuscrito en reposo mientras trabajo en otras cosas. Esta pausa es realmente importante, porque cuando vuelvo a ello lo veo con nuevos ojos, y si no logro hacer ese receso, siento que el borrador no se cierra tan bien como debería. Cuando regreso al libro, suelo pasar otras seis semanas haciendo el trabajo pesado de corregir el orden de las escenas, poner las pausas de los capítulos en el momento justo y afinar la intensidad emocional. Luego estoy otro par de semanas puliendo, puliendo y puliendo.

En ese momento ya tengo los ojos vidriosos, porque cuanto más me acerco al final, más largos se vuelven mis días; por lo general, las últimas dos semanas antes de entregar cualquier manuscrito trabajo entre catorce y dieciséis horas diarias. Cuando llega la noche del jueves que tengo que enviar el manuscrito (siempre es un jueves para que lleguen el viernes), imprimo todo el libro, me subo al coche como un zombi, vestida con unos pantalones de chándal que ya están rucios, y atravieso la ciudad hasta Kinko's, desde donde le envío el paquete a mi editora por FedEx para que le llegue al día siguiente.

Las cajas con los manuscritos suelen pesar alrededor de tres kilos y medio y me cuesta cien dólares enviarlas.

Después de que mi editora haya leído el material, discutimos lo que creemos que está bien y lo que podría ser más fuerte. También hablamos sobre lo que tal vez resulta un poco excesivo para el mercado, ya sea en términos de sexo o violencia. Lo que más me gusta de mi editora es que ella me deja ser fiel a lo que veo en mi cabeza y no me impone nada. Es una colaboración centrada en asegurarnos de que lo que tengo en la cabeza quede registrado en la página de la mejor manera posible, y todos los cambios o añadidos son decisión mía y de nadie más.

Después de esa discusión editorial, regreso y vuelvo a trabajar en el manuscrito, afinándolo, buscando las palabras más precisas, ampliando donde es necesario hacerlo. En ese momento los capítulos ya han quedado organizados, el orden de las escenas ya está decidido y ya hay armonía entre los picos y valles emocionales y de acción, de manera que el trabajo es básicamente de ajuste. Eso, y revisión de estilo. Soy increíblemente obsesiva y perfeccionista en lo que se refiere a las palabras, el diálogo y la fluidez de la narración, y reviso cada palabra del manuscrito una y otra vez. Siempre siento que las cosas pueden mejorar.

Esta etapa del proceso dura generalmente unas seis semanas y el manuscrito va aumentando en número de páginas a medida que superamos cada fase. En mi caso, el primer borrador suele tener cerca de quinientas páginas, a doble espacio, en Times New Roman de doce puntos. (Por alguna razón, no soy capaz de escribir en Courier, aunque muchos escritores lo hacen; esa fuente ahoga mi voz). Cuando termino de revisar el borrador, el manuscrito suele tener alrededor de seiscientas páginas.

Al terminar las revisiones, hago otro viaje hasta Kinko's, otro jueves por la noche, haciendo otra vez una representación de *La noche de los muertos vivientes* en chándal. Por lo general mi editora y yo sólo hacemos una ronda de revisiones, pero no porque yo sea una escritora maravillosa ni un genio, sino porque soy realmente muy crítica con mi propio trabajo y trato de enviar el material lo más limpio que puedo.

Luego sigue la corrección de estilo. Después de que mi editora haya leído otra vez el libro entero y lo apruebe para publicación, el manuscrito pasa a manos de un corrector que lo revisa en busca de palabras extrañas, dudas gramaticales, errores ortográficos en los nombres de marcas, problemas de continuidad entre escenas e inconsistencias en la cronología de los acontecimientos. También inserta las indicaciones tipográficas, lo cual parece como un código Morse de puntos y rayas hechas con lápiz rojo.

Probablemente debería confesar que creo que debe ser una pesadilla corregir mis manuscritos porque en mis libros uso muchos giros del lenguaje coloquial. Personalmente, pienso que el llamado «lenguaje coloquial» es mucho más interesante y apropiado que el «lenguaje culto»; tiene una pasión y una potencia de la que carece el lenguaje elevado y rebuscado. Le estoy muy agradecida a mi correctora, porque ella no trata de darme en la cabeza con el *Chicago Manual of Style* (la Biblia de la corrección gramatical en inglés).

Cuando me devuelven el manuscrito corregido, lo reviso, respondo las dudas que encuentro en los márgenes, anulo o acepto cualquier añadido o supresión de una palabra y arreglo los aspectos que mi editora y yo hemos ido encontrando a lo largo de las revisiones. Por lo general mis manuscritos salen bastante limpios, pero todavía logro encontrar cosas que me mortifican. Cuando leo mis textos, es como si pasara la mano por una tela que debería ser completamente lisa, sin costuras. Las cosas que no fluyen con suavidad me irritan horriblemente y tengo que trabajar y trabajar las palabras hasta que ya no sienta asperezas.

Después de enviar el manuscrito ya corregido, el siguiente paso son las galeradas. Las galeradas son una impresión exacta de cómo se verá el libro; imagínense que abren el libro en cualquier página, pues las galeradas son una reproducción de las dos páginas, una al lado de la otra. Reviso nuevamente el libro en este formato y siempre me complico y trato de hacer demasiados cambios. Nunca estoy totalmente satisfecha.

Así que ése es el proceso, y tengo que decir que fue complicado con Zsadist, porque no quería escribir algunas de las escenas del libro y mucho menos editarlas. Sencillamente, no puedo abrir el libro de Z. Ni siquiera lo hice para este compendio, a pesar de que tuve que revisar minuciosamente los demás libros para elegir los fragmentos que cito.

Lo cual es extraño, porque de todos los machos y los hombres sobre los que he escrito, Zsadist es mi favorito. Sin excepción. Pero hay muchas cosas en su historia que son realmente dolorosas.

¿Qué escenas me afectaron? Todavía las tengo tan frescas en la memoria que no necesito abrir *Amante despierto* para recordarlas. Una de las más duras de escribir fue la secuencia en que Z es conducido al que será su calabozo durante los siguientes cien años, por el guardia al que solía servirle cerveza cuando todavía era ayudante de cocina. Acaba de ser violado por su Ama por primera vez; es muy inocente y está herido y aterrorizado. Ninguno de los machos se atreve a mirarlo o tocarlo o compadecerlo. Piensan que es repugnante, aunque es una víctima. Mientras va caminando y llorando, con los restos de lo que el Ama ha usado para violarlo todavía sobre su cuerpo, sentí que el corazón se me rompía.

Es horrible.

Otra escena que me impresionó mucho fue cuando Bella encuentra a Z en el suelo de la ducha, restregándose afanosamente, tratando de limpiarse para que ella se pueda alimentar de su vena. Se está haciendo daño, pero sin importar la cantidad de jabón que se eche, o la fuerza con que se limpie, todavía se siente absolutamente impuro.

Luego está la escena en la que Z la obliga a hacerle daño para poder terminar sexualmente.

Pero también hay partes que no quiero volver a leer y que no son sobre Z.

Al adentrarme en el libro yo sabía que la muerte de Wellsie iba a ser difícil para los lectores. Fue difícil para mí. Lloré cuando escribí la escena en la que Tohr se halla en la oficina del centro de entrenamiento con John Matthew y está llamando a su casa, con la esperanza de que Wellsie responda y suplicando que ella se encuentre bien. Tan pronto marca el número una vez más, la Hermandad aparece en la puerta de la oficina. En ese momento salta el contestador automático y se escucha la voz de Wellsie; es entonces cuando le dicen a Tohr que ella ha sido asesinada.

Algunos lectores y otros escritores me han dicho que fui muy valiente al matar a un personaje principal. Otros se han sentido realmente decepcionados por mi elección creativa. Aunque respeto las dos perspectivas, la cosa es que, para mí, no fue un asunto de valor ni de elección. Eso sencillamente fue lo que pasó. A lo largo de todo el tiempo sabía que Wellsie iba a ser asesinada; lo único que me sorprendió fue que sucediera tan pronto en la serie. Pensé que ocurriría más adelante, pero el asunto es que las escenas que veo en mi mente no siempre llegan en orden cronológico, así que no siempre sé cuándo sucederán.

Como anotación al margen, debo decir que quienes tuvieron problemas con su muerte se sintieron más conformes cuando les expliqué que no se trataba de un cálculo melodramático, de una treta de escritor, y que me sentía fatal por esa muerte. Creo que si trabajas con personajes con los cuales los lectores establecen una conexión importante, y sucede algo malo, es menos probable que los lectores se sientan injustamente manipulados si tú muestras que eres todo menos indiferente frente a la situación, y que, de hecho, tienes el corazón desecho y estás preocupada y triste.

Pero hablemos un poco más de Z…

Bella debería haber tenido más espacio.

En los libros de la Hermandad, mis heroínas no siempre reciben suficiente atención o espacio, y yo conozco la razón. Una de mis debilidades como escritora, y eso se ve en la saga, es que me meto tanto en la cabeza y la vida de mis héroes que los personajes femeninos corren el riesgo de quedar eclipsados.

Verán, lo bueno con los hermanos es que los veo con mucha claridad.

Y lo malo con los hermanos es que los veo con mucha claridad.

Elegir qué dejar y qué sacar es difícil para mí, y no sólo en lo que se refiere a la vida de los hermanos. La saga en su totalidad siempre está progresando en mi cabeza: se producen cambios en la guerra; Wrath está cada vez más enfrentado con la glymera; se presentan desafíos en las relaciones de los hermanos que ya tienen su libro y esos desafíos son superados. Nada se mantiene estático en el universo de la Hermandad y no siempre sé qué dejar de lado.

Pero volvamos a Bella como ejemplo de ello. Quisiera haberle dedicado más tiempo a mostrar cómo la afectó emocional y psicológicamente la experiencia de haber sido secuestrada por el señor O. En el libro se habla un poco de lo que sucede después, pero podría haber contado más. Claro, ella tiene la (dudosa) satisfacción de matar a su secuestrador al final, pero creo que habría podido dar más información sobre cómo Bella afrontó su secuestro, para que los lectores supieran dónde estaba ella y cómo se sentía.

¿En cuanto al romance? Bella era perfecta para Zsadist, prácticamente fue la única hembra que me pude imaginar con él (y en realidad él es el único macho lo suficientemente fuerte para que ella lo respete… Vamos, ¡Bella es la hermana de Rehvenge!).

Sencillamente son una gran pareja… recuerdo la primera vez que se encuentran en *Amante eterno*. Z está golpeando un saco de boxeo en el gimnasio y Bella lo interrumpe. Ella se siente atraída hacia él de inmediato, mientras lo observa desde atrás, e incluso cuando él da media vuelta y ella ve la cicatriz de la cara y recibe una buena dosis de su agresividad, sigue sintiéndose atraída hacia Z (pp. 85-87).

El germen de lo que luego será su relación se sitúa hacia el final de ese libro. En la fiesta que Rhage ofrece en honor de Mary en la mansión de la Hermandad, Bella alarga el brazo y toca el pelo de Phury movida por la curiosidad. Z está observando desde las sombras y se le acerca:

Se lo imaginó mirándola mientras sus cuerpos se entrelazaban, con la cara a unos centímetros de la suya. La fantasía hizo que levantara la mano. Quería acariciar aquella cicatriz hasta llegar a su boca.

Echándose bruscamente hacia un lado, Zsadist evitó el contacto.

Sus ojos emitieron un destello, como si estuviera horrorizado.

Fue sólo un instante. Enseguida recobró la calma.

—Ten cuidado, hembra. Muerdo —dijo con tono gélido.

—¿Alguna vez aprenderás mi nombre?

Amante eterno, p. 354

En ese momento llega Phury y los separa. Entonces se lleva a Bella aparte y hace una afirmación que era completamente cierta antes de que ella llegara a la vida de Z:

—Debes permanecer lejos de él. —Ella no respondió, y el guerrero la arrastró hasta un rincón y la tomó por los hombros—. Mi gemelo está destrozado. ¿Entiendes? No hay manera de reconstruirlo.

Bella abrió la boca levemente.

—Eso es muy... cruel.

—Es la realidad. Si muere antes que yo, me matará el dolor. Pero eso no cambia la realidad, lo que es.

Amante eterno, p. 355

Más tarde, esa misma noche, Bella termina siguiendo a Z hasta su habitación. La visita no termina como ella espera, con ellos juntos en la cama. En lugar de eso, descubre algo sobre este guerrero salvaje hacia el cual se siente tan atraída. Esto sucede después de que él casi la penetra, cuando se detiene y se baja de encima de ella y se acuesta sobre el suelo de baldosa:

Se concentró en las bandas tatuadas que le cubrían las muñecas y el cuello. Y en las cicatrices.

«Destrozado», había dicho su hermano.

Aunque la avergonzaba admitirlo ahora, la oscuridad que lo envolvía había sido su mayor encanto. Era una completa anomalía, un gran contraste con lo que ella había conocido de la vida. Eso lo hacía peligroso. Excitante. Sexy. Pero aquello era una fantasía y esto era real.

Sufría. Y no había nada excitante en eso.

Amante eterno, pp. 372-373

Como dije antes, el secuestro de Bella fue parte de la razón de que terminaran juntos, porque esa situación hizo que Z se abriera a ella emocionalmente, de una manera que no habría sido posible de ninguna otra forma. Pero creo que Bella de todos modos habría logrado llegar hasta él, porque posee una gran combinación de energía y compasión. Sin embargo, ella es realista y se aleja de la relación hacia el final del libro, cuando Z la empuja a irse. Esa separación, al igual que otras fuerzas de su vida, es lo que impulsa a Z a hacer cambios importantes.

Tengo que decir que, para mí, el final de *Amante despierto*, con ese epílogo, es genial. Lo primero que se ve es la espalda de Z, mientras hace ejercicio en el gimnasio donde Bella lo ha visto por primera vez, pero luego ella entra y le lleva a la pequeña Nalla a su papá y entonces uno entiende la cantidad de cosas que han cambiado. Juro que cuando Z da media vuelta y le hace un guiño al estudiante, mientras tiene a Nalla entre sus brazos...

[Suspiro].

Pero hay una cosa: como ya he dicho, para mí la realidad en esta serie es que las vidas de estas personas no se detienen simplemente porque su libro se termina. Y de eso es de lo que trata la novela que aparece en este compendio. Es lógico que Z haya tenido problemas para relacionarse con su hija y realmente valoro la oportunidad de haber podido mostrar esa parte de su desarrollo como macho, como hellren y como padre.

Y hablando de la familia... Phury. No se puede hablar de Z sin mencionar a Phury. Phury me ha fascinado desde esa escena en *Amante eterno*, cuando regresa después de haber golpeado a Z a petición de éste. Los ojos de tristeza de Phury cuando sale del túnel que lleva al centro de entrenamiento fue lo que me impactó y estaba muerta de ganas de ver dónde iba a terminar y cómo se iba a enamorar. Y luego, en *Amante despierto*, él va todavía más lejos por amor a su gemelo. Creo que la escena en que Phury se corta la cara llega realmente al corazón del problema en el que él se encuentra, tanto psicológica como emocionalmente. Toda su vida ha girado alrededor del secuestro de su gemelo y su esclavitud, y el hecho de que Phury rescate a Z no logra salvar a ninguno de los dos del dolor en que viven. Cuando Phury se afeita la cabeza y se clava una daga en la cara para tomar el lugar de su gemelo en el encuentro con el restrictor que secuestró a Bella, se convierte en la encarnación física de Zsadist.

Después hablaremos más de Phury, pero él fue casi demasiado heroico y terminó compensando en exceso el aspecto antiheroico de Z con una personalidad que se autosacrifica hasta hacerse daño.

Una última observación… Rehvenge… Ay, Rehv. Tener la oportunidad de alardear un poco con él fue uno de los grandes placeres de este libro. Él era y es tan absolutamente interesante, tan indeseable y desagradable… que estaba deseando escribir su libro incluso desde entonces.

Y Rehv fue significativo también por otra razón.

Es el único personaje (véase *Amante despierto*), cuya identidad escondí deliberadamente. El Reverendo, el dueño del club y traficante de drogas, y Rehvenge, el aristocrático y autoritario hermano de Bella, eran la misma persona, pero yo no quería que los lectores lo supieran hasta el final, cuando Z y Bella van a la casa de la madre de ésta. Quise mostrar a Rehv básicamente a través del punto de vista de otras personas y, si dejaba caer algo desde el suyo, tuve cuidado de que no hiciera ninguna revelación que permitiera que el lector relacionara las dos personalidades. Fue, como diría Butch, un truco perverso. Revisé cuidadosamente cada palabra de Rehv para asegurarme de que no diese pistas y de que, finalmente, resultara un personaje verosímil en los dos papeles.

Muy bien, supongo que ya he hablado suficiente sobre Zsadist y su libro. Como siempre, Butch está reclamando un poco de atención y luego todavía quedan Vishous y Phury.

Creo que terminaré diciendo que aún sigo enamorada de Z y siempre lo estaré.

Y eso lo dice prácticamente todo.

Dhestroyer, descendiente de Wrath, hijo de Wrath

Alias Butch O'Neal

Hay algo mío dentro de ti, poli. —La sonrisa de Wrath se prolongó mientras se ponía las gafas—. Desde luego, siempre supe que eras de la realeza. Sólo que no pensé que fueras a ser nuestro dolor en el culo, eso es todo.

Amante confeso, p. 349

Edad: 38.
Fecha de ingreso
a la Hermandad: 2007.
Estatura: 1,99 m.
Peso: 117 kg.
Color del pelo: Marrón.
Color de los ojos: Avellana.
Señales físicas
particulares: Tatuaje negro en la base de la columna verte-
                                   bral en forma de líneas agrupadas; cicatriz de
                                   la Hermandad en el pectoral izquierdo; nom-
                                   bre «Marissa» grabado en la piel de la parte
                                   superior de la espalda y los hombros en escri-
                                   tura antigua; quedó con el meñique de la ma-
                                   no derecha ligeramente deformado después de
                                   la transición; cicatriz en el abdomen.
Nota: Con él se cumplió la Profecía del Destructor
                                   de la Sociedad Restrictiva. Después de ser se-
                                   cuestrado por la Sociedad, y de que el Omega

jugueteara con él, es capaz de consumir a los restrictores mediante inhalación, lo cual, a diferencia de apuñalarlos, evita el retorno de los asesinos a su maestro y, por lo tanto, amenaza la existencia misma del Omega.

Arma preferida: Un ingenio agudo y chispeante. (Cuando insistí, indicó que era una Glock de cuarenta milímetros).

Descripción: Butch se miró en un espejo de cuerpo entero, sintiéndose como un afeminado, pero incapaz de hacer nada por evitarlo. El traje negro a rayas le sentaba a la perfección. La impecable camisa blanca de cuello abierto resaltaba su bronceado. Y el bonito par de zapatos de Ferragamo que había encontrado en una caja añadían el toque justo.

Pensó que estaba casi guapo. Siempre y cuando ella no mirara muy de cerca sus ojos inyectados de sangre.

Las cuatro horas de sueño y la gran cantidad de whisky escocés se notaban.

Amante oscuro, p. 351

Lo miró a los ojos avellana y le acarició la gruesa y oscura cabellera. Luego le pasó los dedos por las cejas. Bajó un dedo hasta su nariz, maltratada por los golpes, rota y dolorida. Rozó suavemente sus dientes astillados.

—Parezco una colección de escombros, ¿no? —dijo él—. Pero no hay problema, con algo de cirugía plástica y un par de arreglos en los dientes estaré tan guapo como Rhage.

Marissa miró atrás, a la figurilla, y pensó en su vida. Y en la de Butch.

Meneó la cabeza lentamente y se inclinó para besarlo otra vez.

—No quiero que te cambies nada. Ni una sola cosa.

Amante confeso, p. 481

Compañera:	Marissa, hija de sangre de Wallen

Preguntas personales (respondidas por Butch)

Última película que viste:	*Scrooged* (*Los fantasmas atacan al jefe*), con Bill Murray. Excelente cinta de Navidad.
Último libro que leíste:	*Huevos verdes con jamón*, del Dr. Seuss, a Nalla.
Programa de televisión favorito:	Episodios viejos de *Colombo,* o cualquier cosa que pase por ESPN.
Último programa de televisión que viste:	«Asesinato perfecto», de la primera temporada de *Colombo.* El episodio fue dirigido por Steven Spielberg. Una mierda fantástica. Me sé los diálogos de memoria por la cantidad de veces que lo he visto.
Último juego que jugaste:	Futbolín con V.
Mayor temor:	No ser la persona que Marissa cree que soy.
Amor más grande:	Marissa.
Cita favorita:	«Las malas intenciones, al igual que la belleza, dependen de quien las observa».
Bóxer o calzoncillos:	Calzoncillos bóxer de Emporio Armani.
Reloj de pulsera:	Tengo muchos; cuarenta y nueve, la última vez que los conté. Me encantan los relojes finos. En este momento llevo un Tourbillon Panoramique dorado de Corum.
Coche:	Escalade negro. Comenzó siendo de V y ahora es de los dos.
¿Qué hora es en estos momentos?:	2 a. m.
¿Dónde te encuentras?:	En la Guarida, en uno de los sofás de cuero. La tele está encendida en *SportsCenter*. Y también está sonando Ludacris. V está detrás

198

de mí, mirando mis respuestas por encima del hombro. Ese idiota no quiere entender cuando le digo que mis respuestas no le van a servir para pasar la prueba… ¡Ay!

¿Qué llevas puesto?:

Jeans Diesel, camisa de botones blanca de Vuitton, suéter de cachemir negro Brunello Cucinelli y colonia Acqua di Parma. Ah, y mocasines Gucci. El cinturón es Martin Dingman.

¿Qué clase de ropa hay en tu armario?:

Dirás armarios. Soy adicto a la ropa —es más divertido que la adicción al escocés y me sienta mejor—, pero, mierda, es una afición cara. Tengo ropa formal de Tom Ford, Gucci, Vuitton, Hermès, Zegna, Marc Jacobs, Prada, Isaia, Canali, todos los clásicos. La ropa informal y deportiva es de una variedad de diseñadores, como Pal Zileri, Etro, Diesel, Nike, Ralph Lauren, Affliction, no soy ningún esnob. Para la ropa de punto uso Lochcarron of Scottland. Phury y yo cruzamos impresiones todo el tiempo… y competimos. Fritz nos ayuda a conseguir las cosas. El doggen baja hasta Manhattan y recoge un cargamento de ropa de nuestras tallas; cosas que le pedimos o que piensa que nos pueden gustar. Él nos sirve de sastre. Para las camisas cosidas a mano, los trajes y los pantalones, tenemos arreglos con un par de tiendas y les hemos suministrado modelos para que nos confeccionen ropa. Mira, y ¿si tener ropa bonita me convierte en un metrosexual? Perfecto, acepto el calificativo; pero todavía tengo un diente desportillado y todas las noches salgo a pelear. Así que ahí tienes.

¿Qué fue lo último que comiste?:

Tortitas con mantequilla y jarabe de maíz, y una taza de café. Con Rhage. Él siempre hace que me sienta como un anoréxico, pero, claro,

	el hermano se puede comer una manada de lobos por debajo de la mesa... y repetir.
Describe tu último sueño:	Había un túnel largo y oscuro y un tren que se adentraba en el túnel. Una y otra vez. Saca tus propias conclusiones.
¿Coca-Cola o Pepsi-Cola?:	Lagavulin. ¿Qué? Es un líquido que sale de una botella. ¿Qué quieres que te diga? Ah, está bien, Coca.
¿Audrey Hepburn o Marilyn Monroe?	Definitivamente prefiero la clase a la ostentación. Audrey, de principio a fin. P. S. Marissa es todavía más elegante que AH y eso ya es mucho decir.
¿Kirk o Picard?:	Kirk. Por supuesto.
¿Fútbol o béisbol?:	Miembro de la Nación Red Sox[*]. Con eso basta.
La parte más sexy de una hembra:	Sería una indiscreción revelar eso. Pero usa tu cerebro, maldición.
¿Qué es lo que más te gusta de Marissa?:	Adoro su piel, su pelo y la manera como cruza las piernas a la altura de la rodilla y dobla las manos. Adoro su acento y sus pálidos ojos azules y que es la dama más elegante que hayas visto, pero al mismo tiempo me... Bueno, en fin. Ella tiene un estilo perfecto y un gusto exquisito y se despierta oliendo deliciosamente. Más que eso... siempre me ha querido por lo que soy, nunca ha querido que sea distinto. Lo cual la convierte en un ángel.
Las primeras palabras que le dijiste a Marissa:	«No... no regreses allá... No te voy a hacer daño».
Su respuesta fue:	«¿Cómo puedo saberlo?».

---

[*] Los Boston Red Sox son un equipo de béisbol.

Último regalo que le diste:	Una silla de escritorio. Hace dos días. La que tenía antes chirriaba al girar y no tenía apoyo lumbar. Así que la llevé a Office Depot, le hice probar varias sillas distintas y le compré la que le gustó más.
Lo más romántico que has hecho por ella:	No lo sé. No creo que sea bueno con las cosas románticas. Por Dios… No tengo idea.
Lo más romántico que ella ha hecho por ti:	Despertarme cada día con una sonrisa. Tengo gustos caros, pero una sonrisa de Marissa no tiene precio.
¿Le cambiarías algo a Marissa?:	A veces quisiera que no trabajara tanto. No en términos de horas sino por la presión que se impone para salvar a cada persona que llega a Safe Place. Eso me recuerda la época en que estuve en Homicidios. No todo resulta como esperas. Hago todo lo que puedo para estar a su lado y apoyarla. Ella me hace muchas preguntas acerca de los casos de asesinato en los que trabajé y cómo manejaba a las familias. Lo que ella hace ahora y lo que yo hacía entonces tienen muchas coincidencias. Eso nos acerca más.
Mejor amigo (aparte de tu *shellan*):	Vishous, luego Rhage. Y también Phury.
Última vez que lloraste:	No lloro. Nunca.
Última vez que te reíste:	Hace un rato, cuando V le cambió el pañal a Nalla. ¡Ay!

Entrevista con Butch

Cuando regresamos a casa del Target con Zsadist, ayudo a llevar las bolsas hasta la mansión. Estamos terminando la tarea, cuando sale Butch por la puerta que hay debajo de las escaleras. Va vestido con un suéter negro Izod y lleva debajo una camisa blanca y un par de pantalones negros de corte perfecto. Los zapatos son de Tod's. Negros, sin medias. Lleva colgada del hombro una mochila de lona y una enorme sonrisa en el rostro.

Butch: ¡Mi turno!

Z: [Se inclina hacia una de las bolsas y saca una de las gorras de *Miami Ink*]. Para ti.

Butch: Es genial. [Se la pone]. Gracias, hermano.

Z: También le he traído una a tu chico.

Butch: Lo cual es, de hecho, otro regalo para mí, porque no vamos a tener que pelear por ésta. [Se dirige a mí]. ¿Estás lista?

J. R.:   Claro. ¿Dónde vamos a…?

Butch: Por la salida de atrás. [Hace un gesto con el brazo hacia la biblioteca]. Por aquí.

Le sonrío a Z a manera de despedida y él me devuelve el gesto. Su labio deforme se tuerce un poco hacia arriba y sus ojos brillan con luz amarilla. Pienso por un momento en lo afortunadas que son Bella y Nalla; luego sigo a Butch a través del vestíbulo y entramos a una de las habitaciones que más me gusta de la casa. La biblioteca está llena de libros; los únicos sitios en los que no hay son las ventanas, la puerta y la chimenea. Aquí y allá hay paisajes al óleo colgados encima de las estanterías, lo cual le da a la estancia un cierto aire de mansión inglesa.

Butch: [Por encima del hombro]. Seguro que no sabes dónde vamos.

J. R.:   No es a la biblioteca.

Butch: [Se dirige hacia una de las puertas francesas y la abre]. Cierto. Vamos, fuera.

J. R.:   ¿Qué llevas en la mochila?

Butch: [Al tiempo que me lanza esa sonrisa perfecta, que eclipsa por completo su nariz rota y el diente desportillado; todo lo cual lo convierte en el hombre más atractivo sobre el planeta]. No es un lanzador de patatas explosivas.

J. R.: ¿Por qué será que eso no me tranquiliza mucho? [Salgo y freno en seco].

Butch: [Con orgullo]. Quiero presentarte a Edna.

J. R.: No... no sabía que se le pudiera hacer eso a un carrito de golf.

Edna es un carrito de golf normal, sólo que ha sufrido una renovación completa a partir de consejos tomados de *Robb Report*[*]. Tiene un emblema de Cadillac en el techo y una parrilla modelada a semejanza de la del Escalade. Pintado de negro, lleva las defensas cromadas, cojinería de cuero y no me sorprendería en lo más mínimo descubrir que el motor es turbo. Demonios, si puede hacer eso con un motor eléctrico, me encantaría ver el motor de su consola.

Butch: ¿No te parece preciosa? [Pone la mochila en la parte de atrás y se sienta detrás del volante]. Estaba buscando algo estilo Elvis, pero actualizado.

J. R.: Pues misión cumplida. [Me subo a su lado y me sorprendo al sentir cosquillas en el trasero]. ¿También tiene calentadores en la cojinería?

Butch: Mierda, sí. Espera a oír el equipo de sonido.

Kanye West comienza a retumbar en el jardín y arrancamos a campo traviesa por el césped, pasando al lado de jardineras que han sido reforzadas con tablas por la proximidad del invierno. A medida que avanzamos, me agarro del borde del techo y empiezo a reírme. Andar como locos en un carrito de golf dispara, como ninguna otra cosa, al niño de seis años que todos llevamos dentro, y no puedo evitar soltar una carcajada cada vez que damos un brinco. El hecho de que vayamos acompañados por la música de Kanye cantando acerca de lo buena que es la vida es absolutamente perfecto.

Butch: [Mientras grita por encima del estruendo de los bajos]. ¿Sabes qué es lo más genial de usar esta cosa por la noche?

---

[*] *Robb Report* es una revista para conocedores que promociona artículos de lujo como coches, relojes, propiedades, viajes y otros. (*N. de la T.*)

J. R.:   ¿Qué? [también gritando].

Butch: [Se señala los dientes]. Que no hay insectos.

Los ciervos se apartan de nuestro camino a toda carrera y sus colas parecen un relámpago blanco en medio de la noche. Al igual que Z, Butch tampoco lleva luces, pero con el volumen al que está sonando la música de Kanye, no creo que haya posibilidades de atropellar a ninguna de esas bellezas.

Después de un rato, Butch baja la velocidad de Edna, justo frente al extremo del bosque. Kanye se calla y el silencio de la noche se apresura a saludarnos, como si fuera un buen anfitrión a cuya fiesta acabamos de entrar. Butch toma la mochila y caminamos juntos unos siete metros, en dirección de la mansión, que se ve a lo lejos.

Butch pone la mochila en el suelo, la abre y busca algo dentro. Lo que saca es un conjunto de piezas finas de metal, que comienza a ensamblar.

J. R.:   ¿Puedo ayudarte? [Aunque no tengo idea de lo que está haciendo].

Butch: Dos segundos.

Cuando termina, ha construido una extraña plataforma. La base se levanta del suelo unos treinta centímetros y sostiene una varilla metálica de cerca de sesenta centímetros de alto.

Butch: [Mientras regresa a donde está la mochila]. El punto crítico es la trayectoria. [Vuelve a la plataforma y toma unas cuantas medidas con un nivel. Hace algunos ajustes]. Empezaremos con algo pequeño. [Regresa a la mochila y esta vez saca un…].

J. R.:   Ay, por Dios, ¡eso es fantástico!

Butch: [Radiante]. Lo he hecho yo. [Me muestra el cohete].

El cohete mide unos sesenta centímetros de largo, desde la punta hasta la base que se incendia y tiene tres partes. Es blanco y lleva el logo de los Red Sox pintado a un lado y la cabeza fluorescente, sin duda para seguir su trayectoria y aumentar las posibilidades de recuperarlo en la oscuridad.

J. R.:	No sabía que te gustaban estas cosas.
Butch:	Solía hacer modelos cuando era pequeño. También aviones y coches. A algunas personas les gusta leer, pero yo soy un poco disléxico, así que eso nunca fue relajante; me costaba demasiado trabajo entender bien las letras. Pero los modelos a escala... Es una manera de apagar mi cerebro cuando estoy despierto. [Me dedica una sonrisa pícara]. Además, así puedo hacer algo con mis manos y tú sabes cuánto me gusta eso. [Agarra el cohete, lo lleva hasta la plataforma de lanzamiento y lo desliza verticalmente sobre el eje. Hace más ajustes]. ¿Podrías alcanzarme los cables de ignición? Son los dos manojos de cables sujetos con alambres.
J. R.:	[Voy hasta la mochila]. Por Dios santo. Tienes como otros tres cohetes ahí.
Butch:	He estado ocupado. Y, toma, agarra la linterna, probablemente vas a necesitarla. Le pedí a V que apagara el sensor de movimiento de las luces de seguridad de esta parte de la propiedad.
J. R.:	[Atrapo la linterna que él me lanza y encuentro los cables]. ¿También necesitas esta caja con el interruptor?
Butch:	Sí, pero déjala ahí. Tenemos que estar lejos cuando los lancemos.
J. R.:	[Me acerco con los cables y, cuando Butch levanta el brazo para agarrarlos, veo el dedo meñique torcido de su mano derecha]. ¿Puedo preguntarte algo?
Butch:	Demonios, claro. Ése es el propósito de una entrevista, ¿no?
J. R.:	¿Extrañas algo de tu vida anterior?
Butch:	[Vacila un poco, mientras desenrolla los cables]. Mi respuesta automática es no. Me refiero a que eso es lo primero que se cruza por mi cabeza. [Sigue desenrollando los cables y luego retira el cohete de la plataforma y le conecta un cable en la base]. Y la verdad absoluta es que soy más feliz donde estoy ahora. Pero eso no significa que no me gustaría poder hacer algunas de las cosas que solía hacer. ¿Un partido de los Red Sox un sábado por la tarde? ¿Con el sol en la cara y una cerveza helada en la mano? Eso era genial.

J. R.:	¿Qué hay de tu familia?
Butch:	[Se pone tenso]. No lo sé. Supongo que extraño a la nueva generación… No me molestaría saber cómo son los hijos de Joyce y dónde van a terminar. A los demás también. De vez en cuando quisiera poder regresar para ver a mi madre, pero no quiero empeorar su demencia y creo que mi visita no ayudó. [Vuelve a poner el cohete sobre la base]. Todavía voy a visitar la tumba de Janie.
J. R.:	¿De verdad?
Butch:	Sí.
J. R.:	[Le doy un poco de tiempo para que diga algo, pero se queda callado]. ¿No te parece extraño haber terminado aquí? ¿Con los hermanos?
Butch:	Alejémonos un poco de este chico, ¿vale? [Mientras caminamos hacia la mochila, Butch arregla los cables sobre el pasto]. ¿Que si me parece extraño? Sí y no. Me han sorprendido muchas cosas en mi vida, incluso antes de conocer a los hermanos. ¿Y el hecho de terminar convertido en un vampiro? ¿Luchando contra los muertos vivientes? En cierto sentido, eso no es más extraño que el hecho de que haya logrado sobrevivir a todos los actos autodestructivos que cometí antes de conocer a cualquiera de los hermanos.
J. R.:	Puedo entender eso. [Hago una pausa]. ¿Qué hay de…?
Butch:	A juzgar por ese tono de Ay-Dios-cómo-hago-para-hacerle-esta-pregunta, me imagino que quieres preguntarme sobre el Omega y el pequeño implante que me hizo.
J. R.:	Bueno, sí.
Butch:	[Mientras se acomoda la gorra de *Miami Ink*]. Esto no va a sonar bien… pero, en cierta forma, para mí es como si tuviera un cáncer que no se puede operar. Todavía puedo sentir lo que él dejó en mí. Sé exactamente dónde está eso en mi cuerpo y está mal, es algo perverso. [Se lleva la mano al estómago]. Quisiera sacarlo, pero sé que si lo extraigo, suponiendo que eso fuera posible, no podría hacer lo que hago. Así que… me aguanto.
J. R.:	Después de que inhalas un… ¿ya no te sientes tan mal? ¿Se ha vuelto más fácil?
Butch:	[Sacude la cabeza]. No.

J. R.:   Entonces… aparte de… [Voy a cambiar de tema porque, evidentemente, Butch está incómodo]. ¿Qué ha sido lo que más te ha sorprendido después de entrar en la vida de los hermanos?

Butch: [Se arrodilla al pie de la caja de ignición]. Haces preguntas demasiado serias, mujer. [Levanta la cabeza para mirarme y me sonríe]. Pensé que esto iba a ser más divertido.

J. R.:   Lo siento, no quise…

Butch: Está bien. ¿Qué tal si disparamos un cohete o dos y luego seguimos con el interrogatorio? Te dejaré oprimir el boooooootón…

Estoy absolutamente segura de que Butch me está haciendo señas con las cejas en este momento, pero no alcanzo a ver por debajo de la gorra. En todo caso sonrío porque… Bueno, hay algunas cosas en la vida que no te puedes negar a hacer.

Butch: Vamos, tú sabes que quieres hacerlo.

J. R.:   [Me arrodillo].

       ¿Qué tengo que hacer?

Butch: Esto funciona así… [Levanta la caja azul]. Dentro hay cuatro pilas doble A. Le doy la vuelta a la llave de ignición y esta luz [señala un punto amarillo brillante] nos dice que estamos listos. Sacamos la llave [la saca] y cuando oprimas esto [señala el botón rojo], los cables llevan la carga hasta el encendedor del cohete y comenzamos a sentir un gran zoom-zoom-zoom. Razón por la cual hay más de cinco metros de cable entre nosotros y el cohete. ¿Estás lista? Muy bien. Comencemos la cuenta atrás. Tres…

J. R.:   [Al ver que se detiene]. ¿Qué pasa? ¿Hay algún problema?

Butch: Se supone que tú debes decir dos.

J. R.:   Ay, lo siento. Dos.

Butch: No, tenemos que empezar de nuevo. Tres…

J. R.:   Dos…

Butch: Uno… ¡Dispara hacia el agujero!

Presiono el botón y, un momento después, se ve una chispa y se oye un estallido y un zumbido que parecen como cien Alka-Seltzer en un vaso. El cohete sale disparado hacia el cielo otoñal, un arco de luz y humo que se extiende detrás de la punta brillante. El ángulo es perfecto y lo lleva exactamente al centro de la mansión. El descenso es igual de suave, y cuando está a unos treinta metros del suelo se abre el paracaídas. Observamos el cohete, mientras aterriza lentamente, meciéndose hacia uno y otro lado como la cola de un perro perezoso. Gracias al reflejo de las luces de la biblioteca, veo que aterriza en un rosal.

Butch: [En voz baja]. V.
J. R.:   ¿Perdón?
Butch: Me has preguntado hace un momento qué me había sorprendido más en todo esto… y es él. [Saca otro cohete de la mochila. Éste es mucho más largo y tiene el logo del whisky Lagavulin pintado a un lado]. Bueno, este chico malo tiene carga extra. Subirá casi el doble de lo que subió el primero. Por ese motivo he traído esto. [Saca unos gemelos]. Mi vista y la visión nocturna son mucho mejores que cuando era humano, pero no estoy ni medianamente cerca de lo que pueden ver los hermanos, así que necesito esto. Me gusta ver cómo se abren los paracaídas.
J. R.:   [Estoy desesperada por pedirle que me explique cómo es lo de V, pero respeto su ritmo]. ¿Cuánto tardas en construirlos?
Butch: Cerca de una semana. Phury los pinta por fuera. [Va hasta la plataforma y acomoda el cohete. Cuando regresa, hace un gesto con la cabeza hacia la caja de encendido]. Las damas deben hacer los honores, ¿no crees?

Comenzamos la cuenta atrás; esta vez estamos coordinados. Cuando nos ponemos de pie y observamos cómo se eleva el cohete hacia el cielo, puedo sentir que Butch está a punto de decir algo.

Butch: Amo a Marissa. Pero sin V estaría muerto, y no sólo por todo el asunto de la sanación.
J. R.:   [Lo miro de reojo]. Y ¿eso es lo que más te sorprende?
Butch: [Enfoca los gemelos en el cohete]. Verás… No se puede clasificar mi relación con V en ninguna categoría y tampoco hay necesidad de hacerlo… Aunque a veces quisie-

ra que todo fuera más claro. Decir que somos sólo los mejores amigos, o hermanos, o alguna mierda así me parece que sería restarle importancia a nuestra relación. Ya es bastante malo ser tan horriblemente vulnerable con una persona, como tu esposa. Pero tener a este otro tío por ahí fuera, luchando y combatiendo contra asesinos… Verás, me preocupa perder a cualquiera de los dos, y no me gusta nada esa sensación. V sale solo a veces y yo no puedo estar con él, así que miro mi teléfono constantemente hasta que llega a casa a salvo. Ha habido noches en las que Jane y yo nos sentamos en mi sofá de la Guarida y sencillamente miramos al vacío. [Hace una pausa]. Es una mierda, si quieres que te diga la verdad. Pero los necesito a los dos para ser feliz.

Butch regresa, saca otro cohete y me explica todos los detalles de la construcción. Éste es más o menos del mismo tamaño del Lag y está pintado de negro con bandas plateadas. Mientras preparamos el lanzamiento, Butch hace bromas y es encantador e irreverente. Es difícil imaginar que hace sólo unos minutos estábamos hablando de algo tan personal. Doy por hecho que la conversación seria ya ha llegado a su fin y, sin embargo, cuando lanzamos el tercer cohete, Butch vuelve al tema de Vishous, como si la llamarada del cohete y la apertura del paracaídas hubiesen creado un espacio especial para conversar.

Butch: Por cierto, no se trata de un asunto incestuoso.

J. R.:   [Abro los ojos]. ¿Perdón?

Butch: El hecho de que V y yo estemos tan unidos. Me refiero a que éramos así antes de que el Omega… ya sabes, antes de que el Omega me hiciera esa mierda. Claro, Vishous es el hijo de la Virgen Escribana y yo soy… lo que soy gracias al hermano de ella, pero no hay nada turbio en ese asunto.

J. R.:   Nunca he pensado que lo hubiera.

Butch: Bien. Y, postdata, me gusta mucho la doctora Jane. Ella es realmente genial. Joder… [suelta una carcajada], es capaz de cortarle la cabeza y servírsela en una bandeja si tiene que hacerlo. Es muy divertido verlos, aunque él se comporta bastante bien cuando está con ella, lo cual es una lástima.

J. R.: ¿Y Marissa? ¿Cómo lleva lo de compartir la casa con otra compañera?

Butch:. Marissa y Jane se entendieron a la perfección desde el primer momento y Jane ha sido de gran ayuda. Ella es la que hace las revisiones médicas en Safe Place ahora. Es mucho mejor tener a una médica para que haga los exámenes. Las enfermeras que Havers enviaba eran amables… pero es más fácil con Jane, y ella está más preparada.

J. R.: ¿Marissa y Havers han tenido mucho contacto?

Butch: No hay razón para que lo tengan. Él sólo es otro médico. [Me lanza una mirada]. La familia es la que tú te construyes, no la gente con la que creciste. [Regresa a donde está la mochila].

Butch instala nuestro último cohete y ése es el que más me gusta de todos. Es el más grande y tiene pintado el uniforme de David Ortiz y las palabras «Big Papi». Hacemos la cuenta atrás y oprimo el botón… y se oye el zumbido, al tiempo que lo que Butch ha construido sale disparado hacia el cielo. Observo cómo se eleva y veo que éste sube más que los otros. Hasta que se convierte en la única estrella que se ve en el cielo nocturno lleno de nubes.

Butch: [En voz suave]. Precioso, ¿no crees?

J. R.: Encantador.

Butch: ¿Sabes por qué los construyo?

J. R.: ¿Por qué?

Butch: Porque me gusta verlos volar.

Nos quedamos uno junto al otro mientras se abre el paracaídas y el cohete baja hasta la tierra y cae sobre el jardín de rosas. Mientras flota suavemente, meciéndose hacia uno y otro lado, el brillo de la punta nos indica dónde ha caído… y de repente descubro, sin tener que preguntar, la razón por la que siempre apunta los cohetes hacia la mansión. Con todas esas luces de seguridad, puede encontrarlos fácilmente. Pero a Butch le gusta su casa… y quiere que esos modelos en los que pasa horas construyéndolos regresen al lugar que ama y donde necesita estar. Después de tanto tiempo sin una familia ni un lugar en el mundo, ahora tiene su paracaídas, un descenso suave y lento después de un ascenso meteórico... y es la gente de esa mansión.

Butch: [Con una sonrisa]. Maldición, quisiera que tuviéramos otro, ¿no te parece?

J. R.:   [Con deseos de abrazarlo]. Así es, Butch. A mí también me encantaría.

Amante confeso

Personajes

Butch O'Neal
Marissa
Vishous
La Virgen Escribana
El Omega
Señor X
Van Dean
Wrath y Beth
Zsadist
Rehvenge
John Matthew
Blaylock
Qhuinn
Xhex
Lash
Ibex, padre de Lash y leahdyre de la glymera
Havers
José de la Cruz
Madre e hijo
Joyce (O'Neal) y Mike Rafferty
Odell O'Neal

Sitios de interés (todos en Caldwell, NY, a menos de que se indique otra cosa)

Mansión de la Hermandad, ubicación desconocida
La Tumba, en el terreno de la mansión
Clínica de Havers, ubicación desconocida
Centro de entrenamiento de la Hermandad, en el terreno de
    la mansión
ZeroSum (Trade esquina con la calle Décima)
Edificio Commodore, rascacielos de lujo
Habitación de Blaylock
Casa de Ibex/Lash
Safe Place, ubicación desconocida

Resumen

Butch O'Neal encuentra su verdadero destino como vampiro y como hermano, mientras se enamora de Marissa, una hermosa aristócrata.

Primera línea:	*¿Qué pensarías si te digo que he tenido una fantasía?*
Última línea:	*El verdadero bastón de la vida.*
Publicado en:	octubre de 2008
Número de páginas:	488
Número de palabras:	150.376
Primer borrador escrito en:	marzo 2006-septiembre 2006

Comentarios sobre el proceso de escritura

Butch O'Neal me atrapó desde el primer momento en que lo vi en *Amante oscuro*, cuando está investigando la escena del crimen de la bomba de Darius. Esta descripción de él es desde la perspectiva de Beth y lo que me gustó tanto fue su forma de mascar chicle.

    —Y bien, Randall, ¿qué te trae por aquí? —Se llevó un trozo de chicle a la boca y arrugó el papel formando una bolita. Su mandíbula se puso a trabajar como si estuviera frustrado; no masticaba, machacaba.

Amante oscuro, p. 42

La agresividad de Butch era palpable y, en mi opinión, eso es atractivo. Y mi atracción por él sólo se hizo más profunda cuando arrestó a Billy Riddle, el jovencito que atacó a Beth cuando iba camino a casa desde el trabajo. Aquí Billy, que fue quien persiguió a Beth, está boca abajo, tirado en el suelo en su cuarto de hospital, y Butch le está leyendo sus derechos mientras le pone las esposas.

> —¿Sabe quién es mi padre? —gritó Billy como si hubiera conseguido tomar aire durante un segundo—. ¡Él hará que le despidan!
> —Si no puedes pagarlo, se te proporcionará uno. ¿Entiendes estos derechos que te he indicado?
> —¡A la mierda!
> Billy gimió y asintió con la cabeza, dejando una mancha de sangre fresca sobre el suelo.
> —Bien. Ahora vamos a arreglar el papeleo. Detestaría no seguir el procedimiento apropiado.

Amante oscuro, pp. 54-55

Definitivamente, Butch O'Neal era la clase de hombre que me gustaba: un renegado duro y salvaje que, aunque no siempre seguía las reglas, tenía su propio código de honor.

Además, era un fanático de los Red Sox, así que no hay más que decir.

Los héroes que aparecen en los libros de la Hermandad no son perfectos, todo lo contrario: por ejemplo, Wrath casi mata a Butch en *Amante oscuro*, Rhage es adicto al sexo, Zsadist era un sociópata misógino antes de conocer a Bella y Phury tiene un problema con el consumo de drogas. Sin embargo, lo importante es que, al lado de esos defectos, todos ellos tienen cualidades heroicas, y eso es lo que los vuelve atractivos.

Yo escribo sobre machos alfa. Siempre lo he hecho. No obstante, los hermanos son machos alfa con mayúsculas, si entienden lo que quiero decir. Tal vez una parte de mí está siguiendo la regla número dos (*Escribe sin contenerte*) y por eso todo en los libros de la Hermandad está llevado al extremo, también los héroes y sus actos. Pero en su mayoría esto se debe a la regla número ocho (*Escucha tus propias ideas*). Los hermanos que yo me imagino superan todas las expectativas, son hiperagresivos y, en mi opinión, absolutamente atractivos.

Butch encaja perfectamente con los otros héroes de la saga: tiene un pasado espantoso que lo ha convertido en la persona que es, además de que está lleno de defectos y también de virtudes. En cuanto a los comienzos de su vida, en la escena en que él le cuenta por fin a Marissa algo de su pasado salen algunos detalles (*Amante confeso* (páginas 350-354). Desde el comienzo está claro que Butch se inclina hacia la autodestrucción debido al secuestro y asesinato de su hermana y que es un policía letal a causa de lo que él ve como su parte de culpa en ese crimen. Cuando Butch le cuenta a Marissa que consume drogas y le habla de la violencia en su vida y del hecho de que siempre se ha sentido aislado de todos los que lo rodean, queda muy claro lo importantes que son los hermanos y su mundo para él como persona: la mansión es el único lugar donde se ha sentido cómodo en la vida y no quiere quedarse al margen del mundo de los hermanos, como si fuera un paria. (Si pensamos en John y Beth, vemos que el caso de Butch es muy similar en ese sentido. Los tres siempre han sentido que hay algo que los separa de los humanos que los rodean, pero desconocen la razón de esa sensación).

Desde el punto de vista de los personajes, yo era consciente de que, para Butch, la necesidad de formar parte de algo y ser honesto con un yo interno que apenas podía dilucidar eran aspectos claves de su desarrollo. Y desde la perspectiva de la historia, sabía dos cosas sobre él: que iba a terminar con Marissa y que el destino de Butch y el de V estaban íntimamente ligados. En mi imaginación, Marissa era la heroína perfecta para él, refinada, toda una dama, increíblemente hermosa, alguien que él podía poner en un pedestal para adorarla y reverenciarla. Y en cuanto a la relación con V… bueno, más tarde hablaremos sobre eso.

Como ya he dicho, originalmente la historia de amor de Butch y Marissa iba a ser uno de los grandes argumentos secundarios de *Amante eterno*, pero exigían tanta atención que saqué sus escenas y las dejé aparte. Cuando terminé el borrador de *Amante despierto*, mi editora y yo discutimos acerca de cuál era el libro que seguía. Yo quería hacer el de Butch, pero ella me dijo que era mejor continuar con los hermanos que eran vampiros y yo estuve de acuerdo. Lo cual significaba que el siguiente era Vishous (porque a esas alturas Tohr ya había desaparecido, John Matthew todavía no había pasado la transición y el libro de Phury no podía salir antes de que Bella hubiese dado a luz).

El problema es que cuando comencé a hacer el bosquejo de V, me di cuenta de algo que ya sabía desde *Amante oscuro*: no había manera de hacer el libro de Vishous antes que el de Butch. La relación de V con el policía y las emociones que éste sentía por el humano fueron los elementos que lo abrieron emocionalmente para poder enamorarse. Para poder volverse vulnerable hasta el punto de poder enamorarse, V necesitaba asumir sus sentimientos hacia Butch y eso no podía suceder en un solo libro por un par de razones. En primer lugar, en mi escritura trato de mostrar o sugerir todo lo que puedo (en lugar de contarlo literalmente), así que el libro de V habría quedado lleno de escenas entre él y Butch, en especial al principio; lo cual sería peligroso, porque se corre el riesgo de desequilibrar el argumento (es decir, una cantidad de escenas de Butch/V, V/Butch, Vishous y Butch... y luego cambiar repentinamente a escenas de una hembra y V, V/una hembra, Vishous y una hembra). Además, si Butch no tenía una relación amorosa estable, Vishous no podría alejarse de él lo suficiente como para encontrar el amor; para lograr que V se involucrara realmente con su heroína, Butch tenía que estar felizmente comprometido con Marissa.

Sin embargo, de todas maneras traté de hacer el esbozo del libro de V. Lo intenté con todas mis fuerzas.

Pero no funcionó.

Después de un par de semanas de darme en la cabeza, decidí seguir la regla número ocho (*Escucha tus propias ideas*) y llamé a mi editora con el consabido tono de Houston-tenemos-un-problema. Cuando le expliqué el asunto, ella entendió y accedió. Y ésta es sólo una de los millones de razones por las cuales la idolatro: ella entiende lo que me sucede con los hermanos.

Así que Butch fue el siguiente. Y, caramba, hablando de giros inesperados...

Cuando comencé a hacer el bosquejo de Butch, todavía no sabía nada sobre la Profecía del Destructor, ni sobre el papel transformador que tendría el policía en la guerra con la Sociedad Restrictiva. Pensé que el núcleo del libro iba a ser la regresión de los an-cestros y el hecho de que Butch fuese inducido a llegar al cambio.

Pero... no.

Después de retomar las escenas que ya había escrito sobre la forma en que se enamoran él y Marissa y hacer el bosquejo de las otras cosas que veía en mi cabeza, quedó claro que faltaba algo. El libro sencillamente no era tan grande como yo presentía que sería.

Lo pensé mucho. Me angustié. Lo pensé un poco más... y luego tuve la visión del Omega cortándose un dedo y poniéndolo dentro del abdomen de Butch.

De hecho, cuando el Omega toma el cuchillo y se corta, vi la imagen y escuché un sonido como el de quien parte una zanahoria.

¡Ay!

Después de eso, todas las escenas fueron apareciendo en mi cabeza como una cascada. Mientras seguía la historia, fue fascinan-te ver cómo las escenas originales se iban modificando. Por ejem-plo, yo había imaginado que Butch y Marissa se reencontraban en la clínica, pero de repente él estaba en cuarentena y las consecuen-cias eran mucho, mucho más graves. Así que no hubo grandes cam-bios de contenido por sí mismos, sino en cuanto a las implicaciones para el universo de la Hermandad.

El gran tema del libro es la transformación y, con respecto a Butch, me encantan las tramas paralelas de su historia. Tanto el bien como el mal lo transforman: primero cuando el Omega lo atra-pa y luego cuando inducen su cambio y sale a flote su naturaleza vampira. Es como si la Sociedad Restrictiva y la Hermandad estu-vieran luchando por controlar el destino y el alma de Butch, y por un momento no se sabe quién ganará. Después de haber salido Butch de la cuarentena, pasa un tiempo en el que ni él ni los herma-nos están seguros de si ha sido convertido en restrictor o qué es exactamente lo que él hace cuando inhala a un restrictor.

Lo que más me gusta del final de Butch en términos del uni-verso de la Hermandad es que él es uno de los luchadores más im-portantes de la guerra, uno de los que definitivamente cambian la situación en contra del Omega, porque amenaza al mal directamen-te. Los hermanos llevan siglos atrapando restrictores, pero Butch logra hacerle un daño real al ser finito del Omega cada vez que em-plea su talento. Creo que ése es un gran final para el policía. Le brinda un lugar donde, aunque no posee la sangre pura de la Hermandad, se convierte en alguien tan importante como los demás en la guerra para proteger a la especie.

Y Butch no es el único que cambia. Marissa también pasa de ser una hembra enclaustrada de la glymera a ser alguien que tiene su propia vida.

De todas las hembras de la serie, creo que Marissa es, probablemente, la que más se parece a mí, porque yo también vengo de un medio conservador y tradicional y he tenido que romper unos cuantos moldes y expectativas para ser la persona que soy de verdad. Esa escena, al principio de *Amante confeso* (que empieza en la página 24), en la que ella tiene un ataque de pánico en el baño, durante la fiesta en casa de su hermano, muestra claramente lo que significa el hecho de que pertenezca a la glymera. Marissa ha sublimado tantas cosas de su vida y ha aceptado durante tanto tiempo cargas que no ha elegido voluntariamente, que está llegando al punto de ruptura.

Con frecuencia me preguntan si hay en los libros elementos de mi vida y mi historia personal y si pongo en las historias a gente que conozco. Soy muy reservada y separo mi vida privada de mi escritura con mucho celo; odiaría pensar que algunos de mis amigos o parientes se sintieran utilizados por mí. Pero una vez dicho eso, definitivamente algunas de las cosas que suceden en los libros sí son fruto de mi experiencia personal. Por ejemplo, siendo alguien que ha tenido ataques de pánico, la escena de Marissa en ese baño despertó muchos ecos en mí. No puse la escena en el libro porque quisiera revelar algo de mi historia personal, pero sí sentí simpatía por mi heroína, en el sentido en que te sientes identificado con alguien que ha pasado por lo mismo que tú.

Para Marissa, el verdadero punto de ruptura como individuo tiene lugar cuando quema todos sus vestidos en el jardín. Pensé que ésa era una estupenda manera de marcar de manera simbólica su ruptura con la tradición:

> Le llevó sus buenos veinte minutos arrastrar cada uno de sus trajes y vestidos hasta el patio. Tuvo mucho cuidado en incluir los corsés y los chales. Cuando terminó, los montones de ropa parecían fantasmas a la luz de la luna, mudas sombras de una vida a la que nunca volvería, una vida de privilegios... prohibiciones... y doradas degradaciones.

De entre el enredo, sacó una bufanda. Regresó al garaje con la tira de satén color rosa pálido. Cogió una lata de gasolina y una caja de cerillas... Y no dudó. Caminó entre el valioso remolino de rasos y sedas, empapado con el transparente y dulce carburante, y se situó contra el viento mientras buscaba una cerilla.

Prendió la tira de seda y luego la tiró sobre el montón de telas.

La explosión fue superior a lo que había esperado: una gran bola de fuego que la tiró hacia atrás y le achicharró la cara.

Cuando las llamas anaranjadas y el humo negro se elevaron hacia el cielo oscuro, ella se puso a gritar como si estuviera a las puertas del infierno.

Amante confeso, p. 292

Tenía una idea muy clara de ese incendio, con ella corriendo alrededor de los vestidos en llamas, gritando; era una estupenda representación temporal del cambio interno que estaba sufriendo, una manera de borrar el pasado, como preparación para seguir hacia delante.

Y, caramba, vaya si lo logra. Una de mis escenas favoritas de toda la saga es cuando Marissa le da una bofetada a su hermano y a todo el Consejo de Princeps, durante la votación sobre la sehclusion obligatoria para las hembras de la aristocracia que no tienen pareja (que comienza en la página 452). Marissa se levanta, confirma su estatus como cabeza de su linaje, porque es mayor que Havers, y vota en contra, poniéndole fin a la discusión y a la restricción. Eso representaba un cambio de ciento ochenta grados con respecto a su situación en aquel baño, pues ya no está bajo el control de la glymera, sino que está afirmando su control sobre ellos.

También me gusta cómo termina Marissa. Ella es la persona perfecta para dirigir Safe Place. Además, es agradable que, después de años de conflictos, Wrath y ella puedan trabajar juntos, porque eso le da la oportunidad a Wrath de probarle a Marissa una y otra vez que realmente la respeta.

Como nota al margen, en lo que se refiere a las hembras de la saga, es significativo que, al final de *Amante confeso*, las shellans se reúnan todas en la oficina de Marissa y Beth les entregue una pequeña escultura de un búho. Esa escena muestra un aspecto de las shellans que todavía no he tenido oportunidad de desarrollar en ningún libro: el hecho de que, al igual que los hermanos, ellas también estén unidas mutuamente de una manera especial.

Pero volvamos a Butch. Al final del libro, durante su inducción a la Hermandad, está claro que tampoco se siente completo con el nuevo papel que tiene en el mundo:

> Wrath se aclaró la garganta, pero aun así, la voz del Rey sonó ligeramente ronca.
>
> —Eres el primer recluta en setenta y cinco años. Y... eres digno de la sangre que tú y yo compartimos, Butch, de mi linaje.
>
> Butch dejó caer la cabeza sobre los hombros y lloró sin disimulo... pero no de felicidad, como ellos suponían.
>
> Lloró por el vacío que sentía.
>
> Porque a pesar de lo maravilloso que era todo, se sentía vacío por dentro.
>
> Sin Marissa, su compañera, no era nada. Vivía, aunque no estaba verdaderamente vivo.
>
> *Amante confeso*, p. 476

Sin Marissa, él es menos que cero y eso es cierto para todos los hermanos. Después de haber elegido compañera por fin se sienten completos y cortar su relación los conduce a una depresión irreparable (estoy pensando en Tohr). Por fortuna para Butch, Marissa y él logran solucionar sus problemas y se reúnen al final.

Y hablando de uniones… hablemos un poco de sexo. Butch me hizo sonrojar muchas veces. Muchas, muchas veces.

Tal vez fue porque, de todos los hermanos, él era el que más solía hablar cuando estaba haciendo el amor. O tal vez, su forma de tratar a Marissa por su virginidad. O tal vez sólo sea que, sinceramente, creo que él es muy sensual. Sea cual sea la razón, creo que el libro de Butch es, hasta ahora, el más cargado de sexo.

Así que tiene sentido que tratemos el tema del sexo cuando estamos hablando de su libro.

De vez en cuando me preguntan en las entrevistas cómo me siento escribiendo libros con tanto sexo y si lo hago para satisfacer la demanda del mercado, que quiere contenidos cada vez más eróticos. Es cierto que, a lo largo de los últimos cinco años o un poco más, las novelas románticas se han ido volviendo más y más sexuales y el mercado de lo erótico ha crecido significativamente. Cuando comencé a escribir la saga de los hermanos, estaban empezando a ganar importancia muchas de las publicaciones electrónicas que son hoy tan populares y poco después una serie de editoriales de Nueva York desarrollaron también líneas editoriales más eróticas. El mercado estaba evolucionando, lo cual fue una suerte para mí.

Desde el comienzo sabía que los hermanos iban a ser más explícitos a nivel sexual que mis anteriores novelas contemporáneas. Y era consciente de que la saga iba a llevar a los lectores en direcciones que no tenían cabida en mis otros libros (por ejemplo, la adicción de Rhage al sexo, las disfunciones sexuales de Z, las predilecciones de V). Pero una vez dicho esto, debo aclarar que no me dirigí específicamente al mercado erótico. Los hermanos sencillamente era muy sexuales y sus escenas con hembras que yo veía en mi cabeza eran ardientes. Así que para mantenerme fiel a la regla número ocho (sí, otra vez escuchar mis propias ideas), escribí lo que tenía en la cabeza. ¿Alguna vez pensé: *Ay, por Dios, ¡no puedo creer que acabe de escribir eso!?* ¡Claro! Pero la cuestión es que las escenas de sexo siempre representan un avance emocional y ésa es la razón por la que, a pesar de lo gráficas que puedan llegar a ser, no siento que sean gratuitas.

Veamos, por ejemplo, la escena en que Rhage es encadenado a la cama... o cuando Z monta a Bella en su período de fertilidad... o cuando Marissa finalmente se alimenta de la vena de Butch en la parte trasera del Escalade. Todas esas escenas son muy eróticas, pero la dinámica de las relaciones cambia después de haber sucedido, ya sea para bien o para mal. Creo que tal vez ésa es una diferencia entre las novelas románticas y las estrictamente eróticas. En las novelas románticas, el sexo afecta a los vínculos emocionales de los personajes y fortalece las conexiones. En las novelas estrictamente eróticas, el acto o la exploración sexual son en sí mismos el objetivo.

¿Que si pienso que el mercado seguirá esa misma tendencia? No me sorprendería que lo hiciera. La predicción es un deporte arriesgado, pero parece haber un apetito constante por libros con algo de pasión. Estoy bastante segura de que la popularidad de los subgéneros seguirá oscilando y que llegarán nuevos géneros que todavía no nos podemos imaginar. Pero creo que la tendencia general de la sexualidad probablemente se quede donde está.

Y hablando de sexualidad... quisiera referirme a Butch y V.
¿Por dónde empezar?

La primera vez que presentí que su relación iba a tener un componente sexual fue en aquella escena de *Amante oscuro*, cuando Butch y V pasan el día juntos en el cuarto de huéspedes de la casa de Darius. Había algo muy íntimo en la imagen de esos dos, acostados en esas camas, borrachos, conversando. Y luego se mudaron juntos a la Guarida y se volvieron inseparables. Para ser sincera, desde el comienzo tenía claro qué era lo que V sentía por Butch y también era consciente de que Butch no tenía ni idea de lo que estaba pasando, pero decidí dejar esa situación así y no hacer nada. No sabía cómo controlarla. O cómo reaccionarían los lectores ante ella.

A veces hago eso. Tengo historias completas que suceden en el universo de la Hermandad pero que no incluyo en los libros y las dejo al margen por una serie de razones. La mayor parte de las veces tiene que ver con el foco de la historia y temas relacionados con la extensión de los libros. Por ejemplo, la historia corta que aparece al principio de este volumen sobre Z, Bella y Nalla ha estado en mi cabeza cerca de dieciocho meses, pero no había dónde ponerla en ninguno de los libros.

Algunas veces, sin embargo, dejo historias porque no sé bien cómo controlarlas. Mientras escribía los tres primeros libros, empecé a ver todas esas escenas entre Butch y V, algunas de las cuales quedaron registradas negro sobre blanco y otras no, y todas me fascinaban. Todo el tiempo me decía: «Bien, ¿cuándo se va a dar cuenta Butch de lo que le sucede a su compañero de casa? ¿Y cuál va a ser su reacción cuando sepa lo que V siente por él?».

Mientras seguía avanzando, la pregunta que me hacía era: «¿Debería escribir esto negro sobre blanco?». Y si la respuesta era positiva, ¿cuándo? Después de un tiempo decidí dar el salto. Tal como lo veía, ya me había sumergido en aguas turbulentas a lo largo de los tres primeros libros y las cosas habían salido bien. Pero, más importante aún, la historia merecía esa clase de honestidad.

Y *Amante confeso* era la ocasión perfecta para hacerlo.

Cuando Butch es secuestrado al comienzo del libro, la manera obsesiva que tiene V de afrontar el rescate recuerda un poco el modo en que Z decide buscar a Bella en *Amante despierto*. Sin embargo, en este caso la obsesión se podría explicar porque V y el policía eran muy amigos. Yo sabía que tenía que dejar muy claro que las cosas iban más allá de una amistad en el caso de V, y la escena en que él va a ver a Butch para curarlo, cuando está en cuarentena, y lo sorprende con Marissa fue el momento en que decidí exponer esos sentimientos ante el lector desde el punto de vista de V:

> Butch cambió de posición y tumbó de espaldas a Marissa para subírsele encima. Al hacerlo su pijama se abrió, los tirantes se aflojaron y quedaron al aire su espalda musculosa y su potente trasero. El tatuaje en la base de la columna vertebral se desfiguraba con cada movimiento. Apretujó sus caderas entre la falda de ella, con una erección dura como una piedra. Las largas y elegantes manos de la hembra serpentearon alrededor de las nalgas de él hasta engarzarse en los glúteos desnudos y redondeados.
>
> Ella lo arañó y Butch ladeó la cabeza, sin duda para exhalar un gemido.
>
> ¡Por Dios santo! V podía oír los jadeos... sí... podía oírlos. Y sin saber de dónde surgió, un extraño y anhelante sentimiento de tristeza lo traspasó. Mierda. ¿Exactamente qué papel desempeñaba él en aquel escenario?
>
> *Amante confeso,* p. 126

La descripción dejaba bien claro qué (o a quién) quería... y no era precisamente a Marissa. Tengo que admitir que estaba un poco alarmada. Ya antes había hecho sugerencias sobre los «intereses poco convencionales» de V, pero siempre me había referido al sadomasoquismo y no al hecho de que él también había estado con machos. Y ahí estábamos... uno de los héroes principales de la saga... sintiéndose atraído por otro héroe principal.

Butch no es bisexual. Nunca le han gustado los hombres. Si tuviera que definirlo, diría que él es un V-sexual, por llamarlo de alguna manera. Hay algo en su relación con Vishous que cruza la frontera de lado a lado, y hay que reconocer que el policía no sale corriendo ni se asusta. Él está con Marissa y está comprometido con su relación, pero el tema de V no le ha incomodado a nadie porque se respetan los límites.

Tengo que decir que la escena en que Butch es introducido en la Hermandad, cuando V lo muerde, es absolutamente erótica:

Sin pensarlo, Butch alzó el mentón, consciente de que se estaba ofreciendo él mismo, consciente de que él... oh, joder. Frenó sus pensamientos, completamente extrañado por la vibración que surgió entre ellos, sólo Dios sabe de dónde.

Como a cámara lenta, la oscura cabeza de Vishous se deslizó hacia abajo. Butch sintió el sedoso roce de la perilla de V en la garganta. Con exquisita precisión, los colmillos de Vishous presionaron la vena que subía desde el corazón de Butch, y luego lenta e inexorablemente perforaron su piel. Sus pechos se juntaron.

Butch cerró los ojos y absorbió la emoción de todo, la calidez de sus cuerpos tan cerca, la forma como el pelo de V se sentía tan suave en su barbilla, el tacto del poderoso brazo del macho mientras resbalaba alrededor de su muñeca. Por su propia voluntad, las manos de Butch se posaron sobre las caderas de Vishous, apretando la carne firme. Se fundieron por completo. Y un temblor los recorrió... Ambos se estremecieron a la vez...

Y entonces... lo que tenía que pasar, pasó. Y jamás volvería a pasar.

No se miraron cuando V se apartó en una separación completa e irrevocable. Un camino que no volvería a ser transitado. Jamás.

Amante confeso, p. 473

Como ya he dicho, no sabía muy bien cómo iban a reaccionar los lectores ante el tema V/Butch, y después de la publicación del libro quedé sorprendida. De manera general, todos querían más sobre ellos dos. El hecho de que los lectores fueran tan increíblemente comprensivos y me apoyaran da fe de su mentalidad tolerante y me siento muy agradecida. También tengo una deuda de gratitud con pioneros como Suzanne Brockmann, quien, con su personaje de Jules Cassidy, allanó el camino para que machos como Blay también pudieran tener un final feliz y hermanos como V fueran aceptados por lo que son.

Y ahora un par de reflexiones sueltas sobre *Amante confeso...*

Butch no sólo hizo que me sonrojara muchas veces; con él tuve mi primer bloqueo como escritora.

Pero no porque él se estuviera desnudando todo el tiempo.

Con cada título que salía y tenía éxito, los libros se iban volviendo más largos y yo estaba comenzando a preocuparme. ¿Qué pasaría si esa tendencia continuaba? Terminaría entregando títulos de varios tomos. El problema parecía ser que el universo de la Hermandad había comenzado a desarrollar su propia vida —algo que fue especialmente cierto con la historia de Butch—, así que los sucesos ya no sólo tenían que ver con los héroes y las heroínas.

Para mí como autora, el hecho de tener la libertad de explorar todas las vicisitudes del Omega, la Virgen Escribana y la guerra contra la Sociedad Restrictiva es parte de lo que me gusta de la saga. Sin embargo, las cosas más grandes no necesariamente son mejores. Durante el proceso de revisión, mi editora y yo siempre repasamos el ritmo para asegurarnos de que no haya en la página nada que sobre. Es gratificante cuando no encuentras nada superfluo, pero también es aterrador ver cómo van aumentando esos numeritos de las esquinas.

En todo caso, cuando comencé a escribir el borrador de *Amante confeso*, decidí que iba a ser «inteligente», dada la complejidad de la trama. Así que no dudé en consolidar unas cuantas escenas del principio para ahorrar espacio.

Correcto.

Por supuesto que eso tenía sentido desde el punto de vista práctico, pero a los hermanos no les gustó nada. A medida que trataba de adaptar las escenas del principio, uniéndolas en un solo texto, las voces en mi cabeza comenzaron a desvanecerse. Fue la cosa más extraña. Todo quedó en absoluto silencio y yo tuve que enfrentarme a algo que siempre había temido: como no tengo idea de dónde vienen mis ideas o cómo hago lo que hago o por qué suceden ciertas cosas en el mundo, siempre tengo miedo de que un día los hermanos decidan hacer las maletas, empacar sus pantalones de cuero y sus dagas y dejarme sin nada.

Cuatro días. La sequía duró cuatro días. Y como puedo ser bastante terca, no se me ocurrió qué podía estar pasando. Pero por fin caí en la cuenta, después de que casi me vuelvo loca por el silencio…

Ah, ¿no crees que estás tratando de manipular demasiado estas escenas sólo para ahorrar un poco de espacio?

En cuanto dejé de preocuparme por la extensión, todo volvió a fluir y los hermanos regresaron. ¿Moraleja? La regla número ocho se impone sobre cualquier otra preocupación que pueda tener. Cada historia exige cosas distintas, ya sea en cuanto al ritmo, la descripción, el diálogo… o la extensión. Lo mejor que puedes hacer es mantenerte fiel a lo que te has imaginado. No estoy diciendo que haya que ser inflexible durante las correcciones. En absoluto. Pero hay que ser brutalmente honesto en ese primer borrador, luego podrás preocuparte por editar las cosas después.

Pasando a otro tema… mucha gente me pregunta qué pasa con el padre de Butch. En concreto quieren saber si va a tener algún papel más adelante en la saga. La respuesta es no lo sé. Puedo ver un camino en el que quizá haya algunos lazos familiares interesantes, pero hay que esperar para ver. Sin embargo, estoy bastante segura de una cosa: el padre de Butch tiene que ser mitad vampiro. El macho tuvo que haber pasado la transición, aunque es capaz de soportar la luz del sol como Beth, o bien no pasó por el cambio y funcionaba en el mundo como un humano agresivo.

La otra pregunta que me hacen con frecuencia acerca del pasado de Butch tiene que ver con el resto de su familia y si él alguna vez se reencuentra con ellos. Esta respuesta sí la sé y es no. Butch se ha despedido de su madre, y sus hermanos y hermanas llevan años aislándolo. La única persona de su antigua vida que Butch extraña es José de la Cruz, aunque algo me dice que esos dos todavía tienen algo que decir.

Finalmente, de todos los libros, el que más tiende a gustarles a los lectores varones es el de Butch y eso realmente no me sorprende. Tiene muchas buenas escenas de pelea y la construcción del universo es más extensa que en algunas otras historias, donde el romance puede ocupar más espacio. Y algunos hombres han comentado que les encanta la idea de que exista una fuerza enorme dentro de ellos, una fuerza que sacuda el mundo y los ponga en una posición de poder, y gracias a la manipulación del Omega, ése es ciertamente el caso de Butch.

Además, los hombres creen que Marissa es ardiente.

Así que ésas son mis reflexiones sobre Butch. Ahora… vamos por V.

[Suspiro].

Vishous,
hijo del Sanguinario

Vishous, ¿podrías quitarte esa sonrisa de la cara?
Estás empezando a enervarme.

Amante desatado, p. 505

Edad:	304.
Fecha de ingreso a la Hermandad:	1739.
Estatura:	1,97 m.
Peso:	117 kg.
Color del pelo:	Negro.
Color de los ojos:	Blancos, rodeados de un círculo azul marino.
Señales físicas particulares:	Cicatriz de la Hermandad en el pectoral izquierdo; tatuaje en la sien izquierda; tatuajes en el área del pubis y los muslos; nombre Jane grabado en los hombros en Lenguaje Antiguo. Parcialmente castrado. Siempre usa un guante negro en la mano derecha. Tiene perilla.
Nota:	Es hijo biológico de la Virgen Escribana y lleva el resplandor que la caracteriza en la mano derecha, lo cual es una poderosa fuente de energía, capaz de causar terribles destrucciones. Puede prever el futuro. Posee poderes curativos.

Arma preferida:	Su mano derecha.
Descripción:	Al hablar con V en la fiesta, [a Bella] le pareció tremendamente agradable. Tenía la clase de agudeza que realzaba la sociabilidad de un vampiro de inmediato. Pero no era su única virtud: ese guerrero era completo. Sexy, inteligente, poderoso, la clase de macho que hacía pensar en tener bebés sólo para que les transmitiera sus genes.

Se preguntaba por qué llevaba siempre ese guante negro de cuero. Y qué significaban los tatuajes que tenía a un lado de la cara.

Amante eterno, pp. 381-382

Compañera:	Doctora Jane Whitcomb.

Preguntas personales (respondidas por V)

Última película que viste:	*Flicka*, con Dakota Fanning.
Último libro que leíste:	*El secreto del viejo reloj*, de Carolyn Keene.
Programa de televisión favorito:	*Las chicas de oro.*
Último programa de televisión que viste:	*The Young and the Restless.*
Último juego que jugaste:	«Este dedito puso un huevito…».
Mayor temor:	Estar a solas en la oscuridad.
Amor más grande:	Tejer.
Cita favorita:	«¡El avión! ¡El avión!».
Bóxer o calzoncillos:	Calzoncillos.
Reloj de pulsera:	Seiko de mujer.
Coche:	No tengo coche. Me muevo en una Vespa.
¿Qué hora es en estos momentos?:	1.16 a. m.

¿Dónde te encuentras?:	En la bañera.
¿Qué llevas puesto?:	Espuma de jabón con aroma a coco y vainilla.
¿Qué clase de ropa hay en tu armario?:	Telas de flores, nada de rayas (porque soy un poco hippy), zapatillas número 44 y una cómoda llena de ropa interior de encaje.
¿Qué fue lo último que comiste?	Una bolsa entera de trufas de chocolate negro de Lindt. Creo que voy a entrar pronto en mi período de fertilidad, porque siempre me dan antojos antes de eso.
Describe tu último sueño:	Estaba en un campo de flores silvestres, corriendo libremente —no, mejor, retozando– con un unicornio que tenía la crin y la cola rosas. Tenía alas traslúcidas y una varita mágica e iba dejando por todas partes nubes de polvo de hadas.
¿Coca-Cola o Pepsi-Cola?:	Orangina.
¿Audrey Hepburn o Marilyn Monroe?:	Audrey, porque me gustaría ser ella.
¿Kirk o Picard?:	Riker. Las perillas son tan atractivas…
¿Fútbol o béisbol?:	En realidad, los deportes no me interesan mucho. En lo único en lo que puedo pensar es en la cantidad de ropa que hay que lavar al final, en todas esas horribles manchas de hierba y tierra. Horrible, de verdad.
La parte más sexy de una hembra:	El cajón de su ropa interior.
¿Qué es lo que más te gusta de Jane?:	La manera como me pinta las uñas.
Mejor amigo (aparte de tu *shellan*):	Rhage. Definitivamente Rhage. Él es el vampiro más fuerte e inteligente que he conocido en la vida. Lo idolatro. De hecho, estoy fun-

dando una religión para adorarlo, porque creo que todo el mundo debe saber lo perfecto que es.

Última vez
que lloraste: Ayer. Ese malvado de Butch me robó las agujas de hacer punto y las escondió. Me hice un ovillo en la cama y lloré durante horas enteras.

Última vez
que te reíste: Ayer, cuando…

En este punto la respuesta está tachada y debajo dice:

De hecho, fue hace diez minutos, cuando le di una paliza a Rhage por contestar a mi entrevista por mí, muchas gracias. ¡Es un imbécil! A continuación siguen mis verdaderas respuestas… Ah, y por cierto, Dakota Fanning no aparece en Flicka y lo sé porque miré la caja del DVD y NO porque haya visto la maldita película.

Última película
que viste: *El pelotón chiflado* (gran película, Rhage es un maldito idiota, pero sabe de cine).

Último libro
que leíste: *El libro del gusanito*, de Richard Scarry, a Nalla.

Programa de
televisión favorito: *CSI* (Las Vegas, por supuesto) o *House*, si estás hablando de programas de ficción. Si no, *SportsCenter*.

Último programa
de televisión
que viste: Algún extraño episodio de *Colombo* con Butch (de hecho, me pareció bueno, pero no se lo digas).

Último juego
que jugaste: Ponerle la cola al burro. Adivina quién era el burro…

Mayor temor: Ya no tengo temores. Ya viví lo más horrible que podía ocurrirme y ahora ya no tengo que preocuparme por eso.

Amor más grande: Bueeeno…

Cita favorita:	«Rhage es un absoluto imbécil».
Bóxer o calzoncillos:	Desnudo.
Reloj de pulsera:	Deportivo de Nike, color negro.
Coche:	Escalade, negro, lo comparto con el policía.
¿Qué hora es en estos momentos?:	9.42 a. m.
¿Dónde te encuentras?:	En la Guarida, frente a mis Cuatro Juguetes.
¿Qué llevas puesto?:	Máscara de cuero, mordaza, un arnés con cadenas, tanga de látex, esposas y unos ganchos de metal, cuya ubicación estratégica sólo mencionaré si lo preguntas de buena manera. No, mentira. Camiseta negra sin mangas y sudadera de nylon.
¿Qué clase de ropa hay en tu armario?:	Pantalones de cuero, camisas, botas de combate y armas.
¿Qué fue lo último que comiste?:	Acabo de arrancarle la cabeza a Rhage de un mordisco. ¿Eso cuenta?
Describe tu último sueño:	Era sobre Rehvenge. Así que no es de tu incumbencia, ¿de acuerdo?
¿Coca-Cola o Pepsi-Cola?:	Coca.
¿Audrey Hepburn o Marilyn Monroe?	Ninguna de las dos.
¿Kirk o Picard?:	Los dos.
¿Fútbol o béisbol?:	Béisbol.
La parte más sexy de una hembra:	Te diré cuál es la parte más sexy de Jane: su carácter.
¿Qué es lo que más te gusta de Jane?:	Su mente.
Las primeras palabras que te dirigió Jane:	«¿Me va a matar?».
Tu respuesta fue:	«No».

Último regalo que le hiciste:	No fue nada especial.
Lo más romántico que has hecho por ella:	No me gusta el romanticismo. Es empalagoso.
Lo más romántico que ella ha hecho por ti:	No lo sé. Como ya te he dicho, no me gustan las cosas románticas. Mierda... Bueno, supongo que es lo que ella hizo con una cosa que le hice, aunque no era nada especial. Sólo es un collar hecho con aros de oro... Verás, por alguna razón, a Jane le gusta mucho mi nombre. La manera como se escribe. Así que tomé los caracteres de la Lengua Antigua y les di forma de aros para hacer un collar, abajo, en mi taller de forja. Quería que la cadena fuera lo suficientemente delicada para que Jane no sintiera que tenía una soga al cuello, pero que de todas maneras se pudiera leer... Joder, me llevó una eternidad dar con el peso y el diseño correctos. Terminé teniendo que escribir mi nombre dos veces y todavía no era suficientemente largo, así que añadí en el centro el nombre de Jane, escrito en caracteres antiguos, de manera que queda rodeada por mí. En fin. Ella nunca se lo quita.
¿Le cambiarías algo a Jane?:	Sí, pero es privado.
Mejor amigo (aparte de tu *shellan*):	Butch, luego ese idiota de Rhage. Además me llevo bien con Wrath, cuando no nos queremos matar.
Última vez que lloraste:	Ya, como que voy a responder a eso.
Última vez que te reíste:	No lo sé, darle una paliza a Rhage fue divertido... me dejó una sonrisa en la cara, ¿no?

Entrevista con Vishous

Después de lanzar el último cohete en los jardines del complejo, Butch y yo nos echamos la mochila a la espalda y llevamos a Edna de regreso a la mansión, donde pasamos cerca de quince minutos escarbando en el rosal para recuperar los cohetes. Después de que encontráramos los cuatro y les quitáramos los paracaídas, entramos a la biblioteca y Butch me dio un abrazo. Huele deliciosamente.

Butch: Él te está esperando en el sótano.

J. R.:   No tengo muchas ganas de hacer esto.

Butch: [Sonríe]. Él tampoco. Pero, míralo de este modo, podría ser peor. Podrías tener que escribir otro libro sobre él.

J. R.:   [Me río]. Cierto.

Me despido, cruzo el vestíbulo y entro al comedor, que ya está ordenado. Al otro lado de la puerta giratoria que lleva a la cocina, Fritz, el extraordinario mayordomo, está limpiando la plata con otros dos doggen. Converso un poco con ellos y termino tratando de esquivar ofertas de algo de comer o beber. Pero no tengo éxito. Cuando bajo hacia el sótano, llevo una taza de café y un panecillo de uvas pasas recién horneado, envuelto en una servilleta de damasco. El panecillo está delicioso y el café, tal y como me gusta: supercaliente y con un poquito de azúcar.

Al final de las escaleras miro a izquierda y derecha. El sótano es enorme, con grandes espacios interrumpidos por cuartos de almacenamiento y la tubería de la calefacción central. No tengo idea de dónde puede estar V y aguzo el oído, con la esperanza de saber hacia qué lado debo dirigirme. Al principio lo único que oigo es el sonido del antiguo horno de carbón, pero luego alcanzo a oír un golpe.

No es rap. Es el tintineo de una pieza de metal contra otra.

Sigo el sonido hasta el fondo del sótano. Tardo cerca de cinco minutos en llegar a donde está V y mientras tanto me termino el panecillo y el café. Al tiempo que avanzo, trato de pensar en qué demonios le voy a preguntar a Vishous. Él y yo no nos llevamos tan bien, en realidad, así que me imagino que la entrevista va a ser breve y no muy agradable.

Cuando salgo de la última curva del pasillo, freno en seco. V está sentado en un sólido banco de madera, vestido con una pesada zamarra de cuero y una camiseta sin mangas. Frente a él hay un yunque sobre el que reposa una hoja de daga ardiendo, que él sostiene con unas pinzas. Tiene en la mano resplandeciente un martillo romo y está golpeando la punta de la hoja. Lleva un cigarrillo en los labios y mi nariz registra el olor a madera del tabaco turco, el olor acre del metal caliente y un aroma a especias exóticas.

Vishous: (Sin levantar la mirada). Bienvenida a mi taller.

   J. R.: Así que aquí es donde haces las dagas…

La habitación en forma de horno tiene cerca de siete metros por siete y paredes de cemento pintadas de blanco, como el resto del sótano. Hay velas negras encendidas por todo su alrededor y al lado del yunque se ve una vieja olla de bronce llena de arena brillante. Detrás de V hay una pesada mesa de roble sobre la que se encuentra una variedad de dagas en distintas etapas de creación; algunas tienen sólo la hoja y otras también la empuñadura.

V se da la vuelta y mete entre la arena la hoja de metal que todavía está roja, y yo me sorprendo al ver lo fuerte que es. Sus hombros son todo músculo, al igual que sus antebrazos.

Mientras espera, suelta una columna de humo que brota de sus labios y apaga el cigarro en el borde de un cenicero negro.

Me siento incómoda en su presencia. Siempre ha sido así. Eso me entristece.

   V: [Sin mirarme]. Así que sobreviviste a la rutina del hombre de los cohetes con el policía.

   J. R.: Sí.

Me quedo mirándolo, mientras saca la hoja de la arena y la limpia con un trapo grueso. El trozo de metal tiene una forma y un grosor irregulares y es evidente que la daga apenas se halla en las primeras etapas del proceso de creación. V la examina, dándole vueltas, y cuando frunce el ceño los tatuajes de su sien se acercan más al ojo. Luego deja el martillo sobre la mesa y vuelve a tomar la hoja de metal con su mano resplandeciente. Se ve un resplandor, que genera una serie de sombras alrededor de la luz de las velas, y se oye un siseo que atraviesa el aire.

Cuando quita la mano, la hoja de metal tiene un color naranja brillante y V la vuelve a poner sobre el yunque. Toma el martillo y golpea el metal candente una y otra vez, mientras que el sonido metálico resuena en mis oídos.

J. R.: [Mientras se detiene un momento para mirar la hoja]. ¿Para quién estás haciendo esa daga?

V: Para Tohr. Quiero tener listas sus dagas.

J. R.: ¿Va a volver a pelear?

V: Sí. Todavía no lo sabe, pero sí.

J. R.: Estaréis muy contentos de que haya regresado.

V: Sí.

Vishous agarra de nuevo la hoja de la daga con su mano resplandeciente y luego vuelve a golpearla. Al cabo de un rato, mete la hoja metálica en la arena de nuevo y termina de fumar otro cigarro.

Cuando apaga el cigarro, me siento como una intrusa y además me doy cuenta de que tampoco estoy haciendo lo que he ido a hacer. Mientras el silencio se extiende, pienso en todas las preguntas que podría hacerle, como... ¿Qué piensa de que Jane sea un fantasma? ¿Le preocupa que no pueda tener hijos? ¿Cómo están las cosas con su madre? ¿Cómo es estar comprometido con una sola persona? ¿Extraña sus prácticas sadomasoquistas? ¿O todavía las realiza con Jane? Y ¿qué pasa con Butch? ¿Su relación ha cambiado?

Pero sé que las respuestas no fluirán con facilidad y los silencios después de cada pregunta se irán haciendo cada vez más profundos.

Lo observo mientras trabaja la daga, alternando el calor y los golpes, hasta que evidentemente se siente satisfecho con el resultado y pone la daga sobre la mesa de roble. Me pregunto si será ése el momento en que la entrevista va a empezar de verdad... Pero V se levanta y se dirige hacia unos trozos de metal que tiene en el rincón. Me doy cuenta de que va a comenzar otra daga.

J. R.: Supongo que será mejor que me vaya.

V: Sí.

J. R.: [Parpadeo rápidamente]. Cuídate.

V: Sí. Tú también.

Salgo del taller mientras se escucha el siseo que produce su mano resplandeciente al entrar en contacto con el metal. Avanzo más lentamente que cuando venía, tal vez porque tengo la esperanza de que él cambie de opinión y salga a buscarme y al menos… Bueno, ¿qué podría hacer? En realidad, nada. Yo soy la que aspira a que haya una unión entre nosotros, pero él no parece interesado.

Mientras camino sin prisa, con la taza vacía y la servilleta arrugada en la mano, me siento sinceramente deprimida. Las relaciones requieren un esfuerzo, claro. Pero primero hay que tener una relación para poder trabajar en ella. V y yo nunca hemos tenido química, y estoy empezando a darme cuenta de que nunca la tendremos. Y no es que no me guste. Todo lo contrario.

Para mí, V es como los diamantes. Puedes sentirte impresionada y cautivada por uno y querer mirarlo durante horas, pero él nunca te buscará ni hará que te sientas bienvenida. Al igual que V, un diamante no existe para brillar y deslumbrar, ni tiene que ver con la persona que lo compró para ponerlo en la mano de otra persona, esas funciones sólo son consecuencias secundarias de la increíble presión que se ejerce sobre sus moléculas. Todo ese brillo proviene exclusivamente de la dureza de su ser.

Y los dos seguirán viviendo durante muchos años más después de que todos nos hayamos marchado de este mundo.

Amante desatado

Personajes

Vishous
Doctora Jane Whitcomb
Phury
John Matthew
Wrath y Beth
Butch y Marissa
Zsadist y Bella
Cormia
La Directrix
Amalya (quien se convierte en la nueva Directrix de las Elegidas)
Layla
Qhuinn

Blaylock
Rehvenge
Xhex
Doctor Manny Manello
La Virgen Escribana
Payne
El Sanguinario
Grodht, soldado del campamento de guerreros

Lugares de interés (todos en Caldwell, NY, a menos que se indique otra cosa)

Hospital Saint Francis
Mansión de la Hermandad, ubicación desconocida
La Tumba
ZeroSum (calle Trade esquina con la calle Décima)
Casa de Jane
Edificio Commodore
El Otro Lado (el santuario de las Elegidas)

Resumen

Vishous, hijo de la Virgen Escribana, se enamora de la doctora Jane Whitcomb, la cirujana humana que le salva la vida después de que le disparara un restrictor.

Primera línea: *Este cuero no me convence para nada.*
Última línea: *Y sin decir más se desmaterializó de regreso a la vida que le habían concedido, la vida que estaba llevando... esa vida por la que daba gracias, por primera vez desde que nació.*
Publicado en: mayo de 2009
Número de páginas: 570
Número de palabras: 153.880
Primer borrador
escrito en: julio 2006-abril 2007

Comentarios sobre el proceso de escritura

Dios, ¿por dónde comenzar?

Vishous fue, fácilmente, la peor experiencia de mi vida como escritora. Poner su historia en el papel fue un horrible ejercicio de tortura y fue la primera vez, y hasta ahora la única, que pensé para mis adentros: *No quiero ir a trabajar.*

Las razones son complicadas y trataré de compartir tres de ellas.

En primer lugar, cada uno de los hermanos es una entidad independiente en mi cabeza y todos han tenido su propia manera de expresarse y su historia: Wrath es muy autoritario, muy franco, y tengo que correr para llevarle el paso. Rhage siempre es un payaso, e incluso durante las partes serias se mantiene la posibilidad de hacer bromas con él. Zsadist es reservado, desconfiado y frío, pero siempre nos hemos llevado bien. Butch es un encanto, divertido y con muchos comentarios alusivos al sexo.

Pero ¿V? Vishous es y siempre ha sido, y perdónenme la franqueza, un hijo de puta. Un hijo de puta arrogante al que no le caigo nada bien.

Poner su historia sobre el papel fue una pesadilla. Cada palabra fue una lucha, en particular cuando estaba haciendo el primer borrador; la mayor parte del tiempo sentía como si tuviera que extraer las frases de una pared de piedra, armada solamente con un martillo de juguete y un tenedor.

Verán, para mí, el proceso de hacer el borrador es en realidad una empresa de dos partes. Las imágenes que tengo en la mente guían la historia, pero también necesito oír, oler y palpar lo que sucede mientras estoy escribiendo. Por lo general eso significa que me pongo en las botas de los hermanos, o en los tacones de sus she-llans, y voy pasando por las escenas como si yo misma estuviese viviendo los sucesos a través del punto de vista de quien quiera que esté escribiendo. Para hacerlo, recreo las escenas hacia delante y hacia atrás, como se hace con un DVD, y sencillamente voy tomando notas y tomando notas en la página hasta que siento que he captado todo lo que he podido.

Vishous casi no me dio nada para comenzar a trabajar, porque no podía meterme en sus botas de ninguna manera. Las escenas que estaban en el punto de vista de los demás estaban bien, pero

¿cuando se trataba del punto de vista de él? Nada que hacer. Apenas podía observar, y eso desde muy lejos, y como gran parte del libro está escrito desde su perspectiva, me daban ganas de darme golpes contra el teclado.

Miren… sí, esto es ficción. Sí, todo está en mi cabeza. Sólo que, créanlo o no, si no puedo meterme en lo más hondo de un personaje, siento como si estuviera improvisando y eso no es agradable. Sinceramente, no soy tan brillante; no voy a poder hacerlo bien si sólo estoy adivinando. Tengo que estar dentro de la persona para hacer las cosas bien y el hecho de que V me hubiese cerrado la puerta en las narices era la fuente de la mayor parte de mis desgracias.

Sin embargo, las cosas se fueron apaciguando. Pero más tarde hablaremos sobre eso.

La segunda razón por la cual *Amante desatado* me resultaba difícil de escribir era que tenía un contenido que me ponía nerviosa porque no sabía si el mercado lo iba a tolerar. Me preocupaban dos cosas en particular: la bisexualidad y el sadomasoquismo son temas con los que no todo el mundo se siente cómodo, ni siquiera en términos de historias secundarias, y mucho menos cuando involucran al héroe del libro. Pero eso no era todo. Adicionalmente, V había sido parcialmente castrado y había abusado por la fuerza de un macho después de ganar su primera pelea en el campo de guerreros.

El problema era que la compleja naturaleza sexual de V teñía gran parte de su vida, entre otras su relación con Butch y Jane. Con el fin de mostrarlo adecuadamente, sentía que tenía que presentar todos sus matices.

En el primer borrador de *Amante desatado* planteé el argumento de manera tan conservadora que el libro era plano. Fui muy parca en la escena en que él y Jane se aparean antes de dejarla ir, y no incluí absolutamente nada sobre él y Butch.

En el proceso, violé por completo mi propia regla número dos (*Escribe sin contenerte*). Y, sorpresa, el resultado fue algo tan atractivo como un pescado muerto en un muelle: nada se movía y apestaba. Pensé y pensé durante un poco más de una semana, mientras trabajaba sobre escenas que involucraban a John Matthew y a Phury. En el fondo de mi corazón sabía que tenía que lanzarme y traspasar algunos límites, pero me sentía agotada y poco inspirada después del esfuerzo de tratar, sin éxito, de escribir desde la perspectiva de V.

Lo que me ayudó a volver al juego fue una conversación con mi editora. Discutimos las cosas que me preocupaban y ella dijo algo como: «Adelante, sólo escríbelo todo y después veremos cómo funciona en la página».

Como siempre, ella tenía razón. De hecho, el mensaje que me dio ese día fue el mismo que siempre me ha dado desde la época de *Amante oscuro*: «Arriésgate todo el tiempo, llega tan lejos como puedas, que después podemos evaluar los resultados».

Cuando volví a sumergirme en el manuscrito, estaba cien por cien comprometida con jugármelo todo y me sorprendió ver que sólo tuve que cambiar radicalmente tres escenas. Dos eran con Butch y V, y comienzan en las páginas 250 y 418 respectivamente, y luego añadí la escena de V en el campamento de los guerreros que comienza en la página 298.

El resto de los añadidos o alteraciones fueron relativamente menores, pero cambiaron por completo el tono de las interacciones entre Butch y V, lo cual prueba que un pequeño cambio puede tener implicaciones inmensas. Veamos, por ejemplo, las primeras páginas del capítulo 13 (p. 164). Butch y V están juntos en la cama y V está curando a Butch después de que el policía se hubiera enfrentado con un restrictor. Si leyeran los párrafos dos, tres, cuatro y cinco de mi primer borrador, notarían que V está admitiendo para sus adentros que necesita encontrar consuelo en el hecho de tener un cuerpo tibio a su lado. Sin embargo, no está hablando específicamente del cuerpo de Butch y no hay ninguna insinuación de carácter sexual. Sólo tiene que ver con la necesidad de encontrar alivio:

> [...] Después de la visita de su madre y el disparo, anhelaba sentir la cercanía de otra persona, deseaba sentir unos brazos que le devolvieran el abrazo. Y los latidos de un corazón palpitando junto al suyo.
>
> Había pasado tanto tiempo manteniendo su mano alejada de los otros, manteniéndose aislado de los demás, que el hecho de bajar la guardia con la única persona en la que realmente confiaba le provocó un escozor en los ojos.
>
> *Amante desatado*, p. 164

Lo que añadí en el segundo borrador fueron estos dos párrafos:

Mientras Butch se acomodaba en la cama de Vishous, éste se sintió avergonzado de tener que admitir que había pasado muchos días preguntándose cómo sería aquello. Cómo se sentiría. A qué olería. Ahora que su fantasía se había convertido en realidad, se alegró de que tuviera que concentrarse en curar a Butch. De otra forma, tenía la sensación de que sería una experiencia demasiado intensa y tendría que parar.

Amante desatado, p. 164.

Butch se acomodó y sus piernas rozaron las de V a través de las mantas. Con un sentimiento de culpa, V recordó las veces que se había imaginado que estaba con Butch, que había imaginado que los dos estaban como estaban ahora, acostados uno junto al otro, que había imaginado que ellos... Bueno, la curación no cubría ni la mitad de sus fantasías.

Amante desatado, p. 165.

Eso era un relato mucho más honesto de lo que realmente estaba pasando. Mucho mejor. Podría haber ido más lejos, pero fue suficiente, por eso tuve que agregar las frases que siguen, para aclararle al lector que ahora el objeto de los deseos de V era Jane.

Ése es el problema con la escritura: para mí, los libros son como barcos en un viaje transoceánico. Pequeños cambios graduales pueden tener efectos enormes en su trayectoria final y en su destino. Y la única manera de controlar eso es releer constantemente, verificar muchas veces y asegurarse de que lo que hay en la página lleva al lector a donde tiene que ir. Después de hacer esos cambios (hubo algunos otros lugares donde hice unos cuantos más, entre otros, por ejemplo, la escena de la daga al comienzo del libro, en la que Butch levanta la mandíbula de V con el arma que Vishous le acaba de hacer), escribir desde el punto de vista de V se volvió mucho más fácil.

¿Conclusión? Todo ese desastre me parece otro ejemplo de cómo funciona la regla número ocho: cuando seguí con mayor fidelidad lo que tenía en la cabeza, se levantó el bloqueo.

¿En cuanto a la escena en el campo de guerreros en la que V pierde la virginidad al abusar de otro macho? No estaba segura de cómo lo iba a ver la gente después de eso. Pero él no tuvo opción porque ésa era la regla en el campamento: en el combate cuerpo a cuerpo los perdedores eran dominados sexualmente por los ganadores. Así que decidí que la clave era mostrar el contexto tanto como fuera posible y afirmar el compromiso interno de V de no volver a hacerlo.

Una vez que mi editora leyó el material nuevo, me sentí aliviada cuando dijo que para ella funcionaba bien, pero seguí preocupada por cuál sería la reacción general de los lectores. Para mí como escritora, la respuesta de los lectores es algo que pesa mucho, pero de una manera curiosa. La tengo siempre en mente porque, si la gente deja de comprar mis libros, básicamente me quedo sin trabajo. Pero la cosa es que no puedo escribir para complacer a los lectores, porque realmente no tengo mucho control sobre mis historias. Lo mejor que puedo hacer, como ya he dicho, es ser siempre considerada y respetuosa con el contenido que presenta dificultades. Supongo que mi lema en la vida es *Lo importante no es lo que haces, sino cómo lo haces.*

Es curioso. En esa época no me imaginaba que la reacción negativa ante el libro de V tendría que ver con algo completamente distinto.

Lo cual nos lleva a Jane.

La tercera razón por la que escribir este libro resultó tan angustioso fue porque, al comienzo, no logré plantear bien a Jane. Admito que estaba tan preocupada con V que, aunque tenía muchas escenas con Jane en el borrador inicial, la dinámica entre los dos era relativamente sosa. El problema era que interpreté a Jane como una científica fría y distante. Lo que ocurría, entonces, era que había dos personas frías y reservadas en escena y eso era tan divertido como escribir o leer cuáles son los ingredientes de una lata de sopa.

Pero afortunadamente mi editora encontró la solución. Jane era una persona que se dedicaba a curar a la gente, no sólo una bata blanca que se volcaba en hacer investigaciones en un laboratorio. Era una mujer cálida, tierna, compasiva, mucho más que un recipiente de conocimientos médicos y habilidades. En la segunda lectura del manuscrito llegué al corazón de Jane, y la relación entre ella y V comenzó a funcionar bien, lo cual reflejaba mejor lo que había visto en mi cabeza.

Como comentario al margen, diré que una de las primeras escenas de V y Jane que vi en mi cabeza se presentó cuando estaba escribiendo *Amante despierto*, en 2005. Iba corriendo y de repente tuve una visión de V removiendo un chocolate caliente. Observé mientras servía en una taza lo que estaba en la olla y se lo entregaba a una mujer que sabía que él la iba a abandonar. Luego la vi a ella frente a la ventana de la cocina, mirando a V, que estaba fuera, envuelto entre las sombras que proyectaba un poste de la luz.

Eso, por supuesto, se convirtió en la despedida que comienza en la página 372 de su libro.

Cuando me llegan las escenas de la Hermandad, no aparecen en orden cronológico. Por ejemplo, tuve visiones de Tohr y del lugar en el que iba a terminar incluso antes de que Wellsie muriera. Así que, en el caso de la escena del chocolate caliente de *Amante desatado*, me quedé estancada preguntándome cómo demonios iban a hacer Jane y V para terminar juntos. Por otra parte, yo sabía que ella era humana y quería que ellos tuvieran lo que los demás tenían, es decir, unos buenos siete u ocho siglos de vida en pareja. Pero como Jane no era vampira, no tenía idea de cómo iba a ser posible eso; además, sabía que ella iba a terminar muerta, porque había visto las visiones de V y sabía lo que significaban, aunque él no lo supiera...

Cuando hice el bosquejo de *Amante desatado*, seguía preguntándome cómo esos dos iban a tener un final feliz y estaba realmente preocupada. ¿Qué pasaría si no había un final feliz? Pero luego llegué al final... y vi a Jane de pie en la puerta de V, como un fantasma.

Me sentí realmente aliviada y feliz. Fue como *¡Ay, esto es genial! ¡Por fin podrán vivir juntos muchos años!*

Por desgracia, algunos lectores no lo vieron de esa manera y creo que yo tengo la culpa en parte.

Por lo general, cuando llego al final de un libro, siento que aunque me gustaría poder afinar un poco más el estilo (nunca estoy satisfecha), las escenas y la forma como se desarrollan las distintas historias ya están en el punto preciso. También me siento bastante segura de haber ofrecido el contexto suficiente para que el lector pueda ver dónde comenzaron las cosas, qué ocurrió y cómo terminó todo.

En este caso, yo estaba tan aliviada de ver que Jane y V habían resuelto su futuro (la esperanza de vida de Jane ya no era problema) que di por hecho que los lectores iban a sentir lo mismo. Mi error fue subestimar el reto que representaba para las convenciones de la novela romántica el hecho de que ella fuera un fantasma y no sabía que eso sería tan problemático para algunas personas. He repasado una y otra vez ese desencuentro (el que tuvo lugar entre el mercado y mi radar interno) y he decidido que se debe en parte a mi historia como lectora de obras de terror y fantasía: como la solución funcionaba dentro del universo del libro y proporcionaba una salida al héroe y la heroína, yo simplemente asumí que estaba bien.

Además, aunque yo hubiese pensado que ese final iba a ser un problema para algunos lectores, no lo habría cambiado porque cualquier otra cosa habría sido como lavarse las manos e inventar una mentira. No escribo para el mercado y nunca lo he hecho: las historias que tengo en la cabeza son las que tienen el control, y ni siquiera yo puedo hacer que ocurra lo que yo quiero que ocurra. Dicho esto, si estuviera escribiendo el libro otra vez, agregaría unas diez páginas al final, en las cuales V y Jane interactuaran para mostrar la felicidad de los dos, así los lectores tendrían la absoluta certeza de que, en la mente de los personajes, todo había terminado bien.

Tal como lo veo, esta saga ha traspasado muchas fronteras, empujándolas con decisión, pero siempre he tenido mucho cuidado con los *cómos* y los *porqués*. Realmente trato de respetar el género que me abrió la puerta a la escritura y ha sido desde hace mucho tiempo mi género predilecto. Y el romance es y seguirá siendo la base de cada uno de los libros de la Hermandad.

A propósito de eso… hablemos de V y Jane como pareja. Caramba, eran realmente muy apasionados. No me sonrojé tanto frente al ordenador como con Butch, aunque no estoy segura de si eso se debe a que el policía me llevó a un nuevo nivel o que simplemente esperaba esa clase de cosas de V.

La escena en la que V está en cama y Jane le da un baño con una toalla es realmente erótica y yo la vi toda ella con mucha claridad. En especial el momento en que ella está, ejem, encargándose de cierta parte:

> […] pero en ese momento él soltó un gemido gutural y echó la cabeza hacia atrás, mientras su pelo negro azulado se extendía por la almohada negra. A medida que sus caderas subían y los músculos del estómago se tensaban uno de-

trás de otro, los tatuajes de la pelvis se estiraban y volvían a su posición original.

—Más rápido, Jane. Ahora vas a hacerlo más rápido.

Amante desatado, pp. 212-213

Antes de que Jane entrara en su vida, para V el sexo y las emociones no tenían ninguna relación. De hecho, a excepción de Butch, y de la Hermandad hasta cierto punto, las emociones no eran parte de su vida, y eso tenía sentido. El hecho de haber crecido en el campamento de guerreros le había dejado un trastorno afectivo que persistió en su vida adulta y marcaba todas sus relaciones. Entonces, la pregunta era: ¿qué hacía que Jane, y en ese sentido también Butch, fueran diferentes?

Creo que Jane y Butch son muy parecidos; para empezar, los dos son muy ingeniosos y rápidos con las palabras. Miremos, por ejemplo, ese pequeño intercambio entre V y Jane, que es uno de mis diálogos favoritos de toda la serie:

—No te quiero cerca de esa mano. Aunque esté enguantada.

—¿Por qué…?

—No voy a hablar de eso. Así que ni siquiera pregunte.

Bueeeeno.

—Casi mata a una de mis enfermeras, ¿sabe?

—No me sorprende. —El hombre se quedó mirando el guante con rabia—. Me la cortaría, si pudiera.

—Yo no lo aconsejaría.

—Por supuesto que no. Usted no sabe lo que es vivir con esta pesadilla al final de su brazo…

—No, me refiero a que, si fuera usted, yo le pediría a alguien más que me la cortara. Así es más probable que lograra completar el trabajo.

Hubo un minuto de silencio; luego el paciente soltó una carcajada.

—Muy ingeniosa.

Amante desatado, pp. 204-205

También pienso que V se siente atraído hacia Jane porque ella no es una mujer débil y temerosa. La escena en que la sacan del hospital lo muestra con claridad, en especial cuando Rhage la lleva sobre el hombro y Phury está tratando de calmarla por medio de prácticas de control mental:

> —Tienes que dormirla, hermano —dijo Rhage, soltando un gruñido—. No quiero hacerle daño y V dijo que teníamos que llevárnosla.
> —Pero no se suponía que esta operación implicara un secuestro.
> —Demasiado tarde. Ahora, duérmela, ¿quieres? —Rhage volvió a gruñir y trató de agarrarla de otro modo, dejando libre la boca para agarrar un brazo.
> La voz de la mujer resonó con fuerza y claridad:
> —¡Ayúdame, Dios mío, voy a…!
> Phury la agarró de la barbilla y la obligó a levantar la cabeza.
> —Relájate —dijo suavemente—. Sólo tranquilízate.
> La miró directamente a los ojos y comenzó a obligarla mentalmente a calmarse… a obligarla mentalmente a calmarse… a obligarla…
> —¡Púdrete! —gritó la mujer—. ¡No voy a permitir que maten a mi paciente!

Amante desatado, p. 130

En ese momento, Jane me recuerda a Butch en *Amante oscuro*, cuando lleva a Beth a la mansión de Darius y se enfrenta a los hermanos. Aunque lo superan en número, él es un guerrero. Al igual que Jane.

También creo que tanto Jane como Butch se inclinan a hacer el bien. En la medida en que ella es médica y Butch es policía, los dos tienen madera de héroes, así que V siente mucho respeto hacia ellos.

Por último, sospecho que, tal como parece ser cierto en todos los hermanos, hay un fenómeno que tiene que ver con las feromonas. Los hermanos, y de hecho todos los machos que he visto hasta ahora, parecen conectarse de manera instantánea e irrevocable cuando están cerca de su compañera. Así que sólo puedo suponer que es un tema de algún tipo de componente instintivo.

Pero volvamos a V y Jane. Desde mi perspectiva, uno de los intercambios emocionales más fuertes del libro tiene lugar cuando V permite que Jane lo domine sexualmente en el ático, justo antes de dejarla ir. Para él, ponerse a merced de alguien a nivel sexual, considerando lo que le hicieron la noche de su transición, cuando lo amarraron y lo castraron parcialmente, es la mayor demostración de amor que le puede hacer a otra persona. La escena, que empieza en la página 364, lo muestra, por primera vez en su vida, eligiendo voluntariamente estar indefenso. Cuando era un pretrans, en el campamento de guerreros, resultaba vulnerable debido a las circunstancias y a sus condiciones físicas, así que se ha pasado el resto de la vida asegurándose de no volver a estar a merced de nadie nunca más. Con Jane, sin embargo, está dispuesto a entregarse. Es una declaración de amor que va más allá de las palabras.

Y, claro, ése es mi objetivo con las escenas de sexo. Sí, esa escena entre ellos es muy erótica, pero también es claramente significativa para el desarrollo de los personajes.

Ahora, hablemos un poco acerca de la Virgen Escribana y V.

Hablando de temas maternales, ¿no? Cuando V saltó por primera vez al escenario en *Amante oscuro*, yo sabía que esa mano resplandeciente guardaba un gran significado, pero no tenía idea de lo importante que era o cuáles eran sus implicaciones. De hecho, durante el proceso de escritura de los primeros dos libros, ni siquiera tenía idea de que Vishous era el hijo de la Virgen Escribana. Es como *Boo* o los ataúdes: cuando veo algo de manera especialmente vívida, lo pongo en la página, a pesar de que tal vez no sepa qué tiene que ver con el resto.

Sólo lo entendí cuando comencé *Amante despierto*: la luz blanca es igual a la Virgen Escribana. V tiene luz blanca. Por lo tanto, V es igual a la Virgen Escribana. Pensé que era un giro genial y me cuidé mucho de no hablar del asunto en el muro de mensajes ni en las firmas de libros, para que no se me cayera la hoja de parra (aquella que oculta los secretos). Francamente, después de dar algunas pistas sobre el linaje de V, me sorprendió que nadie más pillara la relación. (Creo que en el muro puede haber habido una o dos especulaciones que se acercaron, pero las desvié hábilmente con respuestas evasivas).

En *Amante desatado*, V y su madre encuentran dificultades para relacionarse, lo cual, teniendo en cuenta lo que ella le ha ocultado y las cosas a las que él se vio sometido con la complicidad de ella, es comprensible. Pero todo termina por solucionarse y, para mucha gente, la escena favorita del libro es aquella del final, cuando Vishous va a ver a su madre:

—¿Qué ha traído? —susurró la Elegida.
—Un pequeño regalo. No es mucho. —V se acercó al árbol blanco de flores blancas y abrió las manos. El periquito saltó enseguida y se posó en una rama, como si supiera que ésta era ahora su casa.

El pajarillo amarillo brillante comenzó a moverse hacia arriba y hacia abajo por la rama blanca, agarrándose al palo con las garras. Le dio un picotazo a una flor, dejó escapar un gorjeo… levantó una pata y se rascó el cuello.

V puso las manos sobre las caderas y calculó cuánto espacio había entre las flores y a lo largo de todas las ramas. Tendría que traer una inmensa cantidad de pájaros.

La voz de la Elegida vibró con emoción.
—Ella renunció a ellos por usted.
—Sí. Por eso voy a traerle nuevos pajarillos.
—Pero el sacrificio…
—Ya está hecho. Lo que llenará las ramas de este árbol es un regalo. —V miró hacia atrás por encima del hombro—. Voy a llenar este árbol, le guste a ella o no. Ella decidirá qué hacer con las aves.

Los ojos de la Elegida brillaron con una expresión de gratitud.
—Seguro que los conservará. Y ellos aliviarán su soledad.

V respiró profundamente.
—Sí. Bueno, porque…

Dejó la frase sin terminar y entonces la Elegida dijo con voz suave:
—No tiene que decirlo.

Él carraspeó.
—Entonces, ¿le dirá que yo se los he traído?
—No tendré que hacerlo. ¿Quién sino su hijo podría ser tan amable?

Vishous miró al pajarillo solitario en medio del árbol blanco y se volvió a imaginar las ramas abarrotadas de aves de colores, otra vez.

—Cierto —dijo.

Amante desatado, p. 570

La Virgen Escribana no es una de las fuerzas más populares de la saga. Personalmente, la respeto y verla renunciando a su único apego personal (sus pajarillos) para equilibrar el regalo que le ha dado a su hijo (con el regreso de Jane) realmente me conmovió. Mucha gente me ha preguntado por qué la Virgen Escribana no puede arreglarlo todo, por ejemplo, en el caso de Wellsie y Tohr (incluso John Matthew menciona el asunto), pero la cuestión es que ella no es un agente totalmente libre en el mundo que creó. El destino absoluto siempre está bajo control y sospecho que ése es el terreno de su padre.

V y su madre se reconcilian de alguna manera al final de *Amante desatado.* Pero lo que falta por ver es qué va a suceder cuando salga a escena la hermana gemela de V, Payne. En cierto modo, no creo que V se vaya a tomar muy bien el hecho de que su madre nunca le haya mencionado a Payne, y mucho menos cuando se entere del trato que ha recibido su hermana.

Ése es *Amante desatado.*

Dicen que, en el curso de su carrera profesional, todo escritor tiene un par de libros que son sencillamente extenuantes y el libro de Vishous definitivamente fue así. Cada uno de los libros de la Hermandad ha sido un reto único y escribirlos implica una gran cantidad de trabajo. Lucho todos los días frente al ordenador, pero siempre hay una pequeña recompensa, ya sea un diálogo que funciona muy bien, o una excelente descripción, o un final de capítulo verdaderamente bueno. Con V, las recompensas tardaron un poco, ciertamente. Sólo cuando terminé el producto final me pude sentar y decir: «Muy bien, esto funciona. Está bien».

Me siento orgullosa de *Amante desatado* y creo que es un buen libro... pero me sentí agradecida al saber que el hermano que seguía era un verdadero caballero.

Porque ¿y si hubiese sido otro como V?

No sé si habría podido soportar otra vez ese tipo de presión.

Phury, hijo de Ahgony

Soy la fuerza de la raza. Soy el Gran Padre.
¡Y como tal gobernaré!

Amante consagrado, p. 533

Edad:	230.
Fecha de ingreso a la Hermandad:	1932.
Estatura:	1,97 m.
Peso:	124-129 kg.
Color del pelo:	Multicolor.
Color de los ojos:	Amarillo.
Señales físicas particulares:	Cicatriz en forma de estrella de la Hermandad en el pectoral izquierdo; le falta la parte inferior de la pierna derecha; nombre «Cormia» grabado sobre los hombros en escritura antigua.
Arma preferida:	Dagas
Descripción:	«Phury se pasó una mano por su magnífica melena. El pelo le llegaba más abajo de los hombros, una cascada de ondas rubias, con reflejos rojizos y marrones. Sin la melena ya era un tipo bastante apuesto; pero con ese pelo

era... Sí, el hermano era guapo de verdad. Y aunque Butch no era del otro equipo, se daba cuenta de que Phury era mucho más guapo que muchas mujeres. También se vestía mejor que la mayoría de las damas, cuando no llevaba su ropa de trabajo.

Butch se dijo que si el tipo no peleaba como un coloso muchos pensarían que era afeminado.

Amante despierto, p. 63

«[...] Phury sabía muy bien que estaba atrapado en un remolino interminable y giraba y giraba como la broca de un taladro que entraba cada vez más hondo en la tierra. Y a medida que se hundía, cada nuevo nivel le ofrecía vetas más profundas y ricas en sustancias venenosas que se aferraban al tronco de su vida y lo tiraban hacia abajo. [...] Se dirigía a la fuente, a consumirse en el infierno, que era su destino final, y cada barrera que encontraba en el descenso representaba un estímulo perverso».

Amante consagrado, p. 89

Compañera:　　　La Elegida Cormia.

Preguntas personales (respondidas por Phury)

Última película
que viste:　　　*¿Qué pasa con Bob?* Con Bill Murray

Último libro
que leíste:　　　*¡Horton escucha a Quién!* De Dr. Seuss (a Nalla)

Programa de
televisión favorito:　No se me ocurre ninguno. En realidad no soy muy aficionado a la tele, para ser sincero.

Último programa de televisión que viste:	*Unwrapped,* en la cadena de cocina, con la Elegida. Les encanta ver cómo se hacen las cosas. Iba de patatas, creo.
Último juego que jugaste:	Gin rummy con Layla y Selena.
Mayor temor:	Decepcionar a la gente que amo.
Amor más grande:	Cormia.
Cita favorita:	«Los héroes no nacen, se hacen».
Bóxer o calzoncillos:	Depende del corte de los pantalones.
Reloj de pulsera:	Tank Cartier para hombres, de oro.
Coche:	BMW M5 gris oscuro/plata.
¿Qué hora es en estos momentos?:	10 p. m.
¿Dónde te encuentras?:	En la casa de campo de Rehvenge, en los Adirondacks.
¿Qué llevas puesto?:	Pantalones formales de Canali, color crema, camisa blanca brillante de Pink, con gemelos de cuarzos citrinos (regalo de mi shellan), cinturón negro de Hermès, mocasines negros de Hermès (sin logo, porque ya tengo uno en el cinturón), sin medias.
¿Qué clase de ropa hay en tu armario?:	¿De cuánto tiempo dispones? Me gustan los diseñadores italianos, principalmente. Compro mucho de Gucci. Tengo ropa de Prada, desde luego, y los clásicos Armani y Valentino para hombre. Zegna y Canali. Pero también tengo ropa de Isaia, que es una verdadera promesa, aunque hacer pedidos es complicado, y de Tom Ford que, gracias a Dios, ha vuelto al diseño. También me gusta la moda inglesa y a veces saco mis Dunhill y Aquascutum. Me temo que no tengo mucha moda francesa. No, espera... A finales de la semana

voy a recibir algo de Dior. El artista que llevo dentro adora la ropa bonita. Me gusta cómo cuelga del cuerpo y las siluetas que dibuja. Y no hay necesidad de ser vulgar si tienes la oportunidad de no serlo. A propósito, es difícil creer que Butch y yo tengamos el mismo gusto. Pero en realidad nos relacionamos a través de la ropa.

¿Qué fue lo último que comiste?: Un panecillo de frambuesa con crema batida.

Describe tu último sueño: Iba de compras. Pero no estaba comprando ropa. Me encontraba en un supermercado, con un carrito lleno de jabón para la ropa y suavizante, recorriendo los pasillos en busca de las cajas. Fue realmente extraño. Todavía más cuando me desperté, porque Layla dijo que quería aprender a usar la lavadora. (La lección no salió muy bien, desafortunadamente. Adoro a esa hembra, pero en el tema de las tareas domésticas es un verdadero desastre. Sin embargo, tiene una habilidad espectacular que todos le admiramos).

¿Coca-Cola o Pepsi-Cola?: Ninguna. No me gustan las bebidas gaseosas.

¿Audrey Hepburn o Marilyn Monroe?: Audrey. Sin duda.

¿Kirk o Picard?: Picard.

¿Fútbol o béisbol?: Ninguno de los dos. No soy aficionado a los deportes. Sería mejor preguntarme si Leonardo o Miguel Ángel. Y sería Miguel Ángel.

La parte más sexy de una hembra: Esta vez voy a pasar. Sencillamente no me siento cómodo respondiendo esa clase de cosas.

¿Qué es lo que más te gusta de Cormia?: Su forma de mirarme.

Lo más romántico que has hecho por ella: Tendrías que preguntarle a Cormia. Pero todos los días me aseguro de hacer algo que sea sólo para ella. Ya sea procurar que tenga suficiente pasta de dientes de la que le gusta, o enseñarle a conducir, o encontrar una pluma de halcón perfecta en medio del bosque y traérsela, o sorprenderla con una piedra plana que encontré en la orilla del riachuelo. Las cosas pequeñas importan, en especial ahora que se está acostumbrando a la idea de tener propiedades que sólo le pertenecen a ella. Y, ya sabes… mi shellan no es muy dada a la joyería o la ropa. Le gusta ponerse mis camisas y no se complica mucho con su arreglo, así que supongo que, en esta pareja, yo hago el papel de la chica. Pero ¿sabes? hay que decir que Cormia tiene una verdadera afinidad por las cosas sencillas, como esa pluma. Estaba encantada. Era una pluma de un halcón de cola roja y la encontré una noche, cuando regresé de Narcóticos Anónimos y fui a dar un paseo a solas. La traje a casa, desinfecté la punta y se la regalé. A ella le encantan las cosas de colores.

Lo más romántico que ella ha hecho por ti:

Es curioso que preguntes eso. ¿Recuerdas la pluma de halcón? Cormia se la llevó a Fritz y con su ayuda hizo una pluma para mí. La punta es de plata y oro y está en un tintero sobre mi escritorio. La uso para firmar cuentas para mi corredor de bolsa y todo eso, y también para dibujarla a ella. Probablemente es lo mejor que me han regalado en la vida.

¿Le cambiarías algo a Cormia?:

No. Nada.

Mejor amigo (aparte de tu shellan):

Z, mi gemelo.

Última vez que lloraste:

Mantendré eso en privado, si me lo permites.

Última vez que
te reíste: No hace mucho. Con Cormia. Pero el contexto es privado.

Entrevista de J. R. con Phury

Después de mi fallida entrevista con V, subo a la cocina y entrego la
taza y la servilleta, al tiempo que felicito a Fritz y a su equipo. Me
dicen que Phury ya ha llegado y me está esperando en la biblioteca,
así que me dirijo hacia allí.

Al pasar la majestuosa entrada del salón, encuentro al gemelo de Z frente a las estanterías. Lleva un espectacular traje negro a
rayas y el contraste de su pelo ondulado y multicolor con el paño
oscuro del traje perfectamente cortado es asombroso. Tan pronto
llego, él da media vuelta. La camisa es rosa, con puños y cuello
blanco, y lleva una de esas corbatas Ferragamo en rojo y rosa, con
un diseño de pajarillos, sí, creo que son pajarillos.

Phury: [Frunce el ceño]. ¿Qué sucede?
J. R.:   Ah, nada. [Miro a mi alrededor para evitar deliberada-
          mente sus ojos amarillos]. Dios, me encanta este lugar.
          Todos esos libros…
Phury: ¿Qué ha pasado?

En ese momento me dirijo a uno de los sofás de seda y me siento
frente al fuego de la chimenea. Los cojines se encogen a mi alrededor y el chisporroteo de los troncos de cedro me hace pensar en
imágenes del invierno, como copos de nieve y camas con dosel,
llenas de pesados cubrecamas y almohadones.

Phury se sienta a mi lado en el sofá y se recoge un poco los
pantalones a la altura de los muslos antes de sentarse. Cuando cruza
las piernas, lo hace al estilo europeo, poniendo una rodilla sobre la
otra y no el tobillo sobre la rodilla. Junta las manos sobre el regazo
y el enorme anillo de diamante que lleva en el meñique resplandece… y me hace pensar en V.

Phury: Déjame adivinar… la entrevista con ese tipo alto, de pelo
          negro y actitud hermética no salió muy bien.

J. R.:	Aunque no me sorprende. [Trato de sobreponerme]. Entonces, dime, ¿les está gustando este lado a las Elegidas?
Phury:	[Entorna los ojos]. Si no quieres hablar sobre él, no lo haremos.
J. R.:	Agradezco la amabilidad, pero, de verdad, así es como son las cosas. Estaré bien.
Phury:	[Después de una larga pausa]. Está bien... las Elegidas van sorprendentemente bien. Sólo cinco han venido a visitar este lado y lo que hacen aquí depende de su personalidad y sus predilecciones. Así es como funciona: por lo general, tenemos entre seis y diez, allá en la casa en el norte... No me estás escuchando.
J. R.:	Entre seis y diez. Personalidad. Predilecciones.
Phury:	[Se pone de pie]. Vamos.
J. R.:	¿Adónde?
Phury:	[Me tiende una mano]. Confía en mí.

Al igual que Z, y en ese sentido todos los hermanos, Phury es alguien en quien puedes confiar, así que pongo la palma de la mano sobre la suya y él me ayuda a levantarme. Espero que no vayamos a ver a V y me siento aliviada cuando, en lugar de dirigirnos a la cocina, subimos las escaleras. Me sorprendo al ver que me lleva a su antigua habitación y lo primero en lo que pienso es que huele a humo rojo, esa mezcla de café y chocolate.

Phury:	[Se detiene en el umbral y frunce el ceño]. De hecho... vamos mejor a la habitación de huéspedes de al lado.

Es evidente que también ha notado el olor y me alegro de poder ayudarlo a evitar lo que sin duda debe ser difícil para él. Salimos otra vez al pasillo que da sobre el vestíbulo y entramos a la habitación en la que se alojó Cormia cuando vivió en la mansión. Es grande y preciosa, al igual que la de Phury, al igual que todas las habitaciones de los hermanos. Darius tenía un gusto espectacular, pienso para mis adentros, mientras observo las lujosas cortinas de seda, las cómodas Chippendale que parecen salidas de un museo y los paisajes maravillosos colgados en la pared. La cama no parece un lugar para dormir sino un santuario en el que uno se deja absorber; con su dosel y esas enormes sábanas de satén rojo, es exactamente lo que tenía en la cabeza cuando estábamos abajo, frente al fuego.

Phury:	[Se quita la chaqueta del traje]. Siéntate aquí [señala el suelo].
J. R.:	[Me siento y cruzo las piernas]. ¿Qué vamos a...?
Phury:	[Me imita al sentarse en el suelo y extiende las palmas de sus manos hacia mí]. Dame tus manos y cierra los ojos.
J. R.:	[Hago lo que dice]. ¿Dónde...?

Después me siento como si me hubiera sumergido en una bañera de agua caliente, sólo que luego me doy cuenta de que en efecto me he vuelto líquida; soy el agua y fluyo hacia alguna parte. Siento pánico y comienzo a...

| Phury: | [Oigo su voz a lo lejos]. No abras los ojos. Todavía no. |

Un siglo después, siento como si me estuviera condensando de nuevo, como si volviera a ser yo... y hay un nuevo olor, un aroma a flores y luz del sol. Mis párpados cerrados perciben una fuente de luz y siento como si estuviera sentada sobre algo suave y acolchado, distinto de la alfombra oriental en que me había sentado.

| Phury: | [Retira las manos]. Bien, ya puedes abrir los ojos. |

Lo hago... y me siento abrumada. Comienzo a parpadear, pero no porque esté desorientada sino porque sé perfectamente dónde estamos.

Cuando era pequeña, solía pasar los veranos en un lago en los Adirondacks. Mi madre y yo nos trasladábamos allí al final de junio y nos quedábamos hasta comienzos de septiembre, y mi padre iba durante los fines de semana y un par de semanas completas al final de julio y comienzos de agosto. Esos veranos han sido las épocas más felices de mi vida, aunque, a medida que voy envejeciendo, me voy dando cuenta de que parte de eso se debe al resplandor de la nostalgia y la sencillez de la juventud. Sin embargo, sea cual sea la causa, los colores parecían más brillantes entonces, la sandía me sabía más fresca y dulce en los días calurosos, el sueño era más profundo y llegaba con mayor facilidad y nadie se moría nunca ni nada cambiaba.

Ya hace muchos años que me siento lejos de ese lugar especial y eso es algo que un viaje hacia el norte del estado ya no puede remediar. Sólo que... en este momento estoy ahí. Estoy sentada en una pradera cubierta de hierba y tréboles y hay mariposas monarca revoloteando de una asclepia a otra. Un pájaro negro de alas rojas pasa cantando mientras vuela en dirección a una fila de nogales. Y más allá... se ve un granero rojo con un asta y una enorme jardinera de lilas color púrpura enfrente. Un Volvo verde oscuro de los años ochenta está estacionado a un lado y unas sillas de mimbre identifican la terraza de piedra. Las jardineras de las ventanas son las que mi madre plantaba todos los años con petunias blancas (para que hicieran juego con las vigas blancas del granero) y las macetas del porche tienen geranios rojos y lobelias azules.

Puedo ver el lago al otro lado de la casa. El agua tiene un color azul profundo y brilla con la luz del sol. Más allá, en el medio, está la isla Odell, el lugar al que llevaba mi bote y a mis amigos y a mi perro para tomar la merienda y nadar. Si vuelvo la cabeza, veo la montaña que se eleva desde la pradera, aquélla donde están enterrados los miembros de mi familia desde hace varias generaciones. Y, si miro hacia atrás, al otro lado de la pradera veo la casa blanca de mi tío abuelo y luego la de mis mejores amigos y luego la mansión victoriana de mis primos.

J. R.: ¿Cómo conocías este lugar?

Phury: No lo conocía. Pero es la imagen que tienes en mente.

J. R.: [Vuelvo a mirar hacia el granero]. Por Dios, siento como si mi madre se hallara ahí dentro preparando la cena y mi padre estuviera a punto de llegar. Me refiero a que... de verdad, ¿mi perro todavía está vivo?

Phury: Sí. Eso es lo hermoso de los recuerdos. No cambian y nunca desaparecen. Y, si ya no puedes recordar todo, las asociaciones que crean en tu cerebro siempre estarán contigo. Ése es el infinito de los mortales.

J. R.: [Después de un rato]. Se supone que debería estar haciéndote un millón de preguntas.

Phury: [Encoge los hombros]. Sí, pero pensé que te gustaría esta respuesta.

J. R.: [Sonrío con tristeza]. ¿Qué respuesta?

Phury: [Me pone una mano en el hombro]. Sí, todo está aquí todavía. Y puedes volver cuando lo desees. Siempre.

Me quedo observando el paisaje de mi infancia y pienso… Bueno, mierda. ¿No es esto una demostración de lo que es Phury? Me siento totalmente conmovida por su amabilidad y su capacidad de empatía.

Maldito. Es un maldito absolutamente adorable.

Pero ésa es precisamente su esencia. Él sabe lo que necesitas más que tú mismo y te lo ofrece. Y de paso le ha dado la vuelta a la entrevista, que ahora es sobre mí, no sobre él. Lo cual también es muy propio de Phury.

J. R.:   Seguro que haces unos regalos de cumpleaños fantásticos. De esos que son realmente pensados y perfectos.

Phury: [Se ríe]. Creo que no lo hago mal.

J. R.:   También eres bueno para envolverlos, ¿verdad?

Phury: De hecho, Z es el hombre que hace los lazos más bonitos.

J. R.:   ¿Quién haría algo como esto [hago un gesto con el brazo y muestro el paisaje] por ti?

Phury: Muchas personas. Cormia. Mis hermanos. Las Elegidas. Y también… yo mismo. Es como si todo este asunto de la desintoxicación… [Hace una pausa]. Esto va a sonar mal, totalmente estúpido, pero ¿sabes cómo es este asunto de dejar de consumir drogas? Ése es un regalo que yo me estoy dando a mí mismo. Por ejemplo, ahora mismo tú estás feliz de estar aquí, pero también es difícil, ¿cierto? [Yo hago un gesto de asentimiento con la cabeza]. Pues bien, la recuperación a veces duele como un demonio, y es un ejercicio solitario y también triste, pero incluso en los momentos más difíciles, me siento agradecido por estar haciéndolo y feliz de estar ahí. [Sonríe brevemente]. A Cormia le sucede lo mismo. Hacer la transición desde las estrictas tradiciones de las Elegidas ha sido un verdadero desafío para ella. No es fácil reestructurar completamente toda tu vida. Ella y yo… nos identificamos en eso. Yo estoy reinventando mi manera de vivir, ya sabes, después de ser un drogadicto durante los últimos doscientos años, y estoy descubriendo quién soy realmente. Ella también está haciendo en parte el mismo trabajo. Los dos vacilamos y triunfamos juntos.

J. R.:   ¿Es cierto que Cormia va a diseñar el nuevo club de Rehvenge?

Phury:	Sí, y ya ha terminado. Están comenzando la construcción en este mismo momento. Y Wrath le acaba de encargar unas instalaciones nuevas para Safe Place. Ella está encantada. Le compré un programa de diseño por ordenador y le enseñé a usarlo… pero a ella le gusta hacer todo en papel. Tiene una oficina en la casa campestre de Rehv con un escritorio de arquitecto, pero sin silla porque permanece de pie mientras dibuja. Le he comprado todos los libros de arquitectura que he encontrado y ella los ha devorado.
J. R.:	¿Crees que las otras Elegidas encontrarán compañeros?
Phury:	[Frunce el ceño]. Sí… aunque cualquier macho que venga a husmear por aquí va a tener que vérselas primero conmigo.
J. R.:	[Me río]. ¿Vas a ser tan malo como Z con Nalla?
Phury:	Ellas son mis hembras. Cada una de ellas. Cormia es mi pareja y la amo de una forma más profunda y diferente, pero todavía soy responsable del futuro de las otras.
J. R.:	Algo me dice que vas a ser un estupendo padre para ellas.
Phury:	Ya veremos. Eso espero. Pero te digo una cosa, en lo que se refiere a sus hellren, voy a prestarle más atención al carácter que al linaje.

Hay un largo silencio que resulta muy agradable y después de un rato me dejo caer hacia atrás sobre la hierba y me quedo mirando fijamente el cielo. El azul parece resplandecer de verdad, y las nubes blancas como copos de algodón se ven brillantes y me encandilan un poco. Cielo y nubes me hacen pensar por alguna razón en la ropa recién lavada, tal vez porque todo se ve tan limpio y el cielo me calienta y todo huele tan bien…

«Sí», pienso para mis adentros, «éstos son los colores que recuerdo…», los colores de la infancia. Y su brillo se ve ampliado por el asombro y la felicidad de estar observándolos.

J. R.:	Gracias por traerme aquí.
Phury:	Yo no he hecho nada. Éste era el lugar al que querías venir. Y, por cierto, ha sido un viaje precioso.
J. R.:	Totalmente de acuerdo.

Las otras preguntas que podría haberle hecho se evaporan de mi cabeza y se elevan hacia el cielo. Cuando oigo un ruido a mi lado, me doy cuenta de que Phury también se ha acostado sobre la hierba. Los dos estamos tumbados, con las manos debajo de la cabeza y las piernas cruzadas a la altura de los tobillos.

Después de un rato regresamos a la mansión, a la habitación en la que estábamos antes de nuestro viaje, y hablamos de cosas corrientes. Sé que Phury me está dando la oportunidad de reorientarme y agradecerle su amabilidad.

Cuando por fin llega la hora de marcharme, él y yo recorremos el pasillo hasta el estudio. Me despido de Wrath y de Beth, y Phury se queda allí porque tiene una reunión con el rey y la reina. Cuando bajo por la magnífica escalera, oigo de nuevo las voces de los doggen, que provienen del comedor. Están preparándolo todo para la cena, y poniendo los cubiertos para los hermanos y sus shellans.

Fritz se me acerca, abre la puerta del vestíbulo y me conduce de regreso al Mercedes. Antes de subirme al coche, le echo un vistazo a la austera fachada gris de la mansión. Hay luz en casi todas las ventanas, evidencia de que, a pesar del exterior sombrío y tosco, dentro está llena de vida y felicidad.

Me deslizo sobre el asiento trasero del coche y cuando Fritz cierra la puerta, veo que hay una pequeña bolsa de cuero negra en el lugar donde debería sentarme. Cuando el mayordomo se sienta detrás del volante, le pregunto qué es eso y dice que es un regalo para mí. Le doy las gracias, pero él niega con la cabeza y me dice que no es suyo.

Cuando se sube el panel divisorio, separándome de Fritz, agarro la bolsita, abro la cuerda que la cierra y saco el contenido sobre la palma de mi mano.

Es una pequeña daga de hoja negra, que todavía está caliente porque acaba de salir de la forja. Es una verdadera obra de arte... Cada detalle, desde la empuñadura hasta la hoja afilada, es precioso y el arma diminuta resplandece. Quien la haya fabricado debió invertir mucho tiempo... y se preocupó por cada detalle.

Cierro la palma alrededor del regalo, al mismo tiempo que el Mercedes comienza a bajar desde la montaña, de regreso al «mundo real».

Amante consagrado

Personajes
Phury
Cormia
El hechicero
Rehvenge
Xhex
Lassiter
Tohrment
Zsadist y Bella
John Matthew
Qhuinn
Blaylock
Wrath y Beth
Fritz
Butch O'Neal
Rhage
Doctora Jane
Iam
Trez
La Virgen Escribana
El Omega
Lohstrong (padre de Qhuinn)
Lash
Señor D
Havers
Amalya, Directrix de las Elegidas
Selena
Pheonia
La Princesa
Payne
Low (el motociclista)
Diego RIP (pandillero en la cárcel)
Cabeza rapada (desconocido en la cárcel)
Chaqueta de águila (el narcotraficante humano)
Stephanie (gerente de Abercrombie & Finch)

Lugares de interés (todos en Caldwell, NY, a menos de que se indique otra cosa)

Mansión de la Hermandad, ubicación desconocida
El Otro Lado (santuario de las Elegidas)
Clínica de Havers, ubicación desconocida
ZeroSum (calle Trade esquina con la calle Décima)
Screamer's
Galería de Caldwell
Cabaña en el bosque, Parque Estatal Black Snake, Adirondacks
Casa de campo de Rehvenge en los Adirondacks
La granja (lugar de nacimiento de Lash), callejón Bass Pond
Casa de los padres de Lash
Casa de los padres de Blaylock
Departamento de Policía de Caldwell

Resumen

Phury encuentra el amor y logra vencer al mismo tiempo su adicción y las estructuras restrictivas sociales y espirituales de la raza.

Primera línea: *En efecto, el tiempo no era un túnel que se perdía en el infinito.*
Última línea: *No siempre había necesidad de decir «Te amo para siempre» para hacerse entender.*
Publicado en: enero de 2010
Número de páginas: 592
Número de palabras: 162.403
Primer borrador
escrito en: diciembre 2007-marzo 2008

Comentarios sobre el proceso de escritura

Adoro a Phury y fue maravilloso escribir su libro. De verdad. Y, como ya dije, ¡vaya si necesitaba ese descanso!

A propósito de eso, quisiera hablar un poco de mi rutina de trabajo diaria.

Mi horario de trabajo es prácticamente inamovible. Escribo siete días a la semana y ninguna circunstancia ni compromiso puede cambiar eso: cuando estoy enferma, cuando estoy de vacaciones, cuando estoy de viaje, siempre me siento a escribir un rato. Mantengo esta rutina desde hace diez años, y creo que en toda esa década he dejado de escribir apenas tres días, debido a circunstancias extremas. Me he levantado a las cuatro y media de la mañana en habitaciones de hotel en Manhattan para escribir. Me he sentado a escribir después de haberme hecho una endodoncia. Me he quedado escribiendo cuando hace sol. Para mí, escribir es una prioridad y todos los que me rodean saben que el tiempo que le dedico a la escritura no es negociable. No es que sea una superheroína. Sólo soy muy disciplinada, en primer lugar y, en segundo, necesito escribir. Si no lo hago, me siento como si no hiciera ejercicio y me pongo nerviosa.

¿Y todos esos días fueron días ejemplares en los que escribí lo mejor de lo mejor? Por supuesto que no. Como le sucede a todo el mundo, yo también puedo escribir basura. Pero insisto en la tarea y vuelvo a revisar y le doy y le doy hasta que siento que las palabras están bien. A menudo es un trabajo lento y tedioso. Cuando estoy preparando el primer borrador de un libro, sólo puedo hacer entre seis y diez páginas al día. Cuando reviso esas páginas, en la primera vuelta por lo general no puedo hacer más de diez páginas al día. Luego puedo llegar a quince. Luego a veinte. Después de haberlo leído mi editora el manuscrito, lo reviso una y otra vez, y lo máximo que llego a revisar en un día son veinticinco páginas. Cuando estoy trabajando con los correctores, tal vez puedo hacer cuarenta. Cuando estoy revisando galeradas, me cuesta trabajo hacer más de cincuenta o setenta y cinco páginas al día.

No escribo rápido, pero escribo mucho, lo que significa que simplemente trabajo y trabajo y trabajo.

Un día normal empieza cuando llego al ordenador del segundo piso, alrededor de las ocho de la mañana. Escribo durante dos horas. Luego me tomo un descanso para hacer más café (durante el cual a veces reviso el correo electrónico en un ordenador del primer piso), luego vuelvo a trabajar durante otras dos horas. Después salgo a correr y regreso, y paso el resto del día editando y haciendo otras cosas relacionadas con el trabajo. Sin embargo, todo cambia si estoy cerca de una fecha de entrega, lo cual significa que lo único que me aleja del ordenador es salir a correr.

No tengo acceso a Internet desde ninguno de los ordenadores en los cuales escribo, y esa es una recomendación muy importante que le hago a la gente: si se pueden dar ese lujo, pongan ese límite y mantengan las distracciones de la web y el correo electrónico lo más lejos posible del lugar en que escriben. Verán, para mí, la escritura requiere utilizar una parte muy específica del cerebro. Si dejo de trabajar para ocuparme de otros asuntos, puede ser muy difícil regresar al estado de concentración en el que estaba antes de distraerme con otra cosa.

Nadie sube a mi espacio de trabajo a excepción de mi perro (que siempre es bienvenido) y mi marido (que por lo general también es bienvenido). No he descrito ese lugar en ninguna parte y tampoco hay fotos de ese espacio. Sólo diré que no hay nada de desorden y tiene una gran cantidad de luz. Creo que parte de la razón por la que soy tan celosa de mi espacio físico es que mantener alejado al mundo real me ayuda a concentrarme en lo que tengo en la cabeza. También soy, por naturaleza, como ya dije, más bien reservada y la escritura es un ejercicio muy personal, así que me gusta protegerla.

Aparte de mi agente y mi editora (y las maravillosas personas que colaboran con ella), trabajo con una cantidad de gente absolutamente encantadora. Mi ayudante personal se asegura de que todo fluya normalmente y me mantiene a raya porque no se impresiona con nada de la parafernalia de J. R. Ward y me quiere por lo que soy (bueno, la mayoría del tiempo lo que pesa es nuestra amistad, pero a veces la vuelvo loca y sólo se queda porque adora a mi perro). Mi ayudante de investigación es una enciclopedia ambulante acerca de la Hermandad, capaz de encontrar los datos más rebuscados con asombrosa celeridad; además es infinitamente paciente conmigo y una de las personas más amables que he conocido en la vida. También tengo un *consigliere* de más de dos metros con un fetiche metálico, porque todo el que escribe sobre vampiros necesita uno de esos, y una mujer que, aun con seis meses de embarazo, está dispuesta a cargar maletas en recepciones de hotel e ir a conferencias y asegurarse de que los trenes salgan a tiempo (la llamamos la APA).

Mi socia en el aspecto crítico, Jessica Andersen (que escribe fabulosas novelas paranormales), y yo nos conocimos hace cerca de ocho años y hemos pasado por muchas cosas buenas y malas (las malas es lo que llamamos periodos de mierda). Ella escribe historias en las que lo fuerte es la trama y yo soy más proclive a desarrollar personajes, así que no tenemos nada en común en lo que se refiere al material, lo cual, creo, es una de las razones por las que trabajamos tan bien juntas. La llamo mi socia crítica, pero como en realidad no comparto mucho mi contenido, ella es más como una consejera general. Le consulto muchas cosas tanto prácticas como de escritura y ella nunca ha dejado de darme un buen consejo.

Mis dos ayudantes dirigen los muros de mensajes de J. R. Ward y el grupo de Yahoo de la Hermandad de la Daga Negra (BDB Yahoo! Group) y trabajan con un maravilloso equipo de moderadores voluntarios, la mayor parte de los cuales han estado con los hermanos desde el comienzo mismo. Nuestros moderadores son estupendos y me siento muy agradecida por lo que hacen sólo porque les gustan los libros.

Todo el conjunto es el esfuerzo de un equipo. Y no podría tener el tiempo y el espacio del que dispongo para escribir sin la ayuda de toda esta gente.

Por lo general mis días terminan hacia las ocho o nueve, cuando mi marido y yo pasamos un rato juntos, antes de dormirnos y levantarnos para volver a empezar todo de nuevo. La verdad es que soy bastante aburrida. La mayor parte del tiempo vivo absorta en mis pensamientos: la escritura consume mi vida y la existencia solitaria me nutre como no puede hacerlo ninguna otra cosa; soy dichosa estando sola frente al ordenador, con mi perro a mis pies, y así ha sido desde el primer día.

Tiendo a creer que los escritores nacen, no se hacen, pero eso no es exclusivo de la escritura. Creo que es igual de cierto para los atletas, los matemáticos, los músicos, los artistas, los ingenieros y los cientos de miles de oficios que desempeñan los humanos. Y creo que lo mejor que me ha pasado en toda mi vida, aparte de tener la madre que tengo, es que encontré mi lugar y he podido ganarme la vida haciendo lo que me gusta hacer (mi marido ha significado una inmensa ayuda en todo este asunto de publicar libros y le doy las gracias por eso).

Ahora, antes de que me derrita en agradecimientos, hablemos sobre Phury.

Siempre he visto a Phury como un héroe. Desde el primer día. También tenía conciencia desde el comienzo de que su libro iba a ser sobre la adicción, lo cual iba a resultar difícil. Para ser sincera, estaba muy preocupada por el asunto de la heroína. Recuerdo que cuando vi la imagen de Phury desmayado junto al inodoro en ese baño, dije: «Ay, Dios, no... No puedo escribir eso. ¿Cómo lo va a poder ver la gente como un héroe si se inyecta drogas y sufre una sobredosis?». Y mis problemas no sólo tenían que ver con que él hiciera eso.

El asunto es que los héroes no siempre tienen la razón, pero siempre son personajes fuertes. Aunque a veces se desmoronen o pierdan el control, el contexto que los lleva a ese estado es tan abrumador que los disculpamos por su pequeño desliz. Pero con Phury abusando del humo rojo y exhibiendo la necesidad de los adictos de proteger su hábito (lo cual conlleva muchas mentiras), me preocupaba que, si no lo planteaba de manera correcta, los lectores lo iban a ver como un personaje débil en lugar de un personaje torturado por el destino.

Los héroes pueden ser gente atormentada. Pero no pueden ser débiles en términos de su personalidad.

Creo que es comprensible que Phury tuviera problemas serios en su vida. Si tenemos en cuenta todo el asunto con Zsadist y la compleja trama de culpa, tristeza y pánico con que Phury tuvo que convivir durante todos esos años, el humo rojo era una manera de automedicarse para mantener sus sentimientos bajo control. El primer paso para mostrarlo de una manera empática fue presentar ante los lectores al Hechicero, para que éstos tuvieran una idea de qué estaba tratando de evadirse Phury al fumarse todos esos porros. Una vez más, al igual que los actos de V en el campo de guerreros, la clave estaba en el contexto.

El Hechicero es la voz que controla la adicción de Phury y vive dentro de su cabeza:

> En la imaginación de Phury, el Hechicero se presentaba bajo la forma de uno de los sirvientes de Sauron, de pie, en medio de un paisaje gris, lleno de huesos y calaveras, y con su elegante acento británico el bastardo se aseguraba de que Phury nunca olvidara sus errores. Así que la insistente retahíla lo hacía encender un porro tras otro para evitar ir hasta el armario en que guardaba sus armas y tragarse el cañón de una de las de calibre 40.
>
> «Tú no lo salvaste. No los salvaste. Tú atrajiste la maldición que les cayó encima a todos. La culpa es tuya... tú tienes la culpa».

Amante consagrado, pp. 21-22

Lo siguiente que había que mostrar era que Phury estaba comenzando a darse cuenta de que era un adicto. Para que él fuera un héroe, tenía que vencer su adicción a las drogas, y el primer paso de la recuperación es reconocer que tienes un problema. El primer indicio que tiene es aquella escena en la que él y un restrictor están buscando un lugar apartado para enfrentarse en el centro y de pronto interrumpen una venta de drogas. Cuando parece que la transacción no se va a realizar, el desesperado comprador termina atacando al vendedor, lo mata y le quita todas las drogas antes de marcharse:

> La absoluta felicidad que reflejaba la cara del adicto hizo que se solidarizara con él. Era evidente que el tío había tomado un tren expreso hacia el paraíso y el hecho de que fuera gratis sólo era una pequeña parte del premio. La verdadera recompensa era el lujurioso éxtasis que experimentaría al ver todo lo que había conseguido.
>
> Phury conocía bien esa excitación casi orgásmica. La sentía cada vez que se encerraba en su habitación con una bolsa llena de humo rojo y un paquete completo de papel de fumar.
>
> *Amante consagrado,* p. 66

El primer paso fue identificarse con otro adicto, pero las cosas tenían que empeorar antes de poder comenzar a mejorar:

> —¿Pero sigo siendo un hermano?
> El rey sólo se quedó mirando la daga... un gesto que Phury interpretó como: sólo de forma nominal.
>
> *Amante consagrado,* p. 109

El hecho de que Phury sea expulsado de la Hermandad no sólo tiene que ver con su adicción, sino con su otro método para controlar sus emociones: torturar a los restrictores antes de matarlos.

Originalmente pensé que eso era algo que hacía Zsadist. Incluso hice una alusión a eso en el muro de mensajes. Sólo que estaba equivocada. El que estaba destrozando a los asesinos antes de apuñalarlos era Phury, lo cual es bastante duro. Curioso, cuando vi esas escenas, pensé que Phury, el amable, el honrado, nunca haría algo tan brutal y cruel como torturas. Pero el tema es que —y creo que hasta cierto punto ése es uno de los aciertos del libro— incluso la gente que se viste bien, que procede de buenas familias y parece muy equilibrada puede estar totalmente loca por dentro.

Y a propósito de la familia y la tradición, quisiera decir algo sobre Cormia. Los paralelos entre Cormia y Marissa son evidentes. Las dos son hembras de la alta sociedad que sufren bajo la carga de expectativas sociales que tienen que arrastrar desde el nacimiento, y las dos se transforman y se convierten en agentes no sólo de su propia liberación sino de la de los demás (recuerden aquel voto en la reunión del Consejo y su trabajo en Safe Place en el caso de Marissa y, en el de Cormia, cómo ayuda a Phury a transformar a las Elegidas).

Creo que Phury y Cormia funcionan muy bien como pareja en muchos aspectos y en este pasaje creo que ella resume muy bien su parte de la conexión:

> [...] Pero eso no era lo que de verdad la atraía. El Gran Padre era el epítome de todo lo que se consideraba valioso: siempre estaba pendiente de los demás, nunca de sí mismo. En el comedor, era el que preguntaba por todos y cada uno, preocupándose por lesiones y malestares estomacales y angustias grandes y pequeñas. Nunca reclamaba atención para él mismo. Nunca desviaba la conversación hacia algo suyo. Era infinitamente comprensivo.
>
> Si había una tarea difícil, él se ofrecía a hacerla. Si había una diligencia que hacer, él quería realizarla. Si Fritz se tambaleaba bajo el peso de una bandeja, era el primero en levantarse de la silla para ayudar. Por todo lo que había escuchado en la mesa del comedor, también era un guerrero que luchaba para defender su raza y era maestro de los que se estaban entrenando. Y el mejor amigo de todos ellos.
>
> Realmente era el mejor ejemplo del espíritu generoso y desinteresado de las Elegidas, el Gran Padre perfecto. Y en algún momento de los muchos segundos y horas, días y meses que llevaba allí, Cormia se había desviado del camino del deber y había derivado hacia el confuso bosque de la elección. Ahora deseaba estar con él. Ya no había ningún deber, ninguna imposición, ninguna necesidad.

Amante consagrado, p. 34

Por supuesto, esto la pone en abierto conflicto con su papel como Primera Compañera, quien, según las tradiciones de las Elegidas, debe compartir al Gran Padre con sus hermanas. El enfrentamiento entre la educación que ha recibido Cormia y su manera de ser y lo que realmente quiere es el núcleo de su lucha, no sólo a nivel amoroso sino en el plano individual.

Por el lado de Phury, creo que aparte del vínculo instintivo que está sintiendo, también pesa el hecho de que Cormia es realmente leal con él. Ella es increíblemente firme y comprensiva, y los dos pasan por muchas cosas. Cormia también juega un papel fundamental en la recuperación de Phury, pero más adelante hablaremos un poco más de eso.

La caída definitiva de Phury en el agujero oscuro de su adicción ocurre después de haber tenido relaciones sexuales con Cormia. La escena en la que le quita la virginidad a Cormia fue difícil de escribir, porque sabía que tenía que tener mucho cuidado con lo que veía y no quería que hubiese ninguna confusión: Cormia realmente deseaba lo que sucedió, pero Phury, debido a su decencia, realmente cree que la ha lastimado.

No hay nada de sexy en una violación. Punto.

La forma equivocada en que Phury interpreta sus actos lo lleva directamente al terreno del Hechicero. Ya había tenido un intento fallido con la heroína (en *Amante despierto*) y supuse que el hecho de que terminara probando la heroína era inevitable, considerando su adicción a las drogas y su inestabilidad emocional. Sin embargo, esa escena me rompió el corazón:

> Definitivamente aquello no era humo rojo. Aquí no había nada de esa lenta relajación melosa, ningún golpecito en la puerta para anunciar la llegada de la droga al cerebro. Era un asalto a mano armada y con ariete y, mientras vomitaba, Phury se recordó que esto era lo que quería.
>
> Y de pronto, desde el fondo de su conciencia, le llegó la risa del hechicero… la vibrante satisfacción de su adicción, al tiempo que la heroína se apoderaba del resto de su mente y su cuerpo.
>
> Antes de desmayarse mientras vomitaba, Phury se dio cuenta de que lo habían engañado. En lugar de deshacer-

se del hechicero, se había quedado solo en esa tierra baldía, a merced de su amo.

«Buen trabajo, socio... excelente».

Amante consagrado, pp. 476-477

Fue un milagro que Phury sobreviviera a eso y me estremezco al pensar qué habría ocurrido si Blay no hubiera llegado a la mansión para quedarse, y Qhuinn, John y él no hubiesen entrado a esa habitación vacía.

Así es como Phury toca fondo, pero hay que admitir que no se queda allí. El primer paso importante que da en su proceso de recuperación es la decisión que toma al día siguiente. Se va a completar la ceremonia de apareamiento con Layla, pero, en lugar de estar con ella, se sienta en el vestíbulo del Templo del Gran Padre y toma la decisión de dejar de drogarse:

Cuando el hechicero comenzó a rezongar y Phury sintió que su cuerpo se deshacía como si estuviera entre una licuadora, se dio cuenta de que lo único que podía hacer era estirar las piernas, acostarse sobre el suelo de mármol del vestíbulo y prepararse para una larga jornada de agonía.

—Mierda —se dijo, al tiempo que se rendía a todas las sensaciones que le producía el síndrome de abstinencia—. Esto va a ser horrible.

Amante consagrado, p. 506

Esto, a su vez, condujo a la que, en mi opinión, es la escena más significativa entre Cormia y Phury como pareja, aquella en la que ella le ayuda a superar las alucinaciones que le produce el síndrome de abstinencia. Al llevarlo por el desolado jardín de la casa de sus padres e irlo guiando para que lo limpie (las escenas comienzan en la página 517), Cormia se convierte en un héroe por derecho propio, por mostrar fortaleza cuando su macho no puede hacerlo y ofrecerle orientación cuando él necesita que lo guíen.

La naturaleza simbólica de la hiedra, ya sea cuando Phury recuerda cómo ésta cubre las esculturas del jardín de sus padres, o cuando la usa para cubrir uno de sus dibujos, es obvia. El pasado lo ha estado asfixiando desde siempre y me encanta que, durante esas alucinaciones, Phury no sólo libere las esculturas sino que se libere a sí miso y llegue a ver a sus padres en un lugar más feliz.

Como resultado de este proceso, Phury tiene la lucidez y el coraje de cambiar el rumbo de toda la estructura de las Elegidas, y vaya si iba siendo hora de hacerlo. Me encanta la parte en que él toma la resolución:

> Después de pasarse la vida viendo en un cuenco de agua cómo se desarrollaba la historia, Cormia se dio cuenta de que por primera vez estaba viendo cómo se hacía la historia justo ante sus ojos, en tiempo real.
> Nada iba a volver a ser lo mismo después de esto.
> Mientras sostenía en su puño el emblema de su posición, Phury proclamó con voz profunda:
> —Soy la fuerza de la raza. Soy el Gran Padre. ¡Y como tal gobernaré!
>
> *Amante consagrado,* p. 533

Ése es el momento de realización plena de la naturaleza heroica de Phury y, caramba, vaya si la lleva hasta sus últimas consecuencias cuando va a hablar con la Virgen Escribana.

Hablemos un poco de esa confrontación. Durante la conversación con la Virgen Escribana, creo que Phury pone el dedo en la llaga acerca de cuál es su principal fallo en cuanto a la raza que ella creó y que ama. Es demasiado sobreprotectora y, tal como dice Phury, la Virgen Escribana tiene que aprender a tener fe en su creación. Las tradiciones de la raza vampira están interfiriendo con su supervivencia tanto como la guerra que sostienen con la Sociedad Restrictiva y eso debe cambiar: hay que ampliar el círculo de candidatos para la Hermandad, de manera que puedan tener más guerreros, y las Elegidas necesitan y merecen ser liberadas.

Ahora, quisiera decir algo sobre todas las restricciones sociales y religiosas de la raza vampira. Hubo quienes criticaron los libros al principio de la serie por ser demasiado machistas. Pero ésa era la intención.

Regla número cuatro: *Las líneas narrativas son como tiburones.* Tienen que moverse o se mueren.

La serie necesitaba comenzar en un lugar donde hubiese cosas que arreglar, de lo contrario, no habría luchas, ni conflictos, ni evolución ni resolución. E incluso con las mejoras que se hacen en *Amante consagrado*, el mundo todavía está lleno de restricciones que hay que cambiar o de áreas en las que surgirá el conflicto; *Amante vengado*, el libro de Rehvenge, tiene mucho de eso.

¿Un symphath trabajando con la Hermandad? Toda una bomba de relojería.

La cuestión es que las líneas narrativas deben avanzar a lo largo de un terreno verosímil. Siempre. Por ejemplo, para mí, la escena más poderosa en el libro de Phury tiene lugar cuando él sale de las habitaciones privadas de la Virgen Escribana después de haber liberado a las Elegidas. Aquí es cuando regresa al santuario de las Elegidas:

Cuando abrió la puerta, se quedó paralizado.

La hierba se había vuelto verde.

La hierba era verde y el cielo era azul... y las flores amarillas eran amarillas y las rosas parecían todo un arco iris de colores... y los edificios eran rojos y crema y azul oscuro...

Abajo, las Elegidas salían corriendo de sus dormitorios, con sus nuevas túnicas de colores recogidas y mirando a su alrededor con entusiasmo y asombro.

Cormia salió del templo del Gran Padre y su adorable rostro se maravilló al mirar a su alrededor. Cuando lo vio, se llevó las manos a la boca y comenzó a parpadear con rapidez.

Entonces soltó un grito, se recogió su preciosa túnica color lavanda pálido y salió corriendo hacia él, mientras las lágrimas rodaban por sus mejillas.

Phury la agarró cuando ella saltó sobre él y abrazó su cuerpo tibio.

—Te amo —dijo ella con voz ahogada—. Te amo, te amo... te amo.

En ese momento, con el mundo en plena transformación gracias a él, y su shellan entre sus brazos, Phury sintió algo que nunca se habría imaginado.

Finalmente se sintió como el héroe que siempre había querido ser.

Amante consagrado, p. 543

Les voy a contar la verdad: en ese punto lloré como una chiquilla. Sencillamente era el momento más perfecto para Phury y no podría haber ocurrido si no hubiese algo que arreglar.

Y, hablando de cosas que necesitaban arreglo, hablemos un poco de Phury y Z. En el curso del libro era necesario ocuparse de la relación entre los gemelos y había varias cosas importantes que tratar. Phury tenía una gran cantidad de frustración y rabia acumuladas, que terminan por salir a flote (estoy pensando en aquella escena frente a la mansión que comienza en la página 312, cuando los dos se pelean). Debo decir que pienso que la falta de gratitud de Z tiene que ver más con el dolor que está padeciendo en ese momento —es decir, la preocupación por Bella y su embarazo— que con un resentimiento fundamental por el hecho de haber sido rescatado. Después de todo, a veces es difícil estar agradecido por la vida cuando las bases mismas de tu existencia son inestables.

Sin embargo, Phury necesitaba el reconocimiento de su gemelo y necesitaba que le diera las gracias. Sin duda para mí, una de las escenas más conmovedoras de la serie —y la escena en la que no pude dejar de llorar mientras la escribía— es la reunión de los gemelos después del nacimiento de Nalla. A esas alturas, Phury ya está en proceso de recuperación y ha redefinido su papel en la vida como el Gran Padre, y Bella y Nalla han sobrevivido al parto, así que Z también se encuentra mucho mejor. No obstante, los gemelos siguen alejados. Al menos hasta que Z va hasta la casa de Rehv en los Adirondacks y se acerca a su hermano mientras canta un aria de Puccini:

> Phury se puso de pie como si lo que lo hubiese levantado de la silla fuera la voz de su gemelo y no sus propias piernas. Éste era el agradecimiento que había quedado pendiente. Ésta era su forma de expresar su gratitud por haberlo rescatado y por la vida que estaba llevando. Eran las emociones de un padre maravillado, al que le faltaban las palabras para expresarle a su hermano todo lo que sentía, y que necesitaba la música para mostrar, aunque sólo fuera una parte de todo lo que quería decir.
>
> —Joder... Z —susurró Phury en medio de ese glorioso momento.
>
> *Amante consagrado,* p. 585

Si miran atentamente el libro, verán que de vez en cuando incluyo alguna línea sobre cómo hay cosas que no es necesario decir para entenderlas. Estamos hablando de escenas entre John y Cormia, Phury y Wrath, Phury y Cormia. Quería que todo eso llevara a aquel momento, cuando las emociones de Z son demasiado complejas y abrumadoras para poder explicarlas, de modo que tiene que cantar para poder expresarse. Y su mensaje es recibido de la misma manera en que él lo ofrece: esa enorme gratitud que se expresa mediante la canción es amorosamente recibida por aquel a quien le están dando las gracias. Perfecto.

El tema de la comunicación silenciosa también vuelve a aparecer en la última línea del libro. Ahí Phury tiene abrazada a Cormia cerca de su corazón, después de sugerir que se casen oficialmente en la mansión de la Hermandad:

> Los gritos y los silbidos y las palmadas en la espalda de la Hermandad interrumpieron el resto de lo que iba a decir. Pero Cormia percibió lo esencial. Y Phury nunca había visto a una hembra que sonriera de una manera tan hermosa y completa como sonrió Cormia cuando levantó la mirada hacia él.
>
> Así que seguramente debió entender lo que quería decirle.
>
> No siempre había necesidad de decir «Te amo para siempre» para hacerse entender.

Amante consagrado, p. 587

Y eso resume más o menos la historia de Phury y Cormia.

Hablemos ahora un poco sobre John Matthew y Lash.

Una de las mejores cosas de John Matthew (que es la reencarnación de Darius) es que en los primeros libros pude presentarle al lector, a través de sus ojos, algunas partes del universo de la Hermandad. En la medida en que John desconoce por completo el mundo vampiro, todo lo que es nuevo para el lector también es nuevo para él. John también ha servido para darle una gran continuidad a la historia de libro a libro: por lo general, el punto de vista cambia en cada una y, hasta ahora, después de que he escrito la historia de un héroe y una heroína, usualmente no vuelvo sobre ellos, exceptuando los fragmentos de vida que no forman parte de los libros.

(Aunque pienso que eso cambia en la historia de Rehv, donde Wrath vuelve a aparecer de manera importante). Sin embargo, John ha sido una constante, que ha ido evolucionando a medida que madura en la vida.

Como estoy comenzando a prepararme para el libro de John (que puede ser el que siga al de Rehvenge, no estoy segura), quería mostrarles a los lectores cómo funciona el tema del tiempo cuando se trata del Omega y la Virgen Escribana; como una manera de anticipar el tema de la reencarnación de Darius. Con este propósito, Lash, en su calidad de hijo del Mal, lo cual yo sabía desde hacía mucho tiempo, resultó ser la manera perfecta de hacerlo. Al final de *Amante confeso*, cuando el Omega le dice a Butch: «Cómo me inspiras, hijo mío... Y por nuestro amor te pido que seas más sabio en la búsqueda de tu sangre. Las familias deben estar unidas» (p. 457), el Omega está haciendo referencia a su reacción defensiva ante el cambio que introdujo Butch en la dinámica de la guerra. Después de haberle «dado vida» a Butch, en cierto sentido, y estar a merced del policía, el Omega se da cuenta de que necesita hacer algo para contrarrestar esa amenaza a su supervivencia. Lo que hace es esto. Después de *Amante confeso*, el Omega regresa en el tiempo, deja embarazada a una vampiresa y crea a Lash. Lash no existía antes del período que transcurre entre *Amante confeso* y *Amante consagrado* (el lapso de unos cuantos meses refleja los intentos fallidos del Mal por procrearse, los cuales no aparecen detallados), sino que fue creado cuando el Omega regresó en el tiempo a comienzos de los ochenta, al principio del libro de Phury.

Esto, por supuesto, creaba un problema. Para mí como escritora, introducir un personaje principal como Lash y tener que explicar por qué de repente todo el mundo lo conocía era una misión imposible; además, habría implicado demasiada exposición. Así que tuve que liberarme del tiempo absoluto, que es distinto del tiempo intercambiable que la Virgen Escribana y el Omega pueden manipular a voluntad. El tiempo absoluto es el destino absoluto, que es el territorio exclusivo del padre de la Virgen Escribana y el Omega. En el mundo vampiro, esta verdad y este tiempo absoluto reflejan la culminación de todas las decisiones tomadas por los actores de ese universo, y los libros tenían que funcionar sobre ese absoluto; de lo contrario, sería un desastre (o, más precisamente, un aburrido conjunto de explicaciones y *flashbacks*).

Por lo tanto, Lash aparece desde el día en que John Matthew lo ve por primera vez en el autobús. Lo cual, en tiempo absoluto, es exactamente lo que ocurre.

El asunto de John Matthew y Darius también ocurre en ese mismo tiempo absoluto. Cuando Darius es asesinado en *Amante oscuro* y recurre a la Virgen Escribana en el Ocaso, John Matthew no existe. Pero después de que la Virgen Escribana y Darius hicieran un trato, la Virgen Escribana retrocede en el tiempo y planta a John Matthew/Darius en ese baño de una estación de autobuses, en la forma de un bebé. John Matthew se desarrolla entonces de manera independiente del mundo vampiro durante esos años, hasta que su destino lo pone en contacto con Bella a través de Mary, en *Amante eterno* (después de la muerte de Darius). Técnicamente, por lo tanto, John Matthew y Darius coexisten durante un lapso de algunos años, pero no tienen contacto.

Algo alucinante. Pero interesante.

En todo caso... podría seguir hablando y hablando, pero creo que me detendré aquí. Cuando empiezo a hablar de los hermanos me convierto en uno de esos juguetes a los que nunca se les acaban las pilas.

Así que ese es *Amante consagrado*.

En cierto sentido, no puedo creer que ya haya escrito los primeros seis libros de la serie. Ha sido como una alucinación, un viaje extraño, fascinante y aterrador, que me ha llevado a lugares que nunca podría haber imaginado, tanto en términos de la escritura como a nivel personal.

Me siento agradecida por todo eso. Incluso por las partes más difíciles (y vaya que ha habido algunas).

Ahora sigue Rehvenge. Y si pensaron que los primeros seis eran una maravilla... esperen a ver éste.

Para escritores

Consejos y preguntas más frecuentes

omo esta sección es para escritores, creo que comenzaré por enumerar desde el principio mis ocho reglas al escribir:

I.   P & R - Persiste y reinventa.

II.   Escribe sin contenerte.

III.   Sé la dueña de tu propia obra.

IV.   Las líneas narrativas son como tiburones.

V.   Esfuérzate por alcanzar el equilibrio.

VI.   El conflicto es el rey.

VII. La sorpresa verosímil es la reina que acompaña al Rey Conflicto.

VIII. Escucha tus propias ideas.

Escribir es difícil y publicar libros es un negocio en el que es difícil entrar y mucho más sobrevivir. Pero el asunto es que no conozco muchas cosas en la vida que no sean difíciles. Ser madre es difícil, al igual que ser maestra o contable o atleta o estudiante. Mi opinión es que no estoy segura de que escribir sea mucho más aterrador o asombroso o divertido que cualquier otra cosa. Pero sí sé que esas ocho reglas me han traído hasta aquí, y espero que sigan ayudándome a través de los éxitos y los fracasos en lo que me propongo.

Muchos escritores, tanto desconocidos como publicados, se me acercan para pedirme consejo. Siempre me siento halagada, pe-

ro también me siento un poco perdida a la hora de describirles cómo hago lo que hago o por qué las cosas han funcionado hasta ahora (y nunca doy por hecho que vayan a seguir funcionando). Sin
embargo, suelo hacer un par de recomendaciones para cada una de
las distintas etapas del proceso, las cuales presentaré a continuación. Pero me gustaría anotar —y esto es importante— que estos
consejos son para gente que está tratando de que le publiquen sus
textos. Uno NO tiene que escribir con el único propósito de que lo
publiquen. Durante años escribí sólo para mí misma y vivía feliz
haciéndolo. Lo que sigue a continuación es para gente que está haciendo algo bastante específico, y hay que decir que un libro publicado es un objetivo muy específico y NO EL PROPÓSITO SUPREMO.

Ahora trataré de bajarme de mi tribuna, pero creo que es importante que la gente sepa que, si escribes, ya eres escritor. Punto.
No necesitas tener un editor o lectores para validar lo que estás haciendo. Tener un libro en las estanterías de una librería sólo es un
camino que algunas personas deciden explorar, pero no es el único.
Reunir la historia oral de tu familia para que la conozcan las nuevas
generaciones o escribir diarios en los cuales registras tus pensamientos o tratar de describir una tormenta eléctrica sin tener otro
motivo para hacerlo que el hecho de que te gusta la manera como el
rayo viaja a través del cielo en penumbra, todo eso cuenta y todo
eso importa.

Bien, consejos para quienes quieren que les publiquen sus
obras:

1. *Termina un libro.* Aunque no te guste, o pienses que no
   es suficientemente bueno, asegúrate de llevar hasta el final alguno de tus proyectos. La disciplina es un elemento esencial en la publicación e independientemente de lo
   atractivas que puedan parecer las otras ideas que tienes
   en mente, llega hasta la última página al menos en uno
   de los textos en proceso. Si descubres que te estás distra-
   yendo por el entusiasmo que te despiertan nuevos personajes o conceptos, escríbelos en un cuaderno o en docu-
   mento de word y guárdalos para después. Pero oblígate
   a terminar lo que comenzaste. Escribir puede ser un proceso largo. Pueden ser apenas una serie de pasos diminutos y graduales que amenazan con volverte loca. En

cada libro de la Hermandad, particularmente cuando estoy en el proceso de la revisión, he querido gritar por la frustración que me produce sentir que estoy trabajando en el libro más largo de la historia y que nunca lo voy a terminar. Pero eso sólo es parte del proceso.

2. *Busca otros escritores.* Me uní al grupo llamado Romance Writers of America (Escritores de novelas románticas de América, www.rwanational.org) después de terminar mi primer proyecto comercializable y he conocido a todos mis amigos escritores a través de este grupo. Hay reuniones de grupos locales en todas partes del país, cadenas en las cuales puedes participar, concursos en los cuales puedes inscribir tus textos, convenciones regionales y una revista mensual con cantidad de información. Adicionalmente, cada año hay una gran convención nacional, que es genial para establecer contactos con otros escritores y ofrece oportunidades de hablar con editores y agentes, además de clases impartidas por expertos. Romance Writers of America también tiene increíbles recursos en su página web acerca del oficio y el negocio de escribir, esencialmente todo lo que tiene que ver con la escritura de novelas románticas. Si quieres que publiquen tus textos, mi recomendación es que te unas a este grupo, pero Romance Writers of America no es el único disponible. Y si quieres que publiquen tus textos de otro género, hay otras organizaciones sin ánimo de lucro que estimulan las redes referidas a un contenido específico (como misterio, terror o ciencia ficción).

3. *No escribas para el mercado, pero trata de ser estratégico.* Hablando de los subgéneros (como novelas paranormales, de suspense romántico o romances históricos), si hay algo que los editores están comprando, nunca hace daño intentarlo, si lo que se está vendiendo es algo que tú legítimamente sientes que puedes escribir. Los hermanos y yo somos ejemplo de ello. De la misma manera, si hay algo que quieres escribir pero no se vende muy bien y tu meta es que un editor te escoja, tal vez puedas considerar explorar algunas de tus otras ideas y ver si se encuentran dentro de un subgénero que se esté moviendo

un poco más. Sin embargo, una vez dicho esto, si escribes sobre lo que te apasiona, transmitirás tu entusiasmo en cada página, y eso lo agradecerán tus lectores. Además, las cosas cambian. En un año, lo que ahora está de moda puede ser reemplazado por algo totalmente distinto. Guarda los manuscritos que te han rechazado, nunca sabes cuándo vas a poder presentárselos de nuevo a otros editores, o presentarlos de una manera distinta.

4. *Escribe el libro para ti y luego busca quién podría publicarlo.* Es buena idea saber qué está comprando cada editor o cada editorial y, después de que hayas terminado tu proyecto, tiene sentido enviarlo al lugar adecuado: por ejemplo, no querrás enviarle una novela romántica del medioevo a un editor que está buscando paranormales (más adelante hablaremos sobre cómo saber quién está comprando qué). Lo mejor de tener un buen agente es que él o ella sabrán adónde y a quién enviar tu obra. A algunos editores les gusta trabajar con obras de misterio, a otros con comedias, y tener una personalidad afín siempre representa una ventaja en la relación editor-autor. Si no has encontrado todavía un agente y estás presentando tus proyectos directamente, pregúntales a otros escritores cuyo material sea similar al tuyo con quién están trabajando (pero, nuevamente, más adelante hablaremos sobre la búsqueda de agente/editor).

5. *La decisión entre publicar en una colección o un título individual es personal.* Cuando se trata de lograr que publiquen una obra en el género de la novela romántica, hay un par de caminos que explorar y no me refiero a los subgéneros. Los dos grandes caminos para publicar un libro son hacerlo dentro de una colección o publicar títulos individuales. Las colecciones, tales como Silhouette Special Editions o Intriga, de Harlequin, exigen historias más cortas, que encajan dentro de unas pautas claras impuestas por el editor en lo que se refiere al contenido y el número de páginas. Los títulos individuales son los libros más largos, que no forman parte de una colección específica. Cada uno tiene sus pros y sus contras: no se necesita tener agente para acercarse a los editores de las

colecciones, mientras que, en general, si quieres vender un título individual lo más probable es que vayas a necesitar que te representen. Por lo tanto, las colecciones pueden ser un muy buen lugar para comenzar (y una gran cantidad de escritores de mucho éxito comenzaron así, por ejemplo, Elizabeth Lowell, Suzanne Brockmann, Lis Gardner y Jayne Ann Krentz). Por otro lado, las colecciones te pueden ayudar a encontrar tu sitio en el mercado de manera un poco más rápida, porque las pautas para la presentación del material son muy claras; hay colecciones que se dedican al suspense, a los romances paranormales o, al humor, por ejemplo. Suelo decirle a la gente que revise la página web www.eharlequin.com para ver la lista de colecciones y las pautas para presentar obras. EHarl, como solemos llamarlo, también tiene estupendos recursos para este oficio.

En mi caso, más o menos empecé desde abajo y marcha atrás, pues primero hice títulos individuales y luego comencé a publicar en colecciones, cuando quería seguir escribiendo romances contemporáneos, mientras que los hermanos despegaban. Me encanta escribir mis libros de colección (publicados por Silhouette Special Editions bajo el nombre de Jessica Bird) y, para mí, suponen un gran descanso de los libros de los hermanos, pues son más rápidos y ligeros y me aclaran el paladar. No obstante, tengo que decir que no los encuentro significativamente más fáciles de escribir sólo porque son más cortos; escribir una buena obra es difícil, independientemente del número de páginas.

Si comparamos la experiencia de ser elegido para una colección con la de ser elegido para publicar un título individual, hay que decir que la segunda puede ser más competitiva y, como ya he dicho, por lo general implica dar el paso de tener un agente. Sin embargo, en los títulos individuales disfrutas de mayor libertad en términos del número de páginas, el contenido y las tramas, y tienes más posibilidades de ganar dinero, aunque también implica mayores riesgos. Si tus libros no se venden, existe la percepción de que dejarán de publicarte más rápidamente que cuando escribes para una colección.

La decisión depende del lugar en que te encuentres en el proceso de convertirte en escritor y de la clase de historias que quieres escribir. Y no se trata de un asunto excluyente. Puedes ensayar con un título individual o comenzar publicando en una colección, el asunto depende realmente de lo que más te llame la atención y de lo que creas que resulta más apropiado para tu material.

6. *Unas palabras sobre las publicaciones electrónicas*. No sé mucho sobre las publicaciones electrónicas, así que por lo general remito a la gente a amigos míos que se han criado en ese medio y conocen de primera mano cuáles son las mejores en términos de apoyo al autor y ética comercial. Creo que las publicaciones electrónicas pueden ofrecer una oportunidad realmente buena para tener una edición profesional y son un estupendo camino para poner tu nombre en el mercado de manera mucho más rápida que por cualquier otro medio. También pienso que pueden ser muy innovadoras en términos del contenido y un lugar privilegiado para llevar a buen término un proyecto que, de otra forma, podría haberse considerado demasiado subido de tono o demasiado controvertido. Sí creo que los escritores deben tener cuidado: acercarse a las compañías que están más establecidas y asesorarse sobre los contratos antes de firmar sólo es una medida de precaución (y que viene bien en cualquier acuerdo de negocios).

7. *Tener un agente es deseable*. Por lo que he oído entre los editores que conozco, los montones de manuscritos que reciben las editoriales han crecido de manera exponencial durante los últimos años. No estoy muy segura de la razón, tal vez sea el advenimiento de los ordenadores, quién sabe. Pero este fenómeno, sumado a la contracción que sufre actualmente el mercado editorial, significa que los editores están cada vez más recargados y son comprensiblemente más precavidos que antes.

Ahí es donde entran los agentes. Los editores que conozco usan a los agentes como una especie de filtro para recibir proyectos y confían en sus recomendaciones a la hora de elegir qué material revisar y, tal vez, tratar de comprar. Un buen agente tiene relaciones con los editores de todas las casas editoriales, en todos los niveles, y sabe dónde poner cada propuesta. Adicionalmente, pueden responder por tu proyecto con su reputación, lo cual te da todavía más credibilidad.

Un buen agente no tiene que ser tu amigo y no debe serlo. Ellos deben decirte las cosas que no quieres oír y ser honestos sobre el momento en el que te encuentras de tu profesión y cuál es tu futuro. Cada agente es diferente, al igual que cada escritor es diferente. Algunos quieren influir en el contenido, otros se preocupan más por la promoción; algunos te llevan de la mano y otros son como bulldogs. La clave es encontrar una conexión que te funcione. Y, recuerda, es una relación como cualquier otra. Ten una actitud profesional y sincera y espera recibir lo mismo y nunca, jamás, la emprendas contra ellos. Si tu agente está haciendo bien su trabajo, vas a oír cosas que no quieres oír o que quisieras que fueran diferentes. La clave es trabajar juntos para resolver los problemas y presentarle tu obra al mayor número de gente posible.

8. *¿Cómo encuentro un agente o un editor?* El mejor consejo que puedo ofrecer aquí es sal y consigue la versión más reciente de *Writer's Market*. Este libro de referencia anual es una guía estupenda para ver qué están buscando comprar los agentes y editores. Las listas aparecen organizadas por agentes (o agencias) y también por editores, y suministran nombres, direcciones y explicaciones sobre quién está buscando representar o adquirir qué. Romance Writers of America también elabora un informe anual sobre agentes y editores que están específicamente enfocados en la novela romántica (otro gran beneficio que trae el hecho de ser miembro). Además, si conoces a autores que ya han sido publicados, también ayuda preguntarles quién los representa y quién los publica, si les gusta su agente y su editor o editores y qué clase de experiencias han tenido. A veces puedes lograr incluso que

alguien le pase tus textos a su representante, lo cual puede ser de gran ayuda, aunque eso es algo que debes esperar a que te ofrezcan y no algo por lo que debas presionar a otro escritor.

Es posible que tengas que hacer varios intentos hasta que un editor decida publicarte, pero es un asunto de persistir y reinventarse hasta que funcione. Y cuando se trata de los agentes, si no puedes encontrar uno que te quiera representar, eso no necesariamente significa que estés perdido, porque, de nuevo, algunos editores no trabajan con agentes.

9. *Si presentas tu material en varios sitios, debes decirlo desde el principio.* Sin duda, el hecho de enviar el mismo proyecto a un par de agentes distintos (o de editores, si no tienes agente) puede reducir significativamente la duración de ese proceso de selección, pero también te puede poner en aprietos si más de uno de los agentes o editores quiere representarte o publicarte. Si decides presentar tu material en varios sitios al mismo tiempo, dilo desde el principio y asegúrate de no enviárselo a agentes o editores que exijan exclusividad.

10. *Compórtate con profesionalidad.* Y esto se aplica a todo. Asegúrate de que los manuscritos que presentes no tengan errores ortográficos y estén debidamente paginados, impresos en una fuente adecuada y con los márgenes estándar (Times New Roman 12 o Courier 10, a doble espacio, con márgenes de 2,5 centímetros por los cuatro lados), y que vayan encuadernados. Cuando tengas entrevistas, compórtate con cortesía y sé conciso. Si vas a una reunión con un editor o un agente en una convención o una feria, vístete de manera apropiada. Llega a tiempo; si le dices a alguien que le vas a entregar algo en determinada fecha, calcula un poco de tiempo extra por si tienes algún inconveniente inesperado y entrega el material el día que te comprometiste a hacerlo. Envía notas de agradecimiento. Habla bien de los demás y no seas bocazas. Claro, muchas de estas cosas no son nada extraordinario, pero cuentan. Si Dios quiere, vas a desa-

rrollar una carrera en este negocio, así que es deseable que empieces a construirte una buena reputación desde el primer día.

11. *No presentes tu material antes de que esté listo.* Esto fue una gran ayuda para mí. Siempre existe la tentación de terminar rápidamente el texto en el que estamos trabajando para enviárselo a un agente/editor lo más pronto posible, o al menos eso siempre me ocurría a mí. No obstante, la realidad es que uno sólo tiene una oportunidad en la vida para causar una primera buena impresión y te sorprenderías de ver la clase de errores que se pueden encontrar en una obra cuando uno vuelve a revisarla con ojos descansados. Por lo general mi regla era (y sigue siendo) OBLIGARME a retener cualquier proyecto en el que estuviera trabajando hasta que pudiera hacer una última lectura de principio a fin. Era terrible porque, claro, yo tenía mucha curiosidad por saber qué iba a decir el agente o el editor y si tenía posibilidades de que alguien se interesara por mi obra. Pero la verdad es que nunca me arrepentí de esperar.

Lo que sigue a continuación es un ejemplo perfecto de esto. Mi primer libro publicado, *Leaping Hearts*, no fue con el que conseguí a mi primer agente. Lo escribí mientras buscaba representación. Cuando me llamaron, yo sabía que *Leaping Hearts* era un libro mucho más sólido que el que había enviado inicialmente, así que le dije a mi agente de esa época que esperara hasta que pudiera enviarle nuevo material. Y, en efecto, me retrasé un par de meses en enviar lo que finalmente salió al mercado, con el fin de pulir al máximo *Leaping Hearts*. Pero eso era lo que tenía que hacer y mi agente estuvo de acuerdo conmigo. Se trataba de un libro mucho más sólido y se vendió rápidamente.

Yo siempre trato de entregar antes de la fecha fijada, pero apresurarse puede comprometer la calidad del trabajo. No estoy diciendo que haya que quedarse paralizado analizando miles de detalles, porque cuando revisas el material demasiadas veces puede ser perjudicial por exceso de edición. Pero siempre hay un periodo de maduración que es importante respetar y con el tiempo irás descubriendo qué significa eso para ti y cuántas revisiones tienes que hacer.

12. Promoción. Después de que una editorial haya comprado tu obra y ésta pase por todo el proceso de producción editorial que culmina en un libro encuadernado y con una bonita cubierta, querrás pensar en las distintas opciones para promocionarlo.

He hablado con cientos de escritores, agentes y editores sobre la promoción porque, al igual que todo el mundo, yo todavía estoy tratando de entender qué es lo que funciona y qué no. Y ¿saben cuál parece ser el consenso? (Y esto después de conversaciones con escritores de mucho éxito y editoriales muy poderosas, imagínense).

Nadie. Tiene. Ni. Idea.

No parece haber una relación cuantificable entre la actividad promocional de los escritores y las ventas de libros. Sin embargo, una vez dicho eso, hay cosas que los escritores pueden hacer para apoyar lo que hacen sus editores.

A. Conviértete en una especie de marca y organiza tus actividades promocionales alrededor de esa marca. Pregúntate qué clase de libros escribes y crea una definición de tu obra. Por ejemplo, J. R. Ward quiere decir romances paranormales misteriosos y eróticos y todo lo que he hecho para promocionarlos tiene ese mismo espíritu.

B. Definitivamente, tienes que estar presente en la red. Crea un sitio web que refleje tu marca y abre una dirección de correo electrónico a la cual puedan escribirte tus lectores y desde la cual puedas responderles.

C. Considera la posibilidad de iniciar un foro interactivo. Ya sea un muro de mensajes para tus lectores, o un Yahoo! Group o un blog (individual o con otros escritores), ten en la red una actitud activa y entusiasta sobre tu trabajo.

D. Ofrece sacar un boletín. En este punto yo voy un poco atrasada, pues ahora acabo de crear uno, pero al menos tenía mi muro de mensajes y mi Yahoo! Group para mantener informados a los lectores sobre la fecha de publicación de los libros y mis presentaciones en público. Para bien o para mal, las dos primeras semanas después de la publicación de un título son cruciales y cuanta más gente sepa que tienes algo nuevo en las librerías, más probable será que vayan a comprar tu libro en esos primeros catorce días.

E. Organiza días de invitados especiales en otros blogs/muros de mensajes/Yahoo! Groups. Trabaja en red con tus amigos y busca alguien que te invite a su blog un día próximo a la publicación de tu libro. Organiza un concurso para generar movimiento o habla sobre un tema interesante acerca de tus libros o tu vida.

F. Firmas de libros y convenciones. Asiste a ellas y muéstrate abierto al público.

G. Objetos de propaganda y merchandising. Los marcapáginas, los bolígrafos y otros objetos de recuerdo pueden ayudar a mantenerte vigente en la memoria de los lectores y los libreros.

Todo lo anterior puede ayudar, sin duda, pero ello implica una gran cantidad de tiempo. Para mí, lo primero es escribir y muchas veces he tenido que olvidarme de las otras cosas que podría estar haciendo en el frente de la promoción. La conclusión es que tienes que escribir el mejor libro que puedas... y luego preocuparte por cómo lo vas a promocionar. Ha habido muchas ocasiones en que he tenido que tomar decisiones sobre qué dejar de hacer porque necesito el tiempo para escribir. Sin embargo, eso es difícil y conozco a muchos escritores a los que les preocupa ese tema. Te tiene que ir bien en ventas si quieres que te sigan publicando, pero hay muchas cosas sobre las cuales los escritores no tenemos control y a veces sentimos que la promoción es lo único que podemos hacer para aumentar las ventas.

Y ahora... pasemos al consejo más importante que me han dado en la vida.

La Regla de Oro: *Haz lo mejor que puedas, con las capacidades que tienes en estos momentos.* Este concepto tan engañosamente sencillo me transformó y fue un regalo que llegó justo a tiempo. Si revisan los agradecimientos de mis libros, verán que siempre le doy gracias a «la incomparable Suzanne Brockmann». Y hay una razón muy poderosa para eso.

Déjenme contarles una historia. En julio de 2006 asistí a una convención nacional de Romance Writers of America en Atlanta, Georgia. *Amante oscuro* había salido al mercado en septiembre de 2005 y, contra todas las expectativas, había llegado a la lista de bestsellers del *New York Times*, tres semanas después de la publicación. Lo cual era una enorme sorpresa en muchos aspectos. Luego fue publicado *Amante eterno* en marzo de 2006 y a ese libro le fue todavía mejor, pues estuvo en la extensa lista del *New York Times* durante un tiempo todavía mayor y se vendió espectacularmente bien. Los lectores se estaban entusiasmando con los hermanos; mi editorial se sentía realmente feliz y mi agente, absolutamente encantada; y *Amante oscuro* estaba compitiendo por el premio a la mejor novela de romance paranormal de Romance Writers of America...

Y yo estaba... a punto de tener una crisis nerviosa.

Verán, un año antes de todo eso, yo había pensado que nunca más volvería a publicar un libro.

Cuando viajé a Atlanta, estaba a punto de desmoronarme. No tenía idea de la razón por la cual los hermanos estaban funcionando tan bien en el mercado, no sabía si eso iba a continuar así y era increíblemente difícil pasar de ser yo (una pobre escritora de andar por casa) a ser J. R. Ward (esa especie de mujer estrella).

Ahora bien, un par de años atrás había tenido la fortuna de conocer a Suz Brockmann a través del grupo de Nueva Inglaterra de Romance Writers of America y yo vivía, como la mayor parte de la gente que conozco, fascinada con ella y su éxito. También era una fiel seguidora de su obra y llevaba años leyéndola.

Además, ella era (y sigue siendo) perversamente amable, como dicen.

Por un golpe de suerte, Suz aceptó hablar un rato conmigo en esa reunión en Atlanta y mi madre y yo nos encontramos con ella en un reservado de la gigantesca recepción del hotel. Cuando nos sentamos, tenía la intención de causar una buena impresión y tratar de no mostrar lo aterrorizada y perdida que me encontraba. Porque estaba aterrorizada. En cierto sentido me cuesta más trabajo asimilar las buenas noticias que las malas, porque no me las creo totalmente... y en ese momento me veía casi al borde del abismo, acosada por las dudas, el miedo y la sensación de desorientación.

Así que Suz y yo estamos hablando y ella me está dando todos esos maravillosos consejos sobre el oficio y todas esas cosas… y en el fondo de mi cabeza yo estoy pensando: «Mantén el control, no vayas a montar un espectáculo».

Y casi lo logro. Hasta que ella me conmovió con su amabilidad.

Hacia el final de la charla, Suz metió la mano en la bolsa de tela que llevaba y sacó su libro. Se inclinó hacia delante y me dijo con un tono totalmente casual: «Oye, te he traído un ejemplar de mi nuevo libro».

Yo bajé la vista hacia lo que me estaba ofreciendo. A día de hoy, sigo recordando con precisión cómo era la cubierta: de un blanco brillante, con un dibujo rojo y el título en negritas, con su nombre debajo.

Yo estiré el brazo y agarré el libro con cuidado.

Llevaba años leyendo a Suz. Ella es como Elizabeth Lowell para mí. Es la escritora con la que me acuesto por las noches y que leo hasta que empiezo a ver doble por el cansancio… pero que no quiero soltar. Ella es la escritora que recuerdo haber visto una vez frente a una fila de cien personas que sólo querían conocerla. Es la persona que los lectores más respetan por su amabilidad. Y es la persona que escribió aquel libro que, cuando terminé de leerlo, me hizo salir a caminar durante horas, con los ojos anegados en lágrimas, porque estaba convencida de que nunca llegaría a ser tan buena como ella en su peor día.

Así que perdí el control. Agarré el libro y lo apreté contra mi pecho y comencé a llorar sin parar.

En. Frente. De. Suz. Brockmann.

Y de mi madre.

En el tercer piso de la recepción de aquel hotel en Atlanta… un lugar completamente público.

Todavía me estremezco al recordarlo.

Suz, por supuesto, manejó el asunto con gran elegancia y me escuchó mientras yo balbuceaba acerca del hecho de que estaba asustada y no sabía si podría mantener la calidad de mi escritura y no estaba segura de si sería capaz de cumplir los plazos de entrega y estaba preocupada por no estar aprovechando al máximo las oportunidades que tenía.

Suz me dejó hablar y hablar y cuando quedé extenuada, como un hámster en una rueda giratoria, me miró y dijo que ella sabía exactamente lo que yo estaba sintiendo. Sabía con exactitud lo que era querer ser perfecta y hacer un trabajo perfecto y ganarse así el éxito que te había concedido la vida. La cosa era que, dijo Suz, a medida que pasaba el tiempo, ella había aprendido que si buscas la perfección absoluta, siempre terminas fracasando por definición y que esa «perfección» sencillamente no puede ser la norma porque terminarás por agotarte.

Lo que importa es esforzarte al máximo contando con las capacidades que tienes en cada momento.

Cuando era joven, particularmente cuando trabajaba como abogada en una empresa, casi me mato tratando de ser perfecta y ahora, con la escritura, estaba intentando hacer lo mismo. Pero Suz me abrió los ojos y yo supuse que lo que a ella le funcionaba también podía ser bueno para mí.

(Nota: Le pedí a Suz que leyera esta parte antes de que el libro llegara a imprenta, para asegurarme de que estaba de acuerdo con que la mencionara y entonces me dijo que ese consejo que me había ofrecido era una especie de «cadena de favores», pues a ella se lo había dado una maravillosa escritora de Harlequin, Pat White, quien a su vez lo había tomado de un libro titulado *Los cuatro acuerdos*, escrito por Don Miguel Ruiz. Ahora yo se lo paso a ustedes. Genial, ¿no?).

Así que, miren, en el oficio de publicar... no hay que exigirse lo imposible. Hay que hacer lo mejor que puedes. Inevitablemente la vida real se va a interponer en el camino de la calidad o la cantidad de tus escritos... o en el entusiasmo o la fe que tienes en tu sueño... o en tu éxito. Tienes que saberlo desde el principio y buscarte una buena red de apoyo, ya sean amigos u otros escritores, o tu familia o tu perro. Y recuerda que en cualquier cosa, ya sea un oficio o un negocio, sólo existen algunos parámetros, pero no reglas inamovibles. Siempre matizo cualquier consejo que doy con la advertencia de que lo que a mí me ha funcionado puede no funcionarles a otras personas y que todo es sólo una especulación. Y eso está bien.

Porque los milagros sí ocurren.

Todos los días.

La cosa es que, si no te expones, es mucho más difícil que ellos te encuentren. Así que, por favor, arriésgate y espera a ver qué pasa. Y cuídate a lo largo del camino. Al final del día, lo único que podemos hacer es mantener la fe en nosotros mismos y trabajar duro… lo demás está en manos del destino.

Ah, y da gracias.

Yo me siento muy agradecida.

Propuesta para la serie de la Hermandad de la Daga Negra

Propuesta para la serie de la Hermandad de la Daga Negra

Muchos escritores que están empezando me preguntan sobre las cartas de presentación (que es el nombre que recibe la correspondencia que sueles enviarles a los agentes y/o editores para presentarte tú y presentar tu proyecto) y las propuestas. *Writer's Market* tiene buenos ejemplos de cartas de presentación. Lo esencial es que no pasen de una página, detallar el proyecto de manera sucinta pero con entusiasmo y enumerar tus credenciales como escritor (tales como cualquier publicación que tengas, los concursos que hayas ganado y si eres miembro de organizaciones profesionales como, por ejemplo, Romance Writers of America). Incluye también cualquier información personal que pueda ser relevante para el material en el que estás trabajando (por ejemplo, si eres una enfermera pediátrica que está escribiendo sobre una heroína que también es enfermera pediátrica).

Por lo general, la propuesta se compone del esbozo del libro, que debe ser lo más explícito posible —éste no es el lugar para hacer sugerencias—, y los primeros tres capítulos del manuscrito. Lo que sigue a continuación es la propuesta de la Hermandad que envié a las editoriales a través de mi agente (si lo desean, pueden leer los tres primeros capítulos en el libro). Para comenzar, voy a confesarles que es demasiado larga, así que, si siguen este ejemplo, les sugiero hacer una versión completa para ustedes y reducirla luego para los agentes/editores. El formato fue invención mía, en ese momento no había visto propuestas de nadie más y sencillamente me concentré en lo que me gustaría saber sobre la saga si yo fuera editora. Quisiera decir que creo que la estructura funciona especialmente bien para las novelas de temas paranormales, pues comprobarán que incluyo las reglas del universo así como una visión general de todos los personajes principales y su papel no sólo en el libro sino en la sociedad vampira.

Para mí, es genial volver sobre ella y leerla de nuevo y ver los cambios que han tenido lugar en el contenido. La inmensa mayoría de las discrepancias tienen que ver con el hecho de que yo había malinterpretado lo que había visto, o que después vi más cosas que cambiaron las implicaciones de estas escenas originales. En algunos casos, sin embargo, las diferencias resultan del hecho de que había vacíos en lo que yo había imaginado y los llené con cosas inventadas por mí. Por ejemplo, la primera vez que vi a Phury y a Z, no sabía que eran gemelos. En realidad no sabía mucho sobre ellos y, en lugar de dejar el vacío, les inventé un pasado que pensé que podía ser suficientemente dramático. Sin embargo, la verdad salió a flote mientras estaba escribiendo el manuscrito.

Y lo mismo sucedió con el final de *Amante oscuro*. Mientras estaba haciendo el bosquejo, las escenas dejaron de aparecer en mi mente cuando Wrath está en la clínica, después de que le disparan. Sin embargo, ésa no parecía la manera correcta de terminar el libro, aunque era lo único que tenía. Traté de ver más cosas, e inventé algunas, pero sentía que eso no era lo que ocurría de verdad. Afortunadamente, el resto de las escenas fueron apareciendo en mi cabeza mientras escribía y la Hermandad terminó reunida, todavía en Caldwell, en el complejo de Darius.

Verán que no hago ninguna mención al Omega; eso se debe a que en ese momento no lo tenía claro. Y sólo se hizo más explícito cuando comencé a hacer el borrador. Luego tuve información más que suficiente.

También notarán, particularmente en la introducción, que digo que le «atribuí» a Wrath una debilidad importante, o que «construí» una situación para introducir una mujer en su vida. Por supuesto, no fue así como ocurrieron las cosas, pero, como se imaginarán, no estaba muy convencida de contarles a los editores que esos vampiros vivían en mi cabeza y me decían qué hacer. Así que supuse que sería buena idea presentar la historia como si yo tuviera control sobre el material, al menos nominalmente. Aunque la verdad fuera completamente distinta.

Y nunca usé en la saga eso de «uta-shellan». Me decidí solamente por «shellan».

Ah, ¿y la estimación del número de palabras? ¡Nada que ver con la realidad!

Un último apunte: el texto que sigue a continuación fue reproducido directamente del archivo de mi ordenador y no va a ser corregido como parte del proceso editorial de esta *Guía secreta*. Lo que van a ver es exactamente lo que salió al mercado, con todos sus errores. El propósito de esto es mostrar que, a pesar de que me esforcé al máximo para asegurarme de que no hubiese errores, de todas maneras hay algunos y, aunque eso no es lo deseable, incluso así la propuesta se vendió. Esto no pretende ser un estímulo a la pereza, pero es un reconocimiento fundamental del hecho de que nadie es perfecto.

Amante oscuro

J. R. Ward
Título individual, aprox. 100.000 palabras

Contexto general/Temas

Un universo de vampiros bien construido puede amplificar los mejores elementos de la novela romántica: un sexo apasionado, grandes riesgos y una emoción extraordinaria pueden combinarse en un ambiente único y contemporáneo. Para que un libro como ése funcione bien, las Reglas de su Universo tienen que ser claras e inquebrantables y esas leyes deben estar construidas de manera que estimulen los actos de heroísmo y los sacrificios por amor. Los contrastes son esenciales y tienen que jugar un papel importante en todo el argumento: fuerza *vs.* debilidad, bondad *vs.* maldad, lealtad *vs.* traición, amor *vs.* odio, pérdida *vs.* comunión; todas esas fuerzas esenciales deben estar representadas. Los héroes tienen que ser superhombres que se enfrentan a enemigos dignos. Y las heroínas tienen que ser fuertes y contar con una aguda inteligencia.

¿Ya he dicho que tiene que haber cantidad de escenas de sexo fantástico a lo largo de noches ardientes? Sí, supongo que eso está implícito en lo del sexo apasionado.

Al concebir este libro comencé con un héroe guerrero que necesita curarse a través del amor. Wrath es un vampiro de cuatrocientos años, el último de su linaje, el único miembro puro de su raza que queda sobre la tierra. Tiene una energía física increíble, es amenazador y sexy; y es casi ciego. Con respecto a su discapacidad, pensé que sería importante atribuirle una debilidad básica. Su falta de visión lo obliga a depender de los demás y genera un buen contraste con el hecho de que, aparte de eso, es físicamente invencible. De hecho, su mala visión no afecta a su capacidad para pelear.

Desde que pasó por su transición, Wrath ha estado en guerra con miembros de una sociedad de cazadores de vampiros que usan las artes oscuras. En esta serie, los vampiros nacen sin los rasgos característicos de su raza; los colmillos, la fuerza superior, la longevidad, la fotofobia y la necesidad de alimentarse de sangre sólo surgen pasados veinticinco años, cuando sufren una dura transformación física. Para sobrevivir, no se alimentan de los humanos sino que necesitan un vampiro del sexo opuesto.

Antes de su transición, Wrath era debilucho, enfermizo y frágil. Como resultado de su mala salud y su vista defectuosa, no pudo salvar a sus padres cuando fueron atacados por los cazadores de vampiros. Este contraste entre la fragilidad anterior de Wrath y su actual estado de fuerza bruta se encuentra en el núcleo de su conflicto interno. El hecho de no haber sido capaz de proteger a sus seres queridos es un fracaso que nunca se ha perdonado. El deseo de venganza y el odio que siente por él mismo han consumido su alma y han cerrado todas las posibilidades al amor y el afecto.

Wrath es ciertamente temible, pero también merece que alguien lo libere de ese mundo emocionalmente estéril en el que vive. El problema es que, para que su salvación sea posible, él tiene que aprender que puede cuidar de alguien y que es digno de amor. Como Wrath evita las relaciones personales, tuve que construir una situación en la que se viera obligado a dejar entrar a una mujer en su vida.

Beth Randall, la heroína, es fuerte y muy inteligente, posee gran belleza física y es la hija mestiza, medio humana, medio vampira, de uno de los hermanos de la banda de guerreros de Wrath. Cuando su padre es asesinado por sus enemigos, Wrath se ve obligado a responsabilizarse de Beth y a ayudarla a superar la transición. El hecho de estar con Beth, y apoyarla, obliga a Wrath a revivir su propia transición y la muerte de sus padres. Beth lo ayuda a elaborar esos sucesos de modo más preciso y él es capaz de ver cómo lo que percibe como un fracaso —haber sido incapaz de proteger a sus seres queridos de la muerte— no fue, de hecho, el resultado de una falta de honor o de una debilidad interna. Eso lo ayuda a liberarse del desprecio que siente hacia sí mismo y cura sus cicatrices emocionales, capacitándolo para amarla con pasión y dedicación.

En cuanto a Beth, cuando la vemos por primera vez al principio del libro, su vida es tan solitaria y emocionalmente estéril como la de Wrath. Al haber crecido en un orfanato, Beth no tiene idea de quiénes fueron sus padres y no cuenta con ningún apoyo familiar. Está estancada en un empleo sin ningún futuro. Anhela una relación pero no parece ser capaz de relacionarse bien con los hombres. Tampoco tiene idea de que es medio vampira. Cuando Wrath entra en su vida, Beth es arrastrada a un mundo nuevo que le brinda la oportunidad de amar y ser amada, y también de encontrar una familia. Y, a través de Wrath, finalmente logra encontrar ese vínculo con el padre que siempre quiso tener. También obtiene una buena dosis de acción y pasión.

La historia romántica secundaria presenta a la shellan de Wrath, o esposa titular, Marissa, y a un detective de homicidios endurecido por la vida. Marissa lleva siglos enamorada de Wrath pero él siempre ha sido inalcanzable para ella a nivel físico y emocional. Ella es un alma dulce y solitaria, y añora el día en que Wrath finalmente vea todo lo que ella tiene para ofrecerle. Marissa es un personaje difícil de describir. No puede dar la impresión de ser un cero a la izquierda, porque eso es aburrido. Pero tiene que establecer un contraste con la amenaza que representa Wrath, y su incompatibilidad tiene que ser verosímil.

En el curso del libro Marissa se da cuenta de que Wrath nunca la va a amar, y eso la libera para encontrar la otra mitad de su corazón en el detective Butch O'Neal. Butch es un buen hombre que, a pesar de ser muy distinto a Wrath, también puede llegar hasta la locura cuando da rienda suelta a su rabia. Su vida diaria se desarrolla en un ambiente sórdido que gira en torno a la muerte y el papeleo, y a lo largo de los años ha ido perdiendo lentamente su alma, por decirlo de alguna manera. Conoce a Marissa y la pureza interior de ella lo refresca y le devuelve el optimismo sobre la vida y el amor que ha perdido. Butch también descubre que la cultura vampira es más compatible con su temperamento. Las complicaciones inherentes al hecho de que él sea humano y Marissa, una vampiresa, sólo se resolverán parcialmente al final del libro. Su futuro no está claro.

Unas palabras sobre los enemigos de Wrath. En gran medida, los vampiros prototipo de esta saga (aparte de los héroes) sólo quieren vivir en paz y coexistir con los humanos sin ser descubiertos. Los vampiros han sido perseguidos de manera sistemática desde la Edad Media debido a la intolerancia y la incomprensión sobre la necesidad de beber sangre que tiene su raza. Los miembros de la llamada Sociedad Restrictiva han perpetrado terribles actos de violencia y los vampiros están casi al borde de la extinción. Un selecto cuerpo de vampiros guerreros son los defensores de la raza y Wrath es el más fuerte de esta banda de hermanos.

La banda de hermanos ofrece posibilidades de desarrollo para una serie de libros. Cada uno de los seis hermanos tiene una debilidad fundamental. Han perdido a su familia, han sido traicionados por amigos y amantes, han sufrido y soportado terribles sucesos. Ellos pelean por el bien de su raza y se enfrentan a sus enemigos con valor y destreza, pero al final de la noche todos, excepto uno, regresan a casa solos. La forma en que el amor logra domesticar a un hombre que actúa como una bestia salvaje y logra revelar su esencia tierna y protectora es un principio universal de la novela romántica. Cada uno de estos hombres necesita que lo salven y es digno del amor que requiere para curar sus heridas.

La historia sucede en una ciudad grande ubicada al norte del estado de Nueva York, sobre el río Hudson. Se desarrolla a comienzos de julio, cuando los días son calurosos y las tormentas eléctricas arrasan constantemente el área, llenando las noches de relámpagos y truenos que rugen con voz profunda. En el libro, los espacios interiores son urbanos y casi siempre sórdidos: clubes nocturnos, apartamentos, la estación de policía, una cafetería, una academia de artes marciales. Esto contrasta con el lugar en el que se aloja Wrath. Su habitación está en una lujosa mansión. Los espacios exteriores también son inhóspitos: calles oscuras, callejones, estacionamientos, la parte inferior de un puente colgante. Creo que el tono sombrío de los espacios del libro resalta particularmente el contraste con el ambiente cálido y luminoso que crea el amor.

De nuevo, estoy convencida de que las historias de amor entre vampiros tienen la mezcla perfecta de fantasía y romance. El formato es suficientemente flexible para que la magia y el ritual puedan hacerse presentes en espacios contemporáneos, pero los temas son universales y duraderos. Me entusiasma trabajar en este proyecto y me encantan los personajes y sus vidas.

¿He dicho ya que los vampiros son absolutamente sexys y ardientes?

Gracias por su atención.

Beth Randall

Beth Randall va a cumplir veinticinco años y está insatisfecha con su vida. Fue criada en un orfanato y no ha podido encontrar ninguna información sobre ninguno de sus padres. Lo único que sabe es que su madre murió en el parto. Esa falta de datos sobre su pasado ha sido difícil de sobrellevar, siente que no tiene raíces y se pregunta si algún día sabrá quién es realmente. O adónde pertenece.

Su trabajo como periodista es una manera de compensar la búsqueda fallida de sus raíces y le produce satisfacción encontrar la respuesta a la vida de otras personas. Beth cubre la crónica policíaca para el *Caldwell Courier Journal* y pasa mucho tiempo en la comisaría con los detectives. Un par de policías la han invitado a salir, pero ella nunca se ha mostrado muy interesada. En general, los hombres la encuentran extraordinariamente atractiva, pero a ella le resultan indiferentes. Beth se pregunta a veces si no será lesbiana, pues sencillamente no le atrae tener relaciones sexuales con los hombres. Pero, claro, tampoco se siente atraída hacia las mujeres.

Cuando piensa en cómo será su vida al cabo de diez años, no se puede imaginar ningún cambio. Se ve yendo a trabajar día tras día, sin tener ninguna proyección en el periódico, y volviendo a casa con su gato. Ella anhela una familia, anhela el amor, sentirse conectada con la gente, pero no parece poder relacionarse con los hombres y las mujeres que la rodean.

Últimamente Beth no ha dormido bien. También siente hambre todo el tiempo y come constantemente, pero al menos no está engordando. No se puede quitar de la cabeza la idea de que algo malo está a punto de ocurrirle y el hecho de no tener a nadie con quien poder hablar de verdad intensifica su persistente sensación de soledad.

Wrath

Wrath nació en el siglo xvii y sus padres lo adoraban. Su padre era el jefe de su raza y un respetado líder. Su madre era una vampiresa gentil y compasiva. El nacimiento de Wrath fue celebrado en todo su mundo, pues los vampiros rara vez logran concebir hijos y, cuando lo hacen, los hijos, por lo general, nacen muertos. La raza se alegró al saber que sus tradiciones sobrevivirían después de la muerte del padre de Wrath y los vampiros crearon toda una red de esperanzas y sueños alrededor del futuro de Wrath como jefe.

Pero Wrath era un chiquillo enfermizo y un adolescente debilucho, y la raza temía que no sobreviviera hasta llegar a los veinticinco, cuando la transición finalmente fortalecería su cuerpo. Había una preocupación especial por sus ojos, pues veía muy mal incluso antes de llegar a la madurez. Sus padres y criados lo vigilaban todo el tiempo y Wrath creció creyendo que el mundo era un lugar seguro y ordenado, a pesar de sus problemas de salud.

La noche del asesinato, nadie estaba preparado para el ataque. Hasta finales de la Edad Media los vampiros habían coexistido con los humanos en Europa de manera relativamente pacífica. En la medida en que la sociedad humana estaba fragmentada y vivía en guerra, y con las comunicaciones limitadas por la geografía y las barreras lingüísticas, los vampiros lograron pasar desapercibidos. Pero esa situación de calma relativa cambió con los diferentes movimientos religiosos e intelectuales que sufrió la cultura humana en el siglo xvii. En esa época se estableció una sociedad secreta que perseguía a los vampiros.

Los padres de Wrath fueron torturados y asesinados delante de él. Wrath sólo sobrevivió porque su padre lo obligó a ocultarse en un escondrijo y lo encerró justo antes de que entraran los atacantes. Wrath observó el asesinato con horror y, cuando fue liberado por los criados al día siguiente, enterró a sus padres de acuerdo con la tradición y juró vengarse. Pero ésa era una promesa patética, pues con su cuerpo raquítico él era muy consciente de que no podría luchar contra nadie. Durante el periodo de duelo, mientras su pueblo acudía a rendirle homenaje como el último miembro de un linaje puro y el nuevo jefe de su raza, Wrath se despreciaba y despreciaba todavía más su debilidad.

Luego emprendió un viaje solitario a través de Europa que duró tres años, durante los cuales trató de averiguar más sobre los hombres que asesinaron a su familia. Sin dinero, pues había dejado atrás todas sus posesiones mundanas, y con un cuerpo que sólo inspiraba lástima, no tenía manera de ganarse la vida trabajando. Fue atacado y golpeado, asaltado y amenazado, y los humanos lo abandonaron a su suerte varias veces. De alguna manera logró sobrevivir mendigando comida o alimentándose de sobras y animales muertos abandonados, hasta que finalmente encontró trabajo como criado.

Cuando llegó el momento de su transición, lo tomó por sorpresa pues sus padres lo habían protegido y nunca le habían contado lo que iba a pasar. Después de beber de una vampiresa que se materializa frente a él, crece seis pulgadas, sus músculos aumentan de tamaño asombrosamente y por fin tiene la fuerza física necesaria para llevar a cabo su venganza.

Wrath pasa los siguientes cuatrocientos años cazando a los miembros de aquella sociedad que los persigue y siendo perseguido por ellos. Desprecia a los humanos tanto por su crueldad hacia él antes de la transición, como por el hecho de que su raza ha dado origen a la sociedad de los cazavampiros. Lleva una vida de guerrero, con pocas posesiones aparte de sus armas y sin tener ningún vínculo distinto a su banda de hermanos.

Marissa, la vampiresa que acude a él la noche de su cambio, fue elegida por sus padres para ser su compañera, pero él no alberga en su interior ni un ápice de amor hacia ella. Wrath nunca la ve, a menos que alguno de los dos necesite alimentarse de la vena, y él sabe que su relación la está matando lentamente. Le ha pedido que busque otra relación, pero ella se ha negado y la lealtad de Marissa hace que se sienta incómodo porque sabe que no es digno de ella.

Su banda de hermanos se compone de otros seis vampiros que ha conocido a través de los siglos. Pelean sobre todo solos, pero comparten información y coordinan sus estrategias cuando tienen que hacerlo. Wrath es consciente de que los demás lo ven como líder debido a su linaje y su potencia como guerrero, pero es un liderazgo y una adoración que no desea. Él prefiere el dolor del odio a cualquier sentimiento de afecto y se ve a sí mismo no como un héroe por defender su raza, sino como alguien que sólo está pasando el tiempo hasta que la muerte ponga fin a su suplicio.

Marissa

Marissa es la shellan o esposa de Wrath, pero su naturaleza gentil la hace una compañera completamente inadecuada para él. Como Wrath y ella no comparten la clase de relación que tienen con sus compañeras la mayoría de los vampiros, ella vive con su hermano. Marissa siente adoración por Wrath y espera que algún día él deje de luchar y descubra que la ama. Ella es virgen, ni siquiera la han llegado a besar, y vive socialmente aislada. Los otros machos no se le acercan por respeto a Wrath y las hembras le tienen lástima. Ella se siente como si existiera en las sombras, observando cómo se desarrolla la vida de los demás, mientras que sus días y noches parecen estancados.

Brian *Butch* O'Neal

Butch es un detective de homicidios, cuyo fuerte sentido de la justicia y pasión por los derechos de las víctimas pueden llevar su temperamento al extremo. Es brutal con los delincuentes, protege a los inocentes y no es ningún tonto. Es un buen hombre, pero lleva una existencia dura y ha perdido la fe en la humanidad. Su vida gira en torno al trabajo, nunca ha estado casado ni ha tenido una relación significativa con una mujer. Es muy solitario y a veces piensa que lo mejor para él sería que lo mataran cumpliendo con su deber.

Havers

Hermano de Marissa, Havers es un vampiro médico, un sanador entregado. Como los hermanos de Havers y Marissa murieron hace años de una enfermedad que afecta sólo a los vampiros, y sus padres también fallecieron, Havers ha cuidado de ella siempre. Hace cosa de un año perdió a su shellan mientras daba a luz al hijo que nació muerto. Ahora siente que su hermana es todo lo que le queda. Es compasivo por naturaleza y el dolor que Marissa sufre en su relación con Wrath hace que se enfade a menudo. Le gustaría que Marissa pudiera encontrar a un compañero que realmente se preocupase por ella.

La banda de hermanos

Darius, Tohrment, Rhage, Vishous, Zsadist y Phury son una banda de guerreros que reverencian a Wrath. Son un grupo de vampiros de una peligrosidad letal que han jurado entregar su vida para proteger su raza y son respetados y en cierta forma temidos por sus otros congéneres. Darius tuvo un romance con una humana hace veinticinco años y la mujer murió al dar a luz. Ha perdidos dos hijos a manos de sus enemigos y le preocupa que su hija mitad humana, Beth, no sobreviva a su transición. Tohrment es el único que tiene viva a su uta-shellan, o primera y única esposa, y se preocupa por la seguridad de su familia. Zsadist tiene una cicatriz que le recorre toda la cara debido a que fue torturado después de que su propio hermano lo traicionara. Rhage tiene una personalidad feroz, capaz de estallar en cualquier momento, y adora a las mujeres. Vishous es el estratega del grupo, posee una mente aterradoramente poderosa, pero vive bajo el acoso de oscuras visiones que a menudo se hacen realidad. A Phury los enemigos le asesinaron a sus hijos y a su uta-shellan hace cincuenta años y lleva una prótesis como resultado de una herida de guerra en la pierna.

Un comentario sobre los nombres. Las palabras inglesas tales como *rage* (rabia), *fury* (furia), *vicious* (despiadado), *sadist* (sádico), *torment* (tormento) y *wrath* (ira) se derivan de los nombres tradicionales de los vampiros guerreros, que surgieron antes.

La Sociedad Restrictiva

La Sociedad Restrictiva es un grupo de cazavampiros totalmente autónomo e independiente, que opera fuera de la ley. Los miembros de la sociedad, llamados restrictores, son humanos que han vendido su alma a cambio de vivir cien años con licencia para matar. Son sociópatas despiadados, asesinos sin alma con historias violentas o patologías psiquiátricas, que cazan por placer y a quienes les gusta torturar. Como tienen una alta tasa de mortalidad, la demanda para conseguir nuevos miembros de la sociedad es constante. Esos reclutas salen de distintos ambientes, por lo general los relacionados con los deportes o la defensa personal, porque la sociedad favorece a los que son más fuertes físicamente. En este libro, una academia de artes marciales ofrece un campo fértil para el entrenamiento y un buen lugar para poner a prueba a los nuevos reclutas.

Los restrictores se pueden mover libremente durante el día. Ocasionalmente pelean entre ellos por el control del territorio. Son físicamente más fuertes después de su inducción a la Sociedad y llegan a vivir hasta los cien años, pero no muestran señales de envejecimiento. También son impotentes y tienen un ligero olor a talco de bebé.

Joe Xavier, alias Señor X

El señor X es un líder que está ganando importancia en la Sociedad Restrictiva. Comenzó a entrenarse en artes marciales cuando era adolescente y, después de ser adoctrinado como restrictor, pasó por un programa de operaciones militares especiales y regresó a la Sociedad. Ha introducido un nuevo nivel de tecnología y violencia en las misiones de la sociedad.

REGLAS DEL MUNDO

— Los vampiros son una especie totalmente distinta de los humanos.

- Viven mucho más que los humanos, pero no son inmortales.
- Alrededor de los veinticinco años, sufren una «transición», es decir, deben alimentarse de un vampiro del sexo opuesto para sobrevivir.
- Se pueden alimentar de los humanos, pero la fuerza que obtienen de un hombre o una mujer no les dura mucho.
- Después de su transición, son sensibles a la luz y quedan ciegos y se queman cuando les da el sol.
- Los vampiros se pueden desmaterializar a voluntad, pero sólo si están en pleno uso de sus capacidades.
- Cuando se desmaterializan, no pueden llevar a nadie con ellos.
- Los vampiros pueden leer las emociones de los demás.
- Los vampiros son capaces de percibir la localización geográfica de su pareja.
- Los vampiros se recuperan rápidamente, pero pueden ser asesinados si sufren una herida mortal.
- Se reproducen muy rara vez y a veces con los humanos.
- Si sobreviven a la transición, los mestizos, o mitad vampiros, tienen todas las anteriores características.

ARGUMENTO

Darius, uno de los hermanos de la banda, le pide a Wrath que se reúna con él en un bar de estilo gótico ubicado en el centro, llamado Screamer's. Darius sabe que es muy poco probable que Wrath ayude a su hija mitad humana a superar la transición para convertirse en vampiresa. Pero Darius está desesperado. Ama a su hija y sabe que ella tiene mejores oportunidades de sobrevivir a la transición si puede estar con Wrath, debido a que la sangre de éste es pura. Mientras espera a Wrath, Darius piensa en lo mucho que le gustaría que su hija no tuviera que sufrir la agonía del cambio y la vida de una vampiresa.

Al mismo tiempo, su hija, Beth Randall, regresa a casa desde su trabajo en el diario local y pasa enfrente del bar en el que se encuentra su padre, en la calle del Comercio. Mientras va caminando y pensando en la noche solitaria que le espera, un par de estudiantes universitarios la van siguiendo. Al principio no siente miedo cuando ellos se le acercan y comienzan a molestarla. Pero luego uno la agarra y la arrastra a un callejón. Beth forcejea pero ellos terminan arrinconándola contra un edificio, detrás de un contenedor de basura. Mientras uno le sujeta los brazos, el otro le arranca la camisa y comienza a acariciarla. Aunque Beth está aterrada, se obliga a fingir que está dispuesta a tener sexo con el principal atacante. Cuando él baja la guardia, ella lo golpea donde más le duele y luego le da un rodillazo en la nariz cuando él se dobla del dolor. Su amigo queda tan sorprendido que no puede impedir que ella escape. Beth huye a casa.

De regreso al Screamer's, Wrath finalmente aparece. Cuando avanza hacia el lugar donde está Darius, los humanos se apartan a la carrera de su camino. Wrath se sienta con Darius y se queda esperando a que el otro vampiro hable. Cuando oye lo que Darius desea, se niega. Wrath se desprecia por decepcionar a su hermano, pero no quiere tener nada que ver en la transición de una hembra mitad humana. Eso requiere un sentimiento de compasión que sencillamente no posee.

Wrath sale del bar porque tiene que encontrarse con Marissa, su shellan, o compañera. A diferencia de la mayor parte de los vampiros, Wrath no tiene una relación sexual con ella, sólo se alimentan el uno del otro cuando necesitan beber sangre. Como el único sentido de su existencia es cazar a sus enemigos, no hay espacio en su vida para nada más. El hermano de Marissa, Havers, con quien ella vive, desaprueba la relación que fue establecida por los padres de Wrath hace cuatro siglos. Así que para que Marissa no tenga que enfrentarse a su hermano, Wrath suele encontrarse con ella en una habitación en la mansión de Darius.

Wrath se dirige a un callejón oscuro para desmaterializarse, cuando nota que lo están siguiendo. Se trata de un miembro de la Sociedad Restrictiva, un grupo de humanos que han vendido su alma para convertirse en cazavampiros. Wrath atrae al restrictor hacia las sombras, le corta la garganta con una estrella voladora de artes marciales y le quita la cartera y el teléfono móvil. Wrath apuñala al restrictor en el corazón, lo cual hace que se desintegre. Luego se desmaterializa hasta la habitación de huéspedes de Darius. Marissa se reúne con él y se alimenta. En esa escena queda muy clara la dinámica de su relación. Marissa está muy apegada a él y espera que algún día él descubra que lo que le hace falta a su fría existencia de guerrero es el amor que ella le profesa. Wrath se siente mortificado por la devoción y la lealtad de Marissa y se odia por todo lo que no puede darle. Antes de que él pueda llevarla de regreso a la casa de su hermano, se oye un golpe en la puerta de la habitación. Es el mayordomo de Darius. Darius ha muerto por la explosión de un coche bomba a la salida de Screamer's. Wrath controla su rabia para poder tener más detalles y le pide a Fritz que reúna a la banda de hermanos. Antes de salir, el mayordomo le entrega a Wrath un sobre de parte de Darius. Cuando Wrath está a solas, da rienda suelta a su frustración y produce un remolino negro de rabia que lo rodea por completo.

Cuando Beth llega a casa, toma una ducha de cuarenta y cinco minutos y descubre que, aunque todavía está muy alterada, su cuerpo ya se está recuperando de las heridas. Tiene mucha hambre. Después de comer, está sentada con su gato, pensando en que debería ir a la comisaría a poner una denuncia, cuando suena el teléfono. Es José de la Cruz, uno de los policías que la han adoptado. Él le dice que acaba de explotar un coche bomba a la salida de un bar del centro y le pide que tenga cuidado cuando se presente en la escena del crimen porque el Hollywood, alias del detective de homicidios Butch O'Neal, está a cargo del caso. Aunque lo intenta, Beth se da cuenta de que no es capaz de hablar de lo que le ha ocurrido por miedo a perder el control. Beth le dice a José que no puede ir a la escena del crimen esa noche y tiene que asegurarle que se encuentra bien, cuando oye que él se preocupa por ella. Después de colgar, Beth decide que, después de todo, sí tiene que poner la denuncia y sale de su casa, pero se lleva un espray de pimienta.

La banda de hermanos se presenta en casa de Darius. Wrath debe entregarle a otro la cartera y el teléfono móvil porque no puede ver con la suficiente claridad para seguir la pista. La cartera contiene un permiso de conducir y el teléfono tiene un registro de llamadas que uno de los hermanos va a investigar. Los hermanos miran a Wrath en busca de liderazgo y por una vez en la vida eso no le molesta. Wrath les dice que van a organizar un ataque. Por lo general prefieren evitar las batallas a gran escala con los restrictores, debido a que la violencia extrema atrae la atención de la policía humana, pero la muerte de Darius no puede quedar impune. Por lo tanto, la misión inmediata para los hermanos es encontrar el centro de entrenamiento y reclutamiento de la Sociedad Restrictiva más cercano y atacar. Estos centros se mueven con frecuencia y por lo general se ocultan detrás de algún negocio legítimo del mundo de los humanos, que les sirve de fachada.

Cuando los hermanos se marchan, Wrath saca el sobre de Darius y lo abre. Dentro hay una hoja de papel y una foto de lo que parece ser una hembra de pelo oscuro. Wrath llama a Fritz para que le lea la nota. Darius ha dejado a Wrath su mansión, a Fritz y a su hija mitad humana. Wrath lanza una maldición.

En el centro, Beth llega a la escena de la bomba en busca de José. No está allí en calidad de periodista sino que ha ido a denunciar a su atacante para que no pueda hacerle daño a otra mujer. José no está, pero Butch O'Neal se le acerca, molesto al ver que ella ha llegado a la escena del crimen. Cuando ve que ella tiene el labio partido, la lleva a un rincón apartado y le exige que le diga qué demonios le ha pasado en la cara. Ella trata de inventarse una mentira y pide hablar con José. Beth no quiere revivir el trauma del ataque con alguien como Butch O'Neal. Butch la presiona y sólo cede cuando ella lo amenaza con exponer a la luz pública sus brutales técnicas de interrogatorio. Butch la deja ir y ella regresa a su apartamento en un taxi.

Aproximadamente una hora después, Beth se está preparando para acostarse, cuando el gato comienza a comportarse de manera extraña. Se pasea frente a la puerta corrediza que da sobre el lúgubre patio que hay detrás de su apartamento. Un golpe en la puerta principal distrae la atención de Beth. Se asoma por la mirilla y deja escapar un bufido. Es Butch

O'Neal. Abre la puerta y él irrumpe a la fuerza y mira a todos lados mientras toma asiento. Horas antes, Butch había respondido a una llamada sobre un tipo que estaba tirado en el suelo y sangrando en un callejón de los que salen de la calle del Comercio. Atando cabos, ha deducido que Beth fue atacada cuando se dirigía a su casa y ha venido para tratar de ayudarla.

Fuera, en el patio, Wrath está escondido entre las sombras, observando. Cuando Beth abre la puerta corredera para dejar entrar un poco de aire, él percibe su aroma y queda cautivado. También se da cuenta de que el cambio, la transición de Beth, está a punto de producirse. Wrath escucha lo que hablan ella y el policía.

Cuando Beth termina de relatar su ataque, Butch sale de su apartamento y se dirige al servicio de urgencias del hospital. Encuentra al asaltante de Beth, que está vestido exactamente con la misma ropa que ella le ha descrito y le hace pasar un mal rato al joven Billy Riddle. Al final de este encuentro, Butch tiene a Billy contra el suelo de la habitación del hospital y le está restregando la nariz contra el linóleo. Butch arresta a Billy.

Después de salir el policía del apartamento de Beth, Wrath entra, pero le da tal susto a Beth que se ve obligado a borrar su recuerdo de la mente de la muchacha para poder intentarlo de nuevo. Al despertarse por la mañana, ella supone que todo ha sido una espantosa pesadilla y da gracias de que por fin se haya terminado esa horrible noche.

Wrath regresa a la casa de Darius y baja a la habitación de huéspedes. Se baña, se afeita y luego saca una laja de mármol negro. Después de regar sobre la plataforma diamantes en bruto del tamaño de guijarros, se arrodilla desnudo sobre las piedras, preparado para observar el ritual de la muerte en honor de Darius. Se quedará en esa posición, inmóvil, durante todo el día y reflexionará sobre el orgulloso guerrero desaparecido. Antes de entrar en trance, Wrath piensa en Beth y jura no sólo protegerla sino ayudarla a pasar por la transición.

Después de encerrar a Billy Riddle y hacer el papeleo que eso conlleva, Butch sale de la comisaría y se dirige a su apartamento. Al salir, se encuentra con una prostituta de nombre Cherry Pie, que es una huésped regular de la celda de detención de mujeres. Cruza unas palabras con ella y luego cada uno sigue su camino. De manera impulsiva, Butch regresa al vecindario de Screamer's y se detiene frente a otro bar. Una mujer sale y luego van juntos hasta el río y estacionan debajo del puente sobre el río Hudson. Mientras que la mujer mantiene relaciones con él, Butch mira hacia el río y piensa en lo hermoso que se ve el sol sobre el agua. Cuando ella le pregunta si la ama, él dice que sí. Butch sabe que a ella no le importa que él esté mintiendo y se siente intensamente desesperado por la vida que lleva.

La siguiente escena muestra al restrictor que puso la bomba debajo del coche de Darius. El señor X es un instructor de artes marciales que trabaja para una academia de la ciudad. Ha decidido que para ganar la guerra contra los vampiros se deben usar técnicas de operaciones especiales y cuelga en la página web secreta de la Sociedad Restrictiva los detalles del ataque. Su buen humor dura todo ese día. Cuando llegan sus estudiantes de clase de kung-fu de las cuatro de la tarde, todavía está sonriendo. Está a punto de comenzar a combatir con sus estudiantes cuando uno llega retrasado. Es Billy Riddle. Tiene un venda sobre la nariz y no puede dar clase. El señor X permite que Billy dirija el calentamiento.

Hacia el final del día, Beth va a la comisaría. Butch le dice que su atacante ha salido bajo fianza. Butch ha descubierto que Billy tiene antecedentes como delincuente juvenil y es el hijo de un poderoso empresario. Beth le asegura que está dispuesta a testificar si fracasa la demanda para llegar a una negociación. Cuando Butch le pregunta cómo está, ella cambia de conversación y quiere que le dé información sobre la bomba. Entonces él le pregunta si ya ha cenado. Ella le dice que no va a salir a comer con él, pero él suelta un detalle sobre el atentado delante de ella y luego se marcha de la oficina. Beth termina siguiéndolo.

Al otro lado de la ciudad, en la mansión de Darius, Wrath se está preparando para salir, cuando Marissa se materializa en su habitación. Ella ha percibido el dolor que él está sintiendo por su pérdida y ha ido a tratar de aliviar su sufrimiento.

Atrapado entre el impulso de vengar a Darius y la necesidad de ir a buscar a Beth para hablar con ella sobre su transición, Wrath le dice a Marissa que se vaya a casa. Luego va al apartamento de Beth y, mientras la espera entre las sombras, reflexiona sobre su propia transición. Este *flashback* es importante para establecer uno de sus conflictos internos esenciales. Antes de su transición, era un debilucho, incapaz de proteger a sus padres cuando fueron asesinados por restrictores ante sus narices. Después de la muerte de su padre y su madre, Wrath se marcha por su cuenta, pues no puede soportar la reverencia con la que lo observan los otros vampiros por el solo hecho accidental de su nacimiento y su sangre pura. Cuando sale del cambio y su cuerpo se convierte en una torre de puro poder, comienza a transformarse en un guerrero. Pero será un camino largo y duro.

Beth regresa a casa después de cenar con Butch, sorprendida, pues ha sido una experiencia muy relajante. Se cambia para acostarse, pero nota que su gato ha vuelto a pasearse y a ronronear junto a la puerta corrediza. Está a punto de meterse en la cama cuando entra Wrath. Esta vez él está fumando una droga que tiene propiedades relajantes y cuando expele el humo, Beth descubre que no puede huir de él. No puede moverse. Y luego se da cuenta de que tampoco está interesada en salir corriendo. Cuando él se le acerca, Beth se siente totalmente dominada por el deseo que despierta en ella. Terminan haciendo el amor, y es explosivo. Una nota importante: la droga que Wrath usa no tiene propiedades afrodisíacas, sólo es relajante y el lector lo sabe. Pienso que sería muy poco atractivo que Wrath la sedujera mediante alguna clase de droga sexual y se aprovechara de ella.

Al otro lado de la ciudad, el señor X sale por la noche. Se acerca a Cherry Pie y hacen un trato por los servicios sexuales de la muchacha. En un callejón oscuro, ella comienza a seducirlo y él le corta la garganta. Su plan es capturar a un vampiro, valiéndose de la sangre de la muchacha como señuelo. En efecto, uno de ellos se acerca, pero no es un soldado sino un civil. El señor X le dispara un tranquilizante, pero éste no tiene afecto y el vampiro lo ataca. El señor X usa una estrella voladora durante el combate. Logra vencer al vampiro, pero se siente decepcionado al ver que su plan ha fallado.

Entretanto, en el laboratorio ubicado en el sótano de otra mansión de la ciudad, Havers, el hermano de Marissa, levanta la vista de su trabajo sobre la clasificación de la sangre vampira. El reloj antiguo que está en el rincón comienza a dar la hora. Es el momento de comer y Havers se dirige a la habitación de su hermana. La encuentra mirando hacia la noche y el dolor que ella siente le parte el corazón. Marissa es increíblemente preciosa para él, en especial desde que su shellan murió. Él siente que, debido a la naturaleza gentil de su hermana, ella debería estar con un macho civil que la cuidara y que no sólo la usara por su sangre. Le pide que baje a comer, pero ella se niega. Él percibe que ha ido a ver a Wrath, aunque se ha alimentado la noche anterior. Le pregunta por qué se somete a eso. Ella le dice que está bien. Havers replica que Wrath no la respeta y seguramente la obliga a alimentarse en un callejón oscuro. Eso no es cierto, protesta ella. Marisa le dice que muchas veces se encuentran en casa de Darius porque Wrath se aloja allí. No tienes necesidad de hacerte eso, dice él. Ella no le responde y él se marcha, sintiendo su propia soledad mientras baja al suntuoso comedor y se ve cenando otra vez solo.

En su apartamento, Beth se sobresalta cuando siente algo suave contra su cara. Es Wrath. Está recorriendo los rasgos de su cara con las yemas de los dedos, mientras desea con desesperación poder verla. Wrath le dice que es hermosa y por primera vez el comentario no la hace perder el interés. En ese momento suena el móvil de Wrath y él se levanta de la cama. Es uno de los hermanos. En el registro de llamadas del teléfono que Wrath le incautó al restrictor que mató la noche anterior, algunas corresponden a negocios. Ellos van a revisarlos y quieren que Wrath vaya por si encuentran el lugar que están buscando y se produce una pelea.

Wrath comienza a vestirse. Beth lo observa y se sorprende cuando su gato, *Boo,* salta a los brazos de Wrath y ronronea. Cuando él responde al gesto del animal, se escucha un sonido ronco que brota de ese hombre tan amenazante. Beth le pregunta su nombre. Él se lo dice, le recita el número de su móvil y le dice que lo repita hasta que ella lo memoriza. Wrath le explica que tiene que marcharse y probablemente no pueda regresar esa noche, pero le pide que lo llame si alguien la sigue o se siente asustada en cualquier momento. Wrath suelta a *Boo* y se pone un arnés de pecho. Ahí es cuando a ella se le ocurre la idea. Obviamente Wrath ha sido enviado por los chicos de la comisaría para protegerla. Ella le pregunta si Butch lo ha enviado. Wrath se acerca y se sienta junto a ella. Piensa en decirle que quien lo envió fue su padre, pero tiene que encontrarse con sus hermanos y no quiere plantear ese tema sin tener tiempo para hablar con ella. Wrath la besa y le pide que vaya a verlo durante el día. Le da la dirección de la casa de Darius y ella le dice que pasará por allí por la mañana. Wrath se imagina que podrán hablar en su habitación y ahí tendrá tiempo de responder a todas las preguntas que ella quiera hacerle.

Cuando él se marcha, Beth se queda dormida, sintiéndose absolutamente satisfecha. Al despertarse por la mañana, en un día soleado, siente que los ojos le duelen al abrirlos. Se imagina que es la resaca por lo que fuera que Wrath fumara cuando estaba con ella. Luego se dirige a su oficina porque aún es muy temprano para ir a ver a Wrath. Beth recibe una llamada de José. Una prostituta ha sido asesinada en un callejón durante la noche. Cuando Beth llega a la comisaría, Butch está allí y le dice que en el callejón han encontrado una estrella voladora similar a la que se halló cerca del coche bomba. Probablemente hay algún tipo de guerra territorial entre proxenetas, dice. Hablan un poco más y luego él la invita a cenar de nuevo. Ella se niega pero le da las gracias por enviarle a su amigo. Butch le pregunta de qué demonios está hablando.

Beth se marcha, perturbada por las consecuencias de sus actos de la noche anterior. Ha tenido sexo con un absoluto desconocido. Y parece un asesino profesional. De alguna manera sería diferente si Butch o uno de los policías estuviera involucrado en el asunto, y de repente le parece que ir a una dirección desconocida a encontrarse con ese hombre es una total imprudencia. Cuando está anocheciendo, Beth llama a Butch y le pregunta si todavía quiere cenar con ella. No quiere estar a solas y comer con él es mejor que quedarse en casa hecha un manojo de nervios.

En la casa de Darius, Wrath se ha estado paseando por su habitación durante todo el día, esperando a Beth. Y ya estaba bastante malhumorado antes de que ella lo dejara plantado. La noche anterior él y sus hermanos estuvieron vigilando varios lugares, entre ellos un monasterio, una escuela elemental, una academia de artes marciales y una planta procesadora de carne. No está claro que haya algo sospechoso en ninguno de esos lugares. También revisaron el apartamento del restrictor muerto, pero no encontraron nada.

En cuanto se pone el sol, Wrath sale de la mansión y se va a buscar a Beth por la ciudad. Mientras deambula por varios lugares, se da cuenta de que se siente fatigado, pero deja de lado esa sensación pues está obsesionado con la necesidad de encontrarla. Wrath termina esperándola detrás del apartamento. Cuando Butch detiene el coche frente al edificio, Wrath siente la presencia de Beth y se acerca al coche. Butch se inclina hacia delante para besarla, al tiempo que Wrath mira hacia el interior del coche. A pesar de que no ve muy bien, se da cuenta de lo que está ocurriendo. Su primer impulso es arrancar la puerta, sacar arrastrando al humano y morderlo. Pero logra controlarse mediante un ejercicio de disciplina y se queda en la penumbra. Los celos y el instinto de posesividad son dos emociones con las que no está muy familiarizado y se sorprende al ver la profundidad de sus sentimientos.

Beth no se siente atraída hacia Butch y se lo dice. Se baja del coche y cruza la calle hasta la puerta principal de su edificio. Butch espera un momento para asegurarse de que ella entra, pero, justo antes de arrancar, ve a un hombre gigantesco que se dirige hacia el patio trasero. Butch se baja del coche y lo sigue.

Cuando Beth entra a su apartamento, Wrath ya se encuentra en la puerta trasera. Está a punto de entrar, cuando Butch le pone un arma en la cabeza y le dice que se quede quieto. Wrath se vuelve y se enfrenta a Butch justo al mismo tiempo que Beth abre la puerta y corre afuera. Butch le ordena a Wrath que ponga las manos contra la pared y abra las piernas.

Wrath considera la idea de matar al policía, pero no quiere asustar a Beth. Además, ni siquiera Wrath puede sobrevivir a una bala en la cabeza disparada a quemarropa. Mientras Beth observa, Butch registra a Wrath y comienza a despojarlo de sus armas. Dagas, cuchillos y estrellas ninja van aterrizando sobre la mesa de comer. Butch trata de convencer a Beth de que entre, pero ella no quiere marcharse. Butch pregunta qué demonios estaba haciendo Wrath vigilando el edificio y Wrath dice que sólo salió a dar un paseo. Butch presiona a Wrath contra la pared, le pone los brazos atrás y lo esposa. Wrath pregunta la razón de su arresto y Butch contesta que posesión ilegal de armas, allanamiento de morada, acoso y, tal vez, asesinato. Luego añade que en dos escenas de crímenes han encontrado estrellas ninja como las suyas.

Cuando Butch comienza a llevarse a Wrath, Beth se pregunta si Wrath habría podido asesinar a esa prostituta después de marcharse de su apartamento la noche anterior. Sencillamente no puede entender cómo un hombre puede tener facetas tan distintas. Fue tan dulce y amable con ella cuando la abrazó después de hacer el amor. Entonces se interpone entre los dos hombres y exige un momento para hablar con Wrath. Butch le dice que entre al apartamento y cierre bien las puertas. Luego se lleva a Wrath, pero Beth sigue corriendo detrás de ellos. Beth le pregunta a Wrath por qué ha ido a buscarla. Wrath la mira y le dice que lo ha enviado el padre de ella. Beth se queda petrificada.

Butch sube a Wrath en la parte trasera del coche y lo lleva a la comisaría. Mientras conduce, lo mantiene vigilado por el espejo retrovisor porque algo le dice que, incluso esposado, ese hombre es terriblemente peligroso. Aparcan detrás de la comisaría. Cuando Butch saca a Wrath del coche, éste da un paso atrás y se oculta entre las sombras. Butch está tratando de arrastrarlo, cuando él se quita las esposas como si estuvieran hechas de cáñamo. Wrath agarra a Butch, lo levanta del suelo y lo arrincona contra el edificio. Por primera vez en su vida adulta, Butch está seguro de que está a punto de ser asesinado. Y qué irónico resulta que pueda ver la ventana de su oficina desde donde eso está ocurriendo.

Wrath tiene la tentación de acabar con la vida del hombre, pero hay algo en él que lo intriga. Butch no está aterrorizado como lo estarían la mayoría de los humanos. Está resignado, como si estuviera ansiando la muerte, y Wrath se siente un poco identificado con Butch. Wrath le dice que él no le va a hacer daño a Beth. Por el contrario, ha venido a salvarla. En ese momento, Beth se baja de un taxi y corre hacia ellos. Le dice a Wrath que suelte a Butch. Butch cae el suelo y queda inconsciente.

Beth está decidida a averiguar todo lo que pueda sobre su padre y aleja a Wrath de la comisaría antes de que Butch recupere el conocimiento. Para un taxi y Wrath le dice al conductor que los lleve al vecindario donde está la mansión de Darius. El taxi los deja a una o dos calles de la mansión, y luego van caminando. Fritz, el mayordomo, los saluda en la puerta.

Wrath hace seguir a Beth hasta el salón y luego bajan a la habitación de huéspedes. Ella está asustada pero decidida a obtener información sobre su padre. La habitación de Wrath es un lugar extraño, con escalofriantes paredes negras y lleno de velas, pero no siente que él represente un peligro para ella.

Antes de que pueda exigirle a Wrath que empiece a hablar, él comienza a hacerle una serie de preguntas extrañas. ¿Ha tenido más hambre de lo normal? ¿Ha estado comiendo mucho pero no aumenta de peso? ¿Sus ojos parecen más sensibles a la luz? ¿Siente dolores en el cuerpo? ¿Tiene los dientes más sensibles? Beth piensa que Wrath está loco y le pregunta qué tiene que ver eso con su padre.

Wrath se quita la chaqueta y la arroja sobre la cama. Se pasea un rato antes de tomarla de la mano e invitarla a sentarse en el sofá. Wrath le dice a Beth que el nombre de su padre era Darius y que acaba de morir. Ella dice que le habían dicho que su padre había muerto antes de que ella naciera. Wrath niega con la cabeza y explica que Darius y él han luchado juntos durante muchos años y que el amor de su padre por ella era muy fuerte. Ella pregunta por qué, si su padre la quería tanto, nunca se molestó en buscarla. Wrath no responde, pero le acaricia el pelo. Pronto te vas a sentir enferma, dice con voz suave. Te vas a sentir enferma y me vas a necesitar.

Beth pierde el hilo de lo que él está diciendo. Él sigue hablando de cómo la va a ayudar a recuperarse de una especie de enfermedad, pero a ella sólo le interesa saber sobre su padre. ¿Quién era?, pregunta Beth. Él era como yo, dice Wrath. Luego toma la cara de Beth entre sus manos y abre lentamente la boca.

Tan pronto Beth ve sus colmillos, se aleja de él, aterrorizada. Se levanta del sofá de un salto y corre hacia las escaleras. Él la deja ir, pero se desmaterializa para tomar forma justo en el momento en que ella sale corriendo por la puerta. Ella cree que es una aparición y se desvía de su camino. Wrath la deja correr un rato como loca, mientras la sigue de cerca. Cuando ella por fin queda agotada, él la recoge del suelo y la abraza, al tiempo que ella empieza a llorar. Beth sólo dice que no se cree nada de lo que le ha dicho. Sencillamente no puede creerlo.

En la comisaría, Butch se arrastra hasta el interior y enseguida pone un aviso de alerta sobre Wrath y Beth. Luego se dirige al apartamento de Beth, pero ella no está, así que se va al centro a buscarla y, al ver que no la encuentra, decide regresar a su apartamento.

Wrath lleva a Beth de regreso a la mansión. En la habitación de huéspedes, la atrae hacia él y la abraza. Ella está totalmente aturdida, pero después de un rato logra aclarar su mente y mira a Wrath. Él la besa en la boca pensando solamente en consolarla, pero la llama de la pasión estalla entre los dos. Dejándose arrastrar por la locura y el sentimiento de frustración de lo que él acaba de decirle, Beth se desquita con el cuerpo de Wrath y hacen el amor apasionadamente. Cuando Wrath la está penetrando, descubre sus colmillos y casi sucumbe al deseo de clavárselos en el cuello y alimentarse de la vena de Beth, algo que no debe hacer porque ella aún no ha pasado por la transición. Al percibir la desesperación con la que desea la sangre de Beth y una sensación de fatiga cada vez mayor, se da cuenta de que pronto tendrá que recurrir a Marissa.

A la mañana siguiente, Butch regresa a la comisaría y recibe una llamada para que se presente en la oficina del capitán. Le informan de que ha sido suspendido temporalmente

322

por lo que le hizo a Billy Riddle. Butch le dice al capitán que el chico se merecía algo peor. Entrega su placa y su arma y se marcha, decidido a seguir buscando a Beth. Butch llama a José a la casa y le cuenta lo que ha sucedido. Le pregunta si ha averiguado algo sobre las estrellas ninja que encontraron en las dos escenas del crimen. José le dice que cree que al menos una de las armas fue comprada en la academia de artes marciales de la ciudad. Butch decide ir a inspeccionar el lugar.

En la mansión, Beth despierta en los brazos de Wrath. Él lleva horas despierto, velando su sueño. Ella le pregunta en voz baja cómo era su padre. Wrath le dice que Darius era fuerte y valiente, todo lo que debe ser un buen guerrero. Ella le pregunta cuál es el objeto de esa guerra que él y Darius libran. Wrath le cuenta todo sobre la Sociedad Restrictiva y su historia de cazar vampiros. Le dice que sus medio hermanos fueron asesinados por restrictores. Ella le pregunta si él ha perdido a alguien en la guerra y él le habla de la horrible muerte de sus padres. Ella le acaricia la cara y le dice que lo siente. Es evidente la angustia que eso le causa a Wrath y el desprecio que siente hacia sí mismo. Cuando él le dice que se siente culpable, Beth lo ayuda a ver lo impotente que era en ese momento, considerando la desventaja física y el hecho de que su padre lo había encerrado. Le dice que nadie en esa situación podría haber impedido el ataque. Nadie.

Se oye un golpe en la puerta. Wrath se pone una bata, vuelve a ponerse las gafas oscuras y abre. *Boo*, el gato de Beth, atraviesa la habitación corriendo y se arroja a los brazos de su ama, que se ríe y lo abraza. Mientras ella dormía, Wrath le ha pedido al mayordomo que vaya hasta el apartamento y traiga al gato.

Wrath le da las gracias al mayordomo y en ese momento se fija en la puerta del cuarto de Darius. Cuando se quedan solos, Wrath le dice que quiere mostrarle algo y la saca de la cama. La lleva hasta el otro extremo del pasillo, a la habitación de Darius. Ella entra y se asombra al ver docenas de fotografías suyas a distintas edades. Están por todas partes, hermosamente enmarcadas. (Más tarde se entera de que Fritz, el mayordomo, es quien las ha tomado). Beth también encuentra una fotografía de su madre. Wrath la espera en la puerta, en tanto que ella explora la habitación de su padre. Mientras la observa, él se da cuenta de que quiere convertirla en su uta-shellan, su primera y única compañera. Su esposa. Entonces cruza por su mente la idea de que tal vez ella no sobreviva a la transición y le invade el terror.

Beth se siente increíblemente conmovida por la evidente adoración que su padre sentía por ella y también por el sereno apoyo que Wrath le brinda mientras explora la habitación. Wrath responde a sus preguntas con cuidado y cada retazo de información que le brinda es como un regalo precioso para ella. Cuando encuentra un diario, Beth le pide a Wrath que se acerque. No puede leer lo que dice porque está escrito en una lengua que no conoce. Pero cuando le extiende el diario, se da cuenta de que él ni siquiera lo está mirando. Entonces deja el libro, levanta los brazos hacia la cara de Wrath y le quita lentamente las gafas oscuras. En las otras ocasiones en que él se ha quitado las gafas estaban a oscuras. Pero allí, a la luz de una lámpara, Beth ve que los irises de Wrath son de un color verde lechoso, y pálido, y sus pupilas son diminutas y parecen no fijar la mirada en nada. Eres ciego, dice ella con voz suave. Wrath se siente instintivamente avergonzado por su discapacidad y trata de apartarse de las manos de Beth. Le preocupa que ella piense que no podrá protegerla y le dice que aun así puede hacerse cargo de ella. No lo dudo en lo más mínimo, susurra ella mientras le da un beso.

En la ciudad, Butch llega a la academia de artes marciales y ve salir a Billy Riddle. Butch entra y habla con uno de los instructores, un tío llamado Joe Xavier. Butch no está seguro del porqué, pero siente que ese hombre tiene algo extraño. Xavier responde a sus preguntas sobre las estrellas ninja y luego le pregunta casualmente a quién está buscando. A nadie en particular, responde Butch. Entonces le pide al señor Xavier que le venda una de las estrellas ninja. No están a la venta, dice el hombre, pero le daré una. Butch toma la estrella y se la guarda en el bolsillo. Luego se marcha y va hasta el periódico para ver si Beth ha ido por allí. Pero nadie la ha visto.

Más tarde, ese día, Beth deja la mansión y piensa que debe ir a trabajar. Pasa por su apartamento, se cambia de ropa y se dirige al centro. Cuando llega al periódico, su editor le pregunta dónde ha estado. Ya ha incumplido dos entregas y amenaza con despedirla. Ella se sienta y escribe dos columnas, pero su mente está fija en Wrath. A pesar de lo fantásticamente increíble que parece la historia que él le ha contado, de alguna manera tiene sentido. Explica por qué siempre se ha sentido tan diferente de la gente que la rodea. Y cómo, por alguna razón, siempre ha sentido como si alguien la estuviera vigilando.

Cuando el sol se oculta, Wrath llama a Marissa. Ella llega a la habitación, complacida al ver que él ha recurrido a ella, pues es evidente que está perturbado. Wrath, por su parte, no deja de pensar en Beth. Le preocupa que esté en la ciudad sin él, no puede quitarse de la cabeza los recuerdos de su escena de amor y le aterroriza pensar en la transición que se acerca. Marissa le ofrece su muñeca pero, cuando Wrath cierra los ojos, ve a Beth y, siguiendo un impulso pasional, muerde a Marissa en el cuello.

Marissa siente que él pincha su arteria y se asombra. Wrath está físicamente excitado cuando la atrae contra su cuerpo y la abraza. Eso es lo que ella ha estado esperando todo ese tiempo y se aferra a los hombros de Wrath, mientras penetra en su mente. Marissa capta una vívida imagen de la hembra en la que él está pensando y siente que se le rompe el corazón. Finalmente, abandona todas sus esperanzas. Marissa sabe que él nunca sentirá algo así por ella y una lágrima brota de sus ojos mientras él bebe de su vena.

Al otro lado de la ciudad, el señor X sale en busca de otra prostituta que le haga de señuelo para capturar a un vampiro. Esta vez, sin embargo, lleva una red tejida con hilos de plata. Mata a otra mujer en un callejón y la deja desangrarse. Cuando llega un vampiro, atrapa al macho con la red. El señor X se acerca y le dispara varios dardos al macho. Cuando el vampiro pierde el conocimiento, el señor X lo arrastra hasta su coche y lo lleva al campo, donde tiene una casa.

Beth regresa a su apartamento caminando para recoger algo de ropa y oye los mensajes de su contestador. Butch la ha llamado varias veces y en el trabajo también le han dicho que él la está buscando. Beth lo llama al móvil. Él le dice que se quede donde está, porque va para allá. Beth lo está esperando cuando comienza a sentir náuseas. Se toma un par de antiácidos pero su estado empeora.

Wrath termina con Marissa y, cuando se retira, ella le dice que lo libera de su compromiso. Él la toma de las manos y le dice que lo siente. Ella murmura que desde el principio eran una mala pareja. Él jura protegerla siempre, pero ella le dice que encontrará a alguien que lo haga. Ella se desmaterializa.

Wrath sube al piso de arriba y sus hermanos guerreros se reúnen con él. Mientras Wrath pasaba la noche con Beth, ellos han estado vigilando la academia de artes marciales y han visto cómo, hacia las tres de la mañana, entraban y salían varios restrictores, así que creen que ese es el centro.

Entretanto, Butch llega al apartamento de Beth y llama al timbre. Como ella no responde, da la vuelta y camina hasta la parte trasera del edificio. A través de la puerta de vidrio, ve que está en el suelo, con el cuerpo encogido como si fuese un ovillo. Butch rompe el cristal de una ventana con la culata del arma y entra. Ella se está retorciendo de dolor. Butch comienza a llamar al número de emergencias, pero ella lo detiene. Beth le da una dirección y le ruega que la lleve allí. Él le dice que no la va a llevar a ningún otro sitio que no sea un hospital, pero ella lo agarra del brazo y acerca la cara de Butch a la suya. Beth le dice que si quiere que ella viva, tiene que llevarla con Wrath. En ese momento, Butch lo entiende todo. Wrath ha estado dándole heroína a Beth y ésos son los síntomas de un síndrome de abstinencia. Si él la lleva al hospital, Beth podría morir si no le suministran la droga. Así que la toma en sus brazos y la lleva a su coche. Conduciendo como un loco, se dirige a la casa de Darius.

Wrath y los hermanos están en el salón, cuando oyen los golpes en la puerta. Al tiempo que sacan sus armas, se dirigen en grupo hacia la entrada. Wrath abre y Butch irrumpe en la casa con Beth en brazos. Wrath la recibe y los hermanos observan todo con asombro. Wrath la abraza como si fuera algo extremadamente precioso y desaparece por el salón.

Al otro lado de la ciudad, Marissa ha regresado a su habitación y se arroja sobre su cama. Cuando su hermano sube a verla más tarde, con la esperanza de llevarla a una fiesta, ve con horror los pinchazos que Marissa tiene en el cuello y los moretones en su piel blanca. Havers se siente consumido por la rabia contra Wrath. Se dirige a su laboratorio, convencido de que tiene que hacer algo.

Volviendo a la mansión de Darius, Wrath acuesta a Beth con suavidad en la cama de su habitación. Ella está sufriendo y Wrath siente que le tiemblan las manos cuando saca su daga. Cuando va a hacerse una incisión en la muñeca, se detiene porque quiere tenerla cerca cuando ella esté bebiendo. Así que se hace una incisión en el cuello y la levanta, acunándola en sus brazos. Mientras ella bebe de su vena, Wrath la mece hacia delante y hacia atrás, al tiempo que de sus labios brotan antiguas plegarias que pensaba que había olvidado.

Arriba, los hermanos forman un círculo alrededor de Butch. Butch está preocupado por Beth, cansado de tratar con traficantes y de su violencia, desilusionado de su trabajo. Cuando uno de los hermanos se le enfrenta, Butch descarga su rabia y tumba al hombre, que es más grande que él. En cuestión de segundos, Butch está de espaldas en el suelo, totalmente indefenso, mientras que un codo le hace presión sobre la garganta. El hombre que está sentado sobre su pecho está sonriendo y les comenta a los demás que Butch no le cae del todo mal. Cuando Butch está a punto de desmayarse, uno de los hermanos se adelanta y separa al hombre que lo está aprisionando.

Butch levanta la vista hacia su salvador, mientras toma aire. El hombre que lo mira desde arriba tiene una cicatriz que le corta la mejilla y los ojos más siniestros que ha visto en la vida. Ha llegado el momento, piensa Butch. Esta vez finalmente va a morir. Pero en lugar de matar a Butch, el hombre dice que esperen a Wrath antes de decidir qué hacer. En ese momento entra un mayordomo vestido con librea negra, que lleva unos entremeses. Butch no lo puede creer. El tipo va pasando con una bandeja de plata y les dice a los hombres que, si van a matar a alguien, por favor tengan la bondad de hacer su trabajo en el jardín.

Abajo en la habitación, Beth termina de beber de la vena y Wrath la abraza para aliviar el dolor. En cierto momento, ella está convencida de que va a morir, pero logra sobrevivir. Dos horas antes de que amanezca, la agonía finalmente cede y se queda dormida.

Arriba, a Butch le despojan de su chaqueta y sus captores revisan sus bolsillos y encuentran la estrella ninja. ¿Tienes entrenamiento en artes marciales?, pregunta uno de ellos. Butch les dice que no. ¿Entonces qué haces con esto?, le preguntan de nuevo. Es de un amigo, responde Butch. Los hombres le hacen algunas preguntas sobre la academia de artes marciales de la ciudad. Por alguna extraña razón, él casi piensa que todos están detrás de lo mismo: el hombre que puso el coche bomba y que puede estar matando prostitutas. El mayordomo interrumpe y anuncia que la cena está servida. Mientras que los demás empiezan a salir del salón, el de la cicatriz se queda rezagado y le dice a Butch que, sin duda, puede tratar de escapar. La puerta principal no tiene llave. Pero si Butch se marcha, el hombre lo va a perseguir como a un perro y lo matará en la calle. Cuando Butch se queda solo en el salón, reflexiona sobre sus opciones. Está preocupado por Beth y decide que, a pesar de la amenaza de Cara Cortada, no se va a marchar.

En su habitación al otro lado de la ciudad, Marissa se da la vuelta en la cama con determinación. Se siente extraña y tarda un rato en darse cuenta de que está furiosa. No, está más que furiosa. Está fuera de sí. Se quita las sábanas de encima y se desmaterializa. Se imagina que Wrath debe estar a punto de regresar a su casa, así que reaparece en el salón de la mansión de Darius. Está cansada de esconderse cuando está con Wrath y espera que sus guerreros se encuentren con él cuando regrese. Quiere enfrentarse a él delante de ellos.

Butch está recorriendo el salón, deteniéndose a mirar las antigüedades y pensando que los traficantes de drogas son todos ricos, cuando de repente aparece una mujer frente a él. Butch se queda sin aire. Ella es tan etéreamente hermosa que a él casi se le olvida respirar. Ella tiene un rostro delicado, ojos verdes brillantes y por la espalda le cae una cascada de ondas rubias. Está vestida con una especie de túnica blanca larga. Movido por un instinto protector, Butch se asoma al pasillo y piensa que debe llevársela de allí. No se puede imaginar qué está haciendo una belleza tan delicada como ella con un grupo de matones como aquéllos. Es tan pura, piensa Butch. Tan absolutamente pura.

Marissa se sorprende al ver lo que tiene enfrente. Es un humano. En la casa de Wrath. Y el hombre la mira fijamente, como si hubiese visto un fantasma. Él se aclara la garganta y extiende la mano. Luego la retira y se limpia la palma vigorosamente contra la parte trasera de sus vaqueros. Vuelve a extender la mano y se presenta como Butch O'Neal. Ella mira la mano que él le ofrece, pero da un paso hacia atrás. Él deja caer la mano, pero sigue mirándola fijamente. ¿Qué miras?, pregunta ella, al tiempo que se cierra las solapas de la túnica. Marissa se pregunta si tal vez él se ha dado cuenta de que es una vampiresa y siente aversión hacia ella. El hombre se pone colorado y se ríe con nerviosismo. Se disculpa y dice que probablemente ella debe de estar harta de que los hombres la miren así. Ella niega con la cabeza. Ningún macho me ha mirado nunca, murmura. Para sus adentros, Marissa piensa que ésa es una de las cosas más difíciles de ser la shellan de Wrath. Ningún macho —y muy pocas hembras— la miraba a los ojos por temor a lo que Wrath podría hacer. Dios, si todos supieran lo poco deseada que era.

El humano da un paso hacia ella. No puedo creer que los hombres no te miren, dice. El hombre le sonríe y sus ojos parecen tan cálidos, piensa ella. Marissa ha oído tantas historias sobre los humanos. La manera como odian a su raza y cómo quemarían a todos sus congéneres en la hoguera si pudieran. Pero éste no parece violento, al menos no hacia ella. ¿Cuál es tu nombre?, pregunta él. Ella se lo dice y luego él quiere saber si ella vive en esa casa. Ella niega con la cabeza.

Butch no le puede quitar los ojos de encima. Sabe que se está portando como un perfecto idiota, pero en realidad se muere por tocarla, sólo para asegurarse de que ella es real. ¿Te importaría que... pero cierra la boca. ¿Qué?, dice ella. ¿Puedo tocar tu pelo?, susurra él. Ella parece impactada y luego cruza por su rostro una mirada de determinación. Da un paso hacia él y él piensa que le encanta su olor. Huele a aire limpio. Ella baja la cabeza y un mechón de pelo cae hacia delante. Butch toma entre sus dedos aquellos sedosos cabellos. Suave, piensa. Muy suave.

Marissa cierra los ojos mientras que la mano del hombre se vuelve más osada. Ella siente el contacto de los dedos de él sobre su mejilla e instintivamente vuelve la cabeza hacia la palma de la mano. Marissa siente que su cuerpo comienza a estar tibio y el tiempo parece detenerse. Se siente confundida por el cambio que percibe en ella y un poco asustada por la atención de este macho. Pero le gusta. Le gusta su forma de mirarla.

En su casa, Havers ha pasado la noche paseando por el jardín. Sabe cómo sacar a Wrath de la vida de su hermana, pero el método va contra sus principios y su compromiso con la raza como curandero. Lleno de dudas, sube a la habitación de su hermana. Cuando descubre que ella no está, toma una decisión. Se desmaterializa y se proyecta hacia una parte fea de la ciudad. Con su ropa cara de marca, está completamente fuera de lugar entre todo el cuero y las cadenas que se ven en el centro. Comienza a recorrer las calles y los callejones.

Mientras Beth duerme profundamente, Wrath la deja un momento para ir a hablar con los hermanos. Cuando empuja el cuadro que hace de puerta secreta para abrirlo y sale al salón, ve a Butch y a Marissa muy juntos. Wrath se sorprende al percibir la atracción que hay entre ellos. Antes de que pueda decir algo, Rhage entra desde el comedor, con una daga en la mano. Se dirige a Butch, pues obviamente ha visto lo mismo que Wrath y cree que Marissa todavía es la shellan de Wrath. Pero la imponente voz de Wrath sorprende a Rhage, a Butch y a Marissa. Wrath nota con aprobación la manera como Butch protege instintivamente a Marissa con su cuerpo. Rhage sonríe y le arroja la daga a Wrath, pues obviamente supone que éste quiere matar al humano. Relájate, Rhage, murmura Wrath. Y déjanos solos.

Butch levanta la mirada hacia ese gigante, pensando en Beth y ahora también preocupado por la rubia que está detrás de él. Siente un movimiento y se da cuenta de que Marissa se interpone entre él y el traficante. Como si pudiera protegerlo.

Butch comienza a protestar cuando Marissa habla enérgicamente en una lengua que él no reconoce. Ella y el traficante hablan un momento y luego el traficante sonríe. Entonces se acerca y besa a Marissa en la mejilla. Y después, con un rápido movimiento, el traficante estira los brazos por detrás del cuerpo de Marissa y agarra a Butch del cuello. Desde detrás de sus gafas oscuras, el hombre parece observar el fondo del cráneo de Butch. Marissa comienza a forcejear contra el pecho del traficante pero no logra moverlo. El traficante esboza una sonrisa y le susurra a Butch en el oído: ella siente curiosidad por ti. No estoy en desacuerdo, pero si le haces daño, yo... Butch lo interrumpe, cansado de que la gente lo amenace con matarlo. Sí, sí, ya sé, murmura. Me quitarás la cabeza de un mordisco y me dejarás en la calle hasta que me muera. Los labios del traficante se abren y, cuando el hombre sonríe, Butch frunce el ceño. Hay algo extraño en los dientes de este hombre, piensa.

Beth se vuelve y se siente tensa. Busca a Wrath a tientas y cuando ve que él no está ahí, abre los ojos. Todavía puede ver bien. Se levanta y se mira el cuerpo. Se siente igual. Se mueve un poco. También funciona igual. Se pone una bata negra que huele a Wrath y sube. Al subir las escaleras nota que no se fatiga por el ejercicio. Lo cual es una ventaja, piensa. Tal vez todo el asunto de ser vampiresa tenga algunos beneficios.

Cuando llega al final de las escaleras, le lleva un minuto descubrir cómo abrir la puerta secreta. Y luego sale al salón. Butch está allí, acompañado de una rubia hermosísima. Los dos están sentados en el sofá y ambos levantan la vista. Butch se le acerca y le da un abrazo. Beth puede sentir que la rubia la observa con detenimiento, como si la estuviera evaluando centímetro a centímetro. Pero no hay hostilidad en los ojos de la rubia. Sólo curiosidad y algo extrañamente parecido a la reverencia. Butch las presenta y cuando Beth pregunta dónde está Wrath, él le dice que está en el comedor.

Beth atraviesa el vestíbulo y se detiene cuando ve a un grupo de hombres de apariencia peligrosa sentados alrededor de una mesa hermosamente servida. La escena es totalmente incongruente. Todos esos matones vestidos con ropa de cuero comiendo con cubiertos de plata. Luego ve a Wrath. Está sentado a la cabecera de la mesa. En cuanto la ve en el umbral, corre hacia ella. La toma entre sus brazos y la besa con ternura. Beth se da cuenta vagamente de que el salón se ha quedado en silencio y que los otros hombres la miran fijamente. Wrath le pregunta en voz baja cómo se siente y ella tarda un poco en convencerlo de que se siente bien. Él le pregunta si tiene hambre y ella dice que tiene el más extraño deseo de comer chocolate y tocino. Wrath sonríe y le dice que le va a traer ambas cosas de la cocina. Cuando él da un paso hacia atrás, parece darse cuenta de que debe presentarla. Así que va señalando a todos los hombres de la mesa y va diciéndole sus nombres y luego la presenta a ella. Después de decir su nombre, usa una palabra que ella no reconoce y luego se va para la cocina.

Beth lo ve irse y luego oye un estruendo en el comedor, al tiempo que los hombres echan sus asientos hacia atrás y se levantan en grupo. Cada uno tiene una daga en su mano y comienzan a acercársele, moviéndose como si tuvieran un propósito común. A ella le invade el pánico y retrocede hasta el rincón. Cuando está a punto de llamar a Wrath a gritos, los hombres se arrodillan sobre una pierna, formando un círculo alrededor de ella, inclinan la cabeza y clavan sus dagas en las tablas del suelo a los pies de Beth. Las empuñaduras tiemblan por la fuerza del impacto y las hojas de las dagas brillan con la luz de las velas. Umm, yo también estoy encantada de conoceros, dice ella con un hilillo de voz. Los hombres levantan la vista al oír su voz. Sus rostros duros tienen una expresión de reverencia y sus ojos brillan con adoración.

En la parte fea de la ciudad, Havers siente que el amanecer está cerca y le preocupa perder la determinación, cuando un restrictor por fin empieza a seguirlo. Justo cuando el restrictor lo va a atacar, Havers lo detiene y le ofrece información sobre un gran vampiro guerrero. El restrictor se queda quieto. Havers señala que él es un don nadie, pero si el restrictor quiere cazar a un vampiro de verdad, debe conseguir refuerzos e ir hasta el otro extremo de la ciudad. Havers le da la dirección de la casa de Darius, donde sabe que Marissa se ha estado encontrando con Wrath.

Entretanto, de regreso al salón de la mansión, Butch y Marissa están hablando y de pronto ella dice que tiene que irse. ¿Por qué?, pregunta él. Y ¿adónde? ¿Cuándo puedo volver a verte? Ella dice que no sabe. ¿Podrían almorzar juntos? ¿O cenar? ¿Qué vas a hacer mañana por la noche?, pregunta él. Marissa sonríe. Le resulta extraño recibir tanta atención. Pero le gusta. Marissa considera los posibles lugares donde podrían encontrarse y decide que, curiosamente, ver al humano en la casa de Darius le parece bien. Así que le dice a Butch que lo verá al día siguiente por la noche. Luego él se ofrece a llevarla hasta su casa. Ella dice que se irá por su cuenta. Se levanta y, olvidándose de que Butch es humano, se desmaterializa delante de él.

Butch se levanta del sofá de un salto y mira a su alrededor. Corre hacia el lugar donde ella estaba y palpa el aire. Luego se agarra la cabeza con las manos y decide que se está volviendo loco. En ese momento, Wrath y Beth aparecen en la puerta. Butch da media vuelta y comienza a tartamudear. Beth le sonríe, da un paso hacia delante y lo toma de la mano. Butch, tengo algunas cosas que contarte, dice.

Cuando sale el sol, el señor X abre la academia de artes marciales. Todavía no está contento con la captura de vampiros. El que capturó anoche se murió demasiado pronto. El señor X entra en Internet y encuentra un mensaje. Es del señor C. El señor X llama al otro restrictor y cuando cuelga el teléfono tiene una sonrisa en la cara. En ese momento, Billy Riddle entra en su oficina y le dice que ha considerado la oferta que le hizo y quiere aceptarla. El señor X se levanta y le pasa un brazo por los hombros. Es el momento perfecto, dice. Necesito ayuda en una nueva misión. Billy pregunta si lo harán esa noche. El señor X niega con la cabeza. Esta noche tendremos que iniciarte, hijo. Luego podrás salir a cazar.

Esa tarde, Beth se despierta en brazos de Wrath, quien la está mirando con gesto serio. ¿Qué sucede?, pregunta ella. Wrath la besa con dulzura. Le dice que la ama y quiere ser su protector, su guerrero. Quiere estar con ella el resto de su vida. Ella lo envuelve con sus brazos y le responde que eso es exactamente lo que ella está pensando. Él sonríe y dice que organizarán la ceremonia tan pronto se oculte el sol. ¿Nos vamos a casar?, pregunta ella. Él asiente con la cabeza y añade que le pedirá a Wellsie, la shellan de Tohrment, que le traiga un vestido. Beth le dice que lo ama y hacen el amor.

Esa noche, los hermanos se reúnen en la mansión. Beth conoce a Wellsie, una pelirroja encantadora, y enseguida se hacen amigas. Marissa aparece y a Beth le divierte ver cómo Butch parece ser víctima de un grave caso de amor a primera vista por la delicada rubia. Wrath decide celebrar la ceremonia en su habitación y los hombres despejan el lugar. Beth y Wellsie ayudan a Fritz a preparar la comida y Beth se maravilla al ver lo natural que le resulta todo. Se siente como si formara parte de esta gente, aunque sus tradiciones son un poco extrañas. Mientras lleva un rosbif al comedor, Beth observa a Fritz, que está sirviendo una bolsa grande de sal en un plato de plata. Cuando está a punto de preguntarle para qué es la sal, Wellsie le dice que es hora de cambiarse de ropa. Los hombres ya están listos abajo.

Beth se pone un vestido largo blanco y sigue a Wellsie escaleras abajo a la habitación subterránea. Cuando entra a la habitación, ve a Wrath vestido con una túnica negra de satén y pantalones. Los hombres están formados en línea y llevan una ropa similar, con una peligrosa daga colgando de cinturones engastados con piedras preciosas. Butch y Marissa también están allí, al igual que Fritz, el mayordomo. Wrath le sonríe desde detrás de sus gafas oscuras. Tohrment se le acerca y le dice que harán todo lo que puedan para que ella pueda entender. Ella hace un gesto de asentimiento. Tohrment le pide a Wrath que se adelante y se dirige a ella. Este macho pide que lo aceptes como tu hellren, dice Tohrment. ¿Lo aceptarás como tuyo si es digno? Sí, dice ella, y le sonríe a Wrath. Entonces Tohrment se dirige a Wrath. Esta hembra considerará tu propuesta. ¿Demostrarás tu valor ante ella? Lo haré, dice Wrath. ¿Te sacrificarás por ella? Lo haré, repite Wrath. ¿La defenderás contra aquellos que quieran hacerle daño? Lo haré, repite Wrath. Tohrment da un paso atrás y sonríe. Wrath la abraza y la besa. Beth lo rodea con sus brazos y siente como si hubiese llegado a casa.

Pero luego Wrath se aparta. Se abre el cinturón de la túnica y se la quita, dejando expuesto su torso desnudo. Wellsie se acerca a Beth por detrás y la toma de la mano. Todo va a ir bien, susurra Wellsie. Sólo respira conmigo y no te preocupes. Beth mira a su alrededor alarmada, al tiempo que Wrath se retira las gafas y se arrodilla frente a sus hombres. Fritz trae una pequeña mesa sobre la que hay una jarra y la fuente de plata que Beth lo había visto llenar arriba.

Tohrment se pone de pie frente a Wrath. ¿Cuál es el nombre de tu shellan? Ella se llama Elizabeth, dice Wrath. Tohrment desenfunda la daga y se inclina sobre la espalda desnuda de Wrath. Beth deja escapar una exclamación de horror y trata de abalanzarse sobre ellos, pero Wellsie se lo impide. Te estás casando con un guerrero, susurra Wellsie. Así es como ellos hacen las cosas. Pero esto está mal, exclama Beth. No quiero que él… Wellsie la interrumpe. Déjalo demostrar su honor frente a sus hermanos, le dice con insistencia. Él te está entregando su cuerpo. Ahora es tuyo. Beth forcejea, mientras repite que no necesita que Wrath haga eso para demostrarle su valor. Pero así es como es él, dice Wellsie. ¿Tú lo amas? Sí, dice Beth y cierra los ojos. Entonces tendrás que aceptar sus tradiciones, responde Wellsie.

Uno por uno, los hombres de Wrath dan un paso adelante y le hacen la misma pregunta, antes de desenfundar su daga e inclinarse sobre su espalda. Cuando terminan, Tohrment acerca el plato de sal y la sirve en la jarra. Luego lava la espalda de Wrath y le seca la piel con una tela inmaculadamente blanca. Tohrment toma la tela, la enrolla y la pone dentro de una caja adornada. Luego se acerca a Wrath. Levántate, mi señor, le ordena. Wrath se pone de pie y Beth ve un grabado en su espalda, que se extiende a través de sus hombros. Tohrment le entrega la caja a Wrath. Llévale esto a su shellan como símbolo de tu fuerza y tu valentía, para que ella sepa que tú eres digno de ella y que tu cuerpo ahora está a su servicio, le dice.

Wrath da media vuelta y atraviesa la habitación. Beth lo mira con nerviosismo. Él parece estar perfectamente bien. De hecho, parece radiante de amor y sus ojos pálidos y ciegos resplandecen. Wrath se arrodilla, baja la cabeza y le ofrece la caja. ¿Me aceptarás?, pregunta. Con manos temblorosas, Beth acepta la caja y se siente aliviada cuando él se pone de pie y la rodea con sus brazos. Ella lo abraza con fuerza y los demás estallan en vítores y aplausos. ¿Podemos no volver a hacer esto?, susurra ella. Él se ríe y dice que se prepare por si tienen hijos.

Las celebraciones duran toda la noche y Butch y Marissa pasan el tiempo hablando. Cuando el amanecer se acerca, están en el segundo piso de la casa. Marissa da media vuelta y dice que tiene que irse. Ella se siente ahora más relajada con el humano y piensa que él es muy atractivo. Butch se le acerca lentamente. Parece terriblemente serio. Toda la noche ella ha tenido la impresión de que él está haciendo un esfuerzo por hacer que se sienta cómoda. Ese cambio en el comportamiento del hombre la intriga. ¿Qué sucede?, pregunta. Quiero besarte, dice él en voz baja. Ella siente al mismo tiempo el deseo y el respeto que lo acosan. Nerviosa pero no asustada, Marissa se acerca y nota cómo las manos de él se posan suavemente sobre sus hombros. Los labios del hombre son suaves y tibios cuando rozan los suyos. Ella cierra los ojos y se recuesta contra él. Un sonido, algo parecido a un rugido de satisfacción, sale del pecho del hombre. Él extiende el beso y su lengua se desliza dentro de la boca de ella, para acariciarla. Las manos del hombre se sienten tibias sobre su cintura, las palpitaciones golpean su pecho con ritmo firme y el cuerpo vibra con locura. Él se echa hacia atrás, mientras estudia el rostro de ella con los ojos, como si tuviera miedo de haber sido demasiado atrevido. ¿Te ha gustado?, le pregunta en voz baja. Ella sonríe. Ha sido muy hermoso, dice. Una hembra no podría tener un mejor primer beso. Butch abre los ojos con sorpresa. Marissa le pone las manos en la cara. Hagámoslo otra vez, dice, y lo acerca a ella.

Beth y Wrath pasan el día siguiente durmiendo, después de volver a ordenar los muebles. Esa noche, después de que oscurece, Wrath y los hermanos hablan con Butch, quien les dice lo que sabe sobre la academia de artes marciales, que no es mucho. Toman la decisión de ir en grupo, irrumpir en el lugar y pasar a la ofensiva. A petición de Wrath, Butch accede a quedarse en casa con Beth y cuidarla. Wrath le dice a Beth que sólo va a salir a encargarse de un asunto. No quiere preocuparla, pero ella no es tonta. Mientras que los hombres se arman de pies a cabeza, ella trata de mantener a Wrath en casa. ¿Qué puede ser tan importante?, pregunta. Es sobre la muerte de tu padre, dice él. Necesitamos averiguar quién lo hizo. Tu padre merece que venguemos su muerte. Beth finalmente lo deja ir, pero se siente inquieta.

En las afueras de la ciudad, el señor X y Billy, que ahora es conocido como el señor R, salen de la granja del señor X. El señor C no aparece porque ha sido asesinado por otro restrictor en una disputa territorial. Su plan es vigilar la casa de Darius y esperar a que el legendario vampiro guerrero que se ha instalado allí regrese al amanecer. El señor X lleva consigo la red y los dardos. Le parece irónico que se esté dirigiendo a la casa del guerrero al que le puso la bomba. Había asumido que después de la muerte de su dueño, ningún otro vampiro se quedaría allí debido a que el lugar era peligroso. Cuando llegan, identifican la mansión. Sienten que los vampiros guerreros han salido, pero parece haber al menos una hembra allí.

Dentro, llega Marissa, y ella y Butch se sientan con Beth. Beth se siente como un estorbo y les ruega que se vayan al segundo piso. Ella estará bien. Butch lo piensa y, después de revisar las ventanas y las puertas y activar el sistema de seguridad, consiente en sentarse junto a Marissa en el salón que hay al otro lado del pasillo. Eso es lo más lejos que acepta irse. Beth se acomoda en el sofá del salón.

El señor R enfoca los binoculares hacia la casa y ve a Beth. Esta vez sí voy a tirarme a esa perra, le dice al señor X. Quiero golpearla hasta que se desangre. El señor X lo mira con gesto pensativo y sugiere un cambio de planes. ¿No te gustaría tenerla ya mismo?, le pregunta al señor R.

Beth escucha un golpecito en la ventana. Se asoma a mirar, pero no hay nadie ahí. Un momento después, una explosión sacude la mansión. Ella sale disparada contra la pared. Cuando Butch entra corriendo al salón, dos hombres entran por el agujero que quedó donde solía estar la ventana. Uno de ellos le dispara tranquilamente a Butch. Y el otro es Billy Riddle.

Wrath y los hermanos están combatiendo contra los restrictores dentro de la academia de artes marciales, cuando él siente una terrible punzada en el centro del pecho. Se sale de la batalla tan pronto como puede y regresa de inmediato a la mansión, donde encuentra un verdadero caos. Butch está herido, la sirena del sistema de seguridad se ha disparado, Marissa está histérica y Beth ha desaparecido.

El señor X y el señor R llegan a la granja con Beth, a quien tienen atada de pies y manos. El señor X está feliz con la dirección que han tomado las cosas. Teniendo en cuenta que se trata de una hembra, Beth ofrece algunas nuevas posibilidades de tortura. Además, el guerrero vendrá a buscarla. Obviamente se trata de su esposa, o su novia o su hermana. Así que es una situación para salir ganando sí o sí. Dos por uno. Los dos asesinos meten a Beth dentro de la casa.

Como Beth se ha alimentado de la vena de Wrath, él puede percibir dónde está y se materializa enfrente de la casa de la granja. Rompe la puerta y entabla un combate feroz contra los dos restrictores. Beth se quita las ataduras y, aprovechando una fuerza física que nunca antes había sentido, ataca a Billy Riddle. Lo golpea y cuando Wrath le lanza una daga, apuñala a Billy y este se desintegra. Aunque Wrath vence al señor X, queda gravemente herido. Beth se apresura a atenderlo. Coge el teléfono de Wrath y llama frenéticamente al móvil de Butch, con la esperanza de que alguien conteste.

Marissa responde. Cuando oye lo que le ha ocurrido a Wrath, Marissa, que ya ha llamado a su hermano para que la ayude a curar la herida de Butch, le exige a Havers que vaya a ver a Wrath. Al ver que su hermano evita mirarla a los ojos, Marissa tiene la terrible sospecha de que él ha tenido algo que ver con el ataque. Llena de rabia, se enfrenta a él y le exige que ayude a Wrath. Havers, que se ha sentido todo el tiempo muy mal por lo que ha hecho, admite su culpa y se desmaterializa hasta la granja. Wrath está al borde de la muerte y la única esperanza es que se alimente. Havers comienza a enrollarse la manga cuando Beth lo aparta. Usa tu muñeca, le dice Havers. Después de un rato, Wrath toma la sangre de Beth y su condición se estabiliza lo suficiente para trasladarlo al coche. Tienen que llevarlo en coche porque no puede desmaterializarse. La casa de Darius es un lugar demasiado peligroso y se acerca el amanecer. Deciden ir a la casa de Havers. Tienen que llevarlo entre los dos hasta el laboratorio.

Después de un largo día de angustiosa espera, Wrath sale de peligro. Mientras Beth lo abraza y llora, él maldice su vida de guerrero por primera vez en la vida. Al estar ahora casado con Beth, no quiere que ella esté expuesta a la violencia. Los dos se quedan abrazados hasta que Havers entra al laboratorio con Marissa. Havers parece estar sufriendo horriblemente cuando admite ante Wrath lo que hizo. Se ofrece a permitir que Wrath se vengue de él en un ritual que significará su muerte. Pero Wrath le dice que no. Ahora están en paz por todo lo que él le hizo a Marissa durante años.

Cuando los hermanos se presentan en casa de Havers, Wrath y Beth aceptan la invitación de ir a la casa de Tohrment y Wellsie, mientras Wrath termina de recuperarse. Wrath todavía está muy débil para desmaterializarse, así que Beth, Butch y Marissa deciden llevarlo en coche hasta el oeste. Al salir a la carretera, Beth le sonríe a su marido vampiro y piensa que quería vivir una aventura, y vaya si lo hizo.

Epílogo

Un mes después, en el rancho de Tohrment y Wellsie, en Colorado, los hermanos están en el cuarto de armas preparándose para salir a cazar. Wrath ha asumido el papel de líder de los hermanos y también ha aceptado la posición de jefe de su raza. Los vampiros han comenzado a acudir a él para pedirle que resuelva disputas y bendiga a sus hijos, deberes tradicionales del jefe de la raza que habían sido abandonados desde la muerte del padre de Wrath. Beth se está adaptando a su papel como uta-shellan del jefe. Butch y Marissa están felices, pero tienen que luchar diariamente con las implicaciones de que él sea un mortal.

Mientras los hermanos se preparan para salir, Wrath frunce el ceño al ver que Beth está poniéndose una funda para dagas. ¿Qué estás haciendo?, pregunta. Voy a ir contigo, dice ella. ¿A qué?, pregunta él. A pelear, responde ella. Ah, no, no vas a hacer eso, replica Wrath, porque yo te prohíbo que participes en batallas. Beth levanta la cabeza. ¿Perdón? Tú me prohíbes, repite ella. Al ver que los dos se cuadran en posición de combate, los hermanos salen rápidamente de la habitación.

Desde el otro lado de la puerta, los hermanos oyen el sonido atenuado de voces airadas. Entonces, ¿quién creéis que ganará esta batalla?, pregunta Tohrment. Los hermanos hacen sus apuestas. La puerta se abre. Wrath sale caminando con expresión de ferocidad, mientras se pone la chaqueta de cuero. Un momento después aparece Beth; lleva encima dos pistolas y una daga. Ella está sonriendo. Al ver que los hermanos sueltan una carcajada, Wrath rodea a Beth con su brazo y la besa. Ninguno de vosotros parece muy sorprendido, les dice a sus hermanos. No, contesta Tohrment. Todos apostamos que ella ganaría.

Wrath y Beth desaparecen juntos en medio de la noche.

Escenas suprimidas

Escenas suprimidas

La gran mayoría de las cosas que veo en mi cabeza los pongo en los libros, ¡razón por la cual las novelas de la Hermandad son tan largas! Y la mayoría de las veces, si tengo que dejar algo fuera, lo uso en otra parte. Sin embargo, hay algunas escenas que he suprimido y a continuación he incluido algunas, con un pequeño comentario.

Suprimí esta escena del comienzo de Amante despierto *debido a problemas de extensión. En realidad me gusta mucho, y quisiera haber podido llevarla más lejos, pues era el comienzo de todo un hilo narrativo nuevo acerca de los aprendices de guerreros. Al leerla otra vez, me doy cuenta de lo lejos que ha llegado John; en este punto de la saga él apenas estaba empezando a conocer a todos los hermanos y tenía mucho que aprender sobre su nuevo mundo.*

Mientras estaba de pie en el gimnasio del centro de entrenamiento, esperando hombro a hombro con los otros aprendices la orden para adoptar la siguiente posición de jujitsu, John se sentía agotado. Tenía el cerebro exhausto y en blanco, y le dolía el cuerpo. Se sentía como si le acabaran de robar todo y lo hubiesen dejado abandonado para que se muriera.

Bueno, eso es un poco melodramático. Pero no está tan lejos de la verdad.

La clase había comenzado a las cuatro de la tarde, como siempre, pero como habían tenido que compensar el tiempo que ha-

343

bían perdido la noche anterior, en lugar de terminar a las diez de la noche, ya eran las dos de la mañana y todavía seguían poniéndolos a prueba.

Los otros chicos también se veían cansados, pero John era absolutamente consciente de que nadie estaba tan agotado como él. Por alguna razón, sus compañeros parecían soportar mejor que él el entrenamiento.

¿Alguna razón? Por Dios, él sabía perfectamente el porqué. No sólo tenía que trabajar más duramente porque era un idiota descoordinado, sino que después de todo ese asunto de la terapeuta indagando las pesadillas de su pasado, no había podido dormir, así que estaba totalmente aturdido, para empezar.

Al frente, Tohr estaba mirando a todos los estudiantes con severidad. Vestido con unos pantalones negros de nylon y una camiseta sin mangas, el hermano era la viva imagen de un sargento instructor, con su corte militar y sus ojos azules y fríos. John trató de erguirse, pero su columna se negaba a obedecerlo. Estaba absolutamente molido.

—Eso es todo por hoy —vociferó Tohr. Al ver que los aprendices se desplomaban como muñecos de trapo, frunció el ceño—. ¿Alguna lesión sobre la que no me hayáis avisado? —Al ver que nadie hablaba, el hermano miró de reojo el reloj de acero que estaba encastrado en la pared de cemento—. Recordad que mañana empezamos al mediodía y trabajamos hasta las ocho p. m., en lugar de nuestro horario habitual. Ahora, a las duchas. El autobús estará listo en quince minutos. John, ¿podemos hablar un minuto?

Mientras que todos los demás se arrastraban por encima de las colchonetas azules hasta los casilleros, John se quedó atrás. Y recitó una pequeña plegaria.

Los viajes en autobús hacia y desde el centro de entrenamiento eran un infierno. En un buen día, ninguno de los otros aprendices le hablaba. En un mal día... deseaba que se aplicara la ley del silencio. Así que aunque eso lo convertía en un cobarde, John abrigaba la esperanza de que Tohr le dijera que se podía quedar y trabajar un rato en la oficina o algo así.

Tohr esperó hasta que la puerta de acero se cerrara, antes de transformarse de sargento en padre. Mientras le ponía una mano sobre el hombro, le dijo:

—¿Cómo vamos, hijo?

John asintió vigorosamente con la cabeza, aunque su absoluto estado de agotamiento lo decía todo.

—Escucha, la hermandad va retrasada esta noche, así que tengo que salir ya mismo a patrullar. Pero hace un rato estuve hablando con Butch y dijo que, si querías quedarte con él un rato, estaría encantado. Puedes ducharte en la Guarida si lo deseas y él podría llevarte a casa más tarde.

A John casi se le salen los ojos de las órbitas. ¿Quedarse con Butch? Que era, más o menos, ¿lo Máximo? Joder... ¡vaya si sus plegarias habían sido escuchadas! El tío había ido al centro de entrenamiento hacía dos días, había impartido una clase estupenda sobre criminalística y desde entonces cada uno de los aprendices había decidido que quería ser un policía de homicidios como él.

¿Quedarse con Butch... y, además, no tener que tomar el Expreso del Infierno para volver a casa?

Tohr sonrió.

—Supongo que eso es un sí, ¿verdad?

John asintió. Y siguió asintiendo.

—¿Sabes cómo llegar hasta allí?

—¿Es la misma contraseña? —preguntó John con señas.

—Sí. —Tohr le apretó el hombro y la inmensa palma de su mano le transmitió toda clase de apoyo y afecto—. Cuídate, hijo.

John se dirigió a los casilleros y por primera vez no vaciló al entrar en el ambiente húmedo y caliente de ese laberinto de casilleros de metal y jerarquías sociales. Como siempre, no miró a nadie al avanzar hasta el número diecinueve.

Curioso, tanto su casillero como él eran los últimos y estaban en lo más bajo.

Cuando agarró su mochila y se la colgó del hombro, Blaylock, el pelirrojo que era uno de los únicos dos aprendices que no lo colmaban de insultos, frunció el ceño.

—¿No te vas a cambiar de ropa para tomar el autobús? —preguntó el chico, mientras se secaba el pelo con una toalla.

John no pudo evitar sonreír mientras negaba con la cabeza y daba media vuelta.

Lo cual, desde luego, hizo que Lash tuviera que interponerse en su camino.

—Parece que nuestro amigo tiene planeado ir a arrastrarse detrás de la Hermandad —dijo el rubio, mientras alardeaba al ponerse su enorme reloj de diamantes de Jacob and Co., ya sabes—. Apuesto a que les va a dar brillo a las dagas. ¿Con qué les vas a limpiar las cuchillas, John?

El impulso de tumbarlo al suelo era tan fuerte, que John de hecho levantó la mano, pero, por Dios, no quería empezar una pelea con ese imbécil. No cuando iba camino de la Guarida y no tenía que tomar el autobús. John dio media vuelta y eligió el camino largo para salir del cuarto de las taquillas, pues prefirió recorrer otro pasillo de bancos y casilleros con tal de evitar el conflicto.

—Diviértete, Johnny —gritó Lash—. Ah, y al salir no olvides pasar por el cuarto de equipos a recoger unas rodilleras.

Mientras la carcajada resonaba en el cuarto, John empujó la puerta y se dirigió a la oficina de Tohr... al tiempo que pensaba en que daría cualquier cosa para que Lash supiera cómo era verse humillado todo el tiempo.

O tal vez para poder golpearlo hasta someterlo a su voluntad.

Atravesar el fondo del armario de suministros de Tohr y salir al otro lado, al túnel subterráneo, era como salir a la luz del sol: todo un alivio. Claro, sólo tenía diez horas de libertad frente a él, pero eso era toda una vida bajo las circunstancias adecuadas.

Y estar con Butch definitivamente era el respiro que necesitaba.

John caminó rápidamente hacia la casa principal y se detuvo cuando llegó a las escaleras que salían al vestíbulo de la mansión. Tohr había dicho que había que seguir otros ciento veinte metros hasta la Guarida... así que siguió. Cuando llegó a otras escaleras, se sintió aliviado. El túnel no era húmedo y estaba iluminado, pero de todas maneras no le gustaba estar ahí solo.

Cuando asomó la cara dentro del campo de visión de una video cámara, pulsó el botón para llamar y resistió la tentación de saludar como un idiota.

—Hola, hombre. —La voz de Butch se oía tan clara como una campana al salir del intercomunicador—. Me alegra que hayas venido.

La puerta se abrió y John subió las escaleras corriendo. Butch estaba de pie en la puerta al final de las escaleras, vestido con una bata negra y dorada.

El tío tenía la mejor ropa que John había visto en la vida. Les había dado la clase con un traje a rayas que parecía salido de una revista.

—Puedes usar mi baño para ducharte, porque mi compañero de casa, que no está de servicio esta noche, está perdiendo el tiempo con esa perilla que usa.

—Como digas, policía —gritó una voz masculina.

—Tú sabes que es cierto. Sufres de TOB... —Butch miró de reojo—. Que significa Trastorno Obsesivo con la Barba. Oye, J, pensaba ir a la ciudad esta noche, ¿está bien?

John adoraba que Butch lo llamara J. Y en realidad le encantaba que le pidieran ir a cualquier parte con un tipo como él.

Al ver que John asentía, Butch sonrió.

—Perfecto. Me voy a hacer otro tatuaje. ¿Tú tienes algún tatuaje?

John negó con la cabeza.

—Tal vez deberías hacerte uno.

Un tatuaje. ¿Con Butch? Joder, esa noche pintaba muy bien.

Mientras John asentía, Butch sonrió y miró a su alrededor.

—¿Nunca habías estado en nuestra casa, John?

Cuando John negó con la cabeza, el policía recorrió el lugar con la mirada. Era evidente que la Guarida era una Central Masculina. No había muchos muebles, pero sí cantidad de sacos de boxeo y una legión de botellas de escocés y vodka. La mesa de futbolín era absolutamente estupenda. Al igual que el inmenso televisor de alta definición y el increíble equipo de ordenadores que había en la sala. El lugar también olía deliciosamente, a humo, cuero y loción para después del afeitado.

Butch lo condujo por un corredor.

—Ésta es la habitación de V.

John miró a través de la puerta y vio una cama inmensa, con sábanas negras y sin cabecero. Había armas y gruesos libros por todas partes, como si un escuadrón de soldados hubiese requisado una biblioteca.

—Y ésta es la mía.

John entró a una habitación más pequeña... que estaba atestada de ropa de hombre. Había trajes y camisas que colgaban de percheros con ruedas. Había corbatas y zapatos por todas partes y una colección de fácilmente cincuenta pares de gemelos encima de la cómoda. Era como estar dentro de una tienda. Una tienda muy, muy exclusiva.

—El baño es todo tuyo. Hay toallas limpias encima del inodoro. —Butch agarró un vaso de cristal lleno de whisky que había sobre la mesilla de noche y se lo llevó a los labios—. Y deberías pensar en ese tatuaje. El lugar al que voy es de primera. Te hacen diseños geniales.

—¿Acaso estás tratando de corromper a un menor, policía?

John miró hacia la puerta. Un hombre inmenso con una perilla y tatuajes en la cara estaba de pie en el umbral. Tenía un par de pantalones de cuero, una camiseta negra y un guante en una mano, y sus ojos eran del mismo blanco diamante de los ojos de los perros esquimales, con un círculo azul intenso alrededor del iris.

Al mirarlo, una palabra cruzó por la cabeza de John: Einstein. El tío exudaba inteligencia. Eran los ojos, esos penetrantes ojos de hielo.

—Él es mi compañero de casa, Vishous. V, te presento a John.

—¿Cómo estás? He oído muchas cosas sobre ti. —El tío le tendió la mano y John se la estrechó.

—Y en cuanto al tatuaje —dijo Butch—, ya tiene edad suficiente. ¿Cierto? Veintitantos.

—Debería esperar. —V se volvió hacia John y comenzó a hablarle en lenguaje de signos—: Si te mandas hacer uno con un humano antes de sufrir la transición, se deformará cuando pases por el cambio. Y luego se desvanecerá en uno o dos meses. Pero si esperas, yo te haré el diseño que quieras y de manera que permanezca para siempre.

John sólo atinó a parpadear. Luego dejó caer su mochila y dijo:

—Caramba, conoces la lengua de signos. ¿Eres sordo?

—No. Pero mi hermano Tohr me contó que así era como te comunicabas, así que me propuse aprender la lengua de signos la otra noche. Pensé que tarde o temprano terminaríamos encontrándonos.

Como si aprender todo una lengua nueva no demandara ningún esfuerzo.

—Oíd… Estoy empezando a sentirme excluido.

—Sólo le estaba dando al chico un pequeño consejo.

John silbó para llamar la atención de V.

—¿Le preguntarías a Butch qué se va a tatuar?

—Buena pregunta. Policía, ¿qué te vas a mandar hacer esta noche? ¿Quieres tener un pajarito Piolín en el trasero?

—Voy a agregarle algo a un tatuaje viejo. —Butch se acercó al armario y abrió las puertas, al tiempo que se quitaba la bata y quedaba vestido sólo con su bóxer negro—. ¿Qué me pongo…?

John trató de no quedarse mirándolo, pero no lo logró. El policía tenía un cuerpo magnífico. Hombros anchos. Músculos que salían de la columna vertebral en forma de abanico. Brazos torneados. No era un vampiro inmenso como Tohr, pero era fácilmente uno de los humanos más grandes que John había visto en la vida.

Y cubriendo la parte baja de la espalda tenía un tatuaje hecho en tinta negra, cuyo diseño geométrico ocupaba una gran cantidad de espacio. Era una serie de líneas, no, era algo de números. Grupos de cuatro líneas atravesados por una diagonal. Tenía cinco de esos y una sola línea. Veintiséis.

V señaló la mochila de John.

—Oye, está escurriendo algo de tu mochila. ¿Llevas champú o alguna mierda ahí dentro?

John negó con la cabeza y luego frunció el ceño cuando vio la mancha de humedad en un extremo. Entonces se inclinó y abrió la cremallera. Había algo en su ropa, algo blanco, opaco…

—¿Qué demonios es eso? —dijo V.

Ay, Dios… ¿Acaso alguien había…?

Butch apartó a John del camino, metió la mano derecha y luego se llevó los dedos a la nariz.

—Acondicionador. Acondicionador para el cabello.

—Eso es mejor que lo que yo creí que era —murmuró V.

Butch levantó sus ojos almendrados.

—¿Esto es tuyo, J? —Al ver que John negaba con la cabeza, el policía preguntó—: ¿Acaso tienes problemas en la escuela de los que no nos has hablado?

El hombre estaba serio, como si estuviera listo a salir a perseguir a quien quiera que estuviera jodiendo a John y estropeando sus cosas y quisiera golpearlo hasta clavarlo en la tierra como una estaca. Y, por un momento, John acarició la maravillosa idea de que Butch le propinara a Lash una buena paliza y luego lo metiera en una de las taquillas.

Pero él no iba a dejar que alguien más solucionara sus problemas.

Al ver que John negaba con la cabeza, Butch entrecerró los ojos y miró a V, quien asintió una vez.

Luego Butch sonrió y dijo de manera casual:

—Llamaré a Fritz y él limpiará tu ropa. Y no te preocupes, encontraremos algo que te puedas poner esta noche. No hay problema.

John miró a V, sin dejarse engañar por la cara de indiferencia del policía.

—Dile que no es nada. Dile que yo me puedo hacer cargo.

V sólo sonrió.

—Butch ya sabe eso, ¿no es así, policía?

—¿Que no es nada y que él se puede hacer cargo del asunto? Claro, ya lo sé, J.

—Pensé que no entendías la lengua de signos.

Butch negó con la cabeza.

—Lo siento, todavía no sé leer las manos. Pero sé bastante sobre imbéciles, hijo. Y, como te he dicho, no tienes que preocuparte por nada.

El hombre siguió sonriendo, con una expresión completamente apacible. Como si fuera a disfrutar llegando al fondo de ese problema.

John miró a V en busca de ayuda. Sólo que el vampiro cruzó los brazos sobre el pecho y volvió a hacerle una señal de asentimiento a Butch. Totalmente de acuerdo con el plan.

Cualquiera que éste fuera.

Ay, mierda…

La escena siguiente no es en realidad una escena suprimida, sino algo que corregí mucho en el proceso se revisiones de Amante despierto, *principalmente porque no me gustaba la energía que proyectaba. (La escena del libro comienza en la página 374). La conclusión es que pensé que resultaba demasiado fuerte para ser la despedida de Z y Bella, pero ahora desearía haber seguido adelante con lo que vi en mi cabeza. Creo que la escena que salió publicada en el libro es buena, pero ésta es mejor:*

Bella hizo la maleta en menos de dos minutos. Para empezar, no tenía mucho que guardar y lo poco que tenía lo había sacado de la habitación de Z la noche anterior. Fritz llegaría en cualquier momento por sus cosas y las llevaría a la casa de Havers y Marissa. Luego, una hora más tarde, ella se desmaterializaría hasta allí y Rehvenge se reuniría con ella en la casa. Con un guardia.

Al entrar al baño en penumbra, encendió las luces que había sobre el lavabo y revisó la encimera para asegurarse de que había recogido todo. Antes de alejarse, se miró en el espejo.

Dios, cómo había envejecido.

Bajo el foco de luz, se levantó el pelo del cuello y se miró, tratando de encontrar una manera de ver su verdadero yo. Cuando se dio por vencida, después de Dios sabe cuánto tiempo, dejó caer el pelo y...

Zsadist apareció detrás de ella entre las sombras, materializándose de la nada, oscureciendo la oscuridad con sus ropas negras y sus armas y su estado de ánimo.

O tal vez había estado allí todo el tiempo y sólo ahora había decidido dejarse ver.

Ella retrocedió y se estrelló contra una de las paredes de mármol. Mientras maldecía y se tocaba la cadera en el punto en que se había golpeado, buscó entre su vocabulario todas las maneras de mandarlo al infierno.

Y luego sintió el olor. Zsadist tenía el aroma de los machos enamorados.

Z permaneció en silencio, pero tampoco necesitaba decir mucho. Ella podía sentir sus ojos. Podía ver el brillo dorado desde el rincón en que él se encontraba.

Bella sabía la razón por la cual él la estaba mirando fijamente. Y no podía creerlo.

Bella retrocedió un poco más, hasta que llegó contra la puerta de la ducha.

—¿Qué quieres?

Error, pensó Bella, cuando él dio un paso hacia la luz.

Cuando vio el cuerpo de Z, quedó boquiabierta.

—Quiero aparearme —dijo él en voz baja. Y estaba más que listo para la tarea.

—Y tú crees... Por Dios, ¿crees que me voy a acostar contigo ahora? Estás loco.

—No, estoy psicótico. Al menos, ése es el diagnóstico clínico.

—Mientras se quitaba el arnés de las dagas, la puerta se cerró detrás de él y se echó la llave. Porque él la echó con el pensamiento.

—Pues vas a tener que obligarme.

—No, no es cierto. —Las manos de Z se dirigieron a la pistolera que llevaba en las caderas.

Bella clavó la mirada en el bulto que hacía presión contra el cuero de los pantalones de Z. Y sintió deseos de tenerlo dentro de ella.

Dios, deseaba que él la sujetara por la fuerza y no le diera opción. De esa manera, podría sentirse absuelta por lo que estaba a punto de hacer y lo odiaría más profundamente. Podría...

Z se acercó hasta llegar frente a ella. En medio de la tensión del silencio que se imponía entre los dos, el pecho de Z se expandía y se comprimía.

—Lo siento, soy un desgraciado. Y no te estaría empujando a estar con Phury si no pensara que es lo correcto para vosotros dos.

—¿Te estás disculpando sólo porque deseas estar conmigo en este momento?

—Sí. Pero es cierto, en todo caso.

—Entonces, ¿si no estuvieras excitado en este momento, sencillamente me dejarías ir?

—Piensa en esto como una despedida, Bella. La última vez.

Ella cerró los ojos y sintió el calor que salía de Z. Y cuando él le puso las manos encima, ella no se sobresaltó. Cuando las palmas de las manos de Z se cerraron sobre su garganta y le echaron la cabeza hacia atrás, Bella abrió la boca porque tenía que hacerlo.

O, al menos, eso fue lo que ella se dijo para sus adentros.

La lengua de Z se abrió camino en su boca, al tiempo que le hacía presión con las caderas sobre el vientre. Cuando se besaron, se escuchó un chasquido: era la camisa de Bella, que Z acababa de rasgar por la mitad.

—Zsadist —dijo ella con voz ronca cuando él dirigió las manos hacia el botón de los vaqueros—. Detente.

—No.

La boca de Z bajó hasta los senos y los pantalones de Bella cayeron al suelo; luego él la levantó y la llevó hasta la encimera. Ahora Z estaba ronroneando con fuerza, mientras le abría las rodillas con la cabeza y se arrodillaba frente a ella, con los ojos fijos en su sexo.

Así que él sabía con precisión cuán excitada estaba.

Bella puso las manos entre él y el lugar al que se dirigía.

—Zsadist, si haces esto, nunca te perdonaré.

—Puedo vivir con eso. —Z le apartó los brazos con facilidad y le agarró las muñecas—. Si eso significa que puedo estar contigo esta última vez.

—¿Por qué diablos te importa tanto?

Z le estiró las manos hacia el frente y se las volvió hasta que quedaron con las palmas hacia arriba. Cuando bajó la mirada, sacudió la cabeza.

—Phury no se alimentó de ti, ¿verdad? No tienes marcas en el cuello. Ni en las muñecas.

—Todavía hay tiempo.

—Él dijo que no podías soportarlo.

Genial, eso era lo último que ella necesitaba que Z supiera.

—¿Y éste es mi castigo? —dijo ella con amargura—. Vas a obligarme a...

Z se hundió en ella y su boca se dirigió directamente al centro de su vagina. Con esa actitud tan dominante, Bella pensó que Z la iba a devorar, pero en lugar de eso las suaves caricias de sus labios eran tan tiernas que a ella se le llenaron los ojos de lágrimas. Cuando él le soltó las manos, Bella sintió las mejillas mojadas y se aferró a la cabeza de Z, acercándolo todavía más a ella.

Z levantó la mirada mientras ella llegaba al orgasmo contra su lengua y siguió observándola como si quisiera atesorar recuerdos preciosos.

—Déjame llevarte a la cama.

Ella asintió con la cabeza, mientras él se levantaba y hundía sus labios brillantes en su cuello. El roce de sus colmillos encendió por un instante las esperanzas de Bella. Tal vez Z por fin decidiría alimentarse de ella...

Pero entonces la levantó y abrió la puerta con el pensamiento... y la pasión la abandonó por completo. Ella se estaba marchando. Y él no iba a detenerla.

Y tampoco iba a beber de su vena.

Z percibió enseguida el cambio en ella.

—¿Adónde vas?

—A ninguna parte —susurró Bella, mientras él la acostaba en la cama—. No voy a ninguna parte.

Z se detuvo, mientras se cernía sobre ella, al borde del precipicio. Pero luego se abrió la bragueta y liberó esa enorme erección.

Mientras se subía sobre ella, con los pantalones alrededor de los muslos, Bella volvió la cara.

Las manos de Z acariciaron su pelo.

—¿Bella?

—Hazlo y déjame ir. —Abrió más las piernas para que él se acomodara y cuando su erección tocó su vagina, Z rugió y su peso se sacudió con un estremecimiento. Al ver que él no la penetraba, ella cerró los ojos.

—Bella...

—Yo te metería dentro de mí, pero los dos sabemos que no soportas que te toque. ¿O quieres que me ponga a cuatro patas? Así sería más anónimo. Apenas si sabrías qué es lo que estás follando.

—No hables así.

—¿Por qué no? Demonios, ni siquiera estás desnudo. Lo cual me hace pensar por qué necesitas que esto ocurra. Ahora que sabes cómo hacerte cargo de tus necesidades, no necesitas una hembra. —La voz se le quebró—. Y ciertamente no me necesitas a mí.

Hubo un largo silencio.

Luego ella oyó un siseo y él la mordió.

Zsadist hundió sus colmillos hasta el fondo y se estremeció al sentir el primer golpe de la sangre de Bella. La riqueza de esa textura espesa y celestial se agolpó en su boca y, cuando tragó, cubrió todo el fondo de su garganta.

No podía detenerse.

Cuando decidió beber de la vena de Bella, se dijo a sí mismo que sólo se permitiría un único sorbo grande, pero después de comenzar ya no pudo suspender la conexión. En lugar de eso la envolvió entre sus brazos y la acostó de lado para poder agazaparse mejor contra ella.

Bella se aferró a él; Z estaba seguro de que estaba llorando otra vez mientras lo abrazaba, porque respiraba de manera entrecortada.

Mientras acariciaba la espalda desnuda de Bella, Z acercó sus caderas a las de ella, con deseos de consolarla mientras bebía su sangre, y ella pareció relajarse. Aunque él no sintió lo mismo. Tenía el pene en llamas y a punto de estallar.

—Tómame —gimió ella—. Por favor.

Sí, pensó Z. ¡Sí!

Sólo que, ay, Dios, Z no era capaz de soltarla ni un minuto para poder introducirse en su interior: la fuerza que estaba entrando a su cuerpo era demasiado adictiva y la respuesta de su cuerpo, increíble. Mientras se alimentaba, Z sintió que sus músculos formaban una red de acero sobre la dura jaula de sus huesos cada vez más sólidos. Sus células estaban absorbiendo los nutrientes esenciales de los que se había privado durante un siglo y los estaban poniendo a trabajar.

Temeroso de abusar de ella y terminar por matarla, después de un rato Z se obligó a soltar la garganta de Bella, pero ella se aferró a la parte posterior de su cabeza y lo empujó hacia abajo. Z combatió sus impulsos por un momento, pero luego rugió con un sonido potente y ronco como el de un mastín. Con un movimiento brusco, volvió a acomodarla y la mordió con fuerza en el otro lado del cuello. Ahora estaba sobre ella, aprisionándola con su cuerpo y el aroma a macho enamorado brotaba de él en oleadas. Z era el carnívoro sobre su presa mientras se alimentaba y sus brazos se estiraban y se flexionaban mientras se sostenía sobre ellos, con los muslos atravesados sobre la parte inferior del cuerpo de Bella.

Cuando terminó, echó la cabeza hacia atrás, respiró profundo y rugió tan fuerte que las ventanas se sacudieron y su cuerpo se retorció con esa potencia que había conocido hacía mucho tiempo, pero sólo cuando lo obligaban a alimentarse de su Ama.

Zsadist bajó la vista. Bella estaba sangrando en los dos sitios donde la había mordido, pero sus ojos resplandecían y el inconfundible aroma del sexo femenino brotó de su cuerpo. Z le lamió los dos lados de la garganta y la besó, irrumpiendo en su boca, dominando, tomando lo que era suyo... marcándola ahora no sólo con su aroma sino con su voluntad.

Z estaba ebrio de ella y quería más. Él era el agujero negro que había que llenar. Era el pozo seco y ella era el agua.

Z se echó hacia atrás y se quitó la camisa. Luego bajó la vista hacia sus pezones, metió los meñiques en los aros que tenía allí y les dio un tirón.

—Chúpame —dijo él—. Como hiciste antes. Ahora.

Bella se sentó y apoyó las manos en el vientre de Z, mientras él se dejaba caer sobre la cama. Cuando se acostó completamente, ella se subió a su pecho y puso la boca justo donde él la quería. Al tomar uno de los aros entre su boca, Z volvió a rugir; parecía no importarle quién pudiera oírlo en la casa.

Tenía planeado rugir todo lo que quisiera. A la mierda, quería gritar hasta echar la puerta abajo.

Mientras ella chupaba, él se quitó los pantalones de cuero, bajó las manos hacia su pene y comenzó a acariciarse. Quería que ella pusiera su boca allí, pero a pesar de lo enloquecido que estaba, no iba a obligarla.

Pero ella sabía lo que él quería. Así que la mano de Bella reemplazó a la de Z sobre su pene y comenzó a acariciarlo con un ritmo que casi lo mata. Bella subía y bajaba la mano sobre el mástil de Z, deslizándose por encima de la cabeza, mientras que le seguía chupando y mordiendo el pezón. Ella tenía el control absoluto y lo trataba con brusquedad, y a él le encantaba, adoraba la sensación de asfixia, la agonía que le producía el deseo de correrse pero no querer que ella se detuviera, nunca.

—Ay, sí, *nalla*… —Z le metió las manos entre el pelo, resoplando—. Tómame.

Y luego ella bajó por su pecho hasta el vientre. Movido por la ansiedad, Z se mordió el labio inferior con tanta fuerza que saboreó su propia sangre.

—¿Esto te gusta? —preguntó Bella.

—Si no te molesta… —Bella le cubrió el pene con los labios—. *Bella*.

La boca de Bella era gloriosa. Húmeda y caliente. Pero Z no iba a durar más de treinta segundos así. Así que se sentó y trató de levantar la cabeza de Bella de su entrepierna, pero ella no se dejó.

—Me voy a correr… —gimió él—. Ay, Dios… Bella, detente, me voy a…

Pero ella no se detuvo y él…

La primera convulsión lo golpeó con tanta fuerza que Z cayó de espaldas contra el colchón. La segunda le levantó las caderas, adentrándose todavía más en la boca de Bella. Y la tercera lo llevó al cielo.

Tan pronto pudo recuperarse un poco, estiró los brazos y atrajo a Bella hacia su boca. Z sintió su propio olor en los labios y la lengua de ella y le gustó.

Se sintió feliz de que estuviera ahí.

Entonces se dio la vuelta.

—Ahora es tu turno. Otra vez.

—¿Estás bien? —dijo Zsadist después de un rato.

Bella abrió los ojos. Z estaba acostado junto a ella, con la cabeza apoyada sobre el brazo flexionado.

Dios, tenía la garganta lastimada, al igual que sus partes íntimas. Pero la gloria hedonística que él había desatado justificaba de sobra todos los achaques. Zsadist la había follado sin compasión, tal como ella siempre había querido que lo hiciera.

—¿Bella?

—Sí. Sí, estoy bien.

—Dijiste que no querías que te vengaran. ¿Todavía piensas eso?

Ella se cubrió los senos con las manos y pensó que le habría gustado que la vida real se hubiese mantenido al margen un rato más.

—No soporto la idea de que salgas ahí fuera y te hagan daño por mi culpa.

Al ver que él no decía nada, ella estiró el brazo y tocó la mano de Z.

—¿Zsadist? ¿En qué estás pensando? —El silencio se extendió durante varios minutos, hasta que ella ya no pudo soportarlo—. Háblame…

—Te amo.

—¿Qué…? —exclamó ella.

—Ya me has oído. Y no voy a repetirlo.

Z se levantó, agarró sus pantalones de cuero y se los puso. Luego se dirigió al baño. Regresó un momento después, completamente armado, con sus dagas en el pecho y la pistolera alrededor de las caderas.

—Éste es el problema, Bella. No puedo dejar de perseguir al restrictor que te hizo eso. O a los desgraciados con los que trabaja. No puedo. Así que aunque fuera tan apuesto y perfecto como Phury, aunque pudiera portarme con la misma suavidad y galantería, aunque no hiciera que tu familia se avergüence, no puedo estar contigo.

—Pero si tú…

—Llevo la guerra en mi sangre, *nalla*, así que aunque no me hubieran hecho mierda en el pasado, todavía necesitaría estar en el

357

campo de batalla, peleando. Si me quedo contigo, vas a querer que sea un hombre diferente y no puedo convertirme en la clase de hellren que tú vas a necesitar. Con el tiempo mi naturaleza terminaría por estallarnos en la cara.

Bella se restregó los ojos.

—Si nos atenemos a esa lógica, entonces ¿por qué crees que puedo estar con Phury?

—Porque mi gemelo se está cansando. Está llegando al límite de sus fuerzas. Yo soy parte de la razón, pero creo que de todas maneras habría ocurrido. A él le gusta entrenar a los reclutas. Me lo puedo imaginar dedicado a la enseñanza todo el tiempo y en el futuro vamos a necesitar sus servicios. Ésa sería una buena vida para ti.

Bella dejó caer las manos con rabia y lo miró con odio.

—Me gustaría que dejaras de decirme lo que crees que es mejor para mí. Me importan un pito tus teorías sobre mi futuro.

—Entiendo.

Bella se quedó mirándolo y se concentró en la cicatriz que le deformaba la cara.

No, no se la deformaba, pensó Bella. Para ella, él siempre sería hermoso. Un hermoso horror de macho...

Olvidarse de él iba a ser tan difícil como olvidar su cautiverio.

—Nunca va a haber nadie como tú —murmuró ella—. Para mí... siempre serás el único.

Y ésa era su despedida, pensó Bella.

Z se le acercó y se arrodilló al lado de la cama, y aunque sus ojos amarillos estaban resplandeciendo, mantuvo la mirada baja. Después de un momento la tomó de la mano y ella oyó un sonido metálico... luego él le puso una de sus dagas sobre la palma de la mano. El arma pesaba tanto que pensó que tendría que sostenerla con las dos manos. Bella miró la daga negra. El metal reflejaba la luz como una piscina en la noche.

—Márcame. —Z señaló su pectoral, justo encima de la cicatriz en forma de estrella de la Hermandad de la Daga Negra—. Aquí.

Con un movimiento ágil, se estiró hasta la mesilla de noche y agarró el platito con sal que había en la bandeja en la que le habían llevado la comida a Bella.

—Y que sea permanente.

Bella vaciló un segundo. Sí, pensó... quería dejar algo duradero en él, una pequeña señal para que la recordara mientras viviera.

Cambió de posición y apoyó la mano que tenía libre contra el hombro contrario de Z. La daga se volvió más ligera en su mano cuando enterró la punta afilada en la piel. Él se retorció cuando ella hundió la daga y la sangre comenzó a brotar y a escurrirse por sus costillas.

Cuando Bella terminó, dejó la daga a un lado, se lamió la palma de la mano y se la cubrió de sal. Luego presionó la mano abierta sobre los cortes que le había hecho encima del corazón.

Sus ojos se encontraron, mientras que la letra B en escritura antigua que ella le había dibujado se grababa de manera permanente en el cuerpo de Z.

Esta escena fue editada del material sobre Butch y Marissa que pasó de Amante eterno *a* Amante confeso. *La razón para sacarla fue mi constante preocupación por la extensión y el ritmo del libro. Pensé que esta visita de Butch a su familia que había visto en mi cabeza era sencillamente demasiado. A esas alturas, ya estaban pasando muchas cosas en el libro de Butch y dejar esto (y llevarlo más lejos) era una distracción básicamente innecesaria, dada la manera en que se cierra la dinámica O'Neal al final de la historia. Una vez dicho esto, es una escena genial. Recuerden, esto fue escrito al comienzo de la historia de Rhage, cuando Butch todavía está empezando a aclimatarse al mundo y las restricciones de la Hermandad:*

Butch agarró el control remoto que llegó volando hasta sus manos, sin tener que moverse de su posición en el sofá. Su cuerpo estaba increíblemente cómodo: la cabeza sobre el brazo acolchado; las piernas estiradas; una manta de los Red Sox cubriéndole los pies. Como eran cerca de las siete de la mañana, las persianas estaban cerradas, así que la Guarida estaba negra como la noche.

—¿Ya te vas a acostar? —preguntó Butch al ver que V se ponía de pie—. ¿En la mitad de *Zombies party*? ¿Cómo soportas no saber qué va a pasar?

Vishous arqueó la espalda mientras estiraba sus pesados brazos.

—¿Sabes? Tú duermes menos que yo.

—Eso se debe a que roncas y yo te oigo desde el otro lado de la pared.

V entornó los ojos.

—Hablando de ruidos, has estado más bien callado estos dos últimos días. ¿Quieres decirme qué sucede?

Butch tomó el vaso de escocés que tenía en el suelo, lo apoyó sobre su abdomen y estiró la mano para agarrar la botella de Lagavulin que estaba sobre la mesilla. Mientras se servía más alcohol, observó cómo el líquido marrón brillaba con el reflejo azulado del televisor.

Maldición, últimamente estaba bebiendo mucho.

—Habla, policía.

—Recibí una llamada de mi antigua vida.

Vishous se rascó la cabeza.

—¿A qué te refieres?

—Mi hermana me dejó un mensaje de voz ayer, en mi antiguo número. Van a bautizar a su nuevo bebé. Toda la familia irá al bautizo.

—¿Y quieres ir?

Butch levantó la cabeza y le dio un sorbo largo a su vaso. El escocés debió haber quemado sus entrañas hasta llegar al estómago, pero en lugar de eso sólo se deslizó por ese camino que conocía tan bien.

—Tal vez.

Aunque no tenía idea de cómo explicar lo que le había ocurrido.

«Sí, veréis, me despidieron del departamento de homicidios. Y luego conocí a estos vampiros. Y ahora más o menos vivo con ellos. También estoy enamorado de una vampiresa, pero eso es una especie de amor imposible. ¿Que si soy feliz? Bueno, son las primeras vacaciones que he tenido en la vida. Eso es lo que te puedo decir. Además, la ropa es mejor».

—V, hermano, ¿por qué yo? ¿Por qué me dejáis quedarme aquí con vosotros?

V se inclinó y sacó un cigarro de una bolsita que tenía preparada junto a su sofá. Su encendedor de oro siseó antes de producir una llamita.

El hermano miró hacia el frente y exhaló, mientras su perfil quedaba escondido por el humo.

Que era del mismo color del televisor, pensó Butch por casualidad. Gris azulado.

—¿Quieres abandonarnos, policía?

Bueno, ¿acaso ésa no era una pregunta endiabladamente buena? La llamada de su hermana le había recordado que eso no podía durar para siempre; ese extraño interludio con la Hermandad no podía ser toda su vida.

Pero ¿dónde lo dejaba eso? ¿Y dónde dejaba a los hermanos? Butch sabía todo acerca de los hermanos. Dónde vivían, cómo era el ritmo de sus noches y sus días. Quiénes eran sus hembras, cuando tenían una.

El hecho mismo de que existían.

—No has respondido a mi pregunta, V. ¿Por qué estoy yo aquí?

—Se supone que estás con nosotros.

—¿Quién lo dice?

V se encogió de hombros y le dio otra calada al cigarro.

—Yo lo digo.

—Eso fue lo que me dijo Rhage. ¿Me vas a contar el porqué?

—Estás en mis sueños, policía. Eso es todo lo que te voy a decir.

Muy bien, eso no era precisamente muy tranquilizador. Butch había oído los gemidos que acompañaban lo que fuera que V veía cuando estaba dormido. Y no era exactamente el tipo de cosa que hiciera que uno se sintiera muy optimista sobre su futuro.

Butch le dio otro sorbo largo a su vaso.

—¿Y si me quiero ir? ¿Qué pasaría? Me refiero a que mis recuerdos ya son de largo plazo, así que no podéis borrármelos. ¿Cierto?

El reflejo intermitente de la luz de la televisión jugueteaba con los rasgos duros de Vishous.

—¿Me harías el favor de mirarme, V? —Al ver que ese perfil no se volvía hacia él, Butch agarró el vaso entre las manos y se sentó—. Dime algo, si me marcho, ¿cuál de vosotros tendrá que matarme?

V se llevó los dedos al puente de la nariz. Cerró los ojos.

—Maldición, Butch.

—Tú, ¿verdad? Tú lo harás. —Butch vació su vaso y se quedó mirando el fondo. Luego volvió a clavar la mirada en su compañero de piso—. ¿Sabes? Ayudaría mucho si me miraras.

Los gélidos ojos blancos de V brillaron desde el otro lado de la habitación. Y brillaron con una chispa de arrepentimiento.

—Eso te mataría, ¿cierto? —murmuró Butch—. Borrarme del mapa.

—Me mataría, sí. —Vishous carraspeó—. Tú eres mi amigo.

—Entonces, ¿qué me va a costar?

V frunció el ceño.

—Qué te va a costar ¿qué?

—Ir al bautizo del hijo de mi hermana. —Butch sonrió—. ¿Un pie? No, un brazo. ¿Un brazo y una pierna?

Vishous sacudió la cabeza.

—Mierda, policía. No tiene gracia.

—Ay, vamos. Sí es un poco gracioso.

V soltó una carcajada.

—Estás enfermo, ¿lo sabías?

—Sí, lo sé. —Butch volvió a poner su vaso en el suelo—. Mira, V, no voy a ir a ninguna parte. No voy a desaparecer. Ahora no. No hay nada esperándome y, de todas maneras, nunca encajé muy bien en todo ese mundo. Sin embargo, el domingo por la mañana, cuando amanezca, voy a ir a Boston. Estaré de regreso por la noche. Y si tienes algún problema con eso, lo siento mucho.

V soltó el humo.

—Te echaré de menos.

—No seas melodramático. Sólo estaré ausente doce horas. —Cuando V bajó la mirada, Butch se puso serio—. A menos que... tengamos algún problema.

Después de un largo rato, V se dirigió a la mesa donde estaban sus ordenadores. Tomó algo de encima del escritorio.

Butch atrapó lo que le arrojaron.

Llaves. Las llaves del Escalade.

—Conduce con cuidado, policía. —V esbozó una sonrisa—. No saludes a tu familia por mí.

Butch se rió.

—Eso no va a ser difícil.

Ahora era el turno de V de ponerse serio y solemne.

—Si no estás de regreso el domingo por la noche, iré a buscarte. Y no será para traerte de regreso, ¿entendido?

En medio del silencio que siguió, Butch se dio cuenta de que ése era un momento decisivo. Estaba en el mundo de la Hermandad para siempre. O se convertiría en fertilizante para plantas.

Butch asintió una vez.

—Regresaré. No te preocupes por eso.

Esto fue suprimido de Amante consagrado. *Originalmente era la escena en la que Phury y Cormia se encuentran, después de haber regresado él de evacuar a los sobrevivientes del ataque a la clínica de Havers. Sin embargo, al final se convirtió en aquel paseo por el corredor de las estatuas y luego en la escena en la que él se ducha y ella termina alimentándose de él... todo lo cual llega mucho más lejos que esta escena en términos del desarrollo de su relación. Ése es el problema con lo que veo en mi cabeza: vi cómo sucedía lo que sigue a continuación... pero también vi todas las escenas que aparecen en el libro. Encajar todo lo que sucede y decidir qué es más esencial para la historia para proteger el ritmo siempre es una decisión difícil.*

Phury dejó que Fritz siguiera ordenando el estudio de Wrath. No importaba que el rey no estuviera allí. Después de todo, la cabeza de la Hermandad debería recibir el informe de lo que había sucedido de labios de un hermano.

Antes de llegar a su habitación, vio a Cormia, de pie en el corredor, con la mano en la garganta; parecía que lo estuviera esperando. O tal vez él sólo deseaba que así fuera.

—Su Excelencia —dijo ella, e hizo una venia.

Estaba demasiado cansado para corregirla por su formalidad.

—Hola.

Cuando entró a su habitación, Phury dejó la puerta abierta pues no quería que ella sintiera que no podía hablar con él, independientemente de lo exhausto que estuviera. Se imaginó que, si ella tenía algo que decir, lo seguiría y, si no, se iría a su propia habitación.

Phury avanzó hasta la cama y, antes de apoyar el trasero sobre el colchón, se estiró para alcanzar su encendedor dorado y un porro. Encendió el porro, mientras pensaba que, después de una noche como ésa, no había manera de que él abandonara el humo rojo. Ésta era precisamente la razón por la cual lo necesitaba.

Mientras que esa primera calada bajaba hasta sus pulmones, Cormia apareció en el umbral.

—¿Su Excelencia?

Phury bajó la mirada hacia el porro y se concentró en la punta naranja y brillante. Era mejor y más seguro desviar la mirada del cuerpo esbelto de Cormia y esa larga y vaporosa túnica.

—¿Sí?

—Bella está bien. Eso dice Jane. Pensé que querría saberlo.

Ahora Phury la miró por encima del hombro.

—Gracias.

—Oré por ella.

Phury soltó el humo.

—¿De veras?

—Era lo correcto. Ella es... adorable.

—Eres una persona muy amable, Cormia. —Phury volvió a concentrarse en el porro, mientras pensaba que esa noche estaba en carne viva. Absolutamente sensible por dentro, y el humo rojo no estaba ayudando mucho—. Muy amable.

Cuando el estómago de Phury emitió un rugido, Cormia murmuró:

—¿Puedo prepararle algo de comer, Su Excelencia?

Aunque su estómago volvió a rugir, como si le gustara esa perspectiva, él dijo:

—Estoy bien, pero gracias.

—Como desee. Que duerma bien.

—Tú también. —Justo cuando la puerta se estaba cerrando, Phury gritó—: ¿Cormia?

—¿Sí?

—Gracias de nuevo. Por orar por Bella.

Ella hizo un sonido que indicaba que lo había oído y la puerta se cerró con un clic.

Aunque necesitaba darse una ducha, Phury subió las piernas sobre el colchón y se recostó contra los almohadones. Mientras fumaba, se sintió aliviado al ir relajando progresivamente los hombros y los músculos de las piernas y al sentir que sus manos dejaban de ser las garras en que se habían convertido.

Cerró los ojos y se dejó llevar, al tiempo que una serie de imágenes pasaban por detrás de sus párpados, al principio muy deprisa y luego cada vez más despacio. Vio los cadáveres de la clínica, la pelea y la evacuación. Luego estaba de regreso en la mansión, buscando a Wrath...

Una imagen de Cormia inclinada sobre las rosas irrumpió en su cabeza.

Phury soltó una maldición y se lió otro porro; lo encendió y volvió a recostarse.

Joder, ella estaba preciosa en medio del reflejo de la luz de la terraza.

Y luego Phury pensó en la imagen de Cormia en el corredor hacía sólo un momento, con la túnica amarrada de una manera que formaba una V entre sus pechos.

Siguiendo un loco impulso pasional, fantaseó con lo que habría sucedido si, en lugar de dejar que ella saliera de la habitación, la hubiese tomado de la mano y la hubiese metido dentro. Se imaginó a sí mismo llevándola suavemente hasta la cama y acostándola donde él estaba ahora. Su pelo se esparciría sobre las fundas de las almohadas formando mechones dorados, y su boca se abriría un poco, tal como estaba en el teatro de proyecciones cuando él se le había acercado.

Desde luego, él tendría que darse antes una ducha. Naturalmente. No podía esperar que ella estuviera con un macho que no sólo había estado trasteando cajas de tiritas durante un par de horas, sino que también había estado peleando a puñetazo limpio con un restrictor.

Claro, claro... Phury adelantó la película hasta el momento en que se estaba restregando debajo del agua caliente.

Luego él regresaría envuelto en su bata blanca y se sentaría en la cama al lado de ella. Con el fin de tranquilizarla —bueno, de tranquilizarse los dos—, comenzaría por acariciarle la cara, el cuello y el pelo. Y cuando ella echara la cabeza hacia atrás para abrirle camino, él pondría sus labios sobre los de ella. En este punto sus manos bajarían por los bordes de las dos mitades de la túnica hasta el cinturón. Lo aflojaría lentamente, tan lentamente que ella no se sentiría incómoda por el hecho de que él estuviera a punto de verle los senos y el vientre y el... todo.

Phury la recorrería toda con su boca.

Eso era lo que ocurría en su fantasía. La besaba por todas partes. Sus labios, su lengua... cada milímetro de su piel recibiría atención.

Las imágenes eran tan vívidas que la mano de Phury tuvo que ocuparse del dolor que estalló en medio de sus propios muslos. Su intención era sólo acomodarse mejor los pantalones, pero una vez la mano hizo contacto, ya no se acordó de acomodar nada... eso era lo único remotamente placentero que había sentido en mucho tiempo.

Antes de darse cuenta de lo que estaba haciendo, Phury se metió el porro entre los dientes, se bajó la cremallera de los pantalones y dejó que la palma de su mano se cerrara sobre su polla.

Las reglas del celibato que se había autoimpuesto dictaminaban que ese tipo de actividad estaba prohibida. Después de todo, parecía inútil negarse al placer del sexo pero abrirle la puerta a la masturbación. Y la única vez en la vida que se había masturbado había sido durante el período de necesidad de Bella, pero eso había sido en respuesta a una necesidad biológica, y no por placer: necesitaba aliviar de alguna manera la tensión o se habría vuelto loco. Y esos orgasmos que había tenido habían sido tan anodinos como el baño en que había ocurrido.

Pero esto no sería anodino.

Phury se imaginó llegando al lugar que más quería... con su cabeza entre las piernas de Cormia... Su cuerpo pareció enloquecer y su piel ardió con tanto calor que se podría haber hervido agua sobre sus abdominales. Y el asunto se volvió volcánico cuando se imaginó que encontraba con la lengua el camino hasta el dulce corazón de la vagina de Cormia.

Ay, Dios... se estaba acariciando. No había manera de negárselo. Y tampoco iba a detenerse.

Phury se quitó el porro de los labios, lo apagó en el cenicero y gimió, al tiempo que dejaba caer la cabeza hacia atrás y abría las piernas. No quería pensar en lo que no debía hacer. Sólo necesitaba un poco de alivio y felicidad, un pequeño trozo de dicha... justo en este momento. Él había visto a sus hermanos encontrar el amor y establecer parejas sólidas, y les había deseado lo mejor desde la barrera, mientras sabía que ése no sería su futuro. Y eso había estado bien durante mucho tiempo. Pero ahora ya no le parecía bien.

Deseaba esas cosas. Para él.

La ansiedad comenzó a teñir de dolor su placer, como una mancha de tinta sobre una tela.

Pero Phury lo evitó concentrándose en Cormia. Se vio tratándola con suavidad pero con firmeza, manipulando su cuerpo...

—Ah, sí... —rugió en medio del aire inmóvil de su habitación.

Tomaría ese momento para sí mismo y acalló su cargo de conciencia diciéndose que se lo merecía por todo el duro trabajo que había hecho.

Estaba solo. Nadie lo sabría nunca.

Cormia balanceó con cuidado el vaso de leche y el plato con los dos pedazos de pan y los trozos de carne, al tiempo que levantaba una mano para llamar a la puerta del Gran Padre. Deseaba que el sándwich le hubiera salido mejor. Fritz le había dicho lo que tenía que hacer e indudablemente estaría mejor si lo hubiera hecho él, pero Cormia quería moverse con rapidez y quería prepararlo ella misma.

Justo antes de que sus nudillos tocaran la madera, oyó un gemido, como si alguien estuviese herido. Y luego otro.

Preocupada por el bienestar del Gran Padre, agarró el picaporte de la puerta y la abrió...

Cormia dejó caer el plato con el sándwich. Mientras que este rebotaba contra el suelo, se quedó mirando fijamente la cama. La puerta se cerró.

Phury estaba recostado contra los almohadones y su espectacular melena multicolor formaba un halo alrededor de su cabeza. Tenía la camisa negra subida hasta las costillas y los pantalones abiertos sobre sus muslos dorados. Una de sus manos estaba sobre su virilidad, y su sexo era grueso y brillante en la punta. Mientras se acariciaba con fuerza su largo miembro, tenía la otra mano sobre la inmensa bolsa que colgaba debajo.

En ese momento, de su boca entreabierta brotó otro gemido; luego se mordió el labio inferior y sus colmillos se clavaron en la carne suave.

Las manos del Gran Padre comenzaron a moverse más rápido y su respiración se volvió más difícil; él parecía estar al borde de algo tremendo. Desde luego, era completamente inapropiado observarlo, pero ella no podía marcharse para salvarse...

La nariz del Gran Padre se ensanchó y sus fosas nasales se abrieron como si estuviera percibiendo un olor. Al tiempo que soltaba un gruñido, comenzó a tener convulsiones y los músculos de su estómago y sus muslos se apretaron. Mientras que unos chorros de color blanco perla brotaban de él, sus brillantes ojos amarillos se abrieron y se clavaron en ella. El hecho de verla pareció agitarlo todavía más, pues lanzó una maldición y sus caderas se sacudieron hacia arriba. Entonces brotó más de esa crema satinada; y parecía que nunca se fuera a detener, mientras los músculos del cuello se tensaban y las mejillas se ponían rojas.

Sólo que el Gran Padre no estaba sufriendo de verdad, pensó Cormia. Sus ojos se aferraron a ella como si ella fuera el combustible de todo eso y él no quisiera que terminara lo que le estaba ocurriendo.

Ésa era la culminación del acto sexual.

Cormia lo supo porque su cuerpo se lo dijo. Pues cada vez que el Gran Padre se sacudía, cada vez que rugía, cada vez que la palma de su mano llegaba hasta la punta de su sexo y volvía a bajar hasta la base, los senos se le encendían y lo que había entre sus piernas se humedecía todavía más.

Y luego él se quedó quieto. Agotado. Satisfecho.

En medio del silencio, Cormia sintió la humedad en la parte interna de sus muslos y miró lo que había sobre el vientre, la mano y el sexo del Gran Padre.

El sexo era un glorioso ungüento, pensó, mientras se imaginaba cómo sería tener dentro de ella lo que cubría ahora el cuerpo del Gran Padre.

Mientras la cabeza le daba vueltas, Cormia se dio cuenta de que el Gran Padre la miraba con expresión de confusión, como si no estuviera seguro de si lo que veía era un sueño o Cormia en realidad estaba en su habitación.

Ella se acercó, porque, con lo que acababa de suceder y la forma en que el aire se había saturado a ese olor a especias oscuras, el cuerpo extendido del Gran Padre era el único destino que le interesaba.

Los ojos del Gran Padre fueron cambiando a medida que ella se aproximaba, como si se estuviera dando cuenta de que ella sí estaba con él. Y una expresión de espanto reemplazó la de agradable satisfacción.

Cormia dejó el vaso de leche junto al cenicero, miró el vientre del Gran Padre y extendió la mano sin pensar conscientemente en lo que hacía.

Él siseó y luego contuvo el aliento cuando ella lo tocó. Lo que cubría el cuerpo del Gran Padre estaba caliente.

—Esto no es sangre —murmuró Cormia.

El Gran Padre sacudió la cabeza sobre la almohada con expresión de asombro, como si estuviera sorprendido por la audacia de la muchacha.

Cormia levantó el dedo y reconoció que lo que había salido de él era la fuente del olor a especias negras que flotaba en el aire... y ella deseaba eso, fuera lo que fuera. Luego se llevó el dedo al labio inferior para untarlo con aquel líquido y después pasó la lengua por el labio.

—Cormia... —rugió el Gran Padre.

El sonido de su nombre envolvió la habitación en un capullo ardiente e íntimo que parecía casi tangible y, en medio de ese momento suspendido y protegido, estaban sólo los dos juntos. No había nada más que sus cuerpos, un elemento increíblemente simple en toda aquella compleja estructura que formaban las circunstancias en las que se habían conocido y habían llegado a ser pareja.

—Dejemos nuestros papeles a un lado —dijo ella—. Y nuestros problemas.

La cara del Gran Padre se contrajo.

—No podemos.

—Sí, sí podemos.

—Cormia...

Ella se quitó la túnica y eso más o menos puso fin a la conversación.

Pero cuando fue a subirse a la cama, él negó con la cabeza y la detuvo.

—Fui a ver a la Directrix.

Así como el hecho de que él pronunciara su nombre había creado un ambiente especial, las palabras que acababa de decir el Gran Padre cortaron el aire cálido y promisorio que reinaba en la habitación.

—Me has rechazado, ¿verdad?

El Gran Padre asintió lentamente.

—Quería decírtelo, pero luego sucedió todo eso en la clínica.

Cormia clavó los ojos en el sexo brillante del Gran Padre y tuvo la reacción más extraña. En lugar de sentirse frustrada, se sintió... aliviada. Porque él la deseaba incluso aunque no tenía que hacerlo. Porque volvía más honesto lo que ella quería que sucediera. Más tarde se preocuparía por las ramificaciones emocionales, pero ahora sólo quería estar con él. Hembra y macho. Sexo contra sexo. Sin tradiciones que interfirieran o llenaran de implicaciones lo que iban a hacer.

Cormia puso una rodilla sobre el colchón y Phury la agarró de las muñecas para detenerla.

—¿Acaso no sabes lo que eso significa?

—Sí. —Ella subió la otra rodilla—. Suéltame.

—No tienes que hacerlo.

Ella se quedó mirando con descaro el pene que palpitaba sobre las caderas del Gran Padre y que era tan grueso como su propio antebrazo.

—Y tú tampoco tienes que hacerlo. Pero tú también lo deseas. Así que aprovechemos esta oportunidad. —Cormia subió los ojos por el pecho del Gran Padre hasta encontrar su mirada ardiente y temerosa, y por un momento se sintió triste—. Tú tendrás muchas otras. Yo sólo te tendré a ti. Así que dame esto ahora, antes de... —*romperme el corazón una y otra vez*—. Antes de que tengas que irte.

El conflicto que lo acosaba se reflejó en los ojos del Gran Padre y sirvió como prueba de su honor. Pero ella sabía cuál iba a ser el final de esto. Y no se sorprendió cuando él se dio por vencido y sus manos dejaron de contenerla para atraerla hacia sí.

—Querido Dios —susurró el Gran Padre, al tiempo que se sentaba y le agarraba la cara con las manos—. Necesito un minuto, ¿está bien? Acuéstate aquí. Ahora vuelvo.

El Gran Padre la acostó con suavidad y luego se levantó de la cama y se dirigió al baño. Se oyó el sonido de la ducha y, cuando regresó, tenía el pelo mojado y erizado alrededor de los hombros y el pecho.

Estaba desnudo, un guerrero en la flor de la vida cuyas necesidades sexuales sobresalían de su espectacular cuerpo.

El Gran Padre se detuvo junto a la cama.

—¿Estás segura?

—Sí. —Aunque le habían dicho que iba a ser doloroso, no iba a retroceder. Cormia no podía explicar su decisión, pero la iba a llevar a cabo.

Estaría con él ahora y al diablo con lo que viniera después.

Cormia le tendió la mano y, cuando él se la tomó, ella lo atrajo hacia su cuerpo.

Phury se dejó arrastrar hacia la cama, hasta quedar acostado al lado del asombroso cuerpo desnudo de Cormia. Sus huesos eran diminutos comparados con los de él, y el cuerpo parecía delicado al lado del suyo.

Phury no soportaba la idea de hacerle daño. Y tampoco podía esperar a meterse dentro de ella.

Las manos le temblaron al quitarle un mechón rubio de la frente. Ella tenía razón, pensó Phury: era mejor de esta manera para los dos. Esto era una decisión propia. En cambio las obligaciones del Gran Padre eran un deber.

Ésta sería su primera vez, y también la de ella.

—Voy a encargarme de ti —dijo Phury. Y no se refería sólo a lo que tenía que ver con esa noche.

Aunque... maldición, él no tenía idea de cómo hacerle el amor a una hembra. El sexo era una cosa. Hacer el amor era otra totalmente distinta, y de repente sintió ganas de portarse con absoluta sutileza. Sintió deseos de haber estudiado artes amatorias para saber cómo asegurarse de que Cormia obtuviera lo mejor de él.

Phury bajó la mano por el cuello de Cormia. Su piel era tan suave como el aire, tan fina que no podía sentir los poros.

Ella arqueó la espalda y los pezones rosas de sus senos se proyectaron hacia arriba.

Phury se relamió y se inclinó sobre la clavícula de Cormia. Cerró los ojos y se quedó allí, suspendido sobre ella. Él sabía que en cuanto tomaran contacto, ya no habría marcha atrás.

Cormia hundió las manos en el pelo de Phury.

—¿No quiere empezar, Su Excelencia?

Phury abrió los ojos y la miró.

—¿Por qué no me llamas Phury?

Ella sonrió con tímida felicidad.

—Phury...

Después de que ella dijera su nombre, Phury puso los labios sobre la piel de Cormia y tomó aire para absorber su aroma. Sintió que todo el cuerpo le temblaba, la deseaba con desesperación e instintivamente empujó con las caderas hasta que su pene quedó atrapado entre sus muslos y los de ella. Cuando ella jadeó y se volvió a arquear, él se lanzó sobre uno de sus pezones.

Cormia le enterró las uñas en el cuero cabelludo y él rugió mientras le chupaba el pezón. Su mano se cerró sobre el otro seno y comenzó a retorcer las caderas hasta que su erección quedó atrapada en un espacio más estrecho.

Ay, mierda, iba a…

Sí. Se corrió. Otra vez.

Mientras rugía como un loco, Phury trató de detenerse. Sólo que ella no quería que lo hiciera y en lugar de retirarse, se acercó más y comenzó a moverse al ritmo de los embates del orgasmo de él.

—Me encanta cuando haces eso —dijo ella con voz gutural.

Phury buscó la boca de Cormia con desesperación. El hecho de que a ella no pareciera importarle que él fuera un idiota que nunca había hecho eso y que acababa de eyacular prematuramente sobre sus piernas significaba todo para él. Phury no tenía que fingir ser fuerte. En ese momento de intimidad podía ser simplemente… él.

—Es posible que vuelva a suceder —gimió Phury contra los labios de Cormia.

—Bien. Quiero que hagas todo eso sobre mí.

En ese momento Phury rugió como un león, impulsado por su instinto territorial. Sí, pensó. Iba a hacer todo eso sobre ella. Y también dentro de ella.

Phury bajó la mano por el cuerpo de Cormia hasta las piernas y luego cambió de posición para poder moverse por encima de sus largas piernas hasta su centro. Pasó la palma de la mano por encima de lo que había dejado sobre ella y la limpió mientras encontraba el sexo de Cormia.

Que estaba lleno de miel, más húmedo que si acabara de bañarse.

Cormia gritó y abrió las piernas.

Phury se dirigió al corazón de su vagina con la boca, antes de que tuviera idea de lo que hacía. No importaba que no supiera ninguna técnica. Necesitaba saborearla y eso sólo iba a suceder si sus labios se encontraban con los de ella…

—Ah... dulzura —dijo desde allá abajo. Era consciente de que le estaba enterrando los dedos en los muslos y que la tenía completamente abierta, pero no podía evitarlo.

Y a ella no pareció molestarle en lo más mínimo. Cormia hundió las manos en el pelo de Phury y se apretó contra él, mientras él la acariciaba con la lengua cada vez más profundamente. Phury se restregó contra ella y luego comenzó a succionar y a tragar. Estaba muriéndose de sed, quería alimentarse con el sexo de Cormia y la energía sexual que circulaba entre ellos, dejarse llevar...

Cormia estaba empezando a tener un orgasmo cuando el teléfono sonó, pero era evidente que él se iba a quedar donde estaba. Phury se dio cuenta de que ella estaba al borde del orgasmo por la manera en que se movió y levantó la cabeza para poder mirarlo a los ojos. Estaba nerviosa, excitada, preocupada.

—Confía en mí —le dijo Phury. Luego le levantó las caderas y la penetró.

Cormia gritó el nombre de Phury mientras tenía su primer orgasmo.

Y ahí fue cuando alguien llamó a la puerta.

Lo siguiente fue suprimido de Amante consagrado *porque todo el mundo pensó que había que quitarlo. Mi editora, mi asistente de investigación y mi socia crítica, todos dijeron: «No lo necesitas» y yo accedí a quitarlo porque entendí su opinión. El libro de Phury termina de manera poderosa y agregarle algo que sucede años después diluiría la fuerza del final. Así que aquí está el epílogo que no fue:*

Cinco años después...

L a tengo! —le gritó Phury a Bella, al tiempo que alzaba a su sobrina y la envolvía entre sus brazos. Nalla se rió y hundió la carita en el pelo de Phury, cosa que le fascinaba hacer, mientras se abrazaba a él con fuerza.

Bella llegó corriendo hasta la biblioteca de la Hermandad y luego frenó en seco, mientras su vestido largo color plata formaba un hermoso remolino alrededor de sus piernas. Los diamantes que llevaba al cuello brillaban como fuego, al igual que los que adornaban sus muñecas y sus orejas.

—Ay, gracias a Dios —dijo Bella—. Juro que esta niña es tan rápida como su padre.

—Estás espectacular —dijo Cormia desde atrás.

—Gracias. —Bella jugueteó con el vestido—. Éste no es mi estilo habitual, pero...

—Apenas si te hace justicia. —Zsadist entró a la biblioteca y parecía una versión malévola de Cary Grant. El esmoquin le sentaba perfectamente y escondía casi totalmente la SIG que llevaba bajo el brazo.

Puso cara de padre severo al tiempo que llamaba con el dedo a su hija.

—Ahora, ¿vas a portarte bien con tu tío y tu aumahne?

Nalla asintió con solemnidad, como si acabara de aceptar el liderazgo de Estados Unidos.

—Sí, papi.

La sonrisa de Z casi ilumina toda la galaxia.

—Ésta es mi niña.

Nalla sonrió y le tendió los brazos.

—Besos, papito.

Z la abrazó y luego ella se abalanzó sobre su madre.

—Está bien —dijo Zsadist, muy diligente, mientras le entregaba la niña a su shellan—. Estaremos en el Met hasta las once. Luego cenaremos en casa de Wrath. Tengo mi busca, mi móvil, mi BlackBerry...

Phury le puso una mano en el hombro a su gemelo.

—Respira profundo, hermano. Tranquilízate.

Zsadist hizo un esfuerzo.

—Correcto. Quiero decir que sé que la cuidaréis bien... No, que vosotros... que todos vais a estar bien...

Phury miró su reloj.

—Y vosotros vais a llegar tarde. Tendréis suerte si llegáis al intermedio.

—Estoy tan entusiasmada —dijo Bella, al tiempo que devolvía a Nalla a los brazos de Phury—. La *Cavalleria Rusticana* de Mascagni. Va a ser fantástico.

—Suponiendo que logres sacar a tu papito de la casa. —Phury le dio un empujoncito a su gemelo—. Vete. Vete con tu shellan. Es su aniversario, por Dios santo.

Salieron de la biblioteca cerca de veinte minutos después. O tal vez veinticinco.

Phury sacudió la cabeza.

—Ese hombre sí que tiene ansiedad con la separación.

—Ah, ¿y tú crees que eres mucho mejor?

Phury dio media vuelta. Cormia estaba en el sofá y tenía a Ahgony —o Aggie, como lo llamaban todos— dormido en sus brazos. Como era habitual, el puño regordete del bebé estaba aferrado al pulgar de su madre, aunque estuviera profundamente dormido.

—¿Estás hablando de mí?

—¿Me lees una historia, tío? —dijo Nalla—. ¿Por favor?

—Por supuesto, ¿qué historia quieres oír? —preguntó Phury, aunque ya lo sabía.

Cuando se sentó en el sofá al lado de Cormia, Nalla señaló el libro de fábulas que él le había escrito.

—La del guerrero.

—Vaya, ¡qué sorpresa! —dijo Phury y le hizo un guiño a Cormia—. ¿Te refieres a la del guerrero y la doncella?

—No, tío. La otra.

—El guerrero y el barco.

Nalla se rió.

—¡No, tío!

Phury asintió con gran seriedad.

—Correcto. El guerrero y el juego de naipes.

Nalla parecía confundida.

—¿Qué juego?

Cormia se rió y su hermosa mirada verde era tan adorable que Phury no podía quitarle los ojos de encima. Por un momento, se sintió agradecido otra vez por el hecho de que su hijo tuviera los ojos de su madre, ese increíble tono de hojas en primavera.

Al ver que Nalla se retorcía, Cormia dijo:

—Phury, no la hagas rabiar.

Phury sentó a su sobrina en sus piernas, besó a su shellan y acarició la suave mejilla de su hijo. Luego abrió el libro y comenzó a leer en Lengua Antigua:

«Había una vez un guerrero, fuerte de cuerpo y firme de corazón, que aguardaba entre los bosques un día en que hacía mucho viento…».

Aggie abrió los ojos y dejó escapar el sonido que emiten los bebés cuando todo está bien a su alrededor, una especie de suspiro de felicidad. Phury lo reconocía bien, pues lo había oído muchas veces cuando estaba con Nalla y ahora con Aggie. El sonido era algo que hacían cuando tenían la panza llena, sus padres se encontraban con ellos y una voz que les gustaba oír estaba empezando una historia.

Al ver que Phury perdía el ritmo de las palabras, Cormia le estrechó la mano.

Ella siempre sabía, pensó Phury. Siempre sabía... Sabía que él estaba pensando en sus padres y en su hermano, en el pasado y el futuro, en las esperanzas, los sueños y los temores.

Ella sabía todo lo que pasaba por su cabeza y todo lo que pasaba en su corazón; y nada de eso la asustaba. Ella sabía que él se preocupaba por mantenerse sobrio, aun después de tantos años. Y sabía que le alegraba que su hijo se pareciera a ella, porque lo interpretaba como una señal de que tal vez su hijo no tuviera que cargar con esa tendencia biológica a la adicción que él parecía arrastrar. Y sabía que él todavía luchaba contra la sensación de no estar haciendo lo suficiente por todos los que lo rodeaban.

Ella sabía todo eso y lo amaba de todas maneras.

Phury le besó la parte interior de la muñeca y miró a la nueva generación. Esperaba que la vida sólo les trajera cosas buenas, que la noche siempre estuviera estrellada para ellos, que el viento siempre fuera ligero y que el profundo amor de su corazón fuese compartido por un compañero digno de ellos.

Pero él sabía que no iba a ser fácil, que ellos tendrían que afrontar muchos desafíos, desafíos que él no alcanzaba a imaginar.

Pero Phury tenía fe en lo que veía en los ojos de esos chicos. Porque ellos descendían de verdaderos supervivientes. Y eso iba a ayudarlos a salir adelante más que la promesa de una vida fácil.

Phury se aclaró la garganta.

Y siguió leyéndoles.

Así que esos son sólo unos ejemplos de lo que he eliminado. Notarán que no hay nada de Amante oscuro, *porque el manuscrito de Wrath quedó perfecto desde el comienzo y sólo suprimimos una escena que colgué en mi sitio web (www.jrward.com). Tampoco hay mucho de* Amante eterno *porque, de nuevo, puse en* Amante confeso *casi todo el material sobre Butch y Marissa*. Amante desatado *también quedó perfecto*.

Hay otro par de escenas en archivos viejos. Fue tan divertido volver a leer éstas que tal vez algún día regrese y vea qué más puedo encontrar.

Divertimentos

Divertimentos

Una de las mejores cosas de escribir las historias de la Hermandad es la manera como me hacen reír. Con mucha frecuencia, estoy en el ordenador del segundo piso muerta de la risa por una cosa o la otra. Butch siempre dice cosas divertidas, Rhage y Vishous siempre son rápidos para responder de manera ingeniosa y Qhuinn hace que la siguiente generación se enorgullezca cuando se trata de portarse como un payaso.

A continuación, he extractado de los libros algunos de mis intercambios favoritos, aquellos que me hicieron soltar carcajadas e hicieron que el perro me mirara con curiosidad.

Amante oscuro

—Gracias por venir, Z. ¿Has estado muy ocupado con las hembras?

—¿Qué tal si me dejaras en paz?

Zsadist se dirigió a un rincón y permaneció alejado del resto.

p. 47

Wrath estaba mudo de asombro.

Y no era del tipo de vampiros que se quedan estupefactos a menudo.

Cielos.

Aquella mestiza humana era la cosa más sensual que había tenido cerca en su vida. Y había apagado una o dos hogueras en algún tiempo.

p. 85

Si el sexo fuera comida, Rhage habría sido enfermizamente obeso.

p. 104

Wrath palmoteó a su hermano en el hombro. En términos generales, aquel hijo de perra era todo un camarada.

—Perdonado y olvidado.

—Siéntete libre de golpearme cuando quieras.

—Lo haré, créeme.

p. 107

El Omega siempre recibía con satisfacción las iniciativas y las orientaciones novedosas. Y tratándose de lealtad, no la tenía con nadie.

p. 109

El humano registró los bolsillos de la chaqueta de Wrath y empezó a sacar armas. Tres estrellas arrojadizas, una navaja automática, una pistola, un trozo de cadena.

—Válgame el cielo —murmuró el policía mientras dejaba caer los eslabones de acero al suelo con el resto del cargamento—. ¿Tienes alguna identificación? ¿O no has dejado suficiente espacio para meter una cartera, considerando que llevas encima quince kilos de armas ilegales?

p. 137

Butch se dirigía a su vehículo como si llevara una carga inestable, y ella se apresuró a alcanzarlos.

—Espera. Tengo que hacerle una pregunta.

—¿Quieres saber qué número calza o algo así? —espetó el policía.

—El cuarenta y seis —dijo Wrath con voz cansina.

—Lo recordaré para Navidad, cabrón.

p. 139

—No, gracias —rió Rhage—. Coso bastante bien, como sabes por experiencia. ¿Y quién es tu amiga?

—Beth Randall, éste es Rhage. Socio mío. Rhage, ella es Beth, y no sale con estrellas de cine, ¿entendido?

—Alto y claro. —Rhage se inclinó hacia un lado, tratando de ver por detrás de Wrath—. Encantado de conocerte, Beth.

—¿Estás seguro de que no quieres ir a un hospital? —dijo ella débilmente.

—No. Parece peor de lo que es. Cuando uno puede usar el intestino grueso como cinturón, entonces sí debe acudir a un profesional.

p. 158

—¿Tienes televisión por cable? —dijo señalando con la cabeza el televisor.

Ella le arrojó el mando.

—Claro que sí. Y si mal no recuerdo, esta noche hay una maratón de Godzila por la TBS.

—Estupendo —dijo el vampiro, estirando las piernas—. Siempre me pongo del lado del monstruo.

p. 194

—Te he dejado aspirinas junto al teléfono con un buen vaso de agua. Pensé que no ibas a poder llegar hasta la cafetera. Toma tres, desconecta el teléfono, y duerme. Si sucede algo emocionante, iré a buscarte.

—Te amo, dulzura.

—Entonces cómprame un abrigo de visón y unos bonitos pendientes para nuestro aniversario.

—Te los has ganado.

p. 196

Una mano aterrizó en su hombro como un yunque.

—¿Te gustaría quedarte a cenar?

Butch alzó la vista. El sujeto llevaba puesta una gorra de béisbol y tenía la cara surcada por un tatuaje.

—¿Te gustaría ser la cena? —dijo otro que parecía una especie de modelo.

p. 290

Con un movimiento intencionado, se liberó de la sujeción en el hombro.

—Decidme algo, chicos —pronunció lentamente las palabras—. ¿Usáis todo ese cuero para excitaros mutuamente? Quiero decir, ¿a todos os gustan los penes?

Butch fue lanzado contra la puerta con tanta fuerza que sus muelas crujieron.

El modelo acercó su cara perfecta a la del detective.

—Si fuera tú, yo tendría cuidado con mi boca.

—¿Para qué molestarme si tú ya te preocupas por ella? ¿Ahora vas a besarme?

p. 290

Un gruñido extraño salió de la garganta de aquel sujeto.

—Está bien, está bien. —El que parecía más normal avanzó unos pasos—. Retrocede, Rhage. Vamos a relajarnos un poco. —Pasó un minuto antes de que el figurín lo soltara—. Eso es. Tranquilicémonos —murmuró el señor Normal, dándole unas palmaditas en la espalda a su amigo antes de mirar a Butch—: Hazte un favor y cierra la boca.

Butch se encogió de hombros.

—El Rubito se muere por ponerme las manos encima. No puedo evitarlo.

Rhage se dirigió a Butch de nuevo, mientras el señor Normal ponía los ojos en blanco, dejando libre a su amigo para actuar.

El puñetazo que le llegó a la altura de la mandíbula lanzó la cabeza de Butch hacia un lado. Al sentir el dolor, el detective dejó volar su propia ira. El temor por Beth, el odio reprimido por *aquellos malvados, la frustración por su trabajo, todo eso encontró salida. Se abalanzó sobre al hombre, más grande que él, y lo derribó.*

El sujeto se sorprendió momentáneamente, como si no hubiera esperado la velocidad y fuerza de Butch, y éste aprovechó la vacilación. Golpeó al Rubito en la boca, y luego lo sujetó por el cuello.

Un segundo después, Butch se encontró acostado sobre su espalda con aquel hombre sentado sobre su pecho.

El tipo agarró la cara de Butch entre sus manos y apretó.

Era casi imposible respirar, y Butch resollaba buscando aire.

—Tal vez encuentre a tu esposa —dijo el tipo— y la folle un par de veces. ¿Qué te parece?

—No tengo esposa.

—Entonces voy a follarme a tu novia.

Butch trató de tomar un poco de aire.

—Tampoco tengo novia.

—Así que si las hembras no quieren saber nada de ti, ¿qué te hace pensar que yo sí?

—Esperaba que te enfadaras.

Los enormes ojos azul eléctrico se entrecerraron.

Tienen que ser lentes de contacto —pensó Butch—. Nadie tiene los ojos de ese color.

—¿Y por qué querías que me enfadara? —preguntó el Rubito.

—Si yo atacaba primero —Butch trató de meter más aire en sus pulmones—... tus muchachos no nos habrían dejado pelear.

Me habrían matado primero, antes de poder tener una oportunidad contigo.

Rhage aflojó un poco la opresión y se rió mientras despojaba a Butch de su cartera, las llaves y el teléfono.

—¿Sabéis? Me agrada un poco este grandullón —dijo el tipo.

Alguien se aclaró la garganta.

El Rubito se puso de pie, y Butch rodó sobre sí mismo, jadeando.

Cuando levantó la vista, le pareció que sufría alucinaciones.

De pie en el vestíbulo había un pequeño anciano vestido de librea, sosteniendo una bandeja de plata.

—Disculpen, caballeros. La cena estará lista en unos quince minutos.

—Oye, ¿son ésas las crepes de espinaca que me gustan tanto? —preguntó el Rubito, señalando la bandeja.

—Sí, señor.

—Una delicia.

Los demás hombres se agruparon alrededor del mayordomo, cogiendo lo que les ofrecía, junto a unas servilletas, como si no quisieran que cayera nada al suelo.

¿Qué diablos era eso?

—¿Puedo pedirles un favor? —preguntó el mayordomo.

El señor Normal asintió vigorosamente.

—Trae otra bandeja de estas delicias y mataremos a quien tú quieras.

Sí, imagino que el tipo en realidad no era normal. Sólo relativamente.

El mayordomo sonrió como si se sintiera conmovido.

—Si van a desangrar al humano, ¿tendrían la amabilidad de hacerlo en el patio trasero?

—No hay problema. —El señor Normal se introdujo otra crepe en la boca—. Maldición, Rhage, tienes razón: son deliciosas.

pp. 291-92

—¿Qué le hiciste al restrictor? —preguntó una de las voces.

—Encendí su cigarrillo con una escopeta recortada —respondió otro—. No bajó a desayunar, ¿me entendéis?

p. 316

—Tohr, relájate. Soy una hembra. Lloro en las bodas. Forma parte de nuestras obligaciones.

p. 366

—Espero que no tengas que hacerlo. Ahora dime una cosa. ¿Cuál es la palabra que utilizáis para esposo?

—Hellren, supongo. La versión corta es hell, como infierno en inglés.

Ella se rió alegremente.

—A saber por qué.

p. 386

Rhage asintió.

—Además el lugar es bastante grande. Todos podríamos vivir allí sin matarnos entre nosotros.

—Eso depende más de tu boca que de cualquier proyecto arquitectónico —dijo Phury sonriendo abiertamente.

p. 434

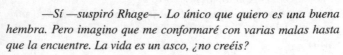

—Sí —suspiró Rhage—. Lo único que quiero es una buena hembra. Pero imagino que me conformaré con varias malas hasta que la encuentre. La vida es un asco, ¿no creéis?

p. 436

Amante eterno

—Muy bien, grandullón, a acostarte.
Cama. Descanso. Maravilloso.
—Y mira quién está aquí. La enfermera Vishous

p. 61

—Entonces di eso.
—¿Qué?
—Que no tienes nada que decir. Dilo. Una y otra y otra y otra vez. Hazlo.

Ella se enfadó, el aroma del miedo fue reemplazado por un olor picante, como de fresca y acre menta de jardín. Ahora estaba molesta.

—Dilo —ordenó él, ansioso por seguir experimentando aquellas sensaciones.

—Bien. Nada. Nada. Nada. —De repente, Mary rió, y el sonido de la risa le recorrió la espina dorsal como una centella, quemándolo—. Nada, nada. Na-da. Na-da. Naaaaaada. Ya. ¿Así está bien para usted? ¿Ahora me soltará?

—No.

Ella porfió de nuevo, creando una deliciosa fricción entre sus cuerpos. Y él supo instantáneamente el momento en que la ansiedad y la irritación de la mujer se convirtieron en algo más ca-

*liente. Olió su excitación sexual, un encantador aroma dulzón que
flotó en el aire. Su cuerpo respondió a la llamada.*

Tuvo una erección dura como el diamante.

*—Háblame, Mary. —Movió la cadera contra ella trazando
un pequeño círculo, frotando la erección contra su vientre, aumentando el dolor y el calor de la mujer.*

*Al cabo de un momento la tensión de la chica se aplacó, y
su cuerpo se aflojó contra los embates de los músculos y la pasión. Las manos de la hembra se aplastaron contra la cintura del
macho. Y luego se deslizaron lentamente hacia la espalda, como
si no estuviera segura de por qué estaba respondiendo de aquella
manera.*

*Se apretó contra ella otro poco, para mostrar su aprobación
y animarla a tocarlo más. Cuando las palmas de las manos de la
mujer se desplazaron por su espina dorsal, él soltó un gruñido gutural y dejó caer la cabeza para acercar el oído a su boca.*

*Quería sugerirle otra palabra que decir, algo como «exqui-
sito», o «susurro», o «lujuria».*

¡No!, «esternocleidomastoideo» sería ideal.

pp. 77-78

*—Por Dios. Puedes llegar a ser una verdadera molestia,
¿sabes? No controlas tus impulsos y eres completamente obsesivo.
Una combinación infernal.*

p. 90

*—Bien, veamos qué tenemos aquí —dijo él, abriendo su pro-
pia carta—. Tráeme un pollo Alfredo, un bistec jugoso y una ham-
burguesa con queso, también jugosa. La ración de patatas fritas
que sea doble. Y unos nachos. Sí, quiero nachos con todo. Doble
ración también ¿te parece?*

*Mary sólo acertó a quedarse mirándolo mientras cerraba la
carta.*

La camarera le miró un poco incómoda.

—¿Todo eso para ti y para tu hermana?

Mary se dio por enterada. Sólo una relación familiar podía explicar que aquel hombre y ella cenaran juntos.

—No, eso es sólo para mí. Y ella es mi cita, no mi hermana. ¿Mary?

—Yo... eh, sólo una ensalada César, cuando la... cena de él esté lista.

pp. 102-103

—Te estás poniendo en forma, policía.

—Oye, ya está bien de bromas —dijo Butch con una sonrisa—. Nada de tirarme los tejos. No dejes que esa ducha que tomamos juntos se te suba a la cabeza.

Rhage le lanzó una toalla.

—Sólo quería recalcar que ha desaparecido tu barriga cervecera.

—Estaba hecho un barril, y no echo de menos la panza.

p. 132

—La hembra me echó de su casa esta mañana temprano después de aplastar completamente mi ego.

—¿Qué clase de comentario malicioso te hizo?

—Una comparación muy poco halagadora entre un animal canino independiente y yo.

—Ay, ay, ay. —Butch retorció la camisa una vez más—. Así que, naturalmente, te mueres por verla otra vez.

—Más o menos.

—Eres patético.

—Lo sé.

—Pero yo casi puedo ganarte a eso. —El policía meneó la cabeza—. Anoche... fui en el coche a casa del hermano de Marissa.

Ni siquiera sé cómo se me ocurrió. Quiero decir, que lo último que necesito es tropezarme con ella, ¿me entiendes?

—Déjame adivinar. Rondaste por allí con la esperanza de ver si podías...

—*Entre los matorrales, Rhage. Me senté entre unos matorrales. Bajo la ventana de su alcoba.*

—*Vaya. Eso sí que es...*

—*Sí. En mi antigua vida arrestaba a los merodeadores. Oye, quizá deberíamos cambiar de tema.*

p. 133

Le bastó una mirada a la colección de películas para saber que tendría problemas para elegir. Había muchos títulos extranjeros y algunos muy americanos. Vio películas antiguas de la época dorada, como Tú y yo. Por Dios, si tenía Casablanca.

No vio nada de Sam Raimi o Roger Corman. ¿Acaso no había oído hablar de la serie Evil Dead?

p. 165

—*Mierda, te has enamorado de ella.* —*Wrath se pasó una mano por los largos cabellos*—. *Por el amor de Dios... Acabas de conocerla, hermano.*

—*¿Y cuánto tiempo te costó a ti marcar a Beth como tu propiedad? ¿Veinticuatro horas? Ah, claro, esperaste dos días. Hiciste bien pensándolo tanto.*

Wrath dejó escapar una risa ahogada.

—*Insistes en traer a colación a mi shellan, ¿no?*

p. 214

Allí estaba la colección completa de Austin Powers. Alien y Tiburón. Todas sus entregas. Y Godzilla. Godzilla. Godzilla... el resto del estante estaba lleno de copias de Godzilla. Pasó al estante inferior. Viernes 13, Halloween, Pesadilla en Elm Street. Bueno, por si faltaba algo, allí estaba toda la serie de Posesión infernal.

Era de admirar que Rhage no se hubiera vuelto idiota con toda aquella subcultura.

pp. 215-216

Ella sonrió un poco.
—Eres un manipulador.
—Me gusta más pensar que soy sincero y práctico.

p. 258

La risa de Phury surgió de la túnica de la derecha.
—Sólo tú intentarías convertir esto en una fiesta.
—Todos vosotros habéis querido alguna vez darme una bue-na lección por cosas que he hecho, ¿no? Pues ha llegado vuestro día de suerte. —Dio a Phury una palmada en el muslo—. Vamos, hermano, te he hecho la vida imposible por lo de las hembras. Y a ti, Wrath, hace un par de meses te acosé de tal modo que acabaste acuchillando una pared. V, justo el otro día amenazaste con usar esa mano tuya en contra de mí. ¿Recuerdas? Cuando te dije lo que pensaba sobre esa barbita de chivo tan monstruosa que llevas.
V sofocó una carcajada.
—Tenía que hacer algo para callarte. Desde que me la dejé crecer, cada maldita vez que he tropezado contigo me preguntas si le hice un francés a un tubo de escape.
—Y todavía estoy convencido de que te follaste a mi GTO, bastardo.

p. 262

—¿Cómo te llamas? —murmuró.
Él alzó una ceja y luego se volvió a mirar a su hermano.
—Soy el malo, como habrás adivinado.
—Quería saber tu nombre, no tu vocación.
—Más que vocación, es una compulsión, en realidad. Y es Zsadist. Me llamo Zsadist.

p. 281

Él respiró profundamente.

—Dios, te amo. En verdad te amo.

Y luego sonrió.

Ella soltó una carcajada que hizo que todos los presentes volvieran la cabeza.

El tallo de cereza estaba perfectamente anudado alrededor de uno de sus colmillos.

p. 362

Un macho con una apariencia tan peligrosa como la suya debía suscitar habladurías. Algo parecido sucedía con su hermano. Había oído rumores sobre Rehvenge durante años, y Dios era testigo de que todos eran falsos.

p. 363

Nadie la estaba escuchando.

—Dios, líbranos de los héroes —murmuró—. ¡Que os larguéis!

Los dos hermanos dejaron de moverse. Y la bestia giró la cabeza hacia Mary.

p. 411

Ella meneó la cabeza y se inclinó para recoger una camisa del suelo.

—Eres el bravucón más dulce del mundo.

p. 422

Echándose el cabello hacia atrás, soltó una carcajada.

—Así que estás recuperando la vista.

—Entre otras cosas. Ven aquí, Mary. Quiero besarte.

—Ah, claro. Primero chulo, y ahora cariñoso.

—*Así soy.*

Rhage retiró las sábanas y el edredón, y bajó la mano por el pecho, pasó sobre el estómago y fue más abajo. Los ojos de ella se abrieron desmesuradamente cuando se puso el miembro erecto en la mano. Mientras se acariciaba, el aroma de su excitación se expandió por la habitación, como una oleada de esencia de flores.

—*Ven aquí, Mary.* —*Movió las caderas*—. *No sé si lo estoy haciendo bien. Es mucho mejor cuando tú me tocas.*

—*Eres incorregible.*

—*Sólo quiero aprender. Dame instrucciones.*

—*Como si las necesitaras* —*murmuró ella, quitándose el jersey.*

pp. 422-423

—*Me parece bien* —*sonrió*—. *Piensa. No deja de ser bonita, me recuerda a Godzilla. Y yo veo el asunto como una promoción: me llevo dos por el precio de uno.*

p. 443

Amante despierto

Butch se dijo que si el tipo no peleara como un coloso muchos pensarían que era afeminado.

p. 63

Sólo había dos lugares para sentarse, o tres, si uno le daba la vuelta a la papelera. Una silla de oficina normal en el rincón, y otra silla, horrible, detrás del escritorio. Esta última era una monstruosidad forrada en un cuero verde bastante gastado, con abolladuras, el asiento totalmente hundido y unas patas que le daban un nuevo significado a la palabra «burdo».

Tohr se apoyó en el respaldo alto de la silla.

—¿Puedes creer que Wellsie me obligó a deshacerme de esto? John asintió con la cabeza e hizo la señal que quería decir: «Sí, sí puedo».

p. 93

—Bueno, yo no sé leer. Así que estamos jodidos, tú y yo.

John escribió rápidamente. Cuando le mostró la libreta a Phury, el hombre de la mirada oscura frunció el ceño.

—¿Qué ha escrito?

—*Dice que no hay problema. Él sabe escuchar y tú puedes hablar.*

p. 114

John le agarró la mano, le quitó el bolígrafo y la hizo extender la palma.

«*Quiero hablar contigo*», escribió.

Luego la miró directamente a los ojos e hizo la cosa más asombrosa y temeraria que había hecho nunca.

Le sonrió.

p. 143

John asintió con la cabeza y miró a los doce muchachos que estaban sentados de dos en dos y lo observaban fijamente.

«*¡Caramba! No se respira una energía muy positiva aquí, chicos*», pensó.

p. 162

Después de un momento, Blaylock tuvo un gesto de cortesía y le presentó a los demás. Todos tenían nombres extraños. El rubio se llamaba Lash. ¿Acaso ese nombre era apropiado para un vampiro?

p. 164

—*Este sitio es una mierda* —dijo el policía, mientras miraba a un tipo vestido de rosa y con el maquillaje a juego con la ropa—. *¡Prefiero mil veces a un grupo de patanes tomando cerveza que esta mierda!*

p. 180

—Sólo quiero estar seguro de que atendemos tus necesidades. La satisfacción del cliente es tan importante... —El hombre se acercó todavía más y señaló con la cabeza el brazo de Phury, el que había desaparecido en la chaqueta—. Tienes la mano sobre el gatillo de un arma, ¿no es cierto? ¿Acaso me tienes miedo?

—Sólo quiero estar seguro de que puedo encargarme de ti.

—Ah, ¿de verdad?

—Sí.

p. 181

Obviamente, esa mujer que había irrumpido en la oficina cuando él y el Reverendo estaban hablando tenía una boca muy grande y... ¡Por Dios! Butch ya debía de habérselo dicho a Vishous. Esos dos eran como un matrimonio mayor, no tenían secretos entre ellos. Y V le iría con el chisme a Rhage. Y una vez que Rhage se enterara, sería como anunciar algo a través de la agencia Reuters.

p. 204

Luego se miraron a los ojos. Ella era tan bonita que le entraban mareos con sólo mirarla.

—¿Quieres besarme? —susurró ella.

John abrió los ojos como platos. Como si hubiera estallado un globo detrás de su cabeza.

—Porque me gustaría que lo hicieras. —Sarelle se humedeció los labios—. De verdad que me gustaría.

¡Caramba... la oportunidad de mi vida...! No te vayas a desmayar, pensó John. Desmayarse sería un desastre.

Enseguida John recordó todas las películas que había visto... pero no le sirvió de nada. Siendo un fanático del cine de terror, su cabeza se vio inundada de imágenes de Godzilla avanzando por Tokio y Tiburón devorando la cola de Orca. ¡Vaya ayuda!

p. 239

… El hombre estaba apretando cada vez más a la Herman-
dad, organizando turnos y tratando de convertir en soldados a cuatro
indisciplinados como V, Phury, Rhage y Z. Por eso no era de extrañar
que siempre tuviese ojeras y cara de estar doliéndole la cabeza.

pp. 243-244

Phury encendió un porro y miró los dieciséis botes de
Aqua Net que estaban alineados sobre la mesa de centro de Butch
y V.

—¿Qué estáis haciendo con esos botes de fijador para el
pelo? ¿Habéis decidido vestiros de mujer?

Butch levantó el trozo de PVC en el que estaba haciendo un
agujero.

—Bodoqueras, amigo mío. Lanzapatatas. Toda una fiesta.

—¿Perdón?

—¿Acaso nunca fuiste a un campamento de verano?

—Tejer cestas y tallar madera son actividades humanas. Sin
ánimo de ofender, nosotros tenemos mejores cosas que enseñarles a
nuestros jóvenes.

—La vida comienza cuando uno participa en un robo de cal-
zoncillos a medianoche. Pero lo bueno llega cuando se pone la patata en este extremo, se llena la base con fijador y…

—Y luego lo enciendes —gritó V desde su habitación. Salió
vestido con una bata y secándose el pelo con una toalla—. Hace un
estruendo enorme.

—Un estruendo enorme —repitió Butch.

Phury miró a su hermano.

—V, ¿ya habías hecho esto antes?

—Sí, anoche. Pero la bodoquera se atascó.

Butch maldijo.

—La patata era demasiado grande. Malditos agricultores
de Idaho. Esta noche vamos a ensayar con patatas más pequeñas.
Va a ser genial. Desde luego, la trayectoria puede ser un problema…

—Pero en realidad es como el golf —dijo V y arrojó la toalla
sobre una silla. Se puso un guante en la mano derecha, el cual
ocultó los tatuajes sagrados que la cubrían desde la palma hasta

los dedos y también el dorso—. Me refiero a que debes pensar en el arco que hace la pelota en el aire...

Butch asintió vigorosamente.

—*Sí, es como el golf. El viento desempeña un papel importante...*

—*Esencial.*

Phury siguió fumando durante otro par de minutos, mientras ellos seguían intercambiando comentarios. Después de un rato se sintió obligado a decir:

—*Vosotros dos pasáis demasiado tiempo juntos. ¿Sabéis a qué me refiero?*

V sacudió la cabeza y miró al policía.

—*El hermano no aprecia mucho este tipo de cosas. Nunca lo ha hecho.*

—*Entonces apuntemos a su cuarto.*

—*Cierto. Y como su cuarto da al jardín...*

—*¡Excelente!*

pp. 284-285

Tohr se rió.

—*Sí, a mí tampoco me gusta todo ese asunto de andar hablando de lo que sentimos... ¡Ay! Wellsie, ¿qué te pasa?*

p. 297

Puso la botella sobre la mesa que tenía al lado y levantó la mano enguantada.

—*Después de todo, esta cosa todavía brilla como una lámpara. Y hasta que no pierda esa asombrosa lucecita, supongo que todo estará normal. Bueno... normal para mí.*

p. 328

Phury se puso unos pantalones de chándal.

—*¿Quieres algo de comer? Voy a la cocina.*

Los ojos de Butch resplandecieron de interés.

—¿Realmente estás pensando subir la comida aquí? ¿Y yo no tendré que moverme?

—Me deberás una, sí, pero tengo ganas de hacerlo.

—Eres un sol.

Phury se puso una camiseta encima.

—¿Qué quieres?

—Lo que haya. ¿Por qué no te traes todo el refrigerador? Me estoy muriendo de hambre.

p. 335

—Entonces, ¿por qué tienes esa venda en el estómago?

—Hace que mi trasero parezca más pequeño.

p. 369

—No quiero ir.

—Bueno... como diría Vishous, vas a ir por las buenas o por las malas, tú decides.

p. 389

Phury estaba acostado en una cama inmensa y tenía cables y tubos por todas partes, como si fuera el panel de control de una central telefónica.

Enseguida giró la cabeza.

—Z... ¿qué haces levantado?

—Joderle la vida al equipo médico. —Cerró la puerta y comenzó a caminar hacia la cama—. De hecho, son bastante rápidos.

p. 432

No hubo ninguna respuesta, así que Z volvió a mirar a Phury... justo cuando le corría una lágrima por la mejilla.

—¡Ah... demonios! —murmuró Z.

—Sí. ¡A la mierda! —Otra lágrima salió de los ojos de Phury—. ¡Maldición! ¡Debo tener una fuga o algo así!

—Muy bien, prepárate.

Phury se restregó la cara con las palmas de las manos.

—¿Por qué?

—Porque... creo que voy a tratar de abrazarte.

Phury dejó caer las manos, mientras miraba a su hermano con una expresión de desconcierto.

Sintiéndose como un completo idiota, Z se acercó a su gemelo.

—Levanta la cabeza, maldición. —Phury levantó el cuello y Z deslizó el brazo por debajo. Los dos se quedaron inmóviles, en esa posición tan extraña—. Fue mucho más fácil cuando estabas desmayado en la parte de atrás de esa camioneta, ¿sabes?

—¿Eras tú?

—¿Creíste que era Papá Noel o algo así?

p. 433

Butch suspiró aliviado.

—Escucha, hermano, hazme un favor. No vuelvas a hacer algo como esto, creo que tengo derecho a decidir lo que quiero hacer... —Luego sonrió—. Y todavía no somos pareja.

p. 441

Amante confeso

En cuanto finalizó, el dragón miró alrededor hasta dar con V, lanzó un gruñido hacia las tribunas y después soltó un bufido.

—¿Has acabado ya, muchacho? —le dijo V—. Para tu información, el palo de esa portería podría servirte como mondadientes.

p. 40

—Seguro. Por ahora estoy analizando la posibilidad de convertirme en contratista de la construcción. Quería ver cómo habían hecho este baño. Han hecho una labor excelente con los azulejos, de veras. Te recomiendo que lo compruebes por ti mismo cuando tengas un momento.

—Bien, pero ¿qué tal si mientras tanto te llevo hasta la cama?

—Un momento. Primero quiero inspeccionar las tuberías del lavabo.

La sonrisita de complicidad de V estaba cargada de respeto y cariño.

—Por lo menos déjame ayudarte un poco.

—No, yo puedo hacerlo. —Con un gruñido, Butch apoyó las manos en el suelo para levantarse, pero enseguida tuvo que recostarse en la taza del inodoro. Mover la cabeza le resultó un esfuerzo casi insoportable. Sólo necesitaba un momento para recobrarse, digamos, una semana, o tal vez diez días...

—Vamos, poli. Llora en el hombro de este amigo y déjate ayudar.

Repentinamente, Butch se sintió demasiado cansado para responder, muy flácido y acabado. Marissa lo miraba con preocupación y él pensó con cierta extrañeza en lo debilucho que parecía en comparación con ella. Mierda, al menos no se le había abierto la bata al caer.

pp. 107-108

—Por lo menos sabes que estuviste con los restrictores, ¿no?

Butch alzó uno de sus magullados brazos.

—Yo pensaba que había ido a un salón de belleza con Elizabeth Arden.

p. 108

Pero Butch reculó cuando V levantó su mano y empezó a quitarse el guante:

—¿Qué me vas a hacer?

—Confía en mí.

La risa nerviosa de Butch sonó como un ladrido.

—La última vez que me dijiste eso terminé bebiéndome un cóctel para vampiros, ¿ya lo has olvidado?

—Ese cóctel te salvó el culo, compañero. Gracias a él te pude localizar.

Butch comprendió entonces por qué le había dado V aquella bebida.

—Está bien, venga, cúrame.

V acercó la mano resplandeciente. Butch hizo una mueca de disgusto.

—Relájate, poli. No te va a doler.

—Te he visto carbonizar una casa con esa puta mano.

—Prueba de que es una mano mágica. Serénate, mis actividades de pirómano son asunto del pasado.

pp. 109-110

Marissa tiró de la sábana. Buen Dios, su sexo era...

—*Es... enorme.*

Butch soltó una carcajada.

—*Qué cosas tan bonitas me dices, nena.*

p. 141

—*Hombre* —*refunfuñó Rhage*—, *en este sitio alguien está enamorado de Hallmark.*

p. 168

—*Cuando las hembras te atan, ¿te pintan las uñas de los pies y toda esa mierda? ¿O sólo te maquillan?* —*V rió. El poli agregó*—: *Espera, deja que lo adivine... ¿te hacen cosquillas con una pluma?*

p. 176

Antes de que Butch se diera cuenta de lo que hacía su amigo, V le agarró el antebrazo, se agachó y lamió el corte. La herida se cerró en un segundo, como si nunca hubiera estado allí.

Butch pegó un tirón y se soltó.

—*¡Estás loco, V! ¿Y si la sangre está contaminada?*

—*Está exquisita. Sólo que... ¡joder!*

Vishous se tambaleó jadeó y se derrumbó contra la pared, retorciéndose.

—*¡Oh, Dios!* —*Butch iba a gritar para llamar a todo el mundo, aterrorizado, cuando vio que, de pronto, a V se le pasaba el ataque. El vampiro le dedicó a su amigo una inocente sonrisa y se tomó un trago de whisky como si nada.*

—*Estás bien, poli. Tu sangre sabe a lo que sabe la sangre. Perfectamente. Está bien para un ser humano, que, sinceramente, no está en mi lista de preferencias, ¿me entiendes?*

Le pegó un amistoso puñetazo en el brazo. Butch blasfemó y le devolvió el golpe.

Asombrado, Vishous se sobó el punto donde había recibido el golpe.

—Joder, poli.

—Te lo mereces.

—Mierda... es verdad. Perdona.

—¿Podemos saltarnos la parte de «perdona»? Te prefiero cuando te disculpas menos y golpeas más.

p. 220

—V, tú sabes que yo te quiero como a un hermano, ¿verdad?

—Sí.

—Si la alimentas, te corto tu jodida garganta.

p. 245

—Así me gusta, es lo que quería oír. —El Reverendo se deslizó a la cabina y sus ojos color amatista inspeccionaron la sección vip. Tenía buen aspecto: traje negro y camisa de seda; su corte de pelo al estilo mohawk era una oscura franja desde la frente a la base del cráneo—. Tengo noticias para compartir.

—¿Te vas a casar? —preguntó Butch mientras ingería la mitad de su nuevo whisky.

—No me jodas, Butch. —El Reverendo se abrió la chaqueta y, en un relámpago, mostró la forma de un arma.

—Qué caniche disparador tan bonito tienes ahí, vampiro.

—Vete al infierno...

V los interrumpió.

—Parece que estáis en un partido de tenis, y los deportes con raqueta me aburren sobremanera. ¿Cuáles son las noticias?

Rehv miró a Butch.

—Este hombre destaca por sus fenomenales habilidades personales, ¿verdad?

—Si te parece, vete a vivir con él.

pp. 245-246

—Eres como una patada en el culo.
—Un burro llamando asno a otro burro.

p. 308

Cuando la palma de la mano de su compañero aterrizó en su pecho desnudo, sintió un peso caliente. Butch frunció el ceño.
¿Esto era todo? Aterrorizar a Marissa por nada...
Miró hacia abajo y entonces se puso muy nervioso. La mano de V refulgía en su pecho.

p. 343

—Marissa —dijo entre dientes y le cogió la mano—. No quiero verte beber tanto. —Espera, no, realmente el que se había sobrepasado era él—. Eh... no me veas beber tanto... ¿quieres?
Lo que fuera, Dios santo... estaba tan confundido.

p. 348

Wrath sonrió ampliamente, los dientes muy blancos.
—¿Qué pasa... primo?
Butch arrugó la frente.
—¿Qué...?
—Así es. Hay algo mío dentro de ti, poli. —La sonrisa de Wrath se prolongó mientras se ponía las gafas—. Desde luego, siempre supe que eras de la realeza. Sólo que no pensé que fueras a ser nuestro grano en el culo, eso es todo.

p. 349

Butch se volvió a la Virgen Escribana.

—¿Tiene alguna idea de lo aliviado...?

Marissa jadeó. V se adelantó y abofeteó a Butch con su mano enguantada, lo inmovilizó y le silbó al oído:

—¿Quieres que te frían como a un huevo, compañero? No hagas preguntas...

—No te preocupes por él, guerrero —intervino la Virgen Escribana—. Era lo que deseaba oír.

V soltó a Butch.

—Ten cuidado.

—Lo siento —le dijo Butch a las vestiduras negras—. Pero yo sólo... yo me alegro de saber lo que hay en mis venas. Y honestamente, si muero hoy, moriré agradecido por haber sabido finalmente quién soy. —Le cogió la mano a Marissa—. Y también por saber a quién amo. Y si es en este lugar donde mi vida acabará al cabo de tantos años perdidos, diría que mi tiempo no ha sido malgastado.

Hubo un larguísimo silencio. Luego la Virgen Escribana dijo:

—¿Te entristece haber dejado a tu familia humana?

—No. Ésta es mi verdadera familia. Los que están aquí y ahora conmigo y los que viven conmigo en el complejo. ¿Para qué necesitaría a alguien más? —El ruidoso coro de maldiciones que se produjo en la sala, le indicó que se había atrevido a hacer otra pregunta—. Ah, lo siento...

Una suave risita femenina emergió de las vestiduras negras.

—Eres muy valiente, humano.

—Más bien estúpido —exclamó Wrath.

Butch se frotó la cara.

—Tú sabes que lo estoy intentando. Realmente estoy intentando con todas mis fuerzas ser respetuoso.

—Tu mano, humano —exclamó la Virgen Escribana.

Él ofreció la izquierda, la única que tenía libre.

—La palma hacia arriba —ladró Wrath.

Él volvió la mano.

—Dime, humano —dijo la Virgen Escribana—: si te preguntara por el macho de esta hembra, ¿me lo presentarías?

—Por supuesto. Precisamente acabo de encontrarla con él.

—La Virgen Escribana volvió a reírse, a lo que Butch dijo—: Sabe, parece un pájaro cuando se ríe así. Es muy agradable.

A su izquierda, Vishous se llevó las manos a la cabeza.

Otro largo silencio.

Butch respiró profundamente.

—Supongo que no me estaba permitido decir eso.

La Virgen Escribana se irguió y, lentamente, apartó el velo de su rostro.

Butch apretó la mano de Marissa ante aquella revelación.

—Eres un ángel —susurró, sin poderse contener.

Unos labios perfectos se movieron en una pequeña sonrisa.

—No. Soy la que Soy.

—Eres hermosa.

—Lo sé. —La voz volvió a ser autoritaria otra vez—. Tu palma derecha, Butch O'Neal, descendiente de Wrath, hijo de Wrath.

Butch soltó a Marissa, la agarró con la mano izquierda y avanzó. Cuando la Virgen Escribana lo tocó, se estremeció. La extraordinaria fuerza de ella lo dejó prácticamente sin respiración.

Y aunque no llegó a romperle los huesos, sintió que ella podría hacerlo sin darse cuenta siquiera.

La Virgen Escribana se volvió hacia Marissa.

—Niña, dame tu mano.

En el instante en que se hizo la conexión, una cálida corriente fluyó por el cuerpo de Butch. Al principio se imaginó que el sistema de calefacción de la sala era un horno pero luego comprendió que el bochorno estaba bajo su piel.

—Ah, sí. Éste es un apareamiento muy bueno —pronunció la Virgen Escribana—. Tenéis mi permiso para continuar unidos por el tiempo que deseéis estar juntos —dijo, y miró a Wrath—. La presentación ha sido satisfactoria para mí. Si el humano sobrevive, deberás concluir la ceremonia tan pronto como se reponga.

El Rey inclinó la cabeza.

—Así sea.

—Un momento —los interrumpió Butch, pensando en la glymera—. Marissa está apareada ya, ¿verdad? Quiero decir, aunque yo muera ella ya podrá ser independiente, mi viuda, sin depender de ningún otro macho, ¿es así?

La Virgen Escribana pareció realmente asombrada.

—Has vuelto a hacerme una pregunta, y con exigencias implícitas. Debería matarte ahora mismo.

—Lo siento, pero esto es muy importante. No quiero que ella caiga bajo la sehclusion. Quiero que sea mi viuda para que no tenga que soportar que alguien pretenda gobernar su vida.

—Humano, eres asombrosamente arrogante —dijo la Virgen Escribana. Pero luego sonrió—. Y totalmente impertinente, además.

pp. 375-378

V ya había salido al vestíbulo cuando oyó un alarido. Retrocedió a toda prisa y se asomó a través de la puerta.

—¿Qué? ¿Qué pasa ahora?

—¡Estoy calvo!

V descorrió la cortina y arrugó la frente.

—¿De qué estás hablando, hombre? Todavía tienes tu pelo...

—¡Pero no en mi cabeza! ¡Mi cuerpo, idiota! ¡Estoy calvo!

Vishous bajó su mirada. El torso y las piernas de Butch soltaban un alud de pelusa color café, que flotaba alrededor del sumidero.

V empezó a reírse.

—¡Vamos, no es tan grave! Por lo menos, ya no tendrás que preocuparte por afeitarte la espalda cuando seas viejo...

Vishous no se sorprendió cuando Butch le arrojó la pastilla de jabón.

pp. 405-406

Cuando su hermano se levantó de la silla, Marissa golpeó la mesa con los nudillos. Todos se volvieron hacia ella.

—Nombre equivocado —dijo Marissa.

Los ojos del leahdyre se abrieron desmesuradamente, tan espantado por la interrupción de ella, que, además, se quedó sin palabras mientras reía un poco y miraba a Havers.

—Puede sentarse, médico —continuó Marissa mientras se ponía en pie—. Ha pasado mucho tiempo desde la última vez que hicimos una votación como ésta... desde la muerte del padre de Wrath.

—Se apoyó en las manos y atormentó al leahdyre con una breve mirada—. Y entonces, hace siglos, mi padre vivía y decidía el voto de nuestra familia. Por eso, obviamente, ustedes están confundidos.

El leahdyre miró a Havers con pánico.

—Quizá debería informar a su hermana que no tiene la palabra...

Marissa lo interrumpió.

—Ya no soy su hermana, o al menos eso me dijo él a mí. Todos estamos de acuerdo en que un linaje de sangre es inmutable. Igual que el orden de nacimiento de los herederos. —Sonrió fríamente—. Sucede que yo nací once años antes que Havers. Lo que me hace a mí más vieja que él. Lo que, a su vez, significa que él puede sentarse, pues como miembro sobreviviente más viejo de mi familia, el voto de nuestro linaje lo decido yo. Y en este caso, sin ninguna duda, el voto es... no.

Se produjo el caos, un absoluto pandemonio.

Rehv rió y juntó sus palmas con simpatía.

—Maldita sea, muchacha. ¿Siempre eres así?

pp. 451-452

Y el Omega desapareció en un destello blanco. Igual la Virgen Escribana.

Un amargo viento frío barrió las nubes del cielo, como cortinas descorridas abruptamente por una mano salvaje.

Rhage carraspeó.

—Esto, bien... creo que no voy a dormir durante una semana y media. ¿Y vosotros?

pp. 457-458

—Ése es el tuyo —dijo Wrath. —Serás Dhestroyer, guerrero de la Daga Negra, descendiente de Wrath, hijo de Wrath.

—Pero para nosotros siempre serás Butch —lo interrumpió Rhage—. Y también Pijocagado. Y Pijolisto. Pijojodido. Ya sabes, dependerá de las situaciones. Pienso que mientras tu nombre incluya la palabra pijo, será certero.

—¿Qué tal Pijo de puta? —sugirió Z.
—¿Hijo de puta?
—No, Pijo de puta.
—Ah, suena muy bien.

p. 475

Amante desatado

—*Este cuero no me convence para nada.*

*Vishous levantó la mirada desde su centro de informática.
Butch O'Neal estaba de pie en la sala de la Guarida, con un par de
pantalones de cuero y una cara de esto-no-va-a-funcionar.*

—*¿Acaso no te quedan bien?* —*le preguntó V a su compañero de casa.*

—*No es eso. No te ofendas, pero esto parece ropa de maca-
rra.* —*Butch levantó sus pesados brazos y dio una vuelta, mientras
su pecho desnudo reflejaba la luz de las lámparas*—. *Me refiero a
que, vamos...*

—*Son para luchar, no para que vayas a la moda.*

—*Lo mismo sucede con las faldas de los escoceses, pero
nunca me verás con una de ellas puesta.*

—*Afortunadamente. Tienes unas piernas demasiado feas
para que esa mierda te siente bien.*

Butch puso cara de aburrimiento.

—*Si quieres, muérdeme.*

p. 27

*Cuando llegó otro Martini, Phury trató de recordar si era el
quinto, ¿o el sexto? No estaba seguro.*

—Caramba, menos mal que no vamos a pelear hoy —dijo Butch—. Te estás tomando esa mierda como si fuera agua.

—Tengo sed.

—Eso imagino. —El policía estiró los músculos mientras seguía sentado en el sofá—. ¿Y cuánto tiempo más piensas quedarte ahí a rehidratarte, Lawrence de Arabia?

p. 71

Momentos después, un tío inmenso con tupé salió por la puerta. Rehvenge iba vestido con un traje negro de corte perfecto y llevaba un bastón negro en la mano derecha. Mientras avanzaba lentamente hacia la mesa de la Hermandad, sus clientes se apartaban para abrirle paso, en parte por respeto a su tamaño y en parte porque su reputación le precedía y le tenían miedo. Todo el mundo sabía quién era y de lo que era capaz: Rehv era el tipo de traficante de drogas que se ocupaba personalmente de su negocio. Si uno lo hacía enfadar, terminaba en trocitos, como la comida del canal de cocina.

p. 72

—Bueno, suéltalo —dijo Blay—. ¿Cómo fue tu transición?

—Olvídate del cambio, me acosté con una hembra. —Al ver que Blay y John lo miraban con ojos desorbitados, Qhuinn soltó una risita—. Sí. Tuve sexo. Perdí mi virginidad, por decirlo así.

p. 74

—Tienes que olvidar ese incidente de la patata explosiva —dijo Butch.

Phury entornó los ojos y se recostó contra el sofá.

—Rompieron mi ventana.

—Claro que sí. V y yo le estábamos apuntando.

—Dos veces.

—Eso prueba que los dos somos muy buenos tiradores.

p. 106

—¿Cómo era el herido?

—¿La víctima? —El chico se inclinó hacia Phury—. Ésa es la palabra que usan los policías. Yo los he oído.

—Gracias por la aclaración —susurró Phury—. Entonces, ¿qué aspecto tenía?

p. 120

Maldición. Jane no tenía ningún interés en jugar a ser médico. Ya era suficiente con representar el papel de una víctima de secuestro, muchas gracias.

p. 157

Maldición. Jane no tenía ningún interés en jugar a ser médico.

—¿Acaso no hicimos esto mismo hace poco? —le dijo Red Sox al paciente en voz baja—. Sólo que era yo el que estaba en la cama. ¿Qué tal si quedamos en paz y no volvemos a jugar a esto de salir heridos? Los gélidos ojos brillantes dejaron de mirarla a ella y se clavaron ahora en su amigo. Pero el paciente no dejó de fruncir el ceño.

—Tienes un aspecto horrible.

—Y tú pareces Miss América.

p. 159

Mientras se maldecía a sí misma y los maldecía a ellos, Jane sacó la mano del bolsillo, se agachó y tomó un frasco de Demerol del maletín más grande.

—*No hay jeringas.*

—*Yo tengo.* —*Red Sox se acercó y le alcanzó una jeringuilla dentro de su paquete hermético. Cuando Jane iba a cogerla, él agarró el paquete con más fuerza en lugar de soltarlo—. Confío en que usará esto con cuidado.*

—*¿Con cuidado?* —*Jane le sacó la jeringa—. No, voy a sacarle un ojo con esto. Porque eso fue lo que me enseñaron en la facultad de Medicina.*

p. 168

—*Está bromeando, ¿verdad? ¿O acaso se supone que debo olvidarme del secuestro y de la amenaza de muerte y pedir algo de comer como si esto fuera un restaurante?*

p. 172

V volvió a recostarse contra las almohadas y estudió el gesto adusto de la barbilla de su doctora.

—*Quítese la bata.*

—*¿Perdón?*

—*Quítesela.*

—*No.*

—*Quiero que se la quite.*

—*Entonces sugiero que contenga la respiración. A mí no me afectará en lo más mínimo, pero al menos a usted la sensación de asfixia le ayudará a pasar el tiempo de la espera.*

p. 189

—*¿Cuál es exactamente el trabajo que tiene que hacer al final?* —*«Por favor que no sea comprar bolsas de basura para meter los trozos de mi cuerpo», pensó Jane.*

—*¿Acaso no está interesada en lo que soy?*

—Le diré algo, déjeme marchar y le haré miles de preguntas acerca de su raza. Hasta entonces, estoy un poco preocupada acerca de cómo van a terminar estas felices vacaciones en el crucero de mierda.

p. 195

Cuando deslizó la toalla hacia abajo, él se alejó.
—No la quiero cerca de esa mano. Aunque esté enguantada.
—¿Por qué...?
—No voy a hablar de eso. Así que ni siquiera pregunte.
Bueeeeno.
—Casi mata a una de mis enfermeras, ¿sabe?
—No me sorprende. —El hombre se quedó mirando el guante con rabia—. Me la cortaría, si pudiera.
—Yo no lo aconsejaría.
—Por supuesto que no. Usted no sabe lo que es vivir con esta pesadilla al final de su brazo...
—No, me refiero a que, si fuera usted, yo le pediría a alguien más que me la cortara. Así es más probable que lograra completar el trabajo.
Hubo un minuto de silencio; luego el paciente soltó una carcajada.
—Muy ingeniosa.
Jane ocultó la sonrisa que se asomó a su cara, mientras volvía a mojar la toalla.
—Sólo estaba dando una opinión médica.

pp. 204-205

—Parece que quieres compañía, Lash —vociferó Qhuinn—. ¡Estupendo, porque si sigues con esta mierda, vas a terminar jodido, amigo!

p. 232

Red Sox se giró a mirar a Jane y al paciente.

—¿Puedes leer la mente otra vez?

—¿Con ella? A veces.

—Ja. ¿Y ves algo de alguien más?

—No.

Red Sox se ajustó la gorra.

—Bueno, eh... cuéntame si captas algo mío, ¿vale? Hay algunas cosas que preferiría mantener en privado, ¿de acuerdo?

—Entendido. Aunque a veces no puedo evitarlo.

—Razón por la cual voy a proponerme pensar sólo en béisbol cuando estés por ahí.

—¡Menos mal que no eres un puto hincha de los Yankees!

—No digas palabrotas. Hay mujeres delante.

p. 236

«¡Dame una E! ¡Una S! ¡Una T! ¡Una O! ¡Seguidas de C-O-L-M-O! ¿Qué dice? ¡LOCA!».

El paciente se agachó para hablarle al oído.

—No tienes pinta de animadora. Pero tienes razón, los dos estamos dispuestos a matar a cualquiera que te cause el más mínimo sobresalto. —El paciente se volvió a enderezar, un paquete gigante de testosterona, metido entre un par de pantuflas.

Jane le dio un golpecito en el brazo y dobló el índice y lo movió, para que él volviera a agacharse. Cuando lo hizo, ella susurró:

—Les tengo miedo a los ratones y a las arañas. Pero usted no necesita usar esa pistola que lleva en el cinturón para hacerle un hueco a la pared, si me encuentro con alguno, ¿vale? Una trampa y un periódico enrollado funcionan igual de bien. Además, después no se necesita cemento para tapar el hueco. ¿De acuerdo?

Jane le dio otro golpecito en el hombro, en señal de que ya podía irse, y se volvió a concentrar en el túnel.

pp. 236-237

Butch asintió, como si supiera exactamente lo que estaba sucediendo.

—Como te dije, hermano, a mí me da igual. ¿Tú y yo? Siempre amigos, independientemente de con quién te acuestes. Aunque... si te gustan los animales, eso sí sería difícil. No sé si podría asumirlo.

V esbozó una sonrisa.

—No, no tengo sexo con animales.

—¿No te gusta la paja entre los pantalones?

—Ni la lana entre los dientes.

p. 249

—Cierto. —Butch se dirigió a la puerta, pero luego se detuvo y le miró por encima del hombro—. ¿V?

Vishous levantó la mirada.

—¿Sí?

—Ceo que después de esta conversación tan profunda, debes saber que —dijo, sacudiendo la cabeza negativamente de manera solemne— todavía no somos pareja.

p. 251

Tres horas más tarde, cuando se encontraba delante de su taquilla, lo único que deseaba John era que Qhuinn cerrara la bocaza. Aunque en los vestuarios había bastante ruido por las puertas metálicas que se cerraban y la ropa y los zapatos que caían al suelo, John sentía como si su amigo tuviera un cuerno pegado a la boca.

—Eres enorme, hermano. De veras. Como... giganumental.

Esa palabra no existe. —John metió su mochila en la taquilla, como hacía siempre, y luego se dio cuenta de que ninguna de la ropa que tenía allí le iba a servir.

—¿No te parece, Blay? Vamos, ayúdame.

Blay asintió, mientras tomaba su ji.

—Sí si engordas un poco, vas a tener el tamaño de un hermano.

—Giganstruoso.

—Muy bien, esa palabra tampoco existe, idiota.

—Bien, entonces muy, muy, muy grande. ¿Así está bien?

pp. 350-351

Qhuinn sonrió y enseñó los colmillos.

—¿Alguna vez te han mostrado la diferencia entre una mano suave y una mano dura? Porque a mí me encantaría mostrártelo. Y podríamos empezar ahora mismo.

p. 353

—He venido a ver si te habías muerto.
Jane sonrió.
—Por Dios, Manello, no seas tan romántico.
—Tienes un aspecto horrible.
—Y ahora vas a empezar con los cumplidos. Basta, por favor. Me estás haciendo sonrojar.

p. 413

V parpadeó un par de veces, horrorizado de pensar en lo que estaba a punto de decir.

—Dios, vas camino de la santidad, ¿lo sabías? Siempre has estado ahí cuando te he necesitado. Siempre. Incluso cuando yo…

—Incluso cuando tú ¿qué?

—Ya sabes.

—¿Qué?

—Mierda. Incluso cuando estaba enamorado de ti. O algo así.

Butch se llevó las manos al pecho.

—Cuando ¿estabas? ¿Estabas? No puedo creer que hayas perdido el interés por mí. —Luego se puso un brazo sobre los ojos, al mejor estilo Sarah Bernhardt—. Acabas de destruir mis sueños de futuro.

—Cierra la bocaza, policía.

Butch miró por debajo del hombro.

—¿Estás bromeando? El reality show que había planeado era fantástico. Lo iba a presentar en VH1. Dos mordidas son mejor que una. Íbamos a ganar millones.

—Ay, por Dios.

p. 423

—Tú sabes que es así.

—Púdrete, doctor Phil.

—Bien, me alegra que estemos de acuerdo. —Luego Butch frunció el ceño—. Oye, tal vez podría crear un programa de entrevistas, ahora que ya no vas a ser mi June Cleaver. Podría bautizarlo La hora de O'Neal. Suena bien, ¿no crees?

—En primer lugar, tú eras el que iba a ser June Cleaver...

—Olvídalo. No hay forma de que yo me colocara debajo.

—Es igual. Y, en segundo lugar, no creo que tus consejos psicológicos tuvieran mucho público.

—No es cierto.

—Butch, nos acabamos de golpear hasta que no pudimos más.

—Tú empezaste. Y, de hecho, sería perfecto para Spike TV. Una combinación de artes marciales y Oprah. ¡Dios, soy brillante!

—Sigue pensando eso.

p. 424

—Diez minutos —le susurró Butch a Marissa en el oído—. ¿Puedes concederme diez minutos antes de que te vayas? Por favor, nena...

V entornó los ojos y sintió una sensación de alivio por la risa que le causó el meloso tono de Butch. Al menos a él todavía no se le había acabado toda la testosterona.

—Mi amor... ¿Por favor?

V le dio un sorbo a su café.

—Marissa, préstale atención un segundo a ese idiota, ¿quieres? El gimoteo me está volviendo loco.

—Y no queremos eso, ¿verdad? —Marissa recogió sus papeles, soltando una carcajada, y le lanzó una mirada a Butch—. Diez minutos. Y será mejor que los aproveches bien.

Butch se levantó de la silla como si alguien le hubiese prendido fuego a la madera.

—¿Acaso no lo hago siempre?

—Hummmm... sí.

Mientras se besaban, V resopló.

—Divertíos, chicos. Pero en otra parte.

p. 507

Amante consagrado

Debería. Tendría. Podría.

¡Qué bonito sonsonete! La realidad era que uno de los sir-
vientes de Sauron, del Señor *de los Anillos, lo arrastraba hacia el*
humo rojo con tanta efectividad como si lo tuviera atado como a un
animal y lo metiera en el maletero de un coche.

«En realidad, socio, tú serías el parachoques».

Exacto.

p. 21

… Como siempre, esa maldita cosa lo había despertado;
era un despertador más confiable y rígido que el maldito Big
Ben.

p. 36

La voz del hermano Rhage retumbó.

—*Ese puñado de egocéntricos, elitistas, maricones de mo-*
casines…

—*Cuidado con las referencias a los mocasines —intervino*
el hermano Butch—. Llevo puestos unos.

—*… parásitos, hijos de puta cortos de miras…*

—Vamos, dinos todo lo que sientes, no te reprimas —dijo alguien.

—... pueden coger su baile de mierda y metérselo por el culo.

El rey se rió en voz baja.

—Suerte que no eres diplomático, Hollywood.

—Ah, tienes que dejarme enviar un mensaje. Mejor aún, dejemos que el emisario sea mi bestia. Haré que destroce el lugar. Les vendría muy bien a esos bastardos, merecen una lección por cómo han tratado a Marissa.

—¿Sabes una cosa? —dijo Butch—. Siempre he pensado que tienes dos dedos de frente. A pesar de lo que dicen todos los demás.

p. 54

A no más de cinco calles hacia el este, en su oficina privada de ZeroSum, Rehvenge, alias el Reverendo, maldecía. Detestaba a los incontinentes. Los odiaba.

El humano que colgaba frente a su escritorio acababa de orinarse en los pantalones y la mancha formaba una especie de círculo oscuro precisamente a la altura de la entrepierna de sus Z-Brand.

Parecía como si alguien le hubiera clavado una esponja mojada en sus partes íntimas.

p. 69

—Tienes el pelo como una mujer —dijo el señor D.

—Y tú hueles a baño de burbujas. Al menos yo puedo cortarme el pelo.

p. 81

La voz del rey resonó a través de la pared contra la que ella estaba apoyada.

—¿No te estás divirtiendo esta noche, Z? Parece como si alguien acabara de cagarse en tu jardín.

p. 94

—Estás loco. Pero, de verdad, no puedo aceptarlas...

—¿Acaso fuiste criado en la selva? No seas grosero, amigo mío. Te las estoy regalando.

Blay sacudió la cabeza.

—Acéptalas, John. De todas maneras vas a perder esta discusión y así nos ahorraremos todo el teatro habitual.

—¿El teatro? —Quhinn se levantó de un salto y adoptó la pose de un orador romano—. ¿Acaso sabéis diferenciar vuestro culo de vuestro codo, joven escribano?

Blay se ruborizó.

—Vamos...

Quhinn se lanzó sobre Blay y lo agarró de los hombros, mientras apoyaba todo su peso sobre él.

—Sujétame. Tus insultos me han dejado sin aliento. Estoy boquituerto.

Blay gruñó y se agachó para evitar que Quhinn cayera al suelo.

—Se dice boquiabierto.

—Pero boquituerto suena mejor.

Blay estaba tratando de no reírse, de no ceder a su encanto, pero sus ojos brillaban como zafiros y sus mejillas comenzaban a ponerse coloradas.

Con una carcajada silenciosa, John se sentó en uno de los bancos, sacudió su par de medias blancas y se las puso debajo de los vaqueros envejecidos recién estrenados.

—¿Estás seguro, Quhinn? Porque tengo el presentimiento de que me van a quedar perfectas y tal vez después cambies de opinión —dijo por señas, aprovechando que en ese momento el otro lo estaba mirando.

Quhinn se retiró bruscamente de encima de Blay y se alisó la ropa con firmeza.

—Y ahora ofendes mi honor. —Luego se paró frente a John, adoptó una postura de ataque y gritó—: Touché.

Blay soltó una carcajada.

—Se dice en garde, *imbécil.*

Qhuinn lanzó una mirada por encima del hombro.

—¿También tú, Brutus?

—¿Yo?

—Sí, y métete la pedantería donde te quepa, pervertido. *—Qhuinn sonrió de oreja a oreja y todos sus dientes brillaron—. Ahora, ponte las malditas zapatillas, John, y acabemos con esto.*

pp. 146-147

Xhex le ofreció el brazo sin mirarlo, porque sabía que era un desgraciado demasiado orgulloso para apoyarse en ella si ella lo estaba mirando. Y él necesitaba su apoyo, pues estaba demasiado débil.

—No puedo soportar que tengas razón —dijo él.

—Lo cual explica por qué vives de perpetuo mal humor.

p. 189

A pesar de la sensación de fatiga que se estaba apoderando de él, sacudió la cabeza.

—Dime.

—No tienes que…

—Me lo dices… o me levanto de la cama y me pongo a hacer pilates ahora mismo.

—Como quieras. Siempre has dicho que el pilates es cosa de nenazas.

—Bien. Entonces judo.

p. 261

—Entendido. Y, escucha, quiero echarle una mano a Havers. Es demasiado trabajo para él instalar una nueva clínica y ocuparse además de los pacientes. Lo cierto es que eso va a implicar que estaré varios días fuera.

—¿Vishous está de acuerdo con asumir ese riesgo?

—No es decisión de él y a ti te estoy avisando sólo por cortesía. —La mujer se rió con sorna—. Y no me mires así. Ya estoy muerta. No es posible que los restrictores me puedan volver a matar.

—Eso no es nada gracioso.

—El humor negro es uno de los inconvenientes de tener un médico en casa. Acostúmbrate.

Wrath soltó una carcajada.

—Eres una maldita insolente. No me sorprende que V esté loco por ti.

p. 270

La entrada secreta al túnel de escape estaba en la esquina derecha del fondo y estaba oculta por unas estanterías de libros que se deslizaban hacia un lado. Sólo tenías que sacar el ejemplar de Sir Gawain y el Caballero Verde, movimiento que quitaba el cerrojo y hacía que las puertas se abrieran para revelar...

—Eres un completo idiota.

Qhuinn saltó como si fuera un atleta olímpico. Allí, en el túnel, sentado en una silla del jardín como si estuviera bronceándose, estaba Blay. Tenía un libro sobre el regazo, una lámpara que funcionaba con pilas encima de una mesa y una manta sobre las piernas.

El tipo alzó tranquilamente un vaso de zumo de naranja y brindó, luego le dio un sorbo.

—¿Qué taaaalllll, Lucy?

—¿Qué diablos estás haciendo? ¿Acaso me estabas esperando?

—Sí.

—¿Y qué es lo que hay sobre tu cama?

—Almohadas y la manta con que me tapo la cabeza. Me estaba congelando de frío aquí sentado. Pero al menos tenía un buen libro. —Levantó la cubierta de Una temporada en el purgatorio—. Me gusta Dominick Dunne. Es buen escritor. Me encantaban sus gafas.

p. 305

Dios, Qhuinn se imaginaba que en cualquier momento iba a aparecer una jauría de perros de presa enseñando los colmillos.

Pero, claro, tal vez los perros todavía estaban royendo los huesos del último visitante que habían convertido en picadillo.

p. 318

—Hola —dijo John con señas.

—Hola.

John dio un paso atrás para dejar seguir a su amigo.

—¿Cómo vas?

—Desearía ser fumador. —Pensó que así podría postergar lo que le esperaba mientras se fumaba un cigarrillo.

—Pero no lo eres. Odias el tabaco.

—Cuando esté frente al pelotón de fusilamiento creo que voy a reconsiderar eso.

—Cállate.

p. 318

Qhuinn repasó las posibles respuestas en rápida sucesión: «No, claro que no, el cuchillo se movió por voluntad propia y en realidad yo estaba tratando de detenerlo… No, sólo quería afeitarlo… No, no pensé que cortarle la yugular a alguien pudiera causarle la muerte…».

p. 320

—John quiere que te quedes aquí.

Qhuinn clavó los ojos en el rey.

—¿Qué?

—Ya me has oído.

—Pero tú no puedes permitirlo. No hay manera de que me quede aquí.

Al oír eso, Wrath frunció el ceño.

—¿Perdón?

—Eh… lo lamento. —Qhuinn cerró la boca y se recordó que el hermano era el rey, lo cual significaba que podía hacer lo que le diera la gana, incluso cambiarle el nombre al sol y a la luna, si quería, u ordenar que la gente lo saludara metiéndose el pulgar por el culo… o aceptar bajo su techo a una escoria como Qhuinn, si tenía ganas.

En el mundo vampiro, el rey tenía carta blanca.

p. 322

Mientras miraba a su amigo, Qhuinn decidió que no estaba dispuesto a contarle que iba a ir a la cárcel y después quedaría bajo la custodia de los padres de Lash, para ser torturado por el resto de sus días.

—Ah, no tan mal.

—Estás mintiendo.

—No.

—Estás blanco como la leche.

—Hombre, ayer me operaron, ¿recuerdas?

—Venga, por favor. ¿Qué está sucediendo?

—Para serte sincero, no tengo ni idea…

p. 323

—Tienes lo que llamo «cara de síndrome masculino». Que es la cara que pones cuando estás pensando en tu macho y, una de dos, o quieres darle una patada en el culo o quieres abrazarlo hasta que no pueda respirar.

p. 328

Pero las mansiones estilo Tudor enclavadas en un jardín perfectamente cuidado no quedaban bien con la puerta principal abierta hacia la noche. Era como si una chica estuviera exhibiendo el sostén en su primera fiesta, debido a un fallo de su guardarropa.

p. 338

—Gracias —dijo Qhuinn, al tiempo que V le aplicaba un poco más de ese ungüento y sentía la tinta fresca sobre la piel—. Muchas gracias.

—Todavía no lo has visto. No sabes si te escribí «imbécil» ahí atrás.

—No. Nunca dudaría de ti —dijo Qhuinn y le dedicó una sonrisa al hermano.

Vishous esbozó una sonrisa y por su cara dura y llena de tatuajes cruzó una expresión de aprobación.

—Sí, bueno, no eres de los que se acobardan. Los que se acobardan son los que terminan con marcas muy feas. Los que se mantienen firmes obtienen los mejores tatuajes.

p. 351

Qhuinn sacó una chaqueta ligera de su morral y pareció absorto en sus pensamientos por un momento. Cuando dio media vuelta, ya tenía otra vez esa sonrisita del que cree que se las sabe todas.

—Tus deseos son órdenes para mí, mi príncipe.

—No me llames así.

Mientras se dirigía a la salida, John le envió un mensaje a Blay, con la esperanza de que su amigo apareciera en algún momento. Tal vez si lo presionaba bastante, Blay cedería.

—Entonces, ¿cómo debo decirte? —dijo Qhuinn, al tiempo que saltaba para abrirle la puerta con una reverencia—. ¿Preferirías, «mi señor»?

—Déjame en paz, ¿quieres?

—¿Y qué tal esa vieja expresión de «amo»? —Al ver que John sólo lo fulminaba con la mirada por encima del hombro, Qhuinn se

encogió de hombros—. Está bien, entonces te llamaré cabezón. Pero
es tu culpa, yo te di otras opciones. Hice lo que pude.

—*¿Quieres que te abra la puerta? —dijo Qhuinn con ironía*
cuando apagó el motor.

John lo miró de reojo.

—*Si digo que sí, ¿lo harías?*

—*No.*

—*Entonces, por favor, ábreme la puerta.*

—*Maldito seas. —Qhuinn se bajó del asiento del conduc-*
tor—. Me estás dañando la diversión.

John cerró la puerta y sacudió la cabeza.

—*Sólo me encanta que seas tan manipulable.*

—*Eso es lo que tú te crees.*

—*Como quieras.*

p. 394

—*Cuánto tiempo sin verte —dijo el ángel.*

—*No lo suficiente.*

—*Tú siempre tan hospitalario.*

—*Escucha, General Electric —dijo Rehv al tiempo que par-*
padeaba—. ¿Te molesta bajar un poco la intensidad de tus luces de
discoteca?

El resplandor se fue atenuando hasta que Lassiter se hizo nor-
mal. Bueno, normal para alguien con una seria afición por los pier-
cings y aspiraciones de convertirse en el patrón oro de algún país.

Trez cerró la puerta y se quedó detrás, como una amenaza-
dora presencia muda que decía «ángel o no, si le haces algo a mi
amigo, te muelo a palos».

—*¿Qué te trae a mi propiedad? —dijo Rehv, mientras soste-*
nía la taza con las dos manos y trataba de absorber el calor del café.

—*Tengo un problema.*

—*No puedo arreglar tus problemas de personalidad, lo*
siento.

Lassiter soltó una carcajada que resonó por toda la casa como el tañido de campanas de iglesia.

—No. Me gusto mucho tal como soy, gracias.

—Tampoco puedo corregir tus delirios.

—Necesito encontrar una dirección.

—¿Y acaso tengo cara de guía telefónica o de callejero?

—Tienes una cara horrible, para serte sincero.

—Siempre tan amable. —Rehv terminó su café—. ¿Qué te hace pensar que voy a ayudarte?

pp. 471-472

—Hijo de puta —susurró Wrath, al tiempo que la figura se detenía a unos veinte metros de ellos.

El hombre resplandeciente soltó una carcajada.

—Vaya, vaya, pero si no es otro que el buen rey Wrath y su banda de payasos. Os juro, chicos, que deberíais hacer espectáculos para niños, con toda esa alegría que os caracteriza.

—Genial —farfulló Rhage—, el maldito todavía conserva intacto su sentido del humor.

Vishous suspiró.

—Tal vez yo pueda arreglar ese problema.

—Y usa su propio brazo para hacerlo, si puedes...

Wrath los fulminó con la mirada y los dos guardaron silencio.

El rey sacudió la cabeza y se dirigió a la figura resplandeciente.

—Ha pasado algún tiempo. Gracias a Dios. ¿Cómo diablos te encuentras?

Antes de que el hombre pudiera responder, V soltó una maldición.

—Si tengo que escuchar toda esa mierda de «Yo soy Neo», al estilo Keanu Reeves en Matrix, *mi cabeza va a explotar.*

—¿No será más bien Neón? —intervino Butch—. Porque él me recuerda a los anuncios luminosos.

p. 535

Después de un momento, Wrath se volvió hacia John.

—Este es Lassiter, el ángel caído. *Una de las últimas veces que estuvo en la Tierra, hubo una plaga en Europa...*

—Está bien, pero eso no fue culpa mía...

—Que acabó con dos tercios de la población humana. La llamaron la peste.

—Me gustaría recordarte que no te gustan los humanos.

—Huelen muy mal cuando se mueren.

—Todos vosotros, los mortales, oléis mal.

p. 537

—A la mierda —dijo Vishous entre dientes.

—Haré como que no lo he oído —murmuró Lassiter.

p. 538

Mientras estaban en eso, se disparó la alarma de incendios que había en la escalera y que tenía un pito tan estridente que te hacía desear ser sordo.

Phury soltó una carcajada y se bajó de encima de Cormia, mientras la apretaba contra su pecho.

—Cinco... cuatro... tres... dos...

—¡Peeeeerdónnn! —gritó Layla desde el pie de las escaleras.

—¿Qué fue esta vez, Elegida? —le respondió Phury.

—Huevos revueltos —gritó ella.

Phury sacudió la cabeza y le dijo a Cormia en voz baja:

—Curioso, yo pensé que habían sido las tostadas.

—Imposible. Ayer se cargó la tostadora.

—¿De veras?

Cormia asintió con la cabeza.

—Trató de calentar un pedazo de pizza en la tostadora. Y ya te imaginarás lo que pasó con el queso.

—¿Quedó por todas partes?

—Por todas partes.

Entonces Phury gritó:

—*Está bien, Layla. Puedes lavar la sartén y volver a intentarlo.*

—*No creo que la sartén se pueda usar más* —fue la respuesta.

—*No pienso preguntar por qué* —dijo primero en voz baja y luego subió la voz y agregó—: *¿Pero no es de metal?*

—*Debería.*

pp. 579-580

Los hermanos
en el muro

Los hermanos en el muro de mensajes

Cuando comenzó la aventura de publicar estos libros, en septiembre de 2005, no tenía idea de lo populares que se iban a volver. Tampoco sabía nada sobre Internet. Ni siquiera sabía que existían los Yahoo! Grupos, o que los muros de mensajes eran un canal que podían utilizar los autores para conectarse con sus lectores, o que los blogs y las reseñas on line eran tan importantes.

Sólo cuando salió *Amante eterno*, en marzo del 2006, comencé a pensar en el tipo de presencia que quería tener en Internet. Establecí un Yahoo! Grupo y comencé un muro de mensajes. Ahora, cuatro años después, tenemos miles y miles de lectores en los dos sitios y hemos conformado una buena comunidad de amigos.

Naturalmente, los hermanos se presentan de vez en cuando en el muro de mensajes y, para mí, una de las mejores cosas acerca de sus visitas es la manera como se involucran los lectores. Mientras se desarrolla la conversación, cualquiera que sea, los Cellies (como se autodenominan los entusiastas miembros del muro de mensajes) meten la cucharada, añadiendo sus comentarios (¡y acciones!). No saben la cantidad de veces que termino riéndome a carcajadas, no sólo por lo que los hermanos están haciendo, sino porque los lectores los siguen muy de cerca.

A continuación he incluido sólo unos cuantos de mis momentos favoritos y no es ninguna sorpresa que Rhage se encuentre en el centro de muchas de estas bromas entre amigos. Tengan en cuenta que, cuando los hermanos visitan el muro de mensajes, lo hacen durante la historia que yo estoy escribiendo en ese momento, de modo que siempre voy por lo menos un libro por delante de donde están los lectores, así que cuando se burlan de V por enamorarse de Jane, el libro que acababa de salir era en realidad *Amante confeso*. Por otra parte, algunas veces se puede ver a los hermanos frente a sus ordenadores, y en ocasiones es posible que las situaciones deriven en acciones concretas. Por último, he sacado los comentarios de los Cellies y he cambiado un poco el contenido para que tenga sentido fuera de contexto, pero ustedes pueden disfrutar de los hilos en todo su esplendor en los muros de mensajes de la Hermandad de la Daga Negra, que se encuentran en *www.jrwardbdb.com/forum/ index.php.*

	# Tiempo libre de Vishous 4 de mayo de 2006
RHAGE	Diez principales cosas que hace Vishous cuando no está combatiendo: 10. Mirar al techo, mientras desea en secreto tener a alguien como Mary. 9. Beber Goose. 8. Pensar para sus adentros: «Joder, si sólo me cruzara con alguien como Mary». 7. Beber más Goose. 6. Liarse un cigarrillo. 5. Garabatear en un papel: Vishous + (espacio en blanco) = Felices para siempre. 4. Arrojarle algo a Butch. 3. Preguntarse si algún día tendrá la suerte de dormir junto a alguien como Mary. 2. Cortarse esa horrorosa perilla que tiene. 1. Rezarle a la Virgen Escribana para que algún día le conceda el amor verdadero. Creo que eso es correcto. Ah, excepto que me faltó decir que se pasa el tiempo gruñendo y mirando mal... ☺
CELLIE 1	Ya veo cómo se quieren los hermanos... No sé, Rhage, he oído cosas sobre... ah... sobre los hábitos de V... ¿No crees que eso puede asustar a muchas mujeres?
RHAGE	Francamente, yo creo que él las hipnotiza. Me refiero a que ¿quién en su sano juicio se prestaría voluntariamente para esa mierda? En especial con un tipo que tiene una jeta tan horrible como la de V... con pelos alrededor de la boca.

WRATH	Ya sabes, las cuchillas de afeitar no son tan caras. Si tiene con qué comprarse todos esos ordenadores, yo creo que podría pagarse una Mach 5. Pero, claro, tal vez necesite algo más fuerte… algo con mayor potencia. Nota para mí: decirle a Wrath que le aumente la paga a V para que se pueda comprar una podadora para quitarse esa cosa de la cara. Bien, ya estoy en línea. No pensé que esto fuera a funcionar. Muy bien, chicos, ¿no deberíais estar dormidos? La Primera Comida es dentro de tres horas. Dejad de putearos e id a dormir un poco. Tenemos una larga noche por delante.
VISHOUS	Con el debido respeto, mi lord, yo no duermo mucho. Ya sabes… Butch me mantiene despierto. Y a mí me gusta mi perilla. Me la dejé crecer hace como un año. Y las hembras no se han quejado.
RHAGE	V, hermano, tú y yo sabemos por qué no se han quejado las hembras. Es por la mordaza. (Mentiras). Y Wrath tiene razón. Tengo que regresar a la cama… Y a MARY Mary… Ay, adoro a mi Mary.

Ᵹɪsʜᴏᴜs	Hablando de mordazas... ¿nunca has tratado de ponerte una, Hollywood?
Ᵹᴜᴛᴄʜ Ꝋ'Nᴇᴀʟ	Y, sí, aunque me revienta decirlo... diviértete con tu hembra, ¿vale? Te veré en la Primera Comida. Para tu información, a V le gusta sacudirla en la...
Ᵹɪsʜᴏᴜs	Lo siento... el mensaje se ha interrumpido porque tenía que darle una patada en el culo.

	Tejedores anónimos 8 de mayo de 2006
RHAGE *(en su habitación, poniendo un mensaje en el muro, en el espacio que le corresponde a V)*	Hola, mi nombre es V («hola, V»). Ya llevo 125 años tejiendo. (*se oyen exclamaciones de asombro*) Pero eso ha empezado a afectar a mis relaciones personales: mis hermanos piensan que soy un afeminado. Ha comenzado a afectar a mi salud: me está saliendo un callo en el índice y encuentro pedazos de hilo entre mis bolsillos y huelo a lana. No me puedo concentrar en el trabajo: siempre me estoy imaginando a todos esos restrictores con suéteres irlandeses y calcetines gruesos. (*se oyen exclamaciones de simpatía*) He venido a buscar una comunidad de gente que, al igual que yo, esté tratando de no tejer. ¿Pueden ayudarme? («¡estamos contigo!») Gracias (*saca un pañuelo rosa bordado a mano*) (*suspiros*) («¡bienvenido, V!»)
VISHOUS *(en la Guarida)*	Ay, por Dios, no... Tú no acabas de poner ese mensaje Y qué título más bonito Joder... tú siempre me tienes que estar puteando, ¿no? Tengo cuatro palabras para ti, hermano
RHAGE	¿Cuatro palabras? Rhage, eres tan sexy Hmmm... Rhage, eres tan inteligente ¡No, espera! ¡Rhage, tienes tanta razón! Eso es, ¿cierto? Vamos, puedes decírmelo...

Vishous	La primera palabra empieza con «L» Usa el cerebro para descubrir las otras tres Desgraciado
Rhage	¿L? Hmmmm... La lana me encanta
Vishous	La Venganza Es Dulce
Rhage	Aaaahhhhhhh Tengo tanto mieeeeedo... ¿Podéis pasarme una manta para que me esconda debajo?
Butch O'Neal	Ummmmmm... ¿Alguien sabe por qué V acaba de salir corriendo de aquí? ¿Con una lata de crema de afeitar en la mano? ¿Y una cara como si alguien acabara de orinarse en su Escalade?
Bella *(en la sala de billar, con un portátil)*	Puta mierda, Butch... V está ardiendo... ¿Qué hizo Rhage?
Butch O'Neal	No importa... ya lo sé. Tejiendo. Otra vez. Joder... V va a tener que ponerle punto final a esa tontada de Rhage. Ja, ja. ¡Mi amigo ni siquiera teje! *sale corriendo hacia el túnel, en dirección hacia la mansión*

PHURY *(en su habitación)*	Hola… V acaba de pasar por aquí. Salió con una cuchilla de afeitar en la mano…
BELLA	¡Phury! ¿Por qué se la diste?
PHURY	Bueno… llevaba un bote de crema de afeitar y dijo que necesitaba afeitar algo… ¿Cómo iba yo a saberlo? Voy tras él… *sale corriendo*
RHAGE	*levanta la mirada del ordenador al ver que V entra en su habitación* ¡Mierda! *se abalanza hacia la ventana* *pero no alcanza a llegar*
MARY LUCE *(en el vestíbulo)*	*corre a las escaleras* ¡VISHOUS! ¡VISHOUS! SI TOCAS A MI HELLREN, TUS CUATRO JUGUETES VAN A TERMINAR EN EL JARDÍN, ¡DEBAJO DE MI COCHE!
MARY LUCE	*abre de par en par la puerta de la habitación* Por Dios Por… Dios
BUTCH O'NEAL	*entra corriendo a la habitación de Rhage y Mary* Joder… Esta noche la Primera Comida va a ser muy divertida. Creo que llevaré una cota de malla… *estremecimiento* *me muero de la risa*

	Los vampiros con una sola ceja son sexys
	8 de mayo de 2006
VISHOUS *(de regreso en la Guarida, colgando un mensaje en el muro, en el espacio de Rhage)*	¡Hola! Mi nombre es Rhage... ☺ Estoy creando una nueva moda para el pelo facial. Tener una sola ceja es GENIAL. Tener una sola ceja es SEXY. Tener una sola ceja es muy INTELECTUAL. ¡Vamos! ¡Seguid mi ejemplo!
RHAGE *(en su habitación)*	1. Me inmovilizó, el desagraciado. Si no, yo habría hecho algo con esa maldita perilla. Y SI DE VERDAD FUERA TAN RUDO, NO HABRÍA TENIDO QUE DARME UN PUÑETAZO EN EL TRASERO. 2. Mi pelo crece MUY rápido. Volveré a la normalidad en un par de días. 3. Aunque me tome el resto del mes... me voy a vengar.
VISHOUS	¡Rhage! ¿Qué te pasó en la ceja? Caramba... ha desaparecido. ¿Acaso te dormiste mientras te estabas afeitando? Oye... déjame preguntarte algo... ¿No sientes la cabeza un poco floja? Ya sabes, ¿como si pesara más de un lado?
RHAGE	Claro... sí... Ríete ahora que estás otra vez en la Guarida. Pero voy a ir por ti, chico. Cuando menos lo esperes, te voy a agarrar. ¿Me estás amenazando, grandullón?

VISHOUS	Ya sabes… podrías perder la otra… Quiero decir que a veces hay accidentes…
	se ríe con tantas ganas que le cuesta trabajo escribir en el teclado
RHAGE	*hace un esfuerzo para mantenerse serio*
	pero no puede y suelta la carcajada
	¡hermano! ¿Cómo pudiste hacerme eso?
	Me refiero a que… vamos. Parezco un extraterrestre.
MARY LUCE (en su habitación)	Hay muchas mujeres en este muro, ¿verdad? Quiero decir que… somos muchas aquí (a diferencia de los HOMBRES, que tienen maneras tan EXTRAÑAS de expresarse)…
	La única cosa que salva a estos dos idiotas de ser unos pesados absolutos es que SIEMPRE terminan riéndose. Quiero decir que no os IMAGINÁIS la cantidad de veces que esto sucede aquí. ¡ESTÁN LOCOS!
	aparta una mano de Rhage de su cintura
	Espera… estoy escribiendo.
	¿Queréis saber lo que hicieron la semana pasada?
	se ríe mientras Rhage le acaricia el cuello con la nariz
	¡Espera!
	¿Queréis saberlo?
	¿Qué te parece ahora, Hollywood?
VISHOUS	¿Quieres desquitarte? ¿Por qué no vienes a la Guarida, hermano, y nos enfrentamos?
	El policía nos puede servir de juez.
RHAGE	Ahora no, V.
	Estoy con Mary y voy a estar… ocupado durante un rato.
	sube por el cuello de Mary hasta sus labios

J. R. **WARD**	¿Ven lo que tengo que soportar en mi cabeza? Ja, ja. Y, sí… Rhage definitivamente… está muy ocu- pado en este momento… Y es hora de que yo también vuelva a Butch.

	La venganza es dulce 20 de septiembre de 2006
RHAGE *(en el baño)*	*se mira al espejo del baño* *mira a Mary* ¿Estás segura de que esto se quedará en su sitio?
MARY LUCE	¿Estás seguro de que *tienes* que hacer esto?
BUTCH **O'NEAL** *(en la coci-* *na de la* *mansión)*	*de pie, al lado del lavaplatos* *haciendo algo en la llave*
RHAGE	*a Mary* Prométeme que esto se quedará en su sitio. *le da un tirón a una peluca negra*
MARY LUCE	Tienes suficientes horquillas ahí como para dis-parar los detectores de metal del aeropuerto. *sacude la cabeza* *golpea en la puerta*
FRITZ *(fuera de la* *habitación* *de Rhage y* *Mary)*	¿Señor? Tengo lo que me pidió.
RHAGE	*aplaude* Perfecto. Que comience la diversión. *besa a Mary* *se pone una bata de seda negra* *corre a la puerta* *la abre* Ahhhhhhhhhhhhhhhhhhhh, sí. ¡Esto era lo que necesitaba!

ℨRITZ	*sosteniendo un equipo de música del tamaño de Chicago* Estamos listos para ir a la Guarida, señor. *sonríe* ¡Es muy divertido!
ℜHAGE	*le pone una mano a Fritz sobre el hombro* ¡Ése es mi chico! *salen al pasillo* *aúlla* ¡VAMOS!
𝔚RATH *(en el estu- dio)*	*oye el aullido* ¡Maldición! *se levanta del escritorio de un salto* *sale corriendo* *frena en seco* ¡AY, MIERDA! *suelta una carcajada*
℘HURY *(en su habi- tación)*	*oye el aullido* *apaga un cigarro de humo rojo* *sale corriendo* *frena en seco* ¡Ay, por Dios! *comienza a reírse al ver a Rhage con una peluca negra que se parece al pelo de V* *grita* ¡OYE, Z!

Zsadist *(en la sala de billar)*	*oye el aullido* *oye que Phury lo llama* *corre hasta la escalera desde la sala de billar* *observa a Rhage, Phury y Wrath que bajan por la escalera* *trata de quedarse serio* *pero no puede* Te ves horrible con el pelo oscuro. Es lo único que voy a decir. Y esa bata. ¿Qué demonios hay debajo? *Rhage le enseña algo* ¡AY, POR DIOS!
Rhage	*grita hacia la cocina* POLICÍA, ¿ESTÁS LISTO?
Butch O'Neal	*sale de la cocina con dos pistolas de agua enormes, cargadas y listas para disparar* *hace una mueca estilo Bruce Willis* ¡Yuuuuupiiiii, desgraciado!
Rhage	*fulmina al policía con la mirada* Ese es mi diálogo, idiota. ¡VAMOS! *se dirige a la puerta escondida que hay debajo de las escaleras, mientras Wrath, Z, Phury y Butch lo siguen*

	En el cuarto de pesas 20 de septiembre de 2006
VISHOUS *(en el cuarto de pesas del centro de entrenamiento)*	*levantando pesas* *oyendo música rap, Biggie Smalls* 12… 13… 14… *aprieta los dientes* *los pectorales se le ponen duros como piedras*
RHAGE	*se detiene fuera del cuarto de pesas* *susurra* ¿Estamos listos?
BUTCH O'NEAL	Sí, pero ¿tenemos la canasta de…?
ZSADIST	Los tenemos. Fritz me los dio.
RHAGE	*abre la puerta del cuarto de pesas* ¡hermano! ¿Cómo estás? *sonríe como un pervertido*
VISHOUS	*pone lentamente la pesa sobre el soporte* ¿Qué…. demonios…?
RHAGE	¡Agarradlo, hermanos! *pone el equipo de música sobre el banco* *y lo enciende a todo volumen* *suena una versión en karaoke de una balada romántica supermelosa, a la cual Rhage le va agregando aquí y allá versos sobre melocotones*
VISHOUS	NOOOOOOOOOOOOOOOOOO
BUTCH O'NEAL	*le arroja las pistolas de agua a Phury y agarra a V del cuello* En honor a tu nueva situación en la vida…

Rhage	*se baja la bata y descubre una camiseta negra sin mangas. En la parte delantera pone: Vishous el poderoso ha caído *da media vuelta con la bata a la altura de las caderas* Mi hembra es mi jefe
Vishous	¡Ay, a la mierda!!!!!! *Zsadist se le acerca y lo calla*
Zsadist	Esto es por tu propio bien. *le aprieta la nariz a V* *cuando V abre la boca* *le mete un maldito melocotón en la boca*
Rhage	*cantando y moviéndose al ritmo de la maldita música* *sacude el trasero* *mueve los hombros y luego señala la parte de atrás de la camiseta* ¿NO ES ESO CIERTO, V????? ¿QUIÉN ES TU MAMÁ?
Vishous	*muerde el puto melocotón* *piensa que ojalá fuera el brazo de Rhage*
Butch O'Neal	¡VAMOS, PHURY!
Phury	*le arroja una de las pistolas a Wrath* *dispara la otra* *varios litros de zumo de melocotón caen sobre V*
Wrath	*agarra la otra pistola de agua* *empapa a V con zumo de melocotón*
Rhage	*sigue cantando* *da media vuelta y deja caer la bata al suelo* *sobre el trasero pone:* TOTALMENTE DOMINADO

Vishous	*comienza a planear la muerte de todos sus hermanos y su compañero de casa* *pero también empieza a reírse a carcajadas*
Rhage	*moviéndose como un idiota* *sacudiendo la polla*
Vishous	*parpadea para quitarse el maldito zumo de melocotón de los ojos* *piensa en su hembra* *piensa, qué carajo, por ella, vale la pena pasar por todo esto*
Rhage	*la música se va apagando* *respira pesadamente por el ejercicio físico* *camina hacia V* Ahora... *toma aire* V... yo sé que a ti te gusta... *toma aire otra vez* dar las órdenes. Frente a toda esta gente... *toma aire* Vas a decir que la amas. Luego quedaremos a mano por lo de Mary. Casi.
Zsadist	*saca el melocotón de la boca de V* Maldición, hermano... hueles a melocotón. *sonríe* Y aunque... me gusta un melocotón. No eres tú.
Vishous	*traga* *toma aire* *se traga la carne de melocotón que se le quedó entre los colmillos* *mira a Rhage con odio*
Rhage	Hazlo.
Vishous	*respira profundo*
Vishous	*siente una punzada de miedo, lo que lo enfurece*
Rhage	¡HAZLO!
Vishous	La amo.

ƲISHOUS	La amo.
ƲISHOUS	La amo.
ƲISHOUS	¡La amo!
ƲISHOUS	¡La amo!!!!!
ƲISHOUS	*toma una bocanada de aire* *grita hasta que se le marcan los músculos del cuello y la voz se le pone ronca* ¡LA AAAAAAAAAMMMMMMMMO-OOOOOOO!
ℜHAGE	Bien hecho, hermano. Suéltalo, Z. *pone una mano sobre el hombro de V* *apoya la frente sobre la de V* Bien hecho y que Dios te bendiga…
ƲISHOUS	Ésta es una batalla que no me importa perder… *agarra el cuello de Rhage* *aprieta*
ℜHAGE	Ahora… no te ofendas… pero necesitas darte una buena ducha. *sonríe mientras se quita la peluca negra*
ƲISHOUS	Ah, y por cierto, puedes quedarte con la camiseta. Y los pantalones. *sacude la cabeza, mientras su hermanos y su compañero de casa salen del cuarto de pesas* *se seca la cara con el brazo* *se lame el brazo* *piensa… Me encantan los putos melocotones* *se dirige a la Guarida*

	Al llegar a la Guarida 20 de septiembre de 2006
Vishous *(en la Guarida)*	*abre la puerta desde el túnel subterráneo* *olisquea el aire…* ¿Qué demonios es esto? Huele como a…
Vishous	*frunce el ceño* *recorre el pasillo hasta su habitación*
Vishous	*atraviesa el umbral y enciende la luz* AY, POR DIOOOOOSSSSSS
Vishous	*queda boquiabierto* *toda la habitación está pintada de color melocotón* *las sábanas son color melocotón* *las alfombras son color melocotón* *las cortinas son color melocotón* *la pantalla de la lámpara es color melocotón*
Vishous	*camina hasta el armario* *abre las puertas de par en par* Ay, santa María, madre de DIOS… *hay camisas color melocotón colgadas de los ganchos* *una chaqueta color melocotón* *botas de combate baratas color melocotón* *una expresión de horror cruza por su cara mientras abre el armario de las armas*
Vishous	*abre el armario de las armas* ¡NOOOOOOOOOOOOO! ¡LAS GLOCKS NO-OOOOOOOOOO!

RHAGE *(en la Guarida)*	*asoma la cabeza por la puerta de la habitación* ¡Oye, esto está genial! Y… V… ¿ese "Amo a mi hembra"? Genial, muy bonito… pero yo te dije que sólo estabas medio perdonado. *sonríe*
VISHOUS	*levanta la mirada de hielo hacia Rhage* ¿Las Glocks también…?
RHAGE	Pintura a base de agua, amigo. No vayas a meter tus pantalones melocotón en un charco. *sonríe todavía más*
VISHOUS	¿Te das cuenta de que esto no se puede quedar así? ¿Que esto sólo abre la puerta a una venganza mayor?
RHAGE	No sólo lo sé… Cuento con ello. *suelta una carcajada* La pelota está en tu campo, hermano. O no, ya veremos. *sale por la puerta, mientras se carcajea* *se detiene y se inclina hacia atrás* Sabes que estoy contento por ti, ¿verdad? Muy contento… sí, ya iba siendo hora. *sacude la cabeza*
RHAGE	Curioso… Yo no soy como tú, no puedo ver el futuro ni nada de esas mierdas. Pero de alguna manera… ahora… estoy seguro de que vas a tener un buen futuro. Hasta más tarde, hermano mío. *************FINIS***************

	Día de San Valentín con la Hermandad de la Daga Negra
	19 de febrero de 2007
J. R. WARD	Bueeeeeeno… Como siempre, estaba equivocada. V va a ser más grande que Butch. A estas alturas, creo que el manuscrito terminado va a tener unas 600 páginas. El de Butch fue como 582 o algo así. *suspiro*
VISHOUS (en el salón de la Guarida)	Acaba con ese policía.
BUTCH O'NEAL (en su habitación de la Guarida)	Más grande no significa mejor, amiguito. Eso le dijo el lápiz al bate de béisbol.
VISHOUS	Tal vez sólo estás gordo. Me refiero a que ahora que estás todo enamorado, te pasas el tiempo comiendo bombones. Oye, ¿no había una gran cantidad de envoltorios de Lindt al lado de tu cama?
BUTCH O'NEAL	Hablando de bombones, ¿por qué no cuentas lo que le regalaste a Marissa por el día de San Valentín?

ᵂₕₒₚₕₒᵤₛ	No cambies el tema. ¿Por qué pelear? Mira, pasarse el día acostado, mirando al techo, comiendo trufas y rezando para que tu hembra llegue pronto a casa no tiene nada de malo. Por supuesto, eso es cierto si eres un perro.
Bᴜᴛᴄʜ O'Nᴇᴀʟ	Oye, ¿acaso tengo que entrar a Mascotas.com para comprar un remedio para las pulgas y una correa nueva? Puedo comprarte una correa rosa, para que haga juego con ese esmalte para uñas que llevas puesto.
Vɪꜱʜᴏᴜꜱ	Tres palabras, idiota. CARTULINA DE COLORES. Dime algo, ¿usaste las tijeras como te dije?
Bᴜᴛᴄʜ O'Nᴇᴀʟ	Dos palabras para ti: CYNDI LAUPER.
Vɪꜱʜᴏᴜꜱ	Es evidente que todo ese pegamento que te comiste se te subió a la cabeza. ¿A Marissa le gustaron todas esas cintas que pegaste? Ah… y estoy hablando de tu cuerpo, no de esa ridícula tarjeta que le hiciste.
Bᴜᴛᴄʜ O'Nᴇᴀʟ	*inclina la cabeza hacia un lado* ¿Cómo dice esa canción? Memememememememe… *canta una canción acerca de los colores verdaderos* *muy desafinado*
Vɪꜱʜᴏᴜꜱ	No tengo idea de qué estás hablando.

ℬUTCH ⊕'NEAL	Ah, ¿de veras? ¿Entonces niegas que eso era lo que estaba sonando ayer en el cuarto de pesas?
𝒱ISHOUS	Por favor. Como si escuchara una mierda como ésa.
ℬUTCH ⊕'NEAL	¿Entonces niegas que ésa era la canción que estaba sonando en el Escalade anoche?
𝒱ISHOUS	No inventes estupideces.
ℬUTCH ⊕'NEAL	¿Entonces niegas que ésa era la canción que estaba saliendo de tu ducha esta mañana?
𝒱ISHOUS	Estás delirando…
ℛHAGE *(en su habitación, desde un portátil)*	¿Sabes?… El otro día lo vi garabateando en un papel, mientras hacía el crucigrama del *New York Times*. Adivina qué estaba escribiendo…
𝒱ISHOUS	Rhage es un idiota deslenguado. Ahí está. Resuelto el misterio.
ℛHAGE	Bueno, había también una parte que decía: Rhage es tan divino, ojalá yo no fuera un gilipollas tan horrible y pudiera ser al menos la mitad de ardiente que él. Pero no estoy de acuerdo. ¿Sabes qué palabras estaba escribiendo?
ℬUTCH ⊕'NEAL	SOY UN IDIOTA. No, espera. ¿DÓNDE ESTÁ JANE? O, incluso mejor. MÁS PAÑUELOS DESECHABLES. Porque llora como una niñita cuando ella no está con él. ☺

Rhage	«COLORES VERDADEROS». Te juro que tiene una fijación con Cyndi Lauper. ¿Sabes qué es lo próximo que va a hacer? Va a tirar todos sus Jay-Z y su Pac y va a llenar la discoteca de Manilow y los Bee Gees. No más G-Unit para V. ¿De ahora en adelante? Sólo escuchará baladas disco.
Vishous	¡Cyndy Lauper no es disco!
Rhage	Ay… no… Ay, demonios, no. No acabas de decir eso. No acabas de defender a CYNDI LAUPER. JAJAJAJAJAJAJAJAJAJAJA
Butch O'Neal	*comienza a llorar* No puedo. No puedo tolerarlo. ¡Cómo caen los poderosos…! ¿V? ¿Adónde vas? ¡Oye! V, mierda…
Vishous *(en la habitación de Butch)*	*levanta un corazón rojo hecho en cartulina de colores, con cintas cuidadosamente pegadas alrededor* *lee una leyenda escrita en cursiva, de esas que sugieren que quien hizo la tarjeta pasó horas tratando de que las palabras se vieran bien* Mi querida Marissa, Ninguna tarjeta comercial le haría justicia A lo que siento por ti. *Ninguna tontería de Hallmark ni ninguna melosa tarjeta electrónica* *Podría sonar siquiera medio sincera.* *Hice esta tarjeta y trabajé mucho,* *Para que fuera digna de este día…* *Y he aquí lo que mi corazón tiene que decir:* *Te amo. Te necesito. Te deseo.*

ᕓISHOUS *(en la habitación de Butch)*	*Siempre seré tuyo.* *Besos, Butch* *mira a su compañero de casa* ¿Y tú me quieres joder con Cyndi Lauper? Por favor, lo próximo que veremos de ti es que estarás escribiendo estribillos para un canal familiar.
ᖇHAGE	¿Tú escribiste eso, policía? ¿De verdad escribiste esa mierda? JAJAJAJAJAJAJAJA
ᕈARY ᴌUCE *(desde el baño)*	Rhage… deja de putearlos o les contaré lo que tú me regalaste el día de San Valentín.
ᖇHAGE	*se calla* *tose* El muro es franja familiar, Mary. Así que no puedes…
ᕓISHOUS	Mary, ¡qué oportuna! Por favor, cuéntanos.
ᗷUTCH ᗝ'ᑎEAL	Sí, esto es FANTÁSTICO. *mira con odio a V* Ahora devuélveme mi maldita tarjeta.
ᕓISHOUS	*la levanta por encima de la cabeza* *sale corriendo por el pasillo* *comienza a dar vueltas alrededor de la mesa de futbolín* No hasta que admitas que este es el PEOR ejemplo de cursilería del mundo. Te juro que escurre azúcar, hermano. Estoy a punto de entrar en un coma diabético.

Vishous	Ahora, Mary, cuéntanos… ¡AY! Vete a la mierda, policía *se masajea el hombro*
Butch O'Neal	*recupera la tarjeta* *se fija que las cintas todavía estén en su sitio* Prefiero escribir mis propias cursilerías que copiar esa mierda de Cyndi Lauper. Ahora, Mary, habla, por favor.
Rhage	Ay… Dios… que alguien me pegue un tiro.
Vishous	Con mucho gusto.
Butch O'Neal	¡Yo primero!
Vishous	Déjame a mí, policía. Porque tú tienes que sostener tu preciosa tarjeta, Casanova. Yo tengo mejor puntería. ¿Mary?
Mary Luce	Bueno, ¿habéis visto esos tubos de crema para decorar tartas que venden en las pastelerías?
Rhage	Mary, por favor…
Wrath *(desde un portátil en el estudio)*	Cállate, Hollywood. Quiero oír esto. De hecho, es un mandato real. No volverás a abrir la boca hasta que ella termine o te ahorco.
Beth Randall *(detrás de él, en el estudio)*	Wrath. ¿Estás seguro de que quieres empezar con esto?

𝕎RATH	*se queda callado* Mierda. Leelan, escucha, sólo porque Mary…
𝔅ETH ℜANDALL	Huy, perfecto. Mary, tú primero. Luego sigo yo.
𝔐ARY 𝔏UCE	JAJA ¡Fabuloso! En todo caso, Rhage le pidió a Fritz que le comprara uno de estos tubos para decorar tartas, luego se acostó desnudo en nuestra cama y se escribió sobre el pecho: EL AMOR DE MARY Luego me pidió que se lo quitara con la lengua.
𝔙ISHOUS	Vaya, ¡qué masculino! Sí. Completamente.
ℜHAGE	Escucha, LAS CHICAS SÓLO QUIEREN DIVERTIRSE, tú tampoco eres ningún ejemplo de testosterona.
𝔙ISHOUS	Pero yo no me escribí semejante cursilería en el trasero.
𝔅UTCH 𝔒'NEAL	AY, POR DIOS, AY, POR DIOS… ¡No puedo dejar de reírme! *se agarra las rodillas con las manos* *mientras se carcajea*
ℜHAGE	Te juro que voy a agarrar esa tarjeta y te la voy a meter por…
𝔐ARY 𝔏UCE	Rhage, no seas grosero. Entonces, Beth, ¿qué hizo Wrath?
𝕎RATH	Nada. Fue una noche como cualquiera…

Beth Randall	¿Una noche como cualquier otra? Entonces, ¿qué me he estado perdiendo? Que yo recuerde, tú nunca antes habías cubierto la cama de pétalos de rosa.
Vishous	*suelta una carcajada* Ay, mierda... dime que no llenaste la cama de pétalos, mi lord. Dime que no lo hiciste.
Rhage	¿Llenó la cama de pétalos? ¡Mieeeeeeeeeeeeeeeeeeeeeeeeeeerda! JAJAJAJAJAJA ¿Y luego qué pasó?
Wrath	Sólo para que lo sepan... las prácticas del linchamiento y el descuartizamiento han caído en desuso. Pero estoy pensando en revivirlas. REALMENTE estoy pensando en volver a imponerlas.
Beth Randall	Encendió una cantidad de velas...
Butch O'Neal	¿De esas lindas velas rosas? Aromatizadas con algo dulce, como lavanda...
Wrath	Cuidado, policía. O te vas a despertar hecho pedazos. Y las velas eran negras.
Vishous	Perfecto.
Wrath	Pero sólo estaban ahí para alumbrar, V. No para tus prácticas extrañas.
Beth Randal	En todo caso, me acostó sobre los pétalos de rosa, se arrodilló junto a la cama y sacó una pequeña cajita roja.

ⅤISHOUS	Dentro de la cual había…
	¿UNA TARJETA HECHA A MANO CON UNA LEYENDA HORRIBLE Y LLENA DE CINTAS POR TODAS PARTES?
BUTCH **O**'NEAL	Vete a la mierda. Lo que había era un CD con los *Éxitos de Cyndi Lauper.*
J. R. **W**ARD	¿Ya puedo volver a trabajar?
ⅤISHOUS	Quieta, Chica. NO.
RHAGE	NO.
BUTCH **O**'NEAL	NO.
WRATH	SÍ. Es una orden.
BETH **R**ANDALL	EN TODO CASO, Wrath está de rodillas con la cajita roja, que, por cierto, tiene el logo de Cartier, en la mano… La abre y…
WRATH	Un par de aretes de rubí. Nada extraordinario. Le dije que la amaba y bla, bla, bla… Muy bien, de regreso al…
BETH **R**ANDALL	Y me dijo que eran unos rubíes especiales y que combinaban perfectamente. Como nuestros corazones.
ⅤISHOUS	No te ofendas, mi lord… pero voy a vomitar. Cuando termine de reírme, claro. JAJA

𝕭UTCH 𝕺'NEAL	¡AY, POR DIOS! ¡Eso es tan DULCE! ¿Y también compraste batas con corazones bordados para los dos? ¿Y calcetines con corazones? ¿Y calzoncillos largos con corazones? Y…
𝖂RATH	¿Sabes qué otra cosa hace juego? Un par de ojos negros.
𝕵. 𝕽. 𝖂ARD	Muy bien, ¡Ya basta! Tengo que regresar con V. ¡YA ES SUFICIENTE!
𝖁ISHOUS	Sí, claro, ahora que salieron a flote los detalles, sí quieres ponerte seria. Bueno… termíname pronto. Dios sabe que ya llevas mucho tiempo, chica. *****************FINIS****************
𝖂RATH	No puedo permitir que V diga la última palabra. Lo siento, pero yo soy el rey y ése es mi privilegio. No le presten atención a V rezongando porque terminen su libro. Está cagado del susto de pensar que su historia salga a la luz. Ya lo conocen, V es tan equilibrado como una carretilla estropeada. HASTA PRONTO.

Así que, sí, definitivamente los hermanos se portan en el muro exactamente igual a como se portan en los libros; hay muchas bromas. Pero no todo es diversión y juegos.

Lassiter, el ángel caído que aparece por primera vez en *Amante consagrado,* hizo su primera aparición en el muro. ¡Fue tan extraño! Como sucede siempre con los hermanos, puedo estar ha-

466

ciendo algo totalmente desligado de ellos y de repente, ¡ZAS! Recibo una descarga. Así fue con Lassiter. Lo tenía en la cabeza desde hacía tiempo, pero sólo veía algunos detalles sobre lo que era. Y de pronto, una noche, estaba respondiendo preguntas…

Dejaré que ustedes lo comprueben con sus propios ojos. Nuevamente, he editado casi la totalidad de los comentarios de los Cellies y he hecho algunos cambios en el contenido para que tenga sentido, pero aquí está la espectacular entrada de Lassiter:

	Hola, viejo amigo
	13 de mayo de 2006
LASSITER *(desde un portátil, ubicado quién sabe dónde)*	Bueno, bueno, bueno… parece que por fin fuiste capaz de asumir tu responsabilidad, vampiro. ¿Te acuerdas de mí?
WRATH *(en su estudio, en la mansión de la Hermandad)*	Pensé que estabas muerto.
LASSITER	¿Eso es todo lo que me vas a decir?
WRATH	Caramba… tienes el pelo TAN distinto.
LASSITER	No me puedes ver, así que ¿cómo sabes cómo tengo el pelo, Rey Ciego?
WRATH	Hay dos cosas sobre los de tu clase que siempre serán ciertas. Y la segunda es que tu pelo nunca cambia. Entonces, ¿dónde estás?
LASSITER	Mierda, parece que descubriste el sentido del humor. ¡Qué suerte para los hermanos! He oído que ahora tienes una reina, vampiro.
WRATH	No has respondido a mi pregunta. ¿Dónde estás?
LASSITER	¿Preocupado, Rey Ciego?

WRATH	¿Te da miedo decírmelo?
LASSITER	*Touché.* Sólo digamos que estoy por ahí.
	Y quería asegurarme de que lo supieras.
WRATH	No te imaginas lo FELIZ que me siento.
VISHOUS *(desde la Guarida)*	Mi lord, estoy a dos segundos de bloquearlo. Sólo dame la orden.
LASSITER	AY, POR DIOS. Mirad quién está por aquí. ¿Cómo están tus tatuajes?
VISHOUS	Púdrete. Ahora. Ya mismo. Hazte un favor y lárgate.
WRATH	Tranquilo, V. Tú ya sabes lo que dicen sobre los enemigos.
VISHOUS	Sí, que es mejor verlos ahorcados.
LASSITER	Vishous, ¿tanta pasión, el frío y hermético Vishous? Supongo que no te has olvidado de mí. Me siento conmovido.
VISHOUS	Quieres conmoverte… Yo me encargo, con gusto…
WRATH	SUFICIENTE. V, tranquilízate. Y, Lassiter, quiero saber qué estás haciendo por aquí. En este preciso momento.
LASSITER	Sólo quería saludar. Y felicitarte por tu coronación.
WRATH	Pues llama a una floristería y mándame unas flores. Pero no me jodas y lárgate de mi muro.
LASSITER	¿Por qué querría hacer eso? ¿Si tú no podrías verlas?

WRATH	No seas tacaño. Lo cual me hace darme cuenta de algo…
VISHOUS	Déjame ir por él, mi lord. POR FAVOR, déjame ir por él.
RHAGE *(desde su habitación)*	AY, POR DIOS, está vivo.
LASSITER	Sí, imagínate. ¿Cómo estás, gran guerrero? Ah… espera, ya me acuerdo cómo son las cosas contigo. ¿A cuántas hembras te has follado esta semana, Rhage?
RHAGE	A una. Sólo a una. Y, por cierto, PÚDRETE. Mierda… esto es muy raro.
WRATH	JAJA Entonces, Lassiter, a juzgar por tu agradable conversación, lo único que se me ocurre es que quieres algo de nosotros. Pero a menos de que sea una puñalada o una pierna rota, no sé si vamos a tener ganas de complacerte.
PHURY *(desde su habitación)*	Dios… No lo soporto.
LASSITER	Lo cual es la razón para que seas célibe, ¿no? Y, Wrath, demonios, vampiro… nosotros siempre peleando. Como perro y gato.
PHURY	¿Cómo está tu hembra? ¿Sigue perdida?
LASSITER	NO HABLES DE ELLA.
PHURY	¿Quieres que te respetemos? Entonces trata de ser un poco más respetuoso primero.

LASSITER	¡NO HABLES DE ELLA!
WRATH	¡Suficiente!
	Ya me he cansado de esta discusión. Phury, V... Rhage. Largo del muro. AHORA.
	Ya sabéis dónde os quiero, así que subid aquí ahora mismo.
	En cuanto a ti, Lassiter...
LASSITER	Mira... Mierda, vampiro, no he venido aquí a armar bronca.
	Bueno, tal vez un poco.
	Y tienes razón. Es posible que necesite algo.
VISHOUS	Como un agujero en la cabeza.
	Para tu información, tengo algo que puede resolver ese problema. Es una Glock nueve...
WRATH	Vishous, ¡he dicho que salgas del muro! No estás ayudando aquí.
LASSITER	Sí, corre, maldito hombre-lámpara...
	Mierda. Lo he vuelto a hacer.
	Mira... Yo sólo quería...
	Tal vez después. Éste no es el momento oportuno. Ni el lugar.
WRATH	Tienes razón.
	En las dos cosas. Ahora, si me disculpas, tengo cosas que hacer con los hermanos.

WRATH	Y sólo quisiera darte un consejo. Que V esté furioso contigo es como ponerte un objetivo del tiro al blanco sobre el pecho y entrar al campo de tiro. Deberías pensar en moverte de donde estás. Porque aunque hayas tratado de ocultar tu IP y pretendas esconderte en Internet, él te encontrará. Y, cuando lo haga, no voy a poder convencerlo de que no vaya a buscarte. Y tal vez tampoco me esfuerce demasiado.
LASSITER	Entendido, vampiro. Entendido. Pero regresaré. Si el Destino lo permite. Hasta pronto, Rey Ciego.

	Sé dónde está Lassiter 13 de mayo de 2006
Vishous *(en la Guarida)*	¿Juegas?
Rhage *(en su habitación)*	Por supuesto.
Vishous	¿Cuándo?
Wrath *(en el estudio)*	Tardaremos aún un rato en llegar...
Vishous	¿Acaso creéis que no sé que todavía estáis cotorreando? Os quiero aquí, ahora mismo. Para empezar, estoy bastante irritado y si tengo que esperaros más de un minuto y medio, voy a romper la pared a puñetazos.
Rhage	Ya voy. Yo también, mi lord.

Claramente, no le prestaron mucha atención a Wrath, sin embargo...

	Orden de los libros 20 de junio de 2006
Cellie 1	Hola. Soy relativamente nuevo en el muro y por lo general me quedo merodeando por ahí. Tenía curiosidad sobre el orden de los libros. Quién va después de Butch, y así. No pude encontrar un enlace sobre eso, así que si ya lo han hablado, mil disculpas.
J. R. Ward	Me ENCANTARÍA escribir los libros de Blay y Qhuinn. DELIIIIIIIII
Lassiter *(escribiendo en un portátil, desde quién sabe dónde)*	¿Y QUÉ HAY DEL MÍO?
Vishous *(en la Guarida)*	Lo siento, ella no se ocupa de los de tu clase.
Lassiter	¿Estás seguro? Tal vez sólo te preocupa que se olvide de ti.
Vishous	Sí, claro. Como eres tan divertido. ¿Cómo está tu coche? Ay… quiero decir tu montaña de latas.
Lassiter	Golpe bajo, vampiro. Pero, claro, era de esperarse viniendo de ti. Siempre acechando. Quemando la casa de alguien. Sí, eso es siniestro.
Vishous	Tenías que saber que iba a ir a buscarte. Supongo que huiste a tiempo.

LASSITER	Oye, Vishous… cuando te miras al espejo, ¿alguna vez te preguntas qué pensaría tu padre de ti ahora?
RHAGE *(en su habitación)*	Vamosssssss, tranquilos. Hora de calmarse, chicos. Lassiter, sal ahora mismo del muro…
VISHOUS	Y cuando tú te miras al espejo, ¿te preguntas dónde estará tu hembra?
LASSITER	Sólo por eso, voy a mandarte un regalito por correo, vampiro.
WRATH *(en su estudio)*	Vishous, Rhage, salid ahora mismo del muro. INMEDIATAMENTE. Lassiter, tengo una noticia para ti, amigo. No estás haciendo muchos amigos por aquí, idiota. Y un tipo como tú… joder, hay mucha gente que quiere ver tu cabeza en una estaca. Y a nosotros nos encantaría montarnos en ese tren. ¿Acaso quieres tener media docena de enemigos? Sólo mantén la boca cerrada.
LASSITER	Sólo quiero un poco de tiempo al aire, Rey Ciego. Sólo estoy buscando tiempo al aire. Y dile a tu chico V que tiene que correr a casa de papaíto… Ay, lo siento. Papaíto está muerto, ¿no es así?
VISHOUS	Te voy a matar. Juro por dios que te voy a…

LASSITER	Lo curioso de los de mi raza es que… somos difíciles de ver, difíciles de encontrar. ¿No se te ha ocurrido que tal vez estoy detrás de ti?
VISHOUS	Me voy. Saluda a tu hermana de mi parte, desgraciado.
LASSITER	Por Dios… Revisa tu correo, vampiro. Hasta pronto.
WRATH	Vishous, ven a la casa principal ahora mismo.
BUTCH O'NEAL *(en la Guarida)*	¿Qué diablos está sucediendo? V se acaba de encerrar en su habitación y… ¡MIERDA!
WRATH	Policía… ¿Policía?
RHAGE	¡Voy para allá!
WRATH	*se oye una cantidad de alarmas* *Wrath sale corriendo del estudio*
ZSADIST *(en la mansión)*	*corre hacia la Guarida*
PHURY	*corre hacia el túnel subterráneo con el resto de los hermanos*
BUTCH O'NEAL	*agarra el extintor de incendios* *abre la puerta de la habitación de V de una patada* *abre la llave del extintor*

℞HAGE	*entra a la Guarida corriendo*
	se dirige a la habitación de V
	agarra lo primero que ve… una manta
	se lanza con la manta y tumba a V al suelo
℘RATH	*se detiene en la puerta de la habitación de V*
	mira toda la escena
	las paredes, el techo y el suelo están completamente calcinados, como si hubiese estallado algo
	ve que Vishous se quita de encima a Rhage
	V da media vuelta y tiene una expresión salvaje en el rostro
	V… V, tranquilízate…
ℬUTCH ℗'NEAL	*apaga el extintor*
	oye un goteo
	siente el olor del humo
	Puta… mierda.
℣ISHOUS	*se restriega la cara con la mano resplandeciente*
	mira a sus hermanos
	de inmediato recupera la compostura, se queda tan calmado que parece un robot
	mira a Rhage de reojo

ᴠɪsʜᴏᴜs	¿Estás bien? Te he dado un buen empujón.
ʀʜᴀɢᴇ	Sí, estoy bien. Yo… ah, sí. *estira un brazo*
ᴠɪsʜᴏᴜs	No me toques. Que nadie se atreva a tocarme. Voy al gimnasio. Voy a ir al gimnasio y luego regresaré y limpiaré toda esta mierda. *sale y se dirige al túnel*
ᴢsᴀᴅɪsᴛ	*observa a V salir* *sin hacer ningún ruido, desaparece dentro del túnel*
ᴠɪsʜᴏᴜs	*se detiene en el túnel* Joder, Z, no necesito una niñera.
ᴢsᴀᴅɪsᴛ	¿ACASO TE PAREZCO UNA PUTA NIÑERA? VOY A HACER UN POCO DE EJERCICIO. ESO NO TIENE NADA QUE VER CONTIGO NI TU TRASERO DE MIERDA.
ᴠɪsʜᴏᴜs	Quiero estar solo.
ᴢsᴀᴅɪsᴛ	CONMIGO ESTÁS SOLO.
ᴠɪsʜᴏᴜs	*levanta las manos* *sigue caminando* *es muy consciente de que Z lo sigue de cerca. Hasta el gimnasio*

	Velocidad de escritura & otras preguntas 10 de julio de 2006
CELLIE 1	WARDen*, estoy asombrado e impresionado por tus habilidades y tu talento. Espero que los hermanos nunca se callen. Con eso lo digo todo.
J. R. WARD	Yo espero lo mismo... Me hace mucha ilusión escribir los nuevos... John y Blaylock y Qhuinn y, sí... los nuevos.
CELLIE 2	Y tus ilusiones nos llenan de ilusiones a nosotros, WARDen... Pero no veo ninguna maldita máquina del tiempo por aquí... ¡Joder!
J. R. WARD	JAJA
CELLIE 3	Y yo me atrevería a agregar ¿a Lassiter?
J. R. WARD	Mmmmmmmmmmmmmmmmmm LASSITER
LASSITER *(desde su portátil, ubicado quién sabe dónde)*	¿Me llamabas?
J. R. WARD	Ay, demonios, no... no vamos a entrar en esto aho...

---

* Aquí hay un juego intraducible entre el apellido de la autora, Ward, y la palabra inglesa *warden,* que significa guardiana, encargada, rectora, directora de todo este proyecto. (*N. del T.*)

LeEbra725 *(Administradora del sitio)*	Ay, esto va a ser bueeeeeeeeeeeeeeeeenoooooooooo *agarra las palomitas de maíz*
Vishous *(desde la Guarida)*	Lo siento, idiota… pero ella está ocupada. ADIÓS.
Lassiter	Ocupada, ¿no? ¿Contigo?
Vishous	Ella siempre está ocupada cuando se trata de ti. ¿Qué te parece eso?
Lassiter	Te voy a hacer quedar como un mentiroso.
Vishous	Buena suerte. ADIÓS.
Lassiter	Ay, creo que me voy a quedar justo aquí. ¿Por qué no te vas tú? Vete, vete lejos…
J. R. Ward	Como dije, no podemos hacer esto ahora. Se me están cerrando los ojos y tengo que…
Vishous	No te ofendas, chica, pero tú no tienes voto en esto. Lassiter, ¿recuerdas la tumba?
Lassiter	Sí, ¿qué hay con ella?
Vishous	Nos encontraremos allí.
Wrath *(en el estudio)*	Hola, V. ¿Me recuerdas? Soy tu hermano. Y tu rey. El desgraciado que te puede dejar en el limbo. Muy bien… bien. Ya tengo tu atención. Ahora, sal inmediatamente del muro. Y ven a mi estudio. YA.

LASSITER	Vishous. Allí estaré. Una hora antes del amanecer.
	Si tienes cojones, aparecerás. Ha sido tu puñetera idea.
WRATH	Lassiter, tú no sabes cuándo retirarte, ¿cierto?
LASSITER	Tengo algo que quieres, vampiro.
	Algo que extrañas.
	Sé amable, idiota.
	Y ¿qué? ¿Acaso tienes miedo de que tu maldito FENÓMENO salga herido?
J. R. **W**ARD	Estoy cansada… ¿me puedo ir a la c…?
WRATH	Yo estaré allí. Una hora antes del amanecer. Sin trampas. Soy perfectamente capaz de matarte si me haces enfadar.
LASSITER	Bueno, bueno, bueno… Una audiencia con el rey… Me pregunto qué ropa debo ponerme.
WRATH	¿En el estado de ánimo en que estoy? Una armadura de cuerpo entero.
	Y hazte un favor. Ven armado. Es posible que sobrevivas más tiempo.
LASSITER	Ya conoces a los de mi especie. Siempre llevamos las armas escondidas y siempre las llevamos con nosotros.
	Una hora antes del amanecer.

LASSITER	Allá estaré, vampiro.
	Ah, postdata, por favor, deja al FENÓMENO en casa.
	Él y yo no nos entendemos muy bien.
	NOS VEMOS.
VISHOUS	Voy contigo, mi lord.
WRATH	Púdrete, V.
	Él es un gilipollas, pero tú también eres parte del problema.
VISHOUS	Entonces llévate a Rhage. Pero necesitas refuerzos.
WRATH	¿PERDÓN?
VISHOUS	Tú sabes de lo que ese idiota es capaz.
WRATH	VEN INMEDIATAMENTE AQUÍ. AHORA.
BETH **R**ANDALL *(desde un portátil en su habita-ción)*	¿Wrath?
WRATH	Ahora no.
BETH **R**ANDALL	Sí, ahora.
WRATH	¿Qué?
BETH **R**ANDALL	Yo sé lo que es ese tipo. Y para encontrarte con él una hora antes del amanecer sin ningún apoyo tendrás que pasar antes sobre mi cadáver.
	Punto.

𝔚RATH	Por Dios, leelan, ¿qué es…?
𝔍. ℜ. 𝔚ARD	¿Ya me puedo ir a acostar? Tengo que levantarme a las seis…
𝔅ETH ℜANDALL	Sobre. Mi. Cadáver. Entonces, ¿quién va a ir contigo?
𝔙ISHOUS	Gracias por hacerlo entrar en razón…
𝔅ETH ℜANDALL	Vishous, tú no te metas en esto. Y no vayas al estudio. ¿Wrath? Estabas a punto de contestarme.
𝔷SADIST	YO LO ACOMPAÑO.
𝔚RATH	Mierda. ¿Z te parece aceptable, leelan?
𝔅ETH ℜANDALL	Perfectamente aceptable, siempre y cuando vaya armado hasta los dientes.
𝔷SADIST	¿DE QUÉ MIERDA HABLAS? ¿ACASO CREES QUE ME VOY A IR CON ZAPATILLAS DE BAILARINA?
𝔚RATH	*comienza a reírse* *se levanta las gafas oscuras hasta la frente y se restriega los ojos* Está bien. A la mierda. Ahora, Beth… ya te he dado lo que querías. ¿Qué tal si tú vienes a mi estudio y me das algo que yo quiera?
𝔅ETH ℜANDALL	¿Qué tal si haces las paces con Vishous y luego vienes a buscarme?

Wrath	¿V?
	Rápido, venga esa mano, hermano.
	¿Todo bien?
Vishous	Bueeeeeeeeenoooooooooo…
Wrath	Tú eres un MALDITO desgraciado.
	¡Vamos!
Vishous	Ruégame.
Beth Randall	Vishous, eso es una actitud mezquina.
	Y esa frase es mía, no tuya.
	No importa, Wrath. Voy para allá.
Wrath	*se levanta del escritorio, con los ojos fijos en las puertas dobles del estudio*
	se quita la camiseta negra
	se quita las botas
	se desabrocha el botón de los pantalones de cuero
Beth Randall	*abre las puertas del estudio*
	Te digo que Vishous a veces puede ser tan…
	VAYA
Wrath	Hola. *tiene los pantalones en la mano*
	los arroja al suelo
	Entonces, leelan… ¿qué tal si cierras esa puerta y le echas la llave?

J. R. WARD	¿AHORA SÍ ME PUEDO IR A DORMIR, POR FAVOR? ESTOY ABSOLUTAMENTE AGOTADA.
J. R. WARD	Buenas noches, Cellies.

	Lassiter 11 de julio de 2006
WRATH *(en el estu- dio, colgan- do un men- saje en el espacio de Lassiter en el muro)*	Llámame cuando recibas esto.

	¿Lassiter? 11 de julio de 2006
WRATH *(en el estu- dio, colgan- do un men- saje en el espacio de WARDen en el muro)*	Vamos, hombre. Llámame.

	No aparece 11 de julio de 2006
WRATH *(en el estudio, colgando un mensaje en el espacio de WARDen en el muro)*	Después de lo que pasó anoche, te debo una, Lassiter. ¿Estás vivo? Vamos, hombre…
VISHOUS *(en el estudio)*	Tal vez sólo nos está puteando.
WRATH	Recibió un tiro en el pecho. Gracias a que se atravesó entre esa bala y yo. No creo que jodernos esté entre su lista de prioridades de este momento. Creo que lo más importante ahora debe ser respirar.
VISHOUS	Puedo encontrarlo esta noche si tengo que hacerlo.
WRATH	Ah, ése sí que es un buen plan.
VISHOUS	Soy el mejor médico del grupo.
WRATH	(Después de una larga pausa). Vas y lo curas si está vivo. Si está muerto, lo incineras. Lo último que necesitamos es un cadáver como ése andando por ahí. Y ¿sabes qué? Mi mejor amigo Zsadist va a ir contigo, sólo para asegurarnos que no te entusiasmas mucho y decides acabar con él.
ZSADIST	CONTAD CONMIGO.
VISHOUS	Es un trato. Salimos al anochecer.

En mitad de la puta nada
12 de julio de 2006

ƉISHOUS	*se materializa frente a una granja bastante deteriorada* ¿Cómo demonios hace para conectarse a Internet desde aquí?
ƵSADIST	*entorna los ojos* *aguza el oído* ESTE SILENCIO ME ESTÁ PONIENDO MUY NERVIOSO, HERMANO
J. R. ƜARD	La granja es una estructura de un solo piso, que data de comienzos de siglo. Rodeada de maleza, árboles y zarzas, está toda cubierta de verde, pero no parece un lugar muy feliz. Las viñas que la circundan son de aquellas que cortan la luz del sol durante el día y filtran la de la luna por las noches, pero creando un ambiente inquietante. Hay una puerta principal, dos ventanas y un porche no muy alto. No hay ningún coche. El garaje se está cayendo. El sendero que lleva hasta la casa desde la carretera está lleno de ramas que han derribado las tormentas.
ƉISHOUS	Entremos. ¿Tienes tu pistola en la mano?
ƵSADIST	NO, TENGO LA POLLA EN LA MANO ¿QUÉ DIABLOS ESTÁS PENSANDO?

ƱISHOUS	Rodearía el lugar de mhis, pero así él se daría cuenta de inmediato de que estamos aquí.
	Vamos.
	V se acerca a la casa, moviéndose sigilosamente por la hierba que todavía está húmeda debido a la lluvia. El aire huele a pino, a tierra y a… algo más
ƵSADIST	*sacude la cabeza al oír que la puerta chirría al abrirse*
	mantiene el cañón de su SIG Sauer frente a él
	ESPERA ¿QUÉ DEMONIOS ES ESO…?
ƱISHOUS	No, está bien. Huelen así cuando están sangrando.
	llama
	¿Lassiter? Oye, imbécil, ¿todavía respiras?
ƵSADIST	HUELE COMO A…
	¿QUÉ DEMONIOS ES ESO QUE HAY EN EL SUELO?
ƱISHOUS	Su sangre es plateada… no la toques.
	¿Lassiter?
	se adentra en la casa. No hay muebles y hace frío, a pesar de que, fuera, la noche está calurosa. Tampoco se ve comida
ƵSADIST	PARECE QUE TIENE EL MISMO DECORADOR QUE YO

VISHOUS	*se detiene* *mira por encima del hombro*
	¿Y desde cuándo tienes sentido del humor?
ZSADIST	TE DIRÍA QUE DEJES EN PAZ A MI POLLA, PERO YA HE USADO ESA FRASE
	ASÍ QUE USARÉ UN CLÁSICO
VISHOUS	¿Vete a la mierda?
ZSADIST	PÚDRETE.
	Y ¿QUÉ TAL SI VOLVEMOS A CONCENTRARNOS EN EL JUEGO…?
	AY
VISHOUS	Ay… Caramba.
	ve un computador portátil de última generación *al lado del cual hay un charco de sangre color plata*
	V observa la habitación vacía y luego se vuelve hacia el portátil
	Z se dirige a la ventana e inspecciona los alrededores
HEMBRA	*¿Han venido a terminar su trabajo? ¿O a salvarlo?*
VISHOUS	*gira sobre los talones, listo para disparar*
	parpadea, asombrado

ƵSADIST	*adopta la posición de combate*
	lanza una maldición
	AY, MIERDA
ƲISHOUS	*sin bajar el arma, aunque sabe que un arma no le haría nada a lo que está viendo*
	A salvarlo. ¿Dónde está?
ℌEMBRA	*No lo sé. Vine porque... bueno, sabía que debía de estar herido.*
ƲISHOUS	Según parece, Lassiter tiene amigos en lugares inesperados.
ℌEMBRA	*Yo podría decir lo mismo, vampiro.*
	¿Cómo lo hirieron?
ƲISHOUS	Por una razón absolutamente desconocida, recibió una bala que iba dirigida a nuestro rey. Restrictores.
ℌEMBRA	*Lassiter no carece de un cierto código de honor. Y tiene la inclinación de salvar a los justos.*
ƵSADIST	Ah, sí. Correcto. Lo agregaré a mi lista de regalos de Navidad.
	Debes saber adónde pudo haber ido.
ℌEMBRA	*No lo sé. A juzgar por la cantidad de sangre que ha perdido... y el hecho de que hoy estaba nublado... No debe de estar lejos. Necesita el sol para sobrevivir, en especial si está herido.*

ℨsadist	LA ÚNICA RAZÓN POR LA CUAL SE MUE-VE ALGUIEN QUE ESTÁ HERIDO ES POR-QUE TIENE QUE HACERLO. ALGUIEN LO DEBE DE ESTAR PERSI-GUIENDO Y ÉL ES LO SUFICIENTEMENTE INTELI-GENTE PARA CUBRIR SU RASTRO NO LO ENCONTRAREMOS
𝔙ishous	Sí, se está escondiendo. *baja el arma y se dirige a la mujer* Encuéntralo y dile que hemos venido. No sopor-to a Lassiter… pero respetamos nuestras deudas de honor. *entorna los ojos* A pesar de lo doloroso que re-sulta a veces.
ℌembra	*Rezad para que el cielo esté despejado mañana. Y no sé si lo volveré a ver. Si lo hago, se lo diré.*
𝔙ishous	*observa a la hembra cuando se marcha* *respira profundo* Agarra el portátil, hermano. Yo estoy al límite con las armas y el maletín de primeros auxilios.

ƵSADIST	*agarra el portátil* *en el proceso, mueve el ratón y quita el protector de pantalla*
	ESPERA
	¿QUÉ DICE AQUÍ?
	se vuelve a mirar a V
ƱISHOUS	*frunce el ceño* *se inclina sobre la pantalla*
	¡PUTA MIERDA! ¡SUELTA ESO Y CORRE!
ƵSADIST	*suelta el ordenador*
	sale corriendo de la granja a toda velocidad, detrás de V...

	Estoy esperando a... ¿V? ¿Z? 12 de julio de 2006
Wrath *(en el estudio)*	¿Qué pasa? ¿Qué ha sucedido?
Wrath	¿Vishous? ¿Z?
Phury *(en el estudio)*	Estoy llamándolos a los dos móviles en este momento. Pero ninguno contesta.
Phury	Responde... Responded, maldición.
Rhage *(en el estudio)*	Vamos a esas coordenadas. A la mierda. *se dirige a la puerta del estudio*
Vishous	*contesta el teléfono* *oye la voz de Phury* ¿QUÉ? NO PUEDO OÍR NADA. *levanta la vista cuando Rhage se materializa frente a él* Ay, no me mires así. Aterricé en el lodo. Vamos, Hollywood... ¡NO, NO ME ABRACES!

ꝐHURY	*le reza mentalmente una plegaria a la Virgen Escribana para darle las gracias*
	Z, ¿estás bien?
ꝢSADIST *(desde el teléfono de V)*	SÍ
	TODA LA CASA VOLÓ POR LOS AIRES
	ME SIENTO COMO SI ME HUBIESEN DADO UN GOLPE EN LA CABEZA
ꝠRATH	¿Vosotros erais el objetivo?
ꝢISHOUS	¿Cómo saberlo?
	Debimos cruzarnos con él. Tal vez sabía que iríamos al anochecer. Tenía acceso a un ordenador, así que puede haberlo leído en el maldito muro.
	Tal vez pensó que venía a matarlo.
ꝢSADIST	O TIENE OTROS ENEMIGOS QUE VIENEN CUANDO OSCURECE
	¿POR QUÉ DEMONIOS PENSARÍA QUE VENDRÍAMOS A MATARLO DESPUÉS DE LO QUE ÉL HIZO ANOCHE?
ꝢISHOUS	Porque él y yo no somos exactamente muy amigos, ¿sabes?
	Mira, no sé dónde está. Pero sin duda no va a volver a este sitio.
ꝠRATH	Genial. Maravilloso. De putísima madre.
	Nos sentamos. A esperar. A ver si nos busca.

WRATH	*entorna los ojos*
	V… ¿qué es lo que no me estás diciendo?
VISHOUS	Nos encontramos con una amiga de Lassiter.
	Una ********Editado por la administrado-ra********
WRATH	¿De veras?
	Vaya sorpresa.
	Extraña combinación. Bueno, como he dicho. Nos sentamos. A esperar.
	Y entretanto, la noche os espera, chicos. Tenéis trabajo que hacer.
WRATH	*se recuesta contra su silla de mariquita y pone las botas sobre el frágil escritorio*
	cruza los brazos
	susurra Mierda. Ahora sé cómo voy a pasar el resto de la noche.
	se pone de pie *sale del estudio con cara de irritación*
	*************FINIS***************

	¿Qué estás haciendo? 18 de julio de 2006
BUTCH O'NEAL *(en la Guarida)*	Oye, V. ¿Qué demonios estás haciendo?
VISHOUS *(en la Guarida)*	Nada.
BUTCH O'NEAL	Entonces, ¿por qué estás guardando todas esas cosas? Y ¿qué pasa con...?
VISHOUS	NADA. Cierra la boca, policía, antes de que...
WRATH *(en el estudio)*	¿Qué pasa, chicos? No me gusta cómo suena eso.
VISHOUS	Está todo bien. Nada...
BUTCH O'NEAL	Está guardando suministros de primeros auxilios. Y... mierda, ¿un paquete de azúcar?
WRATH	Por Dios. ¿Cuándo ha contactado Lassiter contigo? ¿Y por qué diablos no me lo dijiste?
VISHOUS	Me ha llamado hoy. E iba a decírtelo antes de salir.

WRATH	No puedo seguir en el muro.
	No puedo seguir con esto ahora.
	se desconecta
VISHOUS	¿Wrath? Vamos, Wrath…
	Mierda.
	Policía, quédate en la Guarida. Regresaré…

	# V está en serios líos con el rey 18 de julio de 2006
VISHOUS *(en la mansión)*	*sube las escaleras corriendo* *golpea en las puertas del estudio* ¿Wrath? ¿hermano?
WRATH *(en el estudio)*	*se restriega los ojos por debajo de las gafas oscuras* *lanza una maldición y reprime el impulso infantil de agarrar su horroroso escritorio y estrellarlo contra la chimenea* *grita* V, si entras, lo haces por tu cuenta y riesgo. Lo único que quiero es matarte.
VISHOUS	*abre la puerta* *ve a Wrath sentado detrás de su pequeño escritorio, vestido con una camiseta negra y pantalones de cuero. Tiene el pelo muy largo y le cae sobre los hombros* Oye, hermano, de verdad, yo no iba a...
WRATH	No vayas a decir que no te ibas a ir solo...
VISHOUS	VAMOS. Tranquilo. No me llames mentiroso.

WRATH	*se levanta lentamente del escritorio* Entonces no me tomes por estúpido. ¿Acaso hablaste con Z? ¿O con Phury? ¿A quién ibas a llevar para que te apoyara? Te apuesto tus pelotas a que ninguno de ellos sabía en qué andabas. ¿O sí? *¿O sí lo sabían, Vishous?*
VISHOUS	*analiza la postura de Wrath y se da cuenta de que están a punto de comenzar una pelea* *da media vuelta* *se aleja un poco* *saca un cigarro liado* *lo enciende y le da una calada*
WRATH	¿Ibas a matarlo? ¿En completo secreto? Y trata de ser sincero. Podrías intentarlo por una vez, para variar.
VISHOUS	*estira un brazo desde el hombro* *le apunta a Wrath con el cigarro* Púdrete.
VISHOUS	*se da cuenta de lo que le acaba de decir al rey* Lo siento.
WRATH	Olvídate de la disculpa. Puedo soportarlo. Respóndeme a la pregunta.
VISHOUS	Si lo fuera a matar, ¿para qué llevaría un maletín de primeros auxilios?

WRATH	¿Sabes? Quisiera matarte yo mismo. Y tu actitud no está ayudando mucho.
	¿Quién era tu refuerzo?
VISHOUS	*le da una calada al cigarro* *se abre la chaqueta de cuero y enseña la culata de una Glock*
	El Capitán Nueve Milímetros...
WRATH	*estrella el puño contra el escritorio*
	¿ACASO CREES QUE ESTO ES UNA BROMA?
VISHOUS	*se queda mirando a Wrath con furia y frustración*
	le da otra calada al cigarro
	se lleva la mano enguantada a la boca y agarra el guante con los colmillos para quitárselo
	moviéndose lentamente, lleva la punta encendida del cigarro hacia la palma resplandeciente de su mano
	salen llamas y el cigarro queda convertido en cenizas de inmediato
	Puedo defenderme solo. No quería que nadie más saliera herido, y aquí tenemos demasiados héroes.
	Él está herido. Se está muriendo. Y lo están persiguiendo. Iba a curarlo y luego me alejaría de él.
	Eso es todo.

WRATH	*se vuelve a sentar lentamente*
	silencio
VISHOUS	Vamos, mi lord. Créeme, maldita sea.
WRATH	Confianza, V. La clave es la confianza.
	Debiste decírmelo. Si terminas muerto esta noche, ¿cómo habríamos sabido qué había ocurrido?
	Entiendo las razones. Pero no nos hagas favores, ¿quieres?
VISHOUS	*se inclina y recoge el guante* *se lo vuelve a poner en la mano*
	Entonces puedo ir, perfecto.
WRATH	*no puede evitar sonreír*
	¿Sabes? Eso sonaría mucho mejor si fuera una pregunta, imbécil.
	Sí. Ve. Al anochecer… que es en ¿cuánto tiempo?
VISHOUS	Quince minutos. Saldré en quince minutos.

	Pequeña excursión **por los putos bosques** 18 de julio de 2006
ƱISHOUS	*sale de la mansión* *observa el cielo* *hace una mueca y parpadea* *revisa su Glock* *se desmaterializa hacia el norte*
ƱISHOUS	*toma forma a un lado de la salida 13 de la carretera del norte, en la I-87, en Saratoga Springs* *de pie en la cuneta, oye el motor de un coche que pasa por su lado y observa los faros que relumbran y desaparecen* *observa un bosque pequeño a mano derecha* *atraviesa el césped hasta internarse entre los árboles* *siente el olor de la tierra húmeda y una calurosa noche de verano*
ƱISHOUS	*ve unos árboles de tronco delgado, cuyas hojas impiden ver el cielo* *dice en voz baja* Oye, idiota, llegó la ambulancia. *extiende la mano brillante*

ꝞISHOUS	*encuentra el centro de su pecho y siente los latidos de su corazón* *unos latidos brotan de su mano hacia las palpitaciones dentro de sus costillas y se extienden por todo el paisaje* Vamos, sinvergüenza… levanta tu mhis, grandullón. Déjame encontrarte.
ꝞISHOUS	*de repente, el paisaje se vuelve un plano blanco, del cual desaparecen los árboles, la hierba y todo* *Lassiter aparece acostado en el suelo, a unos cincuenta metros de donde se encuentra V*
ꝞISHOUS	*comienza a correr, a medida que el paisaje se transforma* *baja el ritmo* Ay, mierda. Enemigo mío…
J. R. ꝠARD	Lassiter yace sobre la tierra, de costado, rodeado por una cantidad de sangre de color plata que forma una especie de pozo de mercurio. Su pelo negro y rubio está oscurecido y opaco. Y la piel dorada tiene ahora el color de una paloma. Los bosques huelen a flores frescas. Es el aroma de la muerte de Lassiter, la dulce saturación del alma que se aleja del cuerpo inservible. El sol no lo salvó. Y mantuvo atrapada la ayuda que necesitaba en una lejana mansión de piedra fría.

$\mathfrak{V}$ISHOUS	*se arrodilla*
	se quita la mochila con los primeros auxilios
	¿Sabes algo, estúpido?
	La muerte me molesta.
$\mathfrak{V}$ISHOUS	*empuja a Lassiter hasta ponerlo de espaldas contra el suelo y examina sus heridas*
	Sí, ese restrictor te dio donde tocaba.
	Pero tú estás en *Buenos días, Vietnam*, idiota.
	levanta la mano y la pone sobre el centro del pecho de Lassiter
	A despertarse…
$\mathfrak{V}$ISHOUS	*SE PRODUCE UNA EXPLOSIÓN DE LUZ BRILLANTE*
$\mathfrak{L}$ASSITER	*TOMA AIRE CON DESESPERACIÓN*
	EL PECHO SE LEVANTA DEL SUELO
$\mathfrak{V}$ISHOUS	*se va para atrás y cae sobre el trasero*
	¿Qué tal este reloj despertador?
$\mathfrak{L}$ASSITER	*boquea, tratando de tomar aire*
	boquea
	boquea
	boquea
	boquea

VISHOUS	*se estira para agarrar el maletín de primeros auxilios*
	Muy bien, ¿ya estás conmigo? Voy a entrar para ver cómo está esa herida en el pecho.
	Mueve la cabeza si puedes oírme y me entiendes.
LASSITER	*boquea*
	boquea
	mueve la cabeza
VISHOUS	*entre dientes* Mierda, chico dorado, hueles como un marica cuando te mueres, ¿sabías eso?
	su visión nocturna muestra una herida de bala en el pecho con entrada por el pulmón izquierdo
LASSITER	*boquea*
	levanta lentamente la mano
	levanta el dedo medio
	boquea
VISHOUS	*suelta una carcajada*
	Muy bien, Ricitos de oro, ya he visto la bala. Voy a sacarla y luego vas a tener que entrar en trance y hacerte una de tus sanaciones. Luego te coseré.
	La puta bala probablemente tiene una mezcla de níquel y plomo y por eso te jodió, ¿cierto?
LASSITER	*boquea*
	dice con voz ronca No la pude sacar

ᚡISHOUS	Sí, es difícil operarse uno mismo. *toma unas pinzas*
	Esto va a doler como una…
ᛚASSITER	MIERDA
ᚡISHOUS	*sin dejar de trabajar*
	Mientras Lassiter se revuelca en el suelo
ᚡISHOUS	La tengo.
	Muy bien, ahora haz lo tuyo.
ᛚASSITER	*********EDITADO POR LA ADMINISTRA-DORA*******
ᚡISHOUS	*recostado a lo lejos, con el brazo sobre los ojos*
	crea un escudo para bloquear la fuerza
ᚡISHOUS	*deja caer el brazo*
	ve un resplandor dorado delante de él
	¿Sabes? Considerando todo lo que ha pasado, es increíble que no nos entendamos mejor.
ᛚASSITER	*respira profundo y se mira el pecho*
	mira de reojo a Vishous
	Qué ironía, ¿no?

ᕟISHOUS	Sí…
	En todo caso, ¿quieres que te cosa esa herida? O planeas andar por ahí con ese horrible hueco en el pecho.
	No te ofendas, pero pareces un personaje maquillado por Rick Baker. Todo un *Hombre-lobo en Londres,* mierda.
ᒪASSITER	Cóseme.
ᕟISHOUS	*sonríe* Nunca había estado tan contento de empuñar una aguja.
	Ni siquiera cuando hago tatuajes.
	cierra la herida con una serie de puntos precisos: hilo negro sobre la piel dorada
	Lassiter ni siquiera se queja, sólo observa a V
ᕟISHOUS	*corta el hilo con los dientes* *guarda la aguja en el maletín de primeros auxilios.
	se sienta sobre los talones
	silencio
ᒪASSITER	*extiende una mano*
ᕟISHOUS	*la mira*
	acepta la invitación y sus palmas se tocan fugazmente
	V se pone de pie *se cuelga la mochila con el maletín de primeros auxilios*
	No tienes que decirlo.

LASSITER	El honor me obliga.
	El círculo se cerrará. Algún día.
VISHOUS	*inclina la cabeza*
	mira el cielo
	Sí, bueno, en palabras de mi compañero de casa, todavía no somos pareja.
	Les contaré a los demás que estás vivo.
	Hasta pronto…
LASSITER	Tú conoces el futuro.
	Así que sabes el cuándo, el dónde y el porqué.
VISHOUS	Ese programa no está funcionando muy bien por el momento.
	Supongo que te creo.
	mira a Lassiter
	Sí, es una gran ironía. Eso es lo que es.
	Ya sabes dónde encontrarme.
	HASTA PRONTO
	***********FINIS****************

Lassiter y V definitivamente comparten mucha historia y el ángel caído tiene muchos enemigos. Pero Lassiter devuelve a Tohr al seno de sus amigos, después de haber recibido un tiro para salvar a Wrath, así que hay muchos lazos que lo vinculan con la Hermandad. Verlo con los hermanos en los próximos dos libros (y en los muros, si decide aparecer) va a ser muy divertido, ¡lo prometo!

La mayoría de las veces, los hermanos aparecen en los muros de manera totalmente inesperada. Yo soy la única que está con ellos y por lo general no tengo idea de quién va a salir o qué va a suceder, o cuándo querrán ser escuchados. Sin embargo, en unos pocos casos he sabido lo que iba a ocurrir. La historia de V yendo a buscar a Lassiter para salvarlo, por ejemplo, era algo que yo sabía y, en consecuencia, avisé a los Cellies de que algo iba a suceder esa noche.

La que sigue a continuación es otra de esas ocasiones en que he estado consciente de toda la historia. Publiqué una invitación y dije que los hermanos iban a estar en el muro, pero lo que no dije era que se trataba de la ceremonia de apareamiento de Phury y Cormia. Acababa de terminar ese libro y lo había enviado a mi editora, y quería que todo el mundo participara de su felicidad.

Lo que sucedió, sin embargo, fue absolutamente increíble. Hubo tanta gente mandando mensajes y tanta gente entrando al muro que bloqueamos el servidor. Lo cual fue traumático, pero también genial. Por fortuna, todo el mundo se quedó con nosotros, arreglamos el problema y el resultado... es lo que más me gusta del muro de mensajes. Hasta hoy, la Ceremonia, que está en el foro Brother Interaction Thread Forum, tiene más de doscientas cincuenta mil visitas. Cuando cerramos el hilo [no sé lo que quiere decir], hubo más de setenta páginas de mensajes y, como pueden ver, el grupo estaba feliz, brindando por la unión de un macho y una mujer dignos y valiosos.

Sí, este es el hilo que más me gusta de los más de cinco mil quinientos que hemos creado. Me encanta la comunidad de lectores que forman parte del muro de la Hermandad de la Daga Negra y, si leen la versión sin editar de la Ceremonia, verán lo geniales que son.

Y, ahora, sin agregar nada más, los dejo con Phury y Cormia...

	El vestíbulo 20 de enero de 2008
FRITZ	*entra con una bandeja de plata llena de sal y una jarra de agua* *los pone sobre una mesita baja* *enciende una gran cantidad de velas negras* *se marcha*
WRATH	*mira a su alrededor* *hace un gesto de asentimiento* *toma la corona* *se la pone sobre la cabeza*
RHAGE	Es el regreso de un hermano… ¿No? *revisa las dagas que lleva en el pecho*

	En la habitación de Phury
	20 de enero de 2008
ZSADIST	*llama a la puerta*
	Oye, ¿hermano mío?
PHURY	*se arregla la túnica de satén blanco*
	carraspea
	Sí… estoy…
	Entra.
ZSADIST	*abre la puerta*
	Ay, mierda. ¡Mírate!
	Ya estás listo. Absolutamente listo.
PHURY	*se ríe*
	¿Sabes? Creo que sí estoy listo.
	se cepilla el pelo
ZSADIST	Creo que debería darte un consejo o alguna mierda así.
	Pero no se me ocurre nada que decirte.
PHURY	Estás aquí. Eso es lo único que importa.
	Oye… ¿tú pensaste en ellos?
	Ya sabes, cuando Bella y tú…

ℨSADIST	¿Te refieres a nuestros padres? Pienso más en ellos después del nacimiento de Nalla. Me refiero a que, para este tipo de cosas, lo más importante fue estar contigo y con los hermanos. La familia es la gente de la que te rodeas. Y, escucha, si quieres un porro, es normal.
ℙHURY	Sí... aunque no voy a encender ninguno, de todas maneras. *se echa un último vistazo en el espejo que hay sobre la cómoda* *sus ojos se cruzan con los de Z* *sonríe* ¿Quién lo habría pensado, eh?
ℨSADIST	Hasta que conocí a Bella, nunca lo habría creído. Vamos, hermano mío, vamos para que quedes bien casado y para siempre. *abre la puerta* Ah, y postdata, si sientes el estómago como un globo, eso también es normal.

PHURY	*sale al pasillo*
	*agarra a *Boo**
	De hecho, me siento bien. Estoy perfecto.
	Vamos, hagámoslo de una vez.
	comienza a caminar por el corredor y se detiene al comienzo de las escaleras
	ve a la Hermandad reunida abajo con sus she-llans, vestidas con trajes rojo, azul, plata, melo-cotón y negro
	Mierda, era mentira lo de mi estómago.

	La fiesta
	20 de enero de 2008
FRITZ *(en el vestíbulo)*	*organiza a los doggen y les entrega distintas bandejas* *llena de vodka la escultura de hielo* *pone la decoración de la bandeja con los crepes de espinacas* *enciende la fuente de chocolate* *se prepara para recibir a los invitados*
WRATH	Bieeeeeeeeeeeeeen. El vestíbulo está listo. *busca a Beth* Vamos, leelan, danos un beso.
FRITZ	*a las Cellies* Buenas noches, señoritas, por favor tengan la bondad de servirse: coman, beban y disfruten.
BETH RANDALL	*abraza a Wrath* ¿Te acuerdas de la nuestra?
WRATH	Siempre. *besa a Beth*
FRITZ	*se asegura de que los doggen estén repartiendo bebidas* *se preocupa de que todo esté perfecto*

	La ceremonía 20 de enero de 2008
𝔚RATH	*levanta la mirada y ve a Phury en lo alto de las magníficas escaleras de la mansión* Por fin. *hace un guiño* *grita* ¿Empezamos? *mira hacia la biblioteca* *estira una mano* ¿Cormia?
ℭORMIA	*sale de la biblioteca con una túnica dorada de cintura alta y una capa cubierta de perlas* *el pelo le cae por la espalda en una cascada de ondas rubias* *está descalza* *levanta la mirada y ve a Phury en lo alto de las escaleras, mientras que la llama de cientos de velas negras iluminan su orgulloso rostro y sus brillantes ojos del color de los cuarzos citrinos* *se lleva una mano a la boca* *parpadea rápidamente, al tiempo que Zsadist comienza a cantar el aria «Che gelida manina» de *La Bohème* de Puccini. *le dice a Phury «TE AMO» modulando las palabras con los labios.
𝔉RITZ	*les pasa a las Cellies una bandeja con pañuelos de lino, bordados con las iniciales de Phury y Cormia, y la fecha*

ᵱʜᴜʀʏ	*ve que Cormia sale y se coloca al lado de Wrath*
	oye la voz de tenor de su gemelo llenando la mansión de la Hermandad
	piensa que, en ese momento, la vida es como un cristal puesto contra la llama de una vela y refleja un infinito espectro de colores hermosos sobre los ojos y los corazones de todos los reunidos allí
	ve cuando ella le dice TE AMO modulándolo con los labios
	le dice YO TE AMO MÁS, también modulándolo con los labios
	se desmaterializa hasta el vestíbulo porque no puede esperar un minuto más para estar junto a ella
ʟᴀ ᵱɪʀɢᴇɴ ᴇꜱᴄʀɪʙᴀɴᴀ	*se acerca envuelta en su manto negro*
	se dirige a Cormia
	Este macho pide que lo aceptes como tu hellren, hija mía. Si demuestra que es digno, ¿lo aceptarías?
ᴄᴏʀᴍɪᴀ	*mira a Phury a los ojos*
	se inclina ante la Virgen Escribana
	Sí, sí, lo acepto.

ꟊ︎RITZ	*entrega más pañuelos a los doggen y frasquitos con sales de olor por si alguien se desmaya*
	se seca los ojos
	está muy feliz
	le hace un gesto de asentimiento a Cormia
ⱢA Ʋᴵʀɢᴇɴ ᴱꜱᴄʀɪʙᴀɴᴀ	*se dirige a Phury*
	Guerrero, esta hembra está dispuesta a considerar tu propuesta. ¿Le demostrarás que eres digno de ella? ¿Te sacrificarás por ella? ¿La defenderás contra aquellos que busquen hacerle daño?
ꟼʜᴜʀʏ	*inclina la cabeza con solemnidad frente a la Virgen Escribana*
	desea poder besar ya mismo a su shellan Cormia
	Lo haré.
ⱢA Ʋᴵʀɢᴇɴ ᴱꜱᴄʀɪʙᴀɴᴀ	*se dirige a Phury y a Cormia*
	Dadme las manos, hijos míos.
	toma las dos manos
	sonríe debajo del manto
	Ésta es una buena unión. Declaro que acepto esta presentación.
	se oye un murmullo de exclamaciones de alegría que sale del grupo conformado por los hermanos y sus shellans
	Nalla aplaude desde los brazos de su madre

𝔉RITZ	*toma la bandeja de plata que contiene la sal y una jarra de agua y se las lleva al Rey*
	se inclina y entrega la bandeja y la jarra
𝔚RATH	Gracias, Fritz.
	Y ahora, ¿tienen los hermanos la bondad de acercarse?
𝔓HURY	*besa a Cormia*
	se detiene un momento para observar sus ojos
	da un paso hacia atrás y se quita el manto blanco, de manera que sólo queda vestido con sus pantalones de seda
	se acerca a sus hermanos y a su rey
	se arrodilla frente a Wrath, al tiempo que se quita el pelo de la espalda para dejarla expuesta
𝔉RITZ	*toma una caja negra de madera lacada*
	se la lleva al Rey y se la entrega al tiempo que hace una venia
	una lágrima cae sobre sus zapatos relucientes
𝔚RATH	*acepta la caja*
	echa el agua de la jarra sobre la bandeja con la sal
	se queda de pie frente a Phury
	hermano mío, ¿cuál es el nombre de tu shellan?
𝔓HURY	Se llama Cormia.

WRATH	*desenfunda la daga*
	da un paso adelante
	graba una C en caracteres antiguos
ZSADIST	*desenfunda la daga
	da un paso adelante
	¿Cuál es el nombre de tu shellan, gemelo mío?
PHURY	Se llama Cormia.
	vuelve a prepararse
	soporta el dolor con valor y fortaleza, sintiendo el amor por todo el cuerpo
ZSADIST	*se inclina sobre la espalda de Phury*
	graba una O en caracteres antiguos
	mira hacia donde están Bella y Nalla y siente el amor que les tiene a sus hembras
	ve que Bella lo saluda con la mano de Nalla
	hace un guiño
	da un paso al frente y desenfunda la daga

ᛞISHOUS	¿Cuál es el nombre de tu shellan, hermano? *mira hacia donde está Jane y echa los hombros hacia atrás, sintiendo los restos de lo que ella le hizo durante el día* *le devuelve una sonrisa discreta* Se llama Cormia.
ᛈHURY	*siente la sangre que le corre por el costado* *mira de reojo a Cormia y se alegra de que Beth, Mary y Marissa estén con ella y la tengan agarrada de las manos, pues parece estar un poco mareada* *baja la cabeza y se prepara para un nuevo corte*
ᚠRITZ	*se seca los ojos con un pañuelo* *el pecho se le hincha de orgullo* *se siente conmovido por el sentimiento de reverencia*
ᛞISHOUS	*se inclina con una daga hecha por él* *piensa que le alegra mucho que las cosas le hayan salido bien a Phury* *graba en caracteres antiguos la letra R*
ᛒUTCH ᛜ'NEAL	*da un paso al frente y desenfunda la daga* *recuerda el momento en que le grabaron el nombre de Marissa en la espalda* *la mira y sonríe* ¿Cuál es el nombre de tu shellan?

ꟼHURY	Se llama Cormia.
฿UTCH Ꝋ'NEAL	*se inclina sobre la espalda de Phury* *al lado de la R perfecta de V graba la letra M en caracteres antiguos*
ℜHAGE	*da un paso al frente* *le manda un beso a Mary* *se dirige a Phury* ¿Cuál es el nombre de tu shellan, hermano?
ꟼHURY	*traga saliva* *se apoya contra el suelo de mosaico* Se llama Cormia.
ℜHAGE	*se inclina sobre la espalda de Phury* *graba en caracteres antiguos la letra I*
₩RATH	*mira hacia la derecha, al igual que todos los que se encuentran en el vestíbulo*
ℑOHN ℳATTHEW	*comienza a avanzar hacia el frente* *agarra el brazo que se apoya sobre él, ofreciéndole un soporte firme*

TOHRMENT	*camina arrastrando los pies, mientras se apoya en el brazo de John Matthew* *tiene el pelo largo y descuidado, con un mechón blanco en la frente* *se acerca a Phury mientras se muerde con tanta fuerza el labio que le sale sangre* *pregunta con voz ronca y apagada* ¿Cuál es el nombre de tu shellan, hermano?
PHURY	*mantiene baja la cabeza, pues los ojos se le han llenado de lágrimas al pensar en lo que él está ganando y en lo que Tohr ha perdido* *carraspea* *le lanza una mirada a Cormia* *vuelve a carraspear* *con voz ronca... dice* Cormia. Se llama... Cormia.
TOHRMENT	*desenfunda la daga con mano temblorosa*
JOHN **M**ATTHEW	*cambia de posición para estabilizar el peso* *agarra el cuerpo tembloroso de Tohr y se inclina*
TOHRMENT	*respira profundo* *reúne fuerzas* *ejecuta con un solo trazo el carácter antiguo de la letra A*

LASSITER	*observa mientras John Matthew lleva a Tohr hasta una silla*
	levanta la mirada hacia el cielo raso
	ve la imagen de Wellsie y su hijo nonato entre las nubes, en medio de la pintura de los guerreros: los dos están viendo la ceremonia y observando a Tohr
	observa a Wellsie hasta que ella le devuelve la mirada
	inclina la cabeza en un gesto de saludo a Wellsie, que le echa una última mirada a Tohr y desaparece de regreso al Ocaso
WRATH	*espera hasta que Tohr esté sentado*
	se toma un momento para tomar fuerzas
	necesita mirar a Beth por un segundo
	toma la bandeja con la sal húmeda
	la vierte sobre la espalda de Phury
PHURY	Sssssssssssssssssssssssssss
WRATH	*saca una tela blanca de la caja negra lacada*
	seca con cuidado la espalda de su hermano
	dobla la tela blanca y la vuelve a guardar en la caja
	se dirige a Phury
	De pie, hermano mío.

PHURY	*se levanta con gesto orgulloso y le brillan los ojos*
WRATH	*dirigiéndose a Phury al tiempo que le presenta la caja de madera lacada* Llévale esto a tu shellan como símbolo de tu fuerza, para que ella sepa que eres digno de ella y que tu cuerpo, tu corazón y tu alma están ahora a su disposición. *le sonríe a Phury*
PHURY	*se vuelve hacia Cormia* *se preocupa por un momento al ver la palidez de su cara, pero luego ella sonríe* *camina hacia ella completamente recto, pues el dolor ha quedado totalmente atrás* *se arrodilla frente a ella, inclina la cabeza y le ofrece la caja* ¿Me aceptarás como tuyo, mi amor?
CORMIA	*siente el corazón tan henchido que apenas puede respirar* *estira las manos y las pone sobre la caja, asegurándose de que sus dedos rocen los de él* Sí, sí, te acepto… Ay, sí, una y mil veces… *se lleva la caja al corazón*

ℙHURY	*rodea a Cormia con sus brazos, sin sentir siquiera el ardor en los hombros*
	la abraza, al tiempo que la Hermandad comienza a cantar
	susurra Me muero por estar a solas contigo...
	la besa en el cuello y se lo mordisquea con los colmillos
ᴸA ᴠIRGEN ᴱSCRIBANA	*el olor a macho enamorado se eleva hasta el cielo*
	se acerca
	saca de la nada doce palomas perfectamente blancas, que vuelan sobre la familia reunida, mientras que los hermanos y sus shellans se abrazan los unos a los otros y aplauden y cantan
ᶠRITZ	*organiza una fila compuesta por diez doggen vestidos con librea*
	*se asegura de que cada uno tenga una bandeja de plata llena de copas que contienen champán Dom Pérignon del 98.
	organiza otra fila de diez doggen con bandejas que contienen diversos zumos de frutas y aguas en vasos de cristal
	conduce a los doggen al vestíbulo
	supervisa mientras los doggen les ofrecen bebidas a todos los Cellies invitados
	toma una copa y abraza a Beth para tenerla al lado

𝔚RATH	*le susurra al oído* Me muero por estar a solas contigo…
	en voz más fuerte dice
	Invito a todo el mundo a alzar su copa.
	se dirige a Phury y a Cormia y a la Hermandad y al grupo de Cellies
	Un brindis por la pareja.
	luego dice en Lengua Antigua
	Que sus penas sean leves *Y sus dichas abundantes.* *Que el destino les sonría* *Y lleve a estas dos almas* *Hacia un camino infinito* *de noches tranquilas* *y días apasionados.*
	levanta la voz y grita
	¡POR LOS NOVIOS! ¡POR LOS NOVIOS!
𝔉RITZ	¡POR LOS NOVIOS!
𝔓HURY	*Atrae a Cormia para acercarla a él*
	se inclina ante los hermanos y sus shellans, y ante Fritz y los doggen, y ante el maravilloso grupo de Cellies
	Y ahora… ¿nos disculpan?
	sonríe, mientras Cormia se sonroja

ꝓHURY	*los dos se despiden y hacen una venia. Luego dan media vuelta hacia la escalera, tomados del brazo. La larga túnica dorada de CORMIA flota tras ellos, mientras que se observa la espalda de Phury con el nombre Cormia grabado en caracteres antiguos. *se retiran a su habitación* *la ópera inunda la casa, mientras que la fiesta continúa y su vida juntos comienza realmente* ***************FINIS********************

	Después de la ceremonia
FRITZ	Los señores y sus esposas se han retirado por hoy, pero me han pedido que les informe de que están invitados a quedarse todo el tiempo que quieran. Sin embargo, el acceso a las habitaciones está restringido. ☺
	Que tengan una estupenda velada y gracias a todos por asistir y, por favor, conserven los pañuelos.
	Fritz

Fragmentos de vida del muro

Fragmentos de vida

Los fragmentos de vida son pequeñas viñetas sobre los hermanos que he colgado en mi muro de mensajes. Si usted es miembro del muro, los reconocerá enseguida. Si no lo es, aquí los encontrará reproducidos. Nuevamente, al muro se puede acceder en: www.jrwardbdb.com/forum/index.php

Noche de cine

Colgado el 17 de mayo de 2006

Este primer fragmento fue colgado después de terminar el proceso de escritura de Amante despierto, justo cuando estaba comenzando a trabajar en Amante confeso.

Un día surgió la pregunta acerca de qué hacían los hermanos en su tiempo libre. Y qué hacían las chicas en la mansión. Y por eso pensé que podría compartir con ustedes este pequeño fragmento de vida...

La Hermandad tuvo una noche de cine hace poco y ¡fue genial! Bueno, un día de cine, en realidad. Todos terminaron apiñados en la Guarida, la cual, me gustaría señalar, sólo tiene dos sofás de cuero y más bien poco espacio libre. Imagínense esto: Wrath y Beth en una esquina de un sofá. Rhage y Mary en el otro lado. Z en el suelo, con Bella sentada en sus piernas. Butch y Phury en el otro sofá. V detrás de sus *cuatro* juguetes, en su silla. El lugar parecía una casa de fraternidad y vieron las dos primeras películas de *La jungla de cristal*. Entre el humo rojo de Phury y los cigarros que se lía V, el lugar olía deliciosamente. Butch estaba bebiendo una gran cantidad de escocés (bueno... claro); V prefería tomar Grey Goose; Mary y Bella, Chardonnay, y Rhage estaba dándole al Perrier, tratando de rehidratarse después de una noche difícil en la calle con los restrictores.

A la mitad de la primera película, alguien se durmió. Y ¿pueden imaginarse quién fue? ¡Wrath! Por lo general se concentra mu-

534

cho, pero últimamente ha estado trabajando demasiado. La cuestión es que, rodeado de todos sus hermanos y su shellan, su familia, y sabiendo que todos estaban a salvo, literalmente se quedó frito y dejó caer la cabeza hacia atrás desde el sofá con el pelo largo cubriéndole el pecho (se lo ha dejado crecer mucho porque a Beth le encanta que lo tenga así). Beth le quitó las gafas oscuras y le echó una manta encima, lo cual fue todo un detalle por su parte, sólo que… desafortunadamente, los movimientos lo despertaron un poco y él terminó reacomodándose encima de ella y volviéndose a dormir mientras la aplastaba contra Rhage. Ella sólo se rió. Se sentía muy aliviada al ver que Wrath había logrado relajarse un poco. Porque se preocupaba mucho por él viéndolo estresado todo el día, paseando de un extremo a otro de su despacho. Wrath ya casi no dormía y estaba perdiendo peso. Ella pensaba que ser rey lo estaba matando.

En todo caso… Fritz no dejaba de servir canapés. ¿Recuerdan los crepes de espinaca que le encantan a Rhage? El grupo ya se había despachado varias bandejas, además de otras cosas. Pero Fritz era feliz yendo y viniendo de la casa a la Guarida a través del túnel.

Rhage, naturalmente, insistió en repetir a gritos algunos diálogos. ¿Saben cuál es su favorito? Desde luego: «Toma eso, hijo de puta». Pero cuando iba por la mitad de la segunda película, comenzó a acariciar con la nariz la nuca de Mary. Y luego sus manos comenzaron a moverse. Ella trató de detenerlo, pero sin mucha convicción. Cuando sus ojos brillaron con una chispa blanca, los dos desaparecieron durante un rato. Eh… Hmm…

Phury estaba muy callado. Se había vuelto terriblemente silencioso. Tristemente silencioso. La mayor parte del tiempo se mantenía apartado y en realidad estaba allí porque creía que debía hacerlo y no que porque quisiera.

Z estaba viendo las dos películas por primera vez. Y estaba transportado. Imagínense todas las sorpresas que le esperaban: cuando el señor Takagi recibe un tiro de Alan Rickman, cuando aparece un cuerpo en el ascensor con «Jo Jo Jo» pintado en la camisa, cuando McClane está en el conducto de la ventilación, luego, cuando la esposa de McClane le aplica una descarga eléctrica a ese periodista idiota. A Z le encantaron las películas… Se sobresaltó en todas las escenas de suspense y vociferó contra la pantalla y gritó y gruñó. Estaba tan metido en la película que estuvo apretándole la mano a Bella todo el tiempo. Las únicas veces en que despegó los ojos de la tele fue cuando quiso asegurarse de que ella tuviera algo de beber. O suficiente comida. O para preguntarle si estaba cómoda. «¿Tienes frío? ¿Quieres otra manta?».

Diré, aunque no creo que debiera hacerlo, que Bella tenía un enorme mordisco en el cuello. Zsadist se había alimentado de su vena una hora antes de comenzar le sesión de cine. Había llegado a casa después de una noche de combates y sintió esa... urgencia... de alimentarse. Terminó arrinconándola en el baño. Ella acababa de salir de la ducha y estaba hablándole de un curso de escritura que estaba haciendo por Internet. En todo caso... él la estaba mirando en el espejo y ella charlaba mientras se secaba el pelo, cuando... se detuvo y le preguntó qué sucedía. Cuando lo entendió, se volvió hacia él y le sonrió. Eh... entonces dejó caer la toalla con que se estaba envolviendo. Al principio él pidió disculpas, como si se sintiera casi avergonzado por no haber acudido a ella antes. Pero luego ella estaba ya en sus brazos y él bajó la cabeza hacia su garganta y... Bueno, realmente estuvieron ocupados durante un buen rato. *carraspeo* Vaya, ¿realmente ellos... *rubor* Eh... en todo caso...

La mayor parte del tiempo V estuvo concentrado en otra cosa. Estaba buscando información en Internet, aunque no sabía exactamente qué era lo que buscaba. Cada cierto tiempo alguien le gritaba que apagara el ordenador, pero él hacía caso omiso... hasta que Butch le arrojó una lata vacía de cerveza. (¿Y quién estaba tomando cerveza? Beth... recuerden que a ella le gusta la Sam Adams). Al final V terminó por sentarse con Phury y Butch. Los solteros, como les dicen los otros.

Así que ésa fue la noche (el día) de cine. La siguiente será un maratón de *Aliens*. Y, sí, Rhage va a insistir en representar en vivo y en directo la parte en que un extraterrestre sale del estómago. *suspiro*. Ustedes ya saben, Hollywood es así.

Wrath y el abrecartas

Colgado el 23 de julio de 2006

Éste es más oficial y es largo, pero, caramba, vaya escena la de Beth y Wrath al final, ¿no?

Quienquiera que haya dicho que no podía nevar en julio es un maldito imbécil.

Wrath estaba sentado en su trono y observaba las montañas blancas que se alzaban frente a él: cartas solicitando la intervención del rey en asuntos civiles. Poderes a nombre de Fritz para gestionar transacciones bancarias. El permanente flujo de «sugerencias útiles» de la glymera, con las que buscaban solamente su beneficio.

Era un milagro que ese escritorio tan frágil fuera capaz de soportar todo ese peso.

Desde atrás Wrath oyó una serie de clics metálicos y luego las persianas se levantaron con un zumbido. Con el sonido del acero llegó un rugido sordo, advertencia de que pronto estallaría una de esas tormentas de verano de Caldwell.

Wrath se inclinó hacia delante y tomó su lupa. El maldito chisme se estaba volviendo una verdadera extensión de su brazo y Wrath lo odiaba. En primer lugar, esa mierda no servía para nada: no podía ver mucho mejor cuando la usaba. Y, en segundo lugar, le recordaba que, en términos prácticos, su vida se había reducido a hacer un trabajo de escritorio.

Un trabajo de escritorio que tenía un propósito muy claro y suponía un gran honor y mucha nobleza, por supuesto, pero un trabajo de escritorio al fin y al cabo.

De manera casual, Wrath tomó un abrecartas de plata en forma de cuchillo que llevaba su sello real y lo apoyó verticalmente sobre la yema de su índice, tratando de hacer equilibrio con él. Para ponerle más emoción al juego, cerró los ojos y comenzó a mover la mano a diestra y siniestra, creado corrientes de aire que podían desestabilizarlo, probándose a sí mismo para usar otros sentidos distintos de la vista.

Luego soltó una maldición y abrió los ojos. Por Dios, ¿por qué demonios estaba desperdiciando así el tiempo? Tenía diez mil cosas que hacer. Y todas eran urgentes...

A través de las puertas dobles del estudio, que estaban abiertas, oyó voces y, siguiendo ese irracional impulso a seguir aplazando el trabajo, arrojó el abrecartas sobre el montón de papeles y se marchó. En el balcón, plantó las manos sobre la baranda dorada y miró hacia abajo.

En el vestíbulo estaban Vishous, Rhage y Phury, preparándose para salir y conversando mientras revisaban por segunda vez sus armas. Y a un lado estaba Zsadist, recostado contra una columna de malaquita, con una bota cruzada sobre la otra. Tenía una daga negra en su mano y estaba jugando con ella, lanzándola al aire y volviéndola a agarrar. En cada viaje la hoja de la daga reflejaba la luz en relámpagos de un color azul profundo.

Maldición, esas dagas que hacía V eran fantásticas. Afiladas como una cuchilla, tenían el peso perfecto y el mango se ajustaba con precisión a la mano de Z. No eran en realidad armas sino verdaderas obras de arte que, además, significaban la supervivencia de la raza, pues cuando estaban frente a un restrictor era sólo hundirlas y muchas-gracias-y-buen-viaje-de regreso-al-Omega.

—Vámonos —dijo Rhage, al tiempo que se dirigía a la puerta. Al atravesar el suelo de mosaico del vestíbulo, se movió con ese aire de superioridad e impaciencia que lo caracterizaba y que indicaba las ganas que tenía de encontrar la pelea que seguramente iba a encontrar, mientras que su bestia debía estar tan lista para el combate como él.

Vishous iba detrás, con ese andar de pasos largos e indiferentes y ese aire de calma letal. Phury también tenía un aspecto amenazador y caminaba sin que se le notara para nada su limitación, gracias a esa nueva prótesis que usaba.

Cerrando la fila, Zsadist se retiró de la columna y enfundó la daga. El ruido del metal contra el metal reverberó en el aire hasta subir a donde estaba Wrath, como si fuera un suspiro de satisfacción.

Los aterradores ojos negros de Z siguieron el sonido a medida que subía. Iluminado por la luz del techo, su cicatriz resaltaba y el labio superior deformado parecía más pronunciado que nunca.

—Buenas noches, mi lord.

Wrath se despidió de su hermano con un gesto de la cabeza, mientras pensaba que ese macho que estaba allá abajo era como un verdadero demonio para la Sociedad Restrictiva. Aunque Bella ya había entrado en la vida de Z, cada vez que salía a luchar, su odio volvía a regresar. Rodeado de una energía peligrosa, el odio parecía entretejerse con sus huesos y sus músculos y se confundía con su cuerpo, convirtiéndolo en lo que siempre había sido: un salvaje capaz de cualquier cosa.

Aunque, considerando lo que había tenido que pasar la shellan de Z, Wrath no lo culpaba por sentir tanto odio. En lo más mínimo.

Z avanzó hacia la puerta y de pronto se detuvo. Por encima del hombro dijo:

—Pareces tenso esta noche.

—Ya pasará.

La sonrisa que le respondió desde abajo fue como una bofetada agresiva.

—Yo no puedo contar hasta diez durante mucho rato. ¿Tú sí?

Wrath frunció el ceño, pero el hermano ya había salido por la puerta hacia la noche.

Cuando se quedó solo, Wrath regresó al estudio. Se sentó detrás del ridículo escritorio y, cuando su mano volvió a encontrar el abrecartas, comenzó a deslizar el índice por el lado romo. Mientras lo observaba, vio que uno podía matar con ese abrecartas. Sólo que resultaría un poco sangriento.

Entonces cerró el puño, como si el abrecartas de plata fuera realmente un arma, lo apuntó hacia el frente y lo clavó sobre la montaña de papeles. Mientras se movía, los tatuajes que subían por su antebrazo se estiraron, exhibiendo con claridad la pureza de su linaje.

Por Dios, ¿qué diablos hacía pudriéndose en ese trono?

¿Cómo había llegado hasta allí? Sus hermanos luchando fuera y él sentado ahí, con un maldito abrecartas.

—¿Wrath?

Wrath levantó la mirada. Beth estaba en la puerta, vestida con un par de viejas bermudas vaqueras y una camiseta sin mangas. El pelo le caía por los hombros y olía a rosas florecidas... a rosas de las que florecen por la noche, mezcladas con el olor de él.

Mientras la miraba, por alguna razón Wrath pensó en los ejercicios que hacía en el gimnasio... esas agotadoras masturbaciones de todo el cuerpo que no le servían para nada.

Dios... hay tensiones que no se pueden aliviar en una cinta andadora. Había cosas que le faltaban, a pesar de que se ejercitara físicamente hasta que el sudor le corriera por el cuerpo con la misma rapidez que la sangre por las venas.

Sí... uno podía perder su esencia en un segundo, casi sin darse cuenta. En un momento era una daga y de pronto se convertía en un adorno de escritorio. Como si lo hubiesen castrado.

—¿Wrath? ¿Estás bien?

Wrath asintió con la cabeza.

—Sí. Estoy bien.

Beth entrecerró los ojos azules y Wrath pensó que tenían el mismo color que el reflejo que se proyectaba desde la daga de Z: azul profundo. Hermosos.

Y la inteligencia que brillaba en ellos era tan afilada como esa arma.

—Wrath, háblame.

En el centro, en la calle 10, Zsadist iba corriendo por el pavimento tan rápido como la brisa, sigiloso como un fantasma, un espectro vestido de cuero en persecución de su presa. Acababa de encontrar a sus primeras víctimas de la noche, pero por el momento estaba conteniéndose, a la espera de dar con un lugar apartado.

La Hermandad nunca peleaba en lugares públicos. A menos que fuera indispensable hacerlo.

Y este pequeño sarao que le esperaba iba a ser un poco ruidoso. Los tres restrictores que iban delante de él eran veteranos, completamente descoloridos, y se dirigían a la pelea con ganas y moviéndose sobre el pavimento sólido con el ritmo mortal de sus pesados cuerpos.

Por Dios santo, necesitaba llevarlos a un callejón.

Mientras que los cuatro avanzaban, la tormenta estiró los brazos y comenzó a azotar la noche con rayos que iluminaban el cielo y truenos que parecían maldecir. El viento se aceleró por las calles y luego tropezó, formando ráfagas que a veces empujaban y a veces frenaban la espalda de Z.

Z se repetía a sí mismo que debía tener paciencia, pero sentía ese esfuerzo como un castigo.

Sólo que en ese momento, como si fuera un regalo de la Virgen Escribana, el trío giró por un callejón y dio media vuelta para enfrentarse a él.

Ah, así que no era un regalo ni producto de la suerte. Ellos sabían que los estaban siguiendo y habían buscado un rincón oscuro para hacer su transacción.

Sí, bueno, hora de bailar, hijos de puta.

Z desenfundó su daga y comenzó a correr, lo cual fue como accionar un gatillo. Cuando se acercó, los restrictores retrocedieron, desapareciendo en el fondo del callejón, en busca de un lugar suficientemente oscuro para evitar que ojos humanos presenciaran lo que estaba a punto de suceder.

Zsadist se concentró en el asesino que estaba a la derecha porque era el más grande y tenía el cuchillo de mayor tamaño, así que desarmarlo era una prioridad táctica. También era algo que Z sencillamente se moría por hacer.

La adrenalina lo fue llevando cada vez más rápido hasta que sus botas apenas parecían tocar el pavimento. A medida que avanzaba, parecía como el viento que arrastra todo lo que encuentra.

Los restrictores se prepararon, cambiando de posición y poniéndose en cuclillas, de modo que el grande quedó al frente, mientras que los otros dos lo flanqueaban.

En el último momento Z se dobló sobre sí mismo como si fuera un ovillo y rodó por el asfalto. Luego se levantó y, precedido por la daga, le asestó un golpe al grande en el estómago y lo abrió por la mitad como si fuera una almohada. Joder, las cavidades abdominales siempre producían un reguero asqueroso, aunque la gente no comiera, y el asesino cayó en medio de una cascada de sangre negra.

Desafortunadamente, cuando iba camino de su siesta eterna, logró golpear a Z justo en el cuello con su navaja.

Z sintió que la piel se le abría y la vena comenzaba a sangrar, pero no había tiempo de quedarse pensando en la herida. Se concentró en los otros dos asesinos, al tiempo que sacaba su segunda daga, de manera que parecía una máquina cortadora de dos rieles. La pelea se volvió más seria cuando recibió otra herida en el hombro y entonces pensó que tal vez iba a terminar muerto.

En especial cuando una cadena de acero se le enroscó en el cuello, tensándose dolorosamente. De un tirón lo tumbaron y cayó con tanta fuerza contra el pavimento que sintió que todo el aire abandonaba sus pulmones como si hubiese recibido una orden de desalojo; su caja torácica se negaba a expandirse, a pesar del esfuerzo que él hacía con la boca.

Justo antes de desmayarse, pensó en Bella y el pánico que le produjo la idea de dejarla le proporcionó el impulso que necesitaba. Su esternón se hinchó hasta el cielo, arrastrando el aire con tanta fuerza que sintió que le entraba hasta las pelotas. Y justo a tiempo.

Cuando los dos asesinos caían sobre él, logró girar hacia un lado y de alguna manera pudo levantarse y adoptar una posición segura. Entonces, impulsado por el instinto y la experiencia, improvisó rápidamente una llave clásica y prácticamente decapitó al primero de los asesinos. Luego apuñaló al otro en la oreja y lo mató.

Sólo que en ese momento aparecieron cuatro más: refuerzos que llegaban frescos y listos para pelear.

Z se dio cuenta de que ahora sí estaba en un lío gordo.

Enfundó una daga y sacó una de sus SIG, aunque el arma haría ruido al disparar. Y eso ofendía su orgullo. Estaba quitando el seguro del arma cuando vio un par de luces verdes al fondo del callejón.

Como de pronto se habían quedado quietos los asesinos, era evidente que ellos también las habían visto.

Z soltó una maldición. Estaba seguro de que tenía que tratarse de algún nuevo tipo de faro de coche y debían de estar a punto de recibir la visita de un montón de entrometidos.

Sólo que en ese momento la temperatura bajó como veinte grados. De un instante a otro. Como si alguien hubiese descargado dos toneladas de hielo seco en ese lugar y estuviera echándoles aire con un ventilador industrial.

Zsadist echó la cabeza hacia atrás y soltó una larga carcajada, mientras que la fuerza volvía a su cuerpo, a pesar de las heridas en la garganta y el hombro. Cuando la lluvia comenzó a caer, Z pareció chisporrotear.

Evidentemente los asesinos pensaron que estaba loco. Pero luego estalló un rayo en el cielo que iluminó el callejón como si fuera mediodía.

Wrath apareció al fondo del callejón, con sus enormes piernas enraizadas en el suelo como si fueran robles y los brazos estirados como si fueran vigas y el viento azotándole el pelo a todo su alrededor. Sus ojos brillantes eran como un rugido de muerte en medio de la noche y sus colmillos blancos y afilados se veían desde muchos metros de distancia. Llevaba en las manos sus características estrellas ninja, un par de Berettas en las caderas... y, sobre el pecho, dos dagas con la empuñadura hacia abajo, las dagas negras de la Hermandad, las armas que no había usado desde su coronación como rey.

El rey había salido a cazar.

Zsadist miró de reojo a los asesinos, uno de los cuales estaba llamando por teléfono para pedir más refuerzos.

Joder, pensó Z, estaba más que listo para regresar al juego.

Él y Wrath nunca habían luchado juntos, pero esa noche lo harían. E iban a ganar.

Mucho más tarde, en la mansión, Beth se paseaba alrededor de la sala de billar. A lo largo de la noche había convertido la mesa en el centro de su universo: el tapete verde con sus buchacas y sus bolas de colores era el sol de su sistema solar y ella daba vueltas en torno a él...

Dios. No entendía cómo Mary y Bella podía soportar eso... saber que sus hellren estaban allá fuera en medio de esa perversa lucha contra un enemigo inmortal, un enemigo con armas que no sólo mutilaban sino que mataban.

Cuando Wrath le había dicho lo que quería hacer, lo que necesitaba hacer, ella había tenido que controlarse para no gritarle. Pero, Dios, ya lo había visto en una cama de hospital, conectado a tubos, máquinas y cables, herido, agonizando, oscilando entre la vida y la nada.

Y no tenía ningún interés en repetir esa pesadilla.

Claro, él había hecho el mayor de los esfuerzos para darle un poco de seguridad. Y le había dicho que iba a tener mucho cuidado. Y le había recordado que había pasado trescientos años luchando y había sido entrenado y criado para eso. Y le había dicho que sólo sería esa noche.

Pero eso en realidad no importaba. Ella no estaba pensando en los tres siglos que él había llegado a casa a salvo al amanecer. Estaba preocupada por esa noche en particular, cuando tal vez no regresara. Después de todo, su cuerpo estaba hecho de carne y huesos, y su vida tenía un temporizador, un temporizador que podía quedar en cero en cualquier instante. Lo único que se necesitaba era una bala en el pecho, o en la cabeza, o...

Beth miró hacia el suelo y se dio cuenta de que ya no se estaba moviendo. Lo cual tenía sentido. Evidentemente sus pies se habían quedado clavados al suelo.

Mientras los obligaba a comenzar a caminar de nuevo, se dijo a sí misma que él era lo que era: un guerrero. No se había casado con un maldito afeminado. Por sus venas corría sangre guerrera y llevaba un año encadenado a la casa, así que era inevitable que se sintiera morir.

Pero, ay, Dios, ¿de verdad tenía que salir y...?

El reloj antiguo comenzó a dar la hora. Las cinco en punto.

¿Por qué no había regresado...?

En ese momento se abrió la puerta del vestíbulo y Beth oyó que entraban Zsadist, Phury, Vishous y Rhage. Sus voces profundas parecían agitadas y sus palabras resonaban con fuerza. Parecían entusiasmados por algo, llenos de energía.

Lo cual era una buena señal... Porque si Wrath estuviera herido no estarían tan contentos...

Beth se dirigió a la puerta... y tuvo que apoyarse en el marco. Z estaba sangrando, tenía el suéter de cuello alto empapado de sangre y las dagas húmedas y brillantes. Sólo que no parecía notarlo. Su cara resplandecía y en sus ojos brillaba una chispa de luz. Demonios, se movía como si tuviera un par de picaduras de insecto en lugar de dos profundas heridas.

Sintiéndose mareada, porque creía que alguien debería sentirse mareado en representación de Z, Beth observó cómo los cuatro se dirigían a la puerta secreta que había debajo de las escaleras. Ella sabía que iban al cuarto de primeros auxilios del centro de entrenamiento y se preguntó cómo se sentiría Bella si viera a Z así. Pero, claro, conociendo a los hermanos, eso nunca pasaría. Los machos de la casa que tenían compañera siempre tenían mucho cuidado de limpiarse y curarse antes de irse a encontrar con sus shellans.

Antes de que los hermanos desaparecieran por el túnel, Beth salió al vestíbulo, porque ya no podía soportar la incertidumbre ni un minuto más.

—¿Dónde está? —preguntó en voz alta.

Todos se detuvieron y adoptaron una actitud seria, como si no quisieran ofenderla con su agitación.

—Está a punto de llegar —dijo Phury, mirándola con sus amables ojos amarillos y ofreciéndole una sonrisa todavía más cálida—. Está bien.

Vishous sonrió con picardía.

—Está más que bien. Esta noche está vivo.

Y luego Beth se quedó sola.

Justo cuando estaba a punto de comenzar a enfurecerse, la puerta del vestíbulo se abrió de par en par y una ráfaga fría penetró dentro de la casa como si fuera una alfombra que se despliega.

Cuando Wrath entró a la mansión, Beth sintió que se le salían los ojos de las órbitas. No lo había visto salir, porque no se había sentido capaz, pero lo estaba viendo ahora.

Por Dios, vaya si lo estaba viendo.

Su hellren tenía el mismo aspecto de aquella primera noche que fue a su antiguo apartamento: una amenaza mortal envuelta en cuero negro, rodeada de armas que parecían tan esenciales para su cuerpo como la piel o los músculos. Y con su ropa de combate Wrath irradiaba poder, esa clase de poder que rompe huesos y corta gargantas y deja las caras ensangrentadas. Con su ropa de combate, Wrath era aterrador, una pesadilla... pero ése era, no obstante, el macho al que ella amaba, con el cual se había apareado y junto al cual dormía todas las noches; el que le daba la comida en la mano y la abrazaba durante el día y se entregaba a ella en cuerpo y alma.

Wrath giró la cabeza sobre ese cuello enorme hasta que la vio y entonces le habló con una voz tan profunda que ella apenas pudo distinguirla.

—Necesito follarte ya mismo. Te amo, pero necesito follarte esta noche.

Beth sólo tuvo un pensamiento: «Corre. Corre, porque él desea que lo hagas. Corre, porque él quiere salir a perseguirte. Corre, porque estás un poco asustada y eso te hace todavía más deseable».

Sabiendo que Wrath podía sentir que ella estaba excitada, Beth arrancó a correr descalza, dirigiéndose hacia las escaleras y subiéndolas a toda prisa. En segundos oyó que él iba tras ella y sus botas resonaban como truenos contra el suelo. La amenaza erótica de Wrath fue envolviéndola, excitándola, hasta que sintió que no podía respirar, pero no por el ejercicio físico sino porque sabía lo que iba a pasar en cuanto le pusiera las manos encima.

Cuando llegó al segundo piso, giró hacia uno de los lados del pasillo, sin saber adónde iba y sin preocuparse tampoco mucho. Con cada metro que avanzaba, Wrath estaba más cerca ... Podía sentirlo pisándole los talones, una ola a punto de romperse sobre ella, de aplastarla y arrastrarla para siempre.

Llegó a la salita de estar del segundo piso y...

Wrath la agarró del pelo y de un brazo, y tiró de ella hacia él, haciendo que la mujer perdiera el equilibrio.

Pero antes de que tocara el suelo, él se atravesó para que su cuerpo amortiguara el golpe. Mientras forcejeaba para levantarse, Beth se dio cuenta vagamente de que estaba frente a él, de que el pecho de Wrath se encontraba debajo de sus hombros y su erección estaba exactamente donde debía estar.

Y luego ya no pensó más.

Wrath le abrió las piernas, atrapándola. Con brusca autoridad le metió la mano entre los muslos y ella se arqueó con un grito, al tiempo que él descubría lo excitada que estaba. Cuando ella dejó de forcejear, las puertas dobles de la salita se cerraron y entonces él le dio la vuelta de manera que quedara de cara contra el suelo y la montó, mientras la mantenía en su lugar agarrándola del cuello y abriéndole las piernas. De cerca Wrath, olía a sudor, al aroma que expiden los machos enamorados y a cuero... y a la muerte de sus enemigos.

Beth estuvo a punto de llegar al orgasmo.

Wrath respiraba con dificultad, al igual que ella, cuando le rasgó las bermudas por la entrepierna, al tiempo que la tela cedía como si no se atreviera a desobedecerlo.

Por Dios, era una sensación maravillosa.

El aire frío golpeó su trasero, mientras que los colmillos de Wrath atravesaron sus bragas y luego se oyó el sonido de una cremallera. Wrath le acomodó las caderas y la cabeza de su polla irrumpió en el recinto que lo esperaba, para tomar lo que era suyo.

La penetró con la polla tan dura como la madera y tan grande como un puño.

Beth abrió las manos sobre el suelo de mármol, cuando él se afianzó dentro de ella y comenzó a moverse con un ritmo feroz, ciento cuarenta kilos de sexo sobre ella, ensanchándola por dentro. Las palmas de las manos de Beth produjeron un chirrido sobre el mármol cuando se rindió al primer orgasmo.

Todavía estaba en el clímax cuando él le volvió la cara agarrándola de la barbilla, pero la estaba embistiendo con tanta fuerza que no pudo besarla...

Así que siseó y la mordió en la yugular.

Wrath se quedó quieto cuando comenzó a alimentarse de la vena, succionando con fuerza y salvaje supremacía. El dolor entonces se desenroscó como una culebra y se mezcló con el final del orgasmo, desencadenando otra oleada de placer. Y luego él comenzó a moverse de nuevo, restregándole el vientre contra el trasero, mientras que sus caderas la embestían y gruñía como un amante...

Y un animal.

Wrath rugió como una bestia cuando comenzó a correrse; su pene palpitaba dentro de Beth como si tuviera vida propia. El olor de macho enamorado se volvió más fuerte mientras eyaculaba dentro de ella y su semen la regaba como una lava ardiente, espeso como la miel.

Tan pronto terminó, le dio la vuelta a Beth y se irguió entre sus piernas, con el pene brillante y orgulloso, y totalmente erecto. Al parecer, todavía no había terminado con ella. Metiendo su antebrazo tatuado debajo de una de las rodillas de Beth, Wrath le levantó la pierna y la volvió a penetrar, esta vez por delante, y los músculos de sus enormes brazos se pusieron rígidos mientras sostenían su cuerpo. Al tiempo que la miraba hacia abajo, el pelo se le vino hacia la cara y una cascada negra se desprendió y se enredó entre las armas que todavía llevaba puestas.

Tenía los colmillos tan largos que no podía cerrar la boca y, cuando dejó caer la mandíbula y se preparó para morderla otra vez, Beth se estremeció. Pero no de miedo.

Ésta era la esencia de su hellren, su verdadera naturaleza debajo de la ropa que usaba y la vida corriente que llevaba. Éste era su compañero en todo su esplendor: puro poder.

Y, Dios, cómo lo amaba.

En especial cuando estaba así.

Wrath estaba haciendo el amor a Beth con furia y su pene estaba duro como un hueso, mientras que sus colmillos parecían uñas de marfil que se enterraban en su cuello. Ella era todo lo que él necesitaba y deseaba: la suave plataforma en que depositaba su fuerza, el sexo femenino que lo exprimía, el amor que lo cautivaba y lo había atrapado.

Él era la tormenta que caía sobre ella; ella era la tierra que poseía la fuerza para tomar lo que él tenía para dar.

Mientras Beth se estremecía otra vez de placer y su cuerpo parecía partirse en dos, él se lanzó del abismo y voló con ella. El orgasmo salió disparando como un pistola... *bang, bang, bang, bang...*

Después de soltar la vena, Wrath se desplomó contra el pelo de Beth y se estremeció.

Y luego sólo se oía su respiración agitada.

Mareado, completamente saciado, levantó la cabeza y luego el brazo.

Se mordió la muñeca y la acercó a los labios de Beth. Mientras que ella se alimentaba en silencio, le acarició el pelo con suavidad y sintió una maldita necesitad de echarse a llorar.

Cuando los ojos azules oscuros de Beth se clavaron en los suyos, todo desapareció. Sus cuerpos se desmaterializaron. El salón en el que estaban dejó de existir. El tiempo se volvió nada.

Y en medio del vacío, en medio de ese agujero, el pecho de Wrath se abrió como si le entrara una bala y un dolor penetrante acarició sus terminales nerviosas.

En ese momento supo que había muchas maneras de romper un corazón. A veces sucede simplemente por el ajetreo de la vida, la presión de la responsabilidad, los deberes y las cargas que te oprimen hasta que no puedes respirar. Aunque tus pulmones funcionen perfectamente bien.

Y a veces es el resultado de la crueldad de un destino que te lleva lejos del lugar en el que pensabas terminar.

Y a veces es por la vejez frente a la juventud. O la enfermedad frente a la salud.

Pero a veces sólo es el resultado de mirar a los ojos de tu ser querido y experimentar el sentimiento de gratitud que te produce tenerlo en tu vida... porque le mostraste tu interior y ella no salió corriendo ni dio media vuelta; porque ella te aceptó, te amó y te abrazó en medio de la pasión o el miedo... o una combinación de ambos.

Wrath cerró los ojos y se concentró en las suaves succiones que sentía en la muñeca. Dios, seguían el ritmo de los latidos de su corazón. Lo cual tenía sentido.

Porque ella era el centro de su pecho. Y el centro de su mundo.

Entonces abrió los ojos y se dejó caer en ese pozo azul.

—Te amo, leelan.

𝔖obre la naturale𝔃a de 𝔓hury

Colgado el 15 de agosto de 2006

Éste también fue escrito después de Amante despierto, *cuando la nostalgia que Phury sentía por Bella se encontraba en su punto más alto:*

La semana pasada me encontraba sola en la casa, paseándome de un lado a otro. No podía entender qué me pasaba. Estaba inquieta. Esto me sucede con frecuencia porque soy una obsesiva y mi cabeza da vueltas y vueltas sobre todo tipo de cosas hasta que creo que me voy a volver loca.

En un gesto desesperado, me subí al coche, abrí las ventanas, levanté la capota y encendí la radio: a veces nuestros escapes tienen cuatro ruedas y un sonido magnífico. Y doy las gracias a Dios por estos coches.

Cuando arranqué, el sol estaba comenzando a ocultarse y me fui lejos, lejos de casa… Conduje hasta el río Ohio y tomé la carretera que bordea la ribera del río. Últimamente he hecho mucho eso… alejarme, sola con el coche, el aire del verano y la música. Los árboles se veían de color verde oscuro sobre mi cabeza, un túnel que seguía con la esperanza de que me llevara a un lugar distinto de aquel en que me encontraba.

Y funcionó.

A medida que avanzaba, tenía el sol a mano izquierda; parecía un enorme disco que se hundía, como si alguien lo hubiese engarzado a un anzuelo y estuviera tratando de bajarlo del cielo, pero su inherente volatilidad estuviera luchando contra esa fuerza. A mi alrededor el aire estaba muy húmedo, espeso como una nube y olía a... a verano, en realidad. Y esa dulce humedad se me pegaba a la piel y me gustaba llevarla encima.

En la carretera la vida fluía dulcemente. La vida era un precioso regalo, no la carga que puede ser a veces. La vida era el misterio que debía ser.

Y de repente me sorprendí pensando en Phury.

Mientras conducía, sola, lejos de casa... él me seguía. Era como si estuviera allí en el coche conmigo, con el codo asomando por la ventanilla, mientras que el viento le enredaba la melena. Me imaginé sus ojos amarillos, del color del sol al atardecer, brillando como el sol e igual de hermosos.

Desde luego, Phury no estaba conmigo. De haberse encontrado allí estaría ardiendo en llamas. Pero se hallaba en mi cabeza y veía a través de mis ojos y escuchaba lo que me rodeaba. Y luego se deslizó en mi pecho como un fantasma y se apoderó del espacio alrededor de mi médula y tomó el volante y comenzó a hacer los cambios y a presionar el acelerador.

Y mientras estaba conmigo, me habló de la naturaleza del No Tener. Del No Poder Tener. Del Imposible.

De La Insatisfacción.

Lo vi sentado a la mesa del comedor. Bella sentada frente a él, al otro lado de la vajilla, los cubiertos de plata y las copas de cristal; al otro lado de la mesa de caoba... a millones de kilómetros, a una distancia que nunca recorrerían. Phury observaba sus manos. Los veía cortar la carne y cambiar de mano el tenedor y el cuchillo, pinchar el cordero y llevárselo a los labios. Observaba sus manos porque ésa era la única opción remotamente aceptable que le quedaba.

Desear lo que no puedes tener es un infierno especial. Porque tu mente divaga. Te lleva en direcciones que no quieres. Provoca tus sentidos con sabores que nunca probarás, con formas que nunca tocarás, con sentimientos que nunca jamás podrás expresar.

Phury está atrapado entre su honor y su amor por su gemelo, atrapado también por el respeto que siente por Bella... Es un esclavo de su naturaleza moral.

Creo que lo que lo hace más difícil para él es que ella siempre está cerca de él. La ve todos los días. Y cada amanecer, cuando regresa a casa, sabe que ella está en el mismo sitio donde él vive.

¿Qué hace entonces? Se acuesta en su cama inmensa y fuma los porros que lo mantienen tranquilo, mientras reza para que todo se acabe pronto. Lo que lo hace todavía peor es su sincera felicidad por Z: Phury se siente muy aliviado en su infierno especial porque sabe que ahora Z tiene un futuro.

Alivio… sí, alivio. Pero hay momentos en que palidece. Phury baja la vista hacia la pierna que le falta y se siente incompleto, débil y lisiado; y en realidad no se trata de la pierna, porque a ese respecto no tiene nada de qué arrepentirse. Lo que le duele durante el día, cuando la casa está en silencio y Bella y Z están acostados en su cama matrimonial, uno junto al otro… lo que le duele a Phury es el hecho de que él se siente sexualmente perdido e inadecuado, y no hay forma de salir de ese desierto. Aunque renunciara a su celibato, aunque hallara a una hembra y la pusiera de espaldas y la montara, ¿qué curaría eso exactamente? Un sexo vulgar e insignificante no haría que se sintiera mejor. Si acaso, se sentiría peor… porque él sabe que eso no es lo que existe entre Z y Bella.

No… Phury está al otro lado de la orilla, observando el atardecer. Sin poder tocar. Pudiendo sólo observar. Y nunca tener.

Así que en medio de su dolor y su patética añoranza, en medio de su despreciable debilidad, en medio de esa mezcolanza de emociones… él observa las manos de Bella mientras come. Porque eso es lo único que puede hacer.

Phury espera un poco de alivio. Pero sabe que no llegará pronto.

Y se odia a sí mismo.

La espiral en que se encuentra parece no tener fondo, y tampoco cuenta con una cuerda de la que agarrarse, o una red sobre la que caer, nada que interrumpa su caída. Lo único que puede hacer es esperar el impacto, un golpe terrible cuando llegue al fondo.

La naturaleza del No Tener, del No Poder Tener, del Imposible, de la Insatisfacción está llevando a Phury a lugares más oscuros de los que esperaba. Creo que se había imaginado que, si Z se recuperaba un poco, su propio sufrimiento podría llegar a su fin.

Error. Porque el sabor de la curación de Z es algo que Phury se moriría por tener.

En todo caso… eso fue lo que encontré en el río Ohio la otra noche, en medio del aire del verano… en medio de la soledad acompañada por la música… donde sólo estaba yo y los faros de los coches con que me cruzaba y la brisa húmeda que impregnaba el aire.

Algunas distancias nunca se cerrarán.

La entrevista que nunca tuvo lugar

Colgado el 6 de octubre de 2007

Esto fue escrito justo después de la publicación de Amante desatado:

Anoche me presenté en el complejo de la Hermandad para una entrevista que tenía programada con Butch y Vishous. Me dejaron un rato esperando, lo cual no debería haberme sorprendido y, de hecho, no lo hizo. Y la entrevista tampoco tuvo lugar. Lo cual tampoco me sorprendió…

Fritz es quien me hace entrar a la Guarida y se preocupa porque me sienta cómoda, como siempre ocurre. Juro que nada altera más a un doggen que la sensación de no poder hacer nada por ti. Y está poniéndose tan nervioso que le entrego mi bolso, un movimiento marcado por la clase de desesperación que generalmente se asocia con gente que está tratando de salvar a alguien que se está asfixiando.

Debo decir que no acostumbro a entregar mi bolso a los demás, ni siquiera a un mayordomo que está teniendo un ataque de nervios porque necesita complacerte. Pero sucede que mi bolso tiene muchas partes de cuero claro y la correa tiene una mancha de tinta azul de bolígrafo. Nadie nota ese defecto relativamente pequeño excepto yo, pero me ha molestado desde que lo manché y quise deshacerme de esa imperfección de todas las maneras posibles. (Demonios, incluso lo llevé a Louis Vuitton y pregunté si podían quitarle la mancha de tinta. Pero dijeron que era imposible porque el cuero era poroso y había absorbido la tinta dentro de sus fibras. Así que calmé mi depresión con suntuosas compras, como se imaginarán).

De modo que, cuando le entrego el bolso a Fritz y le pregunto si habrá alguna manera de quitar la mancha, él resplandece como si acabara de darle un regalo de cumpleaños y sale apresuradamente por la puerta. Cuando el inmenso portón principal de la Guarida, digno de una fortaleza o un calabozo, se cierra, me doy cuenta de que el único bolígrafo que tengo, precisamente el que dejó esa marca, está dentro del bolso.

Por fortuna, V y Butch dejan huella en todo aquel que habla con ellos, así que pienso que sólo tomaré unas cuantas notas mentales.

No hay nadie más en la Guarida aparte de mí. Jane está haciendo exámenes médicos en Safe Place. Marissa también se encuentra allí, al tanto de todo. Son las tres de la mañana y se supone que Butch y V deben llegar a casa pronto, después de una noche de cacería. El plan es que ellos hablen conmigo y, tan pronto terminen, yo me marche. Las entrevistas no son muy populares en la Hermandad y yo lo entiendo. Ellos tienen muy poco tiempo libre y se encuentran bajo constante estrés.

Miro el reloj y me cuesta trabajo no preocuparme. Caramba, no sé cómo hacen sus shellans para soportar la espera hasta que ellos regresan a casa. Las posibilidades de todo lo que puede suceder resultan pavorosas.

Miro a mi alrededor. La mesa de futbolín parece bastante sólida y está impecable. Ésta, desde luego, es la mesa nueva. La vieja estiró la pata durante una especie de demostración en la que también había una lata de serpentinas, varios metros de cinta adhesiva, dos pistolas de paintball y un recipiente de plástico del tamaño de un coche pequeño. Al menos eso fue lo que me contó Rhage, que es un bocazas pero nunca dice mentiras.

Al fondo del salón, sobre el escritorio de V, los cuatro ordenadores zumban acompasadamente y parecen un grupo de chismosos agazapados, compartiendo historias sobre quién, dónde y qué está haciéndose en el complejo de la Hermandad. El equipo de sonido que está detrás parece una cosa del otro mundo, como si pudieras escanear el cerebro con él. Está sonando música rap, pero no a un volumen tan alto como solían ponerlo antes. Está sonando *Curtis* de 50 Cent. Sí, me imagino que a V no le debe gustar Kanye.

Lo que alcanzo a ver de la cocina me deja perpleja. Está reluciente como una tacita de plata, no hay ni un vaso sobre las mesas, los armarios están perfectamente cerrados, no hay nada fuera de lugar. Y estoy segura de que en el refrigerador debe de haber algo más que sobras de tacos y paquetes de salsa de soja. Caramba, hay hasta una fuente con frutas. Melocotones, naturalmente.

El cambio, pienso. Las cosas han cambiado allí. Y eso es evidente no sólo porque hay un par de zapatos de tacón negros al lado del sofá y ejemplares del *New England Journal of Medicine* en medio de todas esas *Sports Illustrated*.

Al mirar a mi alrededor, pienso en los dos tíos que viven allí con sus compañeras. Y recuerdo los viejos tiempos de *Amante oscuro*, cuando V y Butch pasaron aquella noche en el cuarto de huéspedes del segundo piso de la casa de Darius. Butch preguntó a V por su mano. V se identificó con el instinto autodestructivo de Butch y los dos conectaron de inmediato. Mi parte favorita es cuando Wrath entra la noche siguiente y les dice: «Bueno, esto sí que es ternura». Creo que ustedes recordarán cuál fue su respuesta, ¿no?

Y aquí estamos de nuevo, dos años después, y los dos siguen juntos.

Pero, claro, nosotros, miembros del equipo Red Sox Nation, somos leales.

Aunque ahora todo es diferente, ¿no es…?

En ese momento se abre la puerta que comunica con el túnel subterráneo y entra Butch. Huele a restrictor, con ese penetrante olor a talco para bebés. Me llevo la mano a la nariz para evitar las arcadas.

—La entrevista queda cancelada —dice con voz ronca.

—Ah… bueno, tampoco tenía bolígrafo —murmuro, mientras me fijo en su aspecto sombrío y en cómo se tambalea.

Butch tropieza con sus propios pies y se va dando golpes contra las paredes mientras se dirige a su habitación.

«Genial. Y ahora, ¿qué hago?».

Espero un instante. Luego lo sigo por el pasillo porque… bueno, en este tipo de situaciones uno siempre quiere ayudar, ¿no? Cuando llego a la puerta de su habitación, alcanzo a ver su espalda desnuda y enseguida desvío la mirada.

—¿Necesitas algo? —pregunto, sintiéndome como una idiota. Es posible que yo escriba sobre la Hermandad, pero, seamos sinceros, yo no soy más que un fantasma en ese mundo, una observadora, no formo parte de él.

—A V. Pero ya viene…

De pronto se abre la puerta de la entrada principal y yo vuelvo la cabeza como movida por un resorte.

«Ay… mierda…».

Pues bien, el problema con V es que no le agrado. Nunca le he agradado. Y considerando que él es un vampiro de casi ciento cincuenta kilos y tiene una mano capaz de matar, cada vez que estoy cerca de él recuerdo todos esos ataques de pánico que he tenido a lo largo de la vida. Y vuelvo a revivirlos. Cada uno de ellos. Al mismo tiempo.

Trago saliva. V está vestido con ropa de cuero, sangra por una herida que tiene en el hombro y parece estar de muy mal humor. En cuanto me ve, enseña los colmillos.

—Esto tiene que ser una broma —dice, al tiempo que se quita la chaqueta de cuero con brusquedad y la arroja al otro extremo de la Guarida. Tiene más cuidado cuando se quita las dagas—. Joder, esta noche se pone cada vez peor.

Yo me quedo callada. Porque, ¿qué se puede responder ante semejante bienvenida? Aparte de colgarme en el baño, estoy segura de que no hay nada que pueda hacer para que se sienta mejor.

Vishous pasa al lado mío para ver a Butch y yo hago lo posible para parecer un cuadro colgado de la pared. Lo cual es fácil, pues soy tan plana como una tabla.

Me gustaría señalar que V es enorme, por cierto. ENORME. Cuando pasa junto a mí, noto que apenas le llego al hombro y el tamaño de su cuerpo hace que me sienta como una niña de cinco años en medio de un mar de adultos.

Cuando se detiene en el umbral de la habitación de Butch, descubro que no soy capaz de marcharme, aunque sé que debería hacerlo. Pero sencillamente no puedo. Por fortuna V se concentra en el policía.

Pobre Butch.

—¿Qué demonios estabas haciendo? —vocifera V.

El policía responde con voz ronca, pero con firmeza.

—¿Podemos dejar esto para dentro de diez minutos? Ahora voy a vomitar…

—¿Acaso pensaste que esos asesinos no estaban armados?

—¿Sabes? Esta escena de esposa celosa no me está ayudando...

—Si usaras la cabeza aunque fuera por una vez...

Mientras ellos dos empiezan a pelearse, pienso: «Bueno, hora de irme». Ese exceso de testosterona en el aire hace que me sienta mareada. Y no es agradable.

Vuelvo a salir por el pasillo, mientras me pregunto qué va a pasar con la entrevista que se suponía que debía hacerles, pero de pronto veo... manchas de sangre en el suelo. V está sangrando. Y debe tratarse de una herida bastante seria, considerando la cantidad de sangre que ha dejado sobre el entarimado.

Macho estúpido. Maldito hijo de puta, arrogante, egoísta y antisocial. Cabrón idiota, antipático, testarudo, insoportable, suficiente...

¿Les he dicho ya que después del horrible proceso que fue escribir el libro de V, tuve un par de problemas con él? Él no es el único que no soporta al otro en esta relación.

Mientras que Butch y V siguen gruñéndose como un par de doberman, yo pierdo la paciencia. Me dirijo a la chaqueta de cuero de V y hago un esfuerzo para levantarla del suelo. La maldita chaqueta pesa casi tanto como yo y, para serles sincera, en realidad no quiero saber qué lleva en los bolsillos.

Pero termino averiguándolo, porque se los reviso.

Munición para su Glock. Un cuchillo de cacería que tiene manchas de sangre de restrictor. Un mechero de oro. Un pequeño libro negro que no hojeo (porque, caramba, eso sí que sería una verdadera invasión a su intimidad). Chicles. Una navaja suiza (probablemente porque el otro cuchillo no tiene esas útiles tijeritas que suele llevar la navaja).

Teléfono móvil.

Abro el teléfono y presiono *J. Dos segundos después, Jane contesta:

—Hola. ¿Cómo está mi cachorrito?

Sí, ella le llama *cachorrito*. Nunca he preguntado detalles. V me arrancaría la cabeza de un mordisco y me parece demasiado atrevido preguntárselo a Jane. Aunque Rhage tal vez sepa algo... hmmm...

—Hola, Jane —digo.

—Ah, eres tú. —Ella se ríe. Jane tiene una risa cálida, de aquellas que te hacen respirar profundamente y relajarte porque sabes que todo va a estar bien si ella anda por ahí—. ¿Cómo va la entrevista?

—No va. Tu hombre está herido, Butch está en pésimas condiciones y tengo la sensación de que si no me marcho cuanto antes tu compañero me va a poner de patitas en la calle, pero con los pies por delante.

—Ay, por Dios, V puede ser muy antipático.

—Lo cual es la razón para que te haya dedicado *Amante desatado* a ti.

—Voy para allá. Sólo me entretendré un segundo para avisar a Marissa.

Cuando cuelgo, me doy cuenta de que la Guarida está más silenciosa ahora... y en el pasillo se ve un resplandor que sale del cuarto de Butch. Voy caminando de puntillas y me quedo paralizada cuando llego a la puerta de la habitación.

Están en la cama. Juntos. Vishous está acostado y está abrazando a Butch y todo su cuerpo brilla con una luz suave. Butch está muy rojo, recostado contra el hermano y respira lentamente. Los poderes curativos de V están en pleno funcionamiento. Se nota porque el olor a restrictor se va desvaneciendo del ambiente.

Los gélidos ojos de V se abren de repente y me clava una mirada de depredador. Me llevo la mano a la garganta.

En ese momento me pregunto por qué me odia tanto. Resulta doloroso.

La respuesta resuena en mi cabeza con su voz: *Tú sabes por qué. Tú sabes exactamente por qué.*

Sí, en realidad creo que lo sé, ¿verdad? Sin el *creo*, en realidad.

—Lo siento —susurro.

V cierra los ojos y ahí es cuando Jane se materializa junto a mí.

Jane no tiene un aspecto muy diferente, ahora que es fantasma, del que tenía cuando era humana. Ocupa el mismo espacio y su voz suena igual y en mi opinión se ve igual... y, cuando me abraza, se siente tan cálida y sólida como se sentía antes de que le pasara lo que le pasó.

—Mi amor... —dice V desde la cama.

Maldición, vaya voz tan sensual que pone.

Jane mira hacia la habitación y la sonrisa que le ilumina el rostro es maravillosa. Jane no es una mujer despampanante, pero tiene una cara que refleja su enorme inteligencia, y como me gusta la gente inteligente pienso que ella me cae muy simpática.

—Hola, cachorrito —le dice a Vishous.

V le sonríe a Jane. ¿Lo había dicho antes? Cuando V la ve, sonríe de verdad. Con todos los demás hace apenas un amago de sonrisita. Y eso si le da la gana.

—Supe que estabas herido —dice Jane, al tiempo que se pone las manos en las caderas. Lleva una bata blanca de médico y tiene un estetoscopio colgado al cuello, y las dos cosas se ven bastante sólidas. El resto de su apariencia parece un poco borrosa, a menos que ella quiera agarrar algo o abrazar a alguien, en cuyo caso parece volverse sólida.

—Estoy bien —responde él.

—Está herido —decimos Butch y yo al tiempo. V me mira con odio. Luego acaricia la espalda del policía.

—Te espero en nuestra habitación cuando termines —le dice Jane a su hellren—. Voy a examinarte.

—Me parece perfecto —responde V con una especie de ronroneo erótico.

Sigo a Jane a lo largo del pasillo porque estoy empezando a sentirme como una mirona. (Por cierto, aquí me gustaría mencionar que a Jane no parece molestarle en lo más mínimo ver a V y a Butch juntos, y lo mismo sucede con Marissa. Lo cual muestra lo seguras que se sienten ese par de mujeres. Lo seguras y lo bien correspondidas en sus afectos).

—Pues Safe Place va muy bien —dice Jane, al tiempo que entramos a la habitación llena de libros que comparte con V. El lugar podría pasar por una biblioteca si no fuera por la cama inmensa que hay en el centro, y los dos viven felices así. Los dos son grandes lectores.

—Sí, eso me han dicho. —Agarro el libro que está sobre la cómoda. Es un texto de bioquímica. De esos que se estudian en la carrera de medicina. Podría ser de cualquiera de los dos—. ¿Cuántas hembras tenéis ahora?

—Nueve madres y quince niños.

Jane comienza a hablar y su entusiasmo y compromiso se reflejan en el tono de su voz. Yo la dejo seguir, pero sólo la estoy escuchando a medias. Estoy pensando en una conversación que tuvimos las dos hace tres meses, en junio.

Hablamos acerca de la muerte. La muerte de ella. Yo le pregunté si estaba decepcionada con lo que le había sucedido. Con el hecho de ser un fantasma. La manera como sonrió al contestar mostraba que la respuesta era un poco obvia y ella me dijo algo que desde entonces no me he podido sacar de la cabeza: «¿Cuarenta años como humana *versus* cuatrocientos con él?», murmuró y sacudió la cabeza. «Sí, realmente me costó trabajo tomar esa decisión. Claro. Me refiero a que toda esa tragedia me permitió tener una vida con el hombre al que amo. ¿Por qué habría de sentirme decepcionada?».

Supongo que entiendo su punto de vista. Sí, hay ciertas cosas que ellos no poseen. Pero Jane ya tenía más treinta y tantos años cuando se conocieron. Lo cual significa que habría tenido suerte de vivir otras dos o tres décadas con él, antes de que el proceso de envejecimiento comenzara a hacerle mella. Y eso suponiendo que no enfermara de cáncer o del corazón, o le ocurriera alguna otra cosa horrible que la matara o la dejara lisiada. Por otro lado, ella ya había perdido a su hermana y a sus padres y, caramba... a muchos pacientes. Así que después de ver tantas muertes, creo que debió de resultarle agradable saber que ella estaría exenta de eso. Y tampoco tiene que preocuparse por el momento en que V se enfrente a la muerte, porque ella puede ir y volver del Ocaso a sus anchas. Así que siempre van a estar juntos. Siempre.

De modo que ella disfruta de la eternidad. Con el hombre al que ama. No es un mal negocio.

Además... ah, según entiendo, el sexo sigue siendo algo del otro mundo.

—Quítate la ropa —dice Jane de repente.

Yo bajo la mirada hacia el traje negro que llevo puesto y me pregunto si tendré alguna mancha. Pero no, Jane está hablando con Vishous, que ya ha terminado con Butch.

Yo me aparto de su camino cuando él entra a la habitación y, sí, clavo la mirada en el suelo cuando oigo que empieza a desvestirse. V se ríe de manera sensual y siento ese aroma de macho enamorado que exuda por todos los poros. Estoy segura de que tan pronto salga yo de allí, ellos van a...

Bueno... sí.

Genial, ahora estoy colorada.

Jane lanza una maldición y oigo que abren una caja. Levanto la vista. Es un maletín de primeros auxilios y después de que ella haya terminado de limpiar lo que parece una herida horrible en el muslo de Vishous, Jane saca una aguja e hilo quirúrgico negro, y una jeringa que supongo debe de estar llena de lidocaína.

Muy bien, vuelvo a bajar la mirada en esta parte. Me encanta ver programas sobre medicina en la tele, pero siempre tengo que cerrar los ojos en las escenas gore, y como esto está sucediendo justo frente a mis ojos, es doce veces peor. O tal vez doce mil veces peor.

Oigo que V sisea y Jane murmura algo.

Mierda. Tengo que mirar. Levanto la vista. Las manos de Jane parecen absolutamente sólidas y está suturando a su compañero con rápida precisión, como si lo hubiese hecho un millón de veces. Vishous la está observando, con una sonrisa bobalicona en la cara...

—No es bobalicona —interrumpe él—. No tengo una sonrisa bobalicona en la cara.

Curioso, ahora que estamos en presencia de Jane, él parece más amable. No me trata precisamente con simpatía, pero ya no siento ganas de llevar una armadura.

—Es un poco bobalicona —digo, al tiempo que Jane se ríe—. Pero, claro, es bobalicona al estilo yo-soy-un-vampiro-guerrero-que-come-restrictores-de-desayuno. Pareces todo un pandillero curtido. Nadie te va a tomar por un imbécil.

—Más les vale —dice V y estira el brazo para tocar el pelo de Jane con su mano resplandeciente. Y lo que ocurre es asombroso. Tan pronto la luz de V toca cualquier parte de ella, Jane se vuelve sólida y, cuanto más tiempo la toca, más grande se va volviendo el área sólida. Si los dos están haciéndose arrumacos en el sofá —y, sí, él hace arrumacos con ella–, Jane se vuelve totalmente sólida y permanece así un rato. La energía de V es capaz de recomponer su cuerpo.

Lo cual es bastante romántico.

Luego oigo que se abre y se cierra una puerta y escucho pasos que se acercan por el pasillo. Sé que se trata de Marissa porque siento el olor del océano... y porque oigo que Butch comienza a gruñir con erotismo para saludarla. Marissa se detiene y asoma la cabeza en el cuarto de Jane y V. Ahora tiene el pelo corto, de manera que sólo le llega hasta los hombros, y lleva un precioso traje negro de Chanel que yo quisiera tener en mi armario.

Los cuatro charlamos un poco, pero luego Butch se impacienta y llama a su hembra, así que Marissa sonríe y se marcha. Cuando da media vuelta comienza a quitarse la chaqueta, probablemente porque sabe que su ropa no va a durar mucho tiempo en su lugar.

—Listo —dice Jane, al tiempo que corta el hilo—. Mucho mejor.

—Tengo algo más que requiere tu atención, ¿sabes?

—¿Ah, de veras? ¿No será ese raspón en tu hombro?

—No precisamente.

Al tiempo que V la toma de la mano, yo carraspeo y avanzo hacia la puerta.

—Me alegra que todo el mundo esté bien. Tal vez podamos quedar otro día para la entrevista. Sí… ah, cuidaos. Nos vemos después. Que tengáis un buen…

Estoy diciendo todo eso porque me siento incómoda. Como la intrusa que soy. Jane me contesta con amabilidad, al tiempo que V comienza a atraerla hacia él. Cierro la puerta.

Salgo por el pasillo y le doy una última mirada al salón de la Guarida. El cambio es bueno, pienso. Y no sólo porque ahora la Guarida se parece más a un hogar que a una vivienda de estudiantes. Me gusta el cambio que ha tenido lugar porque esos dos tíos están establecidos y felices, y sus vidas son mejores gracias a las compañeras que eligieron. Y Butch y Vishous siguen juntos.

Salgo a la noche de septiembre y tengo que arroparme entre mis brazos. Está haciendo frío en Caldwell; se me había olvidado lo frío que es el clima al norte del estado de Nueva York. De repente me sorprendo deseando que mi coche de alquiler tenga sistema de calefacción en los asientos.

Me estoy subiendo al coche cuando se abre la puerta de la mansión y Fritz sale corriendo. Se parece a Tattoo, el de la *Isla de la fantasía*, y lleva mi bolso en la mano, mientras grita: «¡El bolso! ¡El bolso!».

Yo me vuelvo a bajar.

—Gracias, Fritz. De no ser por ti me lo habría dejado.

El doggen me hace una venia y dice con voz compungida:

—Lo siento, lo siento mucho, pero no pude quitar la mancha de tinta.

Recibo mi bolso y miro la correa. Sí, la rayita azul todavía sigue ahí.

—Está bien, Fritz. En realidad te agradezco que lo hayas intentado. Mil gracias. De verdad.

Después de consolarlo un poco más y declinar la oferta de llevarme una canasta de picnic con algo de comer, él regresa a la casa. Cuando oigo que la puerta se cierra, me quedo mirando el defecto de mi bolso.

Cuando vi la mancha, sentí deseos de comprarme un bolso nuevo. Inmediatamente. Me gusta que las cosas estén perfectas y me sentía muy molesta por haber manchado mi propio bolso... pues ese desperfecto lo dañaba ante mis ojos.

Pero ahora evalúo el asunto a la luz de la luna y veo todo el conjunto. Joder... ese bolso ha estado conmigo durante los últimos dos años. Lo he llevado a Nueva York cuando he tenido entrevistas con mis editores y mi agente. Lo llevo de vacaciones, cuando voy a ver a mis dos mejores amigas en Florida. Ha estado conmigo durante firmas de libros en Atlanta, Chicago y Dallas. Ha cargado con mis dos móviles: el que uso con mis amigos aquí en el país y el que llevo para hablar con mis amigos que viven en el exterior. Ha guardado recibos de peajes y resguardos bancarios y facturas de cenas con mi marido y entradas de cine con mi madre y mi suegra. Ha llevado fotografías de la gente que quiero y las monedas que no quiero y las tarjetas de la gente con la que tengo que mantener relaciones. Ha estado guardado en mi coche durante las caminatas con mi mentora y en mis rápidas excursiones a las tiendas...

Entonces sonrío y lo pongo sobre el asiento del copiloto del Toyota Prius que he alquilado. Me subo al coche, cierro la puerta y busco la llave que he dejado puesta en el contacto.

Un golpecito en el parabrisas casi me mata del susto y vuelvo la cabeza con tanta fuerza que casi me disloco la cabeza. Es Vishous, envuelto en una toalla y con una tirita en el hombro. Hace un gesto hacia abajo como si quisiera que yo bajara la ventanilla.

Cuando lo hago, una brisa helada entra al coche y yo espero que sea efecto de la noche y no de la presencia de V.

Él se agacha y apoya sus brazos inmensos contra el coche. Evita mirarme a los ojos, lo cual me da la oportunidad de estudiar los tatuajes que tiene en la sien.

—Ella te ha dicho que vengas, ¿no es verdad? —le digo—. Te ha pedido que te disculpes conmigo por portarte como un desgraciado.

Su silencio significa que tengo razón.

Paso mi mano por el volante.

—Está bien que tú y yo no nos entendamos. Me refiero a que… ya sabes. No tienes por qué sentirte mal.

—No me siento mal. —Hay una pausa—. Al menos, por lo general no.

Lo cual significa que en ese momento sí se está sintiendo mal.

Caramba. Ahora soy yo la que no sabe qué decir.

Sí, esto es raro. Muy raro. Y, francamente, me sorprende que él esté conmigo ahí fuera. Creo que en cualquier momento va a dar media vuelta para regresar a la Guarida y a las dos personas con las que se siente cómodo. Verán, a V no le interesa relacionarse. Él es un pensador, no alguien que se mueva por los sentimientos.

A medida que pasan los minutos, decido que su presencia en ese momento prueba que, sí, a su manera particular, sí se siente mal por haber sido grosero conmigo. Y quiere hacer las paces. Al igual que yo.

—Bonito bolso —dice V, al tiempo que hace un gesto con la cabeza hacia él.

Yo me aclaro la garganta.

—Pero está manchado de tinta.

—En realidad la mancha no se nota.

—Pero yo sé que está ahí.

—Entonces tienes que dejar de pensar tanto. Es un bolso realmente muy bonito.

V estrella su puño contra el panel del coche en señal de despedida y se pone de pie.

Luego lo veo dirigirse a la Guarida. Grabado sobre la piel de los hombros tiene el nombre JANE escrito en caracteres antiguos.

Miro mi bolso de reojo y pienso en todo lo que ha cargado y en todos los lugares en los que ha estado. Y comienzo a verlo a través de todo lo que ha hecho por mí en lugar de ver sus defectos.

Arranco el coche y doy marcha atrás, teniendo cuidado de no golpear el GTO morado de Rhage, ni ese enorme Escalade negro, ni el estilizado M5 de Phury, ni el Carrera 4S de Z. Al salir del patio del complejo, busco en mi bolso, saco el móvil y llamo a casa. Mi marido no responde porque está dormido. Y el perro tampoco responde porque no tiene manos (así que le cuesta trabajo manipular cosas).

—Hola, Boat, no logré hacer la entrevista, pero tengo algo sobre lo que escribir, en todo caso. Estoy muy despierta, así que voy a conducir hasta atravesar Manhattan. Probablemente a mediodía termine durmiendo en Pennsylvania. Llámame cuando te despiertes.

Le digo a mi marido que lo amo; luego cuelgo. Vuelvo a guardar el teléfono en el bolso y me concentro en la carretera, mientras pienso en los hermanos…

Eso no tiene nada de nuevo. Siempre estoy pensando en los hermanos y comienzo a sentirme tensa por Phury.

Obedeciendo un impulso y con la esperanza de dejar de pensar, me inclino hacia delante y enciendo la radio. Comienzo a reírme. Está sonando *Dream Weaver*, de Gary Wright.

Subo el volumen y enciendo la calefacción al máximo; luego cierro la ventanilla y piso el acelerador. El Prius hace lo que puede. No es un GTO, pero el efecto para mí es el mismo. De repente estoy disfrutando la noche, así como la disfrutó Mary cuando necesitaba alejarse de sus preocupaciones.

Mientras acelero en la oscuridad, abrazando las curvas de la carretera 22, soy el pájaro que vuela y vuela y vuela lejos. Y espero que la distancia entre Caldwell y la vida real dure para siempre.

Preguntas y respuestas con J. R.

Preguntas y respuestas con la WARDen

Si ustedes han estado en alguna de mis firmas de libros, sabrán que la sección de preguntas y respuestas es la mejor parte. Me bombardean con preguntas sobre los hermanos, los libros, lo que va a suceder próximamente, lo que ha ocurrido, *Boo,* los ataúdes, si las shellans tienen una noche para ellas, cómo demonios hace Jane para trabajar… La abogada que llevo dentro adora esa parte y, caramba, los lectores son INTELIGENTES. No se les escapa nada y les tengo un inmenso respeto. Cuando se trata de cosas que ya han ocurrido en los libros, mis respuestas son directas y concretas. Cuando se trata de preguntas relacionadas con el futuro de la serie, la abogada que llevo en mí toma precauciones y soy muy cuidadosa con lo que digo. Indudablemente, a veces la «hoja» termina por caerse, como dicen, y termino revelando uno o dos secretos. Pero la mayor parte del tiempo les respondo que SIIIIIIGAN LEYENDOOOOOOOO, o contesto exactamente a lo que me han preguntado, sin dar más detalles.

Ellos se dan cuenta cuando estoy tratando de ocultar algo.

Para esta *Guía secreta* tenía que mantener la tradición de las preguntas y respuestas, así que colgué un mensaje en el muro y en mi Grupo Yahoo! diciendo que estaba buscando preguntas. ¡Recibí más de trescientas! Después de leerlas todas, elegí las siguientes:

¿Alguna vez te ha pasado que en la mitad del proceso de escritura algún personaje se rebele y diga «No, no vamos a hacer

las cosas así»? ¿Quién fue y cómo hiciste para meterlo en cintura?   **-Jillian**

Tengo que admitir que cuando vi esta pregunta tuve que reírme un poco. ¡Ya quisiera yo! Jillian, tú me das demasiado crédito. Tal como dije en los expedientes de los hermanos, las cosas no funcionan así con ellos: no tengo ningún control sobre ellos. Ellos hacen en mi cabeza lo que quieren y mi trabajo sólo es tratar de registrar fielmente lo que veo. No sé de dónde salieron o por qué me eligieron a mí, pero sí sé una cosa: si ellos se marchan, yo me quedo sin nada. Así que es a mí a quien hay que meter en cintura, y no a ellos, si entiendes lo que quiero decir.

¿De dónde salió la inspiración para los nombres de los hermanos? La mayor parte de las novelas románticas de vampiros que he leído parecen recurrir a nombres anticuados o elegantes, mientras que los tuyos son duros y directos y no dejan espacio a la confusión sobre cuál es su naturaleza.   **-Amber**

De hecho, los hermanos eligieron sus propios nombres y al principio yo estaba un poco confundida. Cuando vi a Wrath en mi cabeza y comencé a hacer el bosquejo de *Amante oscuro*, oía que los demás lo llamaban Roth. ¿Roth? Pensé. ¿Qué clase de nombre es ese? Roth… Roth…

Los hermanos y sus historias siempre están en mi cabeza, pero hay dos situaciones en las que ellos realmente asumen el control: cuando estoy corriendo y cuando me duermo por las noches. Así que ahí estaba yo, corriendo o mirando al techo en medio de la oscuridad… y ese nombre Roth me daba vueltas en la cabeza, junto con cientos de cosas más que suceden en *Amante oscuro*… Pero de repente me di cuenta de que había oído mal. No era Roth, era Wrath. Wrath… Tan pronto lo corregí, el resto de los nombres de los hermanos fueron encajando como piezas de un rompecabezas, al igual que la manera de escribirlos.

La historia que hay detrás de los nombres, como ya he dicho antes, es que se trata de apelativos tradicionales de la Hermandad y sólo se pueden adjudicar a descendientes de los hermanos. Con el tiempo los nombres fueron vulgarizados al inglés y llegaron a asociarse con emociones fuertes o agresivas. Creo que les vienen muy bien a los hermanos, como tú dices, porque no dejan espacio para la confusión cuando se trata de saber con qué tipo de machos estás tratando.

Si tuvieras la oportunidad de retroceder en el tiempo y reescribir cualquier parte de los libros de los hermanos que ya están publicados, ¿harías algún cambio? ¿Hay algo que haya sido editado y tú quisiera cambiar? ¿Hay algún personaje en la Hermandad de la Daga Negra que quisieras haber explorado más o algún tema en el que te gustaría profundizar más? ¿Te arrepientes de algo? -Flowerlady

Bueno, siempre creo que los libros podrían ser mejores. Siempre siento que yo podría hacerlo mejor. Pero eso es una característica de mi personalidad. Nunca estoy satisfecha conmigo ni con nada de lo que hago, así que no se trata de un sentimiento que se aplique específicamente a la escritura.

En cuanto a la edición de los libros, yo soy la única persona que puede quitar o agregar algo. Mi editora y yo discutimos sobre el texto y ella me da su opinión; hablamos sobre esto y aquello, pero no se hace ningún cambio a menos que yo quiera y yo lo haga. ¿Muy controladora? ¡Sin duda! (Ésa también es una característica de mi personalidad). En cuanto a si me arrepiento de algo, en ese aspecto no. Todas las decisiones que he tomado han sido conscientes y muy pensadas.

En cuanto a profundizar en algo, tengo que decir que no, pero sólo porque trato de exprimir hasta la última gota de emoción y drama de cada una de las historias. Pero sí me arrepiento de algo en este sentido. Como ya he dicho, quisiera haber agregado otro par de páginas al final de *Amante desatado*, para que los lectores vieran un poco más qué era lo que tenía en la cabeza con respecto a la felicidad de V y Jane y cómo había funcionado todo.

Me preguntaba de dónde has sacado algunas de las palabras que usas en los libros, como leelan, hellren, shellan. ¿Son palabras inventadas? ¿O son parte de alguna lengua antigua sobre la que hayas investigado? -Beth

Créanlo o no, esas palabras llegaron con las historias y siguen llegando. Cuando oigo a uno de los hermanos o a sus shellan decir una palabra, comienzo a usarla en el mismo sentido. Mientras escribía *Amante oscuro*, no pensé que fuera a terminar con tantas palabras. Por cierto, el glosario fue idea de mi editora. Después de leer el manuscrito final sobre Wrath, me dijo, ya saben, que tenía que hacer un glosario. Y llevaba razón.

Yo me estaba preguntando cómo haces para mantener separados los distintos estilos a la hora de escribir. Creo haber oído que escribes bajo un pseudónimo y he leído a otro par de autores que hacen lo mismo. Supongo que lo que quiero saber es cómo te aseguras de que tus personajes no se confundan de género o no acaben siendo «escritos» por la persona «equivocada».   -Rebekah

Es cierto, escribo novelas románticas contemporáneas bajo el pseudónimo de Jessica Bird y romances paranormales urbanos con el nombre de Ward. Y, ¿sabes?, nunca he tenido confusiones, probablemente por la forma en que las historias llegan a mi cabeza. Las líneas son tan increíblemente claras cuando veo las escenas y los dos universos son tan absolutamente diferentes que la confusión es imposible. Tengo que decir que, cuando estoy escribiendo el borrador, la voz no es tan distinta, aunque en la saga de la Hermandad el ritmo es diferente y la escritura es menos elaborada, porque los hermanos son más rudos.

Me gusta escribir en dos estilos totalmente distintos. Eso me resulta refrescante cuando paso del uno al otro. Tal como lo veo, son dos rieles que nunca se cruzan y sólo puedo ir por uno a la vez. Tengo mucha suerte de tener la oportunidad de hacer las dos cosas.

A veces hablas de unos ataúdes en el garaje. ¿Cuál es la historia de esos ataúdes y quién es el encargado de cuidarlos?   -Meryl

¡Me encanta esa pregunta! Es algo que me preguntan mucho de una manera u otra. Si no es sobre los ataúdes, la gente quiere saber cómo es la historia de *Boo,* o los detalles de otras cosas que aparecen en los libros pero no están explicadas.

Como dije, no siempre sé lo que significa todo lo que veo. En el caso de los ataúdes, cuando estaba escribiendo *Amante confeso* vi a Marissa entrar al garaje con Fritz… y ahí estaban. No tengo idea de qué hay dentro de ellos, ni de dónde vinieron, ni qué papel van a jugar en la historia, pero, como ha sucedido otras veces, sé que, si veo algo con tanta claridad como vi esos ataúdes, tarde o temprano va a ser esencial. Así que ¿la verdad? Yo también me muero de ganas de averiguar cómo es el asunto de los ataúdes.

¿Cuál es el significado de los jarrones de los restrictores? Sé que les sacan el corazón y lo guardan en un recipiente de cerá-

mica, pero ¿por qué? ¿Por qué, sencillamente, no destruyen el corazón? ¿Por qué lo guardan? ¿Por qué los hermanos siempre quieren recuperar los jarrones y guardarlos en la Tumba (si es que hay otra razón aparte de guardarlos a manera de trofeos)? Y, si se trata sólo de trofeos, ¿por qué es tan importante para los otros restrictores ir a las casas de los restrictores muertos para recoger sus jarrones antes de que lo hagan los hermanos? Y ¿qué hacen con ellos si llegan antes que los hermanos?

-Murrrmaiyd

Me alegra que traigas eso a colación, Murrrmaiyd, pues es algo que me he preguntado yo misma. Siempre me ha parecido extraño que los restrictores guarden esos jarrones después de su ceremonia de inducción. Me refiero a que el Omega les quita todo lo que es humano, ya saben, les quita la sangre, les saca el corazón, ya no pueden comer, se vuelven impotentes… así que ¿para qué guardar algo como eso? Y después de que se unen a la Sociedad, ya no tienen ninguna posesión propia (¡ni siquiera conservan sus nombres!). Lo único que me parece lógico es que los jarrones sean una manera tangible de recordar el poder del Omega. Después de todo, alguien que puede reemplazar tu sangre con la de él, y luego sacarte el corazón, también puede volver y acabar contigo si no le gusta cómo te estás comportando. Además, el Omega es subversivo, crea situaciones que oprimen a sus restrictores de manera deliberada. Y al obligarlos a conservar su corazón, tiene otra cosa más por la cual castigarlos si no lo hacen. Pienso que ésa es la razón por la cual los otros restrictores van tras los jarrones, porque saben que si se pierde alguno van a tener que decírselo al Omega, y ésa es una conversación que nadie quiere tener. Como nota al margen, es bueno mencionar que hay una cripta central de la Sociedad, que se usa para guardar ciertos artefactos, pero, si otro restrictor recupera un jarrón antes de que los hermanos le pongan las manos encima, presenta el corazón ante el Omega. Pero ya no entraremos en lo que el Maligno hace con eso.

En la historia de la Hermandad, ¿ha habido alguna vez un hermano que haya seguido el mal camino, por decirlo de alguna manera?

-Tee1025

Si te refieres a si ha habido un hermano que haya abandonado la Hermandad o haya sido expulsado, de hecho sí lo hay: Muhrder. No sé mucho sobre él a estas alturas, pero está en proceso, si entiendes a qué me refiero. A Muhrder se le menciona en los libros por primera vez en *Amante consagrado*, pero ya hace casi dos años que tiene un espacio en el muro de mensajes.

Cada hermano de los actuales parece tener una discapacidad o maldición. ¿Esto es una condición relevante para este grupo o era una cosa común en la Hermandad (como una ley de la Virgen Escribana, de ojo por ojo)? -lacewing

Hasta donde sé, no todos los hermanos han tenido problemas, aunque los miembros actuales de la Hermandad ciertamente los tienen: Wrath no quería ser rey a causa de su pasado. Rhage tenía (tiene) su bestia. Zsadist era un sociópata. Butch no sabía dónde encajaba. Vishous tenía (tiene) su mano resplandeciente y sus visiones del futuro. Phury tenía su adicción. En el caso de estos «defectos», cada uno es parte de la personalidad individual del hermano y a menudo tiene sus orígenes en el pasado, así que no es una maldición colectiva o algo parecido. Y la bestia de Rhage es la única que fue directamente creada por la Virgen Escribana. Los otros son producto del azar.

Debido a un interés profesional, me encantaría saber si los hermanos sólo se hacen tatuajes por razones rituales. O si también se hacen tatuajes por razones estéticas. -Cynclair

¡Hola, Cyn! En general los hermanos sólo tienen tatuajes por razones específicas: Wrath lleva tatuajes en los antebrazos para representar su linaje; Rhage tiene un tatuaje de dragón en la espalda; Z, desafortunadamente, las bandas de esclavo en las muñecas y el cuello; Vishous, las advertencias que le tatuaron en la sien, la mano, el pubis y los muslos. En cuanto a los otros machos, Rehv lleva dos estrellas rojas en el pecho y otros tatuajes, todos los cuales son de origen ritual. Una vez dicho eso, Qhuinn tiene su lágrima en la cara, que es ritual, pero también la fecha en la nuca, que no lo es. Creo que en el futuro tendrán oportunidad de ver a Qhuinn haciéndose más tatuajes, y a John y Blay haciéndose sus primeros tatuajes, aunque me reservaré la información acerca de si son rituales o no.

WARDen, según entiendo, en las ceremonias siempre hay presente una calavera y se trata de la calavera del primer herma-

no. Si no es un atrevimiento… ¿quién es este hermano y cómo se convirtió en el primer hermano? -Court2130

Muy bien, ésa es una gran pregunta. Pero no la voy a responder, sólo diré que conozco algunos detalles. Idealmente, lo que me encantaría hacer algún día sería escribir la historia de la Hermandad, y no estoy hablando de una cronología sino de las historias de los primeros hermanos. Tal vez sea una serie de fragmentos de vida, o tal vez una novela completa, sería genial, en todo caso. Por lo que he visto, al comienzo la vida fue muy dura. Imagínense lo que debió de ser para ese primer vampiro encontrarse con un restrictor, o lo que ocurrió durante la primera reunión de la Hermandad, o lo que significaba formar parte de un programa de crianza. Creo que todo eso es fascinante. Así que ojalá pueda escribirlo en algún momento.

Ah, pero sólo diré esto… Wrath es descendiente directo del primer hermano.

¿Cómo es el proceso de nominación para ser miembro de la Hermandad? ¿Cuál es el protocolo? ¿Alguna vez alguien ha declinado el honor? -Danielle

Por lo que puedo ver, es exactamente lo que le sucedió a Butch. Los hermanos que conforman actualmente la Hermandad son los que toman la decisión. Hay un patrocinador, por lo general quien sea más cercano al candidato, que presenta el nombre de su amigo para que sea considerado en una reunión en la Tumba. Existe el derecho a veto, es decir, si uno solo de los hermanos tiene algún problema con el candidato, el tío está fuera, sin preguntas, sin posibilidad de que se reconsidere su caso, jamás. El rey, que desde la época del bisabuelo de Wrath siempre es miembro de la Hermandad, lleva luego el nombre del nominado ante la Virgen Escribana, así que no hay ninguna sorpresa en la ceremonia.

Hasta ahora sólo he visto a uno que declinó. Espero poder contarles más sobre eso en algún momento. Pero, tal como le dice Wrath a Butch, sólo se te pregunta una vez. Y nunca más.

¿Cuál es el origen de las cosas que están guardadas en el museo del templo de las Elegidas (por ejemplo, el abanico y la cigarrera)? -Lysander

Por lo que he visto hasta ahora, allí hay objetos que han sido abandonados por personas que han ido a visitar a los Grandes Padres anteriores o que han sido llevadas al santuario por Elegidas que han visitado este lado. Unos pocos (como el arma que se usó para dispararle a V al comienzo de *Amante desatado*) fueron cosas que quedaron allí después del ataque ocurrido hace setenta y cinco años.

Sabemos que Fritz es un mago en la cocina, pero ¿cuál es su especialidad? -Mary

¡El cordero! Lleva cocinándolo para la familia real durante varias generaciones. Y, espera, ya sé cuál es la siguiente pregunta: Entonces, ¿cómo es que terminó sirviendo a Darius? Ah, esa sí que es una buena historia... pero es genial que haya regresado con Wrath (y que todavía esté con Darius, en cierta forma).

¿Por qué elegir el talco para bebés entre todas las cosas a las que podrían oler los enemigos? -Haytrid

Ja, ja, Haytrid, ya lo sé. Pero cuando vi el primer restrictor... a eso era a lo que olía. Es tan incongruente y tan extrañamente perfecto...

Cronología
de la Hermandad

Cronología de la Hermandad de la Daga Negra

Desde 1600 hasta hoy

1618	Nace Darius
1641	Transición de Darius
1643	Darius es enviado al campamento de guerreros
1644	Nace Tohrment
	Darius abandona el campamento de guerreros
1665	Nace Wrath
1669	Tohrment pasa por la transición y queda comprometido con la primera hija hembra del Princeps Relix
1671	Darius conoce a Tohrment; nueve meses después, Tohrment es introducido en la Hermandad
1690	Wrath pasa la transición
1704	Nacen Vishous y Payne
1707	Vishous llega al campamento de guerreros
1729	Vishous pasa por la transición y abandona el campamento (primero deambula sin rumbo y luego trabaja como matón de un mercader)
1739	Vishous conoce a Darius y a Wrath
1778	Nacen Phury y Zsadist
	Zsadist es secuestrado
1780	Zsadist es vendido como esclavo

1784	Nace Wellesandra
1802	Transición de Phury y Zsadist
1809	Wellesandra pasa por la transición
1814	Tohrment y Wellsie se hacen pareja
1843	Nace Rhage
1868	Rhage pasa por la transición
1898	Phury rescata a Zsadist de las manos de su dueña
	Rhage se une a la Hermandad, mata al búho y la Virgen
	Escribana lo maldice con la existencia de la bestia
1917	Zsadist y Phury conocen a Wrath
1932	Phury está al borde de la muerte; Z busca a Darius, quien llama a Wrath para que celebre los últimos ritos (Phury sobrevive)
	Phury y Zsadist son introducidos en la Hermandad
1960	Nace Butch O'Neal
1969	Nace Jane Whitcomb
1975	Nace Mary Madonna Luce
1980	Nace Beth Randall
1983	Nace John Matthew, en una estación de autobuses
2005	Wrath y Beth se hacen pareja
2006	Rhage y Mary se hacen pareja
	Zsadist y Bella se hacen pareja
	Wellesandra es asesinada
2007	Butch es introducido en la Hermandad
	Butch y Marissa se hacen pareja
	Blay pasa por la transición
	Qhuinn pasa por la transición
	Lash pasa por la transición
	John Matthew pasa por la transición
	Vishous y Jane se hacen pareja
	Nace Nalla

La Lengua Antigua

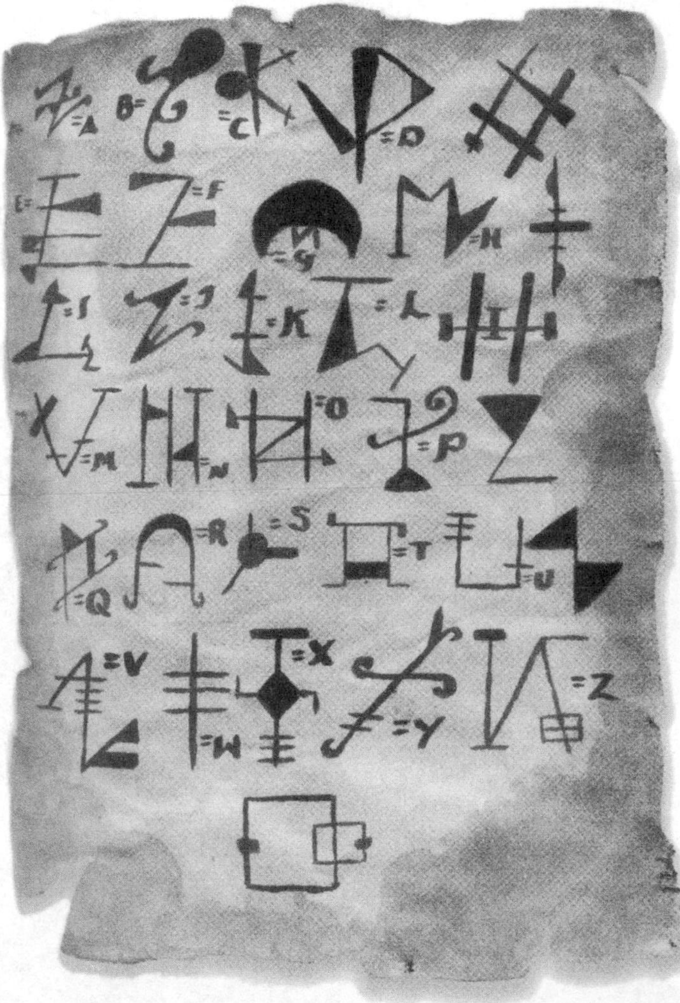
=A
B=
=C
=D
E=
=F
=G
=H
=I
=J
=K
=L
=M
=N
=O
=P
=Q
=R
=S
=T
=U
=V
=W
=X
=Y
=Z

Los hermanos entrevistan a J. R.

La entrevista
de la Hermandad

Mi esposo y yo nos estamos mudando a una casa nueva. Que es preciosa. De hecho, fue construida hace casi cien años, pero es nueva para nosotros y nuestro perro. Mi madre, su socia y su equipo han estado trabajando en ella durante los últimos dos meses y están a punto de terminar. Me imagino que estaremos instalándonos en unas cuantas semanas y viviendo ese maravilloso proceso de descubrir dónde demonios ponerlo todo.

Son cerca de las diez y media de la noche y estoy paseando por la casa, yendo de una habitación vacía a otra, esquivando cajas y latas de pintura, y algún que otro caballete. El lugar huele a aguarrás y a pintura, y tengo que tener cuidado de no recostarme contra ninguna de las paredes, porque están recién pintadas. Hay un protector plástico sobre el suelo de madera y los cristales de las ventanas están forrados para poder pintar los marcos.

Estar aquí sola da miedo, la verdad. Hay sombras por todas partes gracias a las luces de la calle y cada rincón oscuro parece un lugar del que podría salir alguien que va a atacarme.

Y luego alguien lo hace.

Estoy en el comedor, cuando Wrath se materializa de la nada, justo frente a mí. Doy un alarido y comienzo a girar sobre mí misma, como Chaplin, mientras me voy corriendo hacia atrás. Rhage me atrapa antes de que me caiga, al tiempo que Butch y V se materializan detrás del rey. Z es el último en llegar y entra caminando desde la sala como si llevara un rato allí.

Rhage: [Dirigiéndose a mí] ¿Estás bien?

Butch: Podríamos acostarla sobre un par de caballetes.

J. R.:   ¿No sabéis llamar…?

V: Ay, por favor.

Butch: ¿Y si la ponemos sobre la mesa de la cocina?

J. R.:   ¡Estoy bien!

Rhage: Hay una alfombra en el tercer piso.

J. R.:   ¿Quieres decir que ya habíais estado aquí?

Butch: No. En absoluto. ¿Nosotros? ¿Entrar en propiedad aje-
           na? Voto por el tercer piso.

V: O podríamos colgar su trasero de un armario.

J. R.:   ¿Perdón?

V: [Se encoge de hombros]. La meta es evitar que te caigas
           redondita al suelo debido a un desmayo. Vamos. Ayú-
           dame.

J. R.:   No tengo desma…

Butch: Tercer piso.

Rhage: Tercer piso.

J. R.:   [Mirando a Wrath en busca de ayuda]. De verdad, yo…

Wrath: Tercer piso.

El viaje por las escaleras es un caos, mientras profundas voces mas-
culinas se elevan en el calor de la discusión. Hasta donde alcanzo a
entender, el tema de discusión es el tratamiento para los desmayos y
espero que no decidan aplicarme ninguno de esos remedios. En realidad no creo que las duchas frías, ni las bombas fétidas, ni antiguos
episodios de *Barney* (evidentemente se supone que el aburrimiento
puede ser un factor curativo), ni inyecciones de Lagavulin (que sólo
servirían para dormirme del todo), ni correr desnuda por todo el vecindario formen parte del tratamiento recomendado para los humanos que se marean. Aunque el viaje a Saks no suena tan mal.

El tercer piso de la casa nueva es un espacio grande y abierto, básicamente un ático. Es un poco más pequeño que el primer
apartamento que tuvimos mi esposo y yo, pero los hermanos redu-
cen el espacio hasta que parece una perrera. Sus cuerpos son enormes y a menos que estén en el centro del salón, que tiene techo de
dos aguas, deben agacharse para caber bajo el techo inclinado.

Wrath es el primero que se sienta y elige un lugar contra la
pared del fondo, que es el punto central de la habitación. El resto se

sienta alrededor formando un círculo. Yo termino enfrente del rey. Z está a mi derecha. Todos van vestidos como suelen hacerlo para comer en la mansión: Wrath lleva una camiseta sin mangas y pantalones de cuero; Phury y Butch están elegantísimos, con ropa informal de marca; V y Zsadist llevan pantalones de nylon y camisetas ajustadas y Rhage lleva puesta una camisa negra de botones y vaqueros azul oscuro.

Wrath: ¿Qué demonios se supone que debemos preguntarte?

J. R.:   Lo que …

Rhage: ¡Ya sé! [se saca un caramelo del bolsillo]. ¿Quién de nosotros te gusta más? Soy yo, ¿verdad? Vamos, tú sabes que es así. [Desenvuelve el caramelo y se lo mete en la boca]. Vamosssss…

Butch: Si eres tú, me suicido.

V: No, eso sólo demostraría que ella está ciega.

Butch: Pobrecita [dice mientras me mira y sacude la cabeza].

Rhage: Tengo que ser yo.

V: Ella dijo que al principio tú no le gustabas.

Rhage: [Señalando con el caramelo]. Ah, pero luego me la gané, y no se puede decir lo mismo de ti, imbécil.

J. R.:   No tengo ningún favorito.

Wrath: Respuesta correcta.

Rhage: Sólo está tratando de no herir vuestros sentimientos [sonríe y resulta increíblemente apuesto]. Ella es muy delicada.

J. R.:   [Con tono de súplica]. ¿Siguiente pregunta?

Rhage: [Moviendo las cejas]. ¿Por qué me quieres más a mí?

Wrath: Déjalo ya, Hollywood.

V: Ésa es su personalidad. Si lo dejara, tendría que dejar de ser él mismo y abandonarnos para siempre.

Butch: En cuyo caso podría llevar puesta esa camisa hawaiana que Mary le regaló.

Rhage: [Entre dientes]. Quemaría ese adefesio, pero es muy divertido quitárselo de encima.

Phury: De acuerdo.

Butch: ¿Tú también tienes una camisa hawaiana? Tiene que ser una broma.

Phury: No. Pero me gusta quitarle mi ropa a Cormia.

Butch: De acuerdo [choca el puño contra el de Phury].

Wrath: Bien, yo voy a hacer una pregunta. [Todos los hermanos guardan silencio]. ¿Por qué demonios todavía te sobresaltas cada vez que aparezco frente a ti? Es muy molesto. Como si te fuera a hacer daño o alguna mierda así.

Rhage: Es porque le da miedo que yo no te acompañe... no puede soportar perder la oportunidad de verme.

Wrath: No me hagas romper otra pared.

Rhage: [Se vuelve a reír]. Al menos ella todavía tiene a los contratistas a mano, así que podría arreglarla con facilidad. [Le da un mordisco al caramelo].

Butch: Espera, yo sé cuál es la respuesta. Ella tiene pavor de que le digas que V tiene un hermano sobre el que va a tener que escribir un libro.

V: Imposible, policía. Yo soy único.

Butch: Por fortuna para ella, considerando que casi la matas...

Z: Yo sé por qué.

Todas las cabezas, incluyendo la mía, se vuelven hacia donde se encuentra Zsadist. Como siempre, cada vez que está en una reunión, se queda sentado perfectamente inmóvil, pero sus ojos amarillos brillan con la astucia de un animal, siguiendo los movimientos de todos los que lo rodean. Debajo de las luces encastradas en el techo, su cicatriz sobresale de manera especial.

Wrath: [Dirigiéndose a Z]. Entonces, ¿por qué se sobresalta?

Z: Porque cuando tú andas por ahí, ella no tiene claro dónde está la realidad. [Me mira]. ¿No es así?

J. R.:   Sí.

En ese momento recuerdo que Z tuvo el mismo problema varias veces y él debe saber que estoy pensando en eso, porque desvía la mirada rápidamente.

Wrath: [Asintiendo con cara de «Bueno, eso tiene sentido»]. Bien, de acuerdo.

Butch: Yo tengo una pregunta. [Se pone serio y luego sale con esa tontería de *Inside the Actors Studio*]. Si fueras un árbol, ¿qué clase de árbol serías?

Rhage: [En medio de las carcajadas de los hermanos]. Ya sé, un manzano silvestre. Se llena de frutos, pero es inestable.

V: No, sería un poste de la luz, no un árbol. Los árboles tienen mucho más cuerpo.

Butch: [Mirando mal a su compañero de casa]. Cálmate, V.

V: ¿Qué? Pero si es verdad.

J. R.:   Me gusta el manzano silvestre.

Rhage: [Asintiendo con aprobación mientras me mira]. Yo sabía que estarías de acuerdo conmigo y no con estos idiotas.

Phury: ¿Qué tal un olmo holandés? Esos son árboles altos y esbeltos.

V: Y una especie en extinción. Al menos yo sólo me metí con su figura. Tú acabas de decretarle una enfermedad que le manchará las hojas.

J. R.:   Gracias, Phury, eso es precioso.

Wrath: Yo voto por un roble.

V: Por favor, ésa sí que es una proyección arbórea. Tú eres un roble y supones que todos los demás también lo son.

Wrath: No es cierto. Vosotros sois árboles jóvenes.

Rhage: Personalmente, yo soy un nogal blanco. Por razones obvias.

Butch: [Se ríe mientras mira a Hollywood y luego se vuelve y me mira]. Yo creo que ella es un árbol de Navidad, porque le gustan las joyas. [Choca el puño conmigo].

Wrath: ¿Z? ¿Tienes algún árbol preferido?

Z: Un álamo.

Rhage: Ah, esos me gustan. Sus hojas parecen aplaudir cuando las mece el viento.

Butch: Genial. Esos árboles me recuerdan la infancia.

Phury: Son árboles amigables. No son estirados. Eso me gusta.

Wrath: El álamo tiene un voto a favor. Todos los que estén de acuerdo que digan sí. [Todos los hermanos dicen «sí»]. ¿Alguien en desacuerdo? [Silencio]. Moción aprobada. [Me mira]. Eres un álamo.

Me gustaría señalar que así es precisamente como ocurren las cosas con la Hermandad. Ellos deciden. Yo les sigo. Y, casualmente, los álamos son tal vez unos de mis árboles favoritos.

Wrath:	Siguiente pregunta. ¿Color favorito?
Rhage:	[Levanta la mano]. Ya sé. El rojo furia.
Butch:	El rojo furia… [Suelta una carcajada]. Tú sí que eres ególatra, ¿lo sabías? Un verdadero ególatra.
Rhage:	[Asintiendo con solemnidad]. Gracias. Trato de destacar en todo lo que hago.
V:	Tenemos que llevarlo a Ególatras Anónimos.
Rhage:	No estoy muy seguro de eso… ese programa de Tejedores Anónimos no ha hecho nada por ti.
V:	Eso se debe a que yo no tejo.
Rhage:	[Estira la mano y agarra el hombro de Butch]. Dios, qué triste resulta negarlo todo, ¿no?
V:	Escucha…
Wrath:	Mi color favorito es el negro.
Phury:	No estoy tan seguro de que el negro sea un color, mi lord. Técnicamente es la suma de todos los colores, así que…
Wrath:	El negro es un color. Fin de la discusión.
Butch:	Phury, ese ardor que sientes se debe al patadón que te acaban de dar por decreto real.
Phury:	[Haciendo una mueca de dolor]. Creo que tienes razón.
V:	A mí me gusta el azul.
Rhage:	Por supuesto. Es el color de mis ojos.
V:	O de un buen moretón en la cara.
Butch:	A mí me gusta el dorado. Al menos cuando se trata de metales.
V:	Y te sienta bien.
Rhage:	A mí me gusta el azul porque a V también le gusta el azul. Yo quiero ser exactamente igual que él cuando crezca.
V:	Entonces vas a tener que ponerte a dieta y dejar de usar tacones.
Rhage:	Seguro que les dices lo mismo a todas las chicas con las que sales. [Sacude la cabeza]. También las haces afeitarse, ¿no?
V:	Mejor que tener que sacarlas de sus establos, como haces tú.
J. R.:	Me gusta el negro.
Wrath:	Un punto a mi favor. Siguiente pregunta…

V: ¿Qué tal si ponemos esto un poco más interesante?

Wrath: [Levantando una ceja detrás de sus gafas oscuras]. ¿Cómo?

V: [Mientras me mira fijamente]. Verdad o castigo.

Al oír eso, todos se quedan callados y yo me siento incómoda, aunque no se debe al silencio repentino. No confío en que V quiera jugar limpio y, a juzgar por la tensión que se siente en el salón, los hermanos tampoco confían en eso.

V: ¿Y bien? ¿Qué eliges?

Si me decido por la verdad, me va a hacer una pregunta imposible de contestar o que resulte demasiado reveladora. Y si elijo el castigo… bueno, no me puede matar, no va a pedirme algo que ponga en peligro mi vida. Estoy absolutamente segura de que los otros se asegurarán de que yo sobreviva.

J. R.: Castigo.

V: Bien. Te castigo a que contestes mi pregunta.

Butch: [Frunciendo el ceño]. Así no es como funciona.

V: Es verdad o castigo. Yo le di a elegir. Y ella eligió castigo.

Wrath: Técnicamente tiene razón. Aunque está enredando las cosas.

V: Ah, estoy hablando muy en serio, ¿vale?

J. R.   Muy bien, ¿cuál es tu pregunta?

V: ¿Por qué mentiste?

La pregunta no me sorprende y se trata de un asunto privado entre él y yo. Además, él ya conoce la respuesta, pero me lo está preguntando aquí para causar problemas. Y sin duda los va a causar.

Wrath: [Interviene antes de que yo responda]. Siguiente pregunta. ¿Comida favorita?

Rhage: Un emparedado de Rhage y Butch.

J. R.: [Me pongo colorada]. Ay, no, yo…

Rhage: ¿Qué? ¿Acaso también quieres un trocito de V?

J. R.: No, no pienso en vosotros como si fuerais…

Rhage:	Mira… [Me da un golpecito tranquilizador en la rodilla] las fantasías son buenas. Son saludables. Ésa es la razón por la cual la piel de Butch brilla como brilla y su mano derecha se está volviendo peluda… él también me desea. Así que, en realidad, estoy acostumbrado.
J. R.:	Yo no…
Butch:	[Mientras se ríe]. Rhage, amigo, detesto contradecirte, pero no pienso en ti de ese modo.
Rhage:	[Levanta las cejas]. Y ahora, ¿quién necesita jugar a verdad o castigo?
V:	¿Sabes, Hollywood? En el DSM-IV hay una foto de tu horrible cara al lado de la explicación del «Trastorno narcisista».
Rhage:	¡Lo sé! Y posé para la foto. Fue todo un detalle que me llamaran.
V:	[Suelta una carcajada]. Estás completamente loco.
Wrath:	¿Comida, challa?
J. R.:	En realidad no soy fanática de la comida.
V:	No me digas.
Rhage:	A mí me gusta casi todo.
V:	Otra vez, no me digas.
Rhage:	Excepto las aceitunas. Yo… no. No me gustan las aceitunas. Aunque el aceite de oliva es bueno para cocinar.
V:	¡Qué alivio! Italia entera estaba preocupada por su economía nacional.
Butch:	A mí no me gusta el marisco.
Wrath:	Dios, a mí tampoco.
Phury:	Yo no tolero nada que tenga pescado.
Z:	De ninguna manera.
V:	A mí ni siquiera me gusta el olor del pescado.
Rhage:	Si lo pienso con más cuidado… sí, a mí tampoco me gusta nada que tenga escamas o que venga en una concha. Bueno, salvo las nueces. Me gustan las nueces.
V:	No me digas.
Butch:	A mí me gusta una buena carne.
Wrath:	El cordero.
Phury:	El cordero es maravilloso.
Butch:	Ah, sí. Con romero y preparado a la parrilla. [Se frota el estómago]. ¿Alguien tiene hambre?

Rhage:	Sí, me estoy muriendo del hambre. [Todo el mundo entorna los ojos]. Bueno, estoy en etapa de crecimiento.
Butch:	Lo cual, considerando el tamaño que tiene tu cabeza…
V:	Desafía los límites de la credibilidad.
Rhage:	A mí me gusta toda la carne.
V:	[Se ríe]. Muy bien, no voy a decir nada sobre eso.
Rhage:	Pues es toda una sorpresa [se ríe].
Wrath:	¿Podríamos volver al tema original, por favor? ¿Challa? ¿Comida?

La verdad es que no tengo ganas de decir nada y me siento decepcionada al ver que la conversación gira otra vez en torno a mí. Me encanta observar a los hermanos picándose unos a otros. En realidad, así es como suelen ser mis días. Yo vivo entre ellos, pero no con ellos, si entienden lo que quiero decir, y siempre estoy fascinada, preguntándome qué van a decir o hacer después.

J. R.:	Eso depende.
Rhage:	Muy bien, entonces prepárate un helado. ¿Qué le vas a poner? Ah… y no te dé vergüenza. Ya sé que te vas a imaginar que yo te lo estoy sirviendo, vestido solamente con un taparrabos.
V:	Y tus zapatos de duende. Porque estás divino con tus campanitas.
Rhage:	¿Ves? Me adoras. [Se vuelve hacia mí]. ¿Challa?
J. R.:	Yo… no como helado. Quiero decir que me gusta, pero no lo puedo comer.
Rhage:	[Me mira como si me estuviera saliendo un cuerno de la frente]. ¿Por qué?
J. R.:	Problemas con los dientes. Es demasiado frío.
Rhage:	Ay, Dios. Eso es terrible… Me refiero a que me muero por un helado de café con chocolate caliente por encima.
V:	En eso estamos de acuerdo. Nada de crema ni cerezas para mí.
Rhage:	Sí. Yo también soy un purista.
Phury:	A mí me gusta un buen sorbete de frambuesa. En una calurosa noche de verano.

Wrath: Para mí, un Rocky Road*. [Sacude la cabeza]. Aunque probablemente sólo estoy pensando en lo que implica ser rey.

Butch: ¿Yo? El helado de chocolate y menta de Ben & Jerry.

Rhage: Sí, ése es muy bueno. Cualquier cosa preparada con galletas Oreo también es muy buena.

Z: El otro día le dimos a probar a Nalla la vainilla [se ríe en voz baja] y le encantó.

Ante un comentario así, los hermanos... literalmente sueltan un «Aaaaaay». Pero luego lo ocultan poniendo mala cara, como si tuvieran que recuperar su masculinidad.

Rhage: [Mirándome]. ¿La verdad? ¿Has visto a esa pequeñita? Es... bueno... despampanante.

V: Sí, porque así es como se dice en el idioma de Rhage, «Por Dios, esa niñita es preciosa».

Rhage: Vamos, V, tú estás totalmente conmigo en esto.

V: [De mala gana]. Sí, así es. Joder... mi sobrina es la bebita más perfecta que hay sobre el planeta. [Choca el puño con Rhage y luego se vuelve hacia Butch]. ¿No es así?

Butch: Está más allá de la perfección. Entra en una categoría totalmente nueva. Ella es...

Wrath: Mágica.

Phury: Totalmente mágica.

J. R.: Y os tiene a todos embobados, ¿no?

Rhage: Totalmente...

Phury: Por completo...

Butch: Nos maneja...

V: ... con el meñique.

Wrath: Cierto.

Z: [Me mira y parece engordar por el sentimiento de orgullo]. ¿Ves? No está mal para un grupo de psicópatas antisociales y violentos.

---

* Sabor de helado muy popular en Estados Unidos y creado en 1929. Tradicionalmente se prepara con helado de chocolate, nueces y malvaviscos. Por otra parte, el nombre significa literalmente «camino pedregoso», lo cual encaja en el siguiente comentario de Wrath. (*N. de la T.*)

Wrath:	Oíd... ¿Ha respondido Challa la puta pregunta sobre la comida? [Se oyen muchas negativas que resuenan en el salón].
Butch:	Ella pasa del helado. [Me mira de reojo]. Entonces, ¿por qué no te preparas un emparedado? Puedes usarme, por cierto, de cualquier manera. [Se ríe]. No tengo ningún problema con eso.
Phury:	[Se apresura a matizar el comentario de Butch]. O prepárate una comida. ¿Qué clase de cena te gustaría?
J. R.:	No lo sé. Bueno, cualquier cosa cocinada por mi madre. Pollo al horno. Lasaña...
Rhage:	Adoro la lasaña.
Phury:	Yo también.
V:	A mí me gusta con salchicha.
Rhage:	Por supuesto.
Wrath:	[Silbando entre dientes]. Callaos, señoritas. ¿Challa?
J. R.:	Pollo al horno relleno de pan de maíz hecho por mi madre.
Wrath:	Excelente elección... y muy sabia. Estaba preparándome para hacer otra votación.
Rhage:	[Se inclina con aire misterioso]. Tranquila, no te habríamos dado nada de pescado. Así que no tienes de qué preocuparte.
J. R.:	Gracias.

Los hermanos siguen hablando y en realidad no me preguntan muchas más cosas, lo cual es perfecto. Mientras bromean entre ellos, me sorprende lo mucho que se quieren. Las bromas nunca van a más; hasta V, que es perfectamente capaz de cortar a alguien en dos con sus palabras, contiene su afilada lengua. Mientras sus voces rebotan contra las paredes de la habitación vacía, cierro los ojos y pienso en que no quiero que se vayan nunca.

Cuando vuelvo a abrir los párpados, los hermanos ya no están. Estoy sola en la nueva casa vieja, sentada con las piernas cruzadas, mirando la pared en la que hace sólo unos segundos estaba viendo a Wrath. El silencio marca un pronunciado contraste.

Me pongo de pie y siento las piernas rígidas mientras camino hasta las escaleras y me apoyo en la barandilla. No tengo idea de cuánto tiempo llevo ahí arriba y, cuando miro hacia donde todos estábamos sentados, no veo más que una alfombra que se extiende de pared a pared, debajo de una fila de luces encastradas en el techo.

Apago esas luces y bajo las escaleras, me detengo en el rellano del segundo piso. Todavía no sé dónde voy a escribir cuando nos mudemos, y eso tiene a todo el mundo muy nervioso. Hay una habitación con una vista estupenda, pero es pequeña…

Al llegar al primer piso, apago más luces y paso por todas las habitaciones. Antes de salir de la casa en penumbra, me detengo en el estudio y miro a través del vestíbulo y el salón hacia el solario, que es el otro candidato para instalar mi lugar de trabajo.

Estoy mirando hacia allí cuando un coche dobla la esquina; la luz de los faros atraviesa las ventanas del solario y veo a Zsadist de pie, en el suelo de baldosa. Entonces apunta hacia abajo con el dedo un par de veces.

Correcto. Voy a escribir ahí. Levanto la mano y hago un gesto de asentimiento con la cabeza para que él sepa que he recibido el mensaje. Con un relámpago de sus ojos amarillos desaparece… pero ya no me siento tan sola, a pesar de que la casa está vacía.

La soleada terraza cubierta va a ser un estupendo lugar para escribir, pienso para mis adentros, mientras camino hacia el coche. Sencillamente perfecto.

In memóriam

In memóriam

Lo que sigue a continuación es la última entrevista de Tohr y Well-sie juntos, realizada durante el corto período comprendido entre Amante eterno *y* Amante despierto. *La reproduzco en memoria de Wellsie y su hijo nonato.*

El mes de diciembre en Caldwell, Nueva York, es una época para resguardarse. Se hace de noche a las cuatro de la tarde, la nieve comienza a amontonarse como si se estuviera entrenando para las tormentas de enero y el frío penetra hasta los cimientos mismos de las casas.

Los días posteriores al Día de Acción de Gracias, regreso a la ciudad para tener otras entrevistas con los hermanos. Como siempre, Fritz me recoge en Albany y me da vueltas durante dos horas antes de llegar a la mansión de la Hermandad. El viaje de esta noche es todavía más largo, pero no porque él quiera darme más rodeos para que yo no reconozca el camino: para mi desgracia, llego el día en que cae la primera tormenta de la temporada. Mientras el mayordomo y yo avanzamos, la nieve golpea el parabrisas del Mercedes, pero el doggen no está preocupado ni yo tampoco. Para empezar, el coche tiene la fuerza de un tanque. Por otra parte, según me cuenta Fritz, Vishous ha instalado cadenas en las cuatro ruedas. Avanzamos a través del grueso manto de nieve que cubre la carretera y somos el único coche sedán en medio de los tractores del municipio, los camiones y las furgonetas de doble tracción.

Después de un rato entramos en el complejo de la Hermandad y nos detenemos frente al inmenso castillo de piedra en el que viven. Cuando me bajo del coche, los copos de nieve me hacen cosquillas en la nariz y aterrizan en mis pestañas; me encanta esa sensación, aunque siento un frío horrible. Pero eso no dura mucho: Fritz y yo entramos juntos al vestíbulo y el hermoso salón que se abre a mi vista me calienta enseguida con su magnificencia. Un grupo de doggen se apresuran a atenderme de inmediato como si estuviera a punto de sufrir hipotermia y me alcanzan pantuflas para reemplazar mis botas, té para calentar mi estómago y una manta de cachemir. Me quitan la ropa de calle como si fuera una chiquilla, me envuelven, y me atiborran de Earl Grey y me conducen a las escaleras.

Wrath me está esperando en su estudio…

(parte suprimida)

… En este momento salgo del estudio de Wrath y bajo hacia el vestíbulo, donde Fritz me está esperando con mi abrigo y mis botas de nieve. Mi siguiente entrevista es con Tohr, y el mayordomo me va a llevar a la casa del hermano, que seguramente debe de tener hoy la noche libre.

Vuelvo a envolverme en mi ropa de invierno y a subirme al Mercedes. El panel divisorio está echado y Fritz y yo conversamos a través del intercomunicador que comunica la parte delantera y la parte trasera del coche. El viaje dura unos veinte minutos y, caramba, el Mercedes se mantiene firme en medio de la tormenta.

Cuando nos detenemos, me imagino que hemos llegado a la casa de Tohr y me quito el cinturón de seguridad. Fritz me abre la puerta y veo la moderna casa de una planta en la que viven Tohr, Wellsie y John Matthew. El lugar parece increíblemente acogedor en medio de la nieve. Del tejado sobresalen dos chimeneas que están humeando y al frente de cada ventana hay un foco de luz amarilla que se proyecta sobre el suelo cubierto de nieve. A lo largo de su viaje entre las nubes y la tierra, los copos de nieve atraviesan esos parches de luz y brillan durante un instante, antes de reunirse con las legiones de coposs hermanos que se acumulan en el suelo.

Wellsie abre la puerta trasera de la casa y me indica que entre y Fritz me acompaña hasta la puerta. Después de hacerle una venia a Wellsie, el mayordomo regresa al Mercedes y, cuando el coche comienza a dar la vuelta, mi anfitriona cierra la puerta para evitar que entre viento a la casa.

J. R.: Vaya tormenta, ¿no?

Wellsie: Dios, sí. Vamos, quítate el abrigo. Adelante.

Me vuelvo a desvestir, pero esta vez estoy tan distraída por el apetitoso olor que sale de la cocina que apenas me doy cuenta cuando desaparece mi abrigo.

J. R.: ¿Qué es lo que huele? [digo, al tiempo que inhalo]. Mmm...

Wellsie: [Cuelga mi abrigo y arroja a mis pies un par de pantuflas]. Ahora quítate las botas.

J. R.: [Me quito las botas y meto los pies entre —ah, qué delicia— un par de pantuflas de lana]. ¿Huele a jengibre?

Wellsie: ¿Estás suficientemente caliente con ese suéter? ¿O necesitas otro? ¿No? Muy bien, sólo grita si cambias de opinión, ¿vale? [Se dirige a la cocina y va hacia el fogón]. Esto es para John.

J. R.: [La sigo]. ¿Está en casa? ¿Acaso cancelaron las clases por la tormenta?

Wellsie: [Al tiempo que levanta la tapa de una olla]. Sí, pero de todas maneras no habría podido ir. Déjame terminar esto en un segundo e iremos donde Tohr.

J. R.: ¿John está bien?

Wellsie: Lo estará. Toma asiento. ¿Quieres un poco de té?

J. R.: Así estoy bien, gracias.

La cocina está hecha de madera de cerezo y granito, con dos hornos magníficos, un fogón de seis quemadores y una nevera que hace juego con los armarios. En el fondo, en un espacio rodeado de ventanas, hay una mesa de cristal y hierro y me siento en el taburete que está más cerca del fogón.

Wellsie tiene el pelo recogido esta noche y, mientras remueve el arroz en la olla, parece una supermodelo salida de un anuncio de cocinas de lujo. Debajo del suéter de cuello alto que lleva puesto, se ve que tiene el vientre un poco más abultado de lo que lo tenía la última vez que la vi y continuamente se lleva la mano a la barriga y se hace masajes. Parece muy saludable. Está absolutamente radiante.

Wellsie: Verás, la cosa con los vampiros es que, aunque no nos afectan los virus humanos, tenemos los nuestros. Y en esta época del año, al igual que sucede en vuestras escuelas, los estudiantes intercambian microbios. John comenzó con molestias y mucho dolor de garganta anoche y esta tarde se despertó con fiebre. Pobrecillo. [Sacude la cabeza]. John es… un chico especial. Realmente especial. Y me encanta tenerlo en casa… sin embargo quisiera que esta noche estuviera en casa por otra razón. [Levanta la mirada hacia mí]. ¿Sabes? Es muy extraño. Llevo muchos años haciendo mis propias cosas… no puedes estar casada con un hermano y no ser independiente. Pero desde que John llegó a vivir aquí, la casa me parece vacía si él no está. Y me muero de ganas de que llegue la hora en que regresa a casa del centro de entrenamiento.

J. R: Puedo entenderlo perfectamente.

Wellsie: [Acariciándose otra vez la barriga] John dice que tiene muchas ganas de que llegue pronto el bebé, porque quiere ayudar. Supongo que en el orfanato en el que se crió, le gustaba cuidar a los más pequeños.

J. R.:   ¿Sabes? Estás estupenda.

Wellsie: [Entorna los ojos] Eres muy amable, pero ya parezco una foca. No me imagino cómo voy a estar cuando llegue el bebé. Sin embargo, me encuentro bien. El bebé se mueve todo el tiempo y yo me siento bastante fuerte. Mi madre… a ella le fue muy bien con la maternidad. Tuvo tres hijos, ¿puedes creerlo? Tres. Y mi hermana y mi hermano nacieron antes de los adelantos de la medicina moderna. Así que creo que voy a ser como ella. A mi hermana también le fue bien. [Vuelve a clavar la mirada en la olla que tiene al fuego]. Eso es lo que le digo a Tohr cuando se pone a pensarlo en mitad del día. [Apaga el fogón y saca una cuchara de servir de un cajón]. Esperemos que John coma algo. No ha probado bocado.

J. R.: Oye, ¿qué piensas de que Rhage se vaya a aparear?

Wellsie: [Mientras sirve un poco de arroz en un tazón]. Ay, por Dios, adoro a Mary. Creo que todo ese asunto del compromiso es genial. Aunque Tohr estaba dispuesto a matar a Hollywood. Rhage... no es muy bueno para aceptar indicaciones. Demonios, ninguno de ellos es bueno para obedecer. Los hermanos son... como seis leones. Es difícil hacerlos funcionar en equipo. El trabajo de Tohr es tratar de mantenerlos juntos, pero es difícil... en especial con Zsadist y esa manera de ser que tiene.

J. R.: Wrath dijo que estaba como loco.

Wellsie: [Sacude la cabeza y se dirige a la nevera]. Bella... estoy rezando por ella. Todos los días. ¿Te das cuenta de que ya lleva seis semanas desaparecida? Seis semanas. [Regresa con un recipiente plástico que mete en el microondas]. No me puedo imaginar lo que esos asesinos... [Carraspea, luego oprime unos botones, se oye un pito que va subiendo de volumen y luego un zumbido]. Bueno, en todo caso, Tohr ni siquiera está tratando de hacer entrar en razón a Z. Nadie puede hacerlo. Es como si... algo se hubiese activado dentro de él con ese secuestro. En cierto sentido —y sé que esto no va a sonar muy bien—, espero que Z pueda encontrar el cuerpo de Bella. De otra manera no habrá forma de cerrar esta historia y él estará totalmente loco cuando llegue el Año Nuevo. Y será más peligroso de lo que ya es. [El horno deja de sonar y pita].

J. R.: ¿No crees que es... no estoy segura de qué palabra usar... asombroso que él esté tan afectado con esto?

Wellsie: [Sirve un poco de salsa de jengibre sobre el arroz, pone el recipiente de plástico en el lavaplatos y saca una servilleta y una cuchara]. Totalmente asombroso. Al comienzo eso me dio esperanzas... ya sabes, el hecho de ver que él se preocupaba por alguien, por algo. Pero ¿ahora? Estoy todavía más preocupada. No veo cómo va a acabar todo esto. De ninguna manera. Vamos, vamos a la habitación de John.

Sigo a Wellsie a través de la cocina y de un salón alargado decorado con una estupenda mezcla de detalles arquitectónicos modernos, muebles antiguos y obras de arte. Al fondo del salón entramos en el ala de la casa en la que se encuentran las habitaciones. La de John es la última antes del cuarto principal, que conecta con el ala izquierda de la casa. A medida que nos acercamos, oigo...

J. R.:   ¿Acaso eso es...
Wellsie: Sí. Una maratón de Godzilla. [Empuja la puerta con sigilo y dice]: Hola, ¿cómo vais?

La habitación de John es de color azul marino y la cómoda, la cabecera de la cama y el escritorio tienen un diseño estilo Frank Lloyd Wright, de madera y de líneas muy limpias. Iluminado por el reflejo azulado de la televisión, veo a John en la cama, acostado de lado; está tan pálido como las sábanas blancas, y tiene las mejillas coloradas por la fiebre. Con los ojos cerrados, respira por la boca y emite un ligero silbido al inhalar. Tohr está a su lado, recostado contra la cabecera de la cama, y el cuerpo inmenso del hermano hace que John parezca un chiquillo de dos años. Tohr tiene el brazo estirado y John está agazapado contra él.

Tohr: [Me saluda con la cabeza y le manda un beso a su shellan]. No va muy bien. Creo que la fiebre ha subido. [Al mismo tiempo, al otro extremo del cuarto, desde la tele, Godzilla ruge amenazante y comienza a destruir edificios... algo parecido a lo que está haciendo el virus con el organismo de John].
Wellsie: [Pone el tazón sobre la cama y se inclina sobre Tohr]. ¿John?

John abre los ojos con dificultad y trata de sentarse, pero Wellsie le pone las manos en las mejillas y le susurra que se quede acostado. Mientras ella habla en voz baja con John, Tohr se inclina hacia delante y reclina la cabeza sobre su hombro. Me doy cuenta de que está exhausto, sin duda por haber pasado todo el día despierto y preocupado por John.

Al mirarlos a los tres juntos, me siento feliz por John, pero también un poco inquieta. Es difícil no imaginárselo en ese apartamento decrépito, en aquel edificio infestado de ratas, solo y enfermo. Lo que habría podido suceder es demasiado perturbador. Para evitar que mi cabeza empiece a dar vueltas, me concentro en Tohr y Wellsie y en el hecho de que ellos lo hayan recibido en su familia.

Después de un momento, Wellsie se sienta al lado de Tohr, que le hace un espacio al recoger las piernas. Con la mano que tiene libre, la que John no le tiene agarrada, comienza a acariciar el vientre de Wellsie.

Wellsie: [Sacudiendo la cabeza]. Voy a llamar a Havers.
Tohr: ¿Crees que debemos llevarlo a la clínica?
Wellsie: Esperemos a ver qué nos dicen.
Tohr: La Range Rover ya tiene las cadenas puestas. Cuando tú digas, salimos.
Wellsie: [Le da unos golpecitos en la pierna y luego se pone de pie]. Por eso me casé contigo.

Wellsie sale del cuarto y yo me quedo en la puerta, sintiéndome totalmente inútil. Dios, tengo toda clase de preguntas que hacerle a Tohr, pero ninguna de ellas parece importante ahora.

J. R.:   Debo irme.
Tohr: [Frotándose los ojos]. Sí, tal vez es lo mejor. Siento mucho esto.
J. R.:   No, por favor. Tienes que atenderlo a él.
Tohr: [Bajando la mirada hacia John]. Sí, así es.

Wellsie regresa y el veredicto del doctor es que hay que llevar a John a la clínica. Llaman a Fritz para que venga a recogerme, pero como va a tardar algo en llegar, me enseñan cómo debo cerrar la casa al salir. Sigo a Tohr mientras lleva a John en sus brazos a lo largo del pasillo, a través del salón y luego de la cocina. En lugar de poner al chico una chaqueta lo envuelven en una manta; lleva los pies enfundados en unas pantuflas parecidas a las que me prestaron a mí, sólo que más pequeñas.

Wellsie se sube en el asiento trasero de la Range Rover, se abrocha el cinturón de seguridad y, cuando Tohr le pone a John sobre el regazo, lo abraza contra su pecho. Cuando cierran la puerta, levanta la mirada para despedirse de mí a través de la ventanilla y apenas puedo distinguir su cara y su pelo rojo debido a la sombra que proyecta la pared del garaje. Nuestros ojos se cruzan y ella levanta una mano. Y yo hago lo mismo.

Tohr: [Dirigiéndose a mí]. ¿Estarás bien sola? Ya sabes cómo localizarme.

J. R.:   Ah, yo estoy bien.

Tohr: Saca lo que quieras de la nevera. Los mandos del televisor del estudio están junto a mi silla.

J. R.:   Perfecto. Conduce con cuidado y cuéntame cómo sale todo, ¿vale?

Tohr: Por supuesto.

Tohr me pone su mano inmensa sobre el hombro durante un breve instante, antes de ponerse al volante y dar marcha atrás, hacia la tormenta. Las cadenas resuenan contra el suelo de cemento del garaje hasta que salen a la nieve; luego lo único que escucho es el rugido del motor y el crujido de millones de diminutos copos de nieve que se compactan debajo de las llantas.

Tohr sale de garaje y se detiene; luego mete la primera y arranca, al tiempo que cierra la puerta del garaje. Mientras los paneles metálicos terminan de bajar, alcanzo a tener una última imagen de la camioneta y sus luces traseras brillando en medio de la nieve.

Regreso a la casa. Cierro la puerta detrás de mí y escucho.

El silencio es aterrador. Pero no tengo miedo porque crea que hay alguien más en la casa. Sino porque la gente que debería estar allí ya no está.

Me dirijo al salón, me siento en uno de los sofás tapizados en seda y espero junto a las ventanas, como si tal vez el hecho de quitar ojo al lugar por el cual Fritz tiene que entrar pudiera hacerlo llegar más rápido. Tengo el abrigo sobre el regazo y ya me he puesto las botas.

Me parece que transcurren años hasta que veo el Mercedes entrando por la reja. Me pongo de pie, me dirijo a la puerta principal, tal como me indicaron, y salgo. Al dar media vuelta para cerrar, miro por el corredor y veo el fogón donde Wellsie estaba cocinando hace sólo media hora. La olla en la que preparó el arroz de John está en el mismo sitio donde la dejó, al igual que la cuchara que usó para servirlo en el tazón.

Estoy segura de que, en circunstancias normales, eso nunca sucedería. Wellsie mantiene todo perfecto.

Le hago señas a Fritz para indicarle que me voy a retrasar un segundo y corro a la cocina, lavo la olla y la cuchara y las dejo al lado del lavaplatos porque no sé dónde guardarlas. Esta vez, cuando salgo por la puerta, la cierro detrás de mí Después de comprobar que he cerrado bien, salgo corriendo por la nieve hasta el coche. Fritz se baja y me abre la puerta y, justo antes de deslizarme en el asiento de cuero, miro hacia la casa. La luz que se proyecta desde las ventanas ya no parece tan acogedora… ahora resulta un poco triste. La casa está esperando a que todos ellos regresen, para que su techo abrigue algo más que objetos inanimados. Sin la gente, la casa no es más que un museo lleno de trastos.

Me subo al asiento trasero del coche y el mayordomo arranca hacia la tormenta. Fritz conduce con cuidado, tal como sé que hizo Tohr.

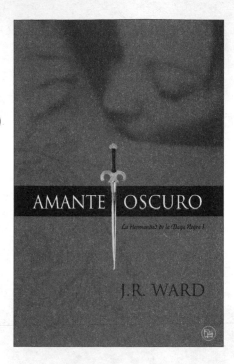

J. R. Ward en
punto de lectura

AMANTE OSCURO

La Hermandad de la Daga Negra I.

J.R. WARD

En las sombras de la noche, en Caldwell, Nueva York, transcurre una cruel guerra entre los vampiros y sus verdugos. Existe una hermandad secreta de seis vampiros guerreros, los defensores de toda su raza. Wrath, el líder, tiene una deuda pendiente con los que mataron a sus padres. Cuando cae muerto uno de sus guerreros, dejando huérfana a una muchacha mestiza, ignorante de su herencia y su destino, no le queda más remedio que acoger a la joven en su mundo. Beth Randall no puede resistir los avances de ese desconocido que la visita cada noche. Sus historias sobre la Hermandad de la Daga Negra le aterran y le fascinan... y su simple roce hace que salte la chispa de un fuego que puede acabar consumiéndoles a los dos.

«No es fácil darle otra vuelta de tuerca al mito vampírico, pero Ward lo logra de forma extraordinaria. La serie *La Hermandad de la Daga Negra* ofrece toneladas de emociones fuertes.»
Romantic Times

AMANTE
ETERNO

La Hermandad de la (Daga Negra 11

J.R.
WARD

Bajo las sombras de la noche, en Caldwell, Nueva York, se libra una mortífera guerra entre los vampiros y sus cazadores. Los vampiros guerreros de la Hermandad de la Daga Negra defienden a los suyos. Rhage es el mejor luchador y el amante más apasionado, pero teme el momento en que pueda convertirse en un peligro para todos porque arrastra una maldición. Mary Luce, superviviente de muchas penalidades, es arrojada contra su voluntad al mundo de Rhage y queda bajo su protección. Con una maldición propia, que amenaza su vida, Mary no busca amor. Sin embargo, una intensa atracción surge entre ellos. Y mientras sus enemigos se aproximan, Mary lucha desesperadamente por alcanzar la vida eterna junto a su amado...

«Peligrosamente adictiva.» *Publishers Weekly*

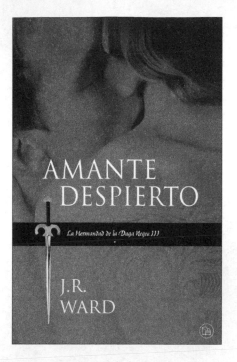

AMANTE
DESPIERTO

La Hermandad de la Daga Negra III

J. R.
WARD

Antiguo esclavo de sangre, el vampiro Zsadist todavía lleva las cicatrices de un pasado lleno de sufrimiento y humillación. Conocido por su innegable furia y su siniestro carácter, es un salvaje temido tanto por humanos como por vampiros. La rabia es su única compañía, y el terror su única pasión, hasta que rescata a una hermosa aristócrata de la diabólica sociedad de restrictores.

Bella se siente irremediablemente atraída por el increíble poder que Zsadist posee. Pero incluso mientras su mutuo deseo empieza a apoderarse de ambos, la sed de venganza de Zsadist contra los secuestradores de Bella le lleva a la locura. Ahora Bella debe ayudarle a superar las heridas de su tortuoso pasado, y encontrar un futuro con ella…

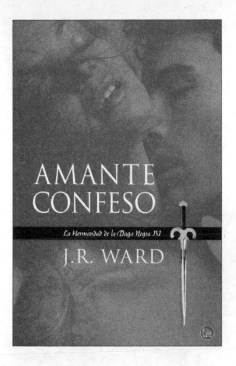

Butch O'Neal es un luchador nato. Un duro ex policía de homicidios y el único humano al que se le ha permitido el acceso a la Hermandad de la Daga Negra. Y quiere adentrarse más aún en ese mundo, para comprometerse con la guerra contra los restrictores. No tiene nada que perder. Su corazón pertenece a una mujer-vampiro, una hermosa aristócrata que está fuera de su alcance. Si no puede tenerla, entonces al menos puede luchar junto a los Hermanos.

El destino lo maldice con lo que más quiere. Cuando Butch se sacrifica para salvar a un vampiro civil de los restrictores, cae preso de la fuerza más oscura de la guerra. Abandonado a su suerte, lo encuentran de milagro y la Hermandad llama a Marissa para traerlo de vuelta, aunque tal vez ni siquiera su amor por él pueda conseguir salvarlo…

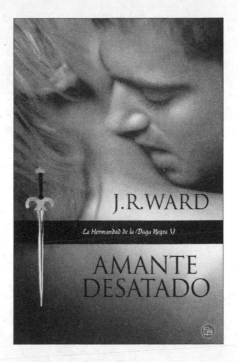

En Caldwell, Nueva York, la guerra continúa entre los vampiros y sus cazadores. Pero hay un grupo secreto de hermanos, seis vampiros-guerreros, defensores de su raza. Ahora el frío corazón de un astuto depredador será calentado en contra de su voluntad…

Implacable y brillante, Vishous, hijo del Sanguinario, se encuentra bajo la influencia de una maldición y una aterradora habilidad para ver el futuro. Antes de su transición, creció en el campo de batalla de su padre, en el que sufrió abusos y estuvo constantemente atormentado. Como miembro de la Hermandad, no tiene ningún interés en el amor o en los sentimientos, sólo piensa en la lucha contra la Sociedad Restrictiva. Pero cuando una herida mortal le deja bajo el cuidado de una humana, la doctora Jane Whitcomb, ésta le obliga a revelar su dolor interior y a saborear el auténtico placer por primera vez, hasta que un destino que él no ha elegido lo escoge para mandarlo a un futuro que no la incluye a ella…

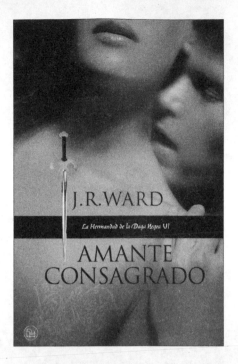

J.R.WARD

La Hermandad de la Daga Negra VI

AMANTE
CONSAGRADO

Extremadamente leal a la Hermandad de la Daga Negra, Phury
no ha hecho más que sacrificarse por el bien de su raza, convir-
tiéndose en el hermano que tendrá que perpetuar el linaje de su
Hermandad. Como el Gran Padre de las Elegidas, está obligado
a ser el progenitor de los hijos e hijas que asegurarán la conser-
vación de las tradiciones de la raza y que haya futuros guerreros
para que luchen contra aquellos que quieren la extinción de los
vampiros.

Mientras, la intención de la Elegida Cormia, su Primera Compañera, no es sólo ganarse su cuerpo, sino también su corazón,
aunque para ella sola… Se siente muy atraída por la noble responsabilidad que se esconde tras el macho emocionalmente herido.
Pero Phury nunca se ha permitido conocer el placer o la alegría.
A medida que la lucha contra la Sociedad Restrictiva se recru-
dece, la tragedia se cierne sobre la mansión de la Hermandad,
y Phury tendrá que decidir entre el deber y el amor…